HYGIÈNE PUBLIQUE

LES

ODEURS DE PARIS

CORBEIL. — TYP. ET STÉR. CRÉTÉ.

HYGIÈNE PUBLIQUE

LES
ODEURS DE PARIS

PAR

JULES BRUNFAUT

INGÉNIEUR CIVIL.

—

DEUXIÈME ÉDITION

L'Eau. — La Maison.
La Rue. — Paris souterrain. — La Seine.
Les Cimetières. — Les Voieries.
Les Usines insalubres.
L'Utilisation des Eaux d'égouts.

PARIS

Vve AMBROISE LEFÈVRE, LIBRAIRE

47, QUAI DES GRANDS-AUGUSTINS, 47

—

1882

LES ODEURS DE PARIS

Les lois de la nature ne souffrent point
de halte. Le simple éloignement des matières en décomposition n'est qu'un expé-
dient. Le grand cercle de la vie, de la
mort et de la reproduction doit être fermé ;
et, tant que les éléments de la reproduction ne seront pas employés pour le bien,
ils travailleront pour le mal.

Le degré de perfection des habitudes d'une nation se juge
d'après la masse d'eau qu'elle applique à ses besoins.

Il faut placer la nation romaine, la première entre toutes, non
seulement des peuples de l'antiquité, mais des peuples modernes.

Rome, pendant ses premiers temps, se contenta des eaux que
ses habitants tiraient du Tibre, des puits ou des fontaines, puis ils
dérivèrent les eaux d'Appia, Anio Vetus, etc.

Ces eaux amenées à grands frais remplaçaient celles du Tibre,
qui étaient souvent troublées, tièdes en été, et, chose plus grave,
plus la population augmentait, plus elles étaient contaminées et
moins propres aux usages domestiques.

Si on rapproche cette situation de la Rome antique de celle actuelle du Paris moderne, on les trouve identiques.

Paris, comme Rome, s'est servi, pendant des siècles, de l'eau du
fleuve qui le traverse ; et ce n'est qu'après plusieurs siècles d'usage,
qu'on dériva les sources avoisinantes ; aussi aujourd'hui Paris,
comme alors Rome, ayant infesté son fleuve, songea à s'alimenter
d'eaux abondantes, saines et fraîches, prises au loin.

En 1874, je faisais paraître un travail sur la question de l'assainissement de la ville de Paris, que j'intitulais [des *Eaux d'égout et
des vidanges*.

1

Il y a quelques mois, au moment où le conseil municipal s'occupait de rechercher les systèmes qui seraient mis en exécution pour conduire à la grande cité l'eau dont elle manquait, pour la construction des conduites qui l'amèneraient jusqu'aux derniers étages de ses maisons, pour le parachèvement de ses égouts, pour l'envoi à la culture des déjections urbaines, je publiais un second travail sur le même sujet.

Je ne me doutais pas que ces questions si intéressantes pour l'hygiène de ses habitants auraient besoin d'être traitées à nouveau.

Depuis 1872, nous ne cessons de nous plaindre que les 70,000 maisons composant la cité, sont assises sur 300,000 mètres cubes de matières en putréfaction; que les machines à vapeur puisent à Chaillot de l'eau infectée; que les cimetières empoisonnent les nappes souterraines qui empoisonnent à leur tour les puits, alors que le million de cadavres qu'ils recèlent nous tue; que la Seine porte des eaux contaminées et des émanations produisant les épidémies, sans que ces remontrances émeuvent l'autorité qui a une étrange manière de comprendre les lois de l'hygiène.

Paris, qui a le droit de s'administrer, a surtout le devoir de s'assainir. Or, si nous regardons ce qui se passe chez nos voisins, nous nous apercevons que la ville de Londres n'a pas hésité à dépenser 105 millions pour l'ouverture d'un canal conduisant ses égouts jusqu'à la mer, que les sacrifices que les municipalités de Bruxelles, de Dantzig, de Berlin, d'Alger, etc., n'ont pas craint de s'imposer sont, relativement, tout aussi considérables.

Depuis, des plaintes nouvelles, des murmures, se sont élevés de toute part, des *odeurs infectes* se sont répandues partout, les quartiers riches ou pauvres ne s'en sont pas vus épargnés; les uns les ont attribuées aux égouts, les autres à un manque d'eau, d'autres encore aux vidanges, et enfin les plus nombreux ont accusé de ces maux les établissements insalubres et les cimetières suburbains qui entourent Paris.

Les uns et les autres ont raison : les *odeurs de Paris*, pendant ces grandes chaleurs, sous une atmosphère chargée d'électricité, se sont développées avec une abondance inouïe, inconnue depuis l'apparition du choléra en 1832, de si triste venue, et qui avait été causé à une époque où Paris ne se trouvait pas, comme il l'est aujourd'hui, autant pourvu d'eau et d'égouts.

L'administration municipale de cette époque a offert le mémorable exemple d'une activité sans égale pour perfectionner soit les écoulements sous galeries, c'est-à-dire le système des égouts, soit les alimentations en eaux vives de chaque quartier, c'est-à-dire les distributions d'eau, tant pour le lavage des voies publiques que pour abonnements à domicile.

Espérons que les *odeurs*, que nous venons de sentir ne seront pour nous qu'un avertissement, qu'elles n'auront pas infecté nos demeures, qu'elles n'auront pas eu le temps d'empoisonner le département de la Seine, qu'elles n'engendreront pas au printemps prochain une épidémie.

Dans cette seconde édition, nous donnerons la place au rapport d'une commission prise dans le sein du conseil d'hygiène publique et de salubrité de la Seine.

Cette commission, composée de MM. Schutzenberger, Péligot, du Souich, Hilairet, Alphand et Besançon, secrétaire rapporteur, tient tout d'abord à rassurer l'opinion publique au sujet de l'influence exercée par les émanations des égouts et sur la diffusion des maladies contagieuses et épidémiques.

La commission estime que les odeurs répandues dans Paris, dans le courant du mois d'août dernier, et pendant les premiers jours de septembre, doivent être attribuées à des causes diverses, sous l'influence principale de la situation atmosphérique anormale que nous avons subie.

L'Europe centrale se trouve placée, dit-elle, depuis le mois de décembre dernier, sous une zone de fortes pressions qui s'étendent sous la forme d'une ellipse dont le petit axe a 800 kilomètres de longueur environ et dont le grand axe sur lequel existait le maximum du froid cet hiver, passe par Paris, Charleville et Cracovie.

Sous cette influence le froid, par un ciel clair et par un temps sec, a atteint un degré d'intensité extrême, puisque le thermomètre est descendu à 28° au-dessous de zéro, température qui n'avait jamais été observée à Paris, depuis l'invention du thermomètre. (Renseignements fournis par M. Alphand.)

Depuis, la température s'est relevée, mais l'action du courant polaire a continué. Les vents du nord ont régné presque constamment dans la zone centrale ; le printemps et les premiers mois de l'été ont été superbes, puis la persistance de l'action du soleil par ces temps clairs a réchauffé le sol sans changer la direction générale des vents. Seulement, pendant le mois d'août et les premiers jours de septembre, le vent a faibli en restant cependant au nord-est. Le temps est devenu lourd et orageux avec des chaleurs quotidiennes de 31 à 32° à l'ombre. Les bulletins météorologiques constatent que c'est dans notre zone que cette situation atmosphérique s'est étendue. En dehors, la température ne s'élevait qu'au niveau habituel des localités à la fin de l'été.

Paris s'est donc trouvé, pendant un mois et demi, dans des conditions atmosphériques exceptionnelles, qui ont forcément augmenté l'infection des *égouts* et des *fosses d'aisances*, et qui ont pu permettre l'arrivée à Paris des émanations des usines d'Aubervilliers, de Saint-Ouen et de Pantin.

Nous ajouterons : ces températures excessives, après un hiver plus ou moins rigoureux, sont ordinaires à Paris ; mais, ne le seraient-elles pas, il adviendrait que chaque fois qu'à Paris nous aurions 31 à 32° de chaleur et des vents constants du nord-est, l'épidémie serait à craindre.

Quoi qu'il en soit, les *odeurs* ont porté leurs fruits dévastateurs, elles ont causé de nombreux cas de dyssenterie, indice certain d'un commencement d'épidémie, elles ont amené une augmentation dans la mortalité.

Ces dernières années, dans un de nos grands journaux, nous constatons que la mortalité à Paris était de 24.6 par 1000 habitants, alors qu'à Londres, elle n'était que de 22.8., cause attribuée à cette différence que Londres avait réalisé plus de progrès que nous, depuis 1852, en complétant ses égouts, en les branchant à ses habitations, en fournissant de l'eau en abondance, en envoyant au loin, — à la mer, — ses vidanges, alors que Paris a à dépenser, pour arriver au même but, 300 millions.

« Je prendrai, pour les commencer, ajoutait le préfet, 40 millions sur la soulte revenant à la Ville par la conversion de l'emprunt du Crédit foncier, et je commencerai à donner ainsi satisfaction à l'hygiène publique. »

Qu'a-t-on fait ? Rien ; ou si peu de chose qu'il n'en faut guère parler.

A qui la faute ? Inévitablement au Conseil municipal ; il n'avait qu'à sanctionner ce que lui proposait le préfet, il devait laisser à l'administration la responsabilité de garantir la santé publique, en lui fournissant les fonds nécessaires pour achever les égouts, pour amener l'eau qui manque, pour porter au loin les déjections urbaines, pour créer enfin le cimetière de Méry-sur-Oise.

Les matières rebutantes qui forment le résidu excrémentiel de

l'alimentation humaine, et dont l'économie rurale exige la restitution au sol, ont été jusqu'ici pour leur transformation industrielle
l'objet de traitements grossiers et barbares. Jusqu'ici, en effet, les
grandes villes, et particulièrement la ville de Paris, se plaçant à un
point de vue absolument faux, ont voulu chercher dans ces matières une source de revenu municipal, alors qu'elles n'y devraient
voir qu'une occasion de dépense. Et de cette fausse situation il est
résulté qu'au lieu de demander à la science et à la technologie des
procédés qui fassent disparaître tous les inconvénients que le traitement de ces matières entraîne, les municipalités, préoccupées
surtout des redevances, quelquefois exagérées, qu'on leur pro-
mettait, mais qu'on ne leur payait pas toujours, laissaient se perpétuer un état de choses en vérité déplorable.

L'infection qui s'est produite à Paris dans le cours de l'été
de 1880, sous l'influence de conditions climatériques inusitées,
aura eu cet avantage d'appeler l'attention de l'administration supérieure sur les inconvénients que cet état de choses présente, et
de l'appeler à un tel degré que nous pouvons espérer voir naître,
des études qu'elle a prescrites, une transformation complète de la
situation actuelle.

Paris n'en est pas encore arrivé à revendiquer d'être placé à la
tête de la civilisation; si c'est le siège aujourd'hui des sciences et
des arts, il en est encore aux expédients lorsqu'il s'agit de son
hygiène.

Ses fontaines publiques, ses bornes et ses ventes d'eau sont ac-
tionnées et ne coulent que quelques heures par jour, alors que
dans la Rome antique et même la Rome chrétienne l'eau est fournie en abondance et pour rien à ses habitants.

Paris enterre encore ses morts à proximité de ses demeures,
tout comme il le faisait aux siècles derniers, contrairement aux
prescriptions de la loi; et il semble avoir oublié les souvenirs du
choléra de 1832, où alors sa municipalité effrayée avait pris l'obligation en présence de la population ameutée de les transférer
au loin de ses murailles.

Paris, encore, oubliant l'épidémie qui sévissait il y a quelques
années sur Londres, la mortalité de l'Agro Romano, se complaît à
continuer à empoisonner le fleuve qui le traverse et semble se refuser à porter au loin, dans la vallée de la Seine, les immondices
qui s'y charrient sans cesse et sans répit et qui amènent non seulement l'empoisonnement des habitants situés en aval du fleuve,
mais donnent des émanations pestilentielles qui produiront un

jour les mêmes résultats que le Gange qui véhicule tous les ans, et nous transmet ces maladies hideuses que l'on nomme le choléra, la peste.

Ces questions, les unes après les autres, ont été traitées par le Conseil municipal, il ne peut arguer ne pas les connaître, elles sont vieilles de date ; commencées en 1852 par M. Belgrand, continuées aujourd'hui par M. Alphand, elles ne demandent qu'à être mises en pratique.

Est-ce l'argent qui manquerait ? Est-ce que les contributions que les Parisiens paient, sous toutes les formes, ne seraient pas suffisantes ?

Mais non ; en 1874, une grande institution de crédit ne demandait-elle pas à la Ville de construire en cinq ans les égouts manquants, le canal venant amener les eaux sales dans la vallée de la Seine, les conduites aux maisons devant supprimer le service infect de la vidange ; la construction d'un chemin de fer reliant le nouveau cimetière de Méry à Paris, le tout sans bourse délier ; c'est-à-dire avec une garantie d'intérêt seulement pendant cinquante ans.

Si cette proposition avait été discutée, si elle avait été acceptée, nous n'aurions pas à écrire ce livre aujourd'hui, et la presse et les habitants de Paris ne se demanderaient pas si demain ils ne seront pas frappés par une épidémie.

Dans la séance du 12 octobre, le Conseil municipal de Paris, soucieux, dit-il, de l'hygiène publique, a voté l'ordre du jour suivant :

« Le Conseil, *soucieux* de l'hygiène de la ville de Paris, confirmant ses votes antérieurs concernant les projets de réformes du service des vidanges ;

« Invite l'administration à poursuivre leur prompte réalisation :

« Invite les préfets de la Seine et de police à appliquer rigoureusement les règlements existants en ce qui concerne :

« 1° Le nettoyage fréquent des égouts et le déversement clandestin des vidanges à l'égout.

« 2° La désinfection préalable des fosses d'aisances.

« 3° Le traitement des matières dans les usines qui entourent Paris, et, en cas de contraventions, à procéder à la fermeture des usines.

« Le Conseil charge sa sixième commission de l'enquête et lui renvoie les propositions de M. Cadet et l'article additionnel de M. Morin. »

Cet article additionnel est relatif à l'observation des règlements de police concernant les vidanges dans les casernes et autres édifices dépendant du ministère de la guerre.

A ces vœux, qui ne résolvent rien, nous répéterons que l'hygiène publique veut que cette question de salubrité se termine; commencée en 1852, elle est mûre, l'administration n'a plus d'école à faire, il faut que MM. les membres qui représentent les intérêts de tous, trouvent les moyens d'argent ou de crédit nécessaires pour que Paris soit enfin la ville la plus saine de l'univers.

Pour arriver à ce but, dans la limite de nos forces, nous devons éclairer la population de Paris qui dira à ces mandataires :

« Vous avez à pourvoir, avant tout, à la salubrité publique.

« 1° A l'enlèvement rapide des immondices, au drainage et au nettoyage des voies publiques;

« 2° A empêcher que les matières fécales et autres ne séjournent dans des fosses fixes, dans des puisards, dans des abattoirs, voiries et autres lieux;

« 3° A faire que le drainage du sol, des maisons et des rues, par des égouts, soit complété;

« 4° Qu'il y ait défense de jeter dans la Seine les eaux sales provenant des égouts et des fabriques;

« 5° D'utiliser les résidus liquides provenant des égouts, en les employant, en irrigations, sur les terrains constituant la vallée de la Seine, par un canal ayant son point de départ aux collecteurs d'Asnières et son terminus à Canteleu;

« 6° Faire dériver les eaux de la Loire sur Paris, par un canal exclusivement réservé au service de l'alimentation publique, pour remplacer toutes les machines élévatoires de la Seine qui ne fournissent que des eaux insalubres;

« 7° Enfin, obliger chaque propriétaire de conduire l'eau à chaque étage de sa maison, au moyen de colonnes montantes. »

Si toutes ces conditions ne sont pas réalisées, si Paris ne se trouve pas à la tête de la civilisation, au point de vue de l'hygiène, les causes, il faut les chercher dans l'administration qui a régi ses intérêts depuis cinquante ans.

Les travaux d'assainissement étant, par leur nature, d'utilité publique, ne peuvent donner de bénéfices rémunérateurs à des capitaux particuliers qui voudraient s'y intéresser. Aussi si on parcourt l'histoire de Paris, on ne voit pas de soumission privée lorsqu'il s'agit de l'alimenter d'eau ou lorsqu'il s'agit de construire des égouts ou un canal collecteur de Paris à la mer, qu'avec la condition que l'intérêt de l'argent dépensé sera garanti pendant une période de cinquante ans au moins, pendant laquelle ces capitaux pourront être amortis et permettre, à l'expiration de la concession, le retour des constructions de toute nature au domaine de la Ville.

Toute compagnie qui ferait une offre qui ne reposerait pas sur ces données, qui ne comporterait pas une charge pour la Ville pendant cinquante ans de 18 millions, en calculant l'intérêt et l'amortissement, ne serait pas sérieuse, aussi ne s'est-elle jamais produite dans d'autres conditions.

Les 18 millions nécessaires pendant cinquante ans à inscrire aux dépenses de la caisse municipale ne peuvent être augmentés, mais ils devront, comme nous le verrons dans le cours de cet ouvrage, être diminués si on fait payer aux habitants des droits :

1° Pour chaque robinet leur amenant l'eau à leur demeure ;

2° Pour chaque colonne de chute les débarrassant de leurs immondices ménagères ;

3° Pour chaque mètre cube d'eau d'égout servant à l'irrigation de leurs terres.

Alors, il y aura, répétons-le, de grandes réductions à espérer sur le montant de cette dépense annuelle de 18 millions ; elle sera considérablement diminuée, de telle sorte, à en croire M. le directeur des travaux de la Ville, bon juge en la matière, que le jour où les travaux seront terminés, elle atteindra au moins 8 millions par la vente des eaux, autant pour les tuyaux de chutes, et enfin par le produit des ventes des eaux d'irrigation, que nous estimons devoir être de près d'un million. Si ces prémices se réalisent, la ville de Paris, en confiant à des compagnies fermières les services dits d'assainissement, c'est-à-dire les eaux, les *égouts*, l'*éclairage*, les *inhumations*, assurerait l'exécution des travaux nécessaires à leur bon fonctionnement sans avoir à rechercher les 300 millions nécessaires qui se trouveront remboursés en cinquante ans, sans que le Trésor ou la Ville n'ait eu à se préoccuper que de payer aux concessionnaires, tous les ans, la somme à parfaire entre les 6 p. 100 garantis et les sommes encaissées.

Ce système si simple qui débarrasserait la Ville du souci de l'exécution, qui lui permettrait de n'avoir pour toute préoccupation que de surveiller le bon état des constructions, celui de l'entretien, et l'application des tarifs de perception, le tout sous l'administration du directeur de Paris, pourquoi, se demande-t-on, n'a-t-il jamais été appliqué ?

Lorsqu'il fut question, en 1854, d'organiser les grands services d'assainissement de la ville de Paris, M. Haussmann présidait alors aux destinées de la grande cité ; il ouvrait partout le vieux Paris, il y amenait l'air et le jour où depuis des siècles ils n'étaient apparus ; et il soumettait à l'approbation de l'Empereur les projets que les ingénieurs sous ses ordres avaient conçus pour armer la capitale des nouveaux engins que sa salubrité exigeait. Dans la présentation de ces projets, et nous ne nous préoccuperons dans ce travail que des quatre grandes divisions que nous avons tracées, on est étonné d'y rencontrer autant d'erreurs économiques qu'ils en renferment ; et on est bien plus encore étonné en présence de ces faits que les conseils du gouvernement n'aient pas arrêté, dans son élan trop peu médité, le baron Haussmann, et n'eût ainsi épargné à la grande cité des fautes irréparables qui se sont soldées depuis en argent.

En 1852, il s'agit de concessionner l'*éclairage*, le gouvernement dans cette occasion est sage, il fait construire une usine à Sèvres ; il appelle, à la diriger, nos sommités scientifiques ; il veut connaître ce que coûte un mètre cube, et puis, lorsqu'il sera aussi instruit que les propriétaires des anciennes concessions, il se propose de discuter les clauses et les conditions du nouveau contrat à intervenir.

La commission dépose son rapport, le gaz coûte, au gazomètre, deux centimes environ le mètre cube.

Ne sont pas compris dans ce prix de coût :

Les frais généraux. Il eût été cependant très facile de les établir, mais on ne l'a pas fait. Aujourd'hui la compagnie les évalue à 1 1/2 centime par mètre, soit pour une vente de 212 millions de mètres cubes à 3,180,000 francs par an.

Les frais d'amortissement des conduites, celui des usines. C'était ici, en effet, difficile de les évaluer ; une conduite, son entretien, doivent être amortis en prenant pour base le temps à courir de la concession. La compagnie les évalue à 3 1/2 centimes par mètre cube distribué, ce qui, pour 212 millions de mètres cubes, forme 7,420,000 francs, chiffre qui à 6 p. 100 représente un capital de plus de 120 millions de francs.

A ces chiffres il faudrait encore ajouter, dit la compagnie, les droits d'octroi, l'entretien de la canalisation, les impositions, et compter que le coût du gaz au *candélabre* ou à la *main* coûte *onze centimes*.

La concession, après le rapport de la commission, fut octroyée en 1855, avec un résumé vague, mal défini, où il était dit : que dans le cas où par de nouvelles inventions le prix du gaz se trouverait être abaissé, la Ville aurait le droit d'imposer à la compagnie l'application de ces nouvelles améliorations, afin que le public puisse jouir de réduction sur les prix accordés.

Cela paraît sage, et cela ne l'est pas, il fallait ajouter un seul mot, et il fut oublié, c'était celui que tous les cinq ans, les expériences faites à Sèvres seraient, s'il y avait lieu, recommencées, afin d'établir à nouveau le prix de revient. Et ceci n'ayant pas été dit, la Compagnie, à bon droit, prétend que, si le prix de revient du gaz a baissé, cela n'est dû que par une meilleure administration, par un travail plus intelligent, deux choses qui ne donnent pas ouverture à la révision des conventions.

En le vendant à 0^{fr},15 à la Ville, en le fournissant aux particuliers à 0^{fr},30, les bénéfices sont grands ; aussi sont-ils, lorsque l'intérêt du capital a été prélevé, partagés par moitié entre la Ville et la Compagnie.

A première vue, on se demande qu'y a-t-il à reprocher aux termes d'un pareil contrat. Les actionnaires de la Compagnie sont contents, les finances de la Ville sont satisfaites... il est bien vrai que le public crie qu'on lui fait payer une marchandise à un prix excessif, mais qu'y faire ? Attendre la fin de la concession, ce sera bientôt, 1905 en verra la fin ; abandonner par la Ville, d'ici là, les 9 millions qu'elle touche pour sa part de bénéfices et les attribuer, pour autant, à la diminution du prix du gaz.

En 1905, la Ville libre de tous engagements remettra en adjudication la fourniture du gaz, si à cette époque un autre luminaire n'est venu prendre sa place.

Cette situation déplorable doit être imputée à l'administration de M. Haussmann.

Voyons maintenant la situation des autres services.

La compagnie des Eaux fut formée en 1860. C'est, nous le verrons dans le cours de cet ouvrage, la plus déplorable des combinaisons de l'administration sous M. Haussmann.

Une société existait, elle avait des outils, son matériel, une clientèle ; il prit fantaisie à l'administration de racheter son fonds de commerce au prix de 1,160,000 francs payés tous les ans et pendant cinquante ans. C'était faire acte, à *huis clos*, d'expropriation.

Les arguments invoqués pour agir ainsi étaient les suivants : Paris, s'agrandissant jusqu'à ses fortifications, exigeait pour un service bien fait une homogénéité de vues, de conception et d'exécution, qu'on ne pouvait rencontrer que sous une seule et unique autorité.

La canalisation devait être une, le service public ne pouvait s'égarer dans des mains étrangères ; on remettait seulement à la compagnie expropriée le travail pour les particuliers.

Il intervient alors un acte par lequel cette compagnie, sans matériel, fut dotée d'un appointement pour la récompenser de son travail quotidien ; d'un entrepreneur pour les travaux qu'elle exécutait pour la Ville et les particuliers, entrepreneur commissionné d'un tarif spécial dont les prix, disent les chroniques du temps, était de 109 p. 100 plus élevés que ceux réclamés dans d'autres villes.

Cette convention *hybride*, qui n'a fait que des mécontents, excepté cependant l'entrepreneur et la compagnie, s'est vue, à la dernière session du conseil, améliorée dans une de ses parties ; une remise a été consentie sur le tarif, et il faut prévoir que le Conseil actuel le voulant bien, voir cesser cette anomalie qui consiste :

Pour la Ville à débourser le capital nécessaire, et pour la compagnie à profiter de cet argent pour réaliser des bénéfices considérables.

Ces deux premières compagnies fermières existent, il ne faut améliorer que les conditions qui les lient aux intérêts de la Ville ; il faut qu'elles se chargent, à l'avenir, de tous les frais quelconques d'installation, et que ces frais soient amortis en temps utile, c'est-à-dire pendant la durée de la concession.

Il reste par le nouveau Conseil à constituer une troisième société fermière, celle des *Eaux d'égout, des vidanges* et leur utilisation à l'agriculture.

Non seulement Paris n'a pas les ressources financières nécessaires pour pourvoir aux 40 millions que M. Belgrand jugeait nécessaires pour l'achèvement des égouts, non plus qu'aux 90 millions pour la construction du canal à la mer, soit en tout 130 millions.

Cette somme serait fournie pour son amortissement et son intérêt par les propriétaires pour la vidange de leurs immeubles, sans qu'il en coûtât à la caisse municipale, et, après cinquante ans, cette contribution cesserait, la Ville n'ayant plus d'autres charges que leur entretien.

Il reste encore à reconstituer les *Pompes funèbres*.

Les cultes ont le droit d'enterrer leurs morts, à charge de pourvoir à tous leurs frais, voire même à ceux de réparations, d'entretien des églises et synagogues. Dans l'état actuel des choses, les fabriques et les consistoires de Paris sont assujettis à tous les services des inhumations ; ils se trouvent sous le contrôle et sous les ordres immédiats du préfet de la Seine, pour tout ce qui regarde l'ordre et la salubrité.

Les tarifs qu'ils sont autorisés à percevoir doivent être proposés par le Conseil municipal, après avis de l'archevêque et du préfet.

Enfin, si, par des causes indépendantes de la volonté des contractants, des insuffisances de recettes se produisaient, le Conseil municipal serait astreint d'y pourvoir.

Enfin, encore, en vertu de l'article 10 du décret de 1806, les autorités municipales, de concert avec les fabriques et consistoires, soumettront l'entreprise du transport, les travaux dans les cimetières, les fournitures, à l'adjudication publique.

Les habitations, les fabriques, les industries avec les opérations qui s'y rattachent, l'évacuation des résidus, l'éclairage, les sépultures forment la vie des cités.

Les émanations qui en proviennent agissent sur la santé publique, elles attaquent la population en concentrant l'atmosphère, les eaux, le sol.

C'est à ces divers points de vue que nous allons nous occuper de la question des *odeurs de Paris*, et des moyens à employer pour son assainissement.

L'EAU A PARIS.

On ne sait trop ce qu'on avale, mais
on boit toujours.

Toutes les administrations publiques, aussi anciennes qu'elles puissent être, se sont occupées de rechercher les moyens de fournir aux habitants de Paris l'eau nécessaire aux usages domestiques. Les Romains érigèrent l'aqueduc d'Arcueil qui amène encore à Paris les sources d'eau des coteaux de Rungis, de l'Hay, de Cachan et d'Arcueil.

Paris, devenant plus habité, le pouvoir royal dériva, au onzième siècle, les sources de Ménilmontant, de Romainville et de Belleville.

Philippe-Auguste fit amener les eaux des Prés-Saint-Gervais au marché des Saints-Innocents; Henri IV fit construire une pompe qui puisait l'eau à la Seine, à la Samaritaine.

A toutes ces époques, un *maître fontainier* était chargé, par le souverain, d'administrer au mieux des intérêts de la couronne, et à la satisfaction du public, les conduits et fontaines de la capitale.

Ce maître n'existe plus aujourd'hui; depuis 1789 ces charges ont été abolies, mais en fait, de père en fils, elles se sont continuées à Paris, et nous retrouvons, en la personne de M. David, l'un de leurs descendants, qui a bien voulu nous aider dans la description de son service des eaux.

Les eaux dérivées de sources, puisées en Seine, étaient conduites par une canalisation spéciale aux fontaines publiques où elles étaient puisées à titre gratuit, par les habitants du quartier. Elles pouvaient être encore, à titre onéreux ou même gratuit, conduites par un canal particulier, en l'hôtel de puissants et hauts seigneurs, tel qu'il ressort des termes d'une ordonnance du roi Charles VI, en date du 13 octobre 1392, où il est dit :

«Certaines personnes, ayant eu autorité près des rois, ont obtenu « par leur puissance et leurs importunités, ou sous ombre de ser- « vices rendus, la licence de prendre pour leurs usages particuliers « une partie des eaux publiques, au grand détriment des habi-

« tants; ordonne que les conduites seront supprimées, que les
« tuyaux seront coupés..... »

Comme on le voit, Lutèce après Rome, Paris après celle-ci, ont
considéré que l'eau appartenait indistinctement à tous; chacun
avait le droit de puiser telle quantité dont il avait besoin à la fontaine et sans qu'il lui en coutât rien.

Ce sont là les vrais principes, aussi dans son rapport au Conseil
municipal, en date du 4 août 1854, le préfet de la Seine constatait
qu'il existait encore 85 concessions qui ensemble absorbaient
environ 13 pouces d'eau, qui, à raison de 20 mètres cubes par
pouce représentaient 260 mètres par jour; il n'était nullement
question à cette époque, dans le service de l'administration, de
concevoir qu'un jour on songerait pour les besoins du budget de
taxer d'un droit cet élément indispensable à l'existence et d'abandonner les anciens usages.

En 1777, on ne consommait journellement à Paris pas plus de
4,000 mètres cubes d'eau. C'était, si on rapproche cette quantité
du nombre des habitants, de bien petits besoins, mais on doit
tenir compte qu'au siècle dernier chaque maison de Paris puisait
l'eau à son puits, et qu'il n'est question ici que des eaux des fontaines publiques servant exclusivement comme eau à boire.

A cette époque, une compagnie — les frères Périer — se cons-
titua; elle obtint une concession qui s'est terminée en 1792, et
qui lui conférait le privilège de placer des conduites sous le sol des
rues. On vit alors, grâce à l'initiative privée, pour la première fois
fouiller les rues afin d'y placer des tuyaux en terre et porter l'eau
à domicile à tous ceux qui la réclamaient et la payaient. Cette
compagnie établit des pompes à feu et des réservoirs à Chaillot
et au Gros-Caillou, puisa, comme on le faisait à la Samaritaine, des
eaux dans la Seine, et commença à créer le réseau de nos conduites d'eau.

On comptait, en 1786, que Paris consommait 5,000 mètres
cubes d'eau.

Le 29 floréal, an X, le premier consul, frappé de l'insuffisance
de la quantité d'eau aménagée, décréta la dérivation de l'Ourcq :
on créa dans ce but non seulement un émissaire pour l'alimentation publique, mais encore un canal pour les besoins de la
navigation.

En 1807, on comptait que la ville recevait 9,000 mètres cubes,
et en 1818, lors de l'achèvement du canal de l'Ourcq, 4,000 pouces
de plus, soit ensemble 17,000 mètres cubes.

Ce fut aussi, en 1807, que la ville de Paris fut investie des droits du souverain, et qu'elle fut seule chargée de l'administration des eaux, sous la surveillance du ministre de l'intérieur.

En 1837, 40 à 50 pouces, soit 800 mètres cubes environ sont fournis en plus par le puits artésien de Grenelle.

En 1841, la Ville agrandit son domaine, elle réunit les eaux de la petite rivière du Clignon à celles du canal de l'Ourcq, et la quantité disponible arrive ainsi à 41,000 mètres cubes environ.

Les moyens mis en œuvre pour amener les eaux à Paris sont ceux connus dès la plus haute antiquité.

Ils peuvent se résumer ainsi :

L'aqueduc, *aqua ductus*, est une rigole tantôt en maçonnerie, tantôt en poterie ou en métal, conduisant automatiquement les eaux. Il est couvert, enfoui en terre, afin d'assurer la fraîcheur et empêcher l'action de l'air extérieur. Ces ouvrages, jadis monumentaux, si on en juge par les vestiges qui nous restent des travaux romains, s'exécutent sans difficultés et sans grands frais ; il suffit le plus souvent de poser une conduite en tuyaux de poterie et de suivre pour la pose le relief du terrain.

Si la pression est trop forte, si des difficultés apparaissent qui empêchent ce mode si simple de canalisation d'être adopté, on construit un aqueduc en maçonnerie, ou en ciment, et on se sert de tuyaux en fonte, qui offrent plus de résistance pour le passage en siphon d'une vallée, d'un fleuve, etc.

Un canal (dérivation des eaux de l'Ourcq), dont les eaux serviront à la fois à l'alimentation et aux transports.

Les puits artésiens, puits forés plus profondément que ceux existant et devant donner des eaux d'autant plus pures.

Enfin l'élévation à l'aide de machines des eaux de la Seine et de la Marne.

Qualités des eaux. — Toute eau reconnue bonne pour l'usage hygiénique est généralement propre à tous les emplois industriels, disait Dupasquier.

. . . .

« *Lorsqu'une eau est claire.* » dit Berthollet, *dans ses* ÉLÉMENTS DE L'ART DE LA TEINTURE, « *qu'elle se renouvelle, qu'elle n'a point de saveur sensible*, et qu'elle dissout bien le savon, on peut la regarder comme très propre aux besoins domestiques. »

La limpidité est, en effet, une des qualités les plus essentielles dans les eaux. Toute eau limoneuse, trouble, ou seulement dont la transparence n'est pas parfaite par l'effet de quelques particules terreuses tenues en suspension, toute eau que des matières organiques rendent louche, altère nécessairement la pureté des couleurs, particulièrement des nuances tendres et claires. Ce défaut de limpidité est surtout un grave inconvénient dans le blanchiment.

Dès 1781, Mercier, dans son tableau de Paris, nous donne la qualité des eaux qu'on buvait.

« On achète l'eau à Paris. Les fontaines publiques sont si rares et si mal entretenues, qu'on recourt à la rivière ; aucune maison bourgeoise n'est pourvue d'eau assez abondamment. Vingt mille porteurs d'eau, du matin au soir, montent deux seaux pleins, depuis le premier étage jusqu'au septième étage, et quelquefois par delà. La voie coûte six liards ou deux sous. Quand le porteur d'eau est robuste, il fait environ trente voyages par jour.

« *Quand la rivière est trouble, on boit de l'eau trouble : on ne sait* « *trop ce qu'on avale ; mais on boit toujours.* L'eau de la Seine relâ- « che l'estomac pour quiconque n'y est pas accoutumé. Les étran- « gers ne manquent presque jamais l'incommodité d'une petite « diarrhée. Mais ils l'éviteraient, s'ils avaient la précaution de « mettre une cuillerée de bon vinaigre blanc dans chaque chopine « d'eau. »

Mirabeau répétait le mot de Beaumarchais :
« Les habitants de Paris boivent le soir ce qu'ils ont vidé le ma- « tin.

« Maintenant je dirai que tous les certificats du monde ne me « persuaderont pas qu'une eau dans laquelle se versent toutes les « impuretés d'une ville immense soit plus saine que celle où il ne « s'en verse point, et que le volume diminuant, tandis que celui « des immondices reste le même, cette eau sort néanmoins tou- « jours également saine. Personne n'ignore, et je donne en mon « nom le démenti dû au charlatanisme, à la jonglerie et à l'impu- « dence, à quiconque niera que l'eau de la pompe de Chaillot, « puisée lorsque les eaux sont très basses, ne soit, sans compa- « raison, plus vite corrompue que celle puisée ailleurs ; et quelle « peut en être la cause, si ce n'est la présence d'une plus grande « quantité de matière effervescente ? »

Il y a longtemps qu'on avait reconnu que les eaux consommées

à Paris étaient de bien mauvaise qualité ; les eaux puisées à la Samaritaine, à Chaillot et au Gros-Caillou, celles amenées par le canal de l'Ourcq étaient des liquides altérés par des traces insensibles
de matières organiques délétères, analogues, ajoute Dupasquier,
à ce que serait de l'air infecté par la contagion de la variole, ou
comme celui de nos marais de la Bresse, des rizières du Piémont,
ou des marasmes de la campagne de Rome. L'air, dans ces circonstances et dans ces lieux, peut déterminer des maladies très graves,
donner la mort en deux ou trois jours ; et cependant, soumis aux
investigations chimiques les plus délicates et les mieux dirigées,
il ne se comporte pas autrement que l'air pur des montagnes, où
celui que l'on respire au milieu des bois ou de nos jardins. De
même, on a souvent analysé des eaux dont l'usage avait déterminé des maladies épidémiques, et généralement on n'a pu y découvrir la cause pathogénique recherchée.

C'est un fait reconnu que les eaux de rivière, surtout près et
dans l'intérieur des villes, sont toujours souillées de matières d'origine organique, lesquelles deviendront putrides durant les chaleurs. On sait même, comme l'ont reconnu MM. Hallé et Nysten,
qu'elles sont plus impures en été qu'en hiver, et M. Chevreul a
constaté, dans les eaux de la Seine, examinées en été, la présence
du carbonate d'ammoniaque, sel qui ne peut provenir que de la
décomposition des matières organiques entraînées par le fleuve.

En effet, indépendamment des eaux ménagères, de celles provenant des ateliers de l'industrie, des écoulements des égouts et
des latrines, qui se rendent incessamment dans une rivière, tout
le long de son cours, les grandes pluies et les débordements déterminés par la fonte des neiges, n'y entraînent-ils pas des impuretés de toute sorte ? Et quant aux pluies, ce n'est point seulement
sur le point même où elles tombent que l'eau dissout et entraîne
des matières organiques putrides : celle qui court sur le sol pour
se rendre à la rivière, a bien plus de chances de s'altérer, que celle
qui s'y infiltre immédiatement, puisque la première lave et purifie la terre, sur une large surface, des immondices de toute nature
qui s'y trouvent répandues, avant d'atteindre le lit de la rivière.
N'est-ce pas d'ailleurs près de ces grands cours d'eau, principal
élément de vie des populations industrielles, que se trouvent surtout les villes, les bourgs, les villages, les manufactures de tous
genres, ainsi que des mares et des fossés pleins de matières putrides ? — Ne faut-il pas observer, de plus, dans ce cas, qu'il n'y a
nulle chance que ces matières puissent être absorbées par une

terre argileuse : leur état de mouvement continu ne s'y oppose-
t-il pas ?

Les eaux potables ne doivent point contenir de matières animales ou végétales corrompues : ainsi, on ne doit pas les puiser
dans les étangs et les marais. Ces eaux, lors même qu'elles ne recèlent que des quantités inappréciables de substances organiques
en putréfaction, et de produits gazeux de leur décomposition, ne
sont jamais saines, et leurs effets nuisibles se manifestent à la
longue ; c'est ainsi qu'elles amènent peu à peu la débilitation des
forces gastrites, la décoloration des tissus rouges, les fièvres intermittentes, les engorgements des viscères abdominaux, l'asthénie
générale.

L'opinion publique se demandait pourquoi on ne puisait pas
l'eau de Seine, prise à Chaillot, en amont de Paris, où à cette époque, elle ne se montrait pas trop souillée ? Arago et les savants
ajoutaient que si les Romains avaient été plus instruits qu'ils ne
l'étaient, s'ils avaient possédé nos connaissances, ils se seraient
bien gardés d'ériger à grands frais des aqueducs, ils se seraient
contentés, comme nous, de prendre à la Seine l'eau qui leur était
nécessaire.

Dix ans plus tard, l'administration municipale faisait démolir
les pompes de Notre-Dame et du Gros-Caillou et les reportaient à
Chaillot, croyant ainsi prévenir l'usage dangereux des eaux devenues putrides.

La quiétude du public fut complète pendant quelques années.
Paris ne s'étendant pas de ce côté, les localités situées entre Corbeil et ses limites étant peu importantes, tout alla pour le mieux
jusqu'en 1854.

M. l'ingénieur en chef Michal, qui voyait les choses de près, en
sa qualité de directeur de la navigation, avait demandé que l'eau
fût conduite aux pompes de Chaillot par un canal spécial ayant son
origine au-dessus de Corbeil, de telle sorte qu'en arrivant à Paris
elle ne pût être contaminée.

Cette proposition, qui était fort sage, ne plut pas et fut repous-
sée.

En 1854, la ville de Paris mettait chaque jour à la disposition
de ses habitants, les quantités suivantes d'eau dont nous désigne-
rons les qualités hygiéniques, par :

	Bonne.	Médiocre.	Mauvaise.
Canal de l'Ourcq............	»	»	114.000 m³
Eau de Seine..............	»	40.000	»
Eau d'Arcueil......	1.600	»	»
Puits de Grenelle..........	»	900	»
Belleville. Prés Saint-Gervais.	500	»	»
Ensemble.........	2.100	40.900	114.000

176.000

L'administration n'avait songé jusqu'ici qu'à suivre les erre-ments du passé, amener de l'eau aux fontaines publiques, aux palais et aux bâtiments hospitaliers ; elle se conformait aux usa-ges et coutumes de l'antiquité, l'eau pour rien, mais à la fontaine. A partir de cette époque, on songea, non seulement à rendre plus complets les services, mais à augmenter la canalisation pour conduire les eaux dans les maisons particulières.

Le plan conçu par M. Belgrand, fut mis à exécution après 1854. Cet ingénieur, reconnaissant la mauvaise qualité des eaux de ri-vières alimentant la majeure partie de Paris, résolut de faire servir ces eaux aux besoins industriels, à l'arrosage et au lavage pu-blic, et d'approvisionner comme le faisait l'aqueduc d'Arcueil, des eaux de sources, pour les besoins domestiques. Ce fut grâce aux effets du despotisme du second Empire, que ces projets furent en partie réalisés ; des sources furent captées et donnèrent en eau fraîche et salubre 122,000 mètres cubes par jour.

Ce chiffre était loin d'être suffisant pour satisfaire à toutes les nécessités, mais la capitale dut s'en contenter, en présence des résistances des localités dont on dérivait les eaux, et qui pré-tendaient à bon droit, que nulle puissance, aussi autoritaire qu'elle fût, n'avait le pouvoir de les priver des éléments naturels que la Providence leur avait dévolus, rappelant que chacun a un droit absolu à l'eau, à l'air, où il a planté sa tente.

Les conditions d'apport d'eau aux maisons ne se trouvent encore accomplies que dans quatorze mille habitations particulières, et le résultat, acquis aujourd'hui, aurait exigé, d'après un rapport de M. Déligny, ingénieur et conseiller municipal, une dépense de cent quarante millions de francs.

Cette somme importante a, par les travaux qu'elle a permis d'accomplir, apporté la salubrité à 500,000 habitants sur les deux millions, qui existent à Paris.

Aujourd'hui la capitale reçoit pour tous ses besoins, la maison, la rue, les égouts, les fabriques, par 24 heures :

En temps propice.................. ...... 370.000 m³
En temps de sécheresse............... 200.000

En qualité, les eaux se divisent ainsi :

	Mauvaise.	Médiocre.	Bonne.
Eau de l'Ourcq...............	105.000	»	»
» de Seine.......	»	88.000	»
» de la Marne..	»	»	43.000
Puits artésiens...............	»	6.000	»
Eau d'Arcueil.................	»	»	1.000
» de la d'Huys.........	»	»	22.000
» de la Vanne..............	»	»	100.000
» de Saint-Maur............	»	»	5.000
Ensemble............	105.000	94.000	171.000

370.000

Si on compare les relevés de 1854 et de 1877, on est heureux de constater que la quantité d'eau bonne, salubre et fraîche, qui n'était alors que de 2,100 mètres s'élève aujourd'hui à 171,000 mètres.

C'est un progrès très important au point de vue de l'hygiène, et, à ce titre, l'administration de M. Haussmann a droit à la reconnaissance des habitants parisiens.

La quantité d'eau de source étant insuffisante, songer à violenter les populations pour distraire, à leur détriment, le principal élément d'existence, était chose impossible avec les règles établies par le gouvernement de la République ; il fallait donc pour Paris se résigner à suppléer à la disette constatée, en puisant à la Seine l'eau qui faisait défaut.

Ce qu'il fallait éviter, à tout prix, c'est que ces eaux, qui servent à la navigation, ne fussent souillées de matières organiques qui, en présence des sels de chaux qu'elles renferment en grand nombre, amènent une décomposition qui les rend dangereuses pour ceux qui les consomment.

Songer à conserver une canalisation spéciale pour les eaux de source, à en créer une autre pour celles de rivières exigeraient une dépense si considérable, qu'il y fallait renoncer. Aussi les eaux amenées, à grands frais, par M. Belgrand, seront à l'avenir mélangées avec des eaux moins pures et moins fraîches. Tel le veut la nécessité.

Paris ne pouvait, dans sa situation actuelle, pour satisfaire à tous ses besoins, avoir à sa disposition, toutes les 24 heures, moins de 400,000 mètres cubes d'eau.

La différence d'alimentation à l'époque des chaleurs est fâcheuse, c'est alors que l'eau est le plus nécessaire, aussi l'administration municipale vient de décider que dans un avenir prochain, on prendrait à la Seine, à Maisons-Alfort, au moyen de machines élévatoires, un supplément de soixante-dix mille mètres cubes.

Lorsque les travaux seront terminés, Paris recevra chaque jour, sans égard des temps de sécheresse, les quantités maxima et minima d'eau suivante :

	Maxima.	Minima.
Du canal de l'Ourq............ ..	105.000	70.000
De la Seine...................	158.000	158.000
Des puits artésiens.............	12.000	10.000
De la D'Huys..................	22.000	17.000
De la Vanne..................	120.000	86.000
De la Marne........	43.000	43.000
Ensemble.........	460.000	384.000

Ces eaux sont de natures différentes, mais mélangées entr'elles, et filtrées avant leur consommation, elles présentent des conditions satisfaisantes pour la santé publique.

La qualité de ces eaux a été appréciée par les ingénieurs attachés au service municipal et par les hygiénistes.

Voici les résultats de ces constatations :

Eau de la D'Huys. — Ces eaux sont médiocres, mais suffisantes pour les besoins industriels.

Eau de l'Ourcq. — Elles auraient été parfaites si elles n'avaient servi de canal de navigation ; dans l'état où elles se trouvent elles sont impropres aux usages domestiques.

Eaux de la Somme et de la Soude. — Ces eaux, agréables, salubres, limpides en tout temps, fraîches en été, tempérées en hiver, sont excellentes.

Eau de Seine. — Eau salubre, souvent infectée par les matières qui se déversent en amont de son cours et dans Paris ; se filtrant facilement, chaude et nauséabonde en été, froide en hiver.

Nous devons à l'obligeance de M. Figuier de pouvoir donner à nos lecteurs une vue au microscope de l'eau de Seine prise au-dessous du débouché de l'égout collecteur d'Asnières ; qu'il veuille en recevoir toute notre gratitude.

Eau de la Loire. — Chargée, comme toute eau de rivière, de ma-

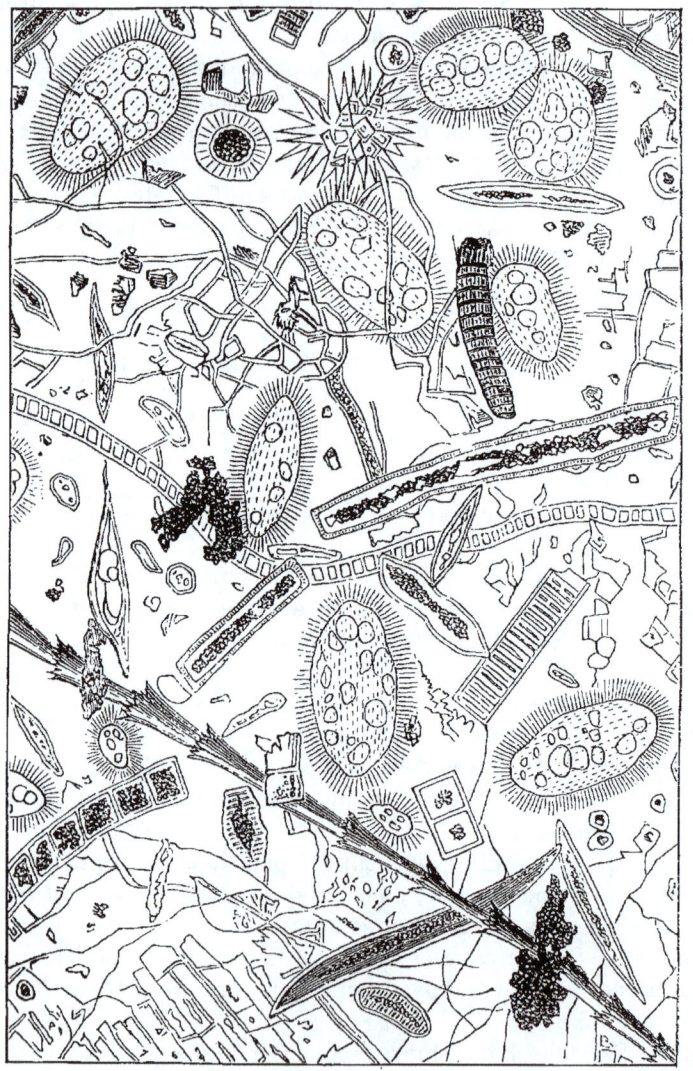

Fig. 1.

tières organiques, mélangée de sable impalpable, probablement inférieure à l'eau de Seine à l'usage, mais renfermant à l'analyse les propriétés voulues pour une bonne eau potable.

Acide carbonique.........................	0.012
Azote........	0.017
Oxygène........................... .	0.008
Chlorures............................	0.007
Sulfate de chaux.......................	0.002
Carbonate de chaux	0.014
Acide silicique.............. ..	0.007
Oxyde de fer.....................	0.001
Matière organique.........	0 002

Les eaux de la Loire n'alimentent pas encore les fontaines de Paris ; le projet est étudié depuis 1860, et vient d'être approuvé par le Conseil municipal, nous avons cru bien faire en donnant ces renseignements qui hâteront, nous l'espérons, la mise à exécution du projet.

Puits artésiens. — Excellente pour les usines, convenable aux services publics, et moyennant filtrage pouvant entrer en concurrence avec toute autre eau potable pour les usages domestiques.

Les eaux artésiennes se caractérisent par leur température qui s'accroît d'un degré par chaque 33 mètres de profondeur. Le puits de Grenelle qui a 747 mètres marque 28 degrés.

Il résulte de cette particularité que les corps sont toujours dissous, et que l'eau paraît, à la vue, plus pure qu'elle ne l'est réellement. Le puits de Passy donne des eaux chargées, par litre, de 0,141 grammes de principes solubles; celui de Grenelle 0,142. MM. Poggiale et Lanchen ont, en 1862, fait l'analyse des eaux des puits de Passy, en voici la teneur.

Carbonate de chaux......	0.064
» de magnésie.................	0.024
Acide silicique.......................... ...	0.010
Carbonate de potasse.....................	0.012
» ferreux..................... ...	0.001
Sulfate de soude	0.015
Chlorure de sodium.........	0.009
Alumine.	0.001
Acide sulfhydrique....	traces
Matière organique	traces

Ces eaux n'ont qu'un défaut, mais il est capital, elles ne sont pas *aérées*, et si on les fouette au courant de l'air atmosphérique, elles sont indigestes.

La grande vogue, après 1830, des puits artésiens est passée, aucune ville ne songe plus à en creuser, celles qui en avaient les ont laissés dans le plus grand oubli, et si nos officiers, en Algérie, n'en avaient perpétué le nom, le puits artésien serait devenu un souvenir scientifique.

Fig. 2. — Puits artésien de Passy. (Gravure empruntée aux *Merveilles de l'Industrie*, par Figuier, édité par Furne, 45, rue St-André-des-Arts.)

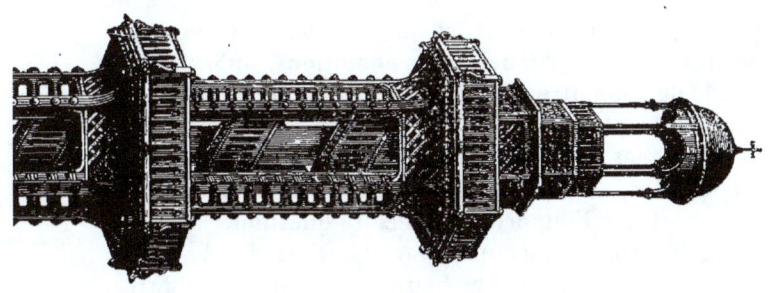

En effet, lorsqu'il fut question d'organiser le service d'eau de Paris, il fut naturellement parlé de creuser une ceinture de puits artésiens, qui, sur nos grandes voies, comme autant de gigantesques fontaines, donneraient satisfaction aux besoins publics.

M. Dumas, alors président du conseil municipal, fit remarquer que Paris, pas plus que tout autre lieu du globe, n'était indemne des tremblements de terre : ces phénomènes étaient ici petits, il est vrai, mais les commotions éprouvées aux environs de Tours démontraient qu'une ville ne saurait assurer son existence par des moyens aussi problématiques que ceux qui, du jour au lendemain, peuvent trouver leur ruine.

Et en admettant que ces accidents ne fussent pas à craindre, les analyses chimiques qui avaient été faites à différentes époques des eaux jaillissantes d'un même puits n'avaient-elles pas démontré que leur composition s'était modifiée en un jour sans que rien ne l'indique, ce qui prouve que les eaux souterraines ne viennent pas d'un même courant, et qu'elles changent, se transformant suivant des circonstances, des conditions, qu'il ne nous est pas possible de connaître et encore moins de prévoir.

Ces eaux mélangées et filtrées, après un séjour dans les réservoirs et les conduites, sont potables et contenteraient Hippocrate, qui avait compris toute l'importance de cette question.

« Il faut, dit-il, avoir beaucoup d'égards à la nature des eaux, « examiner si elles sont claires ou bourbeuses, molles ou dures, « c'est un point d'où dépend particulièrement la santé. »

Tissot, célèbre autant par ses conseils touchant l'hygiène que par son savoir et son talent de praticien, s'exprime ainsi à l'égard de l'eau :

« On doit choisir une eau de fontaine *pure, douce, fraiche, qui mousse facilement avec le savon, qui cuise bien les légumes, qui lave bien le linge.* » (Tissot, *De la santé des gens de lettres*, deuxième édition, Lausanne, page 196.)

M. Hallé, qui a, pour ainsi dire, créé la science de l'hygiène ; M. Nyster, qui fut son collaborateur et le continuateur de ses travaux ; M. Ch. Londe et M. Rostan, médecins, qui se sont occupés des questions hygiéniques, professent une opinion semblable à celle des précédents, à l'égard des caractères d'une bonne eau potable.

Les *sources* sont des réservoirs inépuisables, elles jouent un rôle au moins aussi important souterrainement que les fleuves à la surface du sol.

On les rencontre en filets émergeant dans la plaine, sur le coteau, mais la plupart restent dans l'intérieur de la terre, elles sont plus ou moins abondantes suivant que l'année a été pluvieuse ; elles forment les nappes souterraines qui alimentent les puits.

Ces eaux, suivant la nature des terrains qu'elles traversent, sont bonnes à la consommation : c'est ainsi qu'il fut un temps à Paris où les puits fournissaient de l'eau potable ; mais depuis par la multiplicité de ses habitations, par la corruption des terres, soit par les cimetières, soit par les déjections de toutes natures, elles sont devenues dangereuses.

Le pouvoir dissolvant de l'eau pour les différents corps est considérable. Aucun n'est réellement insoluble dans l'eau ; s'il en est dont la résistance est grande, ce sera à l'aide d'une haute température, en vase clos, ou de haute tension que l'eau en aura raison.

L'eau dissout également l'air atmosphérique, elle dissout les deux gaz, qui la composent inégalement ; aussi, suivant Gay-Lussac et de Humboldt, une eau bien aérée contiendra 32 pour 100 d'oxygène et donnera vie au règne amphibie.

Chaque maison de Paris contenait *son puits*, le dessin de celui du musée de Cluny indique qu'il était dans les mœurs de nos pères un ami domestique ; que de soins apportés à sa ferrure, à sa margelle ! c'était un vrai bijou de serrurerie.

Lorsque les eaux souterraines passent sous une couche de terrain imperméable, elles ne peuvent plus être capturées qu'au moyen d'un puits artésien, tels sont ceux de Grenelle et de Passy, qui ont 547 mètres de profondeur et un débit considérable, parce qu'ils prennent naissance dans des bassins abondants.

Les eaux s'élèvent suivant les lois hydrostatiques : jaillissantes à Paris, elles dispensent de toute installation de pompes.

Ces eaux, comme celles de source, ont les mêmes origines ; les couches perméables qu'elles traversent les filtrent et leur enlèvent les matières qu'elles tenaient en suspension.

Les fleuves, la *Seine*, la *Marne*, l'*Ourcq*, qui alimentent Paris, sont le résultat des eaux de pluies qui, au lieu de s'infiltrer en totalité dans le sol, s'écoulent à sa surface en ruisseaux, rivières, ou fleuves.

Ces eaux renferment les mêmes principes que ceux de source, elles se chargent de toutes les molécules qui sont la conséquence des actions mécaniques dues au mouvement et à la désagrégation produite par la chaleur et le froid.

Fig. 3. — Puits de Cluny. (Gravure empruntée aux *Merveilles de l'Industrie*, par Figuier.)

C'est ainsi que la proportion des matières solides, des sels, des

matières organiques est plus ou moins considérable, suivant que
le cours d'eau parcourt des terrains imprégnés par ces corps ;
c'est ainsi encore que l'une ou l'autre de ces matières étrangères
forment entre elles des combinaisons nouvelles qui viennent dénaturer davantage la composition primitive.

La proportion des éléments solides, rapportée à 10,000 parties
d'eau de Seine, est la suivante :

Gelée à 10°.............................	3.01
» à — de 10°.........................	2.76
Temps humide froid........................	3.03
Pendant une crue..........................	2.00
» la neige......,....................	2.07
Temps doux....................'...........	1.80
» humide doux...........................	1.50
Vents.....................................	2.25
»	2.10

Ces matières solides donnent 65 pour 100 de carbonate de
chaux, tandis que dans les eaux de la Loire cette proportion se
réduit à 45 pour 100 ; aussi celles-ci doivent-elles dans un avenir
prochain jouer un rôle à Paris : elles sont bien préférables pour
son alimentation, et cela d'autant plus que la proportion d'acide
carbonique n'est que de 4, 1, alors qu'elle s'élève jusqu'à 14 dans
les eaux de Seine.

Dans ces mauvaises conditions, les eaux, élevées de la Seine
ou de la Marne, doivent être préalablement filtrées, si on veut
qu'elles puissent servir convenablement à l'alimentation des habitants.

Les substances nuisibles qui se trouvent dans quelques-unes des
eaux de Paris sont, suivant le temps et la saison :

Le sulfate de chaux ;

—   — de soude ;

Le chlorure de calcium ;

—   de magnésium.

L'azotate de chaux ;

Le sulfate de magnésie ;

Les matières organiques.

Aussi ces eaux sont crues et dures, elles décomposent le savon,
sont impropres à servir de boisson et sont d'autant moins potables
qu'elles proviennent des sources de Belleville, qui renferment jusqu'à 0 gr., 039 de matières étrangères.

L'eau de l'Ourcq, prise à son entrée dans la gare de Mareuil, ana-
lysée par Colin, avait fourni les résultats suivants :

Bicarbonate de chaux, etc.	0.107
Sulfates de chaux	0.082
» de soude, de magnésie	0.031
Chlorures	0.014
Acide silicique, oxyde de fer.	0.027
Matière organique azotée	indices

On le voit, cette eau convenait en tous points à l'alimentation ;
on avait donc raison en 1816, de dépenser beaucoup d'argent
pour obtenir 100,000 mètres d'eau potable, mais l'imprévoyance
humaine est grande, et elle conçut le funeste projet de faire servir
à deux fins le canal de l'Ourcq.

Une analyse faite quelque temps après convainquit qu'un pareil
système, très utile aux intérêts de la navigation, dénaturait cette
eau et la rendait tout au plus bonne au lavage des rues.

En effet elle recélait :

Bicarbonates de chaux	0.158
» de magnésie	0.075
Sulfates de chaux	0.080
» de soude, de magnésie	0.095
Chlorures	0.113
Azotates	traces
Acide silicique, alumine, fer	0.069
Matière organique	indices

Les mouvements de la navigation ont considérablemnt augmenté, depuis cette époque ; aucune analyse officielle n'ayant été
faite depuis, à ma connaissance, des expériences officieuses ont
eu lieu et prouvent que la qualité de ces eaux a considérablement
empiré ; aussi a-t-on reconnu qu'elles ne peuvent servir à la consommation dans une grande partie de la capitale.

Prix de revient du mètre cube d'eau. — Il ne faut plus
compter sur la ressource d'amener de nouvelles eaux de source ;
il reste pour Paris la possibilité de la dérivation des eaux prises
dans la Seine et la Marne ou dans un autre fleuve, tel que la
Loire ; dans ce premier cas, les eaux devant être élevées, coûteront
fort chères, tandis que dans le dernier cas, elles arrivent naturellement, sans autres frais que ceux de créer et d'entretenir le
canal de dérivation.

Les eaux de la d'Huys ont coûté pour être amenées à Paris,

18 millions de francs, pour un débit de 22,000 mètres cubes, toutes les 24 heures, ou de 8,030,000 mètres cubes par an.

Les frais d'entretien de la conduite sont de 88,000 francs, l'intérêt et l'amortissement calculés, par les ingénieurs de la ville, à 5 p. 100 font ressortir le mètre cube à

$$\frac{988,000}{8,030,000} = 0,123$$

en ne prenant seulement, ainsi qu'on doit le faire, comme élément de calcul, que la dépense d'entretien et supposant les frais de construction amortis, l'eau ne coûte que :

$$\frac{88,000}{8,030,000} = 0,011$$

Les eaux de la Vanne. — Les frais de premier établissement de la conduite d'amenée ont été, pour 36,500,000 mètres cubes par an, de 40 millions de francs ; l'entretien est de 268,000 francs ; l'intérêt et l'amortissement sont de 2 millions. Le prix de revient de ces eaux est donc de

$$\frac{2,260,000}{36,500,000} = 0,062$$

mais en supposant le capital, amorti, ce prix ne serait que :

$$\frac{268,000}{36,500,000} = 0,0076$$

Les eaux d'Arcueil. — L'administration ne nous fournit aucun renseignement ; mais sachant que la quantité arrivant à Paris est de 1,000 mètres cubes par jour, soit 365,000 mètres cubes par an, nous estimons qu'en moyenne le mètre cube de cette source coûte environ 0 fr. 007.

Ces eaux arrivent naturellement, sans le secours de machines, aux conduites de distribution.

Les eaux de l'Ourcq. — Leur prix de revient n'est pas évalué par l'administration ; la ville étant propriétaire du canal et le cours d'eau compensant par le fait de la navigation qui s'y exerce, les frais d'entretien qu'il occasionne, les 38,325,000 mètres cubes qu'on lui emprunte sont considérés ne rien coûter.

Les puits artésiens fournissent 2,190,000 mètres cubes qui sont considérés également comme ne coûtant plus rien, la dépense de forage des puits se trouvant amortie.

Usine hydraulique de Saint-Maur. — Ces travaux ont coûté 7,989,418 francs, ils élèvent 14,079,381 mètres cubes. Les frais d'entretien sont de 97,759 francs par an. La dépense du mètre cube d'eau montée est donc de :

$$\frac{\frac{7,989,418 \times 5}{100} \times 97,759}{14,079,381} = 0,0353$$

Si on distrait le coût de construction, on trouve :

$$\frac{97,759}{14,079,381} = 0,007$$

Eau de Seine. — M. Couche nous donne les chiffres suivants :

Entretien	0,0225
Intérêt du capital	0,0157
Coût du mètre cube	0,0382

d'où il résulte : que le mètre cube d'eau en Seine ou en Marne, coûte à peu près un tiers plus cher que celui d'eau de source, en amortissant, comme cela s'est fait pour le canal de l'Ourcq, les eaux d'Arcueil, et les puits artésiens, les frais de construction.

Les machines d'élévation utilisées à Paris, sont celles de Watt, les plus anciennement employées dans les mines. On se demande si, depuis un siècle, on n'a pas réalisé dans la fabrication des pompes, comme en toute autre industrie, des progrès qui auraient permis de substituer à ces vieilles machines de nouveaux engins plus perfectionnés, moins encombrants et moins coûteux. M. Poillon, notre collègue, répondra à ce sujet lorsqu'il s'agira d'examiner la question de l'utilisation des eaux d'égout à l'agriculture.

Il faut compter pour rien le coût d'installation ; les dépenses seules dont on doive tenir compte sont celles de chauffage et de main-d'œuvre de tous les jours. A plus forte raison doit-on rechercher des machines perfectionnées lorsque l'économie d'acquisition s'ajoute à l'économie journalière pour leur faire donner la préférence.

Bassins et réservoirs. — Si l'eau d'Ourcq, d'Arcueil, de Grenelle, du Nord, ne doit pas être élevée, celle prise dans la Seine à Chaillot, par exemple, à 30 et 36 mètres de hauteur, doit être refoulée dans les conduites, afin d'avoir une pression suffisante qui permette de la répartir dans tous les quartiers, notamment dans ceux où ne peuvent atteindre les eaux qui arrivent naturellement.

On compte à Paris dix-huit bassins ou réservoirs : huit alimentés par les eaux de l'Ourcq ; cinq par les eaux de Seine ; un par l'Ourcq et les eaux de Belleville, deux enfin par les eaux de Seine, d'Arcueil et du puits de Grenelle.

Comme on le voit, par le système créé à Paris, les eaux de provenances diverses se trouvent plus ou moins mélangées uniformément entre elles, et si le résultat n'est pas d'excellente qualité, du moins il offre un liquide sain et salubre.

Le réservoir de Passy, l'un des plus curieux à visiter, construit en 1864, contient 25,200 mètres cubes d'eau dans trois bassins qui, surmontés par deux autres, contiennent 37,100 mètres cubes destinés à desservir cette partie de Paris.

Les réservoirs servent à compenser les irrégularités de l'approvisionnement, et de la consommation. En cas d'incendie, ils fournissent un volume d'eau suffisant à l'alimentation des pompes.

Ces bassins sont construits en tôle ou en maçonnerie. Les premiers pour les petits approvisionnements, les seconds pour les grandes distributions, enfoncés dans le sol, ou au moins recouverts d'une voûte qui abrite leur contenu de la gelée, des plantes, des poussières et des animaux aquatiques.

On divise, pour la solidité des constructions, les bassins en plusieurs compartiments, l'eau occupe les intervalles des arcades ; le fond et les parois sont recouverts d'une forte couche de béton.

Les tuyaux d'amenée débouchent au fond des réservoirs, ainsi que les tuyaux de vidange ; il se produit ainsi une décantation que l'on doit rechercher partout où on peut la réaliser dans des conditions simples et économiques.

Les bons réservoirs sont construits en maçonnerie, ils sont d'une très grande solidité. Ils devraient être tous couverts, de telle sorte que l'échauffement de l'eau en été, la congellation en hiver, la chute de corps étrangers et flottants dans l'atmosphère n'y soient pas possibles. Malheureusement il n'en est pas ainsi, pour la plupart d'entre eux.

Dans le système en usage à Paris, un réservoir alimente un certain nombre de kilomètres de conduites, et si ces conduites n'absorbent pas continuellement l'eau qu'elles reçoivent, l'excédant se déverse dans une autre bassin qui se trouve dans une altitude moins élevée et qui, à son tour, distribue ses eaux et celles qu'il reçoit directement à une autre canalisation.

Ce mode de distribution des eaux fait le plus grand honneur à nos ingénieurs; il a fourni ses preuves et il rendra des services d'autant plus signalés, qu'il sera plus complet, c'est-à-dire le jour où tous les conduits seront placés dans les égouts existants ou à construire, et que des colonnes montantes seront installées dans nos habitations.

Canalisation. — Sur la rive droite de Paris, existe une longue galerie suivant le même parcours que celui des anciennes limites de la ville, et allant de la Villette au parc Monceaux; de distance en distance, s'embranchent de grosses conduites qui descendent vers la Seine, la traversent et se relèvent sur l'autre versant.

Sur ces grosses artères, d'autres plus petites viennent se greffer et assurent la distribution dans les maisons, dans les fontaines.

Ces eaux partant de la Villette à la cote 51,99, descendent à la cote 25,24, et forment ainsi un écoulement continu entre le départ et l'arrivée.

La canalisation pour amener les eaux part des conduites maîtresses qui ont leur point d'origine aux réservoirs établis à Ménilmontant, à Montrouge, à Gentilly, etc., etc.

Suivant le rapport de M. Deligny, il manque, pour assurer le service local, 36,06 p. 100 de conduites secondaires et il ne saurait être question de les établir que lorsque tous les égouts seront construits.

En effet, les conduites s'y placent aisément et sans grands frais, leur entretien est facile, si une fuite survient on en connaît l'endroit précis et on y pare immédiatement.

Tout autre mode de conduite en cas d'accidents, affouille la rue, détruit la chaussée, compromet la sûreté des immeubles et exigerait un supplément de dépenses de 10 millions.

Les tuyaux qui servent à distribuer l'eau dans Paris sont en fonte. Leur longueur varie de 2 mètres à 2 mètres et demie; lorsqu'il n'est pas possible de les placer dans les égouts on les pose dans une tranchée qui a ordinairement 1m50 de profondeur. Suivant qu'ils sont placés en terre ou en égout, les tuyaux se jonctionnent soit par emboîtement, soit à l'aide d'une bague enveloppant les extrémités des deux tuyaux contigus.

Le joint est fait avec la corde goudronnée qu'on chasse, au moyen d'un ciseau, puis, avec de l'argile détrempée, on forme un bour-

rèlet en ayant soin de ménager un petit godet par lequel on coule
du plomb fondu. Le plomb refroidi, on mate et le raccordement
est effectué.

Avant leur emploi les tuyaux ont été essayés : c'est peut-être
un des points en mécanique qui ait subi le plus d'expérimenta-
tions depuis trente ans ; cela se comprend, car c'est une grosse
question que celle d'établir une bonne canalisation.

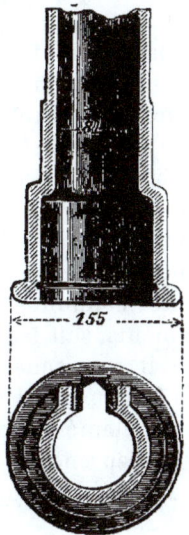

Fig. 4. — Tuyaux de conduite d'eau en fonte.

Pour ces travaux on n'emploie généralement que les tuyaux en
fonte et quelquefois le tuyau dit *Chameroi* dont nous aurons à
parler lorsque nous nous occuperons de la canalisation du gaz où
ce dernier est presque exclusivement employé à Paris.

Le tuyau en fonte supporte sans difficulté une pression considérable, équivalente à celle de la différence de hauteur existant
entre le réservoir et l'extrémité de la conduite ; la matière résiste
à plus de dix atmosphères de pression, les joints également ; mais
ce qui résiste moins, c'est l'ensemble de la canalisation lorsqu'elle
est placée à 1ᵐ50 sous terre : les trépidations occasionnées par les
voitures changent continuellement sa position, rompent les raccordements si ce n'est quelquefois le tuyau lui-même.

Les petites conduites, car l'eau voyage dans des tuyaux qui diminuent, d'un diamètre d'autant moindre, qu'elle approche du but qu'elle a à desservir, sont généralement en plomb.

Le plomb présente à l'usage des avantages et malheureusement des inconvénients sur lesquels nous reviendrons lorsque nous traiterons de l'installation dans nos habitations des *colonnes montantes*.

L'eau peut se charger d'oxyde de plomb et devenir toxique, cette altération est d'autant plus énergique que cette industrie a fait plus de progrès. — Dans l'ancien temps, à l'époque de la domination romaine, on n'étirait pas le plomb, on lui laissait les quelques millièmes d'argent qu'il contenait, on le coulait, battait à la forge tel que la nature nous le donnait, de telle sorte que son oxydation était bien plus difficile qu'elle ne l'est aujourd'hui où l'on ne se sert plus que du plomb bien séparé de l'argent qu'il renferme. Cette oxydation de l'eau a cependant une limite ; les parois du tuyau finissent par se couvrir d'une couche de carbonate de plomb et de chaux qui n'en est pas moins un poison à éviter.

Le plomb, pour les petites conduites servant à la distribution de l'eau dans les appartements, suit facilement les sinuosités les plus diverses, et à ce titre il est recherché ; on ne peut songer à faire ce qu'on exécute si facilement avec lui avec un autre métal, les tuyaux en fer, les tuyaux étamés ne donnent pas des bénéfices aussi considérables aux entrepreneurs pour qu'ils cherchent à substituer au plomb un autre métal remplissant mieux les conditions hygiéniques.

Les conduites d'eau, éprouvées à une haute pression, et dont les joints ont été bien faits, sont d'une durée illimitée, mais comme toutes choses, ici-bas, elles périssent à la longue.

L'écoulement amène l'engorgement des tuyaux, occasionne des concrétions, qui se déposent irrégulièrement en prenant la forme tuberculeuse.

Ces tubercules sont composées de couches variables ; les unes friables et pulvérulentes, les autres très cohérentes, et offrant alors une cassure résineuse. Leur couleur est noire, tant qu'ils n'ont pas reçu le contact de l'air, mais après ils jaunissent en peu de temps.

Il est inutile de songer à l'emploi des acides pour le curage des conduites, et il est cependant bien difficile de concevoir un autre système pour les détruire.

Des ingénieurs se sont occupés de cette grave question, et n'ont trouvé de palliatifs heureux, que dans le poli des surfaces intérieures des tuyaux.

Les incrustations des conduites à Paris, n'ont amené leur remplacement jusqu'ici, que dans une canalisation qui avait été établie en 1810 ; comme on le voit, on peut espérer une durée d'un siècle.

Les eaux d'Arcueil ont donné des obstructions fréquentes qui se composent, suivant Boutron, Charlard et Henry, de :

90   p. 100 de carbonate de chaux.
6   —   —   de magnésie.
2.2   —   de sulfate de chaux.
1.8   —   de matières organiques.

Il se développe en outre dans les tuyaux des végétations, des algues qui entravent la circulation.

Les conduites se détériorent lorsqu'elles sont exposées aux gelées; placées dans les égouts, ou enterrées profondément, il n'y a aucun risque à courir, si ce n'est pour les portions établies dans l'intérieur des maisons.

Lorsque les conduites sont posées en terre, il faut aussi les préserver des secousses produites par le passage des voitures, par les ébranlements dus aux inégalités du pavage et qui se propagent dans le sol jusqu'à une certaine profondeur ; il faut encore avoir soin de donner des épaisseurs suffisantes aux tuyaux des colonnes montantes qui reçoivent des chocs, dits *coups de bélier*.

Les canalisations avaient été faites, dans le principe, en bois; on creusait des sapins qu'on armait à leurs extrémités de brides en fer. Ce mode peut être conservé pour des canalisations de peu d'importance ; il ne peut être employé à Paris.

Ce ne fut qu'en 1823, que les ingénieurs attachés à la direction des travaux de Paris, prirent la détermination de placer dorénavant les conduites d'eau dans les égouts; nous avons fait remarquer que les visites se font avec facilité et fréquemment les pertes sont reconnues et réparées de suite ; tandis que lorsque les conduites sont posées en terre, les visites sont impossibles et on ne peut réparer les dégradations qu'alors souvent, il est trop tard.

Sous galeries les conduites sont placées sur appui, elles ne sont pas susceptibles de tassement, par les cahots du roulage comme lorsqu'elles sont placées en terre.

Les écoulements d'eau se font dans des *conduites maîtresses* qui prennent leur point de départ au bassin; elles ont ce caractère distinctif de pouvoir fonctionner indépendamment les unes des autres.

Elles ont un diamètre, plus ou moins considérable, suivant que la quantité d'eau et la longueur qu'elles auront à desservir, sera plus ou moins grande.

Il arrive fréquemment que deux conduites maîtresses soient mises en communication par un branchement pour se porter un mutuel secours.

Les conduites secondaires ou branches de ramifications, sont de premier, deuxième et troisième ordre.

Les conduites sont placées au fur et à mesure que les égouts se construisent, sur des consoles en fonte.

On ne se sert pour la conduite des eaux que de tuyaux en fonte, qui durent, nous l'avons vu, plus d'un siècle.

Le placement des tuyaux, sur une console en fonte ou sur une colonnette s'appuyant sur un des quais de l'égout, ne présente aucune difficulté, si l'ingénieur qui conduit les travaux a eu soin de faire marcher de front, la construction de son égout et la pose de son tuyau.

On conçoit que cette opération faite avant la fermeture de la voûte, avant que l'émissaire ne soit enfoui sous terre, doit s'effectuer sans beaucoup de frais.

Mais il n'en est pas ainsi, et le public se demande pourquoi l'administration s'y prend en temps inopportun pour accomplir ces travaux; il se demande encore pourquoi les tuyaux n'y sont posés que lorsque l'égout est fermé et enfoui sous terre, ce qui oblige à démolir la voûte, de distance en distance, pour les y faire entrer?

Dans le premier cas, les joints, les rivets manquants, l'ajustage, se feraient en plein soleil; dans le second au contraire, cette opération si simple se fait dans les ténèbres, à la lumière de la lampe du mineur, dans un endroit où aucune aise n'est permise à l'ouvrier, aussi ne doit-on pas être étonné du coût élevé de ces travaux.

Les *conduites en poterie*, seront l'objet d'une discussion circonstanciée que nous ferons au sujet du service des maisons à l'égout. Elles présentent pour la conduite des eaux, à une haute pression, comme cela a lieu à Paris, par suite de la multiplicité des joints, des inconvénients graves qui n'ont pas permis son emploi sur une plus grande échelle que celle qui existe.

Les *conduites en verre*, présentent les avantages et les inconvénients des tuyaux en poterie ; elles coûtent plus cher, ce qui ne leur permet pas de lutter avantageusement avec la fonte qui, aujourd'hui, d'un prix peu élevé, est employée dans les égouts à la canalisation des eaux de Paris.

Ces tuyaux se coulent sous toutes les formes, les recouvrements sont précis, d'où un placement facile et des joints économiques.

L'assemblage se fait par emboîtement, le vide étant rempli par de l'étoupe qu'on comprime à joints plats.

Des robinets à clef de dimensions différentes permettent de diriger l'eau dans un sens ou un autre. Au point où il est placé, le tuyau de conduite, s'il est en terre, est accessible, grâce à un tube vertical en fonte, fermé au niveau du sol par un couvercle de fonte. L'employé de la compagnie, communément ouvre et ferme à volonté au moyen d'une douille carrée.

Les robinets *vannes* sont, comme le nom l'indique, des séparations verticales que l'on abaisse ou élève dans une conduite maîtresse. Ce sont en un mot les écluses de la canalisation qui permettent à l'eau de se porter dans la direction que l'on désire.

Nous sommes arrivés aux confins du parcours de l'eau destinée aux besoins de l'alimentation de la ville de Paris ; le service administratif, après l'avoir recueillie dans les fleuves, les sources et les puits, l'avoir conduite dans des bassins d'approvisionnement, l'avoir menée, par des conduits en fonte et en plomb, aux maisons, aux fontaines et aux établissements municipaux et hospitaliers, la met à la disposition du public. Nous aurons en décrivant l'installation intérieure dans une maison et dans les bâtiments hospitaliers et municipaux à nous occuper encore des services qu'elle satisfait et de ceux qu'elle doit satisfaire.

LA MAISON.

« Chaque maison, par un conduit fermé,
« constamment rempli à une haute pres-
« sion, doit donner à l'habitant, tournant
« un robinet, une source d'eau pure pour
« les besoins et la propreté des lieux qu'il
« occupe. »

« Chaque maison doit évacuer à l'égout,
‹ aussitôt formées, ses déjections, ses eaux
« sales, ses vidanges.

« Chaque maison doit être construite de
« telle sorte que toute porte d'appartement
« ait son issue sur un palier ; que tout cou-
« loir d'accès soit défendu, que toute pièce
« soit munie d'une cheminée et d'une fe-
‹ nêtre et cube au moins 25 mètres. »

Consommation d'eau. — Dans les maisons de Paris on consomme actuellement 85,909 mètres cubes qui, s'ils étaient répartis
à chacun de ses habitants, leur donnerait 43 litres 19.

Mais cette distribution est inégalement faite, les habitants de
onze arrondissements sont bien pourvus, ceux des neuf autres
sont oubliés.

La moyenne des habitants, par maison, est :

A Londres de............................... 7
A Bruxelles de............................... 8
A Paris de................................... 30

Ce qui établirait qu'une maison à Paris devrait recevoir présen-
tement 1,295 litres d'eau toutes les 24 heures ; ce chiffre n'est
qu'un zéro dans l'état actuel des choses, on ne peut établir aucun
calcul qui approche de la vérité.

Nous obtenons des chiffres bien différents si nous consultons les
statistiques officielles, c'est ainsi que dans le tableau suivant indiquant la consommation d'eau dans les principales villes de
l'Europe, Paris y figure pour 90 litres par habitant, ce qui donne
pour 2 millions : 180,000 mètres cubes sur les 370,000 mètres ap-
provisionnés.

Le nombre de litres, par tête d'habitant, distribué dans diverses villes, est le suivant :

Villes.	Nombre de litres par habitant.
Rome	914
New-York	568
Carcassonne	400
Besançon	246
Dijon	240
Marseille	186
Bordeaux	170
Gênes	120
Castelnaudary	120
Glascow	100
Londres	95
Paris	90
Narbonne	85
Toulouse	78
Genève	74
Philadelphie	70
Grenoble	65
Vienne (Isère)	65
Montpellier	60
Clermont	55
Edimbourg	50

Tout le monde a besoin d'eau, mais la nécessité de s'en procurer plus ou moins est pour tous bien différente ; les riches, les gens aisés y attacheront une telle importance qu'ils payeront le prix que la Ville exigera ; d'autres moins riches ne s'en serviront au contraire qu'autant que le prix en soit raisonnable ; d'autres encore, les pauvres, ne feront usage que de la quantité qui leur est strictement indispensable si le prix n'en est pas bon marché.

Dans les temps anciens, aucune ville n'eut jamais l'idée de faire payer l'eau ; dans les temps modernes tel acheteur qui consommera 100 litres par jour n'en dépensera que moitié, suivant le prix qu'on la lui fera payer.

La distribution d'eau à domicile dans Paris existera à partir de 1881, rendue dans l'appartement et par an et coutera :

Un robinet établi au-dessus de la pierre d'évier :

Pour trois personnes	16,20
— chaque personne en plus	4, »

Pour tout robinet supplémentaire :

Dans les cabinets d'aisances	4, »
— les salles de bains	12, »
— les salles de douches	9, »
— les autres parties de l'appartement	6, »

Dans les maisons, où les appartements n'atteignent pas une location annuelle de 500 francs, les propriétaires pourront faire établir, sur chacun des paliers un robinet d'eau pour le prix de
16 fr. 20 par an.

Ces nouveaux prix engageront sans doute les propriétaires à
établir des prises d'eau dans leurs immeubles, et la ville de Paris,
en présence de la modicité des prix, espère des recettes importantes qu'elle évalue devoir être au minimum de 8 millions, c'est-à-
dire celles payée avant 1850 aux porteurs d'eau.

La population de Paris était à cette époque de 1,171,345 habitants qui consommaient chacun 85 litres d'eau et payait : l'eau de
l'Ourcq 50 francs le mètre cube et celle de la Seine 100 francs,
alors que les annexés payaient 185 et même 218; aujourd'hui
cette population est de 2 millions, il n'y a donc aucun mécompte
à redouter.

Cette recette sera bien plus élevée, si on rend obligatoires les
prises d'eau dans l'appartement.

Les hygiénistes admettent qu'une ville, pour qu'elle soit saine,
doit être armée de chaussées pavées; posséder des bornes et des
fontaines publiques; des colonnes montantes à chacune de ses
maisons, déversant l'eau jusqu'au toit; des égouts pour mener au
loin les eaux salies; et que tous ces services demandent, au minimum, 200 litres d'eau par 24 heures et par habitant.

C'est pour Paris 400.000 mètres cubes nécessaires.

A Londres, la consommation locale n'est que de 60 à 75 litres;
mais si on considère la différence du climat et des mœurs, les
hygiénistes ont raison d'élever le chiffre à 200 litres.

Les 85,000 mètres cubes actuellement amenés à la maison n'al-
laient que par exception dans des colonnes montantes, elles abou-
tissaient à une borne-fontaine placée dans la cour.

Les habitants assez fortunés des maisons ayant la colonne montante n'ont à craindre l'apparition des mauvaises odeurs; tout, chez
eux, se trouve dans des conditions hygiéniques parfaites, mais
lorsque le locataire n'a à sa disposition que l'eau de la borne-fontaine, il n'en fait guère usage, il préfère en revenir aux us et aux
moyens du porteur d'eau.

Il n'en sera plus de même avec les robinets de palier, chacun en
usera, selon ses besoins, et la salubrité publique recouvrira ses
droits trop longtemps méconnus.

Le filtrage de l'eau. — Nous venons de suivre le parcours de l'eau depuis la source où elle a été puisée jusqu'au seuil de la maison.

Nous verrons, au moyen du compteur, enregistrer la quantité que chaque maison de Paris va consommer en 24 heures.

Nous allons maintenant passer au filtrage qui est l'opération la plus nécessaire, la plus indispensable, si on veut alimenter la population d'eau potable et salubre.

Une commission scientifique constituée en 1851, et présidée par M. Hérican de Thury, définit le filtrage des eaux pour la maison, c'est-à-dire pour les besoins domestiques des habitants qu'elle renferme de la manière suivante : « Une eau peut être considérée « comme bonne et potable quand elle est fraîche, limpide, sans « odeur, quand sa saveur est très faible ; qu'elle n'est surtout ni « désagréable, ni fade, ni salée, ni douçâtre ; quand elle contient « peu de matières étrangères ; quand elle renferme suffisamment « d'air en dissolution ; quand elle dissout le savon sans former de « grumeaux et qu'elle cuit bien les légumes. »

Dupasquier ajoute : L'eau pure est incolore, transparente. Si donc une eau destinée aux usages domestiques, présente une nuance de coloration, c'est un signe certain qu'elle contient en solution quelque substance étrangère, et particulièrement une matière organique. Une eau de cette nature est essentiellement mauvaise, et doit être rejetée, à moins que la nécessité ne force de l'employer, et dans ce cas, il faut préalablement la filtrer au charbon.

Toute eau trouble, bourbeuse ou manquant d'une limpidité parfaite, tient en suspension des substances étrangères, et particulièrement des matières terreuses ; telles sont la plupart des eaux de rivières, dans le temps de crue, que trouble un limon grisâtre, une grande partie de l'année. De telles eaux ne peuvent être bues en cet état : non seulement les matières terreuses qu'elles tiennent en suspension, les rendent lourdes et indigestes, mais ces matières contribuent encore à amener un désordre dans les fonctions digestives, par le dégoût qu'elles causent quand on en fait usage comme boisson. Elles peuvent, il est vrai, devenir bonnes par une simple filtration.

M. David remarque que les eaux de rivière entraînent avec elles du sulfate de chaux, des matières organiques et séléniteuses. Pendant les pluies, les orages, elles deviennent troubles ; si on ne les filtre pas elles restent troubles, aussi ajoute-t-il avec raison :

Si les proportions de matières étrangères tenues en suspension dans l'eau pendant les crues, pendant les plus fortes troubles, ne sont pas les mêmes, ainsi qu'on devait s'y attendre, dans les différentes rivières. Dans la Seine cette proportion s'élève quelquefois jusqu'à $\frac{1}{2000}$. Ainsi, celui qui boirait dans sa journée trois litres d'eau de Seine non filtrée, à l'époque des plus fortes crues, chargerait son estomac d'un gramme et demi de matières terreuses. Quel pourrait être, à la longue, l'effet de ces matières sur la santé ? La question, vivement controversée, a laissé les médecins et les ingénieurs hydrauliciens fort divisés d'opinion.

Dans tous les temps et dans tous les pays, la limpidité a semblé la condition nécessaire du liquide destiné à la boisson de l'homme; voilà pourquoi avant l'invention ou, plutôt, avant le perfectionnement des procédés de filtrage, les anciens ne se croyaient pas dispensés de creuser à grands frais des puits profonds, ou d'aller, par de magnifiques aqueducs, chercher au loin des sources naturelles, lors même que de grands fleuves ou de larges rivières traversaient leurs villes.

Les eaux que Paris reçoit ont toutes les caractères que nous venons d'énoncer, et pour qu'elles deviennent potables, elles doivent être filtrées.

Cette opération n'offre pas de difficultés quand on se contente de l'appliquer sur de petits volumes, mais les tentatives pour opérer en grand, pour fournir de l'eau pure à des cités étendues et populeuses, ont jusqu'à présent échoué.

Disons, pour rester dans la vérité, que plusieurs fois les essais ont semblé réussir, mais bientôt, dans les appareils les mieux conçus, la quantité d'eau filtrée a diminué, et est devenue même nulle.

Le sable, le gravier, les laines, les éponges, etc., ne clarifient l'eau qui passe à travers eux, qu'en retenant toutes les matières étrangères qu'elles contiennent; or il s'en suit que l'un ou l'autre de ces filtres réussit un certain temps, mais comme les interstices, entre les molécules de ces corps, se rétrécissent successivement, à mesure qu'elles retiennent ces matières, l'eau qui les traverse diminue proportionnellement jusqu'à ce que l'écoulement tarisse.

Le repos ne peut être adopté comme méthode de clarification des eaux destinées à l'alimentation des grandes villes. Il ne faudrait pas moins de 8 à 10 bassins séparés, ayant chacun assez de capacité pour contenir toute l'eau nécessaire à la consommation d'un jour ? Ajoutons que, des eaux exposées en plein air et qui resteraient immobiles, stagnantes, pendant huit à dix jours consécutifs, *contracteraient un mauvais goût, soit à cause de la putréfaction des insectes sans nombre qui y tomberaient de l'atmosphère, soit à cause des phénomènes de végétation dont leur surface deviendrait le siège*. Le repos de l'eau peut, toutefois, être considéré comme un moyen de la débarrasser de tout ce qu'elle renferme en suspension de plus lourd, de plus grossier. C'est sous ce point de vue seulement que des bassins, que des récipients de dépôt ont été préconisés et établis en Angleterre et en France.

Il faudrait des filtres se nettoyant par eux-mêmes ; mais on ne peut songer à une telle besogne lorsqu'il s'agit d'épurer des centaines de mille mètres cubes par jour, qui demandent des espaces filtrants considérables.

Une compagnie anglaise en a fait les essais. Pour filtrer 24,000 mètres d'eau par jour, il fallait 10 ares de filtres, posés sur drains,... Que faudrait-il à Paris pour ses 400,000 mètres ?

On a fait des calculs à ce sujet et l'on est arrivé à ce résultat que, les appareils filtrants nécessaires couvriraient une superficie de 14 hectares environ, et en tenant compte des moments où les eaux sont chargées de limon, et de la nécessité d'avoir un quart de filtres de rechange, pour les chômages et les nettoyages, on devrait compter 17 hectares et demi.

La ville de Paris s'est contentée d'armer seulement, la sortie des eaux des réservoirs, d'un grillage qui retient les corps volumineux, et de les filtrer dans les établissements dits de *Vente d'eau*.

La science dit M. David, à qui nous demandons pardon de l'avoir copié dans ses études sur la filtration des eaux, ou plutôt le hasard a fait découvrir un moyen de hâter considérablement, de rendre presque instantanée, la précipitation des matières terreuses tenues en suspension dans l'eau. Ce moyen consiste à y jeter de l'alun en poudre. Il est constant, il est avéré qu'à Paris, le gros limon, charrié par la Seine, s'agglomère en stries longues, épaisses, et qu'il se dépose, très promptement, dès que l'eau est alunée. La théorie de cette opération mérite de fixer l'attention des chimistes. Aujourd'hui, elle n'est pas assez certaine pour qu'on puisse affirmer que le même effet aurait lieu indistinctement avec le limon de toutes les rivières. Le doute, à cet égard, semble d'autant plus permis que la clarification par l'alun n'est pas toujours complète ; que certaines matières très fines échappent à l'action de ce sel, restent en suspension dans le liquide, et le rendent encore louche quand toutes les stries ont disparu. S'il est vrai que l'eau, après avoir été alunée, ait besoin de subir une filtration ordinaire, on concevra aisément pourquoi l'emploi de l'alun, comme moyen de clarification, n'est pas devenu général. D'ailleurs, le prix de ce sel s'ajouterait à celui de l'eau filtrée, et l'augmentation ne serait peut-être pas à dédaigner dans un système d'opérations exécuté très en grand. Ce qui forme, au reste, contre ce procédé, une objection plus sérieuse, c'est qu'il altère la pureté chimique de l'eau de rivière, c'est qu'il y introduit un sel qu'elle ne contenait pas, c'est qu'en supposant ce sel entièrement inactif dans de certaines proportions, les consommateurs peuvent craindre qu'un jour, sur 100, sur 200, sur 1000 si l'on veut, ces proportions soient notablement dépassées, car il suffirait pour cela de la négligence, d'une erreur d'un ouvrier.

L'un de nous, ajoute M. David, parlait un jour de l'alunage de l'eau à un ingénieur anglais qu'une longue habitude avait mis fort au courant des préoccupations du public, et qui se lamentait devant lui sur l'imperfection actuelle des moyens de purification ; « Ah ! que me proposez-vous, répondit-il sur-le-champ ; *l'eau, comme la femme de César, doit être à l'abri du soupçon !* »

Voilà, sous une forme peut-être singulière, mais vraie, la condamnation définitive de tout moyen de clarification qui introduira dans l'eau de rivière quelque nouvelle substance dont elle était d'abord chimiquement dépourvue ; voilà pourquoi les tentatives les plus récentes des ingénieurs se sont toutes dirigées vers l'emploi des matières inertes, ou qui, du moins, ne peuvent rien céder à l'eau. Les matières sont :

Du gravier plus ou moins gros,

Du sable plus ou moins fin,

Du charbon pilé.

Le sable, le charbon et le grès sont trois corps qui ne peuvent servir qu'à une classification, plus ou moins complète, mais si on a eu soin, par des nettoyages fréquents, de les débarrasser des impuretés qui se déposent et se corrompent, ils constituent les filtres les plus propres et les meilleurs que l'on puisse employer.

De grands essais de filtrage en employant ces matières ont été faits naguère chez nos voisins d'outre-mer, et surtout à *Glasgow*. C'est par millions qu'il faudrait compter les sommes qu'on y a employées. Ces essais cependant n'ont pas réussi ; ils sont devenus, au contraire, en raison de l'importance avec laquelle ils ont été faits, la cause de la ruine de plusieurs puissantes Compagnies.

Ceux qui s'occupent de la recherche des procédés destinés à l'industrie trouvent d'excellents guides dans les phénomènes naturels, mais à la condition qu'ils ne se laisseront pas séduire par des similitudes imparfaites. Telle a été, la principale origine des fautes commises en Écosse. Certaines sources, se disait-on, coulent uniformément, sans interruption ; depuis des siècles elles donnent la même quantité d'eau claire ; pourquoi n'en serait-il pas ainsi d'une source artificielle placée dans des conditions analogues ? Il y a lieu de répondre :

Est-il certain que ces sources naturelles n'aient pas éprouvé de diminution ?

Ce qu'il y a de positif c'est que dans la source artificielle, la couche filtrante aura toujours une étendue circonscrite, bornée ;

Ce qui est probable, c'est que pour les eaux de la source naturelle, la clarification s'opère dans des bancs de sable qui occupent des provinces entières et sur une eau à peine trouble.

Parmi les compagnies de Londres qui clarifient leurs eaux, par filtration à travers le sable, on compte celle de Chelsea, qui opère avec trois bassins communiquant entre eux ; les deux premiers, dits de repos, recevant les matières les plus grossières ; le troisième, ayant une couche de sable et de gravier très épaisse, retenant les particules plus ténues.

De temps à autre, des ouvriers armés de rateaux enlèvent la couche superficielle et la remplacent par du nouveau sable.

Le système que M. l'ingénieur *Robert Thom* a introduit à Greenock, en 1828, a sur celui de Chelsea l'avantage que le nettoiement s'effectue de lui-même, que toute la masse de sable filtrante y est assujettie. Cette masse forme une couche de 5 pieds anglais d'épaisseur. L'eau peut à volonté entrer dans le bassin que le sable remplit, par-dessus ou par-dessous. Si la filtration s'est opérée, par exemple, en descendant, dès qu'on s'aperçoit que le filtre s'obstrue, qu'il devient paresseux, on fait pendant quelque temps, arriver l'eau par-dessous, et, dans son mouvement ascensionnel, elle emporte les sédiments, par la partie supérieure, dans un conduit de décharge destiné à les recevoir.

En France, jusqu'ici, la filtration de l'eau n'a pas été tentée très en grand. Dans les établisssments où cette opération s'effectue à Paris, on se sert d'un grand nombre de petites caisses prismatiques, doublées en plomb, ouvertes par le haut, et contenant à leur partie inférieure une couche de charbon comprise entre deux couches de sable. Ce sont les anciens filtres brevetés de MM. Smith, Cuchet et Montfort. Quand les eaux de la Seine et de la Marne arrivent à Paris très chargées de limon, les matières dépuratrices contenues dans ces diverses caisses, ou au moins leurs couches supérieures, ont besoin d'être renouvelées ou re-maniées tous les jours et même deux fois par jour.

Chaque mètre superficiel de filtre donne environ 3,000 litres d'eau clarifiée par 24 heures; il faudrait donc 7 mètres superficiels ou 7 caisses cubiques d'un mètre de côté par pouce de fontainier, et 7,000 caisses pareilles pour le service d'une ville où la consommation serait de 1,000 pouces.

Il faudrait en conséquence pour les 400,000 mètres cubes nécessaires à Paris, 140,000 caisses.

A Grenock, le filtrage s'opère de haut en bas, M. Robert Thom nettoie comme nous l'avons vu la masse de sable en y faisant passer, dans la direction contraire, c'est-à-dire de bas en haut, une grande quantité de liquide.

Ces procédés sont imparfaits. M. de Fonvielle en a conçu de plus puissants : l'auteur les a trouvés dans l'action de deux courants contraires, dans les chocs, dans les secousses brusques, dans les remous qui en résultent.

Pour nettoyer le filtre hermétiquement fermé à l'Hôtel-Dieu, où ces moyens ont été appliqués, l'ouvrier chargé de cette opération ouvre tout à coup, simultanément ou presque simultanément, les robinets des tuyaux qui mettent le dessus et le dessous de l'appareil en communication avec le réservoir élevé ou avec le corps de pompe qui renferment l'eau alimentaire. Le filtre se trouve ainsi traversé brusquement et en sens opposés par deux forts courants dont l'effet nous semble pouvoir être assimilé à celui du froissement que la blanchisseuse fait éprouver au linge qu'elle manipule.

Ce système, en action disons-nous à l'Hôtel-Dieu, dans une couche de sable de moins d'un mètre d'épaisseur, fonctionne sans interruption; douze millions de mètres cubes d'eau traversent l'appareil, et prouvent à M. de Fonvielle qu'il a résolu la question de filtrer des quantités d'eau assez importantes pour l'usage d'un grand hôpital.

Ces essais, pour un filtrage en grand, sont les derniers tentés ; ceux qui parlent encore de ne faire qu'un seul filtre, par réservoir, pour les eaux amenées à Paris, poursuivent un rêve chimérique ; le filtrage en grand est, jusqu'au jour de nouvelles découvertes, une illusion.

L'Hôtel-Dieu consomme, par jour, environ 33 mètres cubes d'eau, pour tous ses services, cette eau est filtrée et ne laisse rien à désirer ; dans ces conditions, M. Fonvielle a prouvé que l'opération est possible, un seul appareil suffit pour traiter 12 millions de mètres cubes par an, si on a soin, tous les mois au moins, de recharger par de nouvelles matières une partie des bassins.

On se demande, en présence du résultat satisfaisant reconnu et constaté par une commission spéciale, comment des filtres semblables ne se trouvent pas dans les autres hôpitaux, dans les casernes, dans les hospices, dans les maisons hospitalières, et comment on se contente de recevoir l'eau telle qu'elle sort des conduits ?

Il suffit cependant de faire un essai des plus simples pour se convaincre que l'eau de Seine, que l'eau de source, prise à la fontaine d'un de ces établissements, regardée au microscope est louche, reste chargée de limon ; et que si on la filtre, dans une petite fontaine Fonvielle, aujourd'hui David, elle devient claire comme cristal.

Nous reviendrons sur la question du filtrage des eaux, dans le chapitre suivant, lorsque nous décrirons les maisons de vente et les bornes-fontaines ; nous nous contenterons, pour l'instant, dans cette partie si intéressante de notre œuvre, au point de vue de l'hygiène, d'entrer dans la maison d'habitation, d'y voir ce qui s'y passe et de dire ce qu'il faut y faire à l'avenir.

« Le filtrage doit enlever à l'eau toutes les matières organiques « qu'elle tient en suspension et qui peuvent la corrompre. »

Les causes d'insalubrité ne disparaissent qu'incomplètement si les moyens d'épuration, de clarification et surtout de nettoyage des filtres sont défectueux ou imparfaits ; c'est-à-dire si les matières filtrantes qui entrent dans la composition de presque tous les appareils : le charbon, la laine sous diverses formes, le sable, le grès et les éponges rendues imputrescibles ont des propriétés désinfectantes ; mais l'action absorbante de ces matières est très limitée et ne peut exercer une influence utile que pendant un temps relativement court et en raison inverse de la quantité d'eau à purifier.

Le sable et le grès ne peuvent jamais servir qu'à une simple clarification, incomplète, qui devient nulle, si on néglige d'enlever, par des nettoyages fréquents, les impuretés de toute nature que l'eau dépose et qui se corrompent si facilement.

Les éponges qui remplissent à peu près le même but que le sable et le grès ont l'inconvénient très grave de se putréfier et de communiquer à l'eau une odeur d'autant plus désagréable qu'elles y séjournent plus longtemps, en contact avec des matières organiques en décomposition.

Ce fait ressort de l'extrait suivant du rapport adressé par les membres du Conseil de salubrité du département de la Seine à M. le Préfet de police :

Une expérience a consisté, dit ce rapport, à mettre dans deux vases en verre, dans l'un de la laine préparée par M. David, dans l'autre une éponge qui avait été battue avec un maillet et lavée un grand nombre de fois avec de l'eau tiède. L'éponge et la laine ont été couvertes, chacune avec de l'eau, puis les deux vases ont été déposés dans une étuve à une température de 20 à 25 degrés.

Cette expérience avait pour objet, non seulement d'apprécier l'altération qui aurait pu se produire dans la laine, mais, en outre, de la comparer, sous ce rapport, avec les éponges que l'on fait entrer dans la construction d'un assez grand nombre de filtres.

Au bout de quinze jours d'expériences, le vase dans lequel se trouvait l'éponge répandait une odeur putride, tandis qu'après deux mois, il ne s'était manifesté aucune mauvaise odeur dans l'eau où plongeait la laine.

Aussi fut-il bien établi, par ceux qui se sont occupés de la question :

Que les matières contenues dans un appareil de filtrage doivent être nettoyées avec le plus grand soin à des époques assez rapprochées pour empêcher qu'il se forme un amas trop considérable d'impuretés qui putréfient les éponges qui entrent dans la composition du filtre lui-même.

Il faut pour accomplir facilement cette opération que l'appareil soit construit de manière à rendre les nettoyages faciles, efficaces et peu coûteux.

Indépendemment de cette condition essentielle, sans laquelle il est impossible d'obtenir de l'eau limpide et salubre, il est avant tout nécessaire :

Que les couches filtrantes, qui laissent passer les molécules liquides, en arrêtant les *matières* qu'elles tiennent *en suspension*, soient disposées dans l'appareil de telle façon que, par leur nature, le moindre atome ne puisse les traverser complètement ; qu'elles absorbent les gaz résultant de la décomposition rapide de ces matières.

Ces deux conditions ne sont jamais remplies si les couches dont nous parlons ne sont pas parfaitement assises et si elles éprouvent le moindre dérangement lorsque l'eau les traverse avec une vitesse souvent considérable.

Cet inconvénient très grave, qui rend un filtre plutôt nuisible qu'utile, se produit forcément lorsque le passage de l'eau a lieu par ascension, c'est-à-dire de bas en haut. Par sa pression, elle soulève les matières que leur propre poids fait retomber en désordre dès que cette pression cesse, et si à cela vient s'ajouter un semblant de nettoyage par courant contraire, le bouleversement est complet et la clarification impossible.

La filtration de l'eau est de toute antiquité.

Les Égyptiens purifiaient l'eau du Nil, nous dit l'histoire, en la plaçant dans des vases en grès au travers desquels elle s'écoulait, goutte à goutte. Tous les peuples de l'Orient font de même aujourd'hui.

Au moyen âge, en France, on substitua aux vases de terre des amphores en cuivre étamé contenant du sable fin ; la fontaine en bois revêtue de lames de plomb, contenant également du sable, vint ensuite, puis la fontaine *Amy* qui avait le premier composé sa matière filtrante d'un lit d'éponges et d'un lit de sable.

Amy est considéré comme l'inventeur de la fontaine filtrante actuellement employée, et qui reçut de si remarquables perfectionnements des fontainiers de Paris, dont nous retrouvons en M. David, un des survivants.

Avant eux les appareils filtrants les plus répandus, dans nos habitations, étaient les fontaines-filtrantes ; il y en avait de toutes dimensions, suivant les besoins à desservir ; elles dataient du jour où les porteurs d'eau s'étaient emparés de l'approvisionnement de Paris ; elles se composaient généralement d'un réservoir en pierre poreuse, laissant suinter à travers ses pores l'eau qui y était renfermée.

Elles existent encore, marchent bien pendant quelque temps, mais bientôt les pores des pierres s'obstruent et le filtrage ne s'opère plus ; elles deviennent alors, par les molécules dangereuses renfermées dans la pierre, un instrument de corruption des eaux, dangereux pour ceux qui s'en servent.

Il est vrai que le marchand de charbon, également marchand d'eau, s'offre pour effectuer un lavage, mais, si bien que soit faite cette opération, on ne peut chasser complètement, des interstices où ils se sont réfugiés, les sels et les matières organiques qui, du reste ont fini, pour la plupart, par faire partie intégrante de la pierre filtrante.

On devrait, suivant nous, proscrire au nom de l'hygiène, l'usage de ces fontaines, qui deviennent à la longue des instruments d'empoisonnement. Les appareils de M. David par leur forme conique, par le soin avec lequel les différentes couches sont placées, par la pression de l'eau s'effectuant de haut en bas en serrant sans cesse ces mêmes couches contre les parois intérieures, sans jamais les déranger et sans laisser passer la moindre impureté, donnent la certitude d'avoir une clarification parfaite et une épuration d'autant plus grande que la laine ou le charbon sont plus fréquemment remplacés et nettoyés.

Ces appareils, employés dans les établissements de la Ville de Paris, n'ont cessé de donner des résultats approuvés par les hommes les plus considérables et consacrés par une expérience de plus de quarante années.

Si ces appareils n'ont pas pris dans l'industrie et dans l'usage domestique toute l'extension qu'ils sont appelés à recevoir, lorsque les conditions de leur emploi, de leur installation très simple et surtout de leur entretien économique seront mieux connues, lorsqu'on sera pénétré de la nécessité absolue de n'employer que de l'eau entièrement dégagée des matières impures qui la corrompent, et dont l'usage prolongé peut provoquer de sérieuses maladies, ces filtres seront les seuls employés.

Si cet emploi ne s'est pas généralisé cela tient aussi à ce que l'opinion publique, trompée par les nombreux appareils auxquels l'importance de la question a donné naissance, a cru devoir s'en tenir, pour les usages journaliers, à l'emploi si défectueux et si insuffisant des fontaines filtrantes, et, pour l'industrie, à la filtration si lente et si incomplète, par le repos, dans les réservoirs ou des bassins qui ne sont qu'un réceptacle où vient incessamment se déposer le limon formé par des matières terreuses et par les débris organiques entraînés par les eaux ; à ce limon viennent se joindre encore la poussière et des débris de toutes sortes, des myriades d'insectes et des infusoires sans nombre, qui y laissent leurs dépouilles, et qui forment en très peu de temps, en se décomposant, une couche qui en tapisse les parois, et rend l'eau, non seulement insalubre, mais impropre à un grand nombre d'industries.

Les expériences faites par M. Belgrand sur les appareils de M. David nous ont paru présenter un grand intérêt et nous avons cru devoir les reproduire *in extenso* en les empruntant à son ouvrage : *Les Anciennes Eaux de Paris*.

Les filtres employés aux fontaines marchandes de Paris étaient de deux sortes : la Compagnie française employait le filtre de M. Fonvielle, composé de grès pilé, recouvert d'une couche d'éponges ; M. Souchon faisait usage des détritus de laine provenant de la tonte des draps, que l'on nomme aussi laine tontisse.

Le premier essai du système Fonvielle a été fait en présence des ministres de l'intérieur et du commerce, le 2 juin 1838. Une délibération du conseil municipal du 5 avril 1839, autorisa l'établissement des premiers filtres de ce système à la fontaine de la porte Saint-Denis.

L'essai du filtrage à la laine a été fait pour la première fois, dans la cuvette même du pont Notre-Dame, le 15 juillet 1839, et a été poursuivi jusqu'en 1847. Le filtre était à découvert, et l'eau était versée à sa surface dans la cuvette ; après avoir traversé le filtre, elle ne trouvait d'autre issue que les conduits de la distribution. Ce filtre pouvait ainsi subir une pression d'une atmosphère qui suffisait pour que toute l'eau montée par la pompe (environ 12 litres par seconde) fût entièrement filtrée avant d'être livrée à la consommation.

Ces essais de filtrage eurent un grand succès. Ils furent appliqués à toutes les fontaines marchandes. La ville payait le filtrage six centimes le mètre cube, et livrait l'eau à raison de quatre-vingt-dix centimes aux porteurs d'eau à tonneaux et aux habitants.

MM. Vedel et Bernard, qui représentaient les deux compagnies, ne tardèrent pas à s'associer ; ils améliorèrent le filtrage en composant un filtre formé d'une couche d'éponges et de laine tontisse. La couche d'éponges, établie à la partie supérieure du filtre, servait de dégrossisseur ; elle retenait à peu près tous les limons et les matières organiques non dissoutes.

Le nettoyage des filtres de la Compagnie française avait lieu :

Lorsque l'eau était trouble.............. tous les huit jours.
      —   louche .... tous les quinze jours.
      —   claire (en été) .... tous les mois.

On se bornait presque toujours à laver les éponges de la couche supérieure.

Le filtre Souchon se nettoyait, lorsque l'eau était trouble, tous les jours, et en temps ordinaire tous les trois ou quatre jours.

Le nettoyage consistait à enlever à chaque fois, une certaine

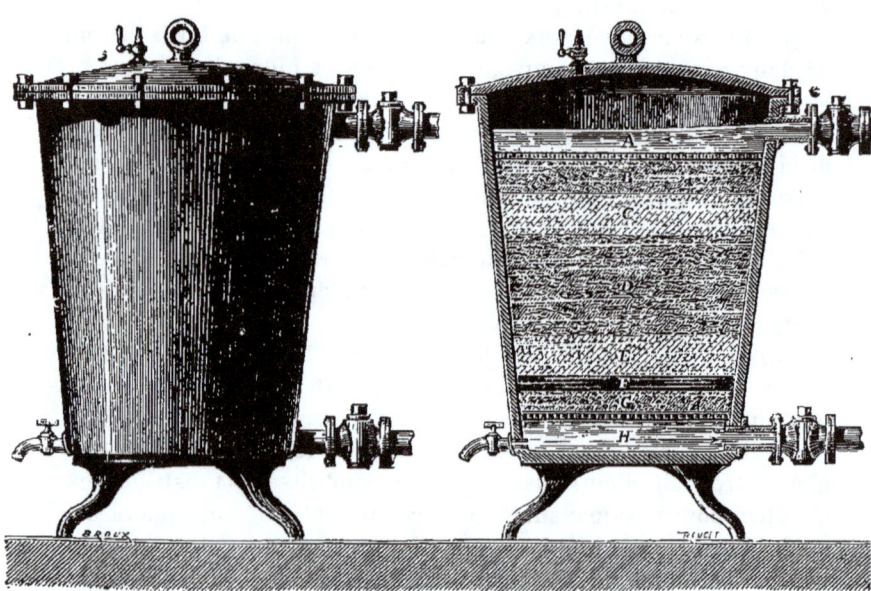

Fig. 5. — Filtre David

épaisseur de laine à la première couche, sans la remplacer, et à continuer ainsi jusqu'à ce qu'elle fût épuisée. On la remplaçait alors entièrement et on recommençait tant que la seconde couche n'était pas atteinte. Dès que cette couche commençait à se charger de vase, on la traitait comme la première. On procédait de même pour la troisième qui n'était renouvelée que tous les mois ou tous les deux mois, suivant la saison.

A. Eau brute (arrivée). — B. Eponges préparées. — C. Laines imputrescibles. — D. Grès pulvérisé. — E. Laines imputrescibles. — F. Noir animal ou charbon. — G. Sable ou gravier. — H. Eau filtrée (départ).

Cette dernière matière est rendue imputrescible par un tannage à base ferrique. Chaque petit filament se trouve recouvert d'une couche métallique suffisante pour le protéger, mais assez légère pour ne pas retirer à la laine sa propriété *feutrante*. Sous l'effort de la pression, ces innombrables filaments s'agglomèrent et constituent un feutre très épais et très dense, qui a sur le feutre ordinaire l'immense avantage de rejeter toutes les matières en suspension qu'il a retenues et absorbées, puisqu'il est divisible à l'infini. Un simple délayage suffit à cette opération.

Ces appareils, d'une grande simplicité, sont en fonte de fer, et peuvent résister aux plus grandes pressions. Il se composent essen tiellement d'une cuve conique surmontée d'un couvercle. Ces deux pièces, à cornières, assemblées par des boulons glissant dans les encoches, constituent le corps du filtre. Au-dessus de la tubulure correspondant au robinet de départ qui se trouve à la partie inférieure de l'appareil est disposée une grille surmontée d'un tamis métallique sur lequel reposent les couches filtrantes dans l'ordre de la figure ci-dessous :

Ces matières, fortement comprimées, sont maintenues par une grille placée au-dessous de la tubulure correspondant au robinet d'arrivée.

Les tarifs et les dimensions des appareils de M. David, sont les suivants :

NUMÉROS.	DÉBIT à l'heure.	PRIX de vente.	PRIX de location.	DIAMÈTRE des robinets.	HAUTEUR des cuves sans pieds.	DIAMÈTRE supérieur.	DIAMÈTRE inférieur.
0	6000 lit.	990	200	0,500	0,890	1,130	0,890
1	4000 lit.	660	120	0,400	0,950	0,860	0,590
2	2500 lit.	550	90	0,350	0,780	0,770	0,470
3	1200 lit.	440	60	0,270	0,660	0,640	0,350
4	500 lit.	330	42	0,200	0,680	0,450	0,440
5	300 lit.	220	36	0,150	0,500	0,440	0,390

L'installation est facile sur la conduite d'adduction de l'eau, on place un robinet d'arrêt, on raccorde le robinet d'arrivée en deçà et le robinet de départ au delà du robinet d'arrêt ; celui-ci étant fermé l'eau est obligée de traverser le filtre.

Le fonctionnement de l'appareil étant raccordé comme ci-dessus : il faut fermer le robinet de départ, ouvrir progressivement le robinet d'arrivée, puis le robinet de décharge placé à la partie inférieure de l'appareil, ainsi que le robinet d'air placé sous le couvercle ; alors l'appareil étant purgé d'air, on ferme le robinet d'air, on laisse pendant quelques minutes couler la décharge, en

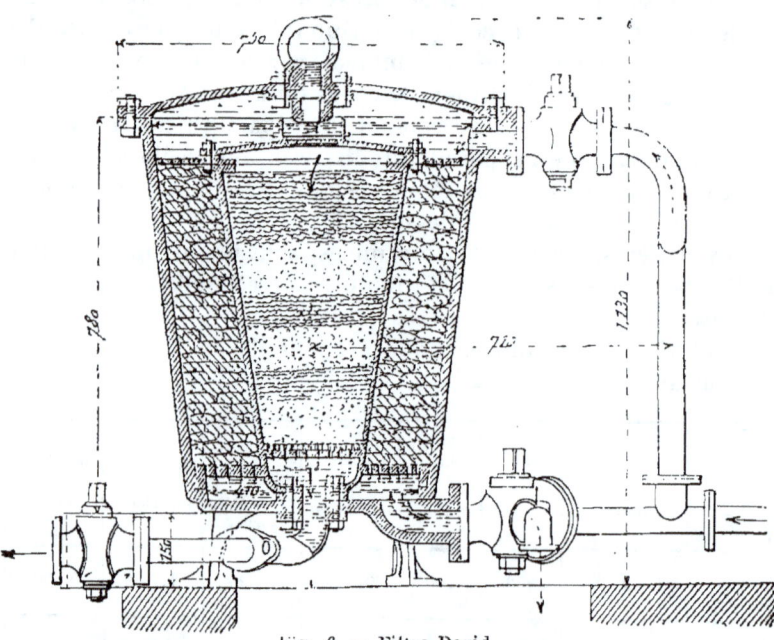

Fig. 6. — Filtre David.

fermant son robinet et l'appareil étant alors en pression, on ouvrira le robinet de départ.

Quant aux nettoyages, les robinets étant fermés : 1° ouvrir la décharge ; 2° desserrer les boulons des cornières pour retirer le couvercle ; 3° retirer successivement les couches filtrantes, les laver séparément jusqu'à ce qu'elles ne troublent plus l'eau ; 4° les replacer dans le même ordre en ayant soin de comprimer séparément chaque couche, surtout près des parois. L'appareil remonté, remettre en marche comme ci-dessus.

Ces appareils sont construits pour que le filtrage s'effectue de haut en bas. Néanmoins, le filtrage par ascension ayant des partisans : une tubulure ajoutée au couvercle et un mode d'arrêt de la grille supérieure suffisent à ce changement.

Il est possible, en outre, avec ces appareils d'établir un système de purgeur par contre-courant. A cet effet, on établit un tuyau raccordant les deux robinets placés aux tubulures de l'appareil et ce, que le filtrage soit ascensionnel ou descensionnel.

Le contre-courant que l'un produit, au travers du dégrossisseur, par la manœuvre des robinets de la tubulure latérale, ne peut bouleverser l'assise des couches du filtre proprement dit, puisque pendant cette opération, elles se trouvent isolées au moyen d'une soupape fermant hermétiquement le vase qui les renferme. L'eau arrivant dans le finisseur a déjà abandonné aux matières du dégrossisseur les parties lourdes et grossières qui la troublent. Aussi ne salissant que très lentement les couches filtrantes du finisseur, les nettoyages de celui-ci se trouvent reculés par cela même.

Les résultats obtenus par ces appareils avec des eaux très chargées ne laissent rien à désirer.

Un sujet aussi intéressant qu'il puisse être, et nous devons reconnaître que celui du filtrage des eaux est incontestablement un des plus indispensables à étudier par nous, au point de vue de l'hygiène de la ville de Paris, a des bornes limitées par le cadre de notre ouvrage ; nous ajouterons cependant aux résultats obtenus par M. David les considérations suivantes :

Il est bien établi, et c'est l'opinion de tous les hommes considérables qui se sont occupés de la question :

Que les matières contenues dans un appareil de filtrage doivent être sinon entièrement remplacées, tout au moins nettoyées avec le plus grand soin à des époques *assez rapprochées*, pour empêcher un amas trop considérable des impuretés déposées par les eaux et la putréfaction des éponges qui entrent dans la composition du filtre lui-même.

Il faut donc que l'appareil soit construit de manière à rendre les nettoyages *faciles*, *efficaces* et *peu coûteux*.

Indépendamment de cette condition essentielle, sans laquelle il est impossible d'obtenir de l'eau limpide et salubre, il est avant tout nécessaire :

Que les couches filtrantes, qui laissent passer les molécules liquides, arrêtent les *matières* qu'elles tiennent *toujours en suspen-*

sion et qu'elles soient disposées dans l'appareil de telle façon que, le moindre atome ne puisse les traverser complètement, et que l'une d'elles absorbe les gaz résultant de la décomposition de ces matières.

Ces deux conditions ne sont jamais remplies si les couches dont nous parlons ne sont pas parfaitement assises, si leur étanchéité contre les parois de l'appareil, que tend toujours à suivre le liquide, n'est pas complète, et si enfin elles éprouvent le moindre dérangement lorsque l'eau les traverse avec une vitesse souvent considérable.

Ces inconvénients très graves se produisent surtout dans les appareils de forme *cylindrique*. Sous l'influence de la pression, les matières filtrantes se resserrent en se décollant des parois de l'appareil, que l'eau traverse sans se filtrer.

Les procédés de la Compagnie de filtrage permettent d'opérer la filtration en grand et de fournir abondamment, dégagée de toutes les matières qui l'altèrent, l'eau que réclament sans cesse les besoins de la vie et les exigences de l'industrie.

Ces procédés, d'une grande simplicité, peuvent facilement s'appliquer aux établissements les plus considérables, comme aux usages les plus restreints.

On les place généralement dans les caves, pour les mettre à l'abri des changements brusques de température. Dans ces conditions, ils donnent de l'eau relativement fraîche en été, et moins froide en hiver.

Ils suppriment les coups de bélier dans les colonnes montantes.

Leur entretien, très simple et très rapide, peut être fait sans le secours d'ouvriers spéciaux.

Lorsque le filtre devient paresseux, c'est-à-dire lorsqu'il ne fournit plus une quantité d'eau suffisante, l'opération du nettoiement consiste à enlever les matières, à les laver séparément et à les replacer dans l'ordre primitif; cette main-d'œuvre peut s'effectuer en moins d'une heure et dans un temps relativement très court, si l'on veut remplacer, par de nouvelles matières, celles que l'on doit soumettre au lavage.

Leur pose n'offre aucun difficulté, aucun changement dans les dispositions des conduites, et n'entraîne, par conséquent, qu'à une très faible dépense.

La conduite d'arrivée se fixe par une bride au robinet supérieur de l'appareil, et l'eau filtrée sort immédiatement et sans interruption par le robinet inférieur, d'où elle peut desservir toute prise d'eau utile.

Les dessins que nous avons copiés parmi ceux des diverses installations exécutées par les soins de M. David, indiquent la disposition des appareils desservant tous les appartements d'une maison, que ces logements soient situés au rez-de-chaussée ou au 3ᵉ étage; ils fonctionnent, comme on le voit, par une prise directe sur la conduite, après avoir passé par le compteur.

Ce n'est que lorsqu'elle a été filtrée que l'eau s'engage dans la colonne montante.

Une autre disposition que ces dessins indiquent également est celle de fournir à chaque appartement, un filtre spécial. Ce système n'est applicable que chez des locataires qui ont besoin de grandes quantités d'eau; mais pour les habitants ordinaires il n'est pas admissible de créer une dépense de filtrage dans chaque appartement, il est plus rationnel, plus économique souvent de n'avoir à entretenir qu'un seul appareil par maison, au lieu, et ce serait le cas pour la plupart de nos habitations, de surveiller, nettoyer, etc., 10 filtres par maison, si ce n'est plus.

Le compteur à eau. — Lorsque la ville concède une distribution d'eau, qu'elle le fasse à robinet libre, à une cuvette spéciale, à une fontaine, à une borne, à une colonne montante, il faut que la quantité livrée soit préalablement jaugée.

Dans la pratique, on doit reconnaître qu'il est difficile de jauger exactement le filet d'eau de chaque abonnement, la charge est tellement variable sur les conduites secondaires, qu'on ne peut la régler que par estimation, c'est-à-dire à forfait, sur le chiffre présumé de la consommation.

Les bases qui servent à établir les estimations sont les suivantes :

Par personne..........................	20 litres.
» cheval.............................	75 »
» voiture à 2 roues........	40 »
» » à 4 roues...................	75 »
» mètre carré de jardin.......	1,50

Les ingénieurs de la ville ont voulu cependant remédier à ce fâcheux état de chose; ils ont relevé minutieusement dans chaque rue la tension de l'eau dans la conduite maîtresse, et ils ont diminué ou augmenté les orifices de sortie suivant qu'elle s'éloignait de la première moyenne, et ils sont arrivés ainsi à atteindre un semblant de vérité.

Le prix d'abonnement à robinet libre ne pouvant reposer sur aucune base fixe et bien déterminée, donnant lieu à de nombreuses erreurs d'appréciations, d'abus et de réclamations, des difficultés incessantes s'élèvent entre la Compagnie des eaux et les abonnés ; aussi le directeur des travaux de Paris a-t-il insisté pour qu'à l'avenir l'eau fût fournie au compteur, et le conseil municipal ayant approuvé cette mesure, l'eau sera désormais mesurée soit par le robinet de jauge, soit par le compteur. Au moment où nous écrivons, on compte en fonctionnement à Paris 6,000 compteurs d'eau. L'achat de l'appareil est à la charge de l'abonné et la Compagnie des eaux perçoit pour son entretien 12 francs par an.

La dépense d'acquisition du compteur est en moyenne de 200 francs. Il fallait, pour voir généraliser son emploi, que les fabricants se chargeassent de la fourniture et ne réclamassent qu'un droit de location, c'est ce qui vient d'avoir lieu.

Le prix de l'abonnement est basé sur le minimum de la consommation probable, de telle sorte que l'abonné ne paie que l'eau qu'il consomme. Il a l'avantage de l'avoir toujours fraîche, suivant ses besoins et sans avoir à s'inquiéter si le temps est chaud ou froid.

Nous avons étudié, avec soin, les divers compteurs proposés au choix des ingénieurs de la ville ; il nous a semblé que celui qui répond le mieux à ce qu'un abonné a le droit d'en attendre est celui inventé par M. Samain, non que les autres compteurs admis n'aient leur mérite.

En principe, les systèmes dits de vitesse, c'est-à-dire basés sur l'emploi d'une hélice ou d'une turbine mises en mouvement par les réactions des fluides ont été écartés, seuls les compteurs à cylindre et à piston ont été admis comme présentant des garanties plus sérieuses de précision et de sensibilité.

On dit d'un compteur :

Qu'il est *précis*, lorsqu'il donne avec exactitude l'indication de la consommation d'eau, quel que soit le débit du puisage.

Qu'il est *sensible*, lorsqu'il marque des débits inférieurs au débit normal. Il est encore sensible lorsqu'il évite la perte de charge.

Enfin, le compteur dont nous nous occupons est simple de *construction*, il présente toutes les garanties de solidité et de durée, fonctionne sans choc et sans bruit.

Telles sont les qualités du compteur Samain, mis en exploitation par M. Monduit, l'un des hommes le plus familiarisé avec les questions de conduite d'eau, et qui a le plus contribué à propager les idées de M. Belgrand.

Le compteur Samain se compose de quatre cylindres en croix dans un même plan horizontal, formant, à leur croisement, une capacité centrale qui porte la tubulure d'échappement de l'eau mesurée. Ces cylindres sont doublés de fourreaux en cuivre, et, dans chacun d'eux fonctionne un piston en bronze garni d'un cuir embouti.

Au milieu de la capacité centrale, est placé un arbre vertical à vilbrequin, relié par quatre bielles aux quatre pistons ; ceux-ci ont intérieurement la forme d'un tronc de cône se terminant par un godet dans lequel se logent les rotules des extrémités des bielles.

A sa partie supérieure, la capacité centrale est fermée par une plaque ou table de tiroir, portant quatre ouvertures ou lumières en arc de cercle, correspondant, chacune, par un conduit avec l'extrémité de chacun des quatre cylindres.

Cette même table de tiroir est percée, à son centre, d'une ouverture circulaire, laissant autour de l'arbre-vilbrequin qui la traverse un vide annulaire correspondant avec la capacité centrale.

L'extrémité supérieure de l'arbre-vilbrequin, de forme rectangulaire, est coiffée par un tiroir circulaire s'appliquant exactement sur la table qui vient d'être décrite. Il porte une ouverture qui, lorsque le mouvement de rotation se produit, découvre alternativement chacune des lumières de la table. Par-dessous et à l'opposé de cette ouverture, le tiroir est évidé en forme de coquille, de façon à établir une communication alternative entre chaque lumière de la table et le vide annulaire servant d'entrée à la capacité centrale. Le tiroir est couvert par un chapeau en fonte, portant la tubulure d'arrivée de l'eau et recevant à sa partie supérieure le mécanisme enregistreur, auquel le mouvement du tiroir est communiqué par l'intermédiaire d'une tige verticale, portant une petite broche transversale.

A sa partie inférieure, l'arbre tourne, sur une pointe d'acier, dans une douille formant piston dans un cylindre en bronze. Le dessous de ce piston est mis en communication, par un canal latéral, avec l'eau arrivant dans le chapeau ; il reçoit donc la pression d'amont et, tendant à soulever la douille et l'arbre-villebrequin, exerce, en dessous du tiroir, une contre-pression qu'un

4*

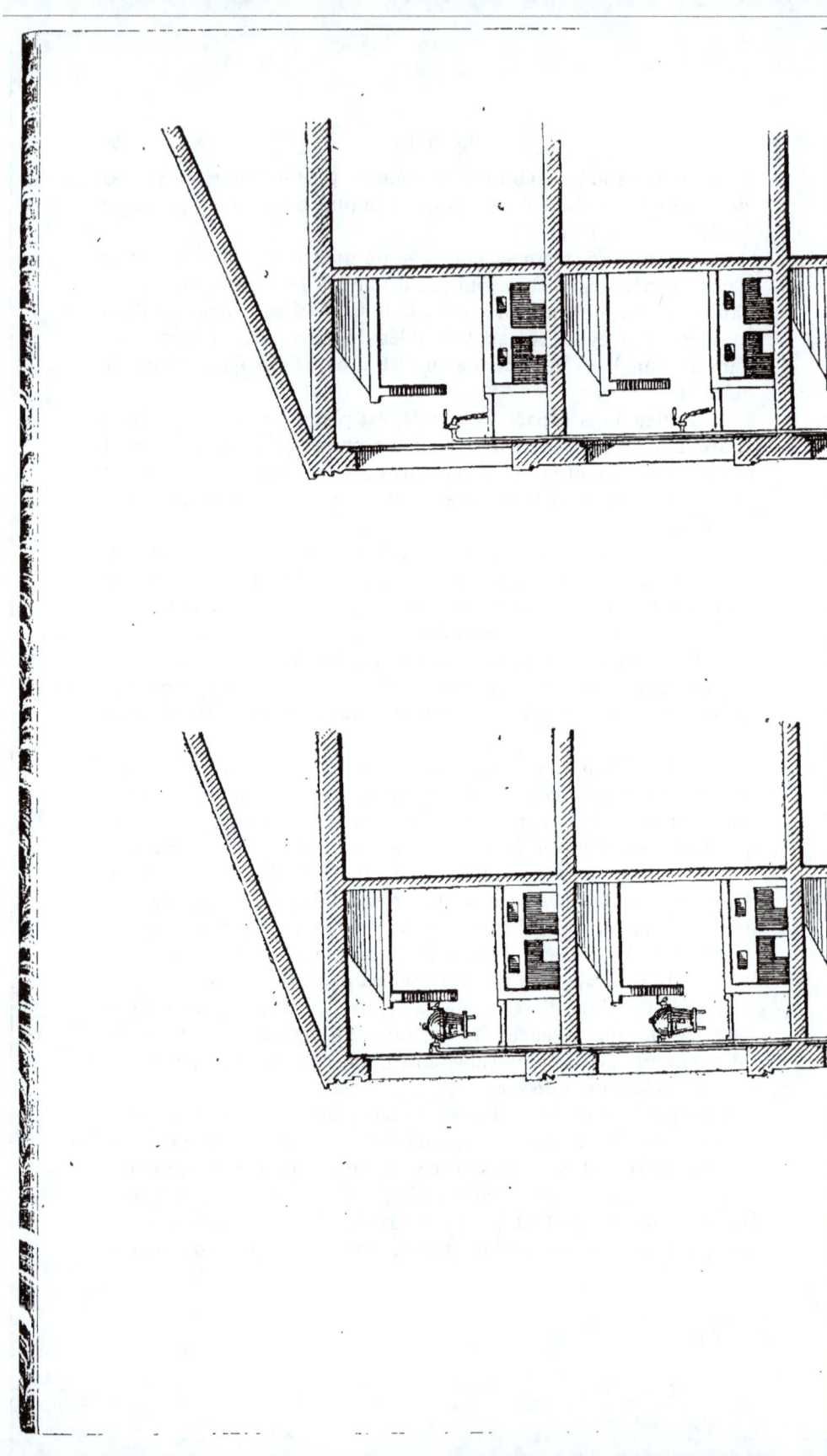

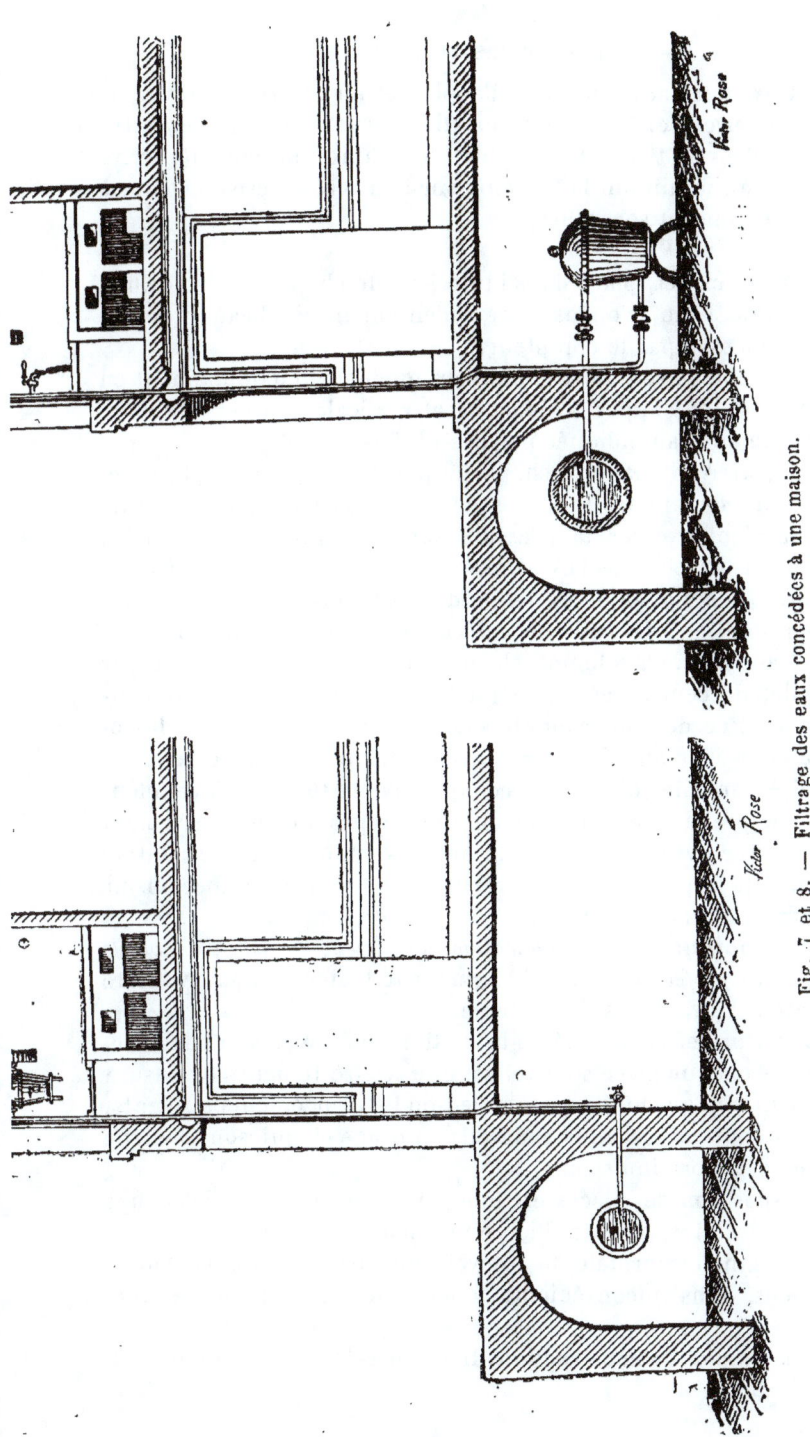

Fig. 7 et 8. — Filtrage des eaux concédées à une maison.

taquet fixé sur l'arbre permet d'appliquer au centre de gravité de la surface pressée. Par une proportion facile à déterminer entre les diamètres du tiroir et du piston d'équilibre inférieur, on arrive à réduire au minimum la pression sur le tiroir, la résistance due à son frottement et son usure.

Enfin un clapet, placé dans l'intérieur du chapeau, sur l'orifice d'entrée de l'eau, s'oppose à ce qu'en aucun cas l'eau mesurée puisse repasser par le compteur.

Il est facile de se rendre compte du mode de fonctionnement en suivant sur les coupes horizontale et verticale figurées ci-contre la marche de l'eau indiquée par des flèches.

L'eau, arrivant dans le chapeau, par la tubulure supérieure, trouve une des quatre lumières de la table découverte par le ti- roir, et vient exercer la pression sur le piston correspondant, qu'elle fait marcher de l'extrémité de son cylindre vers le centre. Ce piston, au moyen de sa bielle, donne le mouvement à l'arbre- vilbrequin et au tiroir qui vient découvrir la lumière voisine.

Pendant ce même temps, le piston opposé est repoussé par sa bielle, du centre vers l'extrémité de son cylindre, et l'eau con- tenue dans ce dernier remonte sous le tiroir et passe par la co- quille et le vide annulaire autour de l'arbre pour entrer dans la capacité centrale, d'où elle s'échappe par la tubulure à cet effet,

On comprend que la même chose se reproduit successivement pour chaque cylindre et que, par suite, le mouvement de rotation continu est imprimé à l'arbre vertical, au tiroir et au mécanisme enregistreur qu'il commande.

Nous empruntons à la *Publication industrielle des machines-outils et appareils perfectionnés* de M. Armengaud aîné la nomenclature suivante des avantages du système.

« La nature et la densité de la matière employée à la construc-
« tion de chaque pièce sont telles, que les frottements et l'usure
« seraient presque nuls ; aussi évite-t-on les grincements stridents,
« que produisent certains appareils en usage et qui sont le signe
« d'une détérioration rapide. »

La disposition des pièces est telle, que l'appareil défie les coups de bélier les plus violents. Bien que construits en vue d'une mar- che moyenne et normale de 50 évolutions par minute, ce comp- teur peut, sans inconvénient, fonctionner à une vitesse plus grande.

Il est simple de construction. Il mesure les eaux limoneuses

aussi bien que les eaux limpides, et sans en subir aucune altération.

Sa sensibilité est extrême, et le plus faible écoulement est enre-
gistré avec la même précision que le débit normal.

Coupe suivant AB

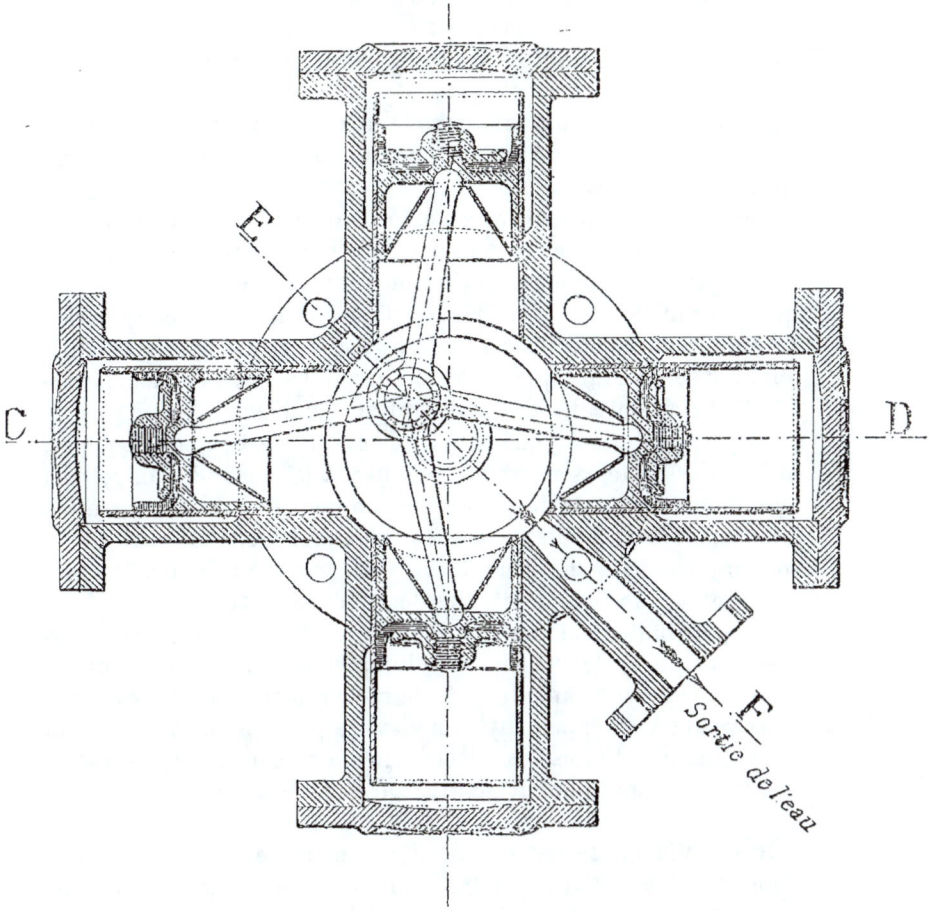

Fig. 9. — Compteur Samain.

Quelque longues que soient les interruptions du service, la
marche de l'appareil n'en est nullement affectée.

La disposition à quatre cylindres réalise cette condition importante que les volumes engendrés par les pistons sont constamment

5

les mêmes, et que, par suite, il ne peut se produire ni chocs, ni trépidations, ni changement de vitesse dans la marche de l'eau.

La transmission de mouvement par un vilbrequin offre cet avantage que, à fin de course, la vitesse des pistons devient progressivement nulle, et que, par conséquent, le sens de la marche se change sans le moindre choc. Il n'en est pas de même dans les systèmes à tiroirs rectilignes alternatifs.

Les orifices et passages d'eau sont disposés de façon à éviter tout étranglement qui se traduirait forcément par une perte de charge.

Le tiroir tourne toujours dans le même sens sur sa glace : il est parfaitement équilibré et, par conséquent, ne supporte jamais qu'une faible pression.

Les pistons tournent vers l'extérieur les lèvres de leurs cuirs emboutis dont on peut toujours facilement vérifier l'état. D'un autre côté, il n'existe aucune liaison entre les bielles et les pistons qui peuvent se retirer de leurs cylindres à la main, et sans rien démonter du mécanisme intérieur. Alors même que les bielles auraient subi l'usure que peut produire un très long service, l'exactitude du compteur n'en serait en rien modifiée.

La partie inférieure de la capacité centrale sert de boîte à dépôt, et les constructeurs peuvent y adapter, à la demande, un robinet ayant pour objet : 1° de purger le compteur de tout dépôt vaseux laissé par l'eau ; 2° de puiser l'eau quand les services extérieurs sont interrompus en hiver ; 3° de vider, au moins partiellement, le compteur, de façon à atténuer les effets de la gelée.

La possibilité de tourner à volonté le chapeau supérieur, permet, à la pose, de diriger les tubulures dans le sens le plus logique et le plus commode pour le raccordement avec les tuyaux d'arrivée et d'échappement. Il n'y existe pas d'organes délicats ni d'articulation ; toutes les pièces obéissent par simple entraînement au seul mouvement de rotation de l'arbre vertical.

Il est difficile de déterminer d'une manière générale la force d'un compteur pour répondre à une bonne alimentation. Il convient de tenir compte de l'importance de la maison, des exigences des divers services et de la pression de l'eau.

Le plus prudent est de s'adresser à cet égard au constructeur des appareils, plus à même que qui que ce soit de fournir les renseignements pratiques sur chaque cas particulier qui se présente. Bornons-nous à dire que jamais les orifices du compteur ne doi-

vent avoir une section moindre que les tuyaux de prise et de distribution de l'eau, et que cette section doit toujours être considérable
pour pouvoir alimenter un certain nombre de robinets sur la colonne montante.

Coupe suivant CD

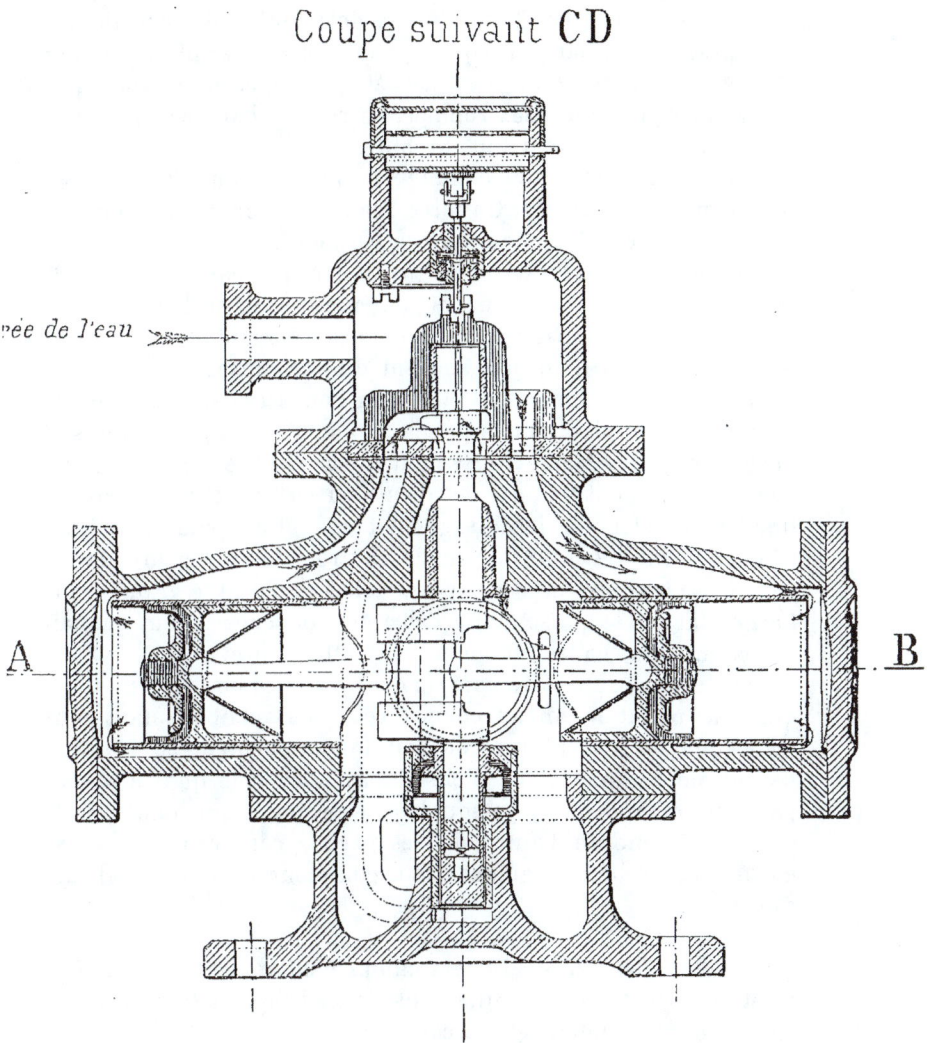

ée de l'eau

A   B

Fig. 10. — Compteur Samain.

Nous terminerons par quelques conseils dont chacun se trouverait bien s'ils étaient suivis.

En général, la canalisation de prise et de distribution sont de trop petit diamètre et donnent une perte de charge considérable. Il en résulte que sur bien des points de Paris où le pression est peu considérable l'eau arrive difficilement et en quantité insuffisante aux étages supérieurs. Les robinets devraient être proportionnés à la pression, et par conséquent, ceux des étages inférieurs d'un diamètre moindre que ceux des étages supérieurs, sans quoi l'ouverture d'un ou deux robinets au rez-de-chaussée ou au premier suffit pour affamer tous les autres.

Il n'est pas assez tenu compte des inflexions que l'on fait subir aux tuyaux de conduite. On force l'eau à monter, à descendre, remonter, etc., etc. L'air toujours en suspension dans l'eau ne peut suivre ces inflexions. Il se cantonne dans les parties hautes de chaque coude et suffit souvent pour mettre un obstacle plus ou moins complet au passage de l'eau. Les interruptions de service dont on se plaint n'ont pas souvent d'autre cause.

Enfin la condition essentielle d'un bon service, c'est que le robinet d'arrêt placé sur la prise et au dehors des propriétés soit ouvert en plein. Malheureusement il est difficile de s'en rendre compte autrement que par les agents du service, et nous croyons que l'administration ferait sagement en mettant à la disposition de chaque intéressé un moyen de contrôle de l'ouverture de ces robinets. La chose serait des plus faciles et aurait le grand avantage de mettre le personnel à l'abri des soupçons d'abus que fait nécessairement naître un pouvoir discrétionnaire.

Nous venons de rendre compte des organes d'un des compteurs qui nous paraît le mieux conçu; cela nous était d'autant plus facile que les expériences de son fonctionnement se faisaient devant nous, mais il ne s'ensuit pas pour cela qu'il n'y aura pas lieu de remédier, lorsqu'il sera pratiqué sur une grande échelle, à l'une ou l'autre de ses parties, car on ne peut pas encore induire définitivement que le compteur à eau irréprochable soit trouvé.

Compteur Frager. — Nous sommes d'autant plus autorisé à émettre cette réserve lorsque nous lisons l'appréciation suivante donnée par la compagnie des eaux.

Ces appareils, les compteurs Frager, sont depuis trop peu de temps en fonction pour que la compagnie puisse déjà avoir une opinion sur leur compte; mais nous devons ajouter que, depuis qu'ils sont posés, et la pose de quelques-uns date de deux ans déjà, nous n'avons absolument rien à reprocher à leur fonctionnement qui a été régulier.

Or les appareils qui avaient bien fonctionné depuis deux ans, sont incontestablement les meilleurs ; dès 1872, M. Michel, avec la collaboration de son neveu M. Frager, ingénieur, sortant de l'École polytechnique, avaient conçu cet appareil. L'emploi de ce compteur a la prétention, méritée suivant ses auteurs, et suivant les ingénieurs de la compagnie, à la confiance, car, pour peu qu'il se dérange, il permet, par sa construction simple, aux agents du service, de le démonter instantanément sur place et de le réparer.

Le compteur Frager donne complète satisfaction à toutes les exigences du service de la distribution des eaux. Placé sur le parcours d'une conduite, il mesure exactement le débit sous toute pression, si lent que soit l'écoulement. Il n'interrompt nullement cette pression, car une colonne d'eau d'un mètre de hauteur suffit à sa marche ; il ne craint ni les ensablements ni les coups de bélier ; la pose en est simple et l'entretien facile.

Il s'approprie aux services les plus divers, notamment à la mesure de l'eau d'alimentation des générateurs.

Cette bonne réputation lui est bien acquise, si on prend connaissance de l'importance du matériel de fabrication, et des 125 ouvriers qui les mettent en œuvre. C'est là le meilleur critérium qu'un fabricant puisse revendiquer.

Trente villes en France, cinq à l'étranger, se pourvoient chez M. Michel, et partout l'exactitude du débit, la régularité de la marche sont qualités reconnues ; enfin la compagnie des eaux de Paris, qui avait été si timide dans son jugement en 1874, avait mis, en 1878, en service 2,000 de ces compteurs, se plaît à reconnaître qu'elle n'a pas d'observations à faire sur leur fonctionnement.

De 1878 à ce jour de nouveaux perfectionnements ont été apportés par ces messieurs, 6,000 compteurs, dit-on, ont été placés à Paris, et nous ne croyons mieux faire que de donner connaissance aux lecteurs des Odeurs de Paris de la description de l'appareil.

L'eau arrive dans le compteur par une tubulure, pénètre dans l'un ou l'autre des cylindres par l'orifice qu'elle trouve découvert, en sort ensuite par le même orifice quand celui-ci est recouvert par le tiroir, passe sous la coquille qui la conduit dans le canal d'échappement, pour monter dans la boîte à clapet du dôme et sortir enfin par une tubulure.

Chaque piston actionne, vers la fin de sa course, le tiroir qui distribue l'eau dans l'autre cylindre. A cet effet, la tige du piston porte deux heurtoirs qui viennent alternativement agir sur le galet qui termine le levier de commande.

Le mécanisme qui transmet le mouvement à l'horlogerie est également très simple, le compteur est pourvu d'un dispositif qui permet de démontrer à tout instant son étanchéité absolue.

Le démontage de l'appareil est des plus faciles, les pièces se dissemblant d'elles-mêmes dès que la machine est ouverte.

Le robinet de jauge. — Nous n'étions pas primitivement partisans du compteur : c'est un instrument fort inconstant, mesurant mal et sujet à de continuelles erreurs.

L'administration a compris qu'elle ne pouvait imposer aux petits appartements l'emploi du compteur ; elle a alors admis le robinet de jauge ; agir autrement eût été compliquer la question d'amener, au nom de l'hygiène, l'eau dans les appartements, c'eût été augmenter sans profit les frais d'installation et mettre obstacle à ce que l'eau soit livrée à ceux qui en ont le plus besoin.

Le robinet de jauge a pour but de fournir l'eau au concessionnaire au moyen d'un robinet dont l'orifice est calculé de façon à livrer passage en 24 heures à une quantité déterminée. Il a contre son emploi : que la pression variant, l'eau coulera plus ou moins, et que l'une ou l'autre partie se trouvera lésée suivant que la détermination de l'orifice aura été faite dans une faible ou sous une forte pression.

Au point de vue de l'installation pour une maison entière il nécessite un réservoir avec robinet et flotteur, dont l'établissement exige des précautions minutieuses pour éviter les fuites et les débordements, et une double canalisation l'un pour monter l'eau au réservoir, l'autre pour la distribuer aux divers étages.

Ce service pour un immeuble important ne donne pas satisfaction complète aux différents consommateurs : l'eau, s'échauffe l'été, elle se congèle l'hiver.

Enfin une dernière considération qui ne manque pas d'importance c'est que l'eau par trop mesurée dans une maison peut faire défaut, lorsqu'un incendie vient à éclater.

Ces raisons rejettent le mode d'abonnement au robinet jaugeur, lorsqu'il s'agit d'appliquer le système à un service comprenant plusieurs appartements, et on conçoit que l'administration

crut devoir exiger, ainsi que cela se pratique à Vienne et à Bruxelles, l'emploi du compteur.

Reste les robinets à obturation inaltérable dits repoussoirs
tournants à effet pneumatique.

Par leur construction ils suppriment les coups de bélier et le
bruit dans les colonnes montantes ; et comme ils ne peuvent être
tenus ouverts qu'à la main, ils empêchent les causes d'inondation
aux étages et toutes pertes d'eau en dehors des besoins, d'où
résulte une économie dans la dépense, aussi sont-ils prescrits pour
le service réservé et spécial à robinets libres dans les immeubles où
la compagnie générale des eaux fait établir des colonnes montantes
conformément au nouveau règlement en date du 25 juillet 1880.

Les propriétaires et les abonnés au compteur sont également
intéressés à préférer l'emploi de ce système fermant seul pour les
cuisines, les cours, etc.

Ils éviteront de payer des excédants de débits auxquels donneront inévitablement lieu les robinets faciles à attacher ou qui
restent ouverts à volonté.

Ces robinets, dit l'inspecteur général de la compagnie des eaux
de Paris, fonctionnent avec une grande régularité ; leur fabrication
répond d'une manière satisfaisante aux prescriptions de l'article 7
du règlement.

L'application et la généralisation des compteurs à la distribution
de l'eau dans Paris exigent des modifications à l'ancien état de
choses et des appropriations nouvelles pour régler méthodiquement le service de l'alimentation avec robinets.

Les types en sont nombreux, il y en a de spéciaux pour tous les
usages, pour les lavabos, pour les cours, les vestibules : tous se
manœuvrant sans aucun effort, à la main, d'une étancheité complète, exempts de réparations dans leurs organes.

Ces robinets, inventés par M. Denans, s'ouvrant et se fermant
graduellement par le fonctionnement très doux de la vis, obturent
par la pression, tandis que les autres systèmes de robinets qui
ne sont pas à repoussoirs ferment contre la pression, de là l'ouverture par suite des coups de bélier qui existent dans les conduits.

Appliqués sur les tuyaux de la colonne montante, ils remplacent le compteur dans les cas où celui-ci n'est pas jugé indispensable ; pour les distributions d'eau dites de palier, aux Water-
closets, ils présentent cet avantage que ne pouvant être manœuvrés
qu'à la main, ils ne produiront pas, comme le redoute M. Alphand,
33 pour cent de plus que la quantité déterminée par la ville.

Les robinets d'arrêt, dits de sûreté à serrure, étanches sous la pression de 15 atmosphères et plus, sont également réglementaires sur les branchements des colonnes montantes établies aux frais de la Ville ensuite de la nouvelle réglementation.

Comme il peut arriver que des abonnés n'acquitteront pas leurs redevances, la compagnie générale s'est réservé la possibilité de fermer les prises d'eau et de plomber au besoin ses robinets d'arrêt placés dans les cages d'escalier, entre les colonnes d'amenée en plomb et les robinets de puisage des cuisines.

Ceux de poste d'eau pour incendie soit à l'intérieur des immeubles, soit à l'extérieur, se recommandent par une simplicité de construction et une facilité exceptionnelle dans la manœuvre, quelle que soit la pression sous laquelle ils fonctionnent. On n'aura plus à redouter, lorsque le feu se déclare et au moment où il peut être combattu efficacement avec peu d'eau, la difficulté, sinon l'impossibilité, de tourner des robinets dont les clefs sont le plus souvent égarées. Chacun sait, du reste, que l'étanchéité d'un robinet à Boisseau de fort diamètre est, *sous toutes les* pressions, subordonnée à sa rigidité ; qu'il doit être graissé et manœuvré souvent pour pouvoir être mis instantanément en service.

Pour les cours, les vestibules où les pressions sont fortes, le choc ou coup de bélier est annulé soit avec le système à repoussoir tournant, ou celui à levier, soit avec les robinets restant ouverts.

Ces derniers types ouvrent graduellement au moyen d'une vis en bronze, soustraite au contact de l'eau et des sables. Ils obturent par la pression, tandis que la généralité des autres systèmes ferment contre la pression ; *de là des pertes d'eau, ou l'inondation des étages*, dès que l'usure des vis en contact ici avec l'eau et les sables, ne peut résister aux coups de bélier qui se produisent journellement dans les canalisations.

D'autres types sont à double effet, c'est-à-dire que l'on peut facultativement les laisser ouverts avec débit gradué ou les laisser se fermer seuls.

Les uns sont pourvus de manettes de manœuvre, les autres ne peuvent fonctionner qu'à l'aide d'une clef indépendante ; ceux-ci ont plus particulièrement pour avantages d'éviter rigoureusement toute perte d'eau en dehors des besoins. A raison de ce bénéfice, ils se recommandent d'une manière toute spéciale au choix des propriétaires abonnés aux compteurs pour le service des cours et des vestibules.

Enfin le prix est modéré, il varie de 8 à 36 francs suivant le diamètre qui s'étend de 8 à 40 millimètres.

Aération de l'eau. — Les meilleures eaux doivent être froides en été, chaudes en hiver.

> *Optimæ sunt quæ hyeme fiunt calidæ,*
> *Æstate autem frigidæ.*

Comment arriver à ce *desideratum* cherché depuis Hippocrate ? On parle bien d'établir, dans chaque maison, sous le sol de la cave, un bassin en fonte dans lequel séjournerait, pendant quelques heures, l'eau à distribuer.

Ce moyen ne semble guère pratique, il faudrait sacrifier la colonne montante ; aussi, il nous semble que l'aération de l'eau est une opération qui devrait se faire dans les grands bassins distributeurs, soit à l'arrivée, soit au départ ; cette question a été d'ailleurs fort peu étudiée jusqu'à ce jour ; de bons esprits admettent que les eaux s'aèrent convenablement pendant leur trajet, et qu'il n'y a pas lieu de chercher à faire mieux que ce qui s'exécute aujourd'hui.

MM. Carré et fils ne pensent pas de même : l'eau à aérer, disent-ils, vient de la conduite ou du réservoir ; ils la font pénétrer en pression dans une cuvette d'arrivée, établie dans la maison.

M. Baldwin-Lathan, un des ingénieurs anglais les plus expérimentés en hygiène publique, auteur d'un ouvrage classique *Sanitary engeneering*, attribue aux eaux mal aérées les diarrhées et autres maladies analogues.

La British association s'occupe de la question. Une discussion sérieuse ne tardera pas à s'ouvrir et nul doute qu'il surgira, à sa suite, des moyens pratiques pour aérer les eaux potables.

Les effets de l'eau et de la température sur l'organisme sont très variés, suivant les climats habités, et provoquent, lorsque l'on compare l'état hygiénique de ces diverses localités, des résultats très différents. Est-il bien vrai que l'eau, pour qu'elle soit salubre, doit être tenue à une température constante jusqu'au moment de la consommation ? Ce qui entraînerait la nécessité de la chauffer en hiver et de la refroidir en été.

Ce qu'il y a d'évident, c'est que l'eau aérée est digestive, et qu'à ce titre elle est préférable à toute autre. La question est entière et mérite d'être sérieusement étudiée, car s'il est certain, comme le prétendent d'autres hygiénistes, que les filtres, les réservoirs, les citernes, les colonnes montantes, font perdre à l'eau une grande partie du peu d'air qu'elle contient, il faut trouver un moyen de le lui rendre.

Les cabinets d'aisances. — Jusqu'au quinzième siècle, les matières fécales, à Paris, étaient déposées dans la rue. Ce ne fut qu'en 1533, en vertu d'un arrêt du Parlement, que chaque propriétaire fut obligé de créer une fosse d'aisances dans sa maison.

Ces fosses n'étant pas étanches, le sous-sol de Paris, les puits, furent infectés depuis cette époque ; ce ne fut qu'en 1809 que l'administration se préoccupa, pour la première fois, d'un pareil état de choses, et ne trouva rien de mieux, pour parer à ces graves inconvénients, que de décréter, pour l'avenir, que les fosses seraient étanches, c'est-à-dire qu'elles ne perdraient plus les liquides qu'on y jette.

En dépit de ces prescriptions, les fosses fixes, malgré leur qualification d'étanches, laissent suinter à travers leurs parois une humidité *sui generis* qui s'infiltre à travers le sol et pénètre plus ou moins dans les caves. La cheminée qui, partant de la fosse, s'élève au-dessus du toit, n'entraîne que très imparfaitement les émanations ammoniacales ou sulfhydriques.

La perméabilité du sol sur lequel reposent la plupart des fosses, leur construction, le déplorable entretien où généralement elles se trouvent, expliquent dans quel état se rencontre l'eau des puits de Paris qui alimente encore aujourd'hui bien des maisons.

La vidange est une grave incommodité pour les habitants. Les procédés de désinfection qu'on emploie soit dans la fosse, soit au moment de l'évacuation des matières, ne font que répandre plus au loin les émanations infectes [1].

L'arrivée de trois cents voitures descendant la nuit dans la ville, le travail nocturne des vidangeurs, le chargement des tonneaux le retour de ces foyers ambulants de miasmes délétères, emplissent Paris de bruit et vicient l'air qu'on y respire.

Il y a quelques années, Londres présentait le même spectacle.

Il faut, disaient les Anglais, projeter directement toutes ces matières dans les égouts, en transformant les fosses en simples conduites.

Les Anglais avaient fait comme nous ; il était interdit à Lon-

---

[1] *Assainissement de Paris*, par Jules Brunfaut. Baudry, éditeur. Paris, 1880.

dres, comme il l'est encore à Paris, de faire écouler les vidanges dans les égouts ; mais, lorsque l'eau vint au *water-closet*, les prescriptions prohibitives furent abolies, et aujourd'hui les fosses sont considérées comme des foyers d'infection à supprimer.

La formule d'interdiction qu'emploie la commission spéciale de la Cité est la suivante :

« Les privés ou *water-closets* seront munis de fermetures hermétiques et pourvus de l'eau nécessaire pour emporter les vidanges. Les cours, écuries, cuisines et toitures perdront ainsi souterrainement leurs eaux. Une citerne et un appareil convenable seront établis pour assurer aux occupants un approvisionnement suffisant de belle et bonne eau ; enfin, les fosses actuellement existantes seront vidées, puis comblées avec des remblais de bonne qualité. »

En Angleterre comme en France, lorsque la mesure fut décidée d'envoyer les matières fécales à l'égout, bien des gens, connaissant fort peu la question, criaient fort, traitaient de Vandales ces innovateurs qui préféraient ne pas garder ces immondices près d'eux que de les utiliser à l'agriculture.

Depuis lors, de grands perfectionnements se sont accomplis : au système du Chinois, qui consiste à serrer près de lui ses excréments, on a préféré l'égout qui les emmène, sans frais, dans la vallée de la Seine, qui recevra ainsi, sous forme d'irrigations, tous les principes utiles que ces matières renferment.

Pour le « tout à l'égout », suivant une expression consacrée, il ne faudrait pas que l'eau continuât à être parcimonieusement distribuée, car alors les lieux d'aisances ne tarderaient pas à laisser échapper des miasmes délétères qui infecteraient le locataire, sa famille et ses voisins.

Les mauvaises conditions de salubrité sont actuellement dangereuses dans 33 p. 100 d'habitations, c'est-à-dire dans plus de 21,000 maisons de Paris où l'eau n'est reçue qu'à la borne fontaine, prise au puits ou amenée par le porteur d'eau.

Comme le constatait M. Belgrand, les maisons occupées sont presque toutes privées d'une distribution d'eau. La vidange des fosses coûtant huit francs en moyenne par mètre cube ; pour que cette dépense se renouvelle le moins souvent, le propriétaire interdit l'emploi de l'eau dans les cabinets d'aisances.

Dans la plupart de ces maisons, la vidange ne dépasse pas 300 litres par habitant, c'est à peu près le volume normal de la production, sans aucune addition d'eau.

Les cabinets d'aisances communs, l'absence complète d'eau, quelques locataires malpropres, empoisonnent tous les autres usagers.

Personne, s'il ne les a vus, ne peut se faire une idée de ces foyers d'infection, c'est une des causes à laquelle il faut attribuer la malpropreté de nos ouvriers, la mauvaise tenue de leurs logements. A quoi bon entretenir chez soi la propreté, quand à côté il y a une accumulation d'ordures fétides.

Lorsqu'on donnera des cabinets avec effet d'eau à chaque ménage, par la simple action de la ménagère, non seulement le cabinet, mais encore le logement sera propre.

Ce résultat ne peut être obtenu que par la vidange à l'égout et l'introduction de l'eau dans les maisons. La vidange à l'égout fait disparaître les objections du propriétaire. On doit donc prescrire obligatoirement et la vidange à l'égout et les eaux de la ville.

Le problème serait simplifié si on pouvait assurer la transformation des matières fécales dans la fosse même, par des appareils ou filtres qui retiendraient les matières denses avec tous les principes utiles que renferme la vidange ; mais aucun des procédés imaginés n'a résolu complètement la question.

Les appareils diviseurs connus sous les noms de Richer, de Pâris, de Tacon, etc., amènent les eaux directement et souterrainement des colonnes de chute aux égouts et suppriment ainsi les neuf dixièmes des transports.

Ces systèmes, moins infectants que celui des fosses fixes, suppriment le séjour prolongé des matières, mais les solides ne renferment plus que la proportion d'azote de $1 : 7.87$, lorsqu'elles contenaient les urines. Ce sont des vases, petites fosses mobiles, en fer galvanisé, que l'on lute lorsqu'ils sont emplis.

Ce mode supprime encore l'enlèvement nocturne et l'appareil écœurant qui l'accompagne, mais les matières solides sont seules recueillies, les liquides, et avec eux les sels ammoniacaux, de potasse, de magnésie, sont perdus. A ce point de vue, c'est un grand désavantage que présente le système diviseur, et c'en est un plus grand pour le vidangeur qui, payé en raison du mètre cube, n'a plus sur 20 mètres, que contient en moyenne une fosse, que $1/5^e$ à enlever.

Ajoutons qu'avec le système diviseur il y a, outre la perte des urines, celle en grande partie des plus riches principes des matières solides.

En effet, les chutes reçoivent non seulement les matières fécales, mais encore les ordures ménagères jetées par un domestique paresseux, le papier des visiteurs de l'endroit, objets qui empêchent les matières de descendre librement.

M. Haussmann, en 1854, alors qu'il était préfet de la Seine, avait conçu le projet d'amener la vidange de chaque maison dans des tinettes qui, placées dans l'égout, seraient transportées une fois remplies dans des wagons spéciaux jusqu'à l'extrémité de la ville, d'où elles seraient dirigées vers des fabriques d'engrais.

Ce projet, tout séduisant qu'il parût, ne fut jamais mis à exécution, on retint la tinette que l'on plaça sous le trottoir de la rue, et la compagnie Lesage en fait encore de nos jours une application fort coûteuse pour l'habitant, mais qui ne donne aucune satisfaction à l'hygiène publique.

Une double considération doit faire ajourner toutes ces combinaisons qui, à première vue, paraissent fort ingénieuses. C'est précisément dans la partie liquide que se trouvent, en plus grande proportion, les principes de fermentation putride et, en même temps, les éléments ammoniacaux qui fertilisent les champs. D'ailleurs, le volume des matières denses équivaut à peine au vingtième de la masse totale, et, si l'enlèvement devient une opération très simplifiée, le produit, comme engrais, est insignifiant.

On évalue en effet, aujourd'hui, à Paris, l'enlèvement des solides et des liquides à 2,000 mètres cubes par jour. Si on appliquait, comme l'administration y avait pensé, le système diviseur à l'aide de tinettes filtrantes, on jetterait à l'égout 1,600 mètres cubes, et on transporterait au loin 400 mètres seulement qui, nous le répétons, n'auraient aucune valeur fertilisante.

La question de remplacer la fosse fixe par la fosse mobile est ancienne. Une commission, nommée en 1835, s'exprimait ainsi : « Sous l'influence de la putréfaction, les principes élémentaires qui constituent les substances animales et végétales réagissent les uns sur les autres et se dissipent sous forme de gaz ; des myriades d'insectes se forment dans les matières fécales et les dévorent ; les matières fécales, en se putréfiant, perdent les 9/10es, et, suivant quelques personnes, les 19/20es, soit dans la fosse, soit dans les voiries où on les dépose avant de les préparer. »

Ce commentaire, fait en 1835, sur les fosses fixes et mobiles n'est-il pas leur condamnation ? Sous chacune de nos maisons, nous continuerions à entretenir des foyers produisant des gaz et des myriades d'insectes qui s'échappent tout autour de nous, et plus particulièrement par 240,000 tuyaux qui les conduisent au-dessus des toits de nos habitations.

Dans un mémoire daté de 1871, M. Belgrand avait fait ressortir l'insalubrité de la ville, qui avait alors 85,000 fosses fixes renfermant 4 à 500,000 kilogrammes de matières en voie de putréfaction et dont les gaz délétères, rabattus par les vents, venaient envelopper nos maisons.

Il semblait facile aux partisans de la fosse de détruire ces gaz ; le Parlement, en 1786, s'en était occupé, car déjà, à cette époque, on avait reconnu que nous empoisonnions, par nos déjections, et nos demeures, et l'atmosphère de nos rues ; on n'avait alors trouvé, pour atténuer le mal, que de contraindre chaque habitant à faire passer le tuyau d'évent sur un brasier.

Chaque maison aurait été pourvue des foyers dans lesquels ces gaz auraient été brûlés. Avons-nous besoin de faire remarquer que cette mesure, excellente en théorie, ne pouvait recevoir d'application ?

En Belgique on est, semble-t-il, plus pratique ; on ne recherche pas, pour des sujets si simples, des considérations si grandes : d'abord, au sortir de la cuvette, les matières fécales et les liquides avant de se rendre au tuyau de chute passent dans le *coupe-air* que nous avons décrit ; les sièges sont en bois et à couvercle, la porte est jointive, sauf un vide de 0,10 ménagé entre le sol et le dessous de la menuiserie, qui donne un courant d'air chassant les gaz au *coupe-air*, et, si on joint à ces dispositions si simples que les lieux sont journellement lavés, que chacun a le plus grand soin de les tenir propres, on ne sera pas étonné de ne rencontrer qu'à Paris seul des lieux d'aisances aussi infects que ceux qui y existent.

Dans un livre plus spécial que ne l'est celui-ci, *Assainissement de Paris*, Baudry, éditeur, nous avons passé en revue et nous avons discuté les différents systèmes de l'enlèvement des vidanges ; nous avons démontré qu'aucun n'est bon, et cependant il y a encore des gens qui donnent, au point de vue de la salubrité publique, la préférence à la fosse fixe sur la vidange à l'égout. La fosse doit être conservée, disent-ils, parfaitement étanche, désinfectée aussitôt vidée et de temps à autre pendant la période de remplissage.

Enfin, on doit désinfecter encore, avant d'opérer la vidange de la fosse ; la dépense occasionnée par cette désinfection est insigni-

fiante. Le dégagement de gaz par les tuyaux d'évent est tout à fait
nul ; on ne perçoit l'odeur qu'à certains jours de basses pressions
barométriques, par le fait de la dilatation de l'air contenu dans la
fosse. Les tuyaux d'évent pourraient donc même être supprimés.

Ces gens, qui plaident une si mauvaise cause, sont du métier,
c'est-à-dire fabricants de sulfate d'ammoniaque.

Toutes les industries, suivant eux, se trouvent plus ou moins
atteintes par la suppression des fabriques de sulfate d'ammoniaque ; non seulement en raison du déficit qu'apporteront à la fabri-

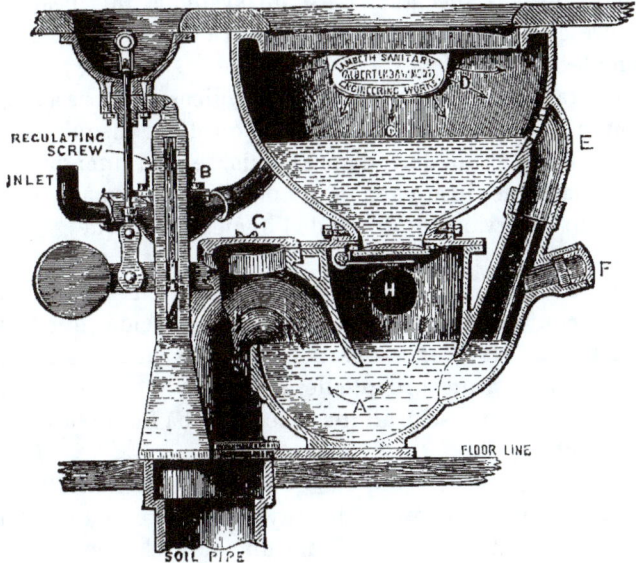

Fig. 11.

cation les produits employés dans ces usines, mais à cause de la
hausse inévitable des sels ammoniacaux, si recherchés par tous les
industriels sans exception.

Aussi, ajoutent-ils, si M. le ministre de l'agriculture avait le sentiment de son devoir, il défendrait à toute ville de laisser perdre la
moindre quantité d'engrais, et il s'opposerait à l'exécution des
projets de la Ville de Paris.

Nous répondrons :

Le système des fosses étanches est encore aujourd'hui le plus
répandu non seulement à Paris, mais dans la plupart des villes.
L'emmagasinage dessous chaque maison d'une masse putride en

décomposition est une cause très grave d'insalubrité, et les tuyaux
d'évent exigés par l'administration entretiennent au-dessus des
habitations une couche permanente de gaz délétères et nauséabonds. L'extraction nocturne des matières par les systèmes défectueux actuels est encore une cause d'insalubrité sentie chaque soir
par les promeneurs et les voisins de la maison où se fait l'opération.

Enfin, le système des fosses mobiles, c'est-à-dire de tonneaux
recevant et gardant toutes les matières solides ne peut être appliqué
que dans des cas spéciaux. C'est un système qui n'est pas plus
insalubre que les précédents, mais dont l'application est coûteuse
et difficile.

En rejetant les vidanges et les immondices de Paris à l'égout qui
les conduira au canal spécial voté aujourd'hui jusqu'à la forêt de
Saint-Germain et qui doit, d'après nous, se continuer dans toute la
vallée de la Seine, jusqu'à la mer, on utilisera les matières à l'agriculture en réservant les droits de l'hygiène publique.

Nous l'avons vu, l'hygiène publique à Paris est enfin parvenue,
par le secours de ses associations, à faire décider que l'eau sera
portée à tous les étages des maisons ; les vidanges se rendront
donc, au fur et à mesure qu'elles se formeront, à l'égout, et Paris
imitera enfin ce qui se pratique avec succès à Londres, à Bruxelles,
à Berlin, etc.

Il y a plus de trente-cinq ans que MM. Doulton et Cie ont introduit en Angleterre l'emploi des tuyaux de grès dans les travaux
d'assainissement, ce qui a amené un accroissement considérable
dans la fabrication des poteries.

L'imperméabilité du grès, sa solidité, sa propreté en font la
matière la plus convenable et la plus durable pour cet usage.

Leur dépôt à Paris, 6, rue Paradis-Poissonnière, est un musée
des plus intéressants ; tous les appareils nécessaires aux usages
d'une ville peuvent y être vus, prêts à fonctionner.

Nous pouvons, grâce à l'obligeance de M. H. Collet, donner à
nos lecteurs le système le plus perfectionné des garde-robes.

Une grande simplicité, jointe à une efficacité parfaite sont les
avantages que présentent ces appareils.

Ils se fixent, par deux joints, l'un au plancher, à l'embranchement du tuyau de descente, l'autre au tuyau amenant l'eau.

L'inspection du dessin et l'explication suivante en rendront
facile l'examen.

A. Siphon fixé au plancher et communiquant au tuyau de descente amené à fleur.

Fig. 12.

B. Arrivée d'eau à valve régulatrice de Doulton ; la quantité

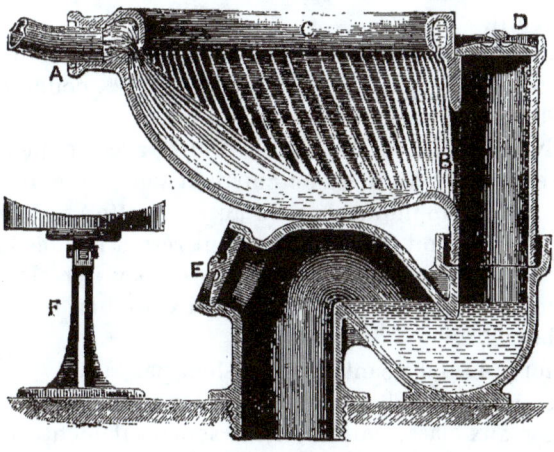

Fig. 13.

d'eau se règle en tournant une simple vis indiquée par la flèche *Regulating screw. Aucun autre régulateur n'est nécessaire.*

6

C. Bassin en faïence à effet d'eau, la distribuant sur toute la surface intérieure, soit par son rebord, soit au moyen d'une plaque en éventail, et assurant ainsi une propreté constante. La soupape est garnie d'un disque en faïence qui se maintient toujours propre.

D. Plaque-éventail distribuant l'eau quand on ne se sert pas de bassin à rebord perforé.

E. Trop-plein du bassin, rendu étanche par son accès dans le siphon au-dessous de la surface de l'eau.

F. Embranchement étanche, comme E, pour ventilation ou tuyau de trop-plein du réservoir à eau, ou écoulement des eaux de toilette.

G. Ouverture d'inspection à fermeture hermétique, rendant facile l'examen ou le dégorgement du siphon.

H. Branchement permettant l'emploi d'un tuyau de ventilation communiquant avec le dehors.

Les prix varient, suivant le plus ou moins de luxe qu'on y apporte, de 106 à 145 francs.

La garde-robe économique de Lambeth, avec valve régulatrice Doulton appliquée aux maisons bourgeoises, est un appareil de construction économique. Il est sans clapet et se compose de :

A. Bassin en faïence, intérieur blanc, bord à effet d'eau ;

B. Siphon en faïence, intérieur blanc, se vissant au plancher ;

C. Entrée de l'eau dans le rebord communiquant avec valve régulatrice D.

L'appareil n° 12, bassin et siphon en faïence, rebord à effet d'eau, valve régulatrice Doulton de $25^{m/m}$, coupe et poignée en grès Doulton, coûte...................... 50 fr.

La valve régulatrice Doulton de $25^{m/m}$, avec coupe et poignée en grès Doulton ou en cuivre et son fonctionnement, pouvant s'appliquer à toute autre cuvette à siphon. 36 fr.

Comme on le voit, MM. Doulton ont résolu la question du bon marché ; dans les maisons bourgeoises, les water-closets seront choisis de préférence à ceux plus coûteux, tout en remplissant les mêmes buts.

Les efforts des fabricants ne s'arrêtent pas là.

Si MM. Doulton et Cie ont donné, par les appareils qui précèdent, satisfaction aux classes aisées, ils se sont également occupés des habitations ouvrières, et nous croyons fort intéressant de poursuivre cette étude en continuant notre exhibition de modèles.

Dans les appareils à chasse d'eau en usage jusqu'à ce jour, la difficulté est l'enlèvement complet des matières et du papier. —

Cette garde-robe remédie à cet inconvénient par les perfectionnements suivants :

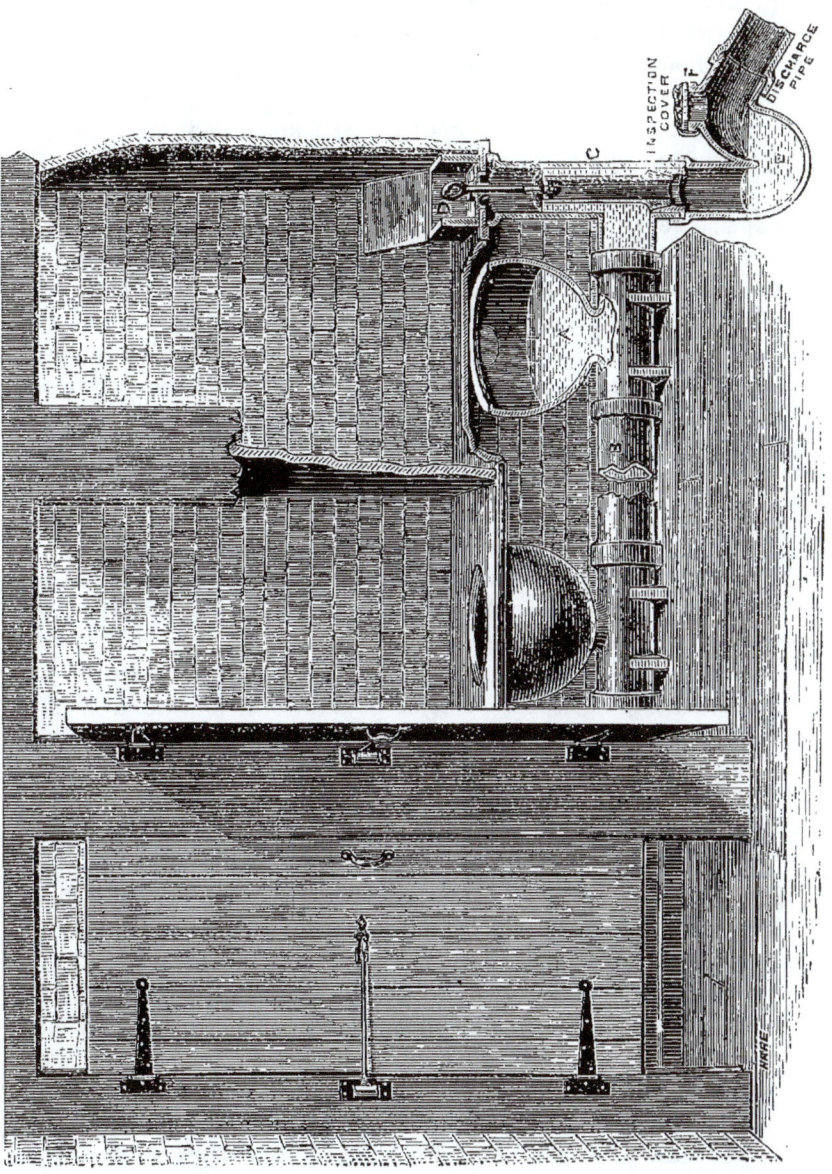

Fig. 14.

La forme du bassin est telle, qu'il peut retenir le maximum d'eau en offrant le moins de résistance possible à la chasse d'eau. L'eau arrive dans le bassin en A directement en face de la sortie B et produit tout son effet utile.

Le joint du tuyau d'arrivée en plomb se fait par un anneau en caoutchouc, qui dispense de l'emploi d'un joint conique ou à la ficelle.

Le rebord à effet d'eau C distribue le liquide sur toute la surface du bassin qu'elle nettoie complètement avant d'arriver à la sortie.

Le dessus de la décharge est recouvert d'un chapeau D dont le déplacement permet de retirer toute matière étrangère qui aurait été jetée dans la cuvette ; ceci permet d'empêcher le transport de ces matières dans une autre partie de la décharge où il serait difficile d'atteindre ou d'enlever l'obstruction.

Le siphon de cette garde-robe est à sortie oblique comme la figure, ou en ∽, comme l'indique le pointillé et la coupe ; dans ce cas, une ouverture E permet de ventiler ou de visiter le siphon. Afin d'en faciliter le choix et de permettre de les mieux raccorder avec la position du tuyau de descente, le siphon n'est pas fixé au bassin, et celui-ci est circulaire ; au besoin on fournit un léger support en fer F pour supporter le bassin.

La soupape régulatrice est à poussette et laisse arriver la quantité d'eau nécessaire après qu'on a cessé d'appuyer sur le bouton. On peut aussi se servir des réservoirs.

Pour le service des communs, hôpitaux, manufactures ou établissements publics, ces cuvettes peuvent être fournies avec effet d'eau par l'action du siège au moment où on le quitte. La quantité d'eau peut être limitée de façon à ne jamais dépasser huit litres.

Le prix est de 28 francs.

Vient enfin un modèle complet de latrines.

Il a été reconnu que les latrines étaient le meilleur système pour écoles, asiles, casernes, fabriques et établissements publics, dans lesquels il n'est pas désirable de confier le contrôle de l'emploi de l'eau à ceux qui s'en servent.

Le système de latrines perfectionnées de Lambeth joint à l'économie de construction la simplicité et la solidité. C'est le plus répandu :

Il consiste dans une série de cuvettes solides en grès A communiquant les unes aux autres par un collecteur en grès B ; elles sont toutes alimentées d'eau par un seul robinet, lequel, ainsi que la soupape D de la décharge C, n'est accessible qu'à la personne chargée d'y veiller.

La soupape de décharge est placée à l'extrémité du collecteur, à l'endroit le plus propice, et est formée d'un tuyau en fer avec siège, le tout actionné par une poignée, ainsi qu'il est indiqué au dessin. — La soupape est étanche, et retient l'eau jusqu'à ce qu'elle soit arrivée au niveau du trop-plein.

Ainsi, quand on juge utile de nettoyer les latrines, on lève la

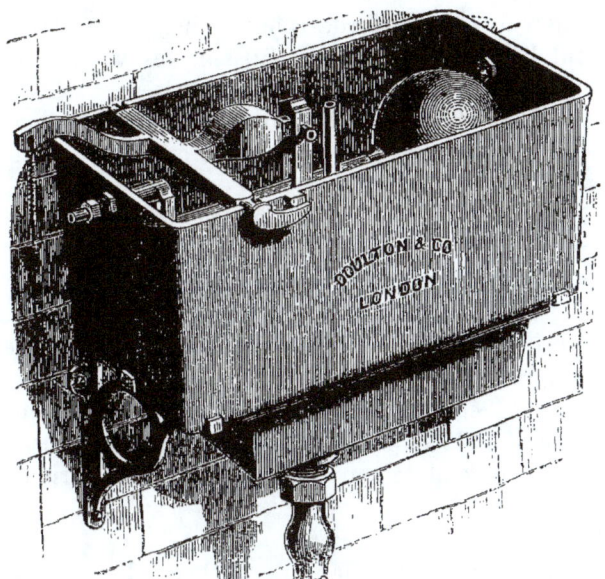

Fig. 15. — Réservoir d'eau.

poignée, le collecteur, d'un diamètre de 0ᵐ,15, et les bassins sont vidés instantanément. En baissant la soupape et en ouvrant le robinet, les bassins et la conduite se remplissent d'eau et sont prêts à l'usage.

Les cuvettes en grès avec les tuyaux, la soupape, le siège, la poignée, le siphon, etc., ne coûtent que 80 francs.

Les *réservoirs* pour garde-robes et urinoirs sont indispensables.
Ces réservoirs ont pour but d'économiser l'eau en en prévenant la perte. La simplicité de leur construction, l'efficacité de leur fonctionnement et leur prix modéré en recommandent l'emploi. — Ils sont destinés à fournir aux cuvettes des garde-robes à clapets l'eau qui doit y séjourner après chaque usage. Les parties actives du mécanisme sont simples, peu nombreuses et peu sujettes à se

déranger. L'appareil peut être monté pour fonctionner de droite ou de gauche. Une chaîne ou cordon, ou tel autre moyen analogue au tirage d'une sonnette, le fait agir.

La perte d'eau est impossible, parce que l'arrivée et la décharge n'ont jamais lieu simultanément.

Le réservoir de 10 litres, évitant les pertes et rechargeant d'eau la cuvette, pour garde-robes et clapets, coûte 42 francs ; celui de même capacité, pour urinoirs et garde-robes ordinaires, est de 39 francs.

Tels sont les appareils qui constituent les water-closets des habitations de Londres ; nous les avons divisés en trois types, et ceux qui ont habité ou visité la grande ville ont été frappés de la propreté qui règne dans cette partie de la maison anglaise.

Dans les maisons de Paris, où l'eau est amenée aux cabinets d'aisances, on y rencontre les mêmes appareils, et, comme nous le disions, rien ne laisse à désirer au point de vue de l'hygiène : mais, dans les 75 p. 100 des immeubles où la vidange ne reçoit d'autre eau que celle qu'on y jette furtivement, ils dégagent, par leur malpropreté, des émanations les plus nauséabondes.

La vidange à l'égout devenant obligatoire, les colonnes montantes placées d'office par la ville dans chaque maison, nous devons espérer qu'en très peu de temps Paris n'aura rien à envier à Londres.

Tuyaux de chute. — La maison branchée à l'égout conduit les eaux sales et les vidanges, et si son établissement force le propriétaire à une contribution de 30 francs par chute et par an au profit de la caisse municipale, en revanche, il ne paie plus le vidangeur, et, comme le locataire paie l'eau qu'il emploie, le propriétaire, au lieu de perdre, gagne avec ce nouvel état de choses.

Telles seraient les charges annuelles des propriétaires de la ville de Paris, pour recevoir dans toutes les maisons, grandes et petites, cités et masures, l'eau nécessaire à la propreté de l'immeuble, à l'hygiène de ses hôtes et à l'évacuation de leurs immondices.

Ce travail, qui date de loin, fut conçu par deux hommes, MM. Haussmann et Belgrand. Il est poursuivi aujourd'hui par M. Alphand et le rapporteur du conseil municipal, M. Deligny.

Le propriétaire d'un immeuble à Paris doit, partout où l'égout de la rue existe, brancher, par une conduite souterraine, son sous-sol avec l'émissaire public.

Ce branchement part des cours qui reçoivent les tuyaux de chute, une trappe doit exister dans laquelle on jettera les détritus ménagers tels que les débris de légumes, les os, les chiffons, etc.

C'est une dépense que nous avons évaluée, dans un de nos livres, à cinq cents francs par maison.

M. Hérold, préfet de la Seine, vient de remettre en vigueur un arrêté qui avait été pris pendant le siège, et qui oblige les habitants à déposer leurs ordures ménagères soit directement au tombereau, soit dans un *récipient* dont chaque concierge a la garde.

Cette réglementation, visée dès 1852, va recevoir un commencement d'exécution ; c'est une réponse de la préfecture de la Seine à la campagne que nous avons faite.

Les tuyaux de chute doivent traverser, avant de poursuivre leur chemin vers la galerie publique, un *coupe-air*, cavité souterraine en maçonnerie, laissant écouler l'eau, et permettant de nettoyer les immondices et de ne pas laisser remonter les mauvaises odeurs.

Ce moyen fort simple accompagne tout tuyau de chute dans les maisons anglaises et belges.

Ce que l'on a peine à comprendre, ce sont les obligations imposées par l'administration municipale aux habitants de Paris pour la construction des branchements qui doivent relier leurs immeubles à l'égout.

Dans les villes étrangères, les branchements sont de simples conduits en briques ou en poterie ; dans le premier cas, la conduite a $0^m,30$, dans le second c'est un tuyau de $0^m,23$.

Ces dernières dispositions sont fort peu coûteuses si on en juge par les tarifs de MM. Doulton qui fournissent ces tuyaux dans toutes les maisons de Londres et par tout Paris, où l'administration leur en laisse la possibilité.

Il est difficile que nous fassions un compte simulé de la dépense d'une conduite en tuyaux Doulton, prenant son point de départ dans la cour de l'habitation et allant rejoindre la galerie publique. Le plus souvent la conduite atteindrait dix mètres de parcours qui, à raison de 7 fr. 50, occasionneraient une dépense de 75 francs, à laquelle il faudrait ajouter la pose, la tranchée, le dépavage, le repavage, évalué à 2 fr. 50, soit 10 francs par mètre linéaire, ou 100 francs pour l'ensemble du travail.

Il est vrai que le propriétaire parisien a le droit, dans une certaine mesure, d'agir comme le font les Anglais, mais il se trouve en présence du conducteur des ponts et chaussées de la ville à qui la surveillance des travaux incombe ; il le laisse faire et prend pour éviter tout mécompte, l'entrepreneur de l'administration qui se sert peu des tuyaux en poterie, trouvant plus de profit à employer la fonte et même à prolonger en maçonnerie, sous l'immeuble, le branchement extérieur.

Aussi cette dépense se traduit à Paris, au minimum, à près de 500 francs ; elle se fait par l'entrepreneur attitré de l'administration, qui choisit son temps et son moment, s'inquiétant fort peu de réaliser sa besogne lorsque l'on créera l'égout de la rue, s'inquiétant encore moins, lors de cette construction, d'y préparer, dans les pieds-droits du collecteur, les amorces de ces conduites, de telle sorte que, lorsqu'il se mettra à exécuter son branchement, il démolira une partie de l'égout et le reconstituera, il démolira une partie du pavage qu'il remettra, il se fera payer des frais pour la pose des garde-fous, toutes choses qui auraient pu être conçues, exécutées, alors que le constructeur de l'égout était à la besogne, et ne pas obliger les propriétaires à débourser inutilement des sommes relativement considérables.

Il ne faut pas croire, cependant, que cette manière vicieuse de procéder soit méconnue par l'administration. Un des ingénieurs de la ville, en 1870, rendant compte dans une brochure des travaux d'égout de la ville de Bruxelles, la condamnait, et ne s'expliquait pas que l'on forçât le propriétaire de Paris à laisser exécuter à ses frais, à partir de son immeuble, un égout où pouvait se promener, bien inutilement, un homme. Il trouvait qu'à Paris on pouvait, comme à Bruxelles et à Londres, se contenter d'un modeste tuyau de grès, qu'il n'était pas indispensable de créer des voies monumentales souterraines qui n'avaient d'autre utilité, dans leur faste et leur grandeur, que de permettre la promenade de quelques oisifs tous les mois.

Une ville aura une auréole d'autant plus grande qui peindra son degré de civilisation, qu'elle recélera dans son sein des œuvres utiles ; elle sera d'autant plus riche que ces œuvres fonctionneront bien, avec le moins de frais et rendront le plus de services.

Pour atteindre ce but, pour laisser aux générations futures une œuvre bâtie en ciment et en rocs, pour rendre immortel cet outillage, elle ne doit pas regarder à faire beau, elle doit dépenser ce qu'il faut, mais elle doit être économe.

Un égout, qui est une nécessité indéniable, devra résister à tous les temps, aux siècles, mais il est inutile d'en faire un palais ; à quoi ce luxe serait-il utile ? à faire admirer la science de l'ingénieur ?... Ce souvenir aura coûté trop cher ; il exigera, pour le paiement de sa construction, pour l'intérêt et son amortissement, des sommes considérables qui eussent été mieux appropriées à d'autres ouvrages tout aussi nécessaires.

Ce n'est donc pas faire acte d'intelligence, à Paris, que de créer grand, que de faire beau ; il vaut mieux cacher la science et le mérite de nos ingénieurs, comme cela se fait à Londres et à Bruxelles, que de continuer à rendre leurs mémoires immortelles.

Fig. 16. — Tuyaux operculaires.

MM. Doulton fabriquent 9,000 mètres courants de tuyaux par jour. Ils sont les fournisseurs des villes de Paris, Versailles, Lille, Rouen, Blois, Saint-Germain, etc., du service des ponts et chaussées, du génie militaire, des compagnies de chemins de fer, des palais du Champ-de-Mars et du Trocadéro, etc., etc.

Qu'on s'imagine 15,000 tuyaux droits, par bouts de 0^m,60 de longueur en œuvre, en diamètres de 0^m,30 et au-dessus ; d'autres en longueurs de 0^m,76 ; d'autres bouts courts pour raccords, au même prix du mètre linéaire, proportionnellement à leur longueur, en y comprenant celle du collet d'emboîtement ; enfin, des tuyaux droits, collet tronqué, que l'on peut employer seuls ou quand on prévoit la possibilité d'avoir à lever un tuyau, et on ne s'étonnera pas que dans le monde entier il n'y a pas de maçons qui ne connaissent leur nom. Voilà la vraie réputation, ce travail utile, qui se traduit au meilleur marché, et qui permet ainsi à la question hygiénique de poursuivre son chemin.

Le tuyau operculaire est, comme l'indique le dessin, muni d'un segment-couvercle, et donne ainsi la facilité d'examiner le travail de la conduite et de la nettoyer. Il est de même diamètre que les tuyaux droits ordinaires, avec lesquels il se raccorde parfaitement. On peut en faire des conduits entiers ou l'employer partiellement sur une conduite de tuyaux droits ordinaires. Le couvercle tenant au corps du tuyau, par nécessité de bonne fabrication, la séparation se fait à pied-d'œuvre, par un simple petit coup de ciseau à froid donné à l'extrémité de chaque trait séparateur. Le prix diffère peu de celui des tuyaux ordinaires.

Ces tuyaux sont de dimensions diverses avec prix correspondant, et, suivant l'importance de la maison, ils atteindront un diamètre intérieur de 0^m,5 à 0^m,76.

Prix des Tuyaux.

Diamètre intérieur en centimètres....	5	7.5	10	12.5	15.2	19	22.8	30.5	38	45.7	53	61	76
Poids approximatif du mètre.. kilogr.	4	10	12	18	24	31	40	56	86	120	200	225	400
Le bout de 0^m,60 centimètres..	60	» 90	1 »	1 20	1 30	2 25	3 »	4 50	7 80	10 8>	16 8>	21 »	36 »
Le mètre linéaire.........	1 »	1 50	1 65	2 »	2 15	3 75	5 »	7 50	13 »	18 »	23 »	35 »	60 »
Caniveaux à collet 0^m,60 cent.	» »	» »	0 »	» »	0 »	1 »	» »	1 65	3 »	4 50	6 30	8 40	10 80
Tuyaux operculaires, le bout de 0^m,60 cent.	» »	» »	» »	1 25	» »	1 75	» »	3 50	5 »	8 50	11 50	» »	» »
Coudes numéros 1, 2, 3...	1 »	1 50	1 75	2 25	2 50	3 50	4 50	6 50	11 25	14 »	28 »	35 »	55 »
Jonctions simples et coniques.......	1 25	1 75	2 25	2 50	2 75	4 »	5 »	7 50	12 »	15 »	30 »	37 50	60 »
Jonctions doubles.......	1 75	2 50	3 »	3 25	3 50	5 50	6 75	10 »	17 »	23 »	40 »	50 »	80 »

Si, avec ce système de tuyaux, on peut facilement avoir raison d'une obstruction en enlevant le segment-couvercle, il faut aussi que le propriétaire se garantisse contre les exhalaisons. Nous avons parlé du coupe-air. L'un des plus simples et des plus efficaces est le siphon ; il y en a de 0^m,60 à 1 mètre, suivant leur diamètre, ils valent de 3 fr. 50 à 22 fr. 50.

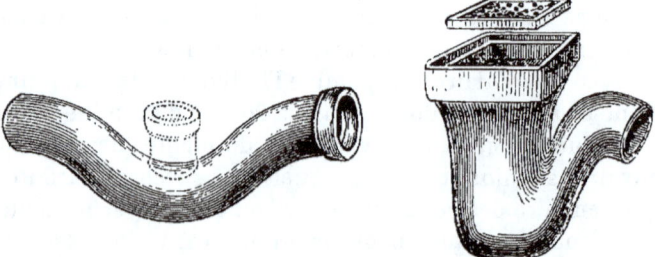

Fig. 17. — Siphons.

Il y en a encore d'autres, le siphon de cour, dont le dessin ci-dessus donne le modèle, il a une grille qui se place dans l'intérieur de l'habitation.

Puis viennent, pour compléter l'assortiment de la maison, les
bouches ou regards d'égouts, qui se fixent, à Londres et à Bruxelles,
dans la muraille de l'égout principal et forment la terminaison du
branchement, et qui ne tarderont pas, espérons-le, d'être appliqués
à Paris.

L'écoulement des matières fait lever la plaque ; celle-ci, en
retombant à sa place, sur un plan légèrement incliné, empêche
les émanations de l'égout de pénétrer dans le conduit, et ferme
ainsi l'accès aux rats qui ne sont que trop tentés d'établir leur
gîte dans les habitations.

Il ne suffit pas de se garer des rats, une grille peut en avoir

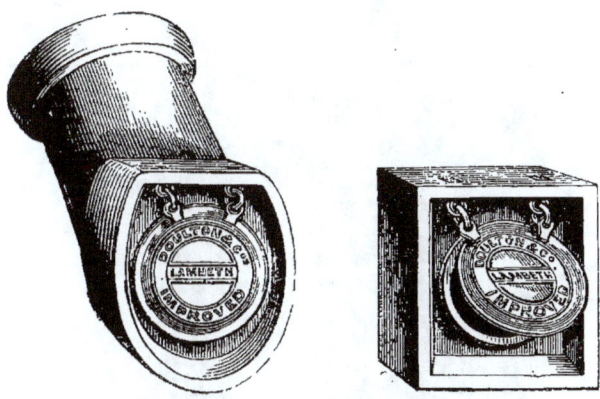

Fig. 18. — Regards d'égouts.

raison, et d'empêcher leur excursion dans l'intérieur de nos maisons, mais il n'en est pas de même des exhalaisons des égouts
qui tendent, aux changements de température, à remonter vers
les colonnes de chute, surtout si elles se trouvent sans eau, ce
qui arrive fréquemment.

Les siphons, chez nos voisins, sont placés partout où se trouve
une conduite et arrêtent le mouvement ascensionnel des gaz délétères.

Les divers systèmes de clapets n'offrent qu'une fermeture
intermittente.

En plaçant cet appareil à l'extérieur de leur habitation, chaque
drain est posé de façon à se décharger en plein air. Un courant d'air
frais circule dans les drains et s'échappe au-dessus du toit par le
tuyau de ventilation, en entraînant les émanations qui ne peuvent
pénétrer dans l'habitation.

Cet appareil fonctionne comme suit.

Le siphon intercepteur D se place au dehors, à l'endroit et à la profondeur que l'on juge convenables ; il communique avec la surface du sol par le receveur F qui est recouvert d'une grille. Les drains débouchent dans le receveur par les branchements G, H, I, sans communication l'un avec l'autre. Les émanations s'échappent par la grille, qui laisse en même temps arriver l'air frais qui remonte dans les drains. Par exemple, les tuyaux de descente des toits et des bains, arrivant au branchement I, les tuyaux ou drains

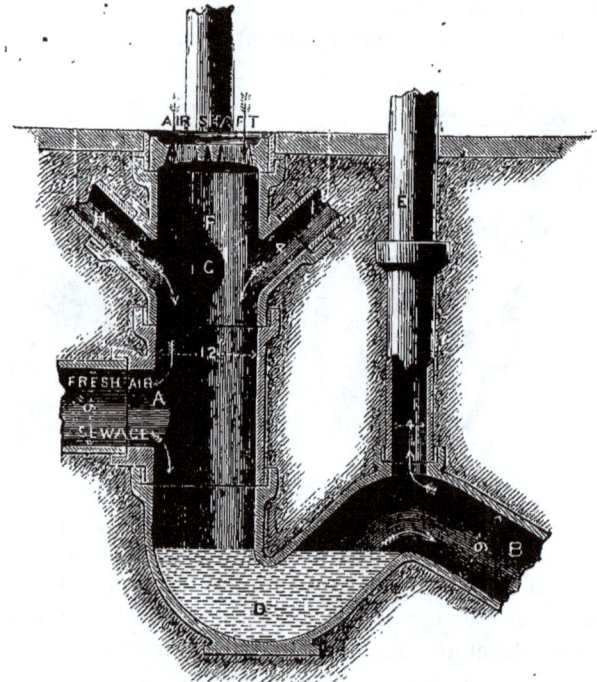

Fig. 19. — Colonnes de chute.

de la cuisine, de l'office, se déchargeant en H, et les descentes des water-closets aboutissant par A G, et cela au-dessus du niveau du liquide dans le siphon D, il est clair que toutes ces arrivées d'eau s'accumulant dans le receveur F, toutes les matières sont forcées de franchir le siphon et d'entrer dans le branchement d'égout. Le drain A peut, sur son parcours, recevoir d'autres conduits, mais il conviendra, dans ce cas, de le munir, à son point de départ, d'un tuyau ventilateur débouchant sur le toit, afin que le courant d'air puisse entraîner les émanations. On peut de même, si on le désire, pour plus de sécurité, ventiler le conduit communiquant à l'égout ainsi qu'il est indiqué par E.

Les siphons D se font avec :

Entrée de 0^m,23 de diamètre, et sortie de 0^m,15 au prix de fr. 18
— 0 ,30 — — 0 ,23 — 25
— 0 ,38 — — 0 ,30 — 35
— 0 ,46 — — 0 ,38 — 45

Il restera en plus de la conduite des eaux aux colonnes montantes, après qu'elles auront été filtrées ; de l'écoulement à l'égout de ces eaux après qu'elles auront été salies par nos déjections, à la charge du propriétaire, les frais de robinetterie, des cuvettes pour les lieux d'aisances, d'éviers hydrauliques, dépenses qu'il est difficile d'évaluer exactement, variables qu'elles sont, suivant le luxe et l'importance des lieux, et dont nous venons de donner une description que nous avons empruntée chez nos voisins.

Les colonnes montantes. — Dans la première édition de notre livre, nous disions : la ville ou la compagnie fermière doit installer à ses frais la colonne montante, comme le fait la Société parisienne pour le gaz ; elle trouvera comme elle, au quintuple, son bénéfice dans la vente de l'eau.

M. Deligny avait établi, dans cette hypothèse, le total des dépenses à faire à cinquante millions.

La Compagnie des eaux, disait-il, donnera à ses actionnaires des dividendes importants, et les redevances qu'elle fera à la caisse municipale amortiront le capital employé.

Ces lignes étaient écrites, dans notre première édition, lorsqu'intervint un nouveau traité avec la compagnie fermière.

Ces conventions, arrêtées le 20 mars 1880 entre la ville et la compagnie des eaux, font aujourd'hui la loi des parties :

« Pendant trois années, 1881, 1882, 1883, la compagnie se chargera, à ses frais, risques et périls, de l'établissement soit de colonnes montantes, soit de tous autres agencements plus économiques, propres à mettre l'eau à la portée de tous les locataires de la maison, qu'elle livrera gratuitement aux propriétaires. Pendant le cours de ces trois années, la compagnie livrera aussi gratuitement, dans les maisons non encore alimentées, aux propriétaires qui en feront la demande, la prise d'eau, le branchement et l'agencement de la distribution intérieure.

« Les propriétaires devront toutefois prendre l'engagement de conserver ces travaux pendant cinq ans au moins.

« Dans le cas où, pendant les années 1881 à 1883, il conviendrait aux propriétaires d'exécuter eux-mêmes la colonne montante à leurs frais, il leur sera alloué, à titre de prime, les deux cinquièmes du montant des abonnements nouveaux branchés sur la nouvelle colonne montante pendant chacune des cinq premières années de l'établissement de cette colonne. »

La contribution ancienne à la jauge entraînait l'obligation pour le propriétaire de confier et de payer les travaux d'installation de la colonne montante, d'embranchements et de réparations jusqu'au réservoir, et les autres travaux, robinetterie, etc., étant soumis au contrôle des agents de cette compagnie ; il était difficile, sinon impossible, nous l'avons dit, de s'affranchir de la tutelle coûteuse de la compagnie.

Aujourd'hui, le propriétaire peut installer dans son immeuble l'eau jusqu'aux derniers étages ; il peut déverser à l'évier, au water-closet, à la fontaine, l'eau dans tous les appartements, et cette facilité que vient d'accorder la ville de Paris semble devoir résoudre la question de l'apport de l'eau à l'habitant.

Les propriétaires paieront, il est vrai, l'eau consommée. Ils en feront supporter la charge aux locataires, soit en augmentant leurs loyers, soit en leur en réclamant le prix chaque trimestre, mais l'appartement sera d'autant plus prisé, que les appareils de distribution seront plus complets.

Sans discuter ici la question de participation à la dépense entre la Ville et la compagnie fermière, nous sommes étonnés de ne pas voir inscrite l'obligation du propriétaire de laisser installer la colonne montante ; il faut, pour qu'une pareille omission ait été faite, que la commission municipale n'ait pas tenu assez compte de cette maxime, que si les droits de la propriété sont sacrés, que si chacun est libre de jouir de son bien comme bon lui semble, il n'a pas celui de ne pas obéir aux prescriptions que, au nom de la santé publique, l'autorité croit devoir lui imposer.

Or, y a-t-il une mesure qui se commande plus que celle-ci ?... La maison ne peut être saine qu'autant que les ordures de ses locataires s'écoulent au loin aussitôt qu'elles se forment, et, pour assurer une évacuation prompte, il faut de l'eau ; sans elle, les émanations délétères se produiront. S'il est vrai qu'il n'est pas permis dans une ville de se complaire dans un milieu fétide, qu'il n'est pas permis de renfermer chez soi des matières malsaines qui incommodent les voisins, un propriétaire n'a pas le droit de se refuser à recevoir l'eau chez lui.

En pareille matière, les sentiments platoniques n'ont rien à voir. Nous avons 14,000 maisons qui sont dans de bonnes conditions d'hygiène, le droit d'exiger que les 56,000 autres qui ne le sont pas, le deviennent, est incontestable.

Faisons vite, assurons l'hygiène de nos maisons, qu'il y ait égalité dans la distribution de l'eau au pauvre comme au riche, que les habitants du palais comme ceux de la masure ne craignent plus le retour non seulement des *odeurs*, mais des épidémies qu'elles traînent avec elles, et le conseil municipal aura bien mérité de Paris.

Des tuyaux en plomb. — Les épidémies, nous avons tous souci de les voir cesser, soit que nous habitions les maisons malsaines, soit que nous résidions dans les maisons recevant l'eau.

Notons que l'administration ne cesse de se préoccuper de cet état de choses, mais elle a rencontré de la part des propriétaires, à l'installation des colonnes montantes, de très grandes résistances.

Le propriétaire prétend que le locataire abuse de l'eau et que cet abus détruit son immeuble, l'oblige de faire vidanger trop souvent, et il préfère un immeuble nauséabond lui coûtant un petit entretien, à une maison saine lui rapportant moins.

Chacun n'est-il pas maître chez soi ?

Le locataire n'a-t-il pas droit de changer ?

Quant à l'hygiène, à la salubrité publique, il n'en est question !

Ces objections de la part du propriétaire, si elles étaient fondées, ne devraient pas être prises en considération ; l'hygiène publique, la santé de tous, priment l'intérêt d'un seul.

Les travaux d'installation des colonnes montantes, de la robinetterie, qui amènent l'eau à l'évier, au cabinet d'aisance, bien exécutés, ne doivent donner aucune fuite et partant aucun dégât à l'immeuble.

Ces doléances n'auront certainement pas cours près des membres du Conseil municipal qui compléteront la mesure qu'ils ont prise, en exigeant de tout propriétaire l'installation d'office, obligatoire, de la colonne montante avec robinets dits de palier ou avec compteurs.

Nous voulons rester, dans cette deuxième édition des *Odeurs de*

Paris, dans le cadre de notre livre ; or, si nous nous appesantissons sur la mortalité produite dans les jours chauds en 1880, si nous en recherchons les causes, nous n'avons pas dit un mot du grand nombre de décès signalés pendant les jours froids qui les ont suivis, et nous n'avons pas examiné ce qui a pu amener une progression qui ne s'était jamais présentée jusqu'ici.

Il s'agit des cas de fièvres typhoïdes qui ne seraient, dit M. Hamon, que des empoisonnements lents et continus de la population qui boit des eaux contaminées par des sels de plomb provenant des conduites qu'elles parcourent.

Ce fait avait été déjà signalé à Paris, en 1874, à la suite d'un rapport de MM. Bergeron et L'Hoste, experts dans un cas d'empoisonnement sur deux personnes par du beurre qui avait été enveloppé dans du papier de plomb.

Le plomb est un des métaux le plus anciennement connus ; il en est fait mention dans les livres de Moïse. Dans la nature, on le rencontre combiné avec le soufre, et constituant la galène ; on le recueille également à l'état d'oxyde ; combiné avec les acides, jouant le rôle de base avec les sels.

En industrie, on obtient le plomb de l'extraction de l'argent de la galène argentifère. Après avoir purifié la galène par des lavages, on introduit la matière dans un fourneau à réverbère, on chauffe jusqu'au rouge ; le soufre se brûle à l'état d'acide sulfureux ; on pousse la température, le plomb s'oxyde, se réduit, une partie passe à l'état de sulfate, l'autre contient du fer, quelquefois des traces d'argent, et est livré en cet état au commerce.

Il a une couleur grisâtre, beaucoup d'éclat, il est mou, on peut le ployer comme du cuir mouillé, il déteint et laisse sur la main une trace semblable à celle de la plombagine.

Sa pesanteur spécifique varie de 11,445 à 11,352, le martelage ne l'augmente pas, le laminage le réduit en lames minces, mais de peu de ténacité. — Fondu, il se fige à 322° ; chauffé au rouge blanc, il se volatilise. Enfin, pour ce qui nous intéresse particulièrement, le plomb a quatre degrés d'oxydation.

Les *sous-oxydes* se forment lorsque le plomb est exposé à l'air. Son éclat disparaît peu à peu, une pellicule de couleur bleue apparaît qui devient de plus en plus foncée.

Quand le plomb a été fondu, ce qui est le cas général pour son emploi industriel, les oxydes sont solubles dans l'eau pure, insolubles dans une eau qui contiendrait la moindre trace de sels.

L'eau distillée placée dans un vase attaque le plomb ; il en est de même des eaux de pluie.

L'acide plombique se combine avec les alcalis et les terres ; la soude, la potasse, le dissolvent facilement.

Les *sur-oxydes* de plomb s'obtiennent au moyen de la chaleur, et, comme ils n'ont aucun privilège d'exister dans les conduites d'eau, nous ne nous en occuperons pas.

Les ustensiles, les alambics, les tuyaux de conduite, l'étamage des vases culinaires et distillatoires, les enveloppes des conserves des sucreries et confiseries, se font généralement en plomb.

Dans son état primitif, ce métal est inoffensif, mais à l'état de sel, il est considéré en toxicologie comme un poison des plus actifs et dont l'action sur l'organisme s'effectue à dose infinitésimale.

Le docteur Rabuteau a découvert et établi la loi des sels sur les animaux et sur l'homme. Un sel est d'autant plus vénéneux que le poids atomique du métal qu'il contient est plus élevé. Or le plomb, sous ce rapport, ne laisse rien à désirer.

Les revues d'hygiène signalent continuellement des accidents dus à l'emploi des vases et des ustensiles en plomb ; les hygiénistes se préoccupent d'un état de chose aussi contraire à la santé publique ; les ordonnances de police rappellent, à tout instant, les peines édictées contre ceux qui continuent à fabriquer avec le plomb les objets d'un usage journalier, mais tous ces efforts n'amènent aucune amélioration. Cela tient à ce que le travail du plomb est facile ; ce métal demande peu de calorique pour fondre, il se façonne à chaud et à froid, sous toutes les formes, se prête à tous les besoins.

Jusqu'ici, seule, la Préfecture de police a défendu l'usage de vases et de conduits en plomb, tels que ceux employés au traitement des corps qui, comme la bière, le beurre, etc., avaient donné lieu à des empoisonnements ; mais elle ne s'est jamais préoccupée de rechercher si l'eau, circulant dans des appareils de même nature, pouvait devenir nuisible à la santé publique.

Cette négligence est due au dualisme continuel qui a toujours existé et qui existe encore entre les fonctionnaires attachés les uns à la préfecture de police, les autres aux travaux de la ville et du département.

Les conduites d'eau sont du domaine des derniers, et si elles n'ont pas été visées dans les prescriptions des conseils d'hygiène dépendant du service de la police, c'est qu'elles échappent au contrôle de ceux-ci.

Nous ne tirerons d'autre solution à une situation aussi anormale que celle que le Conseil municipal s'efforce de faire prévaloir, c'est-à-dire de faire rentrer les questions d'hygiène sous une direction unique et responsable.

S'il était vrai que l'eau qui sert à une population de 2 millions d'habitants fût empoisonnée ; que cette eau fût la principale cause de la grande mortalité que nous venons de signaler à Paris, l'administration supérieure qui aurait créé ou toléré pendant de si longues années une si déplorable situation serait bien coupable.

La question posée dans ces termes est grave, elle demande d'être étudiée avec beaucoup de soin, mais nous ne voulons pas être des imprudents semant mal à propos des inquiétudes qui n'auraient rien de fondé.

Nous avons dit, lorsque nous nous sommes occupé de la construction des conduites, que le plomb, en tout temps, dès la plus haute antiquité, fut employé à leur confection. Les travaux hydrauliques des Romains nous ont laissé non des traces, mais des tuyaux entiers qui le démontrent ; à Pompéi, ce qui a résisté le mieux aux outrages du temps, aux effets d'un ensevelissement de 2000 ans, c'est le plomb, dont les spécimens les plus divers sont recueillis chaque jour.

En l'an 130 de J.-C., Galien a condamné l'usage du plomb pour la conduite des eaux de Vitruve, de même qu'à Spa de nos jours on n'a jamais songé à se servir de ce métal dont l'emploi ne semble pas dès lors indispensable.

Le plomb ayant une durée *quasi illimitée*, il semble que cette matière présente toutes les conditions voulues pour être employée, avec raison, aux conduites d'eau de la ville de Paris.

Sa nature, ses propriétés physiques et chimiques sont ce qu'elles étaient à ces époques lointaines ; aussi les ingénieurs de la ville, s'appuyant sur les travaux des anciens, semblent-ils avoir raison dans leur choix, aux yeux de ceux qui n'approfondissent pas les choses.

Mais s'ils avaient analysé, s'ils avaient comparé un de ces vieux tuyaux avec un de ceux que nous fabriquons actuellement, ils auraient reconnu : 1° que les matériaux n'ont pas, dans les deux cas, une homogénéité aussi complète ; que le travail préparatoire n'est pas le même, autrefois on n'employait que le battage, tandis qu'aujourd'hui on procède par l'étirage, ce qui change la cohésion et par conséquent produit une densité moindre entre les molécules ; 2° ils se seraient aperçus que les vieux plombs sont riches en argent, et que dans cet état ils forment des combinaisons stables qui ne permettent pas à l'oxygène, à l'acide carbonique d'attaquer leurs surfaces.

Les symptômes de l'empoisonnement par le plomb sont une colique sèche, connue sous le non de *saturnine*, puis une paralysie qui s'étend graduellement à tous les membres, et enfin une maladie de cerveau, une sorte de folie, appelée *encéphalopathie saturnine*.

Les coliques de plomb se guérissent, la paralysie est à peu près incurable.

L'action de l'air n'est pas douteuse sur le plomb, dit M. Poggiale, *toutes les eaux l'attaquent.* Plus la quantité d'air entraîné dans les tuyaux sera grande, plus la pression sera élevée, plus son action sera énergique ; les surfaces se trouveront corrodées comme le seraient celles d'un morceau de plomb imbibée d'eau acidulée.

Dans le monde judiciaire, on se rappelle Joséphine Guérard, domestique, revenant dans la maison de ses maîtres à Neuilly, restée inhabitée pendant quelques mois et qui, buvant un verre d'eau pris au robinet en plomb de la fontaine, fut bel et bien empoisonnée.

Dans le monde savant, on connaît cette histoire arrivée dans un cours de chimie professé par M. le docteur Grimaud, qui, faisant passer un courant d'acide sulfhydrique dans une éprouvette pleine d'eau de la Vanne, venant d'une des conduites de la ville, y dénotait la présence du plomb.

La distribution des eaux, depuis la conduite en fonte jusqu'aux faîtes des maisons, est en plomb, il est prouvé que les eaux qui y circulent dissolvent une certaine quantité de métal, soit sous forme de sulfate ou de carbonate ; c'est un poison, nous venons de le voir ; « *il n'y a pas de danger*, dit le conseil d'hygiène de « la Seine, si les concessionnaires, en cas d'interruption plus « ou moins prolongée du service de leurs prises d'eau, ont eu « soin de laisser écouler pendant quelques temps, sans les recueil- « lir, les premières eaux après l'ouverture des robinets, particu- « lièrement dans les conduites neuves, soit en plomb, soit même « en plomb doublé d'étain. »

Ces sels de plomb ne se forment point dans tous les tuyaux par l'action simple de l'air ; on sait que les sels de chaux en présence des matières inorganiques réactionnent et jouent le rôle d'acide ; on sait, d'après Forbes, que les calcaires contenus dans les eaux forment du carbonate de plomb ; d'après Mayençon et Bergeret, « les eaux douces de rivière, plus ou moins calcaires, plus ou « moins gypseuses, dissolvent le plomb métallique ; » d'après M. Marais, nous ne craignons pas d'affirmer à l'Académie que l'opinion qui dit que la présence d'une petite proportion de sels calcaires (carbonates ou sulfates) suffit pour empêcher toute action dissolvante, ou tout au moins pour la limiter, est *erronée*. »

Ces réactions, dans les conduites de Paris, sont incessantes, elles se produisent faiblement, mais elles forment sur les parois une poudre blanchâtre qui empoisonne méthodiquement.

Les avis aux ingénieurs de la ville n'ont pas manqué, l'histoire de la science est pleine de faits mettant ce péril en évidence. Les traités de toxicologie abondent en observations d'empoisonnements provoqués par le plomb.

M. Chevalier, que le monde savant regrette, l'homme le plus expérimenté, s'exprimait ainsi :

« Il est bien démontré, pour nous, que l'emploi du plomb pour « conduire ou conserver des eaux destinées à l'alimentation peut « être suivi de dangers plus ou moins graves, et qu'il est indis- « pensable de proscrire ce métal.

« Les cas les plus remarquables d'accidents causés par le plomb « et ses sels sont généralement ceux où ces corps pénètrent « dans l'économie en petite quantité à la fois, mais d'une manière « en quelque sorte continue (1). »

M. le docteur Tardieu, dans son *Traité d'hygiène publique*, déclare que :

« Le plomb, sous toutes ses formes et dans toutes les condi- « tions, est un poison d'autant plus nuisible que son action est « plus insidieuse et plus lente. »

Vauquerel des Planches affirme que :

« Les maladies saturnines doivent être regardées comme des « plus fréquentes et des plus graves, puisqu'elles compromettent « la santé et même l'existence d'un grand nombre d'individus. Il « est du devoir d'un gouvernement protecteur de prévenir, s'il le « peut, le développement de pareilles affections. »

(1) *Annales d'hygiène publique et de médecine légale.*

Les docteurs Maxime Vernois, Hillairet, concluent dans des rapports émanant de leur initiative et adressés aux ministres :

« Qu'il est de la plus haute importance de supprimer les tuyaux « de plomb pour la conduite des eaux potables. »

Si nous joignons à ces opinions formulées par des hommes qui font autorité en science et en hygiène, celle renfermée dans une pétition adressée au Conseil municipal de Paris en 1873-1874, et signée par 905 médecins, les uns membres de l'Académie de médecine, les autres des hôpitaux, d'autres professeurs de la faculté, des comités d'hygiène, etc., nous nous demanderons, une fois de plus, comment les ingénieurs de la ville de Paris ont pu prendre la responsabilité des colonnes montantes en plomb pour amener les eaux dans l'intérieur des habitations.

Le gouvernement belge a été plus circonspect que la préfecture de la Seine : en 1876, il a posé la question au congrès international d'hygiène publique qui s'est prononcé pour la proscription complète du tuyau de plomb comme distributeur des eaux destinées aux usages alimentaires.

Dans d'autres pays, l'emploi de ce métal est totalement prohibé ; en 1859 et 1866, la presse souleva la question en Angleterre, l'association médicale des officiers de santé de New-York écrivait qu'il est impossible de condamner trop fortement l'usage des réservoirs et des tuyaux de plomb.

De faits aussi patents la ville de Paris non seulement ne tient aucun compte, mais elle considère ce qu'en dit même l'Académie française comme lettre morte.

En effet, en 1877, la question est soulevée de nouveau à la suite d'une analyse d'eau prise dans l'acqueduc de la Vanne, au laboratoire de chimie de la faculté de médecine.

MM. Armand Gautier, professeur, Willin, chef des travaux chimiques à la faculté, trouvent par l'analyse que les eaux de la Vanne ayant séjourné 14 heures dans des tuyaux de plomb renferment des sels de ce métal en quantité suffisante pour qu'ils concluent :

A la renonciation de l'usage des tuyaux de plomb, etc. à laquelle M. Wurtz, doyen de la faculté, associe sa voix aux conclusions de ce rapport.

Personne, sauf l'administration de la préfecture de la Seine, ne met en doute les dangers qu'offre l'usage du plomb ; la préfecture de police, mieux inspirée, a toujours défendu son emploi, mais si cette autorité n'a pas pu faire prévaloir son appréciation, il faut l'attribuer au jugement erroné des ingénieurs, à l'étude insuffisante qu'ils ont faite des conduites romaines, et au malheureux contrat qui lie la Compagnie des eaux et la ville, contrat qui depuis 1860 accorde le monopole non seulement des travaux, mais encore du choix des matériaux, à un entrepreneur spécial fort peu soucieux, en présence de ses intérêts, des questions d'hygiène publique.

Les temps sont changés, nous ne sommes plus en 1860; au Conseil municipal, Dieu merci, il ne manque pas de médecins, tous gens qui entrevoient le danger, et ils le feront cesser.

Le préfet de police aurait pu, en sa qualité de président du conseil d'hygiène et de salubrité de la ville de Paris, proscrire, par un simple arrêté, l'usage des conduites en plomb au service municipal des eaux; l'application de cette mesure rentrait dans ses attributions, mais il a craint d'éveiller les revendications des habitants des 14,000 maisons déjà branchées par les soins des ingénieurs de son collègue de la préfecture civile, et il s'est demandé s'il ne valait pas mieux continuer à empoisonner les bonnes gens de Paris que de soulever de pareils conflits.

Ces considérations n'étaient pas les mêmes à l'étranger, en province; aussi partout, au moins où la civilisation existait, où on avait souci des lois de l'hygiène, on a remplacé le plomb :

Par l'étain,

Par le fer.

L'étain serait incontestablement le métal le plus propre à remplacer le plomb pour les conduites tertiaires et montantes de la ville de Paris; chacun sait que son emploi par nos pères, non seulement pour des usages analogues, mais pour la confection de leurs vases culinaires, leur donnait toute garantie, comme encore de nos jours il la procure aux marchands de vin, aux distillateurs et aux brasseurs. .

Mais il a un défaut, il est trop coûteux pour nos travaux d'eau; son emploi peut être évalué à cinq fois le prix de celui du plomb. C'est d'ailleurs un métal relativement rare, le devenant davantage tous les jours, par suite de l'épuisement des gisements tant en France qu'en Espagne, fort amoindris en Angleterre, et ne se trouvant plus, en abondance, que dans les pays indiens.

M. Hamon est l'inventeur d'un tuyau semi plomb-étain, fabriqué chez MM. Laveissière et Cie, mais en si petite quantité que l'usage en est fort peu développé.

Quoi qu'il en soit, ces tuyaux en plomb, revêtus dans leur inté-rieur d'un tube d'étain de un demi-millimètre d'épaisseur, présen-teraient, suivant un rapport de M. Lefuel, ancien architecte des Tuileries, d'excellentes conditions pour les travaux publics.

L'adhérence des deux métaux est parfaite, dit-il dans un rap-port adressé à l'Institut, d'après les épreuves de torsion et de détorsion, d'extension et de compression, auxquelles ces tuyaux ont été soumis.

La chemise de plomb les rend très solides, et le demi-milli-mètre d'épaisseur d'étain assure l'économie du métal coûteux; les soudures sont faciles, et nous savons, hélas! que cette main d'œuvre joue pour le plombier un rôle tellement important à son profit, que MM. Laveissière ont bien voulu patronner l'emploi de ces conduites sans souci des intérêts des propriétaires.

Un tuyau qui nous semble présenter des avantages tout aussi incontestables que celui dont nous venons de parler, c'est le tube en *fer*.

En 1813, on parvenait, en Angleterre, à fabriquer des tuyaux étirés de toutes dimensions que l'industrie ne pouvait couler en fonte, c'est-à-dire les petits calibres des conduites d'eau.

Cette fabrication est un grand succès; elle permettait de combler les lacunes existantes dans la canalisation, et que l'on avait été obligé de parfaire, faute de mieux, avec des tuyaux en plomb. Si les nouveaux tubes offraient des avantages, ils présentaient aussi des inconvénients; comme toujours, les premiers furent prônés, et les seconds furent vaincus par l'habileté des inventeurs.

M. Gaudillot, élève de l'École polytechnique, importa en 1829 cette nouvelle industrie en France; elle fut reprise par M. Doulton qui, de nos jours, a su trouver pour elle de nombreuses applications.

M. Doulton a étudié les faits, et les objets de sa fabrication re-posent sur les besoins industriels; il s'est souvenu que la corrosion du plomb par les eaux potables a lieu lorsque la surface métal-lique est alternativement en contact avec l'air et avec l'eau.

Ce sont des conduites à vapeur, à eau, à gaz; des canalisations pour la télégraphie souterraine et marine; des tuyaux acousti-ques, etc., que nous représentons, dans le dessin ci-joint, dont nous allons donner la description, et qui doivent remplacer les conduites en plomb.

N° 1. — Ce tube est fabriqué couramment dans les dimensions

de 5 à 100 millimètres de diamètre intérieur et d'une épaisseur de 10 à 114, présentant toutes les conditions voulues contre l'écrasement et la pression.

N° 2. — C'est un robinet indispensable à toute conduite, se vissant et faisant corps avec lui, son but est d'arrêter ou de donner issue à l'écoulement.

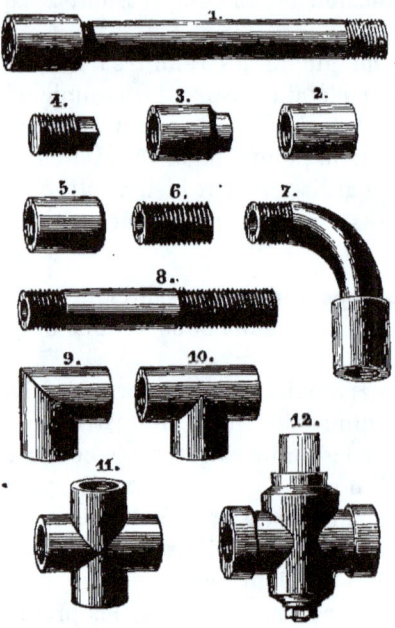

Fig. 20. — Tuyaux en fer Gaudillot.

Ce robinet n'offre rien de particulier, il ressemble à ceux que l'on installe sur les colonnes de plomb; mais si on considère qu'il est tout en fer, que son prix varie de 2 fr. 50 à 125 fr., suivant dimension, on doit reconnaître que c'est là un tour de force de fabrication.

N° 3. — Les croix, c'est-à-dire les raccords permettant la jonction des conduites à angle droit.

N° 4. — Les tés, offrant comme les croix la possibilité de diriger le courant à droite et à gauche, en supprimant la conduite principale.

N°⁸ 5 et 6. — Les coudes droits et les coudes ronds permettant à la conduite de suivre toutes les sinuosités d'une colonne montante, qui tantôt se dirige à droite, tantôt à gauche, suivant qu'elle doit fournir de l'eau à l'évier, au water-closet, etc., de l'habitation.

N° 7 et 8. — Désire-t-on, dans la conduite, diminuer la section? M. Doulton a prévu le cas, il a imaginé le manchon de réduction ; veut-on la boucher? on visse un *bouchon* mâle ou femelle représenté par les figures 9 et 10.

Puis viennent, pour tous les cas de montage qui se présentent, les rondelles ou brides (*N°* 12 et 13), les longues vis (14), les clous à crochets (15), les bouchons, manchons, coudes ronds unions, manchons-unions (17, 18, 19, 20 et 21), que le poseur de la conduite ajoute et qui lui permetent ainsi de diriger les colonnes d'eau, dans toutes les parties d'une maison, à droite, à gauche, en bas, en haut, sans avoir aucune crainte de les briser, les rendant exemptes de toute fuite, l'un des défauts, nous l'avons dit, qui a le plus contribué à empêcher jusqu'ici leur installation dans les immeubles de Paris.

La description que nous venons de faire s'applique aux deux espèces de tuyaux fabriqués par M. Doulton.

Pour les liquides, pour les gaz qui n'ont pas à craindre d'être souillés par les sels de fer, la conduite est formée de tuyaux ordinaires; mais s'il s'agit d'une distribution d'eaux qui doivent conserver toute leur pureté, les différentes pièces que nous venons d'énumérer sont passées dans des bains de galvanisation où elles acquièrent ainsi des conditions identiques à celles des conduites en poterie et en verre, tout en conservant la modicité de leur prix de revient, leur résistance à l'écrasement et à la pression.

MM. Doulton vendent relativement bon marché : les fournitures cotées aux tarifs de la Compagnie des eaux à 80 et des francs n'atteignent pas 45 francs, et les prix seraient-ils identiques que les conditions hygiéniques doivent faire préférer l'emploi des tuyaux Doulton, qui serait aujourd'hui général à Paris, si, répétons-le, l'administration n'avait maladroitement inséré dans ses contrats l'usage exclusif du plomb, alors qu'elle aurait dû sinon les exclure complètement, du moins permettre à la suite l'utilisation de l'étain et du fer.

Que peut-on reprocher au fer?

Son application a fait ses preuves; des villes entières ont leur canalisation en tuyaux Doulton ; les unes ont préféré le tube brut, d'autres ont pensé que la galvanisation donnant à ces tuyaux toutes les qualités de la poterie, cette opération devait être prescrite.

Aucune de ces villes n'a voulu, pour la distribution dans les habitations, joindre les tuyaux en fonte par des tubes en plomb, et sous ce rapport l'unanimité a été complète ; aussi n'y aurait-il aucune bonne raison à donner pour exclure l'usage des conduites en fer à Paris, ou de celles en étain. Nous ne pourrions considérer comme un argument sérieux en sa faveur la déclaration de feu l'inspecteur général Belgrand, qui ne voyait aucun danger sérieux dans l'emploi du plomb, les conduites de cette nature n'offrant, à Paris, que la proportion suivante :

4 centimètres de longueur par 1000 mètres de conduites maîtresses en fonte employées.

Les objections produites contre l'emploi de l'un ou de l'autre conduit, sont, pour ce qui regarde l'étain, son haut prix de fabrication. Le plomb vaut aujourd'hui 40 francs à peine ; demain, lorsque les Américains se seront décidés à le retirer des scories de leurs galènes, à nous l'envoyer, il vaudra 20 francs, et l'étain coûtera toujours, à moins de découvertes importantes, plus du double de cette valeur.

Il faut joindre à ce désavantage, ajoutent-ils, que ces tuyaux présenteront de grandes difficultés de fabrication qui les feront encore augmenter de prix ; mais n'est-il pas vrai que l'hygiène publique aura une entière satisfaction et qu'on ne pourra plus reprocher à l'administration d'empoisonner sciemment deux millions d'habitants ?

Le tuyau en fer, moins coûteux que celui en plomb, n'a qu'un défaut : il est difficultueux à la pose, lorsqu'il s'agit, comme dans une maison, de suivre bien des sinuosités, franchies il est vrai, par des coudes, etc., préparés à l'avance, mais n'offrant pas cependant les facilités du plomb.

Si on l'emploie sans être galvanisé, le conduit en fer offre au consommateur des eaux plus ou moins chargées d'oxyde de fer qui, prises par un adepte du charlatan bien en vogue de la 4e page de nos journaux, seront bues avec plaisir à chacun de ses repas ; mais qui prises, par ceux qui ne croient pas aux promesses du charlatan, seront rejetées avec dégoût.

Devant ces objections qui ne nous paraissent pas sérieuses, qui ne doivent pas arrêter l'emploi de l'un ou de l'autre de ces tuyaux, il y a un moyen bien plus radical, c'est celui d'en revenir aux tuyaux de plomb des Etrusques.

En chimie, l'affinité des corps les uns pour les autres joue un rôle prépondérant, le plomb amalgamé avec le soufre, l'argent, le fer, présente toutes les conditions voulues contre sa transformation en sels; il faut aujourd'hui opérer de même, au lieu de se servir de ce métal mou, se coupant au couteau, il faut constituer un alliage mou, noir, avec l'argent, mais, non plus, comme il en a été fait avec d'autres corps, avec des métaux qui le rendent inoxydable.

C'est facile, bien des métaux s'y prêtent, et après des essais, la chimie aura apporté à l'hygiène publique un élément de plus de salubrité.

Bains publics. — M. le docteur Félix Brémond réclame une distribution d'eau plus considérable : il demande, et il a raison, que la population d'une ville comme Paris trouve facilement, et à peu de frais, pour ses travailleurs, des bains en toute saison.

Le vœu date de loin.

« Dans le rapport général des travaux du conseil de salubrité pendant l'année 1810, adressé à M. le baron Pasquier, préfet de police, par Deyeux, Parmentier, Huzard, Leroux, Dupuytren, Petit et Cadet-Gassicourt, je lis, dit M. Brémond, que Paris compte dans son sein beaucoup de bains particuliers ; mais la classe aisée peut seule en faire usage ; les bains de rivière qui s'ouvrent dans la belle saison sur la Seine sont mal disposés et leur prix n'est pas à la portée de la classe indigente. La défense de se baigner sur les bords du fleuve, dans l'enceinte de la ville, est fort sage, mais elle engage les baigneurs à se livrer au courant dans les endroits moins sûrs et éloignés des secours. *Déjà plusieurs architectes ou ingénieurs ont proposé d'établir des bains publics gratuits*, soit à l'île Louviers, soit ailleurs ; mais dans un pareil projet il ne faut pas considérer le simple agrément, il est des considérations d'hygiène qu'il faut admettre. »

La question, bien posée, on le voit, au commencement de notre siècle, ne fit aucun progrès, et on se baigne peu ou prou de nos jours comme on le faisait du temps de nos ancêtres.

« En France, disait bien des années après M. Dumas, tout el monde aime à satisfaire ce besoin d'honnête et saine propreté qu caractérise les instincts et les goûts de notre population ; mais, s le besoin existe, les moyens de le satisfaire ne sont pas jusqu'à présent en rapport avec lui.

« ... Les établissements de bains dans toutes nos villes font payer trop cher les bains qu'ils administrent, pour que la classe ouvrière puisse en tirer profit.

Le nombre des établissements de bains s'accroît cependant tous les jours ; en 1832 on n'en comptait que 78 dans Paris, il a quadruplé depuis, si ce n'est même plus. On distribue en moyenne par an 60,000 bains, sans compter ceux fournis par les hôpitaux et par les bateaux en Seine.

Les bains portés à domicile ne datent que de 1820 ; en 1838 on compte un service public de 16,000, il nous serait difficile d'en évaluer le nombre, aujourd'hui, aucune statistique n'existant à cet égard. Ce que nous savons, c'est que les établissements de Paris administrent chaque année un peu plus de 2 millions de bains en moyenne, ce qui représente deux bains ou deux bains un quart par an et par tête. Mais il est facile de voir par la situation des établissements, concentrés dans les quartiers aisés, et par leur tarif toujours élevé, que la classe pauvre n'en profite pas. En Angleterre, le succès des bains à bas prix a été tel, qu'un seul établissement administre plus de 200,000 bains par an ; il est vrai que le prix du bain est réduit à 20 centimes.... S'il est démontré que les bains peuvent être ramenés à un tarif très bas ; s'il l'est également que le service des lavoirs se prête à des améliorations dignes de toute la sollicitude d'un gouvernement éclairé, reste à examiner quelle est la part qui lui revient dans le mouvement qu'il s'agit d'imprimer à ce sujet. Or l'expérience du passé prouve suffisamment que l'industrie privée n'a pu créer en France des établissements comparables à ceux que l'Angleterre possède. Elle démontre aussi qu'en Angleterre le concours du Gouvernement a été indispensable pour en assurer la fondation... Guidé par ces études le Gouvernement ne pouvait hésiter à réclamer le concours de l'État et des communes dans ce grand intérêt d'utilité publique.

A la suite de ce travail, ajoute le docteur Brémond, dont les extraits qui précèdent ne donnent qu'une idée imparfaite, une Commission d'études dont faisaient partie MM. Trébuchet, Payen, Trélat, Davenne, Darcy, etc., fut établie auprès du Ministère de l'agriculture et du commerce ; M. de Saint-Léger, ingénieur des mines, alla en Angleterre étudier l'organisation et le fonctionnement des établissements de bains et de lavoirs spéciaux des classes laborieuses ; l'Assemblée nationale vota les fonds demandés, et la loi du 3 février 1851 ouvrit au budget un crédit extraordinaire de 600,000 francs, sur l'exercice de l'année, pour encourager, dans les communes qui en feraient la demande, la création d'établissements modèles de bains et lavoirs publics, gratuits ou à prix réduits.

Les communes profitèrent-elles de la loi du 3 février? Hélas ! non. Les municipalités d'Angers, d'Albi, d'Épinal, de Foix, de Guéret, de Lille, de Montpellier et de Mulhouse demandèrent des subventions, mais elles n'édifièrent point les établissements philanthropiques rêvés, et il fut encore permis de répéter ce triste aphorisme d'Armand de Melun, représentant du peuple pour le département de l'Ille-et-Vilaine :

« Celui qui trouve à peine dans le prix de son travail de quoi se vêtir, se nourrir et s'abriter, est souvent obligé de regarder le bain comme un objet de luxe interdit à sa fortune. »

Il en sera ainsi, jusqu'au jour où le Conseil municipal de la ville de Paris reprendra l'étude de la question : fournir des bains à quatre sous à ceux qui ne peuvent payer plus. Il faudrait que les établissements fussent installés non seulement dans tous les quartiers de Paris, mais aussi dans les localités de la banlieue.

Fournir un bain pour quatre sous est un rêve ! les calculs auxquels nous nous sommes livré ne permettent pas à Paris de réaliser un pareil résultat : la houille y est trop coûteuse, l'eau trop chère, les loyers trop élevés.

La première condition à décider par le Conseil municipal serait l'étude d'un type uniforme d'établissement comprenant un nombre déterminé de cabinets. Ces établissements devraient fonctionner de 6 heures du matin à 10 heures du soir, trois jours par semaine pour les femmes et les enfants, quatre jours pour les hommes, donnant droit à du linge à des prix réduits, un sou la serviette, par exemple.

Ce travail préparatoire fait, mis au concours et dont l'exécution serait confiée à celui qui aurait réalisé les meilleures conditions d'installation, d'hygiène et de bon marché, la ville pourrait contribuer à l'œuvre, en la dotant : 1° du terrain ; 2° de l'eau ; 3° de l'exonération du droit d'octroi sur le combustible pendant une concession de cinquante ans.

Les lavoirs publics. — Les *lavoirs publics* ne sont pas assez répandus, leur création appelle l'attention de tous ceux qui sentent le besoin d'améliorer le sort, d'augmenter le bien-être des classes pauvres et laborieuses.

Les femmes, dans ceux qui existent à Paris, y lavent à couvert, fort peu commodément, dans des conditions hygiéniques déplorables. La place est louée à l'heure ; il y a des réductions pour la demi-journée et pour la journée entière.

On y trouve de l'eau et de la lessive chaude qui se vendent au seau ; on peut y mettre le linge à couler dans des cuviers à lessive.

Dans quelques lavoirs modèles, et ils sont peu nombreux, le premier étage présente des séchoirs d'été à simples courants d'air extérieur, et des séchoirs d'hiver à air chaud. Ces séchoirs divisés en compartiments isolés et fermés se louent facilement.

Les 600,000 francs inscrits, au budget du Ministère de l'intérieur sont disponibles pour leur majeure partie ; n'est-il pas surprenant d'avoir à enregistrer un fait semblable ?

Paris devrait, dans chacun des quatre-vingt quartiers qui le composent, favoriser un établissement municipal dit *lavoir public*.

Ces établissements seraient mis en adjudication et recevraient pendant cinquante ans, à titre de subvention gratuite, l'eau qui serait nécessaire pour tous leurs besoins, le terrain pour leur édification.

Ils serviraient de modèle à ceux qui existent déjà ; car personne n'aurait l'idée de supprimer les lavoirs actuels, mais on pourrait exiger que ces établissements reçussent une appropriation plus convenable, donnant satisfaction à l'hygiène qui y fait à peu près complètement défaut.

Ordinairement ces établissements sont confinés dans des lieux peu aérés, au fond d'un couloir, d'une cour qu'on a métamorphosée en atelier. Les vapeurs qui se dégagent du travail accompli par une cinquantaine de femmes qui n'ont pas toujours à laver du linge sale, mais bien des objets qui ont perdu tout nom, sous la couche d'ordures qui les recouvrent, laissent échapper les odeurs les plus malsaines, et si on y ajoute l'humidité du lieu, l'odeur générique de cette agglomération d'ouvrières, les vapeurs de lessives, de chlore, de savon, on se trouve dans un milieu que l'on a le droit de qualifier d'insalubre.

Quelques mots sur les services rendus par les 298 lavoirs qui se sont constitués à Paris permettront à nos lecteurs de mieux comprendre la nécessité qui commande au Conseil municipal d'améliorer cette situation.

Le lavoir public ne devrait être, selon nous, qu'un lieu réservé aux classes laborieuses qui n'ont pas le moyen de donner leur linge à laver à la blanchisseuse, comme cela se pratique dans la bourgeoisie ; la femme de l'ouvrier va toutes les semaines au lavoir, portant son paquet de linge sali par son mari, par ses enfants et par elle.

C'est le soir qu'elle l'y porte, elle le remet au garçon préposé à la lessive, après l'avoir préalablement trempé dans de l'eau froide, elle vient le lui reprendre le lendemain matin, à 6 heures en été, à 7 heures et demie en hiver.

Ce paquet sera plus ou moins volumineux, suivant qu'il renfermera les hardes d'une famille plus ou moins nombreuse ; aussi le garçon lessiveur évalue la rétribution à payer, à quatre, six ou huit sous.

Moyennant cette première dépense, le propriétaire du lavoir fait passer tous les paquets qui lui ont été remis jusqu'à 8 heures du soir, dans des appareils lessiveurs, qui, suivant l'importance de l'établissement, traitent 3 ou 400 paquets de linge par nuit.

C'est une recette qui se chiffre en moyenne à 120 francs par jour et qui se renouvelle généralement trois fois par semaine ; elle entraîne à une dépense de chauffage qui s'effectue à la vapeur, et à l'emploi de soude caustique et de chlore, deux éléments peu coûteux.

Pendant toute la nuit, ces paquets, à tour de rôle, saturés de sels caustiques, imprégnés de vapeurs, par les combinaisons qui se forment, rejettent de leur milieu les matières grasses.

Quand les produits chimiques sont de bonne qualité, que l'on se sert pour le lessivage de carbonate de soude, qu'on n'y ajoute que peu de chlore, le linge ne souffre pas, mais dans la plupart des 298 lavoirs, on n'opère pas ainsi, le propriétaire se sert d'ingrédients plus énergiques, moins coûteux, qui détruisent, en peu de temps, les objets qui lui sont confiés, ce dont il est fort peu soucieux, du moment qu'il produit davantage et en moins de temps.

C'est un abus, bien difficile à supprimer ; ni lois ni règlements ne peuvent intervenir pour faire comprendre à un propriétaire de lavoir que c'est une mauvaise action que celle de détruire, en connaissance de cause, les hardes des pauvres ; aussi la clientèle se porte vers les établissements les plus honnêtes, et plus il surgira de lavoirs, plus les établissements malhonnêtes tendront à disparaître.

Le lendemain, disions-nous, la ménagère reprend son paquet qui de blanc sale qu'il était est devenu jaune verdâtre.

Elle prend sa place qui lui coûte pour une journée entière, 40 centimes, ou un sou par heure, si le linge qu'elle a à laver n'est pas considérable. Elle occupe de la planche 60 centimètres environ, et dispose au-dessous d'un baquet qu'elle a le droit de remplir d'eau froide pour rien, et autant de fois quelle le désire, car l'eau chaude lui coûte un sou le seau, aussi la ménage-t-elle.

Son savon, sa brosse, son battoir, sont les outils qu'elle apporte avec elle, et lorsque sa besogne est terminée, elle peut, si elle le juge convenable, et si le local qu'elle habite ne lui permet pas de sécher chez elle son linge, le donner au lavoir qui, pour 4 sous par paquet, l'essore, et pour 5 sous par 24 heures, le sèche.

Nous avons reproché à cette industrie du lavoir d'être, telle qu'elle se trouve constituée à Paris, anti-hygiénique ; nous avons dit que le mode de travail en usage détruisait le linge, nous ajouterons que les prix exigés sont excessifs.

En effet, admettons le ménage ordinaire d'un ouvrier parisien, ce sera un paquet par semaine. On lui demandera donc :

0 fr. 30	pour le lessivage.
0 40	pour la place.
0 50	d'eau chaude.
0 20	pour l'essoreuse.
0 25	pour le séchage.
Ensemble... 1 fr. 65	

Construction défectueuse des maisons. — Les *odeurs de Paris* ne trouvent pas toujours leurs palliatifs dans le secours de l'eau, fait observer avec beaucoup de raison le docteur Landur, un de nos spécialistes en fait d'hygiène.

Les logements à Paris, avec leurs cinq étages, sont humides et mal éclairés. Les locataires des appartements supérieurs sont sujets aux maladies du poumon et du cœur ainsi qu'aux maladies abdominales si communes chez les femmes à Paris, car comment s'accommoder d'un si grand nombre d'escalier à monter.

Les locataires des étages inférieurs ont à subir l'influence de l'étroitesse des cours qui, jointe au peu de largeur des rues, entretient cette humidité, cette absence d'air et de soleil dont les dangers sont évidents.

Ce qu'il aurait fallu, c'eût été d'obliger les propriétaires de laisser des cours plus larges, de ne pas bâtir des maisons si hautes, de fournir à leurs locataires de vastes logements.

M. le docteur Landur dit, en voyant chaque semaine le bulletin statistique : *Mon Dieu, comme on meurt à Paris.*

S'il est vrai que cet état de chose soit dû à nos constructions, nous devons désespérer jamais de rendre Paris salubre, car on ne peut admettre qu'une ville, ayant son importance, ses habitudes, songe d'ici des siècles à se démolir pour se reconstituer avec des voies publiques plus larges, bordées de maisons moins élevées.

M. Landur a mille fois raison lorsqu'il rappelle que l'on ne se porte bien qu'à la campagne, et que Paris a eu le tort de se bâtir sans direction. Mais comment faire pour corriger le mal ? Il faut établir des moyens de communication rapides et économiques, il faut inviter la population, son travail terminé à Paris, à rejoindre dans la banlieue sa famille, il faut, en un mot, car il n'y a pas d'autre remède, adopter les habitudes prises par les citoyens de Londres.

Les projets pour les transports datent de loin, les derniers qui furent étudiés remontent à 1872 (1) ; sous les grandes voies publiques, on devait placer des voies ferrées souterraines dans leur centre, à fleur de terrain ou en viaduc dans les quartiers excentriques et dans la banlieue. Mais rien n'a été fait, parce que les projets acceptés par le conseil général de la Seine, par toutes les municipalités des communes traversées, ne se conciliaient pas avec les intérêts des grandes compagnies de chemins de fer desservant Paris.

Tant, dit le docteur Landur, que la population d'une ville n'a pas atteint une certaine densité, les dangers de la concentration ne sont pas évidents, mais il arrive un moment où la population devenant plus dense, la mesure est comble, et tout à coup, sans que rien d'extraordinaire survienne, on constate que l'on est plongé dans un foyer d'infection permanente, que le séjour des villes offre plus de périls réels que d'avantages imaginaires, et les gens bien avisés se demandent anxieusement comment ils vont organiser leur vie pour se tirer de cette fâcheuse situation. C'est à ce point que nous en sommes à Paris.

La conclusion, c'est qu'il existe pour les Parisiens une multitude de chances de maladie et de mort, qui n'affectent pas les habitants des petites villes, et ces chances mortelles sont d'autant plus graves que le nombre des maladies transmissibles s'accroît chaque jour.

Or, ajoute le docteur, lorsque l'on entre dans les détails, quand on cherche sur place comment se transmettent les maladies dans notre ville, on reconnaît bien vite que, dans la plupart des cas où la transmission peut être suivie, elle résulte de la manière dont les maisons sont construites. Les vieux hôtels, dans lesquels l'es-

(1) *Des chemins de fer métropolitain et de la banlieue de Paris*, par Jules Brunfaut.

8

pace a été prodigué, ne sont pas trop mauvais ; il en est de même
des vieilles fermes et auberges de l'ancienne banlieue, converties
aujourd'hui en logements d'ouvriers ; mais les maisons de rapport,
construites depuis une quarantaine d'années dans tous les nouveaux quartiers, sont la plupart détestables, ainsi que les vieilles
maisons des rues populeuses de l'ancien Paris. Dans les quartiers
luxueux, tels que l'avenue de l'Opéra, les appartements de maîtres
ne sont pas malsains, mais les parties sacrifiées, qui prennent
jour sur des cours étroites, les cuisines et les chambres de bonnes
sont dans d'aussi mauvaises conditions que les logements d'ouvriers et l'ensemble compose des maisons qui peuvent s'infecter
aisément.

Dans les maisons habitées par la classe que l'on nomme depuis
les saints-simoniens : la classe la plus pauvre et la plus nombreuse, les escaliers sont étroits, souvent obscurs, et les portes
des logements de chaque étage s'ouvrent sur des couloirs ou corridors qui sont eux-mêmes peu éclairés et mal ventilés. Ce type
architectural est agréable aux propriétaires parce qu'il permet de
loger beaucoup de monde sur une surface donnée, mais il devrait
être prohibé. Quand un médecin découvre dans un de ces logements un cas de variole, de croup, de coqueluche ou de rougeole,
il peut parier presque à coup sûr que ce cas ne restera pas isolé ;
grâce à la communauté qui existe entre les poussières des locataires du même étage, ceux-ci se partagent leurs microbes, puis
les sèment dans l'escalier, où les locataires des autres étages les
recueillent sur les vêtements pour les transporter dans toute la
maison. C'est ainsi qu'en la durée d'une huitaine de jours, on voit
des maisons de cinq étages remplies de variole depuis le haut
jusqu'au bas, à la suite d'un seul cas importé du dehors.

Quiconque entre dans cette maison ou en sort va semer au loin
les germes infectieux. Ce qui est facile à observer pour la variole
et la coqueluche ne peut pas cesser d'être vrai pour les autres
maladies ; mais il en est, comme la fièvre typhoïde, dont les
semences sont tellement répandues à Paris que l'on n'a pas souvent la preuve certaine d'une transmission de proche en proche.

Dans une maison construite suivant les règles de l'hygiène il ne
doit pas y avoir de corridors ; la porte de chaque appartement
doit être sur le palier ; l'escalier doit être éclairé par la lumière
du jour dans toutes ses parties et doit être ventilé automatiquement, sans que le concierge ait à ouvrir des fenêtres pour l'aérer.
Une loi devrait imposer ces conditions à tous les constructeurs de

maisons nouvelles, ce sont des prescriptions à peu près absolues. En même temps, il faudrait limiter d'une manière rigoureuse le nombre des habitants de chaque appartement et imposer aux cours des dimensions plus en rapport avec la hauteur des édifices que celles qui sont aujourd'hui exigées ; l'intérêt des propriétaires les empêcherait alors de faire bâtir des maisons trop hautes, nuisibles de plusieurs manières à la santé.

Jusqu'à présent, les conseils d'hygiène et autres administrations analogues ne se sont occupés sérieusement que de la propreté de la rue et des égouts, c'est-à-dire de ce que l'on voit ; on ne s'inquiète des logements insalubres que lorsqu'ils sont tout à fait horribles. Cette négligence est blâmable ; il est bon, sans doute, d'avoir des rues balayées et des égouts lavés, et si nous étions livrés à la malpropreté orientale, Paris serait encore plus malsain qu'il ne l'est, mais, cependant, nous sommes encore, sous ce rapport, dans un état de barbarie fort distingué et M. Marié-Davy, directeur de l'Observatoire de Montsouris, a imprimé sans être démenti par personne, que l'air de nos égouts a une odeur moins désagréable et contient moins de microbes que celui de beaucoup de maisons.

Remarquons enfin que les citoyens bien logés ne sauraient se désintéresser des considérations qui précèdent. Les habitants d'une même ville sont solidaires au point de vue des germes infectants, il existe entre eux une infinité de communications par les fournisseurs, les domestiques, les ouvriers, les voitures, les églises, les théâtres, les magasins, etc., etc., sans compter que nul ne pouvant s'empêcher de respirer, transporte parfaitement les microbes d'une extrémité de Paris à l'autre.

L'humidité. — L'humidité des habitations, dit avec beaucoup de raison M. Philippe de Rouen, est un des fléaux le plus redoutable de nos maisons.

Pringle en dénonçait les effets comme étant pires que ceux d'une guerre ; Zimmermann l'accusait d'absorber les habitations ; Foucault, de l'Académie de médecine, disait : la phthisie augmente avec le nombre des appartements humides.

L'autorité peut atténuer dans une grande proportion le mal qui ravage la santé de ceux qui n'ont pas l'argent nécessaire pour habiter des lieux bien aérés, en défendant la location des logements des maisons neuves, en ne permettant pas de louer les sous-sols et les rez-de-chaussée, où l'eau coule à travers les murs ; cette défense forcerait les propriétaires de mettre plus de soin à la construction et d'employer pour les mortiers et les enduits des matériaux qui ne laissent pas suinter à travers leurs pores l'eau provenant de milieux mal aérés.

Les bons enduits, les matériaux de bonne qualité ne manquent pas, mais les matériaux coûtant davantage que le moellon, que le plâtre, et ne donnant aucune augmentation de valeur locative, le propriétaire ou l'entrepreneur de l'immeuble se garde bien d'en faire la dépense.

L'industrie a fait des progrès considérables dans ces derniers temps ; on fabrique des briques creuses qui, accordées avec des fermes en fer, donnent de l'aération dans les murs et empêchent à chaque changement de température les suintements dont l'hygiène se plaint tant.

Que l'autorité veille, qu'elle fasse évacuer les logements qui se trouvent dans ces mauvaises conditions et on ne tardera pas à ne rencontrer à Paris que des habitations sèches qui ne donneront plus la phthisie et les affections tuberculeuses.

Construction défectueuse des boutiques. — Plus le logement à Paris est petit, plus il présente d'incommodités pour ses habitants.

Les démolitions ont amené leur enchérissement, tel locataire qui payait avant le Paris nouveau 400 francs, en paie autant pour avoir moins de place, et par conséquent paie l'air qu'il respire plus cher qu'il ne le payait avant ; encore si cet air était plus pur, plus salubre, mais il est loin de l'être, pris sur des cours sans espace, pris dans les vestibules, ces longs boyaux d'infection, il n'apporte au locataire actuel que l'insalubrité la plus complète.

Les *magasins à Paris* sont les lieux où les conditions hygiéniques sont les plus déplorables et nous emprunterons encore au docteur Brémond les lignes suivantes, ne pouvant mieux dire que notre savant confrère de la Société d'hygiène.

La vérité nous oblige à déclarer qu'il existe encore, même dans les quartiers les plus riches, des locaux consacrés au commerce, dont les conditions hygiéniques sont déplorables. Le passant qui les voit de la rue, le client qui y entre par hasard, ne sont frappés que par les dorures de l'enseigne ou les élégances affectées de l'aménagement ; l'observateur qui les examine en détail constate avec regret que, trop souvent, les règles les plus élémentaires de l'hygiène y sont totalement oubliées.

Sans parler des échoppes de savetier, des niches de marchand de marrons, des guérites de marchande de journaux, des cahuttes d'opticien, des logettes de bouquiniste, des caves de charbonnier, des cabanes de brocanteur, ou des hangars de blanchisseuse, locaux dont les habitants sont manifestement voués à toutes les indispositions qu'engendrent le froid et le chaud, la pluie et le vent, le soleil et l'ombre, on peut assurer qu'il n'est pas un seul quartier de Paris dans lequel on ne trouve des boutiques malsaines. Ici c'est un pâtissier dont le four désoxigène l'air respirable ; là c'est un restaurateur dont les casseroles versent leur fumée dans l'atmosphère des consommateurs ; en un autre endroit c'est un droguiste dont les marchandises volatiles prennent l'acheteur à la gorge ; un peu plus loin c'est un épicier qui asphyxie ses garçons en leur faisant brûler son café dans un sous-sol trop étroit. Chez plus d'un marchand de vins, les clients sont empilés dans des cabinets sans air ; dans maints grands cafés les serviteurs à tablier blanc n'ont d'autre couche que les billards et d'autre soleil que le gaz. Certains marchands, fruitiers, fromagers, poissonniers, rôtisseurs, etc., ne possèdent que leur boutique pour tout domicile. Pendant le jour, le magasin appartient aux clients, le soir, quand les volets sont fermés, la famille se loge, comme elle peut, au milieu des comestibles odorants.

En somme, en mettant de côté les grandes entreprises commerciales des Jaluzot, Boucicaut, Renouard et autres, pour lesquelles le chiffre du loyer n'est qu'un accessoire secondaire des frais généraux, on peut dire que le plus souvent, le prix élevé de la boutique pèse lourdement sur la santé du boutiquier.

Accablé par la somme énorme que coûte le magasin, le petit commerçant cherche sans cesse à diminuer la somme consacrée à l'habitation et, de sacrifices en sacrifices, il arrive quelquefois à ce contraste pénible : les marchandises logées dans un palais, le marchand logé dans un bouge.

LA RUE

« Pour qu'une ville soit saine :
« Il faut que ses voies publiques soient
« pavées ou revêtues d'un ciment imper-
« méable aux eaux ;
« Il faut que leur sous-sol soit drainé ;
« Il faut qu'elles soient lavées à grandes
« eaux, et que les résultats de ce lavage
« s'écoulent rapidement à l'égout. »

La chaussée. — Ce ne fut qu'à partir des Carthaginois, que les chemins, en *terrain naturel battu*, ne furent plus reconnus suffisants ; il fallait pourvoir aux mouvements des armées, aux transports des approvisionnements. L'économie ne présida pas à la construction de ces premières chaussées, mais elles avaient l'avantage d'être d'une extrême solidité.

Les mêmes errements se sont perpétués, et nos chaussées macadamisées actuelles sont, à bien peu de choses près, la copie des travaux exécutés par les Romains.

Ce travail occupait soit la largeur entière de la route, soit le milieu seulement, et se nommait l'*agger*.

« *Agger est media eminentia, coaggeratis lapidibus vel glareâ, aut silicibus strata.* » *Lapidibus :* pavés ; *glareâ :* graviers ; empierrement : *silicibus*.

Dans les rues, l'*agger* était la portion entre les trottoirs latéraux (*semitæ*). La loi des Douze-Tables n'avait pas été généreuse en leur accordant une largeur réglementaire, 8 pieds (2^m,36) dans les parties droites des rues, 16 pieds aux coudes. Par la suite on adopta 3^m,54 et 4^m,72, ce qui revient à 12 et 16 pieds, en comprenant les deux trottoirs de 2 à 3 pieds (0^m,59 et 0^m,88 millim.).

Ces *semitæ*, je veux dire trottoirs, ne devaient servir, je crois, que pour se garer des rares véhicules et aussi de l'eau des pluies et des égouts, les chaussées devenant parfois de petits torrents. On peut en juger encore par les grosses pierres disposées dans les rues de Pompéï pour passer d'un trottoir à un autre.

Des espaces étaient ménagés entre la pierre du milieu et les deux autres pour le passage des roues des véhicules.

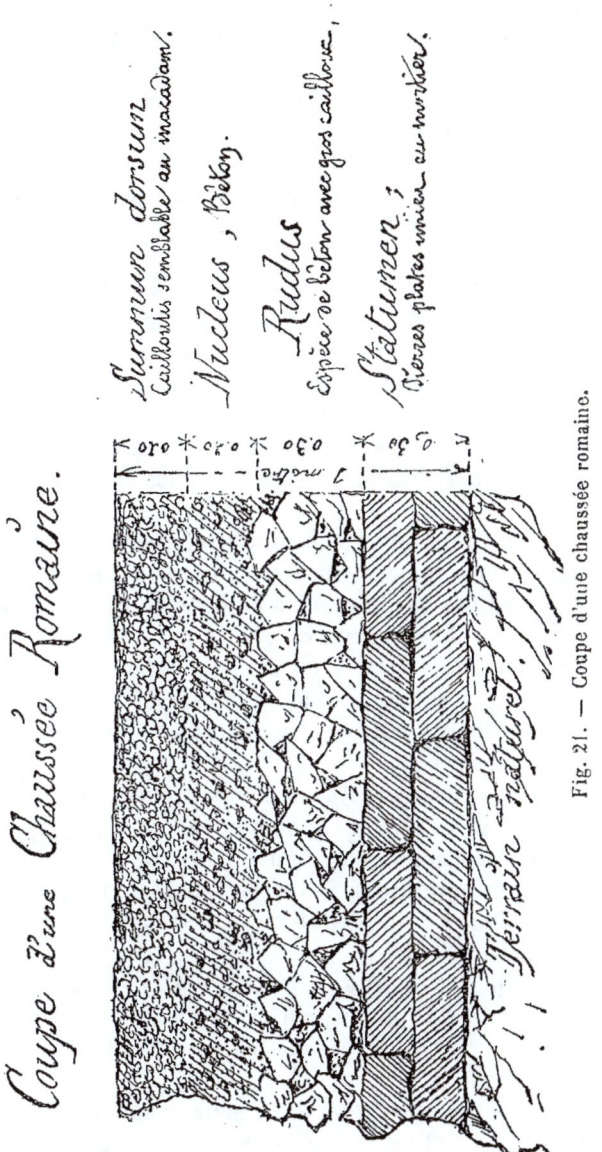

Fig. 21. — Coupe d'une chaussée romaine.

Le cheval ou la bête pouvait buter, le conducteur n'avait qu'à prendre ses précautions ! N'est-ce pas quelque chose que les promeneurs circulent à pied sec ? C'est encore pour ce bien-être du promeneur, que les chaussées étaient soigneusement *pavées* ou *dallées*, comme les places et les trottoirs qui avaient une bordure en pierre de taille. On ne s'inquiétait guère du posé solide du sabot ! La surface supérieure était bien dressée, celle de dessous laissée brute était enchâssée fortement à la *batte* dans le béton du *nucleus*. Les joints taillés et raccordés avec une précision si grande qu'il fallait avoir de bons yeux pour retrouver la ligne de séparation de deux pavés voisins.

Nous emprunterons à une de nos œuvres « *Études sur les voies de transport en France*. Baudry, éditeur, 1876 », quelques particularités sur les routes.

La création des premières routes remonte aux premiers âges de l'histoire ; en France, elle date de l'époque gallo-romaine ; les vestiges de voies plus anciennes se sont effacés, mais les voies romaines se sont si bien conservées qu'elles subsistent encore de nos jours.

Toute ville, toute bourgade conquise, recevait non seulement ce premier élément de civilisation : *la route*, mais encore des monuments édifiés sur le modèle de ceux de la métropole.

En 442 (avant J.-C.), sur l'ordre d'Appius Claudius, les routes commencèrent à être pavées, les empereurs poursuivirent l'œuvre ; une ancienne carte, précieusement conservée dans notre musée, carte dite de Pentinger, montre le réseau des voies qui à cette époque sillonnaient les Gaules.

Ces immenses travaux étaient l'œuvre patiente des armées, et surtout des peuples que la conquête pliait sous le joug. Pour leur entretien, on procédait de la même manière.

Tout comme aujourd'hui, on plaçait le long des routes des colonnes milliaires et des bancs invitant le voyageur au repos.

Des pyramides élevées au croisement des voies indiquaient le chemin à suivre ; de loin en loin s'ouvraient des maisons de services, lieux de refuge où piétons et cavaliers recevaient l'hospitalité.

La chute de l'empire romain amena l'abandon de l'entretien des routes. Alaric et ses hordes détruisirent, comme tous les conquérants anciens et modernes ; mais, comme les routes étaient, pour les Gaulois, le signe de leur esclavage, ils détruisirent d'autant mieux ces témoignages importuns de leur défaite ; aussi au cinquième siècle, les routes n'existaient plus qu'à l'état de tronçons épars.

Au septième siècle, Dagobert Ier en remit un grand nombre en état, puis Charlemagne, employant les mêmes moyens, les mêmes procédés que ceux des Romains, parvint à reconstituer la majeure partie des routes.

Louis le Débonnaire marcha sur les traces de son père, de telle sorte que de l'an 500 à l'an 900, la Gaule se civilisait par les efforts de ses rois qui cherchaient à faire renaître l'ancien état de choses.

Ce mouvement du progrès fut de nouveau étouffé par les invasions : la barbarie normande, en promenant la ruine sur nos contrées, comprima, pour plusieurs siècles, les germes heureux de cette civilisation renaissante.

Les rues de Paris étaient dans le plus triste état, le peu de soin qu'on apportait à leur entretien et à leur propreté en faisaient fuir l'usage à tout autre que ceux qui étaient portés en chaise, ou qui voituraient à cheval.

Les piétons à Paris ne se promenaient guère que dans quelques endroits, tels que le Pont-Neuf, les abords des palais, des couvents et des églises.

Les mémoires de Rigord, historiographe et médecin de Philippe-Auguste, portent que les rues de Paris, changées en marais à la moindre averse, étaient envahies dans la belle saison par une poussière compacte.

Les lettres patentes d'Henri II, en date du 15 février 1566, apprennent que le pouvoir s'occupait activement de la reconstruction des rues, mais ce ne fut que sous le gouvernement de Louis XV, que des règlements sérieux régirent les voies de communication ; ces règlements s'occupaient de la construction et de l'entretien, jetant les fondations des lois qui, de nos jours, réglementent encore la matière.

Entretien. — Les frais d'entretien d'une route reviennent, dans les départements, à 350 francs par kilomètre, ils coûtent à Paris des sommes considérables évaluées au minimum à 8 millions de francs par an, et qui sont payées moitié par l'État, moitié par la ville.

Si on répartissait ces huit millions sur le nombre des kilomètres de voies dans Paris, on en trouverait peu qui ne coûtât 350 francs ; l'entretien dépasse partout ce chiffre, et atteint des proportions qui sont en rapport avec le trafic de ces voies. Telle chaussée, malgré le choix des matériaux, résiste peu à la fatigue, tandis que cette autre la supporte parfaitement.

Ces frais considérables, s'ils sont en rapport avec les services rendus, exigent pour le département de le placer sous la direction d'inspecteurs généraux ayant sous leurs ordres des ingénieurs en chef, des ingénieurs ordinaires, des conducteurs et des piqueurs : c'est là un luxe de surveillance qui aurait le droit d'étonner, et un rôle qui ne devrait pas être réservé à un corps savant, si l'excuse n'était basée sur l'importance des dépenses.

Une polémique, très ardente, est engagée depuis longtemps sur cette question de surveillance des routes dans Paris ; un fait indéniable, c'est que ce service pourrait être confié à des agents-voyers, et qu'une grande économie serait réalisée, en retranchant de hauts fonctionnaires et en confiant à l'initiative privée, par adjudication, l'entretien du pavage et du macadam.

Les chaussées de Paris se divisent en trois classes : les chaussées pavées, les chaussées d'empierrement et les chaussées asphaltées.

En 1866, la ville dépensait 8,500,000 fr. pour leur entretien ; depuis, la dépense n'a fait que croître par suite de l'exécution et du classement de nouvelles voies, et aussi par la progression de la circulation.

Les rues de Paris faisant partie de la grande voirie, l'État a toujours pris à sa charge une partie des frais de leur entretien, lequel, en vertu du décret du 7 fructidor an XII, rentre dans les attributions des ingénieurs des ponts et chaussées. Le 12 avril 1856, l'État participe pour moitié à la dépense ; mais en 1866, par un autre décret, cette contribution ne peut dépasser 4 millions de francs.

De là, cette tendance continuelle pour la ville de Paris à ne pas dépenser plus de 8 millions, et de là cette conséquence que dans maints endroits le pavage laisse beaucoup à désirer.

Les chaussées les plus coûteuses sont celles d'*empierrement;* sur quelques voies, l'entretien atteint 16 francs par mètre carré. Aussi ces chaussées qui avaient été construites pour diminuer le bruit, pour rendre le roulage plus agréable, enfin pour restreindre la facilité que le démontage des pavés donnait à la construction rapide des barricades, furent partout diminuées ; des chaussées de

16 mètres ont été réduites à 7 ; on supprima les empierrements sur les voies étroites, on remit des pavés sur tous les ponts.

On arriva ainsi, grâce à ces mesures, à ne dépenser seulement que 8 millions.

L'entretien des chaussées empierrées se fait par des cantonniers ; ces employés font les réparations simples, ils rechargent, cylindrent, et ils entretiennent la chaussée propre ; enfin, en été, ils l'arrosent.

Depuis vingt ans, on a reconnu qu'il fallait laisser le profil des chaussées s'user parallèlement et, quand le moment était venu, de remplacer la couche disparue par une autre.

Les couches varient de 6 à 15 centimètres d'épaisseur ; le cylindrage est accompagné d'un arrosage abondant et du répandage de sable, afin de faciliter la liaison des matériaux.

Les cylindres compresseurs étaient mus autrefois par des chevaux, aujourd'hui ils le sont par des machines à vapeur.

Ces machines ne sont pas plus économiques que les anciennes, seulement elles opèrent plus rapidement, et la liaison des matériaux est plus complète.

Le coût d'entretien varie dans des limites très larges ; il est de 3 fr. 15 au quai de la Rapée, et il atteint 16 fr. 08 rue Lafayette.

Asphalte. — Les chaussées empierrées sont, en certains moments, incommodes ; on a cherché dans l'emploi de l'asphalte un genre de revêtement présentant les mêmes avantages sans les inconvénients. Une chaussée d'asphalte se compose d'une couche pilonnée de béton, ayant 0,10 d'épaisseur, et recouverte d'un enduit en mortier, sur lequel on applique l'asphalte.

L'asphalte provient des mines de Seyssel et de Pyrimont, de la vallée du Rhône ; c'est un calcaire imprégné de 10 à 12 50 0/0 de bitume.

On le réduit en poudre, dans des broyeurs Carr ; on chauffe de 100 à 140 degrés dans des appareils spéciaux ; il est alors répandu sur l'aire en béton par couche de 4 à 6 centimètres, puis comprimé, à l'aide de pilons ou de rouleaux en fonte.

Ce genre de chaussée est insonore, ne produit ni boue ni poussière et est fort recherché par les administrations publiques et dans le voisinage des édifices religieux ou civils. On reproche à cette chaussée l'inconvénient de devenir glissante en temps de brouillard et de pluie fine.

Son prix de revient varie suivant l'épaisseur de la couche d'asphalte, de 12 à 15 fr. par mètre carré. L'entretien est fait à forfait moyennant 1 fr. par mètre carré et par an.

Le pavage en asphalte forme une croûte imperméable qui ne laisse pas pénétrer l'eau pluviale dans le sol, de même qu'il n'en laisse sortir aucune émanation.

Le lavage s'y fait d'une manière complète, et assure sous ce rapport les meilleures conditions d'hygiène, mais ce système de chaussée n'est pas économique, les chaleurs de l'été boursouflent la couche d'asphalte sous l'effort d'écrasement des voitures; les gelées de l'hiver la désagrègent et la circulation ne tarde pas à y imprimer des ornières qu'il faut à tout instant réparer. L'entretien d'une pareille chaussée est coûteux, aussi la ville de Paris ne se sert de l'asphalte que devant ses monuments publics, ou devant les maisons de propriétaires qui consentent à en supporter les charges.

Un des plus grands inconvénients de l'asphalte est que son application, comme ses réparations, exigent, pendant un temps fort long, l'interdiction des chaussées.

Il faut enlever l'enduit pour réparer et refaire le béton, il faut cuire le nouveau mastic sur place, au moyen de fers rougis au feu ; il faut laisser prendre consistance, saupoudrer de sable fin ; il faut, en un mot, beaucoup de soins qui, malheureusement, ne donnent qu'une chaussée résistant peu à la chaleur et à l'humidité.

L'asphalte est du reste une matière qui devient de plus en plus rare, par conséquent coûteuse, aussi prête-t-elle à la fraude ; pour satisfaire ses intérêts, le fabricant n'hésite pas à la remplacer en partie par des substances analogues, telles que le brai de houille qui résiste encore bien moins aux fatigues du roulement des voitures.

Pavés. — Pendant longtemps, on ne se servit à Paris que de *pavés* provenant des carrières de Fontainebleau; ces pavés, offrant peu de résistance, furent remplacés par ceux de la vallée de l'Yvette, mais bientôt la circulation devenant de plus en plus grande, la résistance de ces grès fut reconnue insuffisante ; on employa des porphyres de Belgique, des arkoses d'Autun, des grès durs de la Manche, des Vosges et de la Mayenne.

Le pavé de Paris était de 0,23 de côté, on lui a donné ensuite 0,16 × 0,23. Puis on est arrivé à l'échantillon employé aujourd'hui à 0,10 × 0,16 et 0,16 de hauteur, qui donne des surfaces plus régulières, d'un roulement plus agréable, mais, il faut l'ajouter, plus glissantes pour les chevaux.

Le coût d'entretien d'une chaussée varie, en pavés de l'Yvette, de 13 fr. à 17 fr., et en porphyre, à près de 20 fr. Les repiquages, l'arrachage, la réparation de la forme sont exécutés par des brigades de cantonniers paveurs.

On n'a pu continuer, comme par le passé, à confier l'entretien à l'entreprise ; les chaussées de Paris demandent des réparations urgentes et immédiates, et on ne pouvait être à la disposition d'un entrepreneur qui, s'il opérait sans ordre, donnait lieu à de perpétuelles contestations.

On étudie, en ce moment, un nouveau *pavage en bois*, déjà placé rue Saint-Georges et qui, dit-on, sera expérimenté dans la rue Montmartre. Des systèmes analogues ont été essayés maintes fois à Paris et n'ont jamais donné de bons résultats, alors qu'à Londres le pavage en bois est fort apprécié. Il consiste dans des blocs de sapin rouge placés verticalement sur une aire en béton. Les rangées successives sont jointoyées et séparées par une bande de feutre goudronné.

Tout est disposé pour que l'eau ne pénètre pas dans le revêtement. On a soin, tous les quarante centimètres, de ménager des rainures transversales pour assurer le pied des chevaux.

Ce pavé coûterait 24 francs d'entretien par an et aurait les mêmes avantages que l'asphalte sans ses inconvénients. Espérons en son succès.

Pavés en porphyre. — Les carrières de porphyre les plus abondantes, celles qui par leur situation topographique peuvent desservir Paris, sont situées à Quenast, près de Tubise (Belgique).

Les bancs sont exploités à ciel ouvert, les transports s'effectuent par des chemins de fer, l'abattage se fait avec de la poudre et de la dynamite que l'on bourre dans des trous de mines pratiqués par des machines perforatrices à air comprimé.

La fabrication du pavé a reçu de grands perfectionnements, depuis quelques années, tant au point de vue de l'exploitation de la pierre que de son débit ; il en coûte 10 fois moins pour la *refendre*. A l'aide d'un marteau tranchant, en acier, ce dernier travail est des plus simples, on trace un sillon à l'endroit où l'on veut diviser le bloc, tel qu'on le ferait pour une plaque de verre, puis on frappe à petits coups sur le marteau, au moyen d'une masse, et les morceaux se détachent nettement.

Les morceaux ainsi obtenus par le *refendage* sont façonnés par l'*épinçage* et transformés en pavés.

On fabrique des pavés bruts; on en fabrique de plus réguliers qui n'offrent pas d'aspérités et qui sont destinés au pavage de villes.

La fabrication du pavé laissait autrefois une quantité considérable de déchets, de toutes espèces de formes et de dimensions qu'on jetait au remblai.

C'était une perte importante, un mètre cube de pierre coûtant une somme de .... ne rendait en produits utiles qu'un cube insignifiant.

Grâce aux machines à concasser du système Blacke, on broie aujourd'hui ces débris et on les transforme en petits prismes de formes régulières, qui sont, suivant leur grosseur, employés à la construction des chaussées empierrées, des chemins des squares et des promenades publiques, ou encore utilisés pour le ballast des chemins de fer; on a pu ainsi diminuer d'autant le prix de revient du pavé.

Aussi Paris trouve-t-il grand avantage à se pourvoir de pavés et de macadam de *porphyre :* certaines de ses rues coûtent 16 francs par an et par mètre pour son entretien; si, par l'emploi de matériaux plus résistants et plus durs, l'existence des chaussées se prolonge, ne fût-ce que de quelques mois, c'est une économie bonne à réaliser pour les finances de la ville.

Un laboratoire spécial a été installé dans ce but à l'École des ponts et chaussées; le pavé, la pierre, y subissent les essais les plus minutieux et les plus intelligents; on analyse d'abord le degré d'humidité que ces matériaux renferment, on voit quel est l'état moyen de leur hygrométrie qui joue un grand rôle non seulement pour leur conservation, mais encore pour l'absorption de l'humidité; on les passe dans une machine spéciale, où pendant un nombre d'heures déterminées, une quantité de minerais tournant sur eux-mêmes y usent leurs surfaces et leurs aspérités par les secousses et par le frottement qu'ils subissent en se rencontrant; on pèse soigneusement la poussière qui s'en est détachée et l'on sait ainsi que dans un temps donné l'usure au frottement a diminué le pavé ou la pierre de tant pour cent.

Les mouvements de la machine d'essai se rapprochent le plus possible de ceux imprimés à une voiture roulant sur une route, de telle sorte que l'on peut dire que, suivant le plus ou moins d'usure, la route durera un temps plus ou moins long.

Les essais des ponts et chaussées ne s'arrêtent pas là.

Le pavé ou la pierre passe à l'épreuve de l'écrasement, on taille à cet effet un cube régulier, que l'on place sous le plateau d'une presse hydraulique.

On compte l'effort qu'il a fallu pour le briser et des trois facteurs qu'on a obtenus, on forme un tableau indiquant, par les chiffres de 1 à 20, le degré de sa résistance.

Les ingénieurs de l'École, sous la direction de M. Durand-Claye, qui a installé ce service de laboratoire mécanique, ont recherché par toute la France les matériaux qu'elle possède et les ont soumis aux essais que nous venons de décrire, de telle sorte que les ingénieurs des villes et des campagnes savent où ils doivent aller s'approvisionner, où ils doivent demander de la pierre qui résiste le mieux au temps, à l'écrasement et au frottement pour bien construire et entretenir leurs chaussées.

La France est fort riche en bons matériaux, mais elle ne se trouve pas assez bien outillée en voies de transport pour les utiliser ; elle est donc réduite à employer le plus souvent de mauvaises pierres qui ne permettent qu'un détestable entretien et pourtant exigent des dépenses considérables.

Paris ne pouvant attendre qu'il plût aux pouvoirs de l'État de compléter le réseau de nos chemins de fer et de nos canaux pour lui amener des matériaux bons et à prix raisonnables, pour construire ses voies publiques et les entretenir, a commencé ses recherches dès l'avènement du second Empire ; il a été décidé que le porphyre venant des contrées du Nord présentait, sous tous les rapports, les meilleures conditions de durée et d'économie pour l'entretien des rues et des promenades publiques.

Le pavé de porphyre a toutefois son revers de médaille ; s'il est quasi inusable, s'il forme des chaussées se lavant bien, et ne faisant pas subir aux voitures des cahots désagréables, son emploi est la terreur des chevaux et soulève la réprobation des cochers.

Peu de chevaux, peu de voitures qui ne s'abattent dans le courant d'une année sur les chaussées ainsi pavées ; ce sont jambes et brancards brisés ; ces accidents, se renouvelant sans cesse, ont obligé, depuis quelques années, à renoncer à l'emploi du pavé de porphyre à Paris ; on se contente de n'en faire usage que dans quelques cas particuliers : au lieu de l'employer pour des chaussées entières, on se borne à le placer sur les bas-côtés.

Une autre objection à l'emploi de ces pavés, c'est qu'ils ne sont pas de nationalité française, et qu'il est regrettable de porter nos

écus chez nos voisins. Cette réflexion est juste aujourd'hui qu'un
société particulière est parvenue à suppléer aux pavés de Quenast
par l'exploitation de gisements qui se trouvent sur le territoire.

Pavés en grès. — Les premiers pavés employés à Paris étaien
en grès de Fontainebleau, c'étaient des cubes d'un pied carré d
surface, on en extrayait également dans les environs de Sceaux

Les exigences des carriers, abusant du défaut des voies d
transport existant à cette époque en France ; l'épuisement de
gisements, qui pendant plus de mille ans avaient suffi à tous le
besoins, ont contribué à favoriser le remplacement des grès d
Fontainebleau et de Sceaux par les porphyres ; mais les inconvé
nients présentés par ceux-ci et que nous venons de signaler firen
que le grès reprit faveur et que l'administration fit ouvrir de nou
velles carrières dans les gisements qui bordent l'Yvette.

Le grès s'use vite si on le compare au porphyre, mais il est bier
moins glissant pour les chevaux ; aussi son emploi reprit-il un
telle extension, qu'une société puissante s'est constituée tout der
nièrement pour ouvrir d'autres exploitations.

Il faut du temps et de l'argent pour aménager une carrière.

Aujourd'hui, cette société possède les carrières du bois de l
Jatte, à Crézancy, près Château-Thierry et de Denant-Anseremme
en Belgique, sur la Meuse et à proximité des frontières française
à Givet.

Les unes sont proches, les autres plus éloignées de Paris ; mais
grâce à des moyens de transport faciles, elles se trouvent dans d
bonnes conditions pour les arrivages.

Le grès des carrières de Crézancy a été déclaré égaler en qualité
celui de l'Yvette, un des meilleurs échantillons adoptés pour l
fourniture de la ville de Paris. Quant à celui de Dinant-Anseremme
c'est un grès bleu d'une espèce très recherchée. Il se prépare e
se taille avec une facilité qui permet d'obtenir aisément les pavé
de grande taille, ceux dont la vente est la plus avantageuse, dit
pavés retaillés.

Un bon pavé, du calibre actuel, ne peut pas être obtenu partout
il faut des couches de grès homogènes, la pierre ne doit pas pré
senter de fissure, il faut qu'elle ait un clivage régulier.

Lorsque ces conditions sont acquises, il reste à faire l'éducatio
de l'ouvrier et à constituer un outillage perfectionné ; aussi, le
petites carrières d'autrefois ne peuvent plus fournir à nos villes
leurs ressources sont insuffisantes, l'association seule est possible

La moitié de la production de Dinant-Anseremme peut être fournie en pavés de cette espèce.

Il y a à Dinant-Anseremme sept chantiers ouverts, trois de chaque côté de la colline qui forme mamelon précédant un plateau. Ces chantiers sont disposés de telle sorte qu'ils sont séparés seulement par une languette de grès qui sera abattue pour les réunir par trois, de façon à former un énorme chantier d'exploitation.

Le grès est homogène et d'excellente qualité sur tous les points et à toutes les hauteurs de la colline.

Les six premiers chantiers sont situés sur la concession consentie pour dix-huit ans par les communes de Dinant et de Dréhance. Le septième, le plus bas dans la colline, à 50 mètres environ au-dessus du niveau de la Meuse, est établi sur un terrain qui appartient, par achat du fonds et tréfonds, à la Société, d'après des actes authentiques. Ce terrain est choisi de telle sorte, qu'il occupe tout le bas de la colline aboutissant à la route, et interdirait absolument toute exploitation par d'autres que par la Société.

La conduite des chantiers est faite avec tout le soin désirable. De petits wagonnets desservent dans leur parcours toute l'exploitation, en circulant sur des rails, et amènent les produits à un plan incliné ; ils descendent par un câble tournant autour d'un rouleau, faisant remonter le wagonnet précédent qui a été déchargé directement sur la route de Dinant à Anseremme qui longe la colline ; quand il s'agit de prendre la voie navigable, le wagonnet continue jusqu'à la Meuse, qui coule à 80 mètres de là.

Les carrières de Dinant-Anseremme emploient pour le moment 350 ouvriers et produisent environ 3,500,000 pavés annuellement ; avec 500 ouvriers, la production pourra être portée à 6 millions de pavés.

Crézancy n'occupe encore que 50 ouvriers, mais en aura bientôt 100. Sa production atteint 1 million de pavés, et l'on compte arriver à 2 millions en 1882.

Les commandes, disions-nous il y a un instant, affluent déjà à la nouvelle Société ; elle est à même, par les travaux préparatoires faits, d'y répondre ; mais ce ne sera pas 2 millions de pavés qu'elle devra produire par an, cette quantité serait insuffisante pour satisfaire tous les besoins, car il n'y a pas que Paris à approvisionner, la France ne compte-t-elle pas bien d'autres lieux lui réclamant un bon pavage ?

Dans ces industries, les bénéfices sont en raison directe de la

9

production ; les sacrifices premiers, ceux que l'on nomme les travaux préparatoires, ne sont rien, lorsqu'ils sont répartis sur des quantités considérables, de même qu'ils empêchent toute exploitation d'être lucrative lorsque la vente des produits est difficile.

Le pavé de Quénast est coûteux, par son transport, celui de Fontainebleau, celui de l'Yvette, regagnent leur moins de durée à l'usure par un transport moins onéreux ; ceux de la nouvelle société sont dans le même cas.

Suivant les documents mis à notre disposition par la nouvelle société, le mille de pavés ordinaires coûte en moyenne 70 francs et est vendu 100 francs. Le pavé retaillé, vendu 150 francs, revient à 100 francs.

Le trottoir. — La chaussée est le domaine de la voiture, le trottoir, le refuge du piéton.

Ce ne fut qu'en 1818 qu'on installa des trottoirs le long des chaussées de Paris. On avait d'abord fixé leur largeur à la moindre dimension possible dans la crainte de gêner la circulation des voitures.

Cette innovation fut appréciée dès son début, les trottoirs furent trouvés si commodes pour les piétons, si utiles pour les maisons, qu'ils devinrent un indispensable besoin ; aussi, le développement s'en est rapidement augmenté d'année en année.

Ces trottoirs sont devenus généralement trop étroits, surtout dans les rues très fréquentées. Cependant, on ne peut en augmenter la largeur qu'aux dépens des chaussées, et cette opération n'est pas facile avec le prodigieux développement qu'a pris depuis vingt ans la circulation des voitures.

L'administration a, ces dernières années, renouvelé dans nos grandes voies publiques ce qui se pratiquait autrefois à Pompéi ; elle a créé, aux endroits les plus dangereux à traverser, des *refuges*, c'est-à-dire des bouts de trottoirs qui coupent la chaussée en deux, forcent les voitures à se diriger, les unes montantes, à droite, les autres, descendantes, à gauche.

Ces refuges sont décorés d'un candélabre à trois ou cinq branches qui vient aider à l'éclairage de la chaussée et donner une quiétude de plus au piéton qui la traverse. C'est une excellente innovation, qui sauve tous les jours la vie, dans certains endroits de Paris, à des femmes, à des enfants, à des vieillards, qui attendent le moment propice pour traverser, en deux fois, la chaussée

encombrée de voitures. Nous espérons voir se propager, partout
où cela est possible, ce système de refuges.

Un fait regrettable de l'administration actuelle, c'est de laisser
encombrer les trottoirs par les candélabres à gaz ; on a cherché à
ornementer nos rues en déplaçant les luminaires qui se trouvaient
jadis accrochés au-dessus de nos têtes, dans les façades des mai-

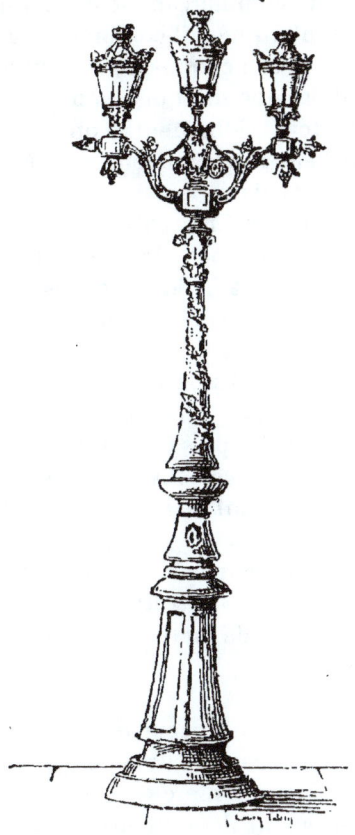

Fig. 22. — Candélabre à trois branches.

sons, à une hauteur telle qu'ils ne gênaient pas le passage du
piéton. La nouvelle disposition adoptée ne présente même pas,
dans les rues de largeur ordinaire, l'avantage d'éclairer un espace
plus grand, puisque la distance entre le mur et le candélabre
est insignifiante.

C'est donc une mauvaise mesure qui doit être non seulement écartée pour l'avenir, mais rapportée immédiatement. Il faut de suite rétablir les anciennes consoles au fur et à mesure des réparations des candélabres actuels.

Un autre encombrement des trottoirs bien plus regrettable est celui des boutiquiers, qu'on autorise.

Aujourd'hui, chaque commerçant se croit propriétaire du trottoir qui fait face à son vitrage ; il commence par envahir le sol en y marquant son nom et son commerce ; puis il abrite son magasin des rayons du soleil par une marquise dont les dimensions, le plus souvent exagérées, dont la hauteur trop réduite ou la vicieuse construction accrochent le promeneur qui dépasse en hauteur la taille d'un fantassin français.

Cet inconvénient, qui n'est ressenti que par les hommes un peu grands, se trouve agrémenté pour tous de l'embarras des tables et des chaises qu'y placent les cafetiers et les marchands de vins, des tonneaux de mélasse et des cotonnades qu'y exposent et vendent les marchands de nouveautés, transformant la voie publique en un marché à la criée, et assourdissant de leurs cris les passants qu'ils arrêtent en chemin, de telle sorte que dans maints endroits de la ville, dans les rues les plus fréquentées, le pauvre piéton est obligé, pour se soustraire à ces obsessions et éviter ces obstacles, de quitter le trottoir, courant le risque de se faire écraser sur la chaussée.

Nous croyons que la sécurité du passant exige que tout rentre dans l'ordre, et qu'à l'avenir les trottoirs ne soient plus encombrés de candélabres inutiles et de marchandises qui n'ont pas le droit de sortir du magasin.

Depuis dix ans, un nouvel occupant a surgi ; on a imaginé de promener les enfants en bas âge dans de petites carrioles traînées ou poussées à la main par la mère ou par la bonne.

Ce véhicule renfermant des enfants est respecté du passant, mais il est, il faut bien le reconnaître, un obstacle à sa marche et un embarras de plus à la circulation. Espérons que l'opinion publique, émue par les avis de quelques médecins, que ce mode de locomotion est contraire à la santé de l'enfant, fera revenir aux anciennes habitudes de nos pères : faire marcher les enfants suivant leur force et les porter lorsqu'ils sont fatigués. Cela paraît plus logique, l'enfant qui a été charrié n'est pas apte à distinguer ce qu'il voit, une promenade au jardin public, au square, suffise bien mieux à sa santé.

Mais ce qu'on ne doit souffrir à aucun prix, c'est la circulation des voitures à bras qui, depuis la même époque, ont envahi également les trottoirs de Paris pour transporter, comme le faisaient jadis les *hottiers*, les menus paquets.

Dans le bon temps, on rencontrait le commissionnaire une malle sur son crochet, l'ouvrier portant ses outils. On avait grand soin de se garer, c'était un mal sans remède. Aujourd'hui, ces gênants existent encore, mais en très petite quantité ; ils ont été remplacés par de plus intelligents qui ont compris qu'on transportait mieux et davantage avec une brouette à deux roues qu'avec une hotte, et mieux encore avec ces petites voitures perfectionnées par l'adjonction d'une troisième roue.

Les boulangers ont adopté le nouvel engin, les blanchisseurs s'en servent, et des marchands de comestibles, tripes à la mode de Caen, café au lait, etc., se le sont approprié.

Devant ces invasions, le trottoir n'existe plus pour le piéton parisien, et il est grand temps que la Préfecture de police y mette ordre. Les mesures à prendre attireront sur elle bien des malédictions, mais qu'importe ! N'est-il pas certain qu'avant dix ans, au train dont vont les choses, il n'y aura plus de trottoirs, et on se demande alors où circuleront ceux qui vont à pied ?

Le dernière ordonnance de la Préfecture de police, qui vient d'être rendue, tient compte des plaintes nombreuses de ceux qui voudraient recouvrer la liberté des trottoirs.

« Vous voudrez bien, dit M. Andrieux, en outre, tenir la main à ce que les étalagistes débarrassent complètement la voie publique, le 7 janvier, et à ce que les commerçants en boutique rentrent aussi leurs étalages dans les limites réglementaires (art. 90 et 115 de l'ordonnance de police du 25 juillet 1862). »

Or, que disent ces articles, auxquels on peut ajouter les art. 90 et 95 de la même ordonnance ? En voici le texte :

Art. 89. — Il est défendu aux marchands bouchers, charcutiers, tripiers, rôtisseurs et autres, de former des étalages de viandes en saillie du nu des murs de face. Les crochets, perches et autres objets pouvant servir à des étalages de cette nature seront supprimés sans délai.

Art. 90. — Tout étalage formé de pièces d'étoffe disposées en draperie et guirlande formant saillie, est interdit au rez-de-chaussée. Il ne pourra descendre qu'à trois mètres du sol de la voie publique.

Sont également interdits tous étalages en dehors des limites réglementaires, ainsi que tous dépôts de tonneaux, caisses, tables, bancs, châssis, étagères, meubles et autres objets, sur la voie publique au-devant des magasins et boutiques.

Enfin l'article 85 dispose :

Les bannes ne seront mises en place ou développées qu'au moment où le soleil donnera sur les boutiques qu'elles sont destinées à abriter. Elles seront enlevées où relevées aussitôt que les boutiques ne seront plus exposées aux rayons du soleil. Néanmoins, les bannes placées au-devant des boutiques sur les quais, places et boulevards, pourront être conservées dans le cours de la journée s'il est reconnu qu'elles ne gênent point la circulation. Aucune banne ne devra, dans la partie la plus basse, avoir moins de $2^m,50$ d'élévation au-dessus du sol.

Mais ce que ne disent pas les articles rappelés par le préfet de police actuel, c'est que le conseil municipal vient d'être saisi, comme il l'est tous les trois ans, d'établir la taxe à percevoir sur les boutiquiers et les limonadiers pour leurs dépôts de tables et chaises sur la voie publique, et qu'ainsi la décision prise par l'un des pouvoirs se trouve infirmée par l'autre. L'administration ne considère que l'argent à percevoir, la préfecture ne s'en préoccupe pas, et ne voit que la liberté de circulation, laquelle des deux à raison ?

Avenue de l'Opéra le boutiquier paie un mètre superficiel 45 francs ; aux grands boulevards, 75, 60 et 50 francs ; dans les rues, 20 francs ; les étalagistes, les décrotteurs, marchands de journaux, 5 francs.

Les locations d'emplacement sur la voie publique pour dépôt de chaises et tables devant les cafés, pour étalage devant les boutiques, pour installations d'échoppes mobiles, etc., rapportent à la ville 370,000 francs.

Un trottoir à Paris, agréable à la marche, se réparant vite et facilement, est celui composé d'un couche de brai de houille ou bitume et de gravier, posé à chaud, sur une aire bétonnée.

Il coûte peu, le mètre carré vaut 6 francs, sans la bordure en granit, et s'il n'est pas aussi solide à l'usage que la dalle en pierre, il a sur elle cet avantage, qu'il est moins dangereux pour le piéton dans les temps de gelée et de verglas.

La construction des trottoirs, dans ces conditions économiques, est désagréable aux riverains et aux passants ; on fait la pâte sur place, on brasse la matière dans un tonneau en fer, chauffé par un foyer ; un cheval traîne tout l'appareil. Lorsque la fusion est au degré voulu, on verse la matière sur le sol et on l'étale ; on continue ainsi jusqu'à ce que l'opération soit terminée.

La fumée que dégage la préparation du bitume est âcre et nauséabonde ; elle n'est pas nuisible, mais elle porte avec elle tous les inconvénients des essences, lorsqu'elles brûlent, de tacher ce qu'elle touche.

Le passant a d'autres dangers à courir, et si la Préfecture de police ne peut, par des mesures préventives bien prises, l'en affranchir complètement, elle peut au moins en atténuer les causes et les effets.

Nous voulons parler des objets de toute nature qui tombent du haut de nos habitations sur les trottoirs de nos rues.

La Préfecture de police a pris une excellente mesure, dans l'intérêt de l'hygiène publique, en prescrivant que tous les dix ans au moins, chaque maison de Paris serait nettoyée de haut en bas ; les unes lavées, les autres peintes, les autres réparées, et pendant ces opérations les piétons seraient garantis des atteintes des matériaux qui pourraient se détacher des murs et des toits, par des filets et au besoin par des bannes construites *ad hoc*.

Cette mesure excellente à tous les points de vue, offrant une sécurité inappréciable : pour l'ouvrier qui tombe sur le pavé, ayant perdu l'équilibre, penché qu'il était à une fenêtre, attaché au moyen d'une corde aux aspérités des toits ; pour le passant qui reçoit quelquefois sur la tête le corps du malheureux, mais qui reçoit le plus souvent des pierres, des plâtras, des tuiles, toujours des ordures.

Pourquoi, se demandera-t-on, cette excellente mesure n'est-elle pas appliquée ? Partout où des ouvriers travaillent sur le toit, sur la façade de la maison, il doit être garanti, dans une chute, par un filet en cordes bien solides dont les mailles sont assez resserrées entre elles pour qu'il ne puisse en sortir, et donner passage à une pierre, qui bien souvent tue un passant.

Le nettoiement de la chaussée. — Le nettoiement des voies publiques est d'une importance qu'on ne peut méconnaître, aussi ce service est-il réparti par l'administration municipale entre deux ingénieurs en chef qui ont sous leurs ordres 51 conducteurs et 61 piqueurs détachés des ponts et chaussées. La dépense est de 260,000 francs.

L'adoption exclusive des chaussées bombées, l'abandon des ruisseaux qui les partageaient anciennement par le milieu, fut consacrée en principe en 1833 ; de cette époque date l'ère des chaussées bombées et des bouches sous trottoirs.

Comme nous l'avons remarqué dans un de nos précédents chapitres, le nettoiement des voies publiques n'a pris d'extension que pendant ces dernières années ; ce n'est qu'en 1855 qu'on a commencé la construction des égouts, et ce ne fut qu'à cette époque que le service fut réellement organisé. En même temps l'adoption du pavage jointif apportait les derniers éléments de perfection pour un parfait nettoyage.

On compte que par habitant, il est déversé actuellement par 24 heures, pour ce service spécial, 55 litres d'eau, soit 165,000 mètres cubes par jour.

Mais que nous sommes loin de pouvoir fournir cette quantité d'eau pendant les sécheresses. Au moment où nous écrivons nous subissons toutes les conséquences de cette situation.

L'administration, dans une note malheureuse, qui a apporté un trouble dans la population, rejette sur les particuliers cette triste situation de Paris ; il ne faut plus songer à arroser les rues, à alimenter les fontaines publiques, à laver nos chaussées, nos égouts, l'habitant, par gaspillage, laisse ouvert pendant des heures entières les robinets dans les cours, couler dans les cuisines dix litres d'eau inutilement pour avoir une carafe d'eau fraîche.

Il y a en ce moment, ajoute M. Alphand, 380,000 mètres cubes d'eau qui sont destinés à la consommation, et ne dirait-on pas, en lisant ces lignes, que l'administration et nos ingénieurs ont jugé aujourd'hui que la quantité était suffisante, alors nous leur rappellerons ce que nous avons établi, page 20 de ce livre, qu'en temps propice, c'est-à-dire l'hiver, il n'y a à Paris que 370,000 mètres, et qu'en temps de sécheresse, c'est-à-dire l'été, il n'y en a que 200,000 mètres cubes, et que ce ne sera que lorsque tous les travaux seront terminés, qu'on pourra espérer 334,000 mètres cubes.

Or, s'il faut pour arroser et laver nos chaussées 165,000 mètres cubes par jour, s'il faut pour l'intérieur de nos maisons 200 litres par habitant, il manque en ce moment à Paris 365,000 mètres cubes ; ce ne sont donc pas les 10 litres d'eau dépensés pour rafraîchir une carafe qui jouent un grand rôle dans la dépense d'eau signalée par M. Alphand.

L'administration a tort d'avancer : que, tant que le gaspillage de l'eau continuera dans les quartiers bas et les étages inférieurs ; que les robinets resteront ouverts jour et nuit, toute l'eau de la canalisation s'écoulant sous l'action des fortes pressions ; il n'arriverait plus rien pour l'alimentation des quartiers élevés. Il en est de même dans une maison, si les robinets de la cour ou ceux des étages inférieurs restent constamment ouverts, l'eau ne peut plus arriver aux étages supérieurs.

S'il fallait en croire l'administration, les gaspillages d'eau commis par certains abonnés sont donc préjudiciables à un grand nombre d'autres abonnés, aussi bien qu'à la salubrité de la cité. Il y a abus chez les uns et privation du nécessaire chez les autres par suite même de l'abus. La population parisienne possède trop bien le sentiment de l'équité pour ne pas comprendre la nécessité d'un rationnement volontaire, afin de laisser à chacun sa part proportionnelle dans le volume d'eau qui existe à Paris, dit encore l'administration, mais elle oublie que les appareils placés dans les maisons, qu'ils donnent l'eau au compteur ou au robinet de jauge, n'alimentent que les habitants de 32,000 maisons avec 35,900 mètres cubes d'eau, soit 43,19 par habitant quand il faudrait compter pour un bon service sur 200 litres, soit 400,000 mètres cubes.

Quelques organes de la presse ont invité les abonnés à ne tenir aucun compte de l'avertissement donné par l'administration en vue de modérer l'usage de l'eau ; ils ont prétendu, avec raison, que tout abonné qui payait l'eau qu'il consommait avait le droit d'en user autant qu'il voulait et d'en faire l'usage qui lui convenait. C'est là une vérité qu'il importe de ne pas laisser oublier.

Pour obtenir de l'eau, il faut la payer ; aussi, ce n'est que la minorité de la population qui peut rafraîchir sa carafe, puisque ce ne sont que des privilégiés qui ont chez eux tuyaux et robinets.

Aux termes de la police d'abonnement, tout abonné à robinet libre dans les étages doit avoir un obturateur, de manière à ce que ce robinet ne fonctionne que lorsqu'il est ouvert à la main. On commettrait donc une contravention lorsqu'on supprime l'obturateur pour laisser couler librement le robinet. De même, l'abonné à robinet libre, pour l'arrosage des cours, paie un abonnement, pour un volume d'eau calculé à raison de trois litres par mètre superficiel de cour, ce qui suffit pour un arrosage répété deux ou trois fois par jour. Si l'abonné laisse ce robinet ouvert jour et nuit, la consommation, au lieu d'être de trois litres, s'élève à plus de cent litres ; et l'administration, qui règle son service sur un abonnement de trois litres, ne peut en donner instantanément cent, suivant le caprice de l'abonné.

A ce point de vue on ne saurait donc trop insister pour que chacun comprenne la nécessité d'éviter le gaspillage de l'eau.

L'eau commence à manquer à peu près partout, dans les villes et dans les campagnes. Chacun est obligé de se rationner. Paris ne peut échapper à la loi commune, ajoutent nos ingénieurs municipaux qui oublient, ne tiennent pas compte, des décisions prises par le Conseil municipal qui a établi les prix et les conditions de la distribution d'eau à domicile à Paris, ce qui donne le droit indiscutable, à tout abonné, l'usage de l'eau qu'il a achetée et payée.

L'avis de la Préfecture, placardé sur tous les murs de Paris, contenant ce que nous venons de relater, voudrait faire retomber la responsabilité du manque d'eau sur l'habitant. C'est une mauvaise action, non pas en établissant que les classes aisées sont plus privilégiées que les classes nécessiteuses puisqu'elles ont de l'eau lorsque celles-ci n'en ont pas, mais en cherchant à faire croire que les coupables ne sont pas : 1° l'administration qui n'a jamais su depuis dix ans arrêter un plan et l'exécuter ; 2° le Conseil municipal en ne créant pas une société sérieuse pour la mise en exécution d'un plan définitif.

Cette situation est fâcheuse, elle était prévue par nous depuis plus de dix ans ; rien n'a été pris pour en conjurer les effets, et nous sommes arrivés ainsi, de conséquence en conséquence, à amener une épidémie, choléra ou autre, qui viendra nous décimer comme en 1832.

Une grande ville comme Paris devrait avoir toujours plus d'eau qu'il ne lui en faut, ce ne sont pas les petits crédits, qu'on vote chaque année, qui amèneront du changement. Qu'est-ce que 4 millions votés en 1880, 3,200,000 fr. en 1881 !.. lorsqu'il faut, nous l'avons établi dans la première partie de notre livre, dix fois autant.

Paris a deux espèces d'eaux ; les unes bonnes, les autres mauvaises ; il ne peut songer à capter les premières si ce ne sont celles de Cochepies, situées dans le voisinage de l'aqueduc de la Vanne, dans le département de l'Yonne. La dépense sera de 8 millions environ, pour les 20,000 mètres cubes, quantité bien insuffisante pour satisfaire aux besoins actuels. Il faut qu'elle ait recours aux eaux de la Seine.

Le matériel de propreté est considérable, les désinfectants employés sont le chlorure de chaux, le sulfate de zinc et de fer, l'acide phénique et chlorhydrique, l'essence de mirbane.

Les désinfectants servent dans les jours chauds, ils arrêtent la décomposition des matières organiques qui proviennent des urinoirs, des versements défendus des résidus des boutiques, d'abbats et des autres produits qui, du jour au lendemain, se corrompent et laissent échapper de fortes mauvaises odeurs.

Les voies publiques sont pavées, macadamisées et bitumées, ce qui les rend imperméables, aussi l'écoulement des eaux se fait promptement, surtout lorsque de 50 mètres en 50 mètres elles trouvent une bouche qui les déversent dans l'égout ; mais si ces conditions manquent, les eaux deviennent stagnantes, se putréfient et sont un des agents qui procurent les odeurs nauséabondes dont se plaint la population.

Paris, sous ce rapport, laisse beaucoup à désirer ; 420 kilomètres d'égouts sont encore à construire, et partout où ils manquent, la salubrité publique est en défaut.

Le lavage, à grande eau, des voies et des trottoirs se pratique déjà dans quelques quartiers de Paris, il se fera partout d'une manière complète, lorsque l'eau sera plus abondante.

Nous ne verrons plus alors, après une sécheresse un peu prolongée, les chaussées couvertes d'une couche épaisse de poussière ; nous ne verrons plus, après une pluie, les voies envahies d'une quantité de boue qu'on ne peut débarrasser que la nuit ; car le matin et le soir, on pourra effectuer des lavages abondants.

On pourra alors, l'eau circulant dans tous les égouts, pousser aux bouches les boues balayées et économiser un transport évalué aujourd'hui à plus de 80,000 mètres cubes par an.

Les ordures solides, ordures ménagères, poussières, boues, neiges, crottins de la voie publique, cubent de 1,200 à 1,500 mètres par jour, soit $1,350 \times 365 = 492,757$ mètres cubes ou par habitant et par jour 226 grammes.

Aujourd'hui, par suite du défaut d'eau, les sables fins, la boue mêlée aux crottins des chevaux apportent dans les égouts de grandes difficultés au curage, l'eau courante entraîne les matières légères, mais les sables se déposent et forment sur les radiers à faible pente des amas que les moyens ordinaires de chasse à

l'aide de wagons-vanne ne peuvent dissiper. Avec l'eau, ces
chasses, répétées tous les jours, atténueront considérablement les
difficultés, et procureront une grande économie ; enfin nos pavés
et nos macadams apparaîtront à nos yeux comme une mosaïque
dure et sonore.

Il faut bien en arriver là : à côté de la question d'assainissement,
il y a celle non moins importante d'épargner les finances de la
Ville : moins ou dépensera, plus la vie sera facile à Paris, plus la
capitale deviendra prospère.

Il est curieux d'observer les modifications qu'a subies, depuis
quarante ans, la valeur des boues. Aujourd'hui leur enlèvement
constitue une charge très lourde pour la ville, alors qu'autrefois
c'était une source de revenus. Jusqu'en 1857, Paris gagnait à faire
enlever ses boues, les entrepreneurs étaient nombreux, car ces
matières devenaient un engrais avantageux.

Peu à peu, à mesure que les égouts se développaient, que l'eau
était amenée, les détritus s'appauvrissaient et leur valeur ne cou-
vrait plus les frais de transport.

Les immondices d'une ville sont d'autant plus riches que l'infection y est plus complète : moins on balayera ses rues, moins
on y jettera d'eau, plus le fumier en provenant sera recherché.
Mais ces conditions avantageuses, au point de vue du béni-
fice à recueillir, sont désastreuses au point de vue de la salubrité.

Or, que veut-on ? un hygiène parfait. En ce cas il faut se décider,
à dépenser pour être propres, répandre l'eau à profusion dans nos
rues, pour qu'aussitôt qu'elles se couvrent de boues ou de poussières, les immondices soient écoulées à l'égout, et de là conduites
au canal d'irrigation de Paris à la mer.

Le balayage des rues de Paris date de loin ; par lettres patentes
de 1285, il est prescrit aux habitants de tenir propre de tous
immondices le devant de leurs habitations. Philippe le Hardi ordonne que ceux qui négligeront de nettoyer et réparer le pavé
seront condamnés à trois livres d'amende.

Les règlements, les décrets, se suivent ; les pouvoirs publics, en
présence de la saleté de la ville, nous ont laissé des documents
datés de 1348, 1399, 1569, 1563, 1608, 1639, dans lesquels les
prévôts de Paris se préoccupent de l'assainissement des rues, tous
laissant à la charge des habitants le soin de balayer devant leurs
huis, et leur défendant de retenir dans leurs maisons les ordures,
mais de les porter dans des paniers aux tombereaux d'enlèvement,

au moment de leur passage ; le tout sous peine d'amende de
6 livres.

Ces lois et ordonnances continuèrent à être appliquées jusqu'au
règne de Louis-Philippe, et beaucoup de nous se rappellent le peu
de propreté qui régnait alors dans nos rues.

En 1846, des compagnies se formèrent pour balayer au compte
des riverains, mais plus tard l'administration préfectorale recon-
naissait qu'en beaucoup d'endroits les immondices au lieu d'être
enlevées s'amoncelaient, et, en 1874, elle décida que le balayage
se ferait par ses agents ; les dépenses seraient réclamées par voie
de contributions aux propriétaires.

Les rues de Paris sont divisées en sept catégories suivant leur
importance, et donnent lieu à la perception des taxes suivantes :

1re catégorie, par mètre et par an....................	0,70
2e — — —	0,60
3e — — —	0,50
4e — — —	0,40
5e — — —	0,30
6e — — —	0,20
7e — — —	0,10

Une atténuation d'un quart ou de moitié est accordée aux propriétés closes de murs ou de grilles, de planches, de treillages ou
haies.

La superficie balayée est de 14,500,000 mètres carrés, dont
8,000,000 au compte des propriétaires et 6,500,000 au compte de
la Ville.

Tel est le service actuellement établi à Paris ; il entraîne à une
redevance qui donne 3 millions environ de recettes annuelles.

Le balayage s'effectue le matin de 3 heures à 5 en été ; de 4 à 7
en hiver ; les détritus sont enlevés aussitôt dans des voitures
accompagnées de leur charretier et de deux retrousseurs.

Pendant le restant de la journée, 3,000 ouvriers du nettoiement
pourvoient aux balayages supplémentaires, au lavage des ruisseaux,
des bancs et urinoirs, au nettoyage, à la désinfection et à l'arrosage des voies publiques.

La balayeuse. — En dehors de cette armée de travailleurs fonctionnent d'autres balayeurs pour les halles et marchés ; ils sont
au nombre de 190, plus les balayeuses mécaniques qui jouent un
très grand rôle ; leur agencement est simple, leur fonctionnement
régulier, la machine s'emploie par tous les temps, aussi bien sur

les pavages que sur les empierrements et les aires asphaltées ; elle remplace le travail de dix ouvriers.

On avait substitué depuis longtemps au balai de bouleau classique celui de piazzava, durant plus longtemps, faisant mieux et plus vite. La balayeuse Blot fonctionne d'une manière satisfaisante, elle est traînée par un cheval conduit par un homme placé sur un siège, elle occupe un peu plus d'espace sur la chaussée qu'une voiture ordinaire.

Le balai cylindrique et rotatif, placé obliquement derrière les roues, relève les boues et poussières et les disperse en cordon sur le côté de son parcours, de sorte qu'en faisant suivre la balayeuse d'une autre, on peut, en fort peu de temps, ramener toutes les ordures qui couvrent la chaussée dans le caniveau longeant le trottoir, où les cantonniers les poussent à la bouche d'égout ou les mettent en tas.

Avant l'invention des balayeuses mécaniques, le personnel était plus considérable, il se recrutait en majeure partie dans la colonie allemande, que nous avons perdue à la suite des événements de 1870.

Depuis 1846, cette partie du service de l'assainissement de Paris n'a pas fait grand progrès. La raison en est simple, le travail a été, comme tous ceux de la Ville, réglementé et placé sous les ordres d'ingénieurs qui n'ont, il faut le reconnaître, aucune prédisposition pour un pareil métier.

Au balai ordinaire, on a imaginé de substituer des machines et des engins qui font mieux, plus vite et à meilleur marché, mais qui, placées dans les mains des agents des ponts et chaussées, ne sont guère plus économiques.

Les études que j'ai faites, dit M. Blot, inventeur d'une des machines en usage, sur ces sortes d'appareils, m'ont amené à constater que tous ces essais ont échoué à cause du point de départ faux d'où on était parti.

En effet, on se proposait de balayer au moyen d'un chariot quelconque sur lequel était monté un balai, tantôt traînant, tantôt rotatif, que l'on abaissait sur la voie d'une manière rigide.

Il en résultait que ce balai ne pouvait se prêter en aucune façon aux ondulations du terrain qui existent sensiblement, même sur les chaussées les mieux entretenues. De là l'insuccès constant.

Les choses se sont maintenues dans cet état jusqu'à nos jours, où la première machine balayeuse pratique, a donné la véritable clé du balayage mécanique, remplaçant parfaitement la main de l'homme au moyen de son balai rotatif à oscillations libres et automatiques autour d'une suspension centrale qui, elle-même, oscille librement, ce qui lui permet d'épouser complètement toutes les ondulations du terrain.

Fig. 23. — La balayeuse mécanique.

Dans ce nouveau modèle, que nous représentons, les roues porteuses sont très robustes; elles ont une large jante, ce qui les met dans les meilleures conditions pour résister à leur rude service et en même temps leur permet de ménager les chaussées; ce point est très important quand elles sont détrempées par la pluie.

Bien que d'une construction solide, cette balayeuse se distingue par sa légèreté et je dirai même par sa disposition relativement élégante pour ce genre d'appareil.

C'est une sorte de tilbury traîné par un cheval de moyenne force; elle donne 37 kilog. seulement de traction en travail. Les roues porteuses sont munies d'un appareil particulier, permettant le graissage sans démontage, ce qui simplifie considérablement l'entretien de l'appareil.

Entre les deux roues porteuses, se trouve disposé le balai cylindrique oblique qui rejette la boue sur un des côtés de la machine en un seul sillon; la figure ci-dessous représente en plan le détail de la transmission de mouvement de l'essieu A au rouleau R, au moyen d'une simple roue d'engrenage conique C, commandant un pignon c qui transmet le mouvement à l'axe du balai par l'intermédiaire d'un joint universel H. La roue C est montée folle sur l'essieu; quant au pignon c, il est suspendu entre deux montants

en fer forgé LL′ qui sont fixés sur l'essieu au moyen de deux col-
liers tels que E, de sorte que le pignon *c* peut rouler sur la grande
roue C autour de l'essieu A. Pour opérer le balayage, le cocher
peut, de son siège, abaisser le balai au moyen d'une vis mue par
une manivelle placée à portée de sa main droite; il peut, par la
manœuvre inverse, relever le balai pour cesser le travail ; la même

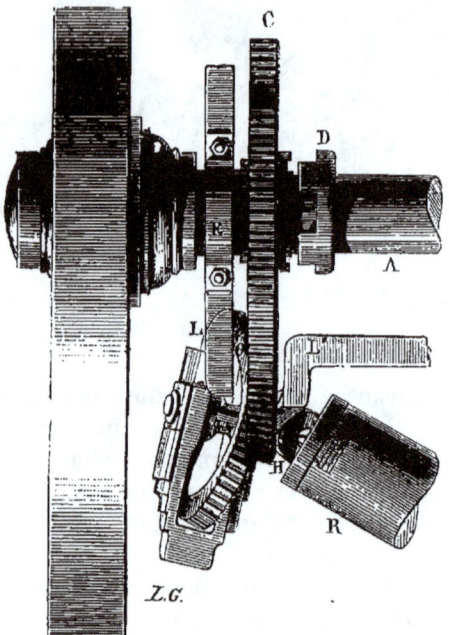

Fig. 24. — Plan.

manivelle lui permet de régler l'intensité du balayage. L'ensemble
des dispositions particulières prises, tant pour la suspension
élastique du balai par son centre, que par le système de rotules
adaptées aux extrémités de l'axe du balai, permet à celui-ci d'être
libre afin d'obéir automatiquement à toutes les ondulations du
terrain ; en un mot, la machine est très souple. Un levier, placé
sous la main du cocher, à sa gauche, lui permet d'interrompre la
rotation du balai quand le travail est terminé, en faisant mouvoir
convenablement le manchon d'embrayage D. Entre les traverses
du bâti se trouve un petit coffre, fermant à clé, dans lequel on
place les divers objets nécessaires à l'entretien de la machine.

Sur les routes ou dans les villes possédant des rues larges on fait marcher les machines balayeuses par brigade de deux, quatre et plus, échelonnées à quelques mètres de distance, de manière à

Fig. 25. — Mode d'exécution du balayage mécanique.

ce que chacune d'elles rejette plus loin le sillon laissé par la précédente ; on produit d'un seul coup une bande balayée suffisamment large pour que les voitures s'y engagent d'elles-mêmes, et,

10

lorsqu'on revient pour balayer dans l'autre sens, on trouve la voie libre, ce qui facilite beaucoup l'opération, qui est représentée sur la gravure ci-dessus.

Dans ce cas, les machines doivent toujours être groupées par brigades agissant à la fois pour embrasser d'un seul coup la moitié de la voie publique ou même toute sa largeur, si les circonstances atmosphériques le permettent.

Il convient de faire marcher les machines suivant un itinéraire déterminé et continu, étudié de façon à ne pas faire de chemin inutile ; dans les villes, les machines d'une même brigade travaillent ensemble sur les larges voies, puis se séparent pour balayer les voies étroites et se rencontrer plus loin pour travailler à nouveau réunies.

Finalement, la boue se trouve rejetée dans les ruisseaux, où elle est balayée et entraînée par l'eau vers les égouts.

Les machines de M. Blot ne font qu'une seule chose, le balayage, mais elles l'effectuent très bien, mieux que la main de l'homme et surtout plus rapidement ; voilà ce qui fait à la fois leur mérite et leur succès. En particulier, le modèle de la ville de Paris, qui présente les résultats les plus avantageux, produit une superficie parfaitement balayée de 6,000 mètres carrés en une heure : ce qui équivaut au travail de quinze vigoureux balayeurs, estimé à 400 mètres chacun dans le même temps.

La boue se balaye très bien à l'état plus ou moins liquide, la poussière se balaye également bien ; mais, pour éviter de la soulever en nuages, il convient d'opérer un arrosage préalable, un quart d'heure avant le passage des machines, de manière à ce que les détritus aient le temps de s'imprégner d'humidité.

Ces balayeuses fonctionnent indifféremment sous les climats et sur les sols les plus divers, sur les chaussées empierrées comme sur le pavé, et je ne saurais mieux faire, pour prouver l'importance de l'économie réalisée par leur emploi, que de citer les chiffres suivants, publiés par l'administration communale de Bruxelles, dans son rapport annuel :

« *Balayage mécanique : Balayage à bras :: 2,34 : 3,85,*
ou « *Balayage mécanique : Balayage à bras :: 0.60 : 1.*

» *Donc, le balayage mécanique donne, sur le balayage à bras, une*
» *économie de 40 0/0 ou des 2/5. On a observé en effet que :*

» *1° Pour balayer 35 kilomètres, lorsqu'il fait sec, il faut 60 hommes,*
» *répartis en cinq brigades, et 120 hommes en hiver quand il y a beau-*
» *coup de boue.*

» *Or*, 60 *balayeurs à* 2 *fr*. 25, *balais compris* = 135 *francs*,

» *et* : $\frac{135}{35}$ = 3 *fr*. 85 *le kilomètre*.

» 2° *Pour balayer* 35 *kilomètres, au moyen des machines, il faut :*

4 chevaux à 6 fr.	= 24 fr.
4 charretiers à 3 fr.	= 12
12 balayeurs retrousseurs à 2 fr.	= 24
Usure de 40 heures de balais à 0 fr. 35	= 14
Entretien et amortissement 2 fr.	= 8
Total	82 fr.

» *et* $\frac{05}{02}$ 2,34 *le kilomètre*.

Ce rapport est le résumé du travail des quatre premières machines pendant une année.

Actuellement la ville de Bruxelles en possède seize.

Le service du balayage des rues de Paris est incontestablement parfait dans certains quartiers, et le jour où tous les égouts seront construits, où tous les 50 mètres les détritus y seront jetés, aucune odeur ne pourra plus se manifester ; la voie publique sera saine et salubre.

Les 165,000 mètres cubes d'eau déversés pour tous les services actuellement ne sont pas suffisants ; il faudrait, pour bien faire, 4^{mc},50 par hectare et par vingt-quatre heures pour le balayage ; or, Paris ayant 10,800,000 mètres carrés de rues, places, etc., la quantité devrait être de 70,200 mètres cubes, de laquelle il y a lieu de décompter l'eau fournie par la pluie, par les bornes-fontaines, par les arrosages, alors on pourrait dans les grandes chaleurs, dans les temps de neige, laver les chaussées à grandes eaux et utiliser le maximum d'effet utile des balayeuses mécaniques.

Nous disions que l'administration avait été obligée de reprendre des mains de l'industrie privée le balayage des rues, parce que les entrepreneurs faisaient ce travail hors de propos; les conditions aujourd'hui ne sont plus les mêmes, les immondices, avec de l'eau, étant menées à l'égout, il ne doit plus y avoir dans les rues de tas de boue, à moins qu'on ne balaye pas : la ville peut donc donner, sans s'inquiéter de la valeur des immondices, qui ne joue plus aucun rôle, le balayage à l'adjudication, en divisant ce travail par quartier.

Ici, comme ailleurs, il est temps pour les administrateurs d'une grande cité comme Paris de ne pas vouloir tout faire, même de tenir propre le devant de nos demeures, leur rôle doit se borner

à une surveillance, et qu'ils laissent à plus humble le gros ouvrage.

Enlèvement des ordures. — L'enlèvement des ordures ménagères, de celles des halles et des marchés se fait au moyen des
charrettes; le service comporte 520 charretiers et 980 chevaux,
il enlève 1,700 mètres cubes de matières, qui sont conduites dans
les environs de Paris et sur le dépôt desquelles nous reviendrons
lorsque nous traiterons la *Voirie*.

Cet enlèvement des immondices rejetées de nos habitations et
des marchés constitue, pour la santé publique, de graves inconvénients.

On a voulu y parer en forçant les habitants à n'apporter leurs
ordures ménagères qu'au moment du passage des tombereaux ;
mais on s'est bientôt aperçu que les miasmes qu'elles dégageaient
empoisonnaient l'intérieur des maisons.

Dans l'état actuel, 15,000 maisons environ sont directement
branchées à l'égout et y déversent toutes leurs immondices ;
20,000 autres sont situées dans des conditions permettant l'établissement d'un branchement immédiat. Il reste donc un total de
40,000 maisons qui n'ont pas la possibilité de s'unir à l'égout, et
qui sont pourvues d'une fosse dite *étanche*.

Par une coïncidence fâcheuse, les 40,000 immeubles aussi dé-
savantageusement partagés sont tous situés dans les quartiers
excentriques, c'est-à-dire là où vit une population laborieuse, active,
pour laquelle les jouissances du luxe ou du confort sont inaccessi-
bles, et qui, en échange de cette privation, devrait avoir la possibilité de respirer un air pur et salubre comme celui qui circule
dans les quartiers neufs de Paris.

Des essais ont été faits pour substituer au mode d'arrosement
actuel des produits chimiques qui auraient eu l'avantage, en absorbant l'eau de l'atmosphère, de constituer une poussière humide
tenant lieu de cette opération; ces essais n'ont pas réussi ; mais à
quelque chose malheur est bon : M. l'ingénieur d'Ussel est parvenu,
au moyen du chlorure de sodium, à débarrasser les rues lorsqu'elles sont encombrées par les neiges.

Si l'on mêle 1 partie de sel avec 2 parties de neige, on forme un
mélange réfrigérant qui marque — 21°. Ce mélange est boueux et
ne se solidifiera que si la température atteignait elle-même
21°. — Dans ces conditions, à l'aide des balayeuses mécaniques, on
l'évacue sans peine aux bouches d'égouts.

Le répandage du sel s'effectue au moyen d'une brouette ; d'après les essais de M. d'Ussel, une couche de neige de 0m,04 à 0m,05 d'é-paisseur est fondue au moyen de 200 grammes de sel par mètre carré. En admettant cette prévision, chaque fois qu'il neigera à Paris 0m,04 de neige, le chlorure de sodium ne coûtant que 3 francs les 107 kilos, la salaison des voies publiques n'exigera qu'une dépense de 0 fr., 087 par mètre ; or, Paris ayant 11 millions environ de mètres carrés en rues et places, ce sera une dépense de 770 francs pour chaque jour de neige. Cette dépense est bien insignifiante si on la compare avec celle actuelle, qui exige le concours de milliers de bras armés de pelles, de pics, etc., char-geant de nombreux tombereaux portant les immondices au fleuve et produisant un travail réel pour ainsi dire nul.

Les chiffonniers. —Les ordures provenant des maisons devaient, d'après M. Haussmann, être rendues à l'égout, envoyées par une trappe se trouvant dans la cour et en communication directe avec ces émissaires; il devait en être de même pour les détritus des marchés, comme il en est pour le petit balayage et ainsi rendre la solution de cette question complète.

Mais on s'est apitoyé sur le sort des chiffonniers ; des manifes-tations bruyantes se sont produites et l'administration jugea pru-dent de laisser infecter les rues de la ville pendant toute une partie de la nuit pour assurer à ces industriels leur métier.

Un des arguments qui eut grande valeur sur l'entourage de l'Empereur, fut que les chiffonniers étaient un élément précieux pour la sécurité des rues pendant la nuit. Dispersés un peu partout, munis d'une lanterne, que de vols et de crimes ils empêchaient! disait-on.

L'industrie du chiffonnage a une très grande importance, son personnel comporte 7,000 individus médaillés par la préfecture de police et au moins autant de chiffonniers non reconnus.

On peut évaluer de 14 à 15,000 le nombre d'hommes, femmes et enfants qui vivent de cette industrie. Le produit moyen par tête est de 1 fr. 50. C'est 20,000 francs par jour, ce sont 7 à 8 millions par an ; nous reconnaissons qu'il serait fâcheux, *si le tout à l'égout* devait faire perdre à l'industrie 8 millions de francs par an ; mais il n'en serait rien, les os, les papiers, les chiffons se retrouveraient dans le canal d'irrigation de la Seine, faisant suite aux collecteurs ; ces produits seraient recueillis facilement, et ils fourniraient une annexe à une industrie qui existe déjà, celle des *écumeurs de la Seine*.

Ces industriels sont autorisés à exercer leur métier lorsqu'ils ont été déclarés adjudicataires, en vertu d'un marché consenti par la préfecture de la Seine, pour recueillir, pour leur compte, les détritus que le fleuve charrie. Ces objets sont :

Les *bouchons*, qui donnent des profits satisfaisants : les uns retravaillés resservent, les autres sont utilisés chez les marchands de noir de fumée.

Les *poils*, *crins*, *cheveux*, *chiffons*, etc., portés chez les marchands d'engrais.

Les cadavres de *chiens*, *chats*, etc., conduits au fabricant de graisse, qui reçoit également les *os*, les *graisses*, et bien d'autres matières innommées.

L'écumeur de la Seine a remplacé les filets de Saint-Cloud, il écume sur tous les points où le courant porte les détritus ; son intérêt est d'être vigilant ; il est bien rare que quelques objets flottants puissent se dérober à ses regards ; aussi est-il le meilleur auxiliaire des préposés de la justice qui ont chaque jour à rechercher les épaves des suicides et des crimes.

Nous n'aurions dû présenter ces quelques observations qu'au chapitre des *Établissements insalubres*, mais puisque nous parlons chiffons et autres détritus provenant de nos maisons, terminons-en avec les chiffonniers.

Garder les chiffonniers, c'est continuer à rendre nos rues infectes pendant les heures du matin, c'est, à chaque coup de crochet remuant un tas, amener des odeurs malfaisantes et contraires à la salubrité.

Nous dirons avec M. Haussmann : si la mesure était prise, celle du tout à l'égout, on ne rencontrerait plus les tombereaux s'arrêtant à chaque pas dans la rue, répandant sur leur route des débris sans nom exhalant des odeurs révoltantes.

Les chiffons répandent de mauvaises odeurs, occasionnent des poussières nuisibles, ils se composent en outre des vieux papiers, de ferraille, de verres cassés, de vieux cuirs, de peaux de lapin, etc.

Tous ces objets sont portés aux dépôts où s'opèrent les triages ; Là, ils deviennent le lieu de délices des insectes de toute nature et des rats qui y établissent leur demeure..., à ce titre, il sont un fléau pour les voisins.

Il y a de petits dépôts, généralement situés dans les campements des chiffonniers, aux abords des fortifications, et dans un milieu qui s'en accommode : il y en a de grands qui ont pignon sur rue et qui sont installés dans les quartiers excentriques.

Le plus important de tous ces réceptacles emploie cent personnes par jour au triage ; le local est aéré et construit tout en fer ; de vastes magasins existent et chacun d'eux renferme le tri soigné des éléments primitifs constituant l'industrie du chiffon, de telle sorte que l'acheteur trouve, au premier coup d'œil, ce qu'il cherche. Il y a chiffons et chiffons : il y a le *bourgeois*, il y aussi le *démoc;* le premier se compose des linges à étoffes plus ou moins propres, l'autre des résidus de toute sorte.

Les vidanges. — Une industrie qui ne sera plus avant peu qu'un souvenir, c'est celle du vidangeur. Toutes les immondices allant à l'égout, nous ne verrons plus les lourdes voitures nauséabondes qui empoisonnent la nuit et le jour les rues et les maisons de Paris.

Nous avons traité cette question *in extenso*, dans notre livre sur *l'assainissement*, Baudry, éditeur, et pour ceux qui n'en ont pas connaissance nous répéterons : — La pompe à bras, dont l'emploi remonte à 1818, est encore adoptée à Paris par la plupart des entrepreneurs. Cette pompe est à double effet et à soufflets en cuir, qui se crèvent souvent. — La pompe Keizer, employée depuis peu de temps, est un progrès et offre l'avantage de laisser passer toutes sortes de matières solides sans être arrêtées dans leur parcours ; les clapets en caoutchouc ayant la forme d'une mâchoire et embrassant le corps du cylindre.

— En envoyant les matières au moyen d'une pompe quelconque dans une tonne, on déplace l'air emprisonné dans cette tonne, lequel, mélangé avec tous les gaz méphitiques de la vidange, sent aussi mauvais que les gaz de la fosse elle-même. C'est pourquoi dans beaucoup de villes oblige-t-on les entrepreneurs de brûler les gaz ou de les désinfecter par un procédé quelconque. Le brûlage des gaz au-dessous d'un foyer à coke est imparfait ; si le fourneau est allumé d'un seul côté, les gaz passent de l'autre côté intacts sans être brûlés. Et puis, est-il certain que tous ces gaz méphitiques soient décomposables à haute température ?

Une ordonnance de police prescrit également de désinfecter préalablement les fosses par un agent chimique. Mais aucune substance ne détruit complètement les gaz nauséabonds et ne peut être, dans tous les cas, mêlée assez intimement et brassée dans la fosse pour avoir un mélange parfait. Le sulfate de fer, et le saint-luc ou chlorure de zinc, et le sulfate de zinc sont le plus fréquemment employés. Ils décomposent les carbonate et sulfhydrate d'ammoniaque en sulfate ou en chlorure solubles et non volatils, qui deviennent un obstacle pour la fabrication ultérieure du sulfate d'ammoniaque.

Les fosses d'aisances ont été désinfectées par des substances chimiques dès 1849 ; cette mesure, due à l'initiative du préfet de police d'alors, M. Carlier, fut complétée en 1850 par l'écoulement des liquides à l'égout.

Mais, en 1858, les mesures prises au point de vue de l'hygiène furent rapportées, et on fit bien.

Il en est tout autrement de jeter à l'égout les vidanges diluées ou non, en une seule fois, c'est-à-dire en opérant sur 3 ou 4 mètres cubes, ou d'écouler cette quantité en plusieurs fois, au fur et à mesure de sa production.

Dans le premier cas, les matières en fermentation dégagent de nombreuses vapeurs, alors que dans le second cas, arrivant dans la fosse par petite quantité, à l'état vierge, c'est-à-dire sans être décomposées, sans être accompagnées de gaz et des myriades de mouches que nous avons signalées, elles ne produisent aucune émanation.

On pourrait, il est vrai, en revenant aux moyens indiqués par M. Carlier, en les appliquant mieux que cela n'a été fait, arrêter dans les fosses la fermentation et la production des gaz méphitiques. Mais pourquoi, se demandera-t-on, cela ne se fait-il pas ? La raison en est simple : les entrepreneurs de vidange ont tout intérêt à ne pas mettre ces mesures en pratique, d'abord à cause de la dépense qu'occasionne l'emploi des réactifs, ensuite parce que les pertes d'ammoniaque que la désinfection entraîne pour le fabricant de produits chimiques, par suite de la transformation des combinaisons volatiles en sels fixes, détruit la richesse des produits.

Et puis encore :

Il faut, au bas mot, vingt-quatre heures pour que les agents chimiques employés fassent leur œuvre de désinfection.

Cette lenteur dans l'opération oblige les vidangeurs à revenir deux fois consécutives pour la vidange d'une même fosse, ce qui coûte beaucoup ; de plus le Parisien en a bien assez d'avoir les vidangeurs pendant une nuit.

Arrosage. — Le 20 juin 1851, une ordonnance de police a rendu obligatoire pour les riverains l'*arrosement*, pendant les chaleurs, au moins une fois par jour, de onze heures du matin à deux heures, de la voie publique au-devant de leurs maisons.

Cette excellente mesure est difficile à exécuter, il n'y a que les propriétaires des maisons pourvues d'eau qui arrosent, on ne peut raisonnablement en demander à ceux qui n'en ont pas, non plus qu'au porteur d'eau, qui en fait commerce.

Paris, ville de luxe par excellence, doit être arrosée, en présence de l'empierrement de ses principales artères, de ses promenades publiques ; aussi l'administration se trouve obligée d'intervenir dans l'arrosage.

L'arrosage des rues d'une ville a cela de précieux, qu'il est le seul palliatif pour combattre les effets des poussières.

Une grande ville, comme Paris, en offre de toutes espèces : les unes lui viennent par les cheminées, les autres par l'écrasement de ses pavés, de son macadam; d'autres enfin par les émanations des fabriques qui l'entourent.

L'eau lancée en pression donne les mêmes effets que la pluie et devient le véhicule le plus énergique pour combattre les effets de ces exhalations malheureuses.

L'arrosement a lieu au tonneau, à la lance, ce dernier mode est simple et économique; à la borne-fontaine, où sur des bouches spéciales s'adaptent des tuyaux en cuir surmontés d'une lance qui, manœuvrée par un cantonnier, arrose 20,000 mètres carrés en une demi-heure.

L'arrosage public coûte à la ville de Paris 450,000 francs par an ; il est insuffisant, car il ne dessert aujourd'hui convenablement, que le Bois de Boulogne, les grands boulevards, nos grandes artères ; mais là où la conduite d'eau manque, dans les arrondissements industriels et ouvriers, il n'existe que de nom.

L'eau, pour un arrosement satisfaisant, manque donc à Paris ; il faut arroser en toute saison les voies empierrées, pour les construire ou pour les réparer ; il faut de l'eau pour l'enlèvement des boues, il en faut également en temps de brouillard pour empêcher la destruction des chaussées par les roues de voitures.

Nous disons : l'arrosage n'existe que de nom ; en effet, pour introduire dans les rues de Paris une légère humidité, pendant la saison chaude, il est reconnu qu'il faut arroser au moins six fois par jour les mêmes surfaces, et que ce service doit durer du 15 mai au 15 octobre.

Nous savons encore qu'un arrosement parfait comme celui de

nos promenades publiques, de nos grands boulevards, pour qu'il
n'entraîne pas à de trop grandes dépenses, ne peut être obtenu
que par le système de la lance.

M. l'ingénieur Darcel a substitué ce système à Paris partout où
il l'a pu, il l'a employé d'abord au Bois de Boulogne où il existe,
aujourd'hui il fonctionne avec succès sur des voies moins larges,
mais plus fréquentées ; et, lorsque toutes les bouches d'eau
seront créées, on pourra arroser avec ce système économique et
pratique non seulement les places et les quais, mais les rues même
peu importantes.

Fig. 26. — Tonneau d'arrosage.

Dans les conditions actuelles de distribution d'eau, on n'arrose
à Paris que 135 fois par an, pendant 135 jours généralement
compris entre le 15 avril et le 30 septembre ; on compte 100
jours à double service d'arrosement, matin et soir, et 125 jours
à simple service. Des expériences ont démontré que la dépense
d'eau pour l'arrosage, en dehors bien entendu des besoins du
service du nettoiement, était d'un litre par mètre carré, soit pour
6 services, 6 litres ; que les prises d'eau pour les tonneaux d'arrosage
doivent être placées à 500 mètres de distance au plus les unes des
autres ; aussi toute ville qui veut être convenablement arrosée doit
tenir compte de ces diverses sujétions, afin d'atténuer les dépenses de transport, car si les distances entre les prises d'eau sont
trop considérables, le service devient onéreux ou nécessite de
laisser des lacunes dans l'arrosage de la voie publique.

Le tonneau d'arrosage que fournit à la ville de Paris M. Blot,
l'habile constructeur de la balayeuse, le fournisseur attitré de
toutes nos grandes villes françaises et étrangères, dont figure ici le

dessin, est le modèle le plus perfectionné adopté en dernier lieu par la ville de Paris. Le réservoir est en tôle, à caisse plate avec châssis en fer, le tout monté sur ressorts ; la contenance du réservoir à eau est de 1,300 litres, sa disposition et sa forme assurent un arrosage plus régulier que celui des anciens tonneaux ; en outre, sa contenance étant plus considérable, il fait aussi plus de travail.

Le conducteur peut, de son siège, produire ou arrêter instantanément l'arrosage, soit au pas, soit au trot du cheval, suivant le débit d'eau que l'on veut atteindre. La largeur de la bande arrosée est d'environ 6 mètres.

La légèreté et la suspension élastique de ce véhicule permettent de le conduire à bras en cas d'incendie ; il est nécessaire alors de placer à l'arrière un robinet de prise d'eau. Enfin, un trou d'homme est disposé pour en opérer la visite et repeindre l'intérieur lorsqu'il y a lieu.

Le prix de cet appareil d'arrosage est de 1,000 francs, à Paris.

Bouches d'incendie. — Les bouches d'arrosage doivent servir à deux fins : placées à 500 mètres l'une de l'autre, elles reçoivent pour les cas d'incendie le tuyau de la pompe, ou un tuyau qui amène l'eau jusqu'au faîte des maisons.

Ordinairement les raccords des pompes ont $0^m,06$ de diamètre, les tuyaux de conduite s'assemblent bout à bout, ils ont 15 mètres de longueur et sont fabriqués de couches alternatives de toile et de caoutchouc, ils pèsent $2^k,500$ par mètre.

Chaque compagnie de pompiers doit posséder 30 longueurs de tuyaux ou 450 mètres, longueur nécessaire pour relier la pompe avec une des prises qui lui fournit l'eau en abondance, sous une pression moyenne à Paris de 30 mètres, et la conduire sur un immeuble en feu qui se trouverait dans cet espace de 500 mètres.

Dans cette longueur de 500 mètres, les deux bouches des extrémités se trouvent armées de deux pompes à incendie. Mais le rapprochement des bouches d'eau permettrait d'alimenter un plus grand nombre de pompes. Il est rare que cette distance soit réduite ; comme nous le verrons, si elle suffit pour satisfaire aux principales exigences, elle est quelquefois trop réduite, aussi on augmente les ressources à l'aide des bornes-fontaines.

La ville de Paris s'occupe d'organiser le service d'approvisionnement d'eau, ce qui est facile là où les conduites existent, mais il est impossible de réaliser cette amélioration dans les quartiers où la canalisation fait défaut ou bien est insuffisante.

Tant que cet état de chose s durera, il faut s'attendre à des cata
strophes ; Dieu veuille qu'elles n'atteignent pas les proportions d
celles de Hambourg, Boston et de tant d'autres villes !

On pourrait, faute d'eau, organiser des services d'extinction dan
les quartiers déshérités, mais il ne faut pas fonder grand espoi
sur l'emploi des moyens chimiques : soufre, acide carbonique
etc. ; les innovateurs de ce système éteignent, aux acclamations d
public, des incendies préparés, coordonnés d'avance ; le feu mis, l
produit chimique tout prêt, on assiste à une expérience de labo
ratoire.

Un incendie est un accident fortuit, il faut compter sur toute
les difficultés, il faut pénétrer, pour le combattre, dans des caves
dans des réduits, et le sapeur, la lance aux poings, est seul capabl
de combattre le fléau.

Que Paris n'oublie pas que New-York ne trouve pas suffisan
à ses besoins les 939,097 mètrès cubes d'eau qu'il reçoit chaqu
jour ; qu'il songe à porter cette quantité à plus de 13 millions d
mètres cubes, ne voulant pas subir, un jour ou l'autre, le sort d
la ville de Boston qui, comme Paris, ne pouvait se décider à rier
conclure, faisait la sourde oreille à toutes les propositions, et qu
dans un seul incendie vit le feu dans 770 maisons recouvrant une
superficie de 26 hectares et représentant une valeur de 375 millions de francs.

Ce serait sortir du rôle de notre livre que de nous étendre
davantage sur le service d'incendies de la ville de Paris ; dans le
régiment des sapeurs-pompiers, les hommes ne manquent pas,
ils sont admirables de dévouement et de courage, ils possèdent
des machines, des ustensiles, des engins de toutes sortes, et la
Ville cherche, sous la direction du colonel Paris, à l'instar de ce
qui se pratique dans les grandes villes américaines, à améliorer
encore ce service. Que reste-t-il à réclamer ? de l'eau. — Alors
Paris se trouvera à l'abri de ces grands incendies dont aucune
prévision humaine ne peut sauvegarder les agglomérations d'habitants qui n'ont rien préparé à l'avance pour les combattre.

Les fontaines. — Les écoulements publics d'eau à Paris se
composent ainsi qu'il suit :

Les *fontaines banales*, à l'usage de tous, les porteurs d'eau
exceptés.

Ces fontaines banales doivent recevoir une tubulure permettant d'y raccorder, en cas d'incendie, les conduites des pompes, et

supprimant les chaînes vivantes de travailleurs, se passant de mains en mains un seau d'eau cherché quelquefois bien loin et qui est toujours insuffisant, pour arrêter les progrès du feu.

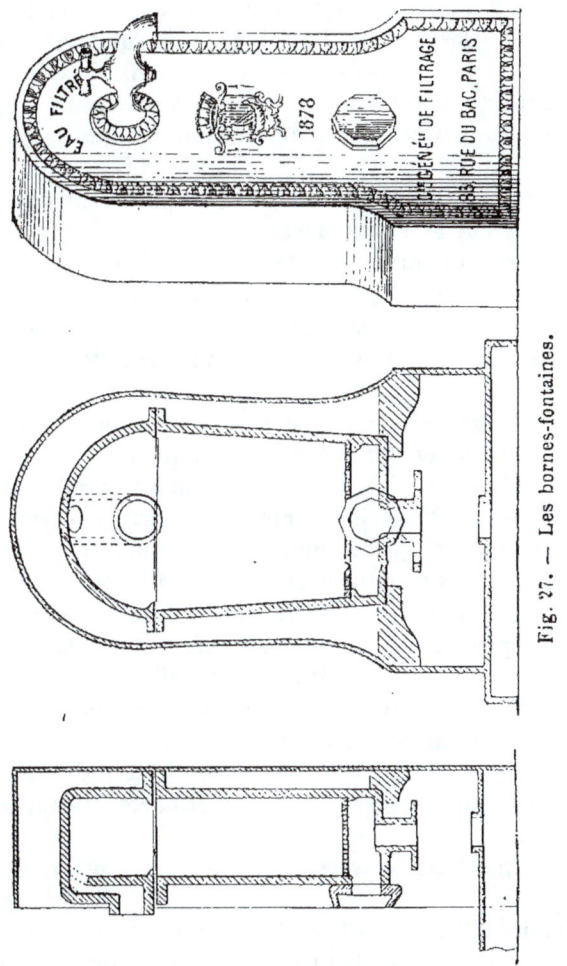

Fig. 27. — Les bornes-fontaines.

Les *bornes-fontaines*, où le puisage est gratuit, mais réservé exclusivement aux usages domestiques ; elles sont les plus usitées, parmi les appareils d'écoulement employés dans les distributions d'eau pour le nettoyage de la voie publique.

M. David, sur les conseils et les indications de M. Belgrand, a

pensé à en faire, tout en leur réservant les usages en vue desquel
elles ont été créées, des appareils filtrants.

Nous en donnons ci-dessus le dessin, bien connu de tous le
Parisiens.

La borne-fontaine est le plus usité des appareils d'écoulemen
employés dans les distributions d'eau. Appliquée au service de l
voie publique ou à celui de l'intérieur des maisons, elle doit four
nir un important débit nécessité par l'arrosage des rues ou l
lavage des cours, tout en satisfaisant aux besoins de puisage de l
population.

La nouvelle borne-fontaine filtrante ci-dessus est destinée
répondre à ces diverses exigences.

Adoptés par la commission des eaux de l'Exposition universell
de 1878 pour le seivice public, trente de ces appareils furent pla
cés dans les différents parcs (14 au Trocadéro, 12 au Champ-de-
Mars, 4 aux Invalides), et donnèrent les résultats les plus satis
faisants.

Le modèle adopté se compose de deux parties distinctes :

1° Une carcasse en fonte, ayant à peu près la forme des bornes
fontaines les plus usitées, à laquelle vient s'adjoindre un souillar
avec grille où se place le récipient de puisage. — Dans la parti
antérieure, formant porte mobile, sont ménagées des ouverture
correspondant aux tubulures et robinets du filtre.

2° Un filtre en fonte très résistant, ayant une forme ellipso
conique, disposition assurant l'étanchéité des matières filtrante
comprimées contre les parois de l'appareil.

Ce filtre se compose de deux pièces principales : une cuve et u
couvercle réliés par des boulons.

Il se place sur un support venu de fonte faisant partie de la car
casse et est maintenu à sa partie supérieure par une tringle mo
bile.

Le filtre, que l'eau traverse par ascension, est divisé en troi
parties.

La première, où arrive l'eau à filtrer, est munie d'une tubulur
à base hexagonale, dans laquelle est matée une pièce en cuivre
taraudée au pas de la Ville, afin de permettre son raccord à un
lance d'arrosage ou à une conduite d'incendie.

La seconde est remplie par les diverses couches filtrantes, com
primées et maintenues entre deux grilles recouvertes de toile
métalliques.

La troisième sert de chambre d'eau clarifiée dont l'écoulement le filtrage étant instantané, se fait au fur et à mesure de la manœuvre du robinet de service à repoussoir correspondant à la tubulure supérieure du filtre.

Le filtre porte à sa partie inférieure une tubulure à bride sur laquelle s'adapte un robinet raccordé à la conduite d'arrivée de l'eau.

La manœuvre de ce robinet qui est à trois eaux, et auquel on accède par une ouverture ménagée dans la carcasse de la borne, permet la *suppression de la bouche à clef* pour l'arrêt des eaux, et d'autre part le *lavage des trottoirs* par l'orifice de décharge.

Les matières en suspension, étant retenues dans la chambre inférieure du filtre, s'en trouvent expulsées par l'usage fréquent de la bouche d'arrosage, et, par cela même, l'engorgement du filtre est retardé.

La disposition de l'appareil permet de l'entourer de matières le protégeant contre la gelée.

Le démontage, le nettoyage et le remontage de l'appareil peuvent être exécutés en très peu de temps sans ouvriers spéciaux.

Les *fontaines marchandes*. — Le filtrage de l'eau de Seine date de 1838 : il fonctionne dans 13 fontaines publiques dites *marchandes*.

Tout le monde peut avoir de l'eau clarifiée au prix modique de deux centimes la voie de vingt litres. Il y est fait des distributions gratuites, à *l'écuelle*.

Plus tard, le progrès marchant toujours, l'eau de la Seine, à son tour, prise purement et simplement dans le courant et surtout sur les bords fangeux du fleuve, ne parut plus digne des Parisiens. On interdit le puisage direct par les porteurs d'eau à la bretelle; on imagina toutes sortes de moyens de clarification et de purification, on multiplia les réservoirs, afin que l'eau pût déposer son limon avant d'être livrée à la consommation ; enfin on eut recours au filtrage public et aux améliorations dont il a été question plus haut.

Nous donnons à nos lecteurs la gravure de la fontaine marchande du carré Saint-Martin.

Cette fontaine se divise en quatre parties. Le réservoir R reçoit l'eau filtrée par le tuyau G, un trop-plein H déverse l'eau en cas de besoin dans les conduits d'amenée A et B.

Des tubes J, J servent aux porteurs d'eau. Dans ce premier réservoir l'eau se clarifie par le repos. Par son poids elle est forcée de se filtrer par ascension, d'abord à travers du charbon, ensuite à travers le filtre David F.

Les *fontaines à repoussoir*. — Un réservoir antérieur avec un
robinet flotteur les alimente. Leur service leur permet mo-

Fig. 28. — Fontaine marchande du carré Saint-Martin.

mentanément et accidentellement un débit considérable.
Le robinet flotteur ferme l'arrivée des eaux, lorsque le réser-

voir est plein ; il ouvre la voie nourricière dès que le niveau s'est
abaissé.

L'eau se vend à la voie de deux seaux contenant chacun environ 10 litres, au prix de 10 centimes.

Fig. 29. — Fontaine Wallace.

Ceux qui passent avec le vendeur d'eau un engagement paient
3 francs par mois et ont droit à 48 voies.

Les porteurs d'eau s'approvisionnent, à l'aide d'un tonneau
traîné à bras ou par un cheval, aux *fontaines marchandes*, et paient
leur eau à raison de 90 centimes le mètre cube.

11

Enfin, le charbonnier ou vendeur d'eau possède chez lui de petits réservoirs ; il filtre l'eau qu'il achète à la fontaine marchande et fait le commerce de détail en la portant dans les appartements de ses clients.

Fontaines Wallace. — Don gracieux du seigneur anglais le plus populaire de Paris, qui a voulu offrir, dans une vasque fort élégante, un verre d'eau aux deshérités et aux désaltérés.

La jurisprudence de la bonne ville de Paris est, de temps immémorial, de fournir l'eau pour rien. Chacun a le droit de se désaltérer gratuitement aux fontaines, aux bornes, aux maisons de vente. Seuls paient ceux qui en trafiqueront ou qui la recevront chez eux.

Tout à l'égout. — La rue à Paris est relativement propre, si on la compare à celles d'autres villes. L'administration depuis 1846 s'est continuellement préoccupée d'apporter des améliorations.

Si on fait la récapitulation des frais du nettoyage, Paris dépense cinq millions de francs, sans compter bien entendu le prix du mètre cube d'eau qui a servi au lavage et à l'arrosement.

Les dépenses s'accroîtront, mais dans une proportion fort réduite, le balayage du devant des maisons continuera à être payé par le propriétaire ; les frais d'enlèvement des ordures s'élimineront par le rejet à l'égout ; le travail se faisant à grandes eaux, pourra être dévolu partout à la balayeuse mécanique.

M. Belgrand fut un des premiers promoteurs de la devise : *Tout à l'égout.* En effet, on ne peut concevoir d'autre solution plus pratique : le Paris souterrain doit recevoir les déjections du Paris vivant ; il les recueille, déjà en partie, tout ce qui provient du balayage proprement dit y est projeté, il n'y a plus que 1,700 mètres cubes par jour qui attendent le même procédé d'enlèvement.

Certains ne voient aucun inconvénient à l'adoption de cette mesure ; ils disent, avec raison, que 1,700 mètres cubes de produits ajoutés aux 500,000 mètres cubes que charriront les égouts de la capitale, est une quantité relativement insignifiante qui ne doit amener aucune aggravation dans l'état actuel : un peu plus, un peu moins d'ordures ne saurait influer sur la dépense.

Y aurait-il cependant dans l'application quelques empêchements ? Les bouches d'égout seraient-elles trop petites ? Enfin les matières ne trouveraient-elles pas des moyens d'écoulement suffisants ?

Les bouches d'égout, partout où elles existent, sont assez larges pour recevoir les déjections des maisons qui les avoisinent; elles sont généralement nombreuses et, quoique irrégulièrement espacées, elles sont assez rapprochées les unes des autres pour permettre de répartir sur un très grand nombre de points la projection en égout, et éviter toute obstruction que ne manquerait certainement pas de produire l'apport des détritus à un nombre restreint de bouches.

Cette première préoccupation se trouve donc écartée par une sage distribution des matières sur toute l'étendue du réseau des égouts.

Reste la question de l'écoulement.

Les détritus jetés dans les égouts ont des densités différentes : les uns flottent sur les eaux et arriveront sans difficulté aux limites de leur course, c'est le grand nombre ; les autres plus lourds, tels sont notamment les sables provenant du nettoyage des chaussées, se précipitent au fond de l'eau, s'y déposent et forment des bancs qui, si on les laissait se constituer tranquillement, ne tarderaient pas à entraver la circulation des eaux ; mais les égoutiers connaissent les endroits où les dépôts se forment le plus rapidement, et au moyen de wagons-vannes ou d'autres engins ils les chassent jusqu'à destination.

Les conduites de gaz. — Les conduites de gaz sont le sujet, dans toutes les villes, de phénomènes d'infection que leurs remaniements occasionnent. Le sol de Paris est aujourd'hui saturé de produits ammoniacaux, dont il est impossible de garantir notre odorat et la vie de nos plantations.

On n'a pas trouvé de solution pratique pour combattre ce fléau ; les uns ont proposé de placer les tuyaux au-dessus des maisons ; il est vrai que le sol serait affranchi, mais en cas d'incendie ce serait vouer Paris à la destruction.

D'autres croient qu'en plaçant les tuyaux de gaz dans les égouts, comme on le fait pour les conduites d'eau, on éviterait cet ordre de chose barbare. Le peut-on ? Les ingénieurs sont bien partagés, la plupart repoussent la mesure comme pouvant devenir une cause d'explosion. L'expérience a été faite, malheureusement elle n'a pas été poursuivie, et on n'a pu répondre sur la réalité de ces craintes, sur la possibilité de reconnaître facilement les fuites, de les prévenir, sur la nature des joints à employer, sur le mode des branchements à adopter.

Le premier essai d'éclairage public par le gaz dans la capitale remonte à l'année 1817, et c'est aux commerçants du passage des Panoramas que revient l'honneur d'en avoir provoqué l'initiative. Le passage des Panoramas est, en effet, la première voie de Paris qui fut éclairée au gaz.

Le succès obtenu par cette tentative excita l'amour-propre des commerçants du Palais-Royal qui sollicitèrent à leur tour l'autorisation d'employer le nouvel éclairage ; toutefois la masse du public se montrait récalcitrante, et ce n'est que lentement, bien lentement, que de nouveaux et timides essais eurent lieu successivement l'année suivante au palais du Luxembourg et sous le pourtour du théâtre de l'Odéon.

En 1819, le gaz fit son apparition dans le faubourg Saint-Germain, où il remplaça les anciens réverbères. Enfin, cette même année le vit entrer en maître à l'Opéra, malgré les terreurs et les réclamations des habitués qui, en prévision d'une lumière trop éclatante du nouveau lustre, avaient exigé l'adaptation d'un store à chaque loge du premier et du second étage. La représentation eut lieu, et la nouvelle lumière incommoda si peu les spectateurs des loges que pas un ne songea à se servir des fameux stores qui ne tardèrent pas d'ailleurs à être enlevés.

A partir de ce moment l'usage du gaz se répandit vite, et aujourd'hui il n'est plus une seule rue de Paris et de l'ancienne banlieue où le gaz n'ait fini par pénétrer.

Des quelques becs qui éclairaient à l'origine les passages des Panoramas et le jardin du Palais-Royal, nous sommes arrivés insensiblement au nombre suivant des appareils publics :

Dans Paris	41,921
Dans la banlieue	7,233
Ensemble	49,154

Enfin on estime que les appareils particuliers valent plus de cent millions de francs.

Quant aux travaux de la canalisation elle se répartit ainsi :

Ville de Paris	1,303,987
Banlieue	560,220
Total	1,864,207

Les colonnes montantes comportent 14,415 branchements pour desservir 11,819 maisons, ce qui donne 1 conduit 2 dixièmes par immeuble.

L'allumage et l'entretien des lanternes à gaz emploient, pour Paris, huit cents hommes environ, répartis par quartiers et par rues. Ces hommes sont chargés, en outre, de l'entretien et du nettoyage des lanternes.

Pour les voies ordinaires, le travail de chacun d'eux se borne à allumer le soir, à l'heure fixée, les becs faisant partie de son service, et à les éteindre le matin. Pour certaines voies spéciales, comme les grands boulevards, quelques avenues, le quartier de la Muette à Passy, etc., etc., où l'éclairage est plus puissant et les lanternes plus rapprochées, l'homme est tenu à une ronde supplémentaire à minuit, heure à laquelle il éteint alors un bec sur deux.

Il n'y a pas bien longtemps encore il était d'usage, les soirs de lune, de n'allumer qu'une partie des lanternes des voies publiques de Paris. Cet usage, qui avait, entre autres inconvénients, celui de plonger les rues dans une demi-obscurité, lorsque le ciel était couvert et que la lune ne donnait pas, est complètement abandonné aujourd'hui.

L'heure de l'allumage et de l'extinction des lanternes à gaz varie suivant la saison. Cette heure avance ou retarde de cinq minutes, en moyenne, tous les cinq jours. La période pendant laquelle on allume de plus en plus tôt commence le 11 juillet (8 h. 55 soir) et finit le 17 décembre (4 h. 40 soir), la période pendant laquelle on allume de plus en plus tard commence le 18 décembre (4 h. 45 soir) et finit le 10 juillet (9 h. 45 soir).

L'épuration du gaz à éclairage s'obtient en dirigeant le produit de la houille à travers des matières absorbantes, composées principalement de chaux et de peroxyde de fer. Lorsque ces matières pulvérulentes ont servi à la purification du gaz, on les retire des appareils, et, pour les revivifier et les mettre en état de servir de nouveau, on les étend à l'air libre, par larges couches, sur le sol d'une cour de l'usine. Il s'en dégage alors une grande abondance d'ammoniaque et d'huiles volatiles légères ; ce sont ces exhalaisons, fort désagréables pour les habitants du voisinage, qui sont devenues le remède populaire de la coqueluche. A certaines heures, le curieux qui visiterait une usine à gaz croirait être entré dans la cour de récréation d'un établissement d'instruction publique. Des enfants affectés de coqueluche s'étant, dit-on, trouvés rapidement guéris de leurs quintes, après avoir accidentellement séjourné dans l'atmosphère chargée des émanations dont il s'agit, d'autres enfants y ont été placés intentionnellement, dans l'espoir d'un résultat semblable, et, aujourd'hui, c'est à peine si les cours à revivification des usines sont assez vastes pour admettre les petits malades qu'amène de toutes parts le bruit de l'efficacité de ces émanations.

Le transport du gaz depuis la sortie de l'usine, c'est-à-dire depuis le gazomètre jusqu'aux becs qui doivent le consommer s'effectue dans des tuyaux placés sous le sol des voies publiques, et dans l'intérieur des habitations, par des conduits en plomb secondaires qui viennent se brancher à ces tuyaux. Ces premiers sont installés aux frais de la compagnie, les autres généralement le sont pour le compte des propriétaires, qui ont la faculté cependant de le demander à la compagnie fermière, en s'engageant, pendant un temps déterminé, à consommer une certaine quantité de gaz.

Les tuyaux en fonte. — Pour les conduites principales, la nécessité d'avoir de grands diamètres ayant de $0^m,65$ à 1 mètre a fait choisir, dans les commencements de l'exploitation, des tuyaux en fonte qui, à cette époque étaient fort coûteux et dont le prix aujourd'hui a baissé de moitié.

Avant leur emploi chaque tuyau est essayé à la pompe à air, et à l'écrasement, afin de se convaincre qu'ils offrent toutes les garanties de solidité voulues, et qu'ils ne présentent pas de soufflures.

On place ces conduits dans la terre le plus bas possible, pour que la gelée et le passage des voitures sur la voie n'aient d'actions fâcheuses ; on leur donne une pente convenable pour l'écoulement des hydro-carbures liquides entraînés avec le gaz, et on les repose sur une fondation solide, afin de leur donner une position stable.

Les modes d'assemblage des tuyaux entre eux sont nombreux : le plus adaptif, celui qui est le plus solide, qui réussit le mieux, est l'emboîtement par *mâle et femelle*, opéré au moyen du plomb fondu, versé très chaud, et refoulé au ciseau et au marteau.

Ces assemblages n'ont qu'un défaut, ils sont coûteux ; mais ils ont cet avantage inappréciable qu'ils prêtent au tuyau une certaine élasticité, qui le défend contre les oscillations de la voie publique.

Un autre mode d'assemblage est de tourner et aléser les mâles et femelles pour qu'ils s'emboîtent l'un dans l'autre en enduisant les surfaces de minium : mais par contre il n'offre aucune élasticité et le tassement du sol provoque de fréquentes ruptures.

Les joints en caoutchouc seraient parfaits et empêcheraient toute rupture, mais malheureusement ils ne valent rien, le gaz et les principes qu'il renferme exercent une action nuisible qui les rendent mous, faciles à déchirer et ne se prêtent plus à l'élasticité.

Les tuyaux en fonte se paient au poids, ils valent 18 à 20 francs les 100 kilogrammes, mais percés et jointés, il faut calculer leur prix à 22 francs environ.

Leur durée est illimitée, s'ils ne subissent aucune pression qui

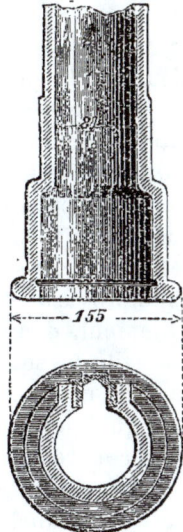

Fig. 30. — Tuyaux en fonte.

puisse les faire rompre, et si on a eu soin de faire les rainures des conduites secondaires avec soin, si au moyen de la tarière on y creuse les trous pour y adapter le tuyau de plomb, au lieu du ciseau et du marteau ; enfin si on a eu soin de placer, bien à plomb, sur un terrain solide, le tuyau.

Tuyaux Chameroy. — La compagnie gazière a posé peu de tuyaux en fonte, malgré les avantages qu'ils présentent. En reprenant la canalisation, en 1856, elle a trouvé le tuyau Chameroy et elle en a continué l'emploi.

Sa préférence s'est basée sur le bas prix de revient à cette époque et sur l'avantage qu'ils offraient d'être moins sujets aux fuites de gaz

Les fuites de gaz étaient, il y a vingt ans, la ruine des établissements d'éclairage, il s'en trouvait qui comptaient jusqu'à 25 p. 100 de perte, c'est-à-dire que, des gazomètres au brûleur, on avait laissé en chemin le quart des produits.

Avec les tuyaux Chameroy, on ne comptait, lors des essais de Sèvres, que 12 p. 100 et aujourd'hui on n'en compte plus que 8, c'est-à-dire que sur 241,345,324 mètres cubes, la compagnie a perdu et empoisonné la voie publique en 1880, de 19,347,628 mètres cubes, qui s'ils ne lui coûtent rien au gazomètre, lui auraient rapporté au prix moyen de 15 centimes, 2,932,143 francs.

Quand on le voudra bien, cette perte excessive deviendra bien moindre, il ne s'agit que de faire de bons joints, et il nous semble que si l'industrie, au mieux de l'hygiène publique, cherchait, elle trouverait, au lieu qu'aujourd'hui si des recherches sont faites elles le sont par de hautes personnalités, dont l'esprit et l'intelligence ne se sont jamais occupés sérieusement de la question.

Les fuites, par la canalisation proprement dite, ne sont que de 4 p. 100; les 4 autres doivent être attribués au compte des robinets, des compteurs, etc., de telle sorte que l'économie réalisée par l'emploi du tuyau Chameroy est de 8 p. 100 sur la conduite en fonte qui, cassant brusquement, donne des issues d'écoulement alors que le Chameroy ne fait que se fendiller.

Il nous semble que le joint mâle et femelle dans les tuyaux de fonte est à conserver, mais qu'il pourrait être modifié, le faire plus large de telle sorte qu'il recouvre, comme une bague de caoutchouc, les deux bouts, et leur donne ainsi une plus grande élasticité. On pourrait encore les manchonner avec une bague de plomb qui se visserait comme celles du système Chameroy.

M. Denaut a étudié la question, il rappelle que M. Arson, dans un rapport qu'il fit à la Société des ingénieurs civils disait:

« Dans le joint au pli des tuyaux à emboîtement, le plomb coulé n'adhère pas à la fonte, il ne fait pas joint; on n'obtient l'étanchéité que par le matage; or le matage n'agit pas loin, le plomb obéit au matoire; la partie frappée seule se resserre et n'a qu'une petite étendue de plomb véritablement adhérente. Il est facile de concevoir que ce contact soit détruit par le plus petit mouvement dû au tassement des terres ou à leur variation de température. »

« Aussi a-t-on remarqué que les conduites posées le matin, découvertes le soir, ne présentent plus de joint. »

Les remarques qui précèdent, de M. Denaut sur la valeur desquelles aucun doute ne saurait se produire, résultent, du reste, des observations suivantes, lesquelles émanent également de la même autorité.

« Une conduite étant toujours posée à la température de l'air ambiant, quand on la recouvre de terre elle se contracte par le refroidissement et, sur une grande longueur, l'influence de ce raccourcissement est très sensible. *Il faudrait donc que les joints fussent disposés de manière que leur étanchéité ne soit pas modifiée par les changements de longueur des tuyaux.* »

La puissance résultant de la contraction ou de la dilatation du métal des tuyaux est tellement considérable qu'aucune force ne saurait lui être opposée utilement.

On sait, du reste, qu'en pratique l'allongement ou le retrait des tuyaux en fonte ne dépasse pas deux dixièmes de millimètre par mètre, soit au maximum huit dixièmes de millimètre par tuyaux

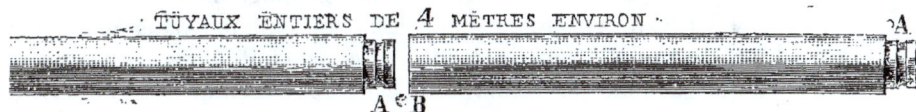

Fig. 31. — Tuyau Chameroy.

de 4 mètres. Ces effets alternatifs suffisent pour disloquer la bague coulée et créer des fuites.

M. Denaut propose l'emploi de tuyaux en fonte se plaçant bout à bout, reliés entre eux par une bague en plomb ; qui non seulement forme joint mais vient les recouvrir comme le ferait une rondelle de caoutchouc. Le collier en plomb adhère à la fonte dans laquelle on a ménagé des stries et sur lesquelles le plomb est écrasé par deux viroles en fer qu'on chasse et qui forment bague, dont on matte les extrémités.

Un joint bien fait, d'après M. Denaut, résiste à 20 atmosphères de pression.

La flexibilité du plomb, due aux formes ou dispositions du manchon, ne peut nuire à la solidité de l'assemblage ; l'inaltérabilité du plomb est hors de doute, quelle que soit la nature du sol où ce métal peut séjourner.

L'allongement a lieu dès que la contraction se produit ; quant à la dilatation, son effet est compensé par le *bénéfice alternatif du rapprochement* des tuyaux, *de sorte que les changements de longueur (quels qu'ils soient), sont sans aucun effet sur la solidité du joint.*

Les mouvements du sol, les affaissements, le passage des lourdes charges, les coups de bélier qui compromettent toujours l'étanchéité des joints au plomb coulé, sont ici sans conséquence. La flexibilité du plomb et la solidité de l'assemblage sont des garanties suffisantes contre toute rupture ou altération quelconque du joint.

La malléabilité résultant de la forme du manchon a un avantage incontestable pour faciliter soit les changements de direction, soit la préparation des courbes.

Le remplacement d'un tuyau ne présente aucune difficulté, tout en évitant les frais toujours considérables qu'occasionne l'enlèvement d'un tuyau à emboîtement; il suffit de scier les manchons et de les remplacer.

Les tuyaux Chameroy sont composés en feuilles de tôle décapée inoxydables et rendus maniables par l'étamage, puis ils sont cintrés, rivés, et les joints remplis par un alliage de plomb.

Le tuyau, enveloppé dans de la toile, plongé dans un bain de bitume liquide, roulé sur du gravier, enduit, dans son intérieur, d'une couche de bitume fin, est essayé à cinq atmosphères de pression.

Les joints font corps avec le tuyau, ils ne se voient pas et s'y empâtent.

Ces tuyaux ont généralement 4 mètres, ils sont légers, se posent facilement, les raccordements se vissent bout à bout et forment une canalisation qui se prête, mieux que celle en fonte, aux oscillations du terrain.

L'invention Chameroy date de 1838; ce grand industriel a cédé aujourd'hui ses travaux à M. Singly, qui continuera et améliorera ce qui a été si bien fait pendant 40 ans dans lesquels 65 millions de produits ont été fabriqués.

MM. Chameroy posent leurs tuyaux eux-mêmes; aussi ont-ils bien soin de les placer dans un terrain assaini, dont l'humidité et les vapeurs n'ont aucune action chimique destructive, puis ils les entourent d'une couche de sable qui rend perméable, ou d'une couche d'argile qui les garantit des eaux; et placés dans ces conditions sur un terrain nivelé en pente, ces messieurs affirment que, leur durée moyenne à Paris est de 30 ans.

Le prix du tuyau bitumé n'a guère changé depuis 1838, alors qu'une diminution considérable du tuyau en fonte a eu lieu; c'est une conséquence naturelle : le tuyau Chameroy est un produit où la main-d'œuvre joue le plus grand rôle, où la main d'œuvre s'élève continuellement; tandis que la fabrication du tuyau de fonte n'exige, pour la majeure partie, que de la matière qui tend continuellement à baisser.

Comme on le voit, le tuyau bitumé ne peut plus rivaliser avec celui en fonte, quant au prix et quant à la durée; et si on fait la part qu'aujourd'hui il coûte ce qu'il coûtait il y a quarante ans, alors que le tuyau en fonte a diminué de moitié, il semble que son ère est terminée.

Mais il n'en est rien, la compagnie du gaz en continue son emploi, elle calcule: la pose en étant plus facile, les branchements avec les petites conduites meilleur marché, les pertes de gaz moindres; sauf des cas particuliers, qu'elle a intérêt à canaliser avec le système Chameroy; aussi les trois cinquièmes, sur 1,864,208 mètres dont se compose la canalisation de Paris, sont en tuyaux bitumés.

Tuyaux en plomb. — Le complément de la canalisation est le même que lorsqu'il s'agit de la conduite de l'eau, le tuyau en plomb vient se rattacher comme chez elle aux artères principales et conduit sous terre, et dans la maison, le gaz au brûleur.

Les inconvénients que nous avons signalés quant à son emploi pour l'eau n'existent pas pour le gaz, mais il donne lieu trop souvent à des explosions et à des incendies.

En général on fait trop économie sur le poids du tuyau en plomb, la torsion à laquelle il est soumis, dans sa pose, diminue d'autant son épaisseur et les fissures qu'elle prépare ne sont que trop nombreuses pour laisser échapper, à travers leurs parois, du gaz qui vient s'accumuler dans les caves, dans les cavités, dans les endroits clos où il passe.

Le gaz s'y confine quelquefois longtemps, il ne manifeste pas sa présence, malgré son odeur caractéristique, parce que l'endroit est clos, mais l'explosion, l'incendie qui en est la suite, sont amenés un jour par un malheureux porteur d'une lumière, inconscient du danger que rien n'a dévoilé à ses yeux, ou bien, ce qui est plus grave, c'est le fait d'une combinaison chimique avec l'oxygène contenu dans l'air atmosphérique.

Pour parer à ces graves dangers qui nous sont rappelés à tout instant, l'administration exige que les conduites soient apparentes.

C'est une excellente mesure qui peut toujours se réaliser pour la colonne montante, pour une conduite extérieure; mais comment faire lorsqu'il s'agit de conduire le gaz des maîtresses conduites à la maison?

Ces tuyaux passent sous terre et les fuites viennent remplir des cavités qui conduisent à d'autres et que nous ne connaissons pas.

Quand l'odeur se manifeste tout danger disparaît, on sait qu'il y a une fuite, or un des agents de la compagnie du gaz accourt et au moyen du *cherche-fuite* de M. Maccaud on répare le mal.

Le cherche-fuite de M. Maccaud consiste en un ajutage se trouvant à l'origine du tuyau conduisant le gaz à la maison, sur cet ajutage on adapte une petite pompe à main qui refoule de l'air dans toutes les conduites. Si la pression se maintient, ce qui est indiqué par le manomètre, il n'y a pas de fuite. Si elle ne se maintient pas, la fuite est facile à découvrir par le bruit que fait l'air en s'échappant.

La durée d'un tuyau de plomb est grande, et on peut, pour le bien de nos calculs, admettre qu'elle sera égale à celle du tuyau en fonte.

Des incendies considérables viennent d'avoir lieu par le gaz échappé des fissures de tuyaux en plomb. Des théâtres, de grands établissements industriels n'existent plus. Il aurait suffi pour parer à ces sinistres que de se servir de tuyaux en fer.

La conduite du gaz dans l'intérieur des habitations n'est pas, comme pour l'eau, d'une absolue nécessité ; bien d'autres luminaires peuvent lui être préférés ; le locataire riche choisira la bougie, celui moins riche se servira de la lampe Carcel, et tous deux, sachant bien que la lumière leur coûte cher, auront cet avantage inappréciable, de ne pas se fatiguer la vue et de voir les couleurs sous leur véritable ton ; le locataire industriel qui a besoin d'éclairer ses magasins de vente, qui doit donner la lumière dans ses ateliers de travail, préférera le gaz, comme lui coûtant infiniment moins, et il en sera de même pour celui qui le consommera dans des machines motrices.

On compte à Paris, disions-nous, près de 12,000 maisons qui utilisent le gaz sur les 70,000 qui existent, aussi la compagnie a compris que si elle prétendait brancher à ses conduites toutes les maisons, elle ne pourrait y arriver qu'autant qu'elle conduisît pour rien le gaz au bec.

Toute maison, riche ou pauvre, qu'elle soit le séjour d'un rentier ou d'un fabricant, a besoin d'éclairage dans les cours et dans les escaliers, et le gaz, pour ses applications, est une excellente chose.

Tout locataire, marchand ou fabricant, a besoin du gaz pour ses besoins.

Le propriétaire n'a aucune difficulté de monter des appareils de conduite chez lui.

Mais le locataire pour obtenir le gaz doit en demander l'autorisation à son propriétaire. Rarement cela lui est refusé, mais c'est pour lui une grande sujétion : il a des frais d'installation à faire dans un immeuble qui ne lui appartient pas, il n'a pas le droit de retirer les conduits, les robinets, à l'expiration de son bail, et il préfère, la plupart du temps, s'éclairer avec des huiles minérales, ou prendre au gaz portatif son approvisionnement, que de faire des frais irrécouvrables.

La compagnie du gaz a compris qu'elle était tenue de compléter sa canalisation, si elle voulait arriver à quintupler sa fabrication, il fallait profiter de l'opportunité que lui offrait la reconstruction du vieux Paris, et établir dans toutes les maisons neuves, réparées, une colonne montante, à ses frais, reliée par un branchement de canalisation, à celle de la voie publique et s'élevant jusqu'au dernier étage des maisons. A chaque étage cette conduite devait porter un robinet de service destiné à recevoir un tuyau de plomb pour conduire le gaz, aux frais des locataires, aux appartements, aux ateliers, aux machines, tout en éclairant cours et escaliers du propriétaire.

La compagnie du gaz dépense un capital par maison de 90 francs environ, et le propriétaire, pour conserver à son usage la conduite, doit s'engager pour lui et ses locataires à prendre une consommation égale à celle donnée par neuf becs de gaz.

La mesure d'un bec de gaz ordinaire est le bec choisi pour type de consommation de la ville de Paris, dit bec Bengel, en porcelaine et à 30 jets ; la lumière de ce bec équivaut à celle d'une lampe Carcel brûlant 42 grammes d'huile à l'heure.

Si on calcule un éclairage moyen de 126 litres par heure on consommera par bec, et pour cinq heures d'éclairage, en moyenne 630 litres et pour 9 becs 5,670 mètres cubes, qui, multipliés par 360 jours, donnent 2,041 mètres cubes.

Le mètre cube coûtant 0,30, la compagnie gazière touchera par maison 612 francs par an, et pour 50,000 maisons restant à éclairer elle vise une vente de 30,615,000 francs.

Comme on le voit, la recette à espérer est fort belle ; les calculs de la compagnie mis en œuvre ont accru la vente de 25,531,449 mètres cubes en 1880, et ont porté les recettes de 55,619,588 fr. à 61.030,714,63 fr.

Cette plus-value, pour rester dans la vérité, n'a pas été acquise par les abonnés seuls, leur nombre a progressé de 9,284 ; en 1879, l'éclairage public a augmenté ses appareils et les a portés de 41,921 à 49,154, mais, comme nous tâcherons de le prouver dans un chapitre de notre livre, la consommation du gaz à Paris est appelée à augmenter pour les usages domestiques et à diminuer pour l'éclairage de la rue.

Amortissement des conduites. — Les frais, les intérêts, l'amortissement du capital, jouent dans la canalisation d'un établissement à gaz, comme celui de Paris, un rôle prépondérant ; ils sont le sujet de la plus grande dépense dans le prix de revient du mètre cube de gaz ; aussi est-il intéressant, dans ce moment où une polémique s'est ouverte entre les chambres syndicales et la compagnie, que nous nous étendions sur cette partie de la question, sauf, bien entendu, à revenir sur les autres points, dans notre chapitre spécial intitulé : *De l'éclairage.*

Nous poserons en fait, malgré les chiffres de la compagnie, ceux établis par M. Martial Bernard, rapporteur de la commission du Conseil municipal, l'avis de M. Alphand, que le prix de revient fixé, ensuite des essais de l'usine de Sèvres, et qui servirent de base au contrat intervenu à cette époque entre la compagnie du gaz actuel et le Conseil municipal d'alors, établissent à bon droit que le mètre cube de gaz ne coûtait, au gazomètre, que 0,02 du mètre cube.

Il ne faut donc pas confondre, il y a deux opérations toutes distinctes, dans cette industrie.

La fabrication du gaz proprement dite qui coûtait, en 1855, 0,02 le mètre cube, comme nous le prouverons, ne coûte plus rien aujourd'hui ; la conduite du gaz au brûleur coûte le prix des intérêts et de l'amortissement du capital employé à la canalisation (1), les frais généraux, l'intérêt du capital.

Nous retiendrons, pour le moment, la canalisation, pour les frais de laquelle M. Martial Bernard compte une dépense de 3 1/2 centimes par mètre cube de gaz.

C'est, sur une vente de 344,345,324 mètres cubes, 12,052,083 fr. auxquels M. Alphand croit qu'il y aurait lieu d'ajouter les frais d'entretien, mais que, jusqu'à plus ample information, nous passerons sous silence.

(1) C'est une erreur de la part de M. Alphand d'établir au compte de la canalisation les frais de construction d'usines. Elles n'ont rien à y voir. Elles sont amorties, usées par le travail de fabrication.

Qu'il soit bien entendu qu'on ne peut songer à revenir, en fait
de canalisation, à la libre concurrence, on ne pourrait sans danger, sans grand mécompte pour la viabilité de la voie publique,
permettre à 6 compagnies par exemple, comme elles existaient
à Paris en 1855, d'avoir chacune leur canalisation.

Il y avait à cette époque des sous-sols de rue qui formaient un
damier de conduites allant dans tous les sens, aussi il n'y avait
pas de semaine qu'ils ne fussent en réparation.

Dans une ville l'ordre est indispensable, les dépenses doivent
être les moindres, et une seule conduite suffisant, il ne faut qu'un
seul exploitant.

La canalisation, dans la ville de Paris, pour satisfaire aux besoins actuels, est évaluée avoir coûté, environ, en chiffres ronds
200 millions, qui se composent de gros, de moyens et de petits
tuyaux ayant une longueur de 1,864,208 mètres.

Ce serait, comme on le voit, une dépense par mètre courant
de

$$\frac{200.000,000}{1,864,208} = 107 \text{ fr. } 23.$$

Il faut remarquer que cette dépense de 107,20 par mètre courant que coûte dans Paris la canalisation n'augmente pas en raison directe de la quantité de gaz qui y passe. Les conduites maîtresses sont établies à Paris avec de grands diamètres, qui permettent un écoulement de gaz considérable dans vingt-quatre
heures; le tout est de l'emmagasiner, car la distribution dans les
conduites secondaires n'est pas continuellement la même, on
consomme plus dans la soirée que la nuit, et plus la nuit que le
jour, et la fabrication peut se faire régulièrement pendant les
vingt-quatre heures, et produire toujours une même quantité.

Les lois qui régissent l'écoulement des gaz sont les mêmes que
celles qui gouvernent les liquides : or il suffira à la compagnie
gazière d'opérer comme le fait la compagnie des eaux, le jour où
Paris exigera plus de 250,000 mètres cubes toutes les vingt-quatre
heures, d'établir des canalisations par grandes artères, se reliant
les unes aux autres, et qui. après avoir alimenté sur leur parcours
les tuyaux secondaires, continueront leur chemin pour arriver au
terme du parcours, pour se rendre comme l'eau, dans un gazomètre de 10 à 25,000 mètres cubes de capacité qui le dirigera
à son tour sur de nouvelles conduites.

Les usines actuelles sont suffisantes pour fabriquer le double de mètres cubes, les conduites le sont également pour les conduire au consommateur, ce qui restera à faire ce sont des gazomètres dans quelques-uns des quartiers de la ville, comme on a créé des réservoirs pour les eaux.

La consommation du gaz est actuellement de 280,000 mètres cubes, elle atteindra dans 10 ans 300,000 mètres cubes : nous pouvons, sans sortir des probabilités, calculer sur deux hypothèses, ce que coûtera le transport dans dix ans d'un mètre cube de gaz et ce qu'il coûte aujourd'hui.

Nous avons à tenir compte aussi de l'hypothèse de l'emploi des tuyaux en fonte et en plomb, cette canalisation étant estimée devoir durer 80 ans.

La canalisation en fonte et en plomb durant 80 ans demandera, pour son service d'intérêt et d'amortissement, 0,0511376 par franc, soit pour une dépense de 200 millions, 10.227,520 francs par an, qui répartis sur 250,000,000 de mètres cubes grèvent de 0,04 le mètre cube de gaz.

Cette même canalisation, augmentée des gazomètres de recueil et d'un complément de tuyaux que nous évaluerons à 10 millions de francs, soit une dépense totale de 210 millions, recevant 500 millions de mètres cubes de gaz, coûtera également pour l'intérêt du capital et son amortissement 0,0511356, soit 12,784,400 francs l'an, et par mètre cube 0,255.

Comme on le voit, M. Martial Bernard a parfaitement calculé le coût de l'amortissement de la canalisation, en la portant à 3 centimes 1/2, alors que nous la calculons à 4 et à 2 centimes 1/2 en tenant compte, ce qu'il n'avait pas fait, des probabilités de l'avenir.

Nous aurons à ajouter, dans une autre partie de notre livre, ce que coûtent les frais généraux, car, répétons-le encore, en dehors de la canalisation et de ces frais, le gaz ne coûte rien, grâce aux découvertes chimiques qui ont donné une valeur plus grande aux sous-produits de la fabrication, c'est-à-dire aux déchets, qu'au produit principal ; cette situation, rien ne prévoit qu'elle ait à cesser : en 1855, la compagnie exploitait peu les eaux ammoniacales et les goudrons, et cependant le gaz ne coûtait que 0,02 ; aujourd'hui son domaine s'est élargi, ces produits en ont fourni d'autres, dénommés sous le nom générique d'anthracine et qui fourniront à leur tour de nouveaux composés.

Si on considère que la perte moyenne d'une conduite atteint

8 pour 100 de la quantité du gaz qui y passe, on conçoit que la question devrait être examinée de près, et alors on saurait, après essais, si M. Mille, ingénieur de la ville, compétent en la matière, a raison lorsqu'il avance que toute la solution est de placer les tuyaux dans les égouts, ou si on trouvera facilement, le jour où on le voudra bien, un modèle de canalisation qui ne laisse plus rien échapper.

Répétons que les odeurs de gaz sont plutôt de leur nature désagréables que nuisibles, c'est leur peu d'insanité au point de vue de l'hygiène qui a permis à la compagnie Parisienne de s'en préoccuper fort médiocrement, et si on joint à ce côté de la question celui que les actionnaires touchent de gros dividendes, pourquoi s'étonner de constater une perte de 8 pour cent de produits.

Le Conseil municipal, au point de vue de l'économie de son budget, doit se préoccuper de cette perte de 8 pour cent de produits, et s'il ne peut forcer la compagnie fermière à modifier les conduites, il exigera qu'on respecte mieux qu'on ne le fait ses plantations et le sous-sol de Paris.

Plantations. — Nous voyons régulièrement arracher les arbres qui bordent nos boulevards; par la nature du sol, par les fuites de gaz, il est démontré qu'un arbre ne peut vivre plus de 10 à 12 ans sur les boulevards intérieurs; aussi les plantations des promenades sont dispendieuses pour les finances de la ville, voici ce que coûte un arbre planté sur la voie publique :

15 mètres de déblai à 4 fr.	60 fr.	»
15 — de terre végétale à 4 fr.	60	»
Tuteur.	1	50
Drainage.	11	15
Fontainerie.	2	50
Grille en fonte.	46	69
Transport de l'arbre.	2	»
Pose.	3	»
Corset en fer.	8	70
Fourniture de l'arbre.	5	»
Main-d'œuvre.	1	69
Total pour un arbre.	202 fr.	23

Soit en chiffres ronds 200 francs, et si on calcule qu'il y a dans Paris environ 103,650 arbres à 200 francs, ayant produit une dépense de 20,730,000 francs, qu'il faut renouveler tous les douze ans, les contribuables seraient reconnaissants à celui qui trouverait un moyen efficace contre les fuites de gaz.

12

On ne peut songer à supprimer ces plantations qui sont indispensables pour renouveler l'air vicié de la cité, tout en procurant l'ombre au nombreux public qui circule sur les voies magistrales de Paris.

Non seulement il y a nécessité de conserver les plantations actuelles de Paris, soit sous la forme de bois, de squares ou de plantations d'alignement, mais il est indispensable pour la santé de nos enfants, pour la nôtre et pour la beauté de la cité, de les compléter en en établissant dans les quartiers qui en sont encore déshérités.

Ce dont on se plaint, ce sont les résultats du système appliqué par l'administration, nous l'avons déjà vue à l'œuvre ; elle veut faire tout par elle-même, et dans l'occurrence nous rencontrons son personnel jouant le rôle de jardinier, comme nous l'avons vu s'appliquer au nettoiement des chaussées.

Ne rien laisser à l'initiative privée est un mode qui coûte cher aux finances municipales ; un arbre, nous venons de le voir, vaut 200 francs ; à quel prix revient un arbuste, une fleur ?

Si on en juge d'après le budget de la ville, le haut et petit personnel de surveillance coûte :

Haut personnel............................	143,900
Surveillance du bois de Boulogne.......	58,650
— — Vincennes.....	54,500
— des squares....:.....................	84,850
Salaire des cantiniers architectes..................	11,870
Habillement et équipement des gardes........	47,000
Ensemble..........	400,770

les frais de plantations s'élèvent à :

Entretien du bois de Boulogne......................	473,000
Enlèvement de la glace des lacs...............	55,000
Entretien du bois de Vincennes....................	255,200
Entretien des monuments......................	616,300
Dépenses des pépinières et serres..................	217,000
Ensemble........	1,616,509

Soit deux millions de francs, qui seraient mieux répartis, s'ils étaient alloués à l'industrie privée, qui se chargerait, à des clauses et à des conditions renfermées dans des cahiers de charge, d'entretenir tout aussi convenablement que ne le fait aujourd'hui l'administration, nos promenades publiques.

Il suffit à nos conseillers municipaux de visiter nos marchés de fleurs et d'arbustes, de se rendre dans les pépinières qui entourent

Paris, pour se convaincre que ce ne seront ni les arbres, les arbustes et les fleurs qui manqueraient dans nos quares et nos promenades, et qu'il en ressortirait une économie considérable à en charger l'industrie privée ne laissant à l'administration que le seul rôle qu'elle doit conserver, celui de la surveillance.

Dans ces conditions ce sont des centaines de mille francs à économiser, qui peuvent être répartis dans les quartiers qui n'ont ni arbres, ni arbustes, ni fleurs.

L'entrepreneur qui s'obligera à entretenir continuellement en vie et bon état les plantations de la ville, aura soin de les garantir contre les accidents qui les font périr aujourd'hui, il sera soucieux que les émanations de gaz, par exemple, ne viennent plus les détruire, et la conséquence, à ce seul point de vue, ce sera une amélioration de l'hygiène de nos voies publiques.

Le fleuriste de la ville est situé avenue du Trocadéro, dans les terrains du clos Georges, détachés du bois de Boulogne et remis par l'État à la ville avec cette promenade; on y accède par une petite avenue bordée, d'un côté, par la villa Lamartine, et de l'autre, par la propriété de madame Erard. La visite des serres, qui a lieu tous les jours de une heure à cinq heures en hiver, et à six heures en été, est entièrement gratuite.

Ce jardin fleuriste a été fondé en 1855. Outre les logements et les bureaux du conducteur chef du service et des principaux chefs de culture, qui doivent demeurer à côté des serres, il comprend une orangerie, une serre à multiplication, une serre dite de sevrage, dix-sept serres de dimensions diverses, dix-huit petites serres pour l'éducation des plantes annuelles, couvrant ensemble une surface de 6,867 mètres; une surface de 5,000 de châssis de couches; un hangar pour les tulipes; divers bâtiments de service et 6,587 mètres de jardin pour la culture des plantes de plein air. Le fleuriste contient, en outre, de vastes caves établies dans les anciennes carrières de Passy, au-dessous du clos Georges.

Le fleuriste de la ville jouit d'une réputation méritée dans le monde horticole. Il possède des jardiniers venus de tous les pays. Il peut produire par an trois millions de plantes environ. Cet établissement a rendu de grands services à l'horticulture, en vulgarisant l'emploi des grandes plantes colorées très décoratives qui n'étaient pas acclimatées dans notre pays.

Il a obtenu ce résultat à peu de frais, par suite des échanges qu'il fait avec tous les établissements horticoles étrangers. En outre, des voyageurs revenant d'Australie, de Chine, de Cochinchine, du Japon, etc., lui ont fait des dons nombreux et importants.

Pour l'élevage des arbres et arbustes nécessaires aux plantations de ses avenues et de ses grandes promenades, la ville possède, en outre, trois pépinières. Deux sont situées dans le bois de Boulogne, l'une, près la route d'Auteuil, l'autre, dans la plaine de Longchamps. La promenade produit des arbres et arbustes à feuilles persistantes, nécessaires à l'ensemble du service; la deuxième est destinée à l'élevage des arbres et arbustes de toute nature à feuilles caduques, la nature argileuse du sol de la plaine de Longchamps étant très propre à la végétation de ces plantes.

La troisième pépinière était située à Bry-sur-Marne, et avait surtout pour but l'élevage des grands et beaux arbres destinés aux avenues et aux boulevards. Cette pépinière va être transférée, ainsi que les serres de la Muette, au Fonds-des-Princes, qui, comme on le sait, n'est séparé du bois de Boulogne que par la route de Saint-Cloud.

M. de Lanessan avait formulé au sein du conseil municipal un projet de réorganisation du jardin de la ville de Paris.

Ce projet était ainsi conçu :

Le jardin de la ville de Paris prendra le nom d'*École municipale d'horticulture de la ville de Paris*.

Cette école sera organisée sur les bases suivantes :

1° Culture, multiplication, acclimatation de toutes les espèces ou variétés de plantes utilisées dans l'ornementation, l'industrie, l'économie domestique, la médecine, etc. Des échanges de ces plantes seront faits, sur la plus large échelle possible, entre l'école de la ville, d'une part, et, d'autre part, les établissements français ou étrangers analogues, les horticulteurs, les amateurs, etc., de façon à se procurer et à répandre le plus grand nombre possible de sujets.

2° Culture de toutes les plantes, arbustes, arbres nécessaires à l'ornementation des promenades, avenues, squares, etc., de la ville de Paris.

3° Toutes les plantes cultivées dans l'école d'horticulture (espèces, variétés) seront conservées en herbier dans un musée annexé à l'école.

Chaque échantillon sera accompagné d'une note indiquant : 1° le nom du genre, de l'espèce, de la variété; 2° les noms des espèces, variétés ou sous-variétés qui ont servi à produire l'individu mis en herbier; 3° le lieu de provenance de l'échantillon, etc.

Il n'existe encore nulle part d'herbier de ce genre. Dans un petit nombre d'années, les collections de la ville offriraient un intérêt tout exceptionnel, non seulement pour les savants, mais encore pour les horticulteurs.

4° On réunira dans le musée de l'école d'horticulture tous les produits végétaux utiles à divers titres, tels que fibres textiles, matières tinctoriales d'origine végétale, bois de construction, de menuiserie, d'ébénisterie, etc., gommes, résines, etc.

A côté de chaque produit, on placera un échantillon facile à voir de la plante qui fournit ce produit, avec l'indication de son nom, du lieu de son origine, la possibilité ou non de son acclimatation, etc.

5° Tous les ans il y aura dans l'école d'horticulture une exposition publique à laquelle pourront prendre part gratuitement tous les jardiniers, amateurs, établissements publics, etc., français et étrangers.

6° Un enseignement de botanique pratique, d'horticulture, etc., sera fait dans l'école municipale.

Les élèves qui suivront cet enseignement pourront demander à subir des examens, à la suite desquels des diplômes leur seront délivrés.

7° Le jardin, le musée et les cours d'horticulture seront librement ouverts au public.

On mettra des salles de travail à la disposition de toutes les personnes qui désireront étudier les plantes vivantes ou les échantillons conservés dans le musée.

8° Les élèves des écoles municipales seront conduits par leurs maîtres, à des jours déterminés, dans les jardins et le musée de l'école d'horticulture, où des explications pratiques leur seront fournies par les employés et les professeurs de l'établissement.

9° L'administration des travaux sera chargée de la direction de l'école.

Elle sera assistée d'une commission spéciale nommée par le conseil.

Un étranger, en lisant le programme tracé par M. de Lanessan, se demanderait si la ville de Paris ne dépend pas du gouvernement de la France; et s'il lui appartient bien de s'accaparer du rôle que lui seul a le droit de prendre. L'instruction, les expositions, les concours, les invitations aux institutions provinciales et étrangères sont du domaine de l'État, la ville de Paris devant s'en tenir à cultiver les plantes et les arbres pour ses besoins propres et ne pas sortir de ses attributions municipales qui veulent que les dépenses comme les recettes soient exclusivement afférentes aux intérêts de sa population.

Le Jardin des Plantes. — Ce qu'on ne s'explique guère, c'est la création d'un jardin particulier pour la culture des plantes, alors que Paris possède celui qui fut créé en 1826 et avait pour but de procurer aux hôpitaux et aux maisons hospitalières des herbes médicinales.

N'aurait-il pas été plus simple de demander au Jardin des Plantes qui emprunte les spécimens des arbustes et des plantes £du monde entier, d'en propager certaines espèces pour les besoins de l'accumulation de la capitale ?

On aurait réalisé de grandes économies chaque année ; et nous persistons à croire que les ingénieurs de la ville n'ont pas les aptitudes des jardiniers du Jardin des Plantes, des professeurs du Muséum dont les cours publics sont suivis par des élèves qui nous viennent de tous les pays.

Les urinoirs. — L'administration a-t-elle été assez malheureuse, toutes les fois qu'il s'est agi de la construction de kiosques destinés à répondre aux exigences naturelles du sexe masculin ! Il faut toujours en revenir aux célèbres colonnes Rambuteau, qui sont le chef-d'œuvre du genre. Les odieux habitacles en fonte que l'on a placés sur la plupart de nos boulevards et avenues sont incommodes, laids d'aspect et condamnés par le public. Nous ne parlons pas de ces petits édicules carrés où l'on peut à peine pénétrer et dont quelques spécimens se voient dans les quartiers éloignés. Ceux-là sont tout simplement hideux.

L'administration est toujours en quête d'un nouveau système plus élégant et plus commode que tous ceux qui ont été installés sur divers points de Paris. Le kiosque lumineux qui vient d'être adopté par M. le préfet de la Seine ressemble exactement, par ses dimensions et sa partie supérieure, aux kiosques des marchands de journaux. Seulement, il est divisé, dans sa partie intérieure, en cinq secteurs, dont trois sont séparés par des cloisons d'ardoises et déguisés aux regards des passants par un écran, à peu près comme les appareils du Théâtre-Français. Deux compartiments faisant face au trottoir sont munis de portes et servent de resserre pour les outils de cantonniers et les balayeurs.

M. Alphand a pensé avec nous que les ressources offertes aux entrepreneurs de publicité par les nouveaux kiosques étaient assez avantageuses pour que la Ville pût mettre à la charge d'un concessionnaire la construction et l'entretien de ces appareils.

Quand donc pensera-t-on à faire pour le sexe faible en France ce qu'on crée partout pour le roi de la création ? Quand donc nos malheureuses compagnes pourront-elles satisfaire au besoin de la nature le plus criant et le plus impérieux de tous ?

Espérons que tous nos conseillers municipaux sont mariés, chargés de famille, et qu'à l'appel des leurs, ils ne tarderont pas à voter une mesure aussi humaine, aussi utile que celle d'établir dans nos rues de Paris des water-closets non plus exclusivement à l'usage des hommes, mais aux deux sexes.

En attendant, pour arriver promptement à cette mesure essentiellement hygiénique et humanitaire, nous rappellerons ce que Liebig disait :

« Les peuples les plus civilisés parcourent le monde en enlevant « partout, à leur profit, les os, le guano, les tourteaux, les blés, « les bestiaux, les racines, les fruits, et nous les voyons insou- « cieux du lendemain, rejeter dédaigneusement les immondices.

« Ces nations absorbent de plus en plus, et restituent de moins « en moins. Le premier devoir de ces peuples civilisés est de met- « tre un terme à un pareil acte de vampire ou de rapine. »

Cette imprévoyance, qu'il s'agit de corriger, la ville de Paris y songe, les travaux qu'elle exécute pour amener à l'agriculture, par voie d'irrigation, les détritus de sa population, en font foi.

Nous avons traité déjà la question (1), et parmi les détritus de chaque jour rejetés aux égouts, nous trouvons 1,600,000 litres d'urine.

On calcule que la moitié des urines produites est déversée sur la voie publique, et qui si elles pouvaient être traitées au point de vue d'en recueillir l'ammoniaque, sous la forme d'un sel, les urines rendraient à l'agriculture des services plus grands que par voie d'irrigation.

Chaque litre d'urine fournit 6^{gr},220 d'ammoniaque, ce serait

(1) *Des Eaux d'égout et de Vidanges*, leur utilisation à l'agriculture par irrigation dans leur parcours jusqu'à la mer.

donc 4,996 kilogrammes qui convertis en sulfate au prix de 50 cent., augmenteraient considérablement notre richesse agricole.

Cette idée de traiter les urines abandonnées sur les voies publiques n'est pas nouvelle : nos meilleurs chimistes s'en sont occupés, mais la difficulté de les recueillir n'a pas jusqu'à ce jour permis d'en faire l'objet d'une fabrication industrielle.

Leur récolte n'a pu, en effet, s'effectuer que dans les fabriques, les établissements hospitaliers, les casernes où on installait des tonneaux à des endroits indiqués.

Ces vases ouverts sur un de leurs côtés, et dans lesquels chacun des habitants était obligé d'aller uriner, se voient encore sur quelques points de Paris.

Ce moyen fort simple d'amasser les urines est possible pour un endroit où règne la discipline, tel qu'une fabrique, une prison, mais sur les voies publiques de Paris où chacun va où bon lui semble, les uns dans les urinoirs qui existent, la plupart au coin de la borne, il n'est pas praticable.

Aussi dans une ville, comme Paris où la production des urines s'élève chaque jour à 800,000 litres, et où les lois de la décence, de l'hygiène, sont à peine respectées, si on trouvait un système pouvant amener des résultats analogues à ceux obtenus dans quelques-uns de nos établissements publics, on réaliserait une bien grande amélioration.

Ce qui manque ce sont des urinoirs.

Un urinoir doit être à l'abri des indiscrétions, il faut qu'il soit pourvu d'eau, afin que les émanations ammoniacales ne puissent, en se dégageant atrophier l'atmosphère.

Les urinoirs tels que nous les voyons sur nos boulevards, sur nos places publiques, etc., présentent ces conditions, mais ont l'inconvénient de perdre les urines.

Un inventeur avait proposé que ces urinoirs fussent munis d'un appareil diviseur. Ils continueraient à recevoir un courant d'eau lorsque personne ne s'y tiendrait ; dans le cas où un visiteur en userait, il se placerait sur deux semelles à bascule, le mouvement de son poids ferait, par mécanisme, arrêter l'écoulement d'eau, ouvrirait une communication avec une fosse mobile, où l'urine pourrait être recueillie.

Comme on le voit, le problème était non seulement d'inviter le visiteur à entrer dans la pissotière, mais encore d'empêcher que l'eau ne puisse se mélanger avec la matière.

L'appareil imaginé, bien conçu théoriquement, avait le défaut de ne pas être pratique; les moyens mécaniques, le jeu des pédales, des organes, pour intercepter l'eau au moment précis de la présence du public, ne fonctionnèrent point.

La question fut reprise, d'autres laissèrent de côté les appareils mécaniques et proposèrent d'établir à Asnières, à l'aval du collecteur, une usine d'épuration et de concentration des urines, qu'elles fussent peu ou point étendues d'eau.

Ils proposèrent de les recueillir en les amenant par une série de tuyaux placés dans les égouts.

L'urine contient :

Eau...	9,330
Matières organiques.............................	0,485
— minérales.............................	0,185
Total........	10,000

Pour recueillir les principes utiles (0,670), il faut éliminer d'abord 9,330 parties d'eau, c'est un des inconvénients graves de la fabrication actuelle, inconvénient qui se centuple si on laisse arriver des eaux étrangères.

M. Lechatelier et d'autres ingénieurs et chimistes, se préoccupant de la question, conseillèrent, pour ces urines diluées, leur traitement préalable par le sulfate d'alumine : ces moyens essayés ne purent résoudre le problème.

MM. Renard et Frontault proposent aujourd'hui de traiter les urines par la congélation, leur température à peu près constante serait assez économique, croient-ils, pour ramener les liquides dans les conditions ordinaires. Ces essais qui reposeraient sur une idée théorique n'ont pas encore été faits, aussi la question est-elle restée entière; la fabrication du sulfate d'ammoniaque n'attend pour être enfin accomplie qu'un nouvel inventeur.

Aucune des dispositions qui constituent les urinoirs ne satisfait le public. Il faut à Paris, pour le desservir convenablement, la création de quatre mille de ces petits édicules, il en contient à peine 700 répartis comme suit :

```
300 colonnes en maçonnerie.
 29 urinoirs en fonte.
246    —     à 2 stalles.
125    —     en ardoises.
```

Le *rambuteau* permet au visiteur d'uriner à peu près où bon lui semble, mais présente le grave inconvénient de manquer aux convenances.

Le *kiosque* est un abri pour les gens obscènes et devient le réceptacle d'immondices.

Les *stalles* ne peuvent s'aménager partout. Ce que nous rêverions, ce serait un réduit de deux places, un candélabre pour l'éclairage, un écran pour que le passant ne puisse être incommodé, un pourtour réservé pour l'affichage, l'intérieur étant destiné aux réclames, qui ne devraient jamais, pour l'honneur de la grande ville, venir étaler leur honteux métier au grand jour.

Les dimensions de ces water-closets devraient être telles que l'on puisse y satisfaire, au besoin, ses grandes comme ses petites commodités.

Ce rêve peut-il se réaliser? Nous ne voyons pas d'impossibilité réelle, nous voyons bien, il est vrai, que ce que nous demandons exigera un emplacement plus grand, mais si la question était posée, nous croyons qu'elle se trouverait résolue par l'un ou par l'autre de nos architectes, et que dans les grands boulevards, les avenues, nous pourrions avoir de ces cabinets inodores.

Sous la chaussée, une cuvette en maçonnerie cimentée recevrait les matières, l'eau du lavage s'écoulerait dans le ruisseau de la chaussée, le récipient serait en relation directe, au moyen d'un conduit en grès, avec l'égout.

Dans le cabinet ce serait une cuvette en fonte émaillée blanc, qui embrasserait toute la largeur. Quand le visiteur entrerait, le plancher en fonte se lèverait, le conduit s'ouvrirait et se fermerait, de telle sorte que l'eau qui lavait la cuvette et qui s'écoulait dans le ruisseau s'arrêterait, pour laisser aux matières le chemin du récipient et s'en aller avec elle.

La desserte. — Plus nous avançons dans l'accomplissement de l'œuvre que nous avons entreprise, plus nous nous apercevons qu'elle comporte un horizon étendu qui laisse bien loin derrière nous ce que nous écrivions dans notre première édition.

Partout nous aurions à décrire ; partout nous aurions à appeler l'attention de tous ceux qui ont à cœur de rendre Paris le lieu le plus sain à habiter de notre globe.

Aussi nous nous demandons pourquoi la police est-elle aussi peu soucieuse des mauvaises odeurs ; ses agents qui se promènent continuellement sur nos trottoirs sont aux premières loges pour les respirer, et il suffirait qu'ils dussent, partout où une boulique, un évent, le soupirail d'une cave frappe par les émanations qui s'en échappent leur odorat, dresser procès-verbal, faire rapport, faire frapper par la loi ces malhonnêtes gens qui n'ont pas honte de vendre de la marchandise pourrie.

Nous demandons la même répression lorsque nous voyons passer devant nos yeux des charrettes couvertes et renfermant les déjections des cuisines, des restaurants et des gargotes de Paris.

Ces immondices renfermées dans des tonneaux émanent les odeurs les plus nauséabondes : ce sont des graisses, des dessertes de table, des débris de viandes ; tous les bénéfices du garçon de cuisine, qui ont une certaine valeur !

On ne peut demander leur rejet à l'égout, mais ne peut-on obliger ceux qui les vendent comme ceux qui les achètent, de les transporter dans des récipients clos et couverts, analogues à ceux qui contiennent les résidus solides de nos cabinets d'aisances et les porter à la voirie.

Ce ne sont pas les ordonnances rendues par les prévôts et par les préfets qui manquent; une des plus récentes celle du 1er septembre 1853, s'occupe tout particulièrement de cette question. Pourquoi, nous demanderons-nous, ne pas l'appliquer?

En résumé : il dépend de la municipalité de la ville de Paris, si elle veut rendre indemnes de toutes odeurs les rues, les voies publiques, de compléter les égouts et les conduites d'eau.

Il reste 40 kilomètres d'égouts à construire, le tiers de la cité manque d'eau, ce sont de grands travaux ; dans cinq ans au plus on peut les accomplir, et, pendant ce temps, affranchir de toutes épidémies, les uns après les autres, les quatre-vingts quartiers qui composent Paris.

Si on doit en juger par les mêmes conclusions renfermées dans un rapport qui vient d'être déposé au conseil municipal de Paris, par M. Déligny, nous sommes loin encore de voir la cité recevoir l'eau qui lui est nécessaire, et posséder les égouts qui lui sont indispensables pour assurer son hygiène.

En effet, M. Déligny propose que le préfet de la Seine soit autorisé à émettre en cinq ans des obligations de la Ville de Paris, remboursables en 60 années, en vue de se procurer le capital de 150 millions nécessaires : 1° pour porter à un million de mètres cubes le volume d'eau à distribuer chaque jour à Paris; 2° pour achever les égoûts nécessaires à la canalisation des eaux et 3° pour épurer les eaux de ces égouts.

Des délibérations du conseil municipal, prises après l'adoption des projets de travaux, détermineront chaque année le nombre des obligations à émettre et le taux de l'émission.

Le produit de la vente des eaux de la Ville aux particuliers sera spécialement affecté au payement de l'intérêt et de l'amortissement de ces obligations.

L'ensemble de ces 150 millions s'établit comme suit.

Sommes nécessaires pour achever les travaux en cours d'exécution. 24,000,000

Dérivation de 140,000 mètres cubes d'eau de source à Paris, à raison de 400 fr. en capital, par mètre cube. 56,000,000

Élévation des 300,000 mètres cubes d'eau de la Seine et de la Marne en utilisant en partie les canalisation et réservoirs actuels. 30,000,000

Achèvement des égouts indispensables pour recevoir les conduites d'eau destinées à assurer la distribution dans Paris, et l'épuration des eaux de ces égouts. 40,000,000

Depuis que nous nous occupons de cette question, nous ne cessons de dire que l'on cache la situation réelle hygiénique de Paris aux membres du conseil municipal.

Est-ce ignorance? nous ne pouvons l'admettre, les ingénieurs chargés de ce service sont trop au courant pour se tromper.

M. Déligny dit, l'eau amenée à Paris a coûté 300 millions, or nous avons en ce moment 370,000 mètres cubes par jour, et par an 135,050,000 mètres, c'est donc une dépense de 2,21 par 1,000 litres d'eau.

Il faut, et c'est le préfet qui enfin a le courage de le dire, 1 million de mètres cubes d'eau par jour à Paris ; ne serait-il pas plus prudent de fixer le prix de 2,995,000 mètres manquants à 2 fr. 21, ou à une dépense de 66,189,500 francs, que de raisonner sur des éventualités.

Si ces dépenses produisent, tant mieux ; mais sur quels chiffres reposent les calculs de la commission, lorsqu'elle évalue à 80 ou 85 francs ou 5,535,800 francs la dépense. Il manque 400 kilomètres d'égouts, il manque donc, en admettant un conduit pour les eaux potables dans chacun d'eux, 400,000 mètres de tuyaux ; il faut remanier bien des souterrains actuels, il faut de nouvelles machines élévatrices.

Les recettes, pour couvrir une dépense aussi considérable, sont progressives, en raison de l'obligation de recevoir les eaux par les propriétaires qui n'ont pas à recevoir ou ne pas recevoir, le propriétaire n'a pas ce droit facultatif, la prise d'eau doit être obligatoire et ce au nom de la salubrité publique ; alors ce ne seront plus les chiffres de 6,000,000 chaque année, ce seront celles correspondantes à la quantité d'eau qui arrivera journellement à Paris, et s'il est vrai que la moyenne d'habitants par maison est de 30..., s'il est vrai que nous aurons bientôt 70,000 maisons, et que chacun des habitants consommera 200 litres d'eau par jour, ce sera $200 \times 30 \times 154,300 \times 365$ p. $= 76,650,000$ mètres payés à raison de 100 francs deviendront une recette annuelle, d'après les données administratives, de 15,430 millions de francs.

LE PARIS SOUTERRAIN

> Au-dessous de Paris, cette ville bruyante, pleine de vie, de mouvement, existe une autre cité obscure, étroite, ignorée, mais non moins importante.

Les catacombes. — Il est peu de grandes cités qui n'aient sous elles des catacombes. Paris, comme Rome, a les siennes.

Les catacombes de Paris ne remontent pas, comme celles de Rome, à une antiquité reculée ; et elles ne renferment pas, comme les catacombes de la vallée du Nil, les corps des anciennes populations conservés par l'art de l'embaumement, sous forme de momies.

Les catacombes de Paris ne sont autre chose qu'une partie des anciennes carrières, qui après avoir fourni les matériaux de construction de tous nos édifices, sont devenues un ossuaire. Elles ne renferment aucun corps entier, mais une énorme quantité d'ossements humains, de toute nature et de toute provenance, entièrement confondus, à l'exception d'un certain nombre que l'on a réunis et groupés sous la dénomination commune du cimetière d'où ils ont été transportés.

Les catacombes ne datent que du 3 novembre 1785. Les travaux furent poussés avec la plus grande activité, et au bout de quelques années on y avait porté tous les ossements des cimetières de Paris.

Tous ces débris humains, à mesure de leur translation, furent empilés symétriquement le long des galeries et l'on évalue à plus de trois millions le nombre des cadavres dont les ossements ont été ainsi déplacés.

On a poussé la recherche jusqu'à décorer les cryptes à l'aide des ossements eux-mêmes : on a fait des guirlandes de crânes, des encadrements de tibias entrelacés ; mais artistiquement la tentative est manquée. L'effet produit est des moins heureux.

L'aération des catacombes se fait d'une manière simple et peu coûteuse. Les puits des maisons situées au-dessus descendent plus bas que les carrières et forment, à la traversée du vide excavé, autant de tours isolées. On a percé la maçonnerie de ces puits de manière à établir une communication avec l'air extérieur, et ces *regards*, qu'on peut ouvrir ou fermer suivant les besoins, permettent de régler l'arrivée de l'air dans les galeries.

Quant aux puits ou escaliers de service qui permettent de descendre dans les catacombes, ils sont au nombre de soixante-trois, tant à l'extérieur qu'à l'intérieur de Paris. Les plus nombreux sont situés dans les faubourgs Saint-Marcel, Saint-Jacques et Saint-Germain, et à Chaillot. Toutefois ces puits de service ne sont pratiqués que par les ouvriers et agents chargés de l'entretien des catacombes. Les visiteurs sont admis seulement par un escalier qui s'ouvre à la place d'Enfer, dans la cour de l'ancien octroi, et qui compte quatre-vingt-dix marches.

Les galeries souterraines portent les noms des rues de Paris, dont elles reproduisent le tracé, de sorte qu'on n'a pas, dans les catacombes, d'accidents à craindre.

Les catacombes n'occupent qu'une partie du vaste système de vides qui s'étend sous Paris. L'espace est d'environ dix à douze mille mètres carrés. Mais le public étend cette dénomination à l'ensemble des carrières souterraines couvrant, plus de quatre millions de mètres superficiels.

On comprend les difficultés que doit présenter la construction d'un édifice de quelque importance reposant au-dessus de ces vastes excavations. Pour s'en rendre compte, il suffit de quelques exemples.

L'aqueduc d'Arcueil, construit par Marie de Médicis en 1613, dut être établi, en partie, sur des carrières très anciennes.

Par les infiltrations, les fentes d'eau, les tassements et les affaissements qui en furent la suite, l'ébranlement d'une partie de l'aqueduc et l'inondation de toutes les carrières nécessitèrent, en 1777, des travaux considérables et très coûteux.

La présence des catacombes et des carrières souterraines qui s'étendent sous une grande partie de la ville est donc pour les habitants de Paris une cause de danger permanent. L'exemple précédent montre que souvent les travaux ordinaires de soutènement ne sont efficaces que par suite d'un certain état d'équilibre facile à rompre. Si une cause quelconque vient le détruire, la stabilité cesse d'exister et un danger est imminent.

Les égouts. — Les égouts tenaient une place considérable dans les travaux d'édilité des grandes villes de l'antiquité ; les ouvrages exécutés à Babylone, les conduites souterraines de la Rome Antique laissent bien loin derrière eux les constructions plus modernes.

Dans les villes créées du temps des Romains et des Grecs, les égouts étaient une des premières œuvres accomplies ; les collecteurs charriant au loin y existaient partout, aussi la construction des égouts ordinaires et des collecteurs à Paris n'est pas nouvelle ; dès le quinzième siècle elle se trouvait réalisée par la canalisation du ruisseau de Ménilmontant, qui amenait les eaux impures dans la Seine à Chaillot.

La majeure partie des canaux qui faisaient office d'égout à Paris, à ces époques lointaines, couraient en plein air, au milieu de la chaussée et descendaient leurs eaux sales en Seine.

Quand l'orage survenait, que la pluie était abondante, la chaussée, dans toute sa largeur, était lavée par les eaux qui tombaient des toits des maisons, ramassant les ordures, quelquefois stagnantes depuis bien des jours, et balayant ainsi l'huis des habitations.

Paris était alors propre, mais avant d'atteindre le degré de perfection, les chroniques du temps disent que les voies publiques n'étaient plus possibles à franchir, et leurs rues, comme celles du Marais, étaient desservies par des bateaux.

Cet état de choses devait cesser, nos rois de France et nos magistrats savaient, par ouï-dire, qu'à Rome, par exemple, pareille calamité n'arrivait jamais ; aussi sous Louis XIV, Paris possédait 3 kilomètres d'égouts couverts. A la fin du dix-huitième siècle on en comptait 16.

Le plus ancien des égoûts de Paris partait du quartier des Marais, il avait 16,322 mètres de longueur dans son parcours à travers les faubourgs du Temple, Saint-Denis, Montmartre, la Ville-l'Évêque, les Champs-Élysées, pour se jeter à la rivière à Chaillot.

C'était une tranchée dont le fond était dallé et les pieds-droits de 5 pieds de haut, revêtus de maçonnerie, couverte seulement au croisement des rues.

En 1715, il était si encombré de vases et d'objets les plus infects que par ordre du Roi on pratiqua une nouvelle tranchée allant de la rue du Calvaire jusqu'à la rivière, ce qui amena aux pompes de Notre-Dame une eau si malsaine qu'on ne pouvait plus s'en servir pour les besoins domestiques : aussi la ville après cet insuccès prit-elle, en 1737, la résolution de reconstruire ces égouts, et chose remarquable pour l'époque, d'établir des réservoirs d'eau qui permettaient de les laver.

Ces réservoirs furent érigés dans la rue des Filles-du-Calvaire. Le bâtiment avait 35 toises sur 17, et les réservoirs qu'il renfermait cubaient 22,500 muids d'eau.

Cet ouvrage fut érigé en trois ans sous les ordres et les plans des sieurs Beausire, architecte de la Ville et Général, contrôleur des finances.

On pompait l'eau par six corps de pompe dans autant de puits différents, manœuvrés par deux machines attelées de quatre chevaux chacune.

Une reconnaissance des égouts existants fut faite de 1805 à 1812. Ces visites, durèrent sept ans, et furent fort pénibles ; c'était un parcours inconnu, mal curé, malsain, dangereux à faire.

Le premier crédit pour lever le plan et faire le nivellement des égouts ne fut accordé qu'en 1833, après l'épidémie du choléra ; c'est ainsi, qu'en prenant, pour la première fois, connaissance du Paris souterrain, la ville put remédier aux causes pestilentielles, qui, depuis tant d'années, pesaient sur la population.

De 1805 à 1812, les ingénieurs avaient bien constaté que la plupart des égouts couverts n'avaient, pour l'écoulement des immondices qu'ils renfermaient, aucune issue régulière ; ils se débouchaient de temps en temps, et on ne savait guère comment ; aussi quand pareil événement arrivait, les bons bourgeois du temps clôturaient leurs demeures, tâchant de s'abriter des exhalaisons que ces conduites répandaient dans l'atmosphère.

Il y avait aussi, et cela se produisait assez fréquemment, des moments où l'égout ne voulait plus fonctionner, les eaux au lieu de s'y perdre remontaient à la surface et venaient déborder par les moindres fissures. On était obligé alors de le démolir et le curer, ce qui amenait des odeurs épouvantables provenant des matières organiques en décomposition.

Les égouts existant à Paris en 1832, étaient, comme on le voit, plutôt des réceptacles donnant naissance aux épidémies que des ouvrages destinés à les combattre. Pour qu'un égout remplisse les conditions exigées par l'hygiène il faut que l'écoulement soit constant, que l'eau y arrive continuellement : or ce n'était pas le cas. Les 16,818 mètres courants d'égouts que renfermait alors Paris, étaient plutôt des puisards que des canaux, et leurs eaux stagnantes s'écoulaient par tous les interstices de leurs parois, de telle sorte que les terres environnantes en étaient contaminées et déterminaient l'infection des puits.

Les épidémies du moyen âge n'eurent pas d'autre cause, il en

13

fut de même pour le choléra de 1832 ; la population affolée, jugeait dans son bon sens et criait avec raison à l'empoisonnement des fontaines publiques.

C'est qu'en effet, les fontaines étaient empoisonnées par les infiltrations des eaux d'égout, et des eaux des cimetières.

Comme on le voit, amener l'eau sur tous les points, à la maison, à la rue, ne serait pas résoudre la question de salubrité, si le nombre des égouts n'y correspond pas, car l'eau en excès, l'eau corrompue devient un danger si elle ne trouve pas un canal d'évacuation pour quitter les maisons et la ville, et laisser la place à d'autres eaux limpides et pures qui viennent à leur tour assainir et vivifier les galeries souterraines.

Le choléra, la peste qui assiégèrent tant de fois l'humanité auraient dû servir de leçons ; il semble, lorsque de pareils fléaux viennent s'abattre sur la population d'une cité, que celle-ci doit se hâter à construire, à ériger, des ouvrages qui en empêchent à jamais le retour.

Il n'en a jamais rien été ; plus notre humanité marche, plus elle est insouciante, moins elle prend de précautions pour sauvegarder son avenir.

De 1831 à 1837, la Préfecture de la Seine sembla s'éveiller en présence du danger couru ; il fut construit des égouts, des chaussées, des fontaines et Paris se vit, pour quelques-uns de ses quartiers, dans de bien meilleures conditions d'hygiène.

Le nombre de mètres d'égouts construits était à cette époque de 21,643.

L'épidémie de 1832 eut cependant à Paris, assez de retentissement pour qu'on s'en préoccupât pendant dix ans, et qu'on continuât les travaux d'assainissement en construisant, chaque année, quelques égouts.

En 1837, il existait 22,000 mètres de galeries ; en 1852, il y en avait 115,000 mètres c'est-à-dire cinq fois autant qu'on en avait construit en quinze ans. Ces égouts étaient encore insuffisants, des études plus sérieuses furent entreprises sous les ordres de M. l'inspecteur général des ponts-et-chaussées Belgrand qui, aidé des travaux hydrographiques de l'ingénieur en chef des mines, M. Delesse, démontra que si les eaux météoriques et autres descendent, dans le département de la Seine, dans la vallée formée par le fleuve, il fallait suivre ces indications pour créer le réseau des égouts.

Le fleuve partageant Paris a permis à ses ingénieurs de concevoir un plan des plus facile pour l'écoulement de ses eaux. Partout elles se rendent naturellement au fleuve, et nulle part, il n'est besoin de machines élévatoires.

Ces écoulements s'opéraient, avant 1852, par des voies plus ou moins directes aboutissant au fleuve, suivant les diverses ondulations et déclivités du sol. On y a remédié.

Dans la partie de Paris, située sur la rive gauche, qui ne présente qu'un versant non interrompu, l'écoulement se dirige normalement au fleuve.

Il en est même pour les îles Nôtre-Dame et Saint-Louis ; mais il en est encore tout autrement pour les quartiers bâtis sur la rive droite de la Seine.

Dès 1852, on songea sérieusement à ne plus jeter en Seine, dans la traversée de Paris, les eaux sales des égouts ; on tenta de les diriger vers le grand émissaire qui les porterait à l'aval du fleuve.

Enfin, le drainage de toutes les rues de Paris étant fait, il suffirait d'établir, pour ne pas souiller le fleuve, des collecteurs sur les rives, de réunir les eaux et de les amener à un canal unique qui aurait son débouché en aval de la ville.

Le sol de Paris fut divisé en cinq bassins dont trois se trouvant sur la rive droite, deux sur la rive gauche. Six grandes galeries principales coupèrent la ville recevant quinze galeries secondaires sur lesquelles s'embranchent une foule d'autres, constituant les artères du réseau.

Les types des égouts sont différents de construction, suivant la longueur du parcours pour arriver au collecteur, et suivant la quantité d'eau qu'ils sont appelés à recevoir ; il en existe qui ont $1^m,63$ de section, quand d'autres ont $17^m,76$, les plus grands recevant, dans leur intérieur, les conduites d'eau.

Ils ont tous des dimensions telles qu'ils peuvent recevoir les eaux sales des différents points de Paris ; les collecteurs ont une cuvette de 7 mètres de largeur sur $1^m,38$ de hauteur, ce qui par mètre courant, représente 7,430 mètres carrés ; et, en admettant que l'eau de tous les égouts qu'ils reçoivent ait un écoulement égal à celui de la Seine, ces dimensions sont amplement suffisantes pour satisfaire à tous les besoins, même à ceux les plus imprévus.

Aux deux côtés se trouvent deux chaussées sur lesquelles courrent les égoutiers pour les besoins du service.

De la hauteur des quais à la clef de voûte, il y a $3^m,05$, la largeur est de 7ᵐ,20. C'est un souterrain spacieux, qui remplace avantageusement la Seine.

Dans les égouts collecteurs arrivent les égouts principaux. Il y en a de toute dimension; les plus grands, construits sous les grandes voies publiques, ont une cuvette de 1ᵐ,20 sur 1ᵐ,70. Sous voûte la largeur est de 5ᵐ,20 × 3ᵐ,55; deux quais supportent des colonnes en fonte qui reçoivent les conduites d'eau. Dans quelques quartiers de Paris, les tuyaux desservent les eaux de source, dans d'autres les eaux de l'Ourcq, de la Seine, etc.

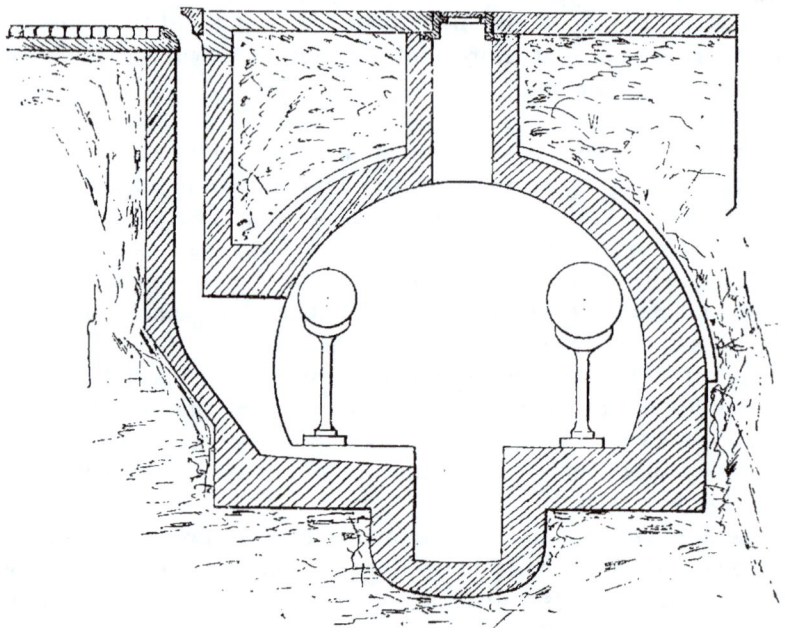

Fig. 32. — Type d'un grand égout.

Ce que l'on peut reprocher aux égouts de Paris, c'est la diversité de leurs profils, qui varient suivant qu'ils aient été conçus par tel ou tel ingénieur.

Les uns ne renferment plus qu'une seule conduite d'eau, qui aura 1ᵐ,10, les autres n'ont qu'un tuyau de 0ᵐ,30, quelquefois deux de 0ᵐ,60 ou de 0ᵐ,40.

Cette diversité a cela de fâcheux que la construction des égouts reste continuellement ouverte, on n'en finit jamais, c'est l'histoire de Pénélope; on satisfait au besoin du moment, on ne tient pas compte de ceux à venir ; aussi ces conduites d'eau, lorsqu'elles seront reconnues insuffisantes, et beaucoup le seront dans quelques années, le jour, où chaque maison recevra l'eau, il faudra dans maints quartiers de Paris démolir l'égout ancien et en construire un nouveau pour y placer une conduite supplémentaire, ce qu'on aurait pu éviter en érigeant, sur un des quais, un tuyau de 1^m,10, et en conservant le deuxième trottoir pour un autre, qu'on placerait lorsque les besoins l'exigeraient. Les critiques ne s'appliquent pas à la construction proprement dite des égouts ; ils présentent toutes les conditions voulues de solidité et d'hygiène, les radiers qui reçoivent les eaux sales sont bien conçus, suffisants à tous les besoins ; ce qu'il reste à faire pour les 400 et quelques kilomètres qui sont à construire, ce sont des études sérieuses indiquant les besoins d'eau des habitations qu'ils desservent, en y ajoutant la quantité d'eau pour le lavage et l'arrosement et avec ces drains, on établira mieux, qu'il n'a été fait, les dimensions de ces souterrains.

Ce fut seulement en 1806, que le service des égouts de la ville de Paris, confié aux ingénieurs des ponts-et-chaussées, reçut une organisation uniforme.

En 1833, les égouts du canal Saint-Martin étaient construits avec des petits matériaux et de la chaux hydraulique ; depuis ils furent érigés en maçonnerie de meulière, avec mortier de ciment. La dépense par mètre varia, suivant les dimensions, de 130 à 100 et à 80 francs par mètre courant.

Les égouts ne chargent pas le sol dans lequel on les construit ; ils ne changent pas les conditions d'équilibre, ils peuvent donc être établis sans danger dans les plus mauvais terrains, à la condition que le sol ne soit pas surchargé au-dessus.

Ils donnent lieu à des dépenses considérables, lorsque leur construction s'effectue dans des terrains de source, ou traversés par d'anciens cours d'eau ; ces travaux nécessitent alors des épuisements souvent difficiles ; ils exigent aussi de grandes précautions dans les sous-sols formés de sables mouvants. car il faut éviter les *fontis* qui amènent les catastrophes, entre autres la chute des maisons.

Le syphon de l'Alma, cet égout qui se trouve placé sous le lit de la Seine, et qui aura des similaires lors de la construction du canal de *Paris à la mer*, a présenté dans son exécution des particularités curieuses que la science de nos ingénieurs a surmontées.

Il se compose de deux tubes dont l'intérieur est complétement lisse. Chacun a un mètre de diamètre et une épaisseur de $0^m,20$. les parties qui les composent sont juxtaposées à joints serrés, assemblés avec des couvre-joints extérieurs.

Ce syphon a été construit sur une des berges du fleuve, amené en place en flottant, échoué sur une couche de béton de $0^m,40$ coulée dans toute la largeur de la Seine entre deux rangs de pieux et de palplanches, puis recouvert d'une autre couche de béton de $0^m,70$.

Cette couche empêche non seulement le re èvement des tubes, mais encore les préserve des atteintes des ancres, des gaffes des mariniers, et du frottement des graviers que le fleuve charrie.

Tous les égouts à ciel ouvert, et Dieu sait s'il y en avait dans Paris, sont voûtés aujourd'hui. Le dernier, celui du Ponceau a disparu en 1853. En même temps que ces travaux s'exécutaient, les rues furent bombées, bordées de trottoirs et pourvues de bouches d'écoulement.

On remania les anciens égouts, on en démolit beaucoup; chaque ligne principale fut pourvue d'une galerie de grande section, ayant un chemin de fer; les galeries de moindres dimensions furent également munies de rails permettant la facile circulation des wagons et le jeu des vannes de curage.

Les petites galeries furent encore assez larges pour permettre le passage des brouettes et des tinettes.

Enfin des galeries transversales relièrent les maisons avec l'égout.

Suivant l'importance des uns, les égouts deviennent de plus en plus petits, ils doivent renfermer toujours un ou deux tuyaux d'amenée d'eau qui ont de $0^m,10$ à $0^m,40$. Dans ces petits souterrains on doit y circuler facilement ; partout il faut qu'ils soient aérés, aboutissant aux maisons, recevant les colonnes de chute qui ont 20 mètres de hauteur en moyenne et qui leur donnent 6,000 litres d'eau par 24 heures. Ces conditions seront facilement obtenues.

Leur lavage quotidien s'obtiendra par des châsses.

Égouts à vidanges. — M. le baron Haussmann avait imaginé d'établir dans les pieds-droits des grandes galeries, deux petits égouts, l'un destiné par M. l'ingénieur en chef Mille à recevoir les conduites de gaz, l'autre réservé par M. Belgrand à l'écoulement des vidanges.

L'un et l'autre de ces projets ne furent jamais mis à l'essai, mais il est bon de les rappeler puisqu'ils reviennent à réminiscence.

Lorsque M. Haussmann concevait le projet de séparer les 2,000 mètres cubes de vidanges produites chaque jour à Paris, des eaux d'égout, il n'avait pas encore à sa disposition les moyens que la science a révélés depuis, et consistant à utiliser pour l'agriculture les eaux sales, il ne savait pas que la plante puise dans les terrains que les eaux traversent les sels d'azote, de potasse, de phosphore qu'elles contiennent et quelque dilués qu'ils puissent être, elle en fait son profit.

M. Haussmann avait conçu l'idée d'appliquer le procédé imaginé par les Hollandais, dont nous avons rendu compte dans un de nos livres, et que nous décrirons à nouveau dans celui-ci.

Le docteur Liemur enlève les déjections humaines à l'état frais et les livre à l'agriculture avant qu'elles aient eu le temps de se décomposer et de perdre une partie de leur efficacité comme engrais.

Les cuvettes des cabinets communiquent par des embranchements souterrains en fonte, avec le canal de la rue qui vient déboucher dans un réservoir en tole hermétiquement clos et placé au-dessous du sol, à l'extrémité de la voie. A côté du réservoir se trouve, sur une machine locomobile portant une pompe pneumatique et un tender, un autre réservoir également monté sur roues.

Les vidanges de toutes les maisons du quartier sont rassemblées dans le même lieu, elles s'y rendent au fur et à mesure qu'elles se produisent et ne donnent aucune odeur appréciable que dans l'endroit où se trouve le réservoir commun.

Locomobile et tender sont amenés sur place par des chevaux. La vidange s'opère de la manière suivante : un tuyau en caoutchouc met en communication le réservoir avec la machine pneumatique, l'air aspiré du réservoir passe dans le foyer de la chaudière qui en brûle les particules odorantes.

Lorsque le manomètre indique un degré de raréfaction suffisant dans le réservoir on ouvre le robinet qui sépare ce dernier de la conduite de la rue, et aussitôt le contenu de toutes les latrines du groupe des maisons afflue dans le réservoir par le réseau des canaux que nous avons décrit. Puis on fait de la même façon communiquer le tender d'une part avec la locomobile, c'est-à-dire avec la pompe, et de l'autre avec le réservoir. Le vide une fois fait dans la chaudière, les matières du réservoir y sont aspirées.

L'introduction des vidanges dans le réservoir d'abord, puis dans le tender, s'opère en quelques minutes, sans choquer ni la vue ni l'odorat.

On conduit au dépotoir les tenders remplis de vidanges qu'on transvase encore, à l'aide de la pression atmosphérique, dans une vaste cuve étanche, élevée sur un soubassement en maçonnerie.

Ce réservoir est muni d'une série de robinets qui permettent le remplissage de tonneaux à pétrole qu'un navire transporte dans la mer de Harlem, où les matières fécales sont utilisées pour l'agriculture.

Ce qui se fait bien à Amsterdam peut s'accomplir aussi facilement à Paris, et c'est ainsi que l'ancien préfet de la Seine avait imaginé de réserver aux vidanges de Paris, l'un des deux quais des égouts dans lequel un tuyau en fonte aurait été placé.

M. Eugène Miottat, architecte-expert, s'inspirant probablement des travaux du docteur Liémur, vient de faire paraître un projet qui a quelque ressemblance avec celui de M. Haussmann.

Au lieu de se servir d'un des quais, il établit une conduite spéciale sous le radier de l'égout.

Cette disposition est analogue à celle des *Bloc-Jonctions*, en briques construits par MM. Doulton de Londres, et dont nous donnons plus loin un dessin.

M. Miottat recherche, comme M. Haussmann, les moyens de recueillir pour l'agriculture les produits les moins altérés ; il les conduirait à Asnières et à Saint-Denis, et les traiterait dans des usines spéciales, ou les porterait aux champs. Cette solution simplifierait, croit-il, la question de l'emploi des vidanges, en permettant de continuer à jeter les eaux d'égout, proprement dites, à la Seine.

Cette question a fait son chemin ; il est aujourd'hui reconnu inutile pour la culture, de débarrasser les matières solides des eaux dans lesquelles elles se trouvent. Quant à continuer de jeter à la Seine les eaux sales de Paris, il n'y faut pas songer ; ce serait vouloir continuer à poluer le fleuve, empoisonner ceux qui n'ont pas d'autres ressources que de se servir de ses eaux pour leurs besoins, ce serait vouloir créer, comme nous le verrons, dans notre chapitre *la Seine*, le plus vaste foyer d'infection et d'épidémie que le génie du mal aurait pu rêver pour les habitants riverains.

M. J.-B. Berlier, ingénieur civil, vient de soumettre à l'administration municipale de Paris un nouveau système de vidanges.

D'après l'auteur, ce système supprimerait tous les dépotoirs et les fabriques d'engrais situés aux portes de Paris et qui empoisonnent depuis trop longtemps la capitale et ses ravissants environs ; il supprimerait également l'infection des égouts ; enfin il permettrait de réaliser, avec beaucoup moins de dépense et dans un très bref délai, le projet municipal de l'administration, c'est-à-dire l'envoi au loin des matières de toutes les fosses d'aisances sans aucun inconvénient pour personne. Les habitants de Saint-Germain ne seraient plus menacés du dépotoir général qu'on devait établir à grands frais dans les terrains domaniaux de la forêt. En un mot, ce système semblerait réaliser avec une simplicité extraordinaire le désidératum des habitants de Paris en matière de vidanges.

M. Berlier se mit à la recherche de résoudre le problème ; il supprime le transport par véhicules et il ne veut pas des égouts.

Certains crurent, dit-il, avoir trouvé cette solution dans le fameux : *tout à l'égout*, résolvant du même coup les deux questions. Sans parler des conséquences d'un système qui charge un fleuve ou une rivière d'aller, après un trajet plus ou moins long, déposer sur ses bords les substances malsaines qui lui ont été confiées et en infecter les riverains. A-t-on pensé à la quantité immense d'eau nécessaire à ces dilutions? Trouvera-t-on dans nos villes des bouches d'eau suffisantes au lavage des égouts ! Si on crée ensuite des canaux d'irrigation, à quel prix le fera-t-on? et avec quelles conséquences ? Nous ne voulons pas entrer dans des détails scientifiques ou d'économie administrative ; qu'il nous suffise de dire que ce système, tout anglais, n'est déjà plus préconisé en Angleterre, tant il a paru défectueux, et qu'il semble avantageusement remplacé par le : *tout à l'usine*, de M. Berlier.

Cet ingénieur vient, il le dit, de trouver le moyen de mettre nos centres populeux à l'abri des émanations pestilentielles en privant les égouts de tous produits infectieux, d'exempter Paris de toutes nouvelles mauvaises odeurs, en même temps que l'agriculture trouvera des engrais dont l'importance et la quantité dépasseront tous les produits similaires.

M. Berlier crée une vaste canalisation en tuyaux de fonte, canalisation faite dans tous les égouts pour faciliter l'écoulement des vidanges et les transporter à leur destination.

Chaque immeuble sera pourvu d'une cuve en tôle de fer, d'une contenance variable, selon l'importance.

Cette cuve, placée sous la chute des cabinets d'aisances, sera reliée par un tuyau à la colonne centrale établie dans la rue ; le vide qui sera fait constamment par une pompe pneumatique, dans toute la canalisation, opérera la vidange de la cuve toutes les fois que l'on ouvrira un robinet-vanne mettant en communication la fosse avec la conduite centrale. Cette opération sera faite tous les jours par des employés attachés à la compagnie.

On aura soin de garder dans la canalisation une pente suffisante pour qu'une perte de charge ne soit pas un obstacle au bon fonctionnement de l'ensemble des appareils.

En dehors de la ville sera établi un matériel de pompes pneumatiques et une pompe refoulante pour l'envoi de toutes ces matières à 30 ou 40 kilomètres dans un terrain éloigné de toute habitation ; là elles seront transformées en produits ammoniacaux et en engrais.

Comme on le voit, les projets de M. Berlier ont beaucoup d'analogie avec les procédés hollandais et avec ceux qui avaient été patronés par M. Haussmann, ce qui prouve, une fois de plus, que les bonnes idées finissent toujours à voir le jour.

Mais où M. Berlier ne nous semble pas aussi heureux, c'est lorsqu'il propose de réaliser ses projets pour Paris. Ce système demandera des millions pour les tuyaux à poser, ces tuyaux ne peuvent l'être dans les égouts, obstrués qu'ils sont aujourd'hui par les conduites d'eau ; en lui accordant pour l'exécution le droit de percevoir 60 francs par chaque tuyau de chute placé dans les immeubles, ce serait une dépense de plus de 15 millions à la charge des propriétaires.

Branchements. — La jonction des branchements d'égout en tuyaux avec les égouts en maçonnerie ordinaire ne peut être plus parfaite, ni offrir plus de sécurité que par l'emploi des *Blocs-Jonctions*, Doulton et Cie.

Chacun de ces blocs est fait de manière à présenter sur le flanc la même épaisseur que la maçonnerie de l'égout, surtout s'il est en briques, et sa surface intérieure est cintrée comme l'égout lui-même. Chaque bloc est pourvu d'un collet, soit intérieur, soit légèrement en relief, destiné à recevoir le tuyau de branchement. Ces blocs, fixés dans le mur de l'égout, font corps avec lui et reçoivent le branchement.

Cette figure montre un Radier à languette ou projection d'emboîtement.

Cette disposition augmente la solidité et empêche efficacement
l'eau d'égout de pénétrer dans le conduit intérieur formé par le

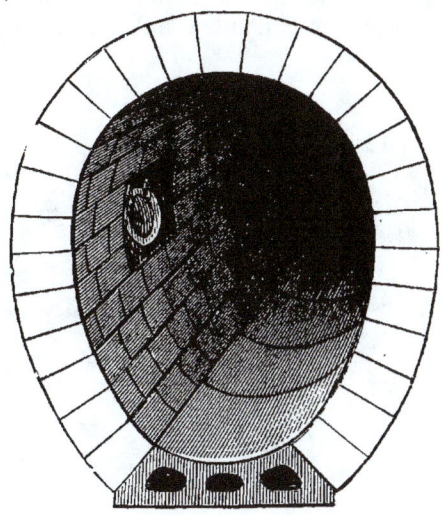

Fig. 33. — Égout en briques, avec radier et regard.

creux du bloc. Cette figure indique en outre les trous latéraux

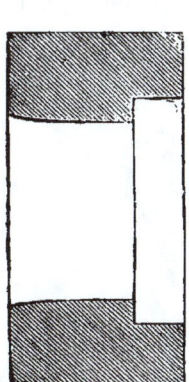 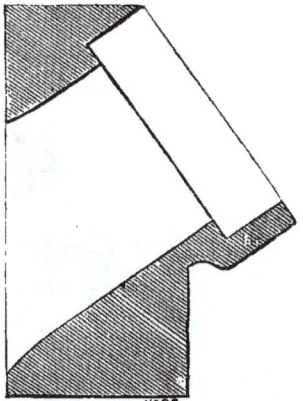

Fig. 34.

Section d'un Bloc-Jonction droit.   Section d'un Bloc-Jonction oblique.

mentionnés plus haut, comme servant utilement à drainer le terrain dans lequel l'égout est bâti.

Nous nous sommes étendu longuement, dans le chapitre précédent, sur les inconvénients pour les propriétaires d'être assujettis à construire des branchements hors de proportion avec
leurs besoins et n'ayant d'autre but que d'enrichir les entre-

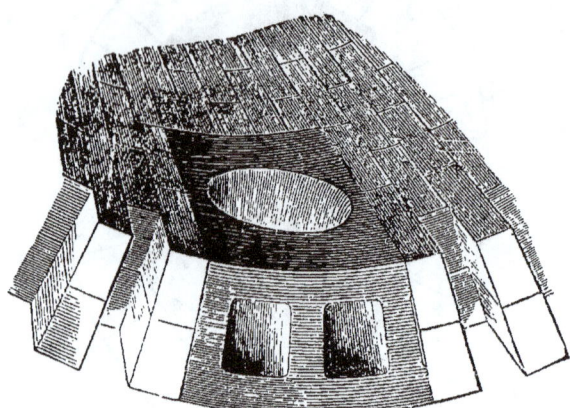

Fig. 35. — Bloc-Jonction en place.

preneurs choisis pour leur construction, pour que nous y
revenions.

Le système adopté à Paris peut se résumer de la manière suivante :

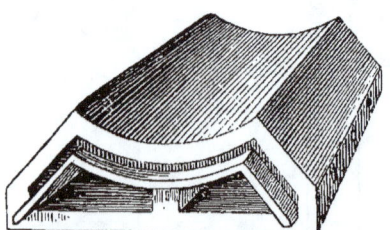

Fig. 36. — Radier à languette.

1° L'égout doit recevoir toutes les eaux sales provenant des
pluies, des maisons, des chaussées avec les immondices qu'elles
entraînent avec elles ;

2° Créer un type, différent de dimension suivant l'importance de
la rue drainée, mais permettant partout l'accès aux agents et aux
ouvriers chargés de leur entretien, et de leur propreté ;

3° Chaque égout doit se composer d'une lunette pour l'écoulement des eaux de trottoirs pour recevoir les visiteurs, les rails, les engins de curage, etc. ;

4° La galerie doit être construite de façon à permettre la pose des tuyaux d'eau sur consoles, l'installation des fils télégraphiques et des fils téléphoniques.

Comme on le voit, ce ne sont plus ces tuyaux de décharge qui existaient en 1832, sous les rues de Paris, entraînant avec eux, par leurs dispositions vicieuses, les épidémies que nous avons signalées. Ce sont de larges voies de circulation souterraine destinées à débarrasser non seulement des eaux et des ordures les rues et les maisons, mais encore le sol des gaz méphitiques qu'il renferme.

Le problème à résoudre, commencé en 1855, était splendide et digne des deux hommes qui l'ont conçu. MM. le baron Haussmann et l'ingénieur Belgrand ont droit non seulement à la reconnaissance des habitants de Paris, mais doivent être signalés à l'admiration de ceux qui nous suivront.

Curage. — Les appareils de curage employés sont, pour les grands collecteurs, le bateau vanne, le wagon à bascule, le wagon vanne, le wagon ordinaire, et enfin les rabots et les balais pour les petits égouts.

Nous n'entrerons pas dans la description du travail, il serait inutile au but que nous poursuivons. Disons cependant qu'il est exécuté en régie, qu'il coûte fort cher, et qu'il est sujet aux accidents les plus déplorables.

Par suite de l'inexécution de tous les égouts et aussi par le manque d'eau qui empêche le curage complet, il est impossible d'obtenir les résultats satisfaisants sur lesquels on est en droit de compter.

De l'eau et les moyens imaginés, mis en œuvre par le service municipal, ne laisseront plus rien à désirer, et aucune ville au monde n'aura réalisé de meilleurs procédés.

Ajoutons que lorsqu'un des égouts, comme celui du siphon de l'Alma, se trouvera engorgé, on opèrera son curage au moyen d'une boule en bois ayant 85 centimètres de diamètre, boule chassée par l'eau et poussant devant elle les immondices qui obstruaient la conduite.

Ce qu'il reste à faire. — Suivant M. Dumas, les égouts, dans ces conditions, forment un réseau *veineux* qui expulse de la cité, à l'état vicié, l'eau introduite à l'état de pureté par le réseau *artériel* de la distribution.

Tel fut le projet conçu, il s'agissait de créer sous le Paris vivant, une cité ténébreuse où se déverseraient les eaux sales et les déjections provenant de ses 70,000 maisons, de ses 2,000 fabriques, de ses voies publiques.

Ces conditions remplies, il fallait avoir bien soin dans la construction des égouts de laisser des ouvertures (drains) partout où le terrain l'exige pour que les eaux souterraines ne puissent plus, comme elles le font encore, se répandre dans le sol, mais être recueillies dans l'émissaire, qui aurait pour mission de les porter loin de nos demeures, dans la vallée de la Seine.

Il reste sur les 925 kilomètres prévus pour parfaire l'œuvre commencée, en 1853, à construire 420 kilomètres de conduites dont la dépense est évaluée à 45 millions environ.

Que faudrait-il, en tenant compte des nécessités de la circulation, pour parachever un pareil travail ? — cinq ans. Que faudrait-il en suivant les errements actuels ? — vingt ans, et pendant ce long espace de temps, si ce système devait se perpétuer, la génération actuelle continuerait à respirer les odeurs méphitiques dont elle se plaint à bon droit aujourd'hui.

Personne, disait M. Alphand, au conseil d'hygiène, ne conteste la nécessité de construire des égouts dans les rues de Paris qui en sont dépourvues ; des travaux de cette nature exigent des terrassements d'une certaine importance, il est hors de doute que des terres fouillées et exposées à l'air libre peuvent donner lieu à des exhalaisons et à des miasmes de nature à produire des fièvres intermittentes ; mais les inconvénients momentanés qui en résultent sont largement compensés par les avantages que doit en retirer la salubrité publique.

L'administration, sous l'Empire, avait promis qu'en 1862 le Paris souterrain serait achevé ; si elle n'a pu tenir ses engagements, l'administration républicaine actuelle n'a pas le droit d'en faire autant.

On a dit que l'infection d'un certain nombre de bouches d'égout provenait : de l'augmentation constante du nombre des fosses filtrantes, — du déversement de matières de vidanges à l'égout, — enfin de l'insuffisance du système de ventilation des égouts.

L'établissement de fosses filtrantes, à Paris, a été autorisé par un arrêté de M. le préfet de la Seine, en date du 2 juillet 1867.

D'après les renseignements que M. Alphand a bien voulu fournir à la commission d'hygiène, le nombre des fosses filtrantes existant en 1879 était d'environ 14,000. Dans le courant de l'année dernière, il ne s'est augmenté que d'environ un dixième. Cette augmentation n'a pas dû influer sensiblement sur l'infection des eaux des égouts. Ceux-ci, en effet, reçoivent quotidiennement une masse de liquide qui atteint plus de 260.000 mètres cubes. Par conséquent, les eaux vannes tombant dans les égouts s'y diluent dans un volume d'eau tel qu'elles s'y trouvent dans une proportion presque insignifiante.

Quant aux craintes exprimées à l'endroit de l'infection des égouts par la généralisation du système, et l'obligation décidée déjà en principe de l'écoulement de toutes les eaux vannes à l'égout, elles ne sont pas fondées, remarque M. le directeur des travaux de Paris, puisque une récente décision du conseil municipal va augmenter de 150,000 mètres cubes par vingt-quatre heures la quantité d'eau apportée à Paris.

Les odeurs reprochées à bon titre aux égouts, n'existeront plus le jour où le réseau sera complet ; alors que l'eau et la ventilation y seront amenées abondamment, que les 200 litres prévus par habitant, les 165,000 mètres cubes pour le lavage et l'arrosement de ses rues, ceux donnés annuellement par la pluie, y seront déversés ; ces eaux serviront amplement à entraîner loin de nous les odeurs de nos habitations, de nos rues, de nos fabriques.

La preuve en est facile à faire.

Dans les quartiers où les maisons sont branchées à l'égout, où la vidange s'y perd, où l'eau arrive aux derniers étages, où les rues sont lavées et arrosées, il n'y a pas eu une plainte d'un de ses habitants, si ce ne sont celles d'être contraints de recevoir les émanations du quartier voisin qui ne se trouve pas dans ces bonnes conditions hygiéniques, car n'oublions pas qu'il manque à ces déshérités 33 pour cent de conduites d'eau, 420 kilomètres d'égouts ; que l'arrosage et le nettoyage y sont des plus primitifs.

Vingt ans pour terminer le réseau souterrain! c'est-à-dire un quart de siècle, car il faut bien faire la part des éventualités, des imprévus qu'un aussi long délai entraîne à sa suite.

Ainsi pendant vingt-cinq ans encore, il y aura à Paris, dans le centre de la civilisation, certaine classe de citoyens qui n'aura en partage qu'un air vicié, chargé d'émanations morbides, présentant toutes les conditions d'insalubrité !

Signaler un tel état de choses, c'est travailler à y mettre un terme. Le conseil municipal actuel fera mieux que ses prédécesseurs, il cherchera à faire disparaître les différences de conditions de bien-être qui, actuellement existent entre les diverses classes des habitants de Paris.

Tout soucieux que l'on puisse être de la liberté, on croira qu'elle doit avoir des bornes, et ces bornes sont précisément déterminées par l'intérêt général. Dans une société bien organisée, l'intérêt de tous doit primer toujours l'intérêt de chacun. Quiconque veut vivre en société doit, dans une certaine mesure, faire le sacrifice de cette liberté individuelle toutes les fois que son exercice absolu peut faire courir un danger aux autres membres de cette même société. Qui dit société dit contrat ; or, un contrat n'est pas autre chose qu'une série de conventions faites au profit de tous les contractants, grâce à l'abandon de certaines prérogatives particulières à chacun. Les exemples abondent dans tous les règlements d'hygiène publique ou privée.

On règle les heures du travail et celles du repos ; on défend à chacun de répandre sur la voie publique les résidus et immondices de son habitation, etc., etc., pourquoi n'imposerait-on pas certaines obligations reconnues indispensables pour placer chacun et tous dans les meilleures conditions d'hygiène, de santé et de vie ? Comme l'a dit très justement M. Bouley, la liberté de répandre les maladies est certainement celle que l'intérêt commun ordonne le plus de réfréner.

Chasses d'eau. — Quelques-uns des égouts transversaux à la ligne de la Seine, ont des pentes peu sensibles ; l'administration en a tenu compte, au moyen de *chasses* d'eau, amenées par des retenues ; on évite ainsi le séjour des matières putrescibles.

Ces chasses s'effectuent au moyen des *robinets-vannes* qui ont des dimensions égales à la section des égouts ; soit $0^m,40$ à 1 mètre de diamètre ; ils retiennent la quantité d'eau que l'on juge nécessaire pour un curage parfait ; on lève la vanne au moyen d'un levier à vis et on produit une chasse d'eau plus ou moins énergique.

Le mouvement empêche la putréfaction et ses conséquences, les gaz ne se produisent pas, c'est une loi de physique ; cependant des dégagements gazeux se forment en dehors de ces circonstances, des fabriques déversent des liquides acides à l'égout, qui donnent lieu à des combinaisons dangereuses produisant non seulement des émanations infectieuses mais quelquefois explosives.

Des exemples en sont nombreux, ce sont : la mort pour les égoutiers, la destruction de l'égout, le renversement des chaussées.

L'action des eaux dans ces cas fort rares n'est qu'un palliatif, les désinfectants ne valent pas mieux ; le mode actuellement employé est la ventilation qu'on obtient par l'ouverture de deux descentes de l'égout.

Ces moyens sont bons à garder, ils peuvent disparaître le jour où chaque maison sera pourvue de sa colonne montante, de son drain, qui établiront un courant d'air énergique et permanent dans l'égout, et qui amèneront un courant d'eau continu, incessant du matin au soir et du soir au matin, ne laissant pas une minute de répit aux déjections qui viennent à l'égout.

Tout se tient, tout s'enchaîne pour rendre les fonctions des égouts du Paris souterrain bienfaisantes à la santé publique, mais si une des mailles du projet manque, de salubres qu'elles devaient être, elles deviennent malfaisantes ; tel est le cas actuel aujourd'hui, qui par le manque d'eau, qui par le non achèvement des conduites, laissent des quartiers entiers de Paris avec un sous-sol saturé d'immondices qui y croupissent faute d'écoulement et déversent dans l'atmosphère des miasmes délétères.

Ventilation. — Certaines bouches d'égout sont, parfois infectes parce qu'un marchand de volailles ou un tripier voisin y a jeté des matières corrompues.

Le service compétent a eu soin, d'ailleurs, de transformer un certain nombre de bouches rectangulaires en bouches cylindriques pour en faciliter le lavage.

La préfecture de la Seine ne s'est pas moins préoccupée de la ventilation des égouts, problème d'autant plus difficile à résoudre que le réseau des souterrains de Paris, composé non d'échelles, comme à Londres, mais de séries de pentes, présente ce double inconvénient que le nettoiement en est moins facile, les pentes étant en général très faibles, et que, dans le centre de la ville surtout, les égouts se trouvent à une très petite distance de la chaussée.

Pour remédier à cet état de choses, on avait tout d'abord pensé à l'établissement, dans les murs mitoyens, de tuyaux de ventilation allant des égouts au faîte des maisons, et un décret fut rendu obligeant les propriétaires à construire ces tuyaux ; mais la pratique a condamné ce système : dans certains cas, l'appel d'air se faisait en sens inverse, action naturelle du moment qu'il y a solu-

14

tion de continuité entre les conduites, ce qui ne se serait pas produit si le système avait été complet.

On étudie en ce moment des modèles de grandes cheminées qui seraient construites sur les points élevés des égouts, et dans lesquelles des foyers spéciaux provoqueraient l'appel de l'air et brûleraient les gaz infects.

En attendant la réalisation de ce projet, des obturateurs hydrauliques ont été déjà placés à certaines bouches d'égout, notamment rue Volney, et il en sera posé de nouveaux si le besoin en est reconnu, ce qui peut se produire spécialement lorsque les bouches se trouvent sur un lieu un peu élevé ou au bas d'une pente, attendu que, suivant l'état de l'atmosphère, l'une ou l'autre de ces ouvertures fait parfois office d'orifice d'évacuation pour la ventilation de la conduite.

Londres est plus salubre que Paris, parce que son système souterrain y est plus complet, et cependant il est encore imparfait; on a dû remédier à des égouts mal construits ayant des sections trop petites, par une ventilation artificielle provoquée par des cheminées d'aérage ; Paris n'en aura pas besoin lorsque son système de conduite sera complet. Si cependant l'aération manquait il lui suffirait, nous venons de le dire, d'établir à l'issue de ses grands collecteurs des brasiers armés de hautes cheminées, dans lesquels viendraient se brûler les miasmes délétères.

Il reste à construire, avons-nous dit, 420 kilomètres d'égout, et cette construction est d'autant plus urgente que l'administration se propose de déverser dans Paris 150,000 mètres d'eau en plus toutes les vingt-quatre heures sur les 600,000 mètres dont il a besoin.

En effet, l'égout, répétons-le, s'il est un émissaire portant au loin les eaux sales et les déjections d'une ville, a un rôle bien plus important encore, celui de *drain;* il empêche la corruption des terrains et partant la production des miasmes qui engendrent les fièvres et les épidémies.

Tuyaux de chute. — Nous avons la certitude, disait M. Belgrand, que les 25 litres de matières fraîches que les Parisiens produisent par seconde peuvent se mélanger aux trois mille litres que les collecteurs généraux débitent dans le même temps, sans augmenter l'insalubrité des égouts.

Pour qu'il en soit ainsi, 40 millions sont à dépenser, cette dépense peut être effectuée sans que la caisse municipale ait aucun sacrifice à faire. La vidange à l'égout créera des recettes qui permettront de faire face aux dépenses de construction.

Le nombre de tuyaux de chute est de 240,000 environ, la taxe municipale est fixée à 30 francs, soit un revenu annuel de 7,200,000 francs.

Rien n'empêche, comme nous le démontrerons dans une autre partie de ce livre, de contracter un emprunt spécial, rien n'empêche de constituer une Société fermière analogue à celles des eaux et du gaz, et qui se chargerait de pourvoir non seulement à ces constructions, mais au service général de l'évacuation, pour la culture, des eaux sales de Paris.

Le remède est pire que le mal, disait un journal dévoué aux intérêts des compagnies de vidanges, depuis l'apparition de notre première édition.

A la fosse, ces compagnies s'efforcent de substituer un appareil diviseur, une fosse mobile à fermeture hydraulique, empêchant toute émanation. Les liquides sont envoyés à l'égout, on peut faire écouler l'eau à plein bord dans la cuvette des water-closets, sans augmenter d'un centime les frais de vidange.

Quant aux matières solides, elles sont reçues dans la fosse mobile.

Les matières recueillies peuvent être transformées en engrais par un traitement en vase clos.

Nous répondrons : On compte à Paris plus d'une fosse fixe par maison ; le jour où un pareil système serait établi, ce ne serait plus un seul foyer pestilentiel par habitation, c'en serait deux et même trois.

Dans ces tinettes malpropres dont nous voyons les échantillons dans quelques maisons de Paris, ce sont des papiers, des chiffons, des os, des tessons, des cendres, des épluchures de légumes, et un peu de matières fécales.

Tous les huit jours, les vidangeurs passent pour les enlever et jettent dans l'atmosphère de nouveaux miasmes.

La commission d'hygiène apprécie cette situation comme il suit :

Paris possède actuellement 15,325 tuyaux de chute de liquides des cabinets d'aisance à l'égout. Ces chutes sont installées en vertu et conformément aux dispositions d'un arrêté du 2 juillet 1867, de M. le baron Haussmann, l'éminent préfet de la Seine de cette époque. Cet arrêté, très sagement conçu, prescrit en principe l'emploi d'une grande quantité d'eau pour que l'usage de ce mode d'écoulement ne présente pas d'inconvénient. Aussi, les propriétaires qui veulent y recourir sont tenus d'avoir une distribution d'eau dans les cabinets et de rejeter toutes celles pluviales ou ménagères dans le tuyau de chute afin de diluer les matières avant leur arrivée à l'égout. Le caveau où est établi l'appareil diviseur qui sépare les liquides des solides doit être complètement étanche et sans écoulement possible vers les égouts, de manière à ce qu'aucune partie solide ne puisse y arriver. Les déversements de l'appareil diviseur sont d'ailleurs constatés quand ils se produisent et constituent des contraventions de la part des vidangeurs.

Moyennant ces précautions, les tuyaux de chute ne donnent lieu à la production d'aucune émanation nuisible. Les égouts où ils se déversent ne dégagent pas d'odeurs plus sensibles que ceux où il n'en est pas établi. On peut s'en assurer dans la partie de l'égout de la rue de Rivoli que parcourent les nombreux visiteurs qui descendent chaque semaine dans le Paris souterrain. Ils témoignent en général leur étonnement du peu d'odeur qu'ils perçoivent, et cependant il existe dans cette partie de l'égout 162 tuyaux de chute de cabinets d'aisances.

On peut objecter que l'égout de la rue de Rivoli est l'objet de soins spéciaux. Le fait est exact ; mais il faut bien admettre qu'avec des soins il est possible de recevoir dans les égouts, sans les infecter, les produits liquides des cabinets d'aisances. C'est une question d'eau et d'argent, et la municipalité parisienne n'a jamais hésité à s'imposer tous les sacrifices qu'exigent la salubrité et le bien-être des habitants.

Si les déjections humaines ne produisent pas d'émanations fétides lorsqu'elles sont diluées dans un grand volume d'eau, ne peuvent-elles pas transporter les microbes et les organismes vivants de nature nuisible, que les tuyaux de chute amènent dans l'eau des égouts. Il est incontestable que ces organismes sont entraînés par les eaux et que si celles-ci sont absorbées par les voies digestives, elles deviennent un moyen de propagation des maladies zymotiques et infectieuses.

Cependant jusqu'ici aucun fait ne permet de penser que ces microphytes, dont l'action *nocive* a été rigoureusement établie et dont plusieurs sont très redoutables, se répandent dans l'air des égouts. Il résulte au contraire des travaux très intéressants du savant directeur de l'observatoire municipal de Montsouris, qu'ils restent dans l'eau, qui leur sert de véhicule. Ainsi, les analyses sur l'air ambiant au moment des pluies constatent que le nombre des microbes est peu considérable, tandis qu'il devient énorme dans l'air sec. On sait qu'il suffit d'un lavage à grande eau pour en débarrasser complètement les chambres des hôpitaux qui en contiennent un si grand nombre. Indépendamment de ces données théoriques, l'expérience démontre que les vidangeurs et les égoutiers qui devraient être les premiers atteints si les miasmes se répandaient dans l'air et pénétraient dans les voies respiratoires, sont à peu près complètement indemnes des maladies épidémiques. On peut objecter, comme l'a fait M. Léon Colin, que cela tient à ce que ces ouvriers sont acclimatés pour ainsi dire à l'air infect qu'ils respirent. L'objection ne serait pas exacte, en tout cas, pour le choléra qui n'apparaît heureusement qu'à de longs intervalles. D'ailleurs, le personnel des égoutiers est composé, en majorité, d'ouvriers nomades qui ne sont nullement acclimatés à l'air des égouts.

Quoi qu'il en soit, il est certain que si l'écoulement à l'égout des liquides provenant des déjections humaines peut faire naître quelques appréhensions, évidemment très exagérées, ce mode de vidange réalisera immédiatement d'immenses avantages, dont le principal sera de faire disparaître 80,000 fosses fixes donnant lieu, par leurs tuyaux d'évent, à des émanations délétères d'hydrogène sulfuré et phosphoré qui se répandent constamment dans l'atmosphère. Ces émanations sont rapidement dissipées par le vent, quand il souffle avec une certaine force; mais, lorsque le temps est lourd, le matin surtout, quand le centre de Paris est enveloppé d'un brouillard, toutes ces odeurs fétides restent suspendues au-dessus des maisons, s'abaissent dans les rues et atteignent, dans tous les cas, les habitations situées sur les points élevés de la ville.

Les habitants des quartiers hauts peuvent constater cette cause d'infection de l'air, le matin et le soir. Les ingénieurs du service municipal l'ont signalée dans toutes leurs propositions relatives à l'assainissement de Paris, et tout indique que c'est là une des raisons principales des mauvaises odeurs de Paris.

La suppression des fosses fixes de Paris et de leurs tuyaux d'évent est donc l'une des réformes principales que doit poursuivre l'administration municipale pour assainir Paris, et c'est le motif déterminant qui a conduit le conseil municipal à voter la substitution, dans un délai suffisant pour sauvegarder tous les intérêts légitimes, du mode d'écoulement à l'égout au mode actuel de vidange.

Les procédés actuels de vidanges, indépendamment de l'incommodité qu'ils présentent pour la population, deviennent intolérables par suite des mauvaises habitudes et de la négligence des vidangeurs. Malgré des règlements sanctionnés, il est vrai, par une pénalité insuffisante, les vidangeurs n'hésitent pas, trop souvent, pour diminuer leur labeur, à infecter l'air des rues et des égouts. Les procédés actuels ont d'ailleurs l'immense inconvénient d'exiger l'établissement de dépotoirs à des distances assez rapprochées de Paris; et ces établissements, qui sont la conséquence nécessaire des 80,000 fosses fixes existant encore à Paris, forment aujourd'hui à la capitale comme une ceinture de mauvaises odeurs qui se répandent successivement dans tous les quartiers, suivant la direction du vent.

Il ne paraît pas démontré que, sauf les usines d'Aubervilliers, de Gentilly-Arcueil et de Billancourt, qui sont les plus rapprochées de Paris, ces dépotoirs aient contribué aux odeurs désagréables qui ont atteint Paris en août et en septembre derniers. Mais tous ces établissements, aussi bien que le dépotoir municipal de Bondy, sont une cause certaine d'infection pour les localités où ils sont installés, et Paris ne peut pas, à moins de nécessité absolue, infecter ses voisins pour se débarrasser des détritus de toute sorte que produit cette énorme agglomération d'êtres humains et d'animaux.

Il ne faut pas, d'ailleurs, demander l'impossible, et l'on n'évitera jamais complètement la production d'émanations plus ou moins désagréables, plus ou moins répugnantes, au milieu de 2 millions d'habitants et de plusieurs centaines de milliers d'animaux, chiens, chats, chevaux, bétail, volaille, etc., etc.

Votre commission, messieurs, disait le rapporteur, admet qu'on peut attendre de bons résultats du système d'écoulement des déjections humaines à l'égout, mais elle met à l'application de ce système, qui demande, d'ailleurs, un certain temps pour être réalisée, une condition absolue : la disponibilité d'un énorme volume d'eau pour diluer les matières avant de les rejeter à l'égout.

C'est ainsi que les villes de Londres et de Bruxelles ont pu supprimer, depuis de longues années, les fosses fixes, en projetant à l'égout toutes les matières fécales, ce qu'on ne demande pas pour le moment à Paris, où les liquides seuls seront écoulés. Dans ces villes, les cabinets d'aisances sont munis d'une distribution d'eau abondante; les cuvettes sont constamment pleines d'eau s'écoulant d'elle-même, en l'absence de toute manœuvre, dès que les déjections humaines sont déposées dans ces cuvettes ; la dilution se fait largement, sans que les matières touchent jamais aux parois des tuyaux qu'elles parcourent. Le problème à résoudre consiste donc à mettre à la disposition des habitants beaucoup d'eau.

La ville de Paris en a résolu une partie. Par son nouveau traité avec la compagnie des eaux, chaque habitant peut avoir, pour la somme minime de 4 francs par an, un robinet libre dans son cabinet d'aisances. Les propriétaires n'auront plus dès lors intérêt à ménager l'eau comme ils le font aujourd'hui, puisqu'ils ne payeront qu'une somme fixe très peu élevée, quel que soit le volume d'eau consommé. Ils n'auront pas non plus à se préoccuper du supplément de dépense de la vidange des fosses dès que les liquides s'écouleront à l'égout.

Que faut-il dès lors pour réaliser tous les avantages que doit procurer le nouveau mode d'écoulement des déjections humaines? De l'eau en quantité considérable, augmentant de volume à mesure que la densité de la population s'accroîtra.

Avant d'abandonner notre chapitre *Paris-Souterrain*, disons un mot des habitants qu'il renferme.

Le rat à Paris. — Les rues qui n'ont pas d'égout en sont réduites, pour se débarrasser des eaux domestiques, de les rejeter aux ruisseaux établis le long des trottoirs ; elles se déchargent, il est vrai, après un parcours plus ou moins long à une bouche de sortie, en semant sur leur passage des principes d'infection.

Les égouts tels qu'ils sont constitués à Paris sont un refuge splendide pour la gent ratière, qui y trouve des logements vastes et aérés : le seul désagrément dont elle aurait à se plaindre, ce serait de ne pas être à l'abri des pluies d'orage et des grandes eaux qui la forcent à déménager et à se rendre dans des conduits plus élevés.

L'assainissement de Paris a chassé les rats un peu de partout ; les lieux qu'ils habitaient de préférence étaient au siècle dernier les voiries et notamment celle de Montfaucon ; carnassiers, ils y trouvaient en abondance la nourriture qui leur convient ; aussi s'y étaient-ils multipliés d'une manière prodigieuse.

Quel était leur nombre? Il était, d'après les équarrisseurs du temps, incalculable et leur estimation reposait sur les faits suivants : chaque chasse opérée par eux leur donnait en moyenne 2,600 de ces animaux.

Le jour, en 1829, où ils furent privés de leur nourriture par la fermeture de Montfaucon, ils se rabattirent sur Paris, y creusèrent, comme les mulots et les lapins, des terriers dans les murailles et dans les constructions, choisissant les endroits les plus propices ; quand d'autres moins heureux furent se loger dans les égouts.

Aujourd'hui ils y sont nombreux, y pullulent et on n'a pas à s'étonner que l'émissaire de Clichy renferme bien rarement des détritus de viande, de pain, de graisse, etc.

Aussi longtemps que les parois des égouts seront étanches, le rat aura bien des difficultés pour y construire des terriers où il pourra vivre en toute quiétude ; aujourd'hui il est continuellement sur le qui-vive, les égoutiers lui faisant une guerre acharnée et leur prise doit en être considérable si on en juge par leur prix de vente qui est arrivé à un sou pièce, alors que du temps de Montfaucon ils valaient 3 fr. 75 le cent.

Ces animaux sont destinés à l'éducation du chien ratier.

Leur fécondité est extrême, les femelles ayant cinq à six portées par an. Si on ouvre leur cadavre on y trouve quatorze, seize et jusqu'à dix-huit petits. Leur vivacité et leur férocité dépassent tout ce qu'il est possible d'imaginer. Mettez des rats dans une boîte, ils se dévoreront les uns les autres.

Ajoutons ces quelques lignes que nous avons puisées au journal *L'Hygiène :* Des naturalistes très distingués affirment que l'origine de l'invasion des rats en France coïncide avec celle des Vandales dans les Gaules. Les Barbares y ont apporté le rat brun, fort dégénéré aujourd'hui. Puis, lorsque l'Angleterre vint ensanglanter la France au moyen âge, elle ne manqua pas d'amener dans ses vaisseaux d'innombrables bandes de rats qui ajoutèrent à celles des rats vandales leurs innumérables progénitures.

Paris, sous les premières années du règne de Louis XV, était littéralement dévoré par les rats et les souris. Il eût pu porter le nom de Ratopolis ! La masse rongeuse occupait le centre et les plus beaux quartiers de Paris : le Palais-Royal et les grandes maisons qui l'entourent, le marché des Innocents, la Halle au blé, l'hôtel de la Vrillière (la Banque), l'hôtel de la Trésorerie (la Bibliothèque nationale), étaient minés par ces parasites. Il faut dire qu'à cette époque il y eut en France et dans les pays voisins une irruption de myriades de rats asiatiques, dits surmulots. Ils infestèrent toute l'Europe occidentale.

Par quelles causes ce fléau s'abattit-il sur ces contrées? D'effroyables cataclysmes atmosphériques bouleversèrent la mer Caspienne et ses abords ; le sol s'entr'ouvrit ; les eaux naphteuses du grand lac inondèrent les terres et firent déguerpir les habitants des terriers ; les rats prirent alors une course effrénée à travers les steppes, traversèrent les cours d'eaux et gagnèrent les contrées habitées ; puis, d'étape en étape, ils finirent par trouver des pays riches en pâture et y restèrent.

Ces fuyards de l'Asie dévorèrent les précédents conquérants et prirent droit de cité dans les grands centres de population où abondaient les bons morceaux.

LA SEINE.

> On peut affirmer aujourd'hui que l'eau
> de Seine est rendue impotable entre Paris
> et Rouen. Que faut-il faire? Le canal de
> Paris à la mer peut seul rejeter de son sein
> les eaux sales de la capitale.

Conditions hygiéniques. — Rechercher aujourd'hui les cours d'eau qui alimentaient Paris, ce serait œuvre de bénédictins.

La cité n'a pas toujours eu pour seul domaine la Seine avec son affluent la Marne ; dans les temps anciens bien d'autres petites rivières et ruisseaux s'y déversaient.

Ces petits cours d'eau ont été tous envahis par les déjections de leurs riverains et ont été transformés en égouts, ou enfouis au profond du sol, et leurs eaux, mélangées avec celles des émissaires, versées dans la Seine.

Dès les temps les plus reculés, les grandes cités avaient fini par rejeter sans scrupule dans les cours d'eau qui les alimentaient leurs déjections. Il semblait tout naturel qu'il en fût ainsi.

Dans les premiers âges de Paris, on buvait l'eau de la Bièvre, comme celle de la Seine ; dans tout son parcours de 32 kilomètres elle fournissait une eau limpide, d'un goût agréable et propre aux usages domestiques.

Ces rives devinrent le siège de nos industries, les Gobelins entre autres y lavaient leurs laines, aussi la Bièvre ne tarda pas à être infecte depuis le jour où l'édit rendu par Henri III, le 2 décembre 1577, fut mis en exécution. Cet édit ordonnait que les tueries, les écorcheries de bêtes, les tanneries, les mégisseries, les teintureries et les corroieries seraient toutes portées sur les bords de Bièvre et qu'elles quitteraient les quais de la Seine situés entre la Grève et le Pont-Neuf.

Cette ordonnance avait pour but de garantir les eaux de la Seine, des ordures sans nombre que les industries y répandaient, et avait cru trouver un palliatif heureux, que nous verrons appliquer de nos jours, en reportant ces voieries plus en aval.

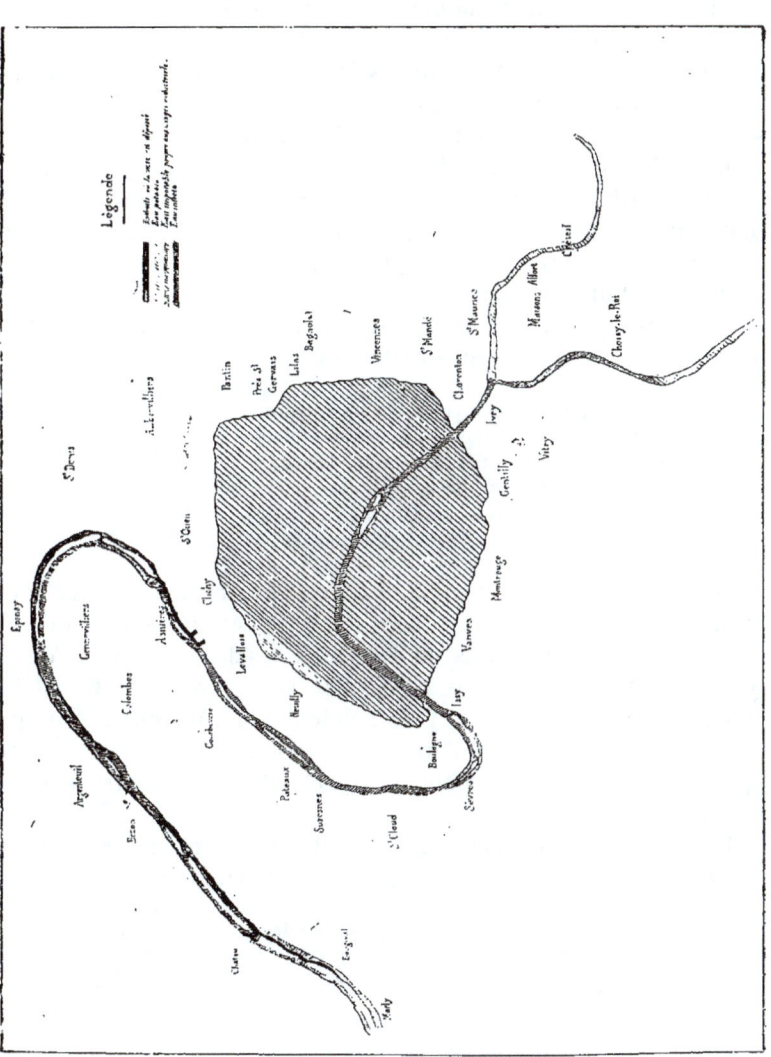

Fig. 37. — Envasement du lit de la Seine à Paris.

Les administrations de Paris au xixe siècle n'agissent pas mieux
et nous voyons M. Haussmann, dans un de ses rapports, déclarer
que la Seine ne peut plus être, pour l'avenir, que le grand égout
collecteur de la cité ; celle-ci recevra, en compensation des eaux
souillées du fleuve, une boisson saine et fraîche, qui lui sera fournie par des sources dirigées et conduites chez elle.

Telles ne furent pas toujours les idées de nos pères qui sans
trouver un remède pour évacuer les eaux sales de Paris, n'enten-
daient pas que ce fût la Seine qui les reçût ; une ordonnance du
roi, en date du 20 février 1775, et un arrêt du conseil du 24 juin
1777, interdisaient de jeter dans la Seine des liquides, des immondices et des déjections quelconques, susceptibles de rendre
ses eaux insalubres et impropres aux usages domestiques.

Aujourd'hui nous rencontrons les plus louables efforts des savants, des hygiénistes et des ingénieurs pour la rendre dans le
même état où elle se trouvait dans les temps anciens.

> Aussitôt que la Seine en sa course tranquille
> Joint les superbes murs de la royale ville,
> Pour ces lieux fortunés elle brûle d'amour :
> Elle arrête ses flots, elle avance avec peine,
> Et par mille canaux se transforme en fontaine,
> Pour ne sortir jamais d'un si charmant séjour.

On ne pensait pas, en 1852, à déverser dans la Seine les eaux
d'égout..., plus ou moins débarrassées des miasmes qu'elles
tenaient en suspension, ce ne fut qu'en ces derniers temps qu'on
y songea. Des expériences avaient été faites ; on savait que les
eaux contaminées à Clichy ne l'étaient plus à Meulan, et que
là elles renfermaient les mêmes éléments, les mêmes vertus
qu'à Corbeil, qui lui permettaient d'être bonnes à boire par les
habitants.

Un litre d'eau à Corbeil donnait 9,32 d'oxygène, cette même eau
arrivée à Meulan en renfermait tout autant, alors que :

A Choisy l'oxygène n'était plus que de......... 7,52
A Auteuil............................... 5,90
A Billancourt........................... 5,69
A Sèvres................................ 5,40
A Suresnes 5,32
A Clichy................................ 1,75

Dans ce dernier lieu, impropre à tous usages domestiques.

Cette infection du fleuve avait été constatée bien avant cette
époque; en 1816, M. Colin avait démontré qu'un litre d'eau tenait

en suspension 174 grammes de matières étrangères : M. Mille, en 1865, en constatait 432 à l'embouchure de Clichy.

La première analyse officielle fut suivie, en 1829, de celle de Vauquelin, travail que la mort ne lui permit pas de terminer.

Bouchardat la reprit et donna la composition suivante :

Avant sa jonction avec la Marne.

Acide silicique....................................... 0,004
Carbonate de chaux............................ 0,119
Sulfate de chaux.................................. 0,038
Chlorures 0,017
Azotates... traces.
Substances organiques........................ traces.

Après sa jonction avec la Marne.

Acide silicique..................................... 0,006
Bi-carbonate de chaux......................... 0,108
Carbonate de magnésie........................ 0,008
Sulfate de chaux.................................. 0,032
    —   de magnésie.............................. 0,004
Chlorures 0,015
Substances organiques........................ traces.

La composition de l'eau, *à sa sortie de Paris*, était la suivante :

Acide silicique..................................... 0,006
Carbonate de chaux............................. 0,108
    —   de magnésie 0,006
Sulfate de chaux 0,030
    —   de magnésie.............................. 0,010
Chlorures 0,021
Azotates... traces.
Substances organiques .... quantité sensible.

Aujourd'hui, des nouvelles constatations faites, il résulte qu'un mètre cube d'eau d'égout renferme :

Au collecteur d'Asnières...................... 2^k,32
    —   Saint-Denis................................ 3 ,46
Dans les puits égouts........................... 4 ,26
Dans les eaux de la Croult.................... 0 ,62

En 1831, Lassaigne faisait cette analyse avec de l'eau prise au Port-à-l'Anglais, il trouva :

Air atmosphérique 0,024
Acide carbonique 0,006
Sulfate de chaux................................... 0,017
Carbonate de chaux.............................. 0,099
Chlorures et azotates............................ 0,012

En 1846, M. Henry Sainte-Claire-Deville fit une analyse de l'eau prise à Bercy, en voici les résultats :

Acide carbonique	0,0162
Azote	0,0120
Oxygène	0,003
Acide silicique	0,024
Alumine	0,005
Peroxyde de fer	0,002
Carbonate de chaux	0,165
— de magnésie	0,003
Sulfate de chaux	0,036
Chlorure de potassium	0,012
Sulfate de potasse	0,005
Azotates	0,014

De ces analyses faites de 1828 à 1846, il résulte que l'eau prise dans Paris était sensiblement pure, que les matières dissoutes ne dépassaient pas deux décigrammes, que les proportions des matières organiques y étaient très faibles. L'eau de Seine avait donc sa raison d'être renommée pour l'excellence de ses qualités d'eau potable, mais à partir de 1848, sa réputation s'amoindrit. C'est alors que le conseil municipal chargea MM. Boutron et Oscian Henri de faire l'analyse de quatre échantillons d'eau prise :

Le 1er, au pont d'Ivry.

Le 2e, à Notre-Dame.

Le 3e, au Gros-Caillou.

Le 4e, à Chaillot.

Voici les résultats de ces analyses :

	Ivry.	Notre-Dame.	Gros-Caillou.	Chaillot.
Produits gazeux	0,014	0,017	0,018	0,016
Bi-carbonate de chaux	0,132	0,174	0,174	0,230
— de magnésie	0,060	0,062	0,075	0,076
Sulfate de chaux	0,020	0,039	0,040	0,040
— de magnésie, de soude	0,040	0,017	0,027	0,030
Chlorures	0,010	0,025	0,032	0,032
Acide silicique	0,008	0,014	0,023	0,024
Matières organiques	traces.	traces.	sensible.	sensible.

D'où il résulte que plus on s'éloigne de l'amont, plus la progression des matières étrangères dissoutes devient considérable et rend malsaine l'eau de la Seine ; aussi estime-t-on que les dépôts solides pris en Seine atteignent 120,000 tonnes par an.

M. A. Gérardin a reconnu que la Seine trouble en amont ne l'était pas à l'aval, et que l'eau de Seine à Mantes était préférable, pour l'industrie, à l'eau de Seine en amont. Ainsi une eau bonne à l'alimentation ne l'est pas à l'industrie, et cette remarque est si bien fondée que les teinturiers de Paris se sont installés à Puteaux, à Clichy et non au Port-à-l'Anglais ou à Choisy-le-Roi.

Le lieu du vomitoire fut Clichy, le point le plus en aval et le plus éloigné de nos portes; on devait y établir des bassins armés d'ingrédients et de machines qui débarrasseraient les eaux de leurs impuretés.

Tel fut le programme adopté par les ingénieurs de la ville.

On ne présentait pas, à cette époque, d'autre solution, et si quelques villes étrangères avaient essayé du système d'irrigation, ou de l'emploi des eaux sales à la culture, ces tentatives n'avaient pas reçu une consécration assez grande pour qu'elles fussent l'objet de l'attention.

Cette quiétude pour les projets de Paris, ne devant pas toujours durer devant l'Empire disparu, devant les plaintes fondées des riverains, devant les décisions ministérielles, conformes aux avis du conseil général des Ponts et Chaussées, en date des 30 juillet 1870 et 28 juillet 1875, prescrivant à la ville de Paris de débarrasser le lit de la Seine des matières solides qui y étaient déversées par les égouts, la ville se mit à l'œuvre pour faire cesser cet état de chose.

Ainsi, il y a quinze ans déjà que l'eau de Seine est profondément altérée. Les pouvoirs étaient témoins inconscients du mal ; le public ne s'en occupait guère et les savants n'avaient pas de méthode assez expéditive pour analyser plus souvent les eaux que nous consommons et pour jeter le cri d'alarme. Aussi rien ne se fit.

On doit, il est vrai, à Boussaingault des procédés d'analyses ingénieux que nous croyons devoir faire connaître à nos lecteurs.

Les eaux les plus chargées de matières organiques et les plus corrompues sont les plus riches en ammoniaque et en acide azotique, et les plus pauvres en oxygène.

L'hydro-sulfate de soude possède la propriété d'absorber instantanément l'oxygène libre dans les eaux.

Si on colore, dit le savant, par du *bleu Croupier* un litre d'eau que l'on veut examiner et si, au moyen d'une burette graduée, on verse dans cette eau, jusqu'à ce que la teinte bleue disparaisse, une dissolution d'hyposulfite de soude, on peut reconnaître, à $1/10^e$ de centimètre cube près, le volume d'oxygène que contient l'eau.

On a soin de puiser l'eau à diverses profondeurs, ce qui se fait facilement à l'aide d'une boîte à collier à ressorts et tout le monde peut ainsi constater la qualité des eaux qu'il boit.

Ces immondices versées dans le fleuve ne s'y perdent pas immédiatement; à 10 kilomètres du débouché d'Asnières l'eau en est saturée. Demandez-le aux riverains, demandez ensuite à la commission des eaux et des égouts jusqu'à quel point ce rejet d'immondices pollue un fleuve, et la commission vous répondra par son rapport où vous lirez page 7.

« En aval du pont d'Asnières, sur la rive droite, se trouve le « débouché du grand collecteur de Clichy. Un courant considérable « d'eau noirâtre en sort, il tient un temps ordinaire environ la « moitié de la largeur du fleuve, et se rapproche de la rive gauche « en temps d'orage. L'eau est d'un aspect répugnant, elle est « chargée de détritus organiques de toutes sortes ; légumes, bou- « chons, poils, cheveux, cadavres d'animaux, etc. Elle est ordinai- « rement recouverte d'une couche de matières graisseuses qui, « suivant le vent, se porte sur l'une ou sur l'autre rive. Une vase « grise, mélangée de débris organiques s'accumule le long de la « rive droite et est le siège d'une fermentation active qui se tra- « duit par des bulles de gaz de dimensions souvent considérables.

« Ces phénomènes se produisaient, en 1870, sur la rive droite ; « aujourd'hui le second bras est complètement envahi, et l'infec- « tion a déjà atteint la droite du dernier bras.

« Aucun être vivant, aucun poisson, aucune herbe verte, ne se « rencontre dans le bras droit. »

Et un peu plus loin, parlant du rejet des eaux vannes du dépo- toir de Bondy, ce même rapport ajoute :

« Les premières usines de Saint-Denis commencent à amener « une recrudescence d'infection par les eaux industrielles, mais « leur action est peu de chose à côté du collecteur départemental « qui débouche en aval du pont. Cet égout vomit une eau absolu- « ment noire et fétide, dont l'odeur ammoniacale est des plus « prononcés. Cette eau envahit bientôt la largeur complète du bras.

« Des écumes flottent à la surface et des bulles de gaz se déga- « gent. Le fond du fleuve est garni d'une vase noire, fétide et « gluante, peuplée de vers rougeâtres qui ne se trouvent que dans « les eaux de vidanges les plus infectes.

« Cet état se continue avec une intensité à peu près constante « jusqu'en face du village d'Epinay. »

Que pouvons-nous ajouter à l'éloquence de ces lignes emprun- tées à un rapport officiel.

Les faits parlent trop haut, disait M. Boudet, pour qu'il soit be- soin de rien ajouter à leur énergique et irréfutable langage. Par un système adopté et mis en pratique, contrairement aux lois de la nature aussi bien qu'aux vieilles et prévoyantes ordonnances royales de 1669 et 1777, la Seine a été considérée comme un égout destiné à recevoir toutes les déjections, toutes les souillures que peut produire un centre de population de deux millions d'habitants.

M. Félix Boudet, de concert avec M. Gérardin, a exécuté, en 1874, une série d'analyses chimiques des gaz recueillis dans l'eau de Seine, en s'attachant à doser l'oxygène, comme l'avait fait M. Boussaingault.

Les dépôts de sable et de macadam occupent dans le lit du fleuve 1200 mètres carrés environ. Dragués, ils ne sont d'aucune valeur ; on avait d'abord songé à les utiliser pour relever les berges de la Seine, mais on reconnut bientôt qu'ils devenaient un foyer d'émanations insalubres, exposés à l'action de l'air et de la chaleur.

La vase draguée à la sortie des collecteurs et s'étendant sous une couche de 0,25 à 0,30 d'épaisseur de Saint-Denis à Epinay, est peuplée d'érystales gluants, vers à queue de rat.

Un fait bien reconnu aujourd'hui, c'est que les matières fermentescibles qui sont entraînées par les eaux ne sont nuisibles à la santé publique qu'autant qu'elles ne se trouvent pas diluées dans quatre fois au moins leur volume d'eau ; elles le deviennent toujours si elles restent stationnaires. La justification scientifique en fut donnée par M. Dumas en 1850. Une commission composée de MM. Magendie, Rayer, Claude Bernard, Yvart, Renault, Delafond, Doyere, Baudement, Boulet, démontra que la péripneumonie est susceptible de se transformer en épidémie par voie de contact et dans la proportion de 50 p. 100 dont 35 guérissent et 15 succombent.

Dans les étables où se firent les expériences instituées par la commission, la maladie ne marcha pas toujours de proche en proche, d'une vache malade à ses voisines immédiates, mais elle sauta par dessus plusieurs têtes pour aller s'attacher à des vaches plus éloignées : d'où cette conclusion autorisée, que la maladie n'est pas seulement contagieuse par *contact direct*, mais qu'elle l'est aussi par l'*intermédiaire de l'air*, ce qui implique que les éléments de la contagion peuvent être tenus en suspension dans l'air et aller exercer leur influence à distance. C'est ce qu'on appelle en vétérinaire la contagion volatile : expression métaphorique qui ne doit pas être répudiée, puisqu'elle implique que l'élément de la contagion est assez léger pour être transporté, comme le pollen des fleurs, sur l'aile des vents.

A la température et à la pression atmosphérique ordinaire, l'eau dissout trois fois son volume de gaz hydrogène sulfuré ; on conçoit, dès lors, qu'aussitôt les matières immergées dans l'eau, le gaz hydrogène sulfuré ne peut plus s'échapper au dehors, et les germes ne se dégageront que lorsque la fermentation commencera à se produire.

M. le docteur Regnault, de Rennes, vient confirmer, par une note insérée dans le journal *l'Hygiène*, ce que nous venons de relater, et dans une question aussi grave que celle des eaux pour l'alimentation des grandes villes, rien de mieux que nous transcrivions le contenu de cette note dans la deuxième édition de notre livre.

Si l'étude des maladies épidémiques offre toujours un grand intérêt, il faut avouer qu'elle est plus précieuse quand on peut la faire dans des localités peu étendues, dans les campagnes, où les habitations peu nombreuses permettent de connaître d'une manière certaine l'état de santé des habitants, où tous les gens du pays se connaissent et où l'on peut suivre en quelque sorte pas à pas les progrès de l'épidémie et connaître facilement les causes qui en modifient la marche et qui en favorisent l'accroissement.

C'est par l'étude des petites épidémies observées dans les campagnes que la contagion de la fièvre typhoïde, niée au commencement de ce siècle, a été définitivement établie. M. Andral, observant à Paris et dans les hôpitaux de la capitale, disait : « Ce que nous avançons avec assurance, c'est que jamais à Paris, soit dans les hôpitaux, soit hors des hôpitaux, nous n'avons reconnu à cette maladie aucun caractère contagieux. » Pendant ce temps et à la même époque (1834), le Dr Gendron, dans un admirable Mémoire publié dans le *Journal des connaissances médico-chirurgicales,* et qui peut passer pour un modèle du genre, démontrait d'une manière irréfutable, par une étude approfondie des épidémies des petites localités, la contagion de la fièvre typhoïde, établissait les conditions dans lesquelles elle est surtout contagieuse, faisant voir que la maladie acquiert lentement le caractère contagieux, et ne le manifeste que rarement avant le 12° ou le 15° jour, mais qu'elle le perd aussi très lentement et le conserve fort longtemps pendant la convalescence. Le Dr Gendron montrait aussi que la période d'incubation qui sépare le moment où la maladie a été conçue par l'organisme, du moment où elle éclate, est généralement courte, qu'elle ne dépasse pas huit jours en général, qu'elle peut être beaucoup moindre encore, et que dans certains cas il ne se passe que vingt-quatre heures entre l'application de la cause contagieuse et l'éclosion définitive du mal.

Les observations précises qu'il avait faites lui ont permis de résoudre avec une extrême probabilité toutes les questions relatives à la transmission du mal et aux immunités réelles et apparentes. Nous ne pouvons songer ici à répéter les remarquables conclusions confirmées depuis par les observations du D' Piedvache et de plusieurs autres, faites dans des conditions analogues et sanctionnées par l'expérience universelle.

Personne ne doute maintenant de la contagion de la fièvre typhoïde, à l'exception des aveugles obstinés, et nous n'aurions point publié cette courte note si nous n'avions voulu attirer l'attention sur un autre point de vue de l'étiologie de cette maladie si commune.

Presque tout le monde admet maintenant que certaines émanations formées par des matières animales en décomposition peuvent, dans certaines circonstances encore mal déterminées, jouer par rapport à la fièvre typhoïde le rôle de causes externes déterminantes. Toutefois, ce point excessivement important au point de vue de l'hygiène n'est pas encore aussi évident que la contagion, et dans tous les cas, la science ne peut que gagner à une confirmation nouvelle de cette vérité.

Il est encore admis, par les hygiénistes, que les germes des maladies contagieuses sont plus à craindre lorsqu'ils sont absorbés comme boisson ; c'est ainsi, comme le fait fort bien remarquer M. le Directeur des travaux de Paris, que les vidangeurs et les égouttiers sont doués d'une très bonne santé, tout en respirant à foison les odeurs qui se dégagent autour d'eux lorsqu'ils travaillent dans les égouts ; mais où la santé publique souffre, c'est chez les populations riveraines de la Seine, en aval de Paris, population qui boit l'eau du fleuve infectée des déjections de la Cité.

En 1873, la ville de Versailles fut subitement envahie par une épidémie de fièvre typhoïde. On supposa de suite que les eaux devaient en être la cause. Les recherches de la science ne firent que confirmer les rumeurs de l'opinion publique.

On constata, en effet, que l'épidémie succédait à une crue qui avait empêché les pompes de Marly de refouler jusqu'à Versailles l'eau nécessaire aux habitants. Ces habitants avaient dû se servir, ou des eaux des étangs ou des eaux de crue. M. Rabot trouva, par ses analyses, 9 dixièmes de milligr. d'ammoniaque par litre.

Ces eaux de la Seine étaient chargées d'une grande quantité de matières organiques provenant, ainsi que le déclara le Conseil d'hygiène, des égouts collecteurs de Clichy et de Saint-Denis, que la violence des courants avait entraînées bien au delà de Bougival et de Marly.

M. Rabot constata aussi que si l'eau, en temps ordinaire, à Port-Marly, contient deux centièmes de milligramme d'ammoniaque, elle contenait, à cette époque, cinq milligrammes et demi.

Depuis 1873 Versailles n'a pas eu d'épidémies, mais en 1880, le 10 juin, à Marly, les employés de la navigation constataient que la Seine charriait du poisson mort ; en quelques heures on en recueillit 80 hectolitres sur une étendue de 33 kilomètres.

Ces faits montrent que le danger grossit, et que si l'habitant a pu s'en préserver, il est toujours à la veille d'en être atteint.

M. Jules Guérin dit avec raison que ce n'est pas une histoire générale des épidémies qu'il faut demander à l'Académie ; il lui semble que, s'il était possible de réunir dans une sorte de cadre celles qui viennent à notre connaissance, nous aurions au moins des conclusions précises à la fin de chacun des rapports annuels ; ce seraient d'importants éléments de solution pour l'avenir.

Si, par exemple, par les épidémies de variole nous pouvions savoir combien il s'en déclare chaque année en France, et sous quelles conditions réelles, et dans quel rapport avec diverses circonstances géographiques et de milieu, au bout de dix, douze, quinze ans, l'ensemble de ces documents aurait une véritable utilité.

M. Lancereaux croit que l'Académie doit encourager les recherches permettant d'avoir une connaissance plus complète des épidémies constatées en France. Mais le rapport officiel ne peut rendre compte que des travaux qui lui ont été envoyés, tout en regrettant de n'en pas recevoir davantage.

Il a eu soin, dans le rapport qui lui a été confié cette année, de noter avec soin tous les renseignements adressés à l'Académie et M. Guérin pourra voir dans la partie de ce rapport qu'il les a classés suivant les divisions géographiques qui conviennent le mieux à des travaux de ce genre, c'est-à-dire suivant la répartition de nos anciennes provinces. Il n'y a malheureusement qu'un très petit nombre de provinces où les chiffres des épidémies offrent une signification utile et il serait impossible, dans l'état actuel des choses, d'insérer dans les annales de l'Académie le nombre des épidémies survenues chaque année dans notre pays.

M. le secrétaire perpétuel ajoute que le relevé par province est le seul moyen et le meilleur que l'Académie possède de tirer parti des documents qu'elle reçoit pour être examinés par la commission. Elle est encore loin d'être saisie de la totalité des travaux qui devaient être faits pour toutes les épidémies et elle ne peut, à cet égard, que renouveler les vœux qu'elle n'a cessé d'adresser chaque année.

M. Bergeron insiste sur ce que chacun des rapporteurs de la commission ne manque pas depuis des années à ce devoir, et cependant l'Académie continue, comme par le passé, à faire entendre en vain sa voix. Il y a tant de personnes dont dépend la réussite de ses désirs à cet égard qu'il n'est rien d'étonnant à ce qu'ils ne soient jamais satisfaits. On sait, en effet, combien est grand l'éparpillement des services d'hygiène publique de France, quel cas l'on fait des attributions des conseils d'hygiène, alors que les maires et les préfets ne peuvent souvent faire connaître l'existence des épidémies que longtemps après leur apparition, si ce n'est après qu'elles sont terminées. C'est là un des côtés de l'organisation de l'hygiène publique dans notre pays qui mérite le mieux d'attirer la bienveillante attention des pouvoirs publics.

M. le docteur Robinski dit avec raison : comment expliquer les faits, si ce n'est d'avouer que l'épidémie ne se propage pas dans des circonstances particulières qu'il s'agit de rechercher, elle reste locale, se concentre, se développe dans le milieu où elle est apparue. Une des causes est l'eau croupie ; la Seine, dans les conditions que nous venons de relater, donnera, à tout individu qui s'en sert, un jour qu'elle se trouvera plus souillée qu'un autre de matières organiques décomposées, les germes à une épidémie.

Les faits apparaîtront partiellement comme à Versailles; et où ils seront à l'état latent, la statistique continuera à signaler des épidémies constantes, qu'elle désignera sous les noms de variole, de fièvre typhoïde, etc., toutes maladies qui déciment la population parisienne.

Ainsi les conduites qui amènent les eaux de l'Ourcq et des pompes de Chaillot, comme celles qu'enverront bientôt les machines du Port-à-l'Anglais, sont dans des conditions à propager l'épidémie à Paris, existante déjà, renfermant les éléments morbides qui à un moment donné empoisonneront l'organisme de tous ceux qui en font usage.

L'étranger qui passe à Paris ; l'homme riche qui ne boit de l'eau que dans des proportions insignifiantes, en seront il est vrai indemnes, car heureusement il ne suffit pas de résider dans le lieu contaminé, il faut encore que l'individu ait respiré, bu et ingéré les matières organiques contenues dans cette eau.

L'Académie, nous venons de le dire, se préoccupe de la question. Les dangers qu'entraînent les eaux qui renferment des matières nuisibles sont grands pour les populations riveraines de la Seine. Ces matières en putréfaction séjournent longtemps dans l'organisme ; d'après les observations faites par des médecins allemands, elles y résident des mois, des années même ; elles s'y concentrent, donnant naissance à un poison que nous ne connaissons pas, qui, à un moment donné, donnera lieu, en s'échappant de notre organisme, à la contagion, pour créer les épidémies.

Les questions de propagation ne sont pas malheureusement assez étudiées ; une épidémie survient, on l'attribue à des odeurs, à des eaux, à une nourriture malsaine ; on ne boit plus d'eau, et on croit avoir vaincu le fléau, mais on est bien étonné que plus tard les mêmes symptômes reparaissent, et les polémiques les plus ardentes s'établissent ; nos académies, nos facultés, les hygiénistes ont chacun leur système, personne n'est d'accord et, de guerre lasse, ce ne sont plus les eaux, ce n'est plus cette mauvaise nourriture qui sont accusés, ce sont des miasmes, mot qui veut tout dire et qui n'explique rien.

Dans le cas qui nous occupe, c'est la Seine, ce sont les effets de l'eau croupissante qui a été ingérée, qui a constitué dans l'organisme des éléments infectieux, qui, un jour, dans un milieu qui lui aura paru convenable, donnera naissance à son tour à la contagion.

Murchison avait cherché à expliquer les causes du *typhus exanthématique* ; c'est une épidémie, disait-il, qui apparaît et disparaît et dont l'existence n'a jamais longue durée, elle est apportée du dehors, elle se propage par *contagium*.

D'autres savants allemands, le docteur Robinski, entre autres, croient cette opinion très problématique, mais la question reste obscure, et ne deviendra élucidée que le jour où les petites ou grandes épidémies auront été l'objet d'une étude spéciale, et lorsque tous les éléments de ces études auront été mis en parallèle et étudiés.

Toutes ces circonstances, toutes ces conditions d'épidémies seront ce jour-là résolues par les observations.

Le choléra, la petite vérole, etc., ont régné dans ces derniers temps avec une grande violence ; dans les pays les plus civilisés, toutes les barrières créées pour empêcher qu'elles se répandent n'ont rien produit. C'est ainsi que si tous les habitants d'un village ou d'une ville sont malades, ceux de la localité voisine ne le sont pas, alors qu'un individu bien portant, s'il entre dans la chambre d'un malade, est atteint.

Dans la même maison où l'épidémie règne, des gens qui ont évité avec soin toute visite près du malade n'en ont pas été atteints.

Dans un autre cas, un individu atteint, transporté à un autre village, n'a pas communiqué la contagion et s'est guéri.

Enfin dans une épidémie qui eut lieu dans la Prusse le docteur Robinski constate ces faits et bien d'autres ; un agronome, un curé, des enfants burent de l'eau contaminée : ils tombèrent malades ; mais les gens qui les soignaient, qui n'en avaient pas bu, ne furent pas atteints.

L'eau de la Seine est bleue à Corbeil, à partir de cette ville elle verdit. A Choisy-le-Roi, la teinte est moitié verte. En entrant à Paris, les fabriques, les égouts la font verte.

A Neuilly, après sa traversée de la ville, elle est absolument verte.

Après Clichy et jusqu'à Meulan elle est infecte.

L'hygiène réclame pour les populations du département de la Seine, de l'air pur et de l'eau salubre. La Seine sacrifiée doit être rendue aux besoins des riverains comme au commencement du siècle ; elle ne doit plus continuer à engloutir en pure perte les matières fertilisantes, résidus des déjections urbaines.

La Seine devenue un foyer de fermentation et d'infection n'offre plus aujourd'hui qu'un cours d'eau, répandant, comme le Gange, comme la Tamise, l'épidémie sur tout son parcours, mais rendue à elle-même, les déjections conduites dans la vallée de la Seine, au lieu d'être jetées dans son lit, son assainissement et celui du département seraient un fait accompli.

M. Belgrand écrivait dans son ouvrage *la Seine* : « On peut donc « affirmer aujourd'hui que jamais l'eau de Seine ne sera rendue « potable entre Paris et Rouen. »

La Seine est irrévocablement perdue comme *eau bleue*, ajoutait-il, mais elle peut être clarifiée et son teint sombre disparaître comme nous le verrons, par l'emploi à la culture des eaux d'égouts.

On doit renoncer, ajoute M. Gérardin, à rendre la Seine l'émule de la Dhuis et de la Vanne. Tout ce que l'on peut se proposer c'est de faire disparaître l'infection qui sévit d'Asnières à Meulan, et de maintenir la Seine en aval de Paris, dans le même état que celui où elle est actuellement dans sa traversée de la ville.

Il faut réserver ces eaux pour les fabriques comme on réservait dans les temps anciens, pour les manufactures royales, l'urine des condamnés.

Les moyens sont faciles :

Amener les eaux du collecteur d'Asnières dans un canal spécial, de Paris à la mer, les utiliser sur ce long parcours pour les besoins de l'agriculture.

Fermer les vomitoires qui se trouvent situés entre Corbeil et Asnières.

Ne cueillir l'eau en amont de la Seine, pour l'alimentation, qu'au-dessus de Corbeil, et l'amener aux machines élévatoires, par un canal ou une conduite spéciale.

Si, jusqu'en 1846, la Marne et la Seine, avant leur entrée dans Paris, offraient des conditions satisfaisantes de salubrité, si l'on pouvait, sans danger, y puiser de l'eau pour l'alimentation publique, il n'en sera plus de même pendant bien longtemps.

De nombreuses fabriques existent déjà depuis Corbeil et viennent jeter leurs eaux industrielles dans le fleuve ; tous les jours il s'en établit de nouvelles et grâce à la protection de tolérance, qui est en vigueur aujourd'hui, il arrivera dans un avenir prochain que les eaux seront de plus en plus altérées et présenteront pour la santé publique les mêmes dangers que celles puisées en aval de Paris.

A partir de Corbeil, la Seine est souillée par les eaux de l'Essonnes et de la Juine, que les féculeries, les teintureries, les laminoirs, etc., ont rendue aussi infecte que les égouts de Paris, elles ne titrent guère en moyenne que 6,29 d'oxygène, et déterminent en dessous des moulins Darblay des phénomènes de fermentation analogues à ceux qui se produisent à Asnières.

A Choisy-le-Roi, le bas titre se maintient pour redevenir bon au Port-à-l'Anglais ; comment se fait-il, et nous avons déjà posé la question dans notre chapitre des *eaux à Paris*, que l'administration ait pu concevoir la pensée de recueillir des eaux en aval de Corbeil pour les besoins de ses habitants.

Dans l'état actuel des choses, les conseils municipaux d'Asnières, de Clichy, de Saint-Ouen, de Saint-Denis, d'Argenteuil, les plus voisins de l'infection, protestent depuis bientôt 15 ans contre cette situation.

Les eaux, disaient-ils avec raison, agissent sur l'organisme par leurs matières dissoutes et par celles qu'elles tiennent en suspension, comme, il n'en est pas moins vrai encore, que les miasmes qu'elles dégagent infectent nos demeures.

Le vent a une action marquée sur l'altération de la Seine. Suivant qu'il souffle dans telle ou telle direction, il y porte les matières organiques et fait baisser d'autant la quantité d'oxygène.

C'est ainsi qu'à tour de rôle Epinay, Bougival, Herblay, Saint-Ouen et Saint-Germain sont infectés ; mais c'est à Chatou où toute l'intensité du mal est le plus complète.

La température agit aussi, les jours où le thermomètre est plus élevé, l'eau perd une grande quantité d'oxygène.

La lumière enfin accomplit son œuvre, l'obscurité produit les réductions. C'est le soir, la nuit, que la rivière devient odorante, noircit les cuivres, et où les poissons meurent.

Épuration. — En présence des oppositions des riverains, la Ville de Paris se mit à l'œuvre pour purifier les eaux avant le rejet à la Seine.

Les expériences furent faites, dans les bassins de Clichy ; les eaux saturées par du sulfate d'alumine devinrent claires, exemptes d'odeur.

Mais on s'aperçut bientôt que dans cet état les eaux renfermaient encore la majeure partie des matières en dissolution et qu'elles étaient restées impropres aux besoins domestiques ; on s'aperçut aussi que la dépense atteindrait pour les 500,000 mètres cubes fournis par jour, à raison de 0.01, soit une somme de 5,000 francs ; et que les détritus solides recueillis dégageant les mêmes émanations étaient des éléments d'une vente, sinon impossible, au moins très difficile par le peu de valeur des principes utiles qu'elles contenaient.

Dès 1762, on avait proposé l'acétate de plomb et les sels de fer, comme Siret avait signalé, en 1843, le sulfate d'alumine. Ces essais furent recommencés il y a quelques années par l'administration dans la presqu'île de Gennevilliers, et ne donnèrent pas de meilleures solutions.

La Providence a voulu que le seul remède rationnel aux conséquences des agglomérations humaines fût l'utilisation des détritus par l'agriculture. Nous en donnerons les effets, nous en ferons une description particulière dans un des chapitres suivants.

Canal de Paris à la mer. — Il résulte de ce qui précède que, si les eaux corrompues en aval de Paris sont propres à la fabrication, il n'est pas admissible que l'on continue à déverser pour cet unique but à Asnières 250,000 mètres cubes d'eaux sales dont le nombre s'élèvera demain à 5 et à 600,000^{mc}, ce surcroît d'infection n'ajouterait rien aux qualités recherchées par les fabricants, mais amènerait l'empoisonnement des habitants des localités situées entre Clichy et Meulan.

L'administration propose de déverser aujourd'hui les eaux sales à Achères, au lieu de Clichy, après leur filtration à travers les terrains perméables d'une partie de la forêt de Saint-Germain.

D'après nous, les habitants des alentours de Saint-Germain, ceux des communes vers Paris et Paris lui-même, ressentiront, lorsque les vents nous viendront du Nord-Ouest, des odeurs qui amèneront des fièvres pernicieuses.

L'infection des eaux de la Seine sera la même, la ville de Versailles qui boit les eaux souillées de ce fleuve, élevées par la machine de Marly, la ville de Saint-Germain, qui songe à alimenter ses habitants avec les eaux de la rivière, puisées au bas de la terrasse, ne le pourront plus ; aussi n'égarent-elles pas leurs populations sur leurs véritables intérêts, de ne vouloir aider la ville de Paris dans l'œuvre qu'elle se propose d'entreprendre, et ont-elles raison de s'opposer à l'exécution d'un pareil projet.

L'opinion publique a vu comme nous ; l'administration, qui avait été jusqu'aujourd'hui hostile, convient que l'emploi agricole de ces eaux est le seul mode rationnel, et que cet emploi peut se réaliser en poursuivant la conduite proposée à Saint-Germain jusqu'à la mer, et sur ce parcours, de Clichy à Cauteleu, fournir aux agriculteurs l'eau qui leur est nécessaire.

Puiser l'eau qui nous manque, non plus comme on le fait à Chaillot et avant peu comme on le fera au Port-à-l'Anglais, mais bien en amont de Corbeil, conduire ces eaux par un canal spécial, où nulle déjection riveraine ne sera permise, où aucun bateau n'aura le droit de naviguer.

Telle est la solution, il n'y en a pas d'autre.

Alors nous cesserons d'empoisonner notre fleuve, de détruire le peu de poisson qui y reste ; nous ne jetterons plus follement à l'eau des engrais, que nous avons sous la main ; nous assurerons le premier de tous les biens, la *santé*, et ce que nous dépenserons dans la construction du canal, nous l'économiserons sur le budget des hôpitaux.

N'attendons pas que des épidémies viennent, comme à Bruxelles, avant la canalisation de la Senne, nous apprendre combien il en coûte de manquer aux lois sacrées de l'hygiène.

LES CIMETIÈRES.

> Les liquides provenant des matières organiques en décomposition dans les cimetières ont un caractère spécial. Ce sont des virus, c'est-à-dire des liquides vivants, inoculables, portant la morve, la syphilis, l'infection purulente, la rage, la vaccine, la variole, etc.

Les cimetières. — La police des lieux de sépulture fait le sujet des articles 15, 16 et 17 du décret du 20 prairial an XII.

TITRE IV. — DE LA POLICE DES LIEUX DE SÉPULTURE. — Art. 15. — Dans les communes où l'on professe plusieurs cultes, chaque culte doit avoir un lieu d'inhumation particulier ; et, dans le cas où il n'y aurait qu'un seul cimetière, on le partagera par des murs, haies ou fossés, en autant de parties qu'il y a de cultes différents, avec une entrée particulière pour chacune, et en proportionnant cet espace au nombre d'habitants de chaque culte.

Art. 16. — Les lieux de sépulture, soit qu'ils appartiennent aux communes, soit qu'ils appartiennent aux particuliers, seront soumis à l'autorité, police et surveillance des administrations municipales.

Art. 17. — Les autorités locales sont spécialement chargées de maintenir les lois et règlements qui prohibent les exhumations non autorisées, et d'empêcher qu'il ne se commette dans les lieux de sépulture aucun désordre ou qu'on s'y permette aucun acte contraire au respect dû à la mémoire des morts.

Soit imprévoyance, soit défaut de ressources budgétaires communales, il ne fut établi que dans un très petit nombre de communes des cimetières distincts ou des compartiments séparés pour l'inhumation des morts ayant appartenu à des cultes différents.

Une autre cause de difficultés provenait de ce que le décret était muet en ce qui concerne la sépulture de défunts catholiques ou non catholiques, tués en duel, suicidés, suppliciés, ayant refusé les secours de l'Église, enfants n'ayant pas reçu le baptême, de tous ceux, en un mot, auxquels, d'après les rites de l'Église catholique, la sépulture religieuse peut être refusée.

Or, pour les défunts de toutes ces catégories, le clergé, se conformant au rituel, qui est sa règle, au lieu de se borner à refuser son ministère, s'est souvent arrogé le droit de s'opposer à l'inhumation de ces personnes dans les cimetières catholiques.

Le curé croit qu'il est de son devoir et de son droit de s'opposer à ce que tout individu non catholique, ou même catholique ayant refusé les sacrements, soit enterré dans le cimetière communal ; et, en procédant ainsi, il ne fait que se conformer aux règles du rituel. Il est, par conséquent, assuré d'avance d'obtenir l'assentiment de ses chefs hiérarchiques.

Mais, en cela, le clergé méconnaît évidemment la révolution opérée par les lois qui proclament la liberté des cultes et qui séparent le pouvoir spirituel du pouvoir temporel. Dans sa circulaire précitée du 25 brumaire an XI, Portalis faisait ressortir cette distinction fondamentale entre le régime antérieur à 1789 et le régime nouveau.

« Quand les institutions civiles et les institutions religieuses étaient indissolublement unies, les cimetières appartenaient à l'Église ; c'étaient les prêtres qui en ouvraient ou en fermaient les portes. Alors les obsèques religieuses n'étaient point séparées du convoi et de l'inhumation. Le refus de sépulture religieuse emportait donc nécessairement un refus proprement dit de sépulture. Il n'en est point ainsi aujourd'hui. Il n'y a plus de religion exclusive et dominante. La liberté de conscience est une loi de l'Etat, et la conséquence naturelle de cette liberté étant de ne plus confondre les institutions religieuses et les institutions civiles, le droit de sépulture est absolument indépendant de tout ce qui concerne les obsèques religieuses. Ce droit appartient à tout citoyen, quel que soit son culte ; ce ne sont pas les prêtres qui garantissent la sépulture, c'est la puissance civile qui est chargée de ce soin. »

A Paris, le cimetière a conservé le caractère neutre qui lui fut donné en 1789 et en l'an II de la République. Le clergé s'y est abstenu de bénir l'ensemble du cimetière, et la bénédiction a lieu pour chaque fosse au moment de la sépulture. De leur côté, les ministres des autres cultes accompagnent les fidèles appartenant

à leurs confessions respectives et y font, selon leurs rites particuliers, les cérémonies et les prières de leurs cultes.

Le système adopté à Paris est justifié par l'excellence des résultats obtenus. On ne saurait imaginer une promiscuité de tombes,
une confusion de sépultures de gens ayant appartenu à tous les
cultes, à toutes les sectes, ou ayant fait profession de n'appartenir
à aucune communion religieuse, duellistes, suicidés, enfants morts
sans baptême, qui puissent être comparées à la confusion, à la
promiscuité qui règnent dans les cimetières de Paris. Seuls, les
israélites ont obtenu, depuis peu d'années, le privilège d'avoir
un lieu de sépulture spécial dans deux cimetières de Paris.

La conséquence, c'est la liberté, pour chaque fidèle d'un culte
quelconque individuellement, d'y être inhumé, sans acception
de croyance et de confession religieuse. S'enquérir, au moment
de la présentation du corps au cimetière, des croyances et de la
foi religieuse du défunt, de ses pratiques religieuses ou de son
incrédulité, serait se livrer à une inquisition aveugle et blesser la
liberté de conscience en la personne du défunt et de sa famille.
Le cimetière ouvert à tous les morts, la liberté pour eux et pour
leurs familles d'entourer la sépulture de l'appareil religieux propre
à tel ou tel culte, ou d'y renoncer, en un mot, la neutralité du
cimetière, tel est le régime naturel et légal qui lui appartient et
doit lui être conservé. Tel est le régime adopté dans les cimetières
de Paris.

Dangers des cimetières. — Les cimetières sont d'autant plus
dangereux, que l'accumulation des débris humains y dépasse les
proportions ordinaires.

Tous ceux qui ont visité un cimetière ont pu constater l'odeur
putride qui se dégage de la fosse commune ; l'eau pluviale charrie
ces matières, empoisonne le sol à de grandes distances. Aussi
est-il dangereux à l'extrême de toucher au sol à aucune profondeur ; la santé publique exige qu'il reste intact dans les années à
venir de l'inhumation ; ce n'est pas, en effet, une petite chose que
d'exposer des milliers de tonnes de débris humains en pourriture
à l'action de l'air.

De tout temps une pareille opération a causé des épidémies, et
les exhumations qui commencent à se pratiquer à Paris sont une
bien grande témérité ; les odeurs qui s'exhalent pendant ces travaux sont toujours le précurseur des contagions et l'avant-cou-
reur du choléra.

Le poison sommeille pendant un certain temps et ne manifeste sa présence qu'à des époques plus ou moins éloignées les unes des autres ; l'histoire des épidémies de Paris nous le présente à divers degrés de violence, mais toujours à l'état permanent dans les hôpitaux ; puis un beau jour, on le voit apparaître avec une violence qui entraîne la mort de 50 pour 100 des victimes atteintes.

Les véhicules de transport sont l'eau, l'air, la terre.

L'eau infiltre le poison dans les cours d'eau, et sous cette forme elle est le moyen de transport le plus efficace.

L'air absorbe les miasmes et sous l'influence de la chaleur, de l'humidité, produit les émanations fétides, infectes dont nous nous plaignons avec droit.

Enfin, la terre par sa culture, par la végétation qu'elle donne, n'est pas moins dangereuse.

Les cimetières ne sont pas des lieux où il y ait à craindre la culture proprement dite, mais on ne peut empêcher que les arbres, les herbes, les fleurs ne soient habités par les insectes qui, se métamorphosant, changeant de lieu, ingèrent aux autres êtres animés le poison. M. Pasteur a prouvé que des vers qui sortaient d'un terrain à inhumation, que des animaux qui avaient brouté de l'herbe qu'ils avaient souillée, s'étaient non seulement donné le charbon, mais avaient encore empoisonné tout le troupeau dont ils faisaient partie.

M. Carnot s'efforçait de rechercher quel effet pourrait obtenir pour l'assainissement des cimetières le drainage du terrain, les arrosages fréquents et les cultures de plantes à racines profondes. Ayant choisi dans le cimetière Montparnasse une parcelle de terrain ayant déjà servi à trois séries d'inhumations successives, qui ne devait pas être de longtemps remuée et qui se trouvait voisine d'un égout où l'on pouvait facilement conduire les eaux de drainage, il fit creuser des tranchées étroites et profondes entre les fosses et sans toucher aux cercueils ; dans ces tranchées furent disposées, à une profondeur de $1^m,60$ à $1^m,80$, des files de drains de $0^m,05$ de diamètre intérieur, allant aboutir à des drains de plus gros diamètre ($0^m,08$) formant deux lignes principales sur les deux côtés de la parcelle ; ces drains venaient aboutir à un puisard de $1^m,80$ de profondeur, d'où les eaux devaient descendre, par un collecteur unique, dans l'égout situé à $5^m,60$ de distance du puisard.

Ayant comblé de terre les tranchées de drainage, on y sema de la luzerne, dont les racines devaient pénétrer profondément dans le sol qui fut arrosé plusieurs fois chaque jour, afin d'obtenir au travers des fosses une active filtration de l'eau et de l'air, accélérant, par suite, la décomposition des matières organiques des corps : en d'autres termes, leur combustion par l'oxygène de l'air.

Dans les eaux, on ne trouva que de simples traces de substances organiques ; on constata en même temps qu'elles ne renfermaient pas une proportion appréciable d'ammoniaque ou de sels ammoniacaux, mais qu'elles contenaient, au contraire, des azotates en quantité très notable. On est alors bien fondé à comparer ce qui se passerait pour les eaux des cimetières aux faits qui ont été observés à Merthyr-Tydvil et à Gennevilliers, pour les eaux d'égout qui, quoique très chargées de matières organiques, s'épurent complètement en traversant une épaisseur suffisante de terre et s'y dépouillent de la totalité de ces matières, si dans l'un et dans l'autre cas on a filtré les substances organiques ou ammoniacales, au travers d'une couche de terre assez épaisse et assez aérée, et pendant cinq ans elles seront entièrement oxydées et transformées en nitrates, sels qui se trouvent dans les eaux des puits et des sources.

Décomposition des cadavres. — Que faut-il de temps pour décomposer complètement un cadavre et rendre la dépouille inoffensive ? Telle est la question qui fut posée il y a quelque temps à une commission nommée par M. le préfet de la Seine.

M. Schutzemberger fut chargé d'examiner la composition chimique du sol des cimetières parisiens. Voulant d'abord reconnaître si la terre s'y sature, au bout d'un certain temps d'usage, de matières organiques susceptibles de la rendre impropre à la disparition ultérieure de nouveaux cadavres, il commença par prélever au cimetière d'Ivry de la terre prise dans une fosse commune ayant servi deux fois depuis peu de temps, à un intervalle de six ans entre les deux remaniements. Dans les échantillons : 1° de terre vierge, n'ayant jamais servi aux inhumations ; 2° de terre prise immédiatement au-dessus de la couche des cercueils, et 3° de terre prise immédiatement au-dessous de cette couche, la matière organique fut dosée et le résultat fut que, dans ces terres, moyennement perméables à l'eau et à l'air, la combustion est complète après *cinq années*, et que, par conséquent, il n'y a pas lieu de s'arrêter à l'idée d'une saturation de la terre par les matières organiques.

Il faut donc cinq ans, dans un terrain propice, et pendant ces cinq ans la destruction lente des cadavres dans les conditions normales de l'inhumation est-elle de nature à développer et à répandre dans l'atmosphère des gaz délétères, tels que l'hydrogène sulfuré, l'ammoniaque, l'oxyde de carbone ? Telle fut la seconde question que se posa M. Schutzemberger. Après avoir puisé de l'air dans les conditions les plus variées de température extérieure, et à la surface du sol aussi bien qu'à des profondeurs variant de 40 à 80 centimètres au-dessous des fosses anciennes, datant de plusieurs années, et de fosses plus récentes, un mois et six mois après l'inhumation, il ne put jamais parvenir à trouver la moindre trace des gaz que nous venons de mentionner.

Ainsi, il était démontré que les cadavres inhumés dans un sol suffisamment perméable et à une profondeur de $1^m,50$, disparaissent et sont brûlés en moins de cinq ans sans dégager ou laisser arriver à la surface du sol ou même avoir à 40 ou 80 centimètres de profondeur aucun gaz délétère et putride pouvant exercer une influence nuisible sur la santé publique, si on a eu soin en accord avec le culte pieux que la population parisienne pratique à l'égard des morts, d'éviter la dessiccation de la terre des fosses fraîchement creusées et d'enchaîner sur le sol remué tout germe de bactéries jusqu'à l'instant où une épaisse végétation puisse les soustraire aux agents atmosphériques qui tendent à la fois à le pulvériser et à le répandre au loin dans les rues et l'intérieur des habitations.

C'est-à-dire et pour résumer la pensée qui a dicté les termes de son rapport, la commission reconnaît que le législateur a eu raison d'exiger cinq ans de repos aux morts, et pendant ces cinq ans le couvrir d'une végétation luxurieuse qui seule absorbe les gaz provenant de la décomposition du cadavre.

A Paris, il existe trois catégories de tombes : la fosse commune où les bières sont juxtaposées les unes sur les autres ; les fosses temporaires dont la concession est faite pour cinq ans, les tombeaux en maçonnerie.

Toute substance organique en décomposition fermente d'une manière différente. La fermentation est sèche, elle est putride, elle est alcoolique.

Transfert des cimetières. — Il est constant que les matières en décomposition amènent dans notre constitution des modifications profondes sous forme de maladies ; aussi, depuis que l'on s'occupe d'hygiène, on a pensé avec raison, d'éloigner le plus possible le séjour des morts de celui des vivants.

16

Dès le dix-septième siècle, on ne conteste pas les dangers que présente pour la santé publique, l'existence des cimetières dans l'intérieur des villes. En 1600, une défense royale fut faite aux corporations religieuses de ne plus opérer d'inhumations dans les cimetières situés près des églises.

Un document fort intéressant ne laisse aucun doute à cet égard, on y trouve que Pierre Simon, médecin à la Faculté de Paris, recommande dans son testament qu'on ne l'enterre pas dans l'église de sa paroisse, non qu'il ne crût en Dieu, mais ne voulant pas faire de mal aux vivants après sa mort.

Depuis l'année 1865, l'administration de la ville de Paris agite la question du transport des cimetières, et cette question soutenue et combattue avec une égale force d'argumentations est encore au point précis où elle était il y a dix ans.

Un compromis est intervenu le jour où il a été bien ouvertement démontré que les cimetières urbains constituaient une véritable menace pour la population. La science a permis de constater que les éléments solides dans la matière organique qui se détruit sont des animaux et des végétaux de l'ordre le plus inférieur de la création. Aussi est-ce à cette décomposition que l'on doit toutes les maladies parasitaires, dont l'une la plus terrible est le charbon ; ou bien sous forme de miasmes, elle apporte aux populations les microzoaires, les microphytes, germes des maladies épidémiques, la peste, le choléra, la fièvre jaune intermittente, typhoïde, typhus, la dissenterie. Un arrêté préfectoral ferma l'accès des nécropoles de Paris aux défunts qui ne possédaient pas une concession perpétuelle, et imposa à tous les nouveaux acquéreurs un droit d'entrée fort élevé ; — quant aux inhumations gratuites, ou d'une classe inférieure, elles furent refoulées loin de la ville, de manière à diminuer un peu les craintes d'épidémies pour Paris. — Mais cette mesure reporta ces mêmes appréhensions au sein des populations suburbaines qui, au nom du droit que chacun a de vivre, réclament énergiquement la fin d'un provisoire rempli de péril.

Incinération. — M. Olivier Rayet décrit d'une manière fort intéressante les cérémonies des funérailles chez les Grecs.

« Ces cérémonies, dit-il, formaient une sorte de drame en trois actes, dont les mœurs et les lois réglaient avec précision les plus menus détails. Le premier de ces actes était l'exposition du corps (πρόθεσις). A peine le cadavre était-il refroidi que les femmes de la famille s'en emparaient, le lavaient, l'oignaient d'huile parfumée, le revêtaient de vêtements blancs et le couchaient sur un lit de parade dressé dans la première pièce de la maison mortuaire et visible de la rue. Une couronne de feuillage était placée sur le front des hommes; une stéphané, en or chez les riches, en cire peinte chez les pauvres, ornait la tête des femmes. Des lécythes (petits vases blancs) remplis de parfums, étaient disposés çà et là sur la couche. L'exposition durait un jour entier. Pendant cette journée, les parents et les amis venaient joindre leurs lamentations à celles des gens de la maison. Un vase rempli d'eau de source, et placé près de la porte de la rue, leur permettait de se purifier en sortant car l'entrée dans une maison funestée par morte les constituait une souillure, et, avant de l'avoir effacée, l'on n'eût pu sans impiété ni prendre part à une cérémonie religieuse, ni pénétrer dans un sanctuaire, ni même mettre le pied sur l'agora.

Le lendemain, se faisait le transport (ἐκφορά, *elatio*) du mort à l'endroit de la sépulture. Le départ avait lieu de très grand matin, de manière que l'ensevelissement fût terminé avant le lever du soleil et que cet astre n'aperçût point un spectacle impur. Avant de quitter la maison mortuaire, on faisait un sacrifice, puis le cortège se formait. Parfois, le corps était placé sur une charrette attelée de chevaux ou de mulets; d'autres fois, et plus souvent sans doute, il était mis sur un brancard porté par des hommes à gages, appelés *nécrophores*. Le mort avait la tête en avant, le visage à découvert, le corps vêtu de blanc. A Athènes, l'ordre du cortège était fixé par la loi. En avant marchait une femme portant le vase (χυτρίζ) destiné aux libations à faire sur la tombe; puis venaient les parents revêtus de costumes sombres.

Les hommes marchaient d'abord, l'un d'eux portant une lance, si le défunt était mort assassiné; ensuite venaient les femmes. La marche était fermée par les joueurs de flûte, chargés d'accompagner la lamentation psalmodiée par la famille. Dans cet ordre, la troupe s'acheminaït par les rues étroites, les femmes pleurant, gémissant, se frappant la poitrine, les hommes se lamentant avec plus de réserve, les joueurs de flûte s'évertuant de leur mieux, si bien que le vacarme réveillait en sursaut les habitants du quartier. On arrivait ainsi au petit jour, hors de la ville, au lieu choisi pour la sépulture.

L'usage de brûler les corps ne fit son apparition que vers l'an 1270 (avant J.-C.), mais cet usage n'était pas général et ne s'appliquait pas à toutes les classes des citoyens. — Nous trouvons dans les historiens romains la mention de puits très profonds creusés dans la campagne suburbaine, et dans lesquels on déposait les cadavres appartenant au menu peuple.

Lorsque cet ossuaire était plein, on en fermait hermétiquement l'orifice et on ouvrait un nouveau puits à côté du premier. — De nos jours, encore, certains villages de l'Italie centrale et méridionale n'ont pas d'autre mode de sépulture.

Nous devons à M. Maspera, un travail très remarquable sur les cérémonies funéraires en Égypte, au temps le plus reculé.

Le trait dominant de la religion égyptienne, ce qui lui donne un caractère si grandiose et si singulier, c'est l'ensemble des croyances sur la destinée de l'homme et sur les liens qui le rattachent, lui, créature faible et misérable, à la grandeur et à l'immortalité des dieux. Les dogmes égyptiens nous présentent la vie comme une sorte de préparation à la destinée merveilleuse qui nous attend. L'homme sort de ce monde pour entrer dans une vie nouvelle, bien autrement importante, bien autrement longue et décisive que celle dont elle a été précédée. Les efforts de l'homme actuel doivent converger vers les phases diverses et les péripéties de l'autre monde, dit *Occidental* ou *Amenti* ou *Kernouter ;* la piété envers les dieux, la justice envers nos semblables, la pratique de la vérité sont des garanties que nous acquérons pour l'issue bienheureuse de la vie de l'Amenti. Nous pouvons ainsi espérer la *justification,* qui nous assimile à Osiris, c'est-à-dire qui nous revêt de gloire et de félicité dans le monde divin, où l'on ne connaît ni déclin, ni douleur, ni mort. L'homme justifié a franchi les longues et redoutables épreuves qui l'attendent dans Kernouter ; il a échappé à la seconde mort, châtiment suprême des méchants qui anéantit leur âme ; grâce aux offrandes faites sur le tombeau et perpétuées à travers les âges, l'âme du défunt possède le secret d'intéresser les dieux à son sort et le moyen de se réconforter pour les épreuves de l'avenir. L'Osiris humain revient alors vers sa dépouille mortelle, l'anime de nouveau et l'associe par la résurrection à son bonheur éternel.

On comprend dès lors l'importance qu'on attachait à munir le défunt de tous les objets qui devaient lui être nécessaires dans sa vie de l'*Amenti.*

Grande était la préoccupation de conserver intacte la dépouille du mort pour le jour où l'âme reviendrait l'habiter : de là les soins infinis qui présidaient à l'embaumement, à la construction du tombeau et à la dissimulation du sarcophage.

Serviteurs, parents, amis, ceux qui accompagnaient la momie

ne craignaient pas de se donner en spectacle ni de troubler par leur deuil l'indifférence des passants. Ils froissaient ou déchiraient leurs vêtements avec des gestes désordonnés, se battaient à deux mains le front et la poitrine, se couvraient les cheveux et la face de poussière et de boue. Leurs voix, tantôt s'élevaient isolées, tantôt se confondaient dans une plainte commune et formaient un concert de lamentations ; pour les Égyptiens, le défunt n'était à proprement parler, ni vivant ni mort : il avait subi une métamorphose qui le rendait impropre à l'existence terrestre ; le dernier battement de son cœur marquait l'instant où il s'éloignait de ce monde pour aller suivre ailleurs le cours de ses destinées.

Le jour des funérailles vient. « Le matin d'aller cacher sa tête dans la vallée funèbre et de se réunir à la terre » était venu, le cortège se mettait en marche à travers les rues de Thèbes et se dirigeait vers le Nil. En tête marchent des esclaves portant des offrandes, puis les pièces du mobilier : coffrets, coffres, tables, fauteuils, pliants, chars, armes, sceptres, amulettes, barque solaire, figurines, etc. Derrière cette armée de serviteurs, les pleureuses, les amis ; les parents entourent le baldaquin sous lequel repose le cercueil traîné par un attelage de bœufs.

Les pleureurs et les pleureuses chantent : « A l'Occident le très excellent qui hait la duplicité. Lamentez-vous, lamentez-vous ! O grand ! lamentez-vous ! O homme bon, très excellent qui hait le mensonge. » Les gens qui mènent les bœufs ont aussi leurs acclamations : « A l'Occident, ô bœufs qui tirez ! A l'Occident ! Ton maître vient derrière toi, ô taureau ! » En avant du char on voit un homme qui arrose le sol avec du lait pour favoriser le glissement du traîneau ; il précède le prêtre officiant, qui présente l'encens et la libation à Osiris.

L'épouse du défunt se livre à son désespoir : « Ne m'abandonne pas, s'écrie-t-elle, ô Grand, ne m'abandonne pas, ne m'abandonne pas ! » Un second groupe de pleureurs et de pleureuses répond à son appel : « A l'Occident ! ô deuil ! Toi qui fais mon deuil, toi qui me fais pleurer, repose dans ta syringe comme tout juste ! » Un coffret contenant l'huile pour la libation est porté auprès du traîneau. Les amis en costume de cérémonie, la grande canne à la main, sont derrière le cercueil et disent : « A l'Occident ! »

Arrivé au bord du Nil, le convoi s'embarque sur des navires construits ou loués. Sur chaque rive une offrande s'accomplit, souhait d'adieu au départ, souhait de bienvenue à l'arrivée. Cette navigation est le symbole du voyage que l'âme désincarnée entreprend pour entrer dans l'autre monde. Le terme de ce voyage mystique est Abydos. Comme la plupart des peuples de l'antiquité, les Égyptiens connaissaient le lieu précis par où les âmes pénètrent dans les régions de l'Amenti : c'est une fente pratiquée dans la montagne à l'ouest d'Abydos. La barque du Soleil, arrivée à la fin de sa course diurne, se glissait avec son cortège de dieux par la bouche de la fente et pénétrait dans la nuit. L'âme des hommes s'y glissait avec elle ; c'est là qu'elle trouvait le tribunal suprême d'Osiris. Parti de Thèbes, le défunt traversait donc le Nil pour aller reposer *en corps* dans la montagne libyque, située sur la rive gauche du fleuve, et pour comparaître *en esprit* à Abydos devant le jury infernal.

A Rome, l'incinération était également réservée aux classes riches, car cette opération, toujours entourée d'une grande pompe, était fort coûteuse. — Mais à mesure que les victoires de ses armes étendaient les limites de l'Empire, le peuple romain adopta, sans trop s'en apercevoir, une partie des mœurs, des usages des peuples conquis ; or, les peuples du Nord, et les Gaulois entre autres, enterraient leurs morts. Cette différence choquante dans les derniers devoirs à rendre, suivant la classe ou la fortune du trépassé, devait trouver un adversaire résolu dans le christianisme naissant, qui, lui aussi, en imitation de son sublime modèle, enterrait ses morts, et faisait des catacombes romaines un immense ossuaire.

Nous compléterons cet historique des inhumations chez les différents peuples habitant notre planète par quelques lignes que nous empruntons au journal *l'Hygiène :*

« Parmi les peuples hindous, l'ancienne coutume de la crémation ne prévaut que parmi les castes qui se croient descendants des Aryas guerriers ; la plus grande partie de la population enterre ses morts. La crémation serait exceptionnelle, si les nécessités économiques et hygiéniques des grandes villes n'amenaient pas à l'emploi du feu plutôt qu'à un ensevelissement qui ferait des faubourgs un vaste cimetière. A Madras, par exemple, où la population de 400,000 âmes est fort pauvre, il y a beaucoup d'incinérations.

« Le combustible employé est la *brattie*, tourteau de fiente de bœuf desséchée au soleil. Le corps est apporté sur un palanquin, à l'enclos de crémation, quelques heures après le décès ; il n'y a

aucun cercueil; le cadavre est placé simplement sur un lit de tourteaux et couvert d'une quantité suffisante de ce même combustible; le coût de ce bûcher économique ne doit pas surpasser cinq
francs. Le feu est très lent, et ne produit pas de flamme; les gaz
du cadavre subissent une combustion assez complète et la grande
quantité de cendres siliceuses cache les résidus mortuaires. Tôt
ou tard, les cendres du bûcher et du cadavre trouvent leur emploi
dans les champs; il n'y a donc de perte économique que dans les
matières organiques.

« En Birmanie, la coutume générale y est d'enterrer les morts,
mais les dignitaires de l'Église bouddhiste, bonzes en renom, ont
droit à d'autres honneurs. Le saint est déposé dans un cercueil
fait, comme une pirogue, en creusant un tronc de teck de forte
taille; ce cercueil est rempli de miel et le corps reste ainsi *en
confiture* pendant une année. Au bout de ce temps, on retire le
saint de ce milieu conservateur et on le dépose sur un bûcher
de bois enduit de pétrole. Chez les Persans, près de chaque ville
où il y a une colonie, ou seulement un groupe important de
Parsis, ils acquièrent un terrain sur lequel ils érigent une Tour
du Silence, construction simple dont la plate-forme est à l'abri
des regards curieux, soit par sa hauteur, soit par l'effet d'un
cercle de hauts arbres. La procession funéraire s'arrête au pied
de la tour; les porteurs, préposés à cet office religieux, y entrent seuls et montent le cadavre jusqu'à la plate-forme où ils le
déposent. Ils descendent, ferment la porte, et la procession
s'éloigne. En quelques heures toutes les parties molles sont dé-
vorées par les vautours et les milans; et lorsque les porteurs reviennent après quelques jours, ils peuvent jeter les os par le
grillage qui forme la partie intérieure de la plate-forme. Le fond
de la tour est ainsi un ossuaire.

« Cette pratique singulière est de haute antiquité; elle est prescrite dans le Vendidâd, le seul livre qui reste du Zend-Avesta. La
théorie repose sur l'impureté du cadavre devenu la demeure de
démons; il ne doit pas souiller la terre, le feu, ou l'eau, éléments
sacrés. Il ne reste donc que l'air auquel on peut livrer le cadavre;
mais il est évident que la terre ne perd pas grand'chose puisqu'elle
est indirectement engraissée par la colonie d'oiseaux de proie qui
se forme dans tout le voisinage.

« Il reste à dire un mot sur la coutume hindoue, de jeter les
morts à la rivière. Cette coutume ne se pratique, que sur les bords
du Gange, fleuve sacré qui sort de la tête de Siva; les autres

fleuves de l'Inde sont exempts de cette souillure, qui d'ailleurs devient de plus en plus rare.

« Les crocodiles du Gange remplacent les chacals des cimetières hindous, et les vautours des Tours du Silence. »

La religion nouvelle, fortifiant dans les âmes les saines croyances de résurrection et étendant le cercle de son influence régénératrice, éteignit jusqu'au dernier bûcher funéraire.

Les dangers que présentent les inhumations ont fait renaître la question d'incinération : des sociétés particulières se sont formées pour faire entrer dans l'esprit des masses cette violation de nos mœurs ; dans les principales villes de l'Europe, on a construit des chapelles crématoires dans les cimetières où l'on brûle tous ceux qui ont manifesté de leur vivant le désir de cette opération.

Nous accorderons une mention toute spéciale à la proposition formulée par M. Cadet, un des membres les plus marquants du Conseil municipal de Paris. M. Cadet eut l'honneur de faire voter à ses collègues la *crémation*.

La crémation, disait l'honorable conseiller municipal, permettrait de conserver les cimetières actuels, qu'il serait facile de transformer en des jardins où seraient placés les urnes cinéraires. — Cette proposition, continuait l'orateur, avait été portée une première fois devant le Conseil des Cinq-Cents le 21 brumaire an V, et, sur le rapport du citoyen Doubermesnil, admise en principe. — En l'an VII, l'administration du département de la Seine l'adopta sur la proposition du citoyen Cambry.

Le cimetière Montmartre était particulièrement affecté à ce nouveau service. — « Le cimetière serait entouré de murs ayant une « épaisseur de 0,81 centimètres, dans lesquels seraient ménagées « des niches, des voussures, pour recevoir les urnes cinéraires. »

La combustion des corps s'opérerait dans des fours *ad hoc*.

Ce qui était possible en l'an VII, observait M. Cadet, est de facile exécution à notre époque, grâce aux progrès de la science. — La dépense de combustible, alors fort élevée, se réduirait aujourd'hui à quelques francs à peine ; quant à la durée de l'opération, elle n'excéderait pas cinquante minutes. — Les essais se multiplient de tous côtés, en Suisse, en Italie, en Angleterre, il est temps que Paris s'en occupe, puisqu'il trouvera dans l'application de ce moyen la solution d'un problème bien difficile à résoudre.

Le Conseil municipal actuel a pris, avons-nous dit, en considération la proposition de M. Cadet.

Une loi a autorisé l'incinération en Italie, qu'a-t-elle produit? se demande M. le préfet de la Seine.

A Milan, qui compte 315,000 habitants, on a brûlé deux cadavres en 1876, 8 en 1877, 15 en 1878, 25 en 1879, 40 en 1880.

Nous ne repoussons certainement pas, et de parti pris, le projet qui rallume dans l'avenir les bûchers funéraires ; comme M. Cadet, nous reconnaissons que ce moyen est éminemment pratique, qu'il aurait pour effet incontestable de supprimer toutes les émanations cadavériques dont l'hygiène s'alarme à bon escient. Comme l'honorable conseiller municipal, nous reconnaissons que les immenses découvertes scientifiques permettent d'opérer la combustion des corps, non seulement avec une très grande rapidité, mais sans le moindre dégagement des odeurs caractéristiques qui devaient marquer cette opération chez les anciens : mais il nous faut bien reconnaître aussi que ce remède héroïque contre l'encombrement des cimetières et les craintes exprimées au nom de la salubrité est loin d'être entré dans nos mœurs : il faudra plus de temps qu'on ne croit pour acclimater cette idée, pour l'implanter dans nos usages, pour qu'elle revête une forme acceptable et pour que le brevet d'utilité publique que lui décerne, avec raison, M. Cadet, soit sanctionné par la population.

Voici, d'après le docteur Molière, comment se pratique l'opération de la crémation des corps faite dernièrement à Milan.

Aussitôt introduit dans le fourneau crémateur, le cadavre est immédiatement entouré de flammes innombrables qui en lèchent la surface dans toutes les directions. Le crâne se met à pétiller et la graisse s'écoule au-dessous en brûlant. C'est précisément à ce niveau que se trouve l'entrée des flammes; aussi a-t-on cru devoir y placer l'une des parties les plus résistantes et les plus difficiles à détruire. Un peu plus haut, on aperçoit par la seconde ouverture l'abdomen qui se rapetisse et se rétracte sur lui-même au point de diminuer de la moitié de son volume. Mais c'est du côté des membres inférieurs qu'il est encore le plus facile de suivre l'action du calorique sur les tissus. Les pieds se ratatinent tout d'abord, puis ils prennent une coloration noirâtre analogue à celle des momies d'Égypte.

Chose étrange, au milieu de cette œuvre de destruction, le linceul carbonisé conserve encore sa place et tranche, par sa blancheur éclatante, sur la coloration plus foncée des chairs à demi brûlées.

Pendant une demi-heure environ les choses en restent là, et il est permis de croire que la lenteur relative de l'opération vers le début, dépend surtout de la déshydratation du cadavre, car, à dater d'un certain moment, on voit les parties molles disparaître très rapidement. La tête n'a bientôt plus que la grosseur des deux poings, et les membres inférieurs sont entièrement dépouillés. Les petits os du tarse et du métatarse tombent au-dessous de la claie métallique, ainsi que les fragments plus ou moins reconnaissables des vertèbres calcinées. Seul l'abdomen résiste encore, et contre lui sont dirigés les derniers efforts de la combustion.

La quantité de bois nécessaire à la destruction d'un corps est relativement très peu considérable, la dépense ne s'élève pas au-delà de 3 à 4 fr. : l'opération de la crémation, tous frais couverts, revenant à la somme modique de 48 fr.

Depuis lors une société s'est fondée à Paris pour la propagation de la crémation, elle rappelle ce que nous et d'autres, avons démontré.

« Le nombre des molécules tenus en suspension dans l'atmos-« phère est incalculable. On a évalué à plus de cent millions les « ferments ou germes de toute nature qui passent journellement « dans nos bronches. D'après ce chiffre, on peut juger de l'in-« fluence que l'air impur peut exercer sur la santé. Toutes les ma-« ladies épidémiques n'ont pas d'autres origines. »

Or, si on fait la part qu'à Paris, il existe au moins un million de cadavres, à l'état de putréfaction, que les matières se trouvent à proximité de nos demeures, qu'elles fournissent des miasmes animaux, disent les uns, des ferments cultivables, disent les autres, qui viennent attaquer l'existence des vivants, nous nous demandons comment il peut se faire que nous continuions à plaisir de maintenir une pareille situation, contraire à la loi, et que nous ne reportions pas les champs de nos morts plus loin de nous.

On objecte que nos mœurs ne se prêtent pas à de pareilles pratiques, et qu'il faudra bien du temps pour y arriver; on objecte, d'un autre côté, que nos lois ne permettent pas l'adoption d'une semblable mesure, que le catholicisme, notre religion prédominante, s'y oppose; qu'enfin ce serait infecter l'atmosphère de Paris des gaz qui, chaque année, s'échapperaient de 50,000 ou 60,000 cadavres, et que ces émanations sont aussi nuisibles que celles dont nous nous plaignons lorsqu'elles proviennent de la torréfaction des matières animales.

Il est vrai qu'on arriverait à brûler ces gaz, à en faire au besoin des luminaires, auxquels on parviendrait à s'habituer.

Ce qu'on reproche encore à ce système, c'est de ne pas rendre les derniers devoirs aux nôtres, c'est de laisser un champ bien vaste au crime, que d'empoisonnements qu'on ne découvre que bien des mois après la mort, resteraient impunis.

La pensée se cabre devant l'idée de livrer au feu le corps de ceux qui nous sont chers ; il semble qu'il y a, dans ce fait, quelque chose de barbare qui est loin d'appartenir à notre époque. — Chacun de nous accepterait, *peut-être*, cette fin pour son propre compte, mais refuserait certainement cette même chose pour son père ou pour ses enfants.

Injection des cadavres. — Les propriétés désinfectantes et antiputrides du coaltar et de l'acide phénique, ont fait proposer leur emploi.

Des cadavres injectés, abandonnés à l'air libre se sont desséchés, la conservation après quatre ans était complète. Dans ces conditions, une quantité plus considérable de cadavres pourrait être renfermée dans un même terrain, la salubrité serait complète, ce serait un embaumement général qui donnerait satisfaction à la piété des familles. Le seul inconvénient, c'est que si ce système assainit les cimetières, il encombre le terrain ; il n'est pas un remède à l'état de chose actuel.

Cellules de sépulture. — Un mode, tout récent, de sépulture vient d'être imaginé sur les bords du lac Léman.

La ville des morts se compose de *mas* ou édifices construits en beton formant, pour ainsi dire, des monolithes sans joints, ces mas renferment un double rang de chambres ou de cellules mortuaires de dix tombes chacun dans la longueur horizontale, et de trois à cinq superposées verticalement, ayant leurs ouvertures sur les deux faces longitudinales. Entre les deux rangées de chambres se trouve un espace vide dans lequel aboutissent des ouvertures partant de chaque cellule, et par lesquelles s'échappent les miasmes, gaz et parties liquides des corps en décomposition. Ces communications sont placées l'une à ras du sol et l'autre directement sous le sommet de la voûte, et ne s'ouvrent qu'après le premier scellement. Ces récipients des différents mas descendent au-dessous du sol et jusqu'à la surface bétonnée servant de base à la nécropole. Ils se réunissent alors et forment une canalisation générale dans laquelle sont introduites des prises d'air. Le tout aboutit au foyer d'une grande cheminée centrale, laquelle, par un feu continu, appelle et absorbe tous les miasmes.

L'échappement des gaz légers est rendu impossible par l'espace isolateur placé au-dessus des tombes, couvertes encore par une couche de terre végétale, et, d'un autre côté, l'infiltration des matières liquides ou des gaz lourds dans le terrain, par l'espace isolateur inférieur, qui repose sur une couche de béton impénétrable, de 3Q à 50 centimètres d'épaisseur, couvrant tout le sous-sol de la nécropole et lui servant d'assise.

Culte des morts à Paris. — Aussi loin que nous ramène l'histoire, nous découvrons les marques de respect que nos aïeux professaient pour leurs morts. — La forme, les pratiques, les signes extérieurs de ce culte ont pu différer suivant l'époque et le degré de civilisation, mais le fond est resté invariable, tant la mort s'impose par son horreur même, ou par sa majesté.

De tous temps, sous tous les climats, et à quelque siècle de barbarie qu'il appartînt, la première préoccupation de l'homme a été de dérober la dépouille des siens aux injures du temps ou aux profanations des fauves. Et cela, non point seulement par un instinct de commisération pour la dépouille inerte, mais bien plutôt par obéissance à un secret sentiment religieux, rempli d'effroi.

En vérité, l'égoïsme avait sa large part dans ce respect, dans cette crainte, et le culte devant lequel nous nous inclinons aujourd'hui, parce que tous, indistinctement, nous nous sentons soutenus par les fortifiantes promesses d'une vie future, avait, à cette époque lointaine, sa source directe dans l'épouvante du lendemain.

Dès les premiers âges, les morts étaient enfouis dans des fosses profondes ou dans des caveaux. — Mais fosses ou caveaux s'ouvraient à côté de la demeure des survivants.

Plus tard, lorsque l'agglomération des tribus éparses forma des villes, et par le nombre de morts rendit redoutable les exhalaisons cadavériques, les sépultures furent éloignées des habitations et disséminées sans ordre ni symétrie dans les champs, sur la montagne ou dans la plaine.

Il n'est pas de lieu au monde où le culte des morts soit entouré de plus de décence et d'un respect plus véritable qu'à Paris. Il semble que la ville que l'on représente, avec raison peut-être, comme étant le centre du mouvement, du plaisir et du bruit, veuille se faire pardonner ce trop plein d'animation, de gaieté, de vie, par son attitude digne, par sa contenance profondément respectueuse devant le convoi somptueux ou misérable qui, lentement, sillonne ses rues.

Les cimetières de Paris. — Le plus ancien cimetière de Paris semble avoir été situé entre la rue de la Verrerie, la rue du Mouton, aujourd'hui disparue, et l'ancienne place de Grève. Le cimetière du marché Saint-Jean ne s'ouvrit que plus tard.

A proprement parler, ces premiers cimetières n'étaient guère que les points où s'ouvraient le plus grand nombre de sépultures, mais sans que la population fût astreinte à y apporter ses morts. — Les nombreuses découvertes de débris funéraires et d'ossements remontant à ces premiers temps de l'histoire de Paris prouvent, en effet, que les enterrements n'étaient pas soumis à une réglementation absolue et que le lieu de la sépulture était laissé au choix de chacun.

Au reste, le *populaire* seul était enterré dans les cimetières. Ce qui s'élevait au-dessus de la foule, les grands, les heureux du jour, venaient attendre dans l'intérieur des églises, au pied des autels, l'heure du réveil promis. — Tous les monuments consacrés au culte, depuis la plus humble chapelle jusqu'à l'opulente métropole, depuis le plus riche monastère jusqu'à l'ermitage ignoré, s'entouraient d'un cimetière et couvraient de leur ombre la terre dans laquelle les corps du menu peuple étaient apportés.

Or, le nombre de ces églises, de ces couvents, de ces chapelles, était considérable. Paris, à la fin du quinzième siècle, comptait 102 établissements religieux abritant un cimetière intérieur et extérieur, et cela sans préjudice des cimetières ordinaires.

Parmi ceux-ci, nous devons mentionner le charnier des Saints-Innocents, sur l'emplacement duquel s'élève aujourd'hui une partie des Halles centrales. En 1683, ce charnier recevait les inhumations de plus de vingt paroisses. Cent ans plus tard, en 1785, un arrêt du Parlement ferma ce charnier encombré de cadavres ; — un éboulement considérable venait de s'y produire, et les exhalaisons épouvantables qui s'en dégageaient ne justifiaient que trop l'arrêt du Conseil. — Un an après, en 1786, l'archevêque de Paris ordonna que tous les ossements humains extraits de ce cimetière seraient transportés aux catacombes.

L'usage d'enterrer les morts dans les églises ou autour de leurs murailles avait pris naissance dans les sentiments d'une piété naïve dont le côté poético-religieux était bien fait pour frapper l'esprit de nos pères : « L'Église est la maison de Dieu ; au jour « du jugement, c'est par les portes des basiliques que s'écoulera « le flot des âmes remontant au Ciel ; — les plus près de la porte « seront les premières reçues ! »

Malgré l'opposition des paroisses et l'esprit réfractaire du peuple, l'augmentation constante de la population parisienne rendit bientôt nécessaire l'éloignement des cimetières urbains. — A chaque instant, l'épidémie sévissait et venait prêter son aide aux savants, aux chercheurs, pour battre en brèche la résistance de la population.

Le nombre des cimetières diminua donc rapidement, et l'opposition était aux trois quarts vaincue le jour où un décret de 1790 interdit définitivement l'enterrement dans les églises, les chapelles ou les hôpitaux.

Tant que dura la tourmente révolutionnaire, les prescriptions sanitaires réglant la sépulture furent loin d'être suivies exactement : les enterrements avaient lieu un peu partout ; mais, lorsque le calme fut revenu, une réglementation énergique imposa des limites qu'il fallut bien respecter.

Le 12 juin 1804, un décret impérial désignait, comme lieu exclusif des sépultures parisiennes, trois cimetières situés hors des murs. — Un vieux reste des anciennes coutumes essaya une dernière protestation qu'éteignit la voix toute-puissante de l'Empereur.

Il fut ouvert alors non pas trois, mais quatre cimetières, marquant les points cardinaux de la Cité :

L'un au Nord — à Montmartre ;

L'autre au Sud — à Montparnasse ;

Le troisième à l'Est — au Père-Lachaise ;

Le dernier à l'Ouest — à Sainte-Catherine.

L'étendue de ces nouveaux cimetières semblait assurer les besoins présents et à venir, en même temps que leur éloignement de la ville donnait pleine satisfaction aux exigences de l'hygiène publique ; mais il était difficile aux administrateurs parisiens de 1804 de prévoir l'immense et rapide développement que Paris allait prendre, et ces quatre cimetières, qui réunissaient alors toutes les conditions de décence et de salubrité pour une agglomération qui ne dépassait pas cinq cent mille habitants, ne tardèrent pas à être comblés par les inhumations d'une population s'élevant rapidement à près de trois millions d'individus, tandis que le flot des constructions étendant le périmètre de la cité bien au-delà des bornes prévues au commencement du siècle, englobait dans son enceinte les champs de repos jadis situés en rase campagne.

Les graves inconvénients signalés au dernier siècle, et contre lesquels la science et la raison s'élevèrent avec tant d'autorité, ces redoutables menaces pour la santé publique, menaces que les administrateurs de 1804 croyaient à jamais conjurées, reparaissent en entier, et même avec cette différence aggravante que si, en 1804, le nombre annuel des décès était de 12,500, le chiffre des inhumations atteint aujourd'hui cinq fois ce nombre.

Les choses ont donc empiré, et le danger est devenu plus pressant aujourd'hui qu'alors : comme au temps jadis, les cimetières s'ouvrent au cœur de la ville ; leur enceinte est tellement enserrée par leurs constructions que, sur bien des points, entre l'une et les autres, entre le séjour de la mort et l'habitation des vivants il n'y a comme séparation que la faible épaisseur d'un mur mitoyen ouvrant ses fenêtres sur le champ du repos, et demandant à ce charnier l'air nécessaire à la vie de ses habitants.

Telle est la situation à l'heure même où nous écrivons. — Le Père-Lachaise se défend mal contre l'empiètement de maisons qui forment une partie de son mur de clôture ; Montmartre est tellement pressé par les constructions riveraines, il est tellement battu en brèche par la vie qui bouillonne autour de ses murailles, que l'édilité a dû ouvrir une rue traversant le cimetière et le divisant en deux parties.

A Montparnasse, la promiscuité est plus révoltante encore : tout le côté Ouest a pour bordure immédiate une longue suite de maisons formant la rue *de la Gaieté!* Dans cette rue, si étrangement dénommée, les restaurants, cafés-concerts, bals publics et autres, semblent s'être donné rendez-vous.

Dans l'esprit de ceux, et le nombre en est grand, qui croient que tout n'est pas fini quand le cercueil est en terre, ces rires, ces éclats d'une gaieté avinée éveillent nous ne savons quelles pensées tristement pénibles, qui tiennent à la fois du dégoût et de la douleur.

Ce n'est certainement pas sans une appréhension bien légitime que les administrations préfectorales qui se sont succédé à Paris, depuis le décret organique du 10 mai 1806, relatif au service des morts, virent s'affirmer chaque jour davantage l'insuffisance des cimetières. — Mais au lieu d'appliquer une mesure radicale, au lieu de transférer au loin ces nécropoles en leur assignant un emplacement plus vaste et moins dangereux, on se contenta d'ajouter à leur étendue quelques arpents de terre chèrement achetés.

Ces agrandissements successifs pouvaient répondre aux besoins des inhumations, mais l'hygiène, mais la salubrité, mais la santé publique...?

Afin d'éviter de trop remuer des terres saturées à l'excès, l'administration ferma le cimetière Sainte-Catherine et le remplaça par d'autres, situés dans ce qui formait alors la banlieue parisienne.

Le choix n'était pas heureux, car cette banlieue, déjà considérablement peuplée, trouvait ses propres cimetières insuffisants.

Lorsque, en 1860, Paris recula ses limites jusqu'à l'enceinte fortifiée, cette question des inhumations s'imposa de nouveau et avec plus de force que par le passé. Mais l'administration estima que les cimetières de Montmartre et de Montparnasse pourraient servir encore pendant trois ans au moins; que si besoin était, il suffirait de *rouvrir* et de *recharger* les anciens cimetières de la banlieue, ce qui permettrait de suffire, pendant quelques années, à toutes les exigences du service mortuaire.

Depuis l'époque de l'annexion, on a atteint le chiffre énorme d'un million d'inhumations.

Drainage. — Ces quelques années sont passées, nos cimetières regorgent.

Il faut assainir, disent quelques esprits inquiets, l'opération consistera à placer de 70 à 80 centimètres de la zone supérieure des sépultures, des lignes de drains agricoles, espacés entre eux de 7 à 8 mètres; les collecteurs recevront et conduiront aux égouts les eaux; cette opération sera éminemment favorable à la salubrité publique et hâtera la décomposition des corps, ce qui permettra aux cimetières actuels d'être suffisants à tous les besoins.

Un pareil système ne tient aucun compte des sentiments de la population; drainer les morts, recueillir leurs eaux, est un opéraration révoltante.

Il est vrai que quelques industriels avaient conçu le projet d'utiliser ces eaux bleuâtres et infectes, et de les présenter au public, dans des établissements thermaux, comme étant eau de source ferrugineuse et sulfureuse.

D'autres, nous venons de le dire, songeant à incinérer les corps, et rétablir comme dans les temps anciens, des locaux où seront renfermés les cendres de nos morts.

Jamais, à aucune époque, rappelons-le, on n'incinérait tous les morts. L'incinération n'était accessible qu'aux riches et aux grands hommes, mais le commun des martyrs allait reposer dans de profondes citernes que l'on fermait lorsqu'elles étaient pleines.

A-t-on bien songé à la possibilité d'incinérer à Paris, de 50 à 60,000 cadavres par an? La dépense serait non seulement excessive pour ceux qui ne possèdent rien, mais le travail distillatoire soulève une grave question à résoudre.

C'est sans doute cette pensée qui inspirait le Conseil municipal, car tout en le votant, il prenait en considération la création d'un cimetière à Méry-sur-Oise.

Cimetières périphériques. — M. Ernest Hamel est un des partisans des cimetières périphériques, proposition qui fut soutenue par MM. Riant et ses collègues; les arguments qu'il invoque près le conseil municipal sont les suivants :

Saint-Just, dans ses Institutions républicaines, voulait que les cimetières, au lieu d'être les désolantes et arides nécropoles que vous connaissez, fussent de véritables oasis, de riants paysages, où les vivants prissent plaisir à venir s'entretenir avec les morts, où des arbres donnant de splendides ombrages, et des fleurs incessamment renouvelées, offrissent, à côté d'un aspect enchanteur, les conditions les plus favorables à l'hygiène.

De riants paysages pourraient être certainement créés dans le cimetière de Méry, que l'administration se propose de voter; mais Saint Just demandait en même temps que les vivants ne s'éloignassent pas trop des morts, afin de rester en perpétuelle communication avec eux. Il avait raison, et la population parisienne, qui a, au suprême degré, le culte des souvenirs et le respect des morts, se fera difficilement à l'idée d'exiler au loin ceux qu'elle a perdus et d'entreprendre un voyage presque lointain pour les enterrer et leur rendre visite.

La cité des morts doit être l'annexe de celle des vivants. Le cimetière est la promenade des affligés, la promenade chère aux innombrables familles qui ne veulent pas se séparer de leurs morts et qui les visitent souvent, en attendant qu'elles aillent les rejoindre. Elles n'admettront jamais qu'on le relègue à 30 kilo-

17

mètres,·quelles que soient d'ailleurs les facilités de voyage qu'on leur promette.

Pourquoi s'en aller à Méry quand on a autour de soi dans la zone militaire des milliers d'hectares frappés pour ainsi dire de non-valeur et dont on pourrait faire, dans les parages les plus éloignés, des habitations, ces riants paysages et ces véritables oasis dont parlait Saint-Just.

La question d'hygiène ne saurait être invoquée, car la commission administrative, nommée pour examiner cette question, s'est prononcée pour la parfaite innocuité des cimetières. Loin d'être des foyers d'infection, les cimetières, placés sur la périphérie de Paris, dans la zone militaire, et où une place serait réservée pour la crémation volontaire, assureraient, grâce à leurs ombrages et à leurs arbres toujours verts, la salubrité de l'air.

La commission d'hygiène est mise à partie par M. Hamel; les cimetières sont par son autorité des lieux aérés et sains, et on ne comprend pas ceux qui, comme nous, ont décidé que tout champ d'inhumation devait être porté loin de leurs habitations; M. Hamel regrette peut-être l'existence des cimetières des Innocents et de tant d'autres qui n'existent plus; et s'il veut être conséquent avec lui-même, il devrait demander que nos squares et nos promenades publiques fussent réservés, à l'avenir, aux cimetières.

Nous verrions, à partir des portes de Paris, comme à Pompéi, des allées bordées de cyprès; les déblais et les remblais qui forment nos fortifications convertis en jardins funéraires; le tout renfermé entre nos dernières demeures parisiennes et les premières habitations des communes suburbaines qui nous entourent. Ce n'est pour M. Hamel que craintes chimériques, que nos discussions hygiéniques qui datent de si loin, et qui veulent que nos dépouilles soient consumées, en les portant dans des terrains perméables ; il n'est plus question ni de temps, ni d'espaces, qu'une pareille opération exige ; il ne faut tenir aucun compte enfin des miasmes que dégagent les terres qui sont contaminées par des matières organiques en putréfaction. Toutes ces craintes ressemblent fort aux contes bons à endormir les enfants. Heureusement pour ceux qui ont souci de la santé publique, que les propositions de M. Hamel seront rejetées par le conseil municipal.

Méry-sur-Oise. — Les terrains de Méry-sur-Oise s'étendent sur un coteau, aux pieds duquel se groupent les villages de Frépillon,

Bessancourt, Taverny, Saint-Leu, Saint-Prix, Monlignon, Eau-Bonne, Soisy, Enghien, et tout au fond, se perdant dans la brume, la coupole des Invalides, dont les ors miroitent au soleil.

L'emplacement, à peu près celui du bois de Boulogne, occupe 823 hectares et appartient, en partie, à la ville de Paris. — Le sol se compose d'une épaisse couche sablonneuse, recouverte par des alluvions et recouvrant elle-même une masse compacte de calcaire poreux. — Cette nature du sol offre, comme on le voit, les meilleures conditions pour l'absorption des émanations délétères et la rapide décomposition des corps.

L'emplacement est tout préparé pour le service auquel la municipalité le destine.

Ce que l'établissement du cimetière de Méry-sur-Oise réalisera de bon, de véritablement utile est incalculable; — ses bienfaits n'auront pas trait seulement à l'hygiène, à la salubrité publique, mais on donnera satisfaction au désir depuis si longtemps exprimé par la population, qui voudrait voir disparaître à jamais la fosse commune, ce grand rendez-vous des cercueils du pauvre.

A Méry, chacun aura sa fosse, et pendant de longues années pourra y goûter un repos tranquille.

A Méry, chaque corps jouira gratuitement d'une concession; cette concession s'adressera tout aussi bien au mort, amené par le modeste corbillard du pauvre, qu'à celui qui y viendra escorté de toute la pompe moderne. — L'ouverture du nouveau cimetière supprimera donc cette horrible mélange de corps, mélange que la municipalité, actuellement impuissante à éviter, déguise sous l'étiquette d'inhumations *en tranchées*. — Or, à Paris, le 79 0/0 des décès vont à la tranchée, contrairement aux prescriptions de la loi.

Chaque tombe du pauvre sera entourée d'une grille, d'une clôture en bois ou en fer qui en délimite exactement l'emplacement, éloigne du tertre, le pied du promeneur et permette aux familles de retrouver facilement la fosse où repose le corps.

Chaque fosse sera séparée de sa voisine par un grillage ou par une bordure en gazon établie aux frais de l'entreprise; on réalisera ainsi un progrès sensible sur ce qui existe actuellement, mais nous ne dissimulons pas que cette obligation constituera une charge un peu lourde, surtout si on réfléchit que le nombre d'enterrements gratuits, ou appartenant au dernières classes, atteint près de 79 0/0.

En donnant gratuitement aux pauvres ce terrain particulier qui, jusqu'à présent, était réservé aux riches, le Pouvoir civil accomplit un acte de réparation, mais ce bienfait peut aller plus loin encore, car, de concert avec le Pouvoir religieux, il pourra assujettir la Compagnie des Pompes funèbres à faire l'entretien de ces mêmes tombes.

Pour cela, il abandonnera à cette Compagnie une somme égale à celle que les finances municipales paient actuellement de ce chef, il mettra en plus, à la charge de l'entreprise, le soin et les frais d'établissement d'un grillage, d'une clôture délimitant et isolant la fosse.

Le cahier des charges de 1873 de la Ville de Paris attribue au fossoyeur une somme de 148,190 francs. — Cette somme répartie sur 50,000 morts, donne pour chacun d'eux une moyenne de trois francs (2 fr. 96) en déduction de laquelle la Ville reçoit de l'entreprise une somme de 50 centimes par fosse.

Les choses ainsi réglées procureront aux finances municipales une économie sensible, tandis que la piété des survivants, rassurée par l'honorabilité de l'entreprise et la haute sollicitude de l'Administration, cessera de voir dans un éloignement nécessaire, une sorte d'abandon, de délaissement de nos morts.

L'entreprise des Pompes funèbres trouverait une compensation aux frais qu'elle aurait à supporter pour le gardiennage et l'entretien du cimetière dans les bénéfices qu'elle retirait de la construction des monuments funèbres; caveaux, chapelles, et dans la fourniture des fleurs, arbustes, entourages, croix, emblèmes, etc., etc., soit qu'elle procédât elle-même à ces fournitures, soit qu'elle en confiât le soin à des entrepreneurs opérant sous sa responsabilité immédiate.

Les objections soulevées par le projet d'ouverture d'une vaste nécropole à Méry-sur-Oise se sont peu à peu évanouies devant les sages discussions qui occupèrent les diverses sessions du Conseil municipal. La population, d'abord hostile au projet, ne tarda pas à être édifiée sur ses propres intérêts en lisant les remarquables rapports des ingénieurs et des administrateurs de la Ville; elle comprit que le sacrifice que l'on demandait à ses sentiments était dicté par une sage prévoyance qui ne faisait que devancer l'heure de la nécessité.

Les écrits de MM. Leclère, Saglier, Riant, Léon-Pagès, Arrault, Hérold, Alphand, Belgrand, Wafflard, Chevalier, etc., le remarquable ouvrage de M. l'avocat Gaubert, *des Inhumations et des Pompes funèbres*, etc., soit qu'ils repoussent le projet, ont fait la lumière sur cette grave question, et placent le Conseil municipal dans l'obligation de se prononcer, sans davantage attendre.

Il y a des gens qui trouvent que tout est pour le mieux dans le meilleur des mondes. Des médecins qui n'ont jamais éprouvé de mal, en manipulant des cadavres, pensent qu'il y a dans notre manière de voir bien des exagérations.

D'autres, au contraire, moins bien disposés que leurs confrères, éprouvent des influences fâcheuses, et font usage de l'acide phénique, de récente invention, qui leur offre aujourd'hui ses services.

L'habitude est une seconde nature, dit-on ; à ce titre, le médecin qui dissèque, le fossoyeur qui enterre et déterre sont bien moins sujets aux odeurs cadavériques que le public; or nous écrivons pour le public, pour cet être inconscient dont il faut diriger l'hygiène et nous lui disons :

Ce n'est qu'après un certain temps que les éléments putrides deviennent dangereux, et les éléments sont plus ou moins pernicieux suivant qu'ils émanent de cadavres ayant succombé au choléra, aux fièvres... Ce n'est donc pas généralement partout, que les miasmes sont dangereux, mais il en faut généralement peu pour empoisonner 1,000 individus et plus.

L'opuscule que nous publions aujourd'hui, et qui n'est que le complément de nos précédents écrits sur ce même sujet, n'a d'autre but que de répondre à un besoin plein d'actualité, et qui s'impose avec toute la force d'un impérieux devoir.

Le cimetière de Méry-sur-Oise doit être exclusivement affecté au service des inhumations de Paris.

Les inhumations doivent être faites par une Compagnie spéciale — les Pompes funèbres.

Et seulement alors, les habitants de la ville de Paris et ceux du département de la Seine n'auront plus à craindre les odeurs pestilentielles qui s'échappent aujourd'hui des cimetières actuels, ils seront assurés que leurs morts y dormiront en paix.

Nous aborderons ce que doit être, d'après nous, le service des Pompes funèbres de la ville de Paris; nous indiquerons comment la question des transports doit être résolue, et la nécessité, pour se conformer aux lois qui nous régissent, de séparer complètement les pouvoirs civils et religieux.

La London Necropolis Company. — En 1857, Londres voyait se fonder une Société qui prit le nom de *Woking Common Cemetery.*

Cette Société avait pour but d'assurer à chacun de ses membres un emplacement dans les environs de la grande cité pour y dormir le dernier sommeil.

L'année suivante, la Société, reconnue par le Parlement, se transformait en une puissante Compagnie, achetait 800 hectares de terrains, traitait des transports funèbres avec une Société de chemins de fer, et prenait le titre de *London Necropolis Company*.

L'idée était juste, et frappée au coin de cet esprit pratique dont nos voisins nous donnent de si fréquents exemples, aussi fit-elle rapidement son chemin — les adhésions arrivèrent de toutes parts, et le succès s'affirma dès les premières années.

Voilà vingt ans que cette œuvre entreprise à Londres fonctionne à la satisfaction de tous, et lorsqu'on visite cette nécropole anglaise sillonnée en tous sens par de larges allées sablées, bordée de grands arbres et entretenue avec une décence qui ne laisse pas de place à la critique, on se demande comment Paris, aux prises avec les difficultés créées par l'insuffisance de ses cimetières, constamment placé sous les terribles menaces des épidémies, obligé, dès lors, de tout sacrifier aux exigences de la santé publique, n'a pas suivi l'exemple donné, exemple d'une aussi facile exécution?

Aujourd'hui, près de vingt-cinq ans se sont écoulés depuis que l'Anglais a mis en œuvre cette idée rationnelle et chrétienne, de posséder pour lui et sa famille un dernier asile, où il pourra attendre, loin de tout bruit, le réveil de l'éternité.

Quand on a visité, comme nous, ce champ de repos anglais, on sent son âme envahie d'une douce et séduisante mélancolie, à la vue de ce paysage, sillonné par de larges allées sablées, coupé de vertes pelouses et planté d'arbustes dont le sombre feuillage semble commander le silence dans ce royaume de la mort.

Pour aller à cette nécropole on prend, à la gare de Westminster, le chemin de fer du *South-Western*. A cette gare se trouve un endroit spécial où les convois mortuaires se rendent, apportant des divers points de la ville, les cercueils *des associés décédés;* ces cercueils sont placés dans des chapelles de première, de deuxième ou de troisième classe; à onze heures précises du matin a lieu le départ du train.

Les cercueils sont portés et placés par des agents spéciaux dans un fourgon.

Les parents, les amis sont invités à monter dans les compartiments des voitures, qui leur sont destinées, de telle sorte que chaque famille soit séparée.

En 1858, le chemin de fer transportait	....	2,721	
En 1859	—	—	 2,926
En 1860	—	—	 2,600
En 1861	—	—	 3,149
En 1862	—	—	 3,538
En 1863	—	—	 3,560
En 1864	—	—	 3,400
En 1865	—	—	 3,580
En 1866	—	—	 3,690

La moyenne par jour est donc de 10 morts environ.
Un seul train funéraire suffit.

Il ne s'arrête nulle part; arrivé au cimetière, on descend de wagon et l'on va prendre place à l'église pour y entendre les dernières prières; à la suite vient le char sur lequel le cercueil doit être apporté jusqu'à la fosse; ce char est traîné par des hommes ou par un cheval.

Le coût du transport du chemin de fer pour chacun des voyageurs est de :

Première classe	7 fr.	50
Deuxième classe	4	75
Troisième classe	2	50

L'enterrement coûte :

Pour un emplacement temporaire	25 fr.	»
— perpétuel	62	50

D'emplacements gratuits, il n'y en a pas.

Cet essai qui s'est accompli en 1853 à Londres, s'est poursuivi, comme nous le voyons, de 1858 jusqu'à nos jours avec une convenance égale, sinon supérieure, à celle qui préside aux funérailles parisiennes.

Chacun sait qu'en Angleterre tout se fait par l'initiative individuelle; aussi cette transformation s'est-elle accomplie par l'association, qui, peu à peu s'est élargie, comme toutes les choses utiles, et se compose aujourd'hui non seulement d'individualités, mais encore de corporations si nombreuses dans la ville de Londres.

L'initiative privée a fait que le cimetière de *Wiking Common* n'est pas une nécropole gratuite; les riches seuls y ont droit d'asile. C'est là le défaut que présente toute œuvre émanant de l'initiative privée; admirable, quand elle est appliquée à l'industrie elle devient souvent détestable quand elle est appliquée à une nécessité sociale, aussi les pauvres, les déshérités de la fortune, sont conduits à un cimetière spécial situé à 7 milles, sur le chemin de fer d'*Eastern-Counties*.

A Paris, on ne pourrait se contenter d'un pareil projet ; le principe d'égalité est trop absolu chez nous, pour se laisser persuader que, suivant qu'on meurt riche ou pauvre, on doive subir un sort différent.

Projet de la ville de Bruxelles. — Dans le but d'écarter autant que possible les dangers qui résultent du voisinage des cimetières, on a installé à Evère, localité qui se trouve à cinq kilomètres des boulevards de Bruxelles, un vaste champ de repos.

Une promenade de dix kilomètres est généralement désagréable ; la pluie, la neige, le froid, s'en mêlent assez souvent, et le chagrin d'accompagner un parent ou un ami à sa dernière demeure ne suffit pas toujours pour nous rendre insensibles aux intempéries des saisons et aux fatigues de la marche. Tout le monde n'est pas assez riche pour se donner le luxe d'une voiture afin de suivre le char funèbre commodément et sans craindre de subir les désagréments dont on vient de parler.

Un service de transport économique résultait forcément de l'installation du cimetière d'Evère. La création d'un tramway simplifiait toute chose et mettait à néant toutes les récriminations et les justes plaintes du public.

Le Conseil communal de Bruxelles, lors de la discussion relative au cimetière en question, avait écarté l'argument qui combattait l'installation à Evère à cause de l'éloignement de cet endroit, en promettant la construction d'un train reliant le cimetière à Bruxelles.

Un chemin de fer pourra-t-il aller chercher le défunt à son domicile? Non. Il n'en est pas de même du train. Celui-ci, grâce à l'ingénieux système de roues inventées par M. le comte de Lamare peut parfaitement sortir des rails et faire n'importe quel trajet sur n'importe quelle route. Le transbordement sera donc tout aussi simple avec le train qu'il l'est maintenant avec les corbillards ordinaires.

Les pompes funèbres. — De tous temps les pompes funèbres furent l'objet d'un monopole. La dernière des cérémonies religieuses et le culte des morts ne pouvaient qu'y gagner; mais de tous temps aussi le pouvoir législatif a pris un soin extrême à bien

distinguer ce qui dans les honneurs mortuaires relève directement du temporel.

Les ministres des cultes ont raison de protester aujourd'hui
quand on entrave leur action spirituelle ; ne représentent-ils pas,
en effet, ce qu'il y a de plus sacré chez nous, la conscience.

Le pouvoir temporel, de son côté, est non moins dans son
droit en revendiquant la séparation des pouvoirs et aussi loin que
nous puissions remonter dans l'histoire, nous constatons que cette
division dans le service des cultes a toujours existé, à la charge
par les scribes des Egyptiens, par les entreprises des Grecs, par
les pontifes des Romains, par les fossons des premiers chrétiens,
de subvenir aux dépenses non seulement de leurs cultes, mais de
l'inhumation du pauvre.

La législation moderne a voulu continuer dans cette voie. —
L'Etat entend que les primes que l'entreprise touchera des classes
aisées soient assez considérables pour qu'il n'ait aucune charge à
supporter.

C'est ainsi que toutes les fournitures, les travaux dans les cimetières, les transports, les tentures, tous les objets même les plus
futiles, bouquets, couronnes, lettres de faire part..... leur sont
dévolus.

Le temporel, disent les articles 16 et 17 du décret de prairial,
maintiendront l'ordre et la salubrité publique.

La loi bien interprétée voudrait que les fabriques et consistoires perçussent le prix de ces choses, et si les bénéfices étaient
insuffisants pour couvrir toutes les dépenses, alors, en vertu de
l'article 26 du décret du 29 prairial, il appartiendrait à la commune d'y pourvoir.

A Paris, le budget de la ville n'a rien à supporter de ce qui concerne le service des cimetières, et on est étonné de voir la grande
ville si démocratrique, si désireuse de séparer les pouvoirs, béné-
ficier du budget des morts.

C'est que Paris semble destiné à être toujours régi par des lois
exceptionnelles.

Lorsque la loi organique intervint, le préfet — *M. Frochot* —
organisa le service des pompes funèbres ; le concours des paroisses
fut nominal, chacune d'elles eut un entrepreneur ; ces diverses
entreprises se fusionnèrent en 1806, et formèrent un bureau spécial à la municipalité.

En même temps l'entreprise devint responsable, on l'enserra
dans un cahier des charges, puis on lui dit de remettre aux pa-

roisses et consistoires, à titre de prime, une portion de.............
sur ses bénéfices.

Ce système simple, autocratique, fonctionna jusqu'en 1870, et il eut cela de particulier, que les fabriques et consistoires furent satisfaits, l'entreprise également, la ville y trouvant son compte.

Seulement si les intérêts matériels étaient sauvegardés, les principes avaient été violés, et il n'existait plus aucune séparation entre les églises et le temporel.

Le Conseil municipal depuis 1871, les fabriques et consistoires, depuis 1869, tendent à se séparer, à rentrer sous la loi; le système suivi est anormal, si les cultes doivent continuer à enterrer leurs morts, qu'ils le fassent, mais alors à eux la charge de pourvoir à tous les frais, voir même à ceux de réparations, d'entretien des églises et synagogues.

La question en effet est bien posée, aussi la loi vient de parler.

Le décret du 27 octobre 1875, rendu sur le rapport du ministre de l'instruction publique et des cultes; sur les délibérations des conseils de fabriques et des consistoires réformés, luthériens et israélites de la ville de Paris; sur les avis du cardinal-archevêque de Paris et du préfet de la Seine; et enfin sur celui du ministre de l'intérieur, a décidé qu'à l'avenir le conseil d'administration des pompes funèbres sera composé de seize membres, dont treize appartiendront au culte catholique.

Les membres seront présidés par le vicaire général, délégué de l'archevêque, leurs fonctions dureront six ans, et ils exerceront les attributions spéciales dont ils sont chargés.

Ces attributions émanent des droits qui appartiennent à chacune des fabriques et consistoires — ils administreront — ils aliéneront — ils emprunteront — ils esteront en justice — le tout, dit le décret, à la seule condition de se conformer aux dispositions qui régissent les fabriques et les consistoires.

Une circulaire émanant de l'archevêché de Paris, en date du 14 novembre 1875, adressait une formule de délibération à prendre pour la nomination des membres du nouveau conseil d'administration des pompes funèbres.

Ces administrateurs sont :

MM. Housset, Labordère, avocats au conseil d'Etat; Hamel, avocat; Franqueville, maître des requêtes; Bᵒⁿ Reille, Cᵗᵉ Molny-Colchen, conseiller à la Cour des comptes; Gallard, Lenoir, Lamory, Hellot.

Dans l'état actuel des choses, les fabriques et les consistoires de

Paris rentrent dans la prérogative des droits et des charges qui leur ont été concédés par la loi, ils sont assujettis à tous les services des inhumations ; ils se trouvent sous le contrôle et sous les ordres immédiats du préfet de la Seine, pour tout ce qui regarde l'ordre et la salubrité.

Les tarifs qu'ils sont autorisés à percevoir, seront proposés par le Conseil municipal, après avis de l'archevêque et du préfet.

Enfin, si, par des causes indépendantes de la volonté des contractants, des insuffisances de recettes se produisaient, le Conseil municipal serait astreint d'y pourvoir.

Enfin, encore, en vertu de l'article 10 du décret de 1806, les autorités municipales, de concert avec les fabriques et consistoires, soumettront l'entreprise du transport, les travaux dans les cimetières, leur entretien, les fournitures, à l'adjudication publique.

Le transfert des cimetières à Méry exige la formation d'une Compagnie puissamment organisée qui se chargera du transport des morts, de l'entretien du cimetière, services qui ne pourraient entrer dans les attributions des ingénieurs municipaux, autrement que sous leur surveillance directe.

L'ordre, les soins, la police intérieure, doivent se partager entre la préfecture de la Seine et la Compagnie des Pompes funèbres.

Les revenus qui ressortent pour les fabriques et consistoires du diocèse de Paris leur sont assurés par le concessionnaire de leurs privilèges, les Pompes funèbres. Cette redevance versée par l'entrepreneur était, en 1875, la suivante :

Au culte catholique	1,851,771 fr.	87
— réformé	55,035	90
Confession d'Augsbourg	17,993	67
Culte hébraïque	24,274	74
Aux fabriques	35,000	00
Total des sommes payées	1,984,076	18

Le service des inhumations, transférées à Méry-sur-Oise, resterait sous la direction des paroisses et consistoires ; la surveillance serait exercée par la préfecture de la Seine ; la Société percevrait les mêmes tarifs que ceux existant actuellement.

Chaque convoi mortuaire acquitterait, suivant la classe choisie par les parents du défunt, une taxe municipale, savoir :

Pour la 1re classe	40 francs.
Pour la 2e —	40 —

Pour les 3e et 4e classes............	30 francs.
Pour la 5e classe............................	20 —
Pour la 6e —	15 —
Pour les 7e et 8e classes.....................	10 —
Enfin pour la 9e classe.....................	6 —

à laquelle viendraient s'ajouter les frais des Pompes funèbres fixés d'après les tarifs des administrations municipales, conformément à l'article 23 du décret du 23 prairial an XII, et aux articles 7 et 11 du décret postérieur du 18 mai 1806.

L'emplacement de Méry est tout préparé pour le service auquel la municipalité le destine.

La Ville de Paris est propriétaire de terrains représentant une valeur de 2,455,000 francs.

Elle devra arrondir sa propriété et acheter encore pour environ 500,000 francs.

La construction des murs, des fossés qu'il faudra établir au fur et à mesure de l'étendue de l'occupation du nouvel ossuaire, atteindra sans nul doute une somme de 500,000 francs.

La Société concessionnaire aura à élever les gares d'arrivée, les bâtiments de l'administration et des surveillants ; la dépense de ce chef peut être évaluée à 500,000.

Soit en dépenses à faire ou déjà faites, 4 millions.

Transport. — Dans sa session de 1874, le Conseil municipal écarta les propositions du chemin de fer du Nord, et accentua une fois de plus que le service des inhumations ne pouvait être fait que par une Compagnie spéciale et un chemin *ad hoc ;* chemin et Compagnie relevant directement du Préfet.

Le coût de ce chemin de fer fut évalué à 300.000 francs par kilomètre, soit une dépense de 9 millions de francs.

Quatre chapelles ou gares mortuaires devaient être édifiées :
Au cimetière Montmartre,
    —   du Père-Lachaise,
    —   du Sud,
    —   sur un des bas côtés du Champ-de-Mars.

La grande objection qui est faite au transfert des cimetières de Méry-sur-Oise, est l'éloignement — l'objection serait des plus fondées si la nécessité n'était aussi pressante. Nous avons vu l'impossibilité d'ouvrir de nouvelles Nécropoles autour de Paris ou sur le territoire des communes suburbaines ; partout les exigences de l'hygiène sont venues s'opposer à toute entreprise semblable ; force donc était d'aller plus loin chercher un terrain situé dans des conditions meilleures, puisqu'il était devenu urgent de faire cesser une situation qui, en se prolongeant, devient un danger pour la ville.

Devant cette considération, l'objection de l'éloignement perd beaucoup de son importance.

Au reste, cette même question s'est régulièrement présentée toutes les fois que l'accroissement de la population a nécessité le déplacement des cimetières.

Sous le règne de Louis XIV, lorsqu'il fut décidé que le charnier des Saints-Innocents recevrait la majeure partie des corps, il s'éleva dans le peuple de violents murmures fondés, d'une part, sur l'éloignement, et, de l'autre, sur une innovation qui en était la conséquence directe.

Jusqu'alors, en effet, le défunt était transporté à sa dernière demeure, sur les épaules des membres des Confréries religieuses ; — l'éloignement du champ du repos obligeant de renoncer à ce mode fatigant, le corbillard fut créé.

Or, le peuple ne manqua pas de protester contre ce nouveau mode de transport — et de même que quelques rares esprits, qu'instinctivement tout changement inquiète, croient découvrir le fantôme d'une profanation dans l'acte de conduire les corps à Méry à l'aide d'une locomotive, de même nos bons aïeux se voilèrent la face à la seule idée de voir les chevaux jouer un rôle actif dans les cortéges funèbres.

Que dirait la population parisienne si l'Administration, faisant retour aux anciens usages, renonçait au mode actuel.....?

La science progresse sans répit — tous les jours nous voyons les moyens mécaniques étendre le cercle de leurs perfectionnements — la force vapeur s'impose aujourd'hui même aux réfractaires, si toutefois il en existe encore ; pourquoi, dès lors, refuserions-nous d'employer pour le service funèbre un des agents de transport dont nous faisons nous-même un usage constant ? Pourquoi ? Comment et en quoi manquerons-nous au respect que nous devons à nos morts si nous remplaçons le cheval par l'emploi de la locomotive ? Où serait la profanation ? Et s'il y a profanation dans la locomotive, comment se fait-il que nous trouvions tout naturel de confier le corps de nos proches à cette même machine lorsque nous désirons les transporter au loin ? (1) Ou la logique a cessé

(1) La moyenne du transport par les chemins de fer français et étrangers est de plus de 20,000 morts par an.

d'être, ou bien s'il y a profanation dans un cas, il doit y avoir profanation dans l'autre.

Nous ne nous arrêterons donc pas à cette objection, qui partant sans doute d'un bon naturel, n'a pas à être discutée davantage.

Les transports funèbres par voie ferrée emploieront:

De la gare mortuaire de Montmartre à Méry.....	36 minutes.	
— du Père-Lachaise —	45	—
— du Sud —	57	—
— du Champ-de-Mars —	54	—

Actuellement les convois funèbres parcourent pour se rendre aux cimetières :

13 à 16 kilomètres s'ils appartiennent aux	6e, 7e et 15e arrondissements.	
14 à 15 — —	1er, 3e et 20e	—
12 à 14 — —	8e, 11e et 17e	—
14 — —	16e	—

C'est donc, dit M. Wafflard, auquel nous empruntons ces chiffres, à raison d'un kilomètre par quart d'heure, au moins trois heures et demie en moyenne, le temps indispensable pour accompagner jusqu'à sa dernière demeure le corps d'un parent, d'un ami.

Projet de l'Administration municipale. — Les études ayant pour but d'abréger la distance qui sépare Paris de sa future Nécropole sont nombreuses ; le premier projet, qui appartient à l'Administration municipale, fut mis à l'enquête le 13 juillet 1866.

La voie partait du cimetière Montmartre, traversait Clignancourt, arrivait à Saint-Ouen pour y traverser la Seine, franchissait de nouveau le fleuve à Epinay, passait à Saint-Gratien, se soudait au chemin de fer Nord-Ouest à Ermont, puis, à travers la vallée de Montmorency, par Mesnil, atteignait le cimetière.

Entre les deux points extrêmes on comptait 24,200 mètres.

Ce tracé ne devait pas être exécuté ; quelques propriétaires, à Saint-Gratien, trouvaient inconvenant qu'un chemin de fer destiné à un tel service vînt passer si près de leur habitation. — Pour ce motif, ou pour un autre, le projet fut écarté ; M. le Ministre des Travaux publics accorda ce chemin à la Compagnie du Nord, qui en sollicitait la concession, et chargea M. Barrault, ingénieur au corps des ponts et chaussées, de faire ailleurs le *Chemin des Morts.*

Projet Barraut. — Le tracé exécuté par M. Barraut ne s'écarte du précédent que dans une partie de son parcours : au lieu de franchir la Seine, à Epinay, il vient la franchir à Argenteuil et créé une dépense de plus.

En établissant le passage à Epinay, le projet Haussmann construisait sur ce point un pont à double usage, qui a donné depuis à cette population les moyens de communication qu'elle réclamait depuis si longtemps.

Le tracé Barraut atteignait son terminus en passant à Cormeil et à Montigny.

Sa longueur était de 21,362 mètres, et rapprochait quelque peu la distance, malheureusement cet avantage était acheté au prix de défauts capitaux :

Il créait un pont inutile pour les populations, et en ne se soudant pas au chemin de fer du Nord-Ouest il fermait aux voyageurs pour Méry les gares du Nord et de Saint-Lazare.

Le troisième projet émane du Conseil général du département de Seine-et-Oise.

Ce chemin, tout en suivant à peu près le tracé Barraut, allongeait le parcours et le portait à 27,000 mètres.

Tels étaient les seuls projets en présence, avant les événements de 1870.

Projet Brunfaut. — En 1872, la Société d'étude de chemin de fer métropolitain et de la banlieue de Paris présentait un quatrième projet (1).

Comme l'avait fait M. Haussmann, le *Métropolitain* établissait son point de départ au cimetière Montmartre, puis touchait également Saint-Ouen, Gennevilliers et Epinay ; mais au lieu de se brancher avec la ligne du Nord-Ouest à Ermont, le tracé venait chercher cet embranchement à Sannois et se rendait à Méry, en desservant Franconville, la patte-d'oie d'Herblay et Pierrelay.

Sa longueur était de 23,697 mètres.

Projet du chemin de fer du Nord. — La solution de la question des transports ne comportait jusque-là que l'exécution d'un chemin de fer spécial exclusivement affecté au service funèbre ; la Compagnie du chemin de fer du Nord changea ces données et proposa

---

(1) *Le Cimetière de Méry-sur-Oise et le Chemin de fer Métropolitain et de la Banlieue de Paris*, par Jules Brunfaut.

un tracé mixte en raccordant ses lignes au chemin de Méry. Ac-
ceptant le tracé Haussmann, la Compagnie du Nord le reliait au
chemin de fer de Saint-Ouen, dont la concession venait de lui être
accordée, construisait un tronçon de Saint-Ouen à Saint-Denis,
empruntait sa ligne de Pontoise jusqu'à Herblay, pour de là, par
un embranchement nouveau, atteindre Méry-sur-Oise.

Ce parcours mesurait 29,000 mètres.

Dans sa dernière session de 1874, le Conseil municipal écarta
les propositions du chemin de fer du Nord, et accentua une fois
de plus : que le service des inhumations ne pouvait être fait que
par une Compagnie spéciale et un chemin *ad hoc*, chemin et Compagnie relevant directement du Préfet.

La proposition de la Compagnie du Nord, même appuyée sur des
conditions avantageuses, ne pouvait pas être acceptée par la Municipalité qui veut pouvoir disposer de l'entreprise à toutes heures
du jour et de la nuit — ne lui faut-il pas prévoir les circonstances
les plus pénibles? ne faut-il pas qu'elle compte parmi l'imprévu
que lui réserve peut-être l'avenir, l'apparition des épidémies?

Mais même en dehors de ces prévisions, malheureusement nécessaires, ce culte, cette religion des morts qui tient si noblement sa
place dans le cœur de la population, ne peut pas s'accommoder des
exigences inséparables du service des grandes Compagnies ; comment ce respect et cette décence, que nous voulons à tout prix
conserver, parviendront-ils à traverser sans encombre ces gares
bruyantes, toujours embarrassées de marchandises et incessamment parcourues par le va-et-vient des voyageurs affairés ?

Un mort n'est pas un colis banal que l'on range, que l'on charge,
que l'on décharge et qu'on rend à domicile comme un vulgaire
ballot. — La population est à bon droit exigeante et demande à
être respectée, surtout au delà de la vie.

Laissons au personnel de chemin de fer le soin de diriger la locomotive et de manœuvrer les freins ; les autres emplois appartiennent de droit à l'entreprise des Pompes funèbres qui, elle,
n'aura pas à déguiser ses agents pour en faire des porteurs et or-
donnateurs.

Au reste, la Compagnie du Nord peut-elle raisonnablement assu-
mer la lourde tâche du service spécial qu'elle sollicitait, elle re-
connaissait naguère l'insuffisance de ses lignes pour garantir la
bonne marche de son transit ordinaire, elle ne pouvait donc
abandonner à la Ville la libre disposition de ses rails depuis dix
heures et demie jusqu'à une heure ? Comment aurait-elle fait si

l'épidémie lui eût imposé en plus des trains supplémentaires?

Un chemin de fer d'intérêt général relève directement du Ministère, le Directeur veut-il introduire un changement quelconque dans son horaire? Il faut :

Que la proposition de changement soit adressée au Chef de contrôle ;

Celui-ci transmet la proposition au Ministre ;

Avant de statuer le Ministre demande l'avis du Conseil des chemins de fer ;

Qui se fait adresser un rapport par le Conseil général des ponts et chaussées ?

Qui, enfin. . . . . . et la demande revient par la même filière !

L'épidémie attendra-t-elle, pour sévir, que la proposition de changement ait reçu le *bene placet* du Chef de contrôle, du Ministre, du Conseil des chemins de fer, du Conseil général des ponts et chaussées ?

Un service de chemin de fer mortuaire n'a sa raison d'être qu'autant qu'un ordre venant du Préfet sera exécuté sur l'heure même. — La Compagnie du Nord répond-elle à ces conditions ?

M. Haussmann entendait que le chemin de Méry fût classé au titre : « intérêt local », et que tous les jours pendant cinq heures consécutives, c'est-à-dire de dix heures du matin à trois heures, il fût abandonné à l'entreprise des Pompes funèbres. — Pendant ces cinq heures, aussi bien la voie principale que les embranchements, ne pouvaient voir circuler que les convois funèbres. Ainsi se trouvaient garantis, d'une part, la sécurité, de l'autre, la décence et le respect traditionnel.

M. Haussmann voulait qu'aux heures où les transports funèbres ne réclameraient pas ses services, le chemin ouvrît ses portes au public et desservît les intérêts de l'industrie et du commerce local.

Lorsque nous en arriverons à examiner la question des recettes, nous n'aurons pas de peine à démontrer que la pensée de l'ancien Préfet de la Seine décelait une parfaite entente des véritables besoins de ses administrés.

Projets Barrault, Mayoux. — Le 30 juin 1875, un dernier projet fut présenté à la sanction municipale, il avait pour parrains MM. Barrault, Mayoux, Ferry, Gaillard, etc.

Dans son passage sur le territoire de nos voisins, ce projet ne présente qu'une variante de celui qui avait été présenté par le Conseil général de Seine-et-Oise; mais à travers le département

18

de la Seine, il suit exactement la route tracée par le Métropolitain.

Que ressortait-il des délibérations du Conseil municipal de Paris relatives aux divers projets ? il en ressortait que les conditions du tracé avaient été fixées dans leur ensemble, et que désormais nous savons que la ligne qui répondra le mieux aux vues de nos édiles et aux besoins de l'industrie, devra :

Partir du cimetière Montmartre, gagner Saint-Ouen, traverser en écharpe la presqu'île de Gennevilliers, relier par un pont à deux fins les rives de la Seine à Epinay, puis suivre un tracé qui permette de s'embrancher sur un point, à déterminer, avec les rails du Nord-Ouest, afin d'avoir à un moment donné, aux approches de la Toussaint, par exemple, plusieurs entrées dans Paris.

Or, ces conditions générales étaient précisément offertes par le tracé du Métropolitain dont le coût était évalué par les ingénieurs les plus compétents à 9 millions environ, c'est-à-dire à 300,000 francs par kilomètre, si nous ajoutons aux 23,697 mètres pour le chemin proprement dit, le supplément de rails nécessité par les voies de garage et les divers embranchements assurant le service intérieur de la nécropole.

Cette dépense de 9 millions doit-elle être supportée par la Ville seule, par l'entrepreneur des Pompes funèbres, ou doit-elle se partager dans une proportion de. . . . . entre la Municipalité et l'entreprise... ?

La voie doit être construite, croyons-nous, d'après les dispositions de la loi de 1842. La Ville devra rembourser le coût des terrains, des terrassements et des ouvrages d'art, laissant à la charge de l'entreprise la pose de la voie, l'installation des gares et le matériel. — Quant à l'entrepreneur, il ne saurait être que la Compagnie qui assumera le service des Pompes funèbres.

M. Hérold, préfet actuel de la Seine, a cru devoir, dans l'intérêt des finances municipales, reprendre les négociations avec la Compagnie du Nord, et a commis M. l'ingénieur en chef Huet de les poursuivre.

La Compagnie du Nord ne croit pas en 1881, plus que nous ne pensions en 1874, charger dans les trains ordinaires de voyageurs les fourgons mortuaires ; il faut que ce transport s'effectue dans des trains spéciaux, dit-elle, mais au lieu de les faire partir, comme le voulaient les anciens projets du cimetière Montmartre, le service des Pompes funèbres amènerait sur un quai spécial que l'on créerait dans le faubourg Saint-Denis, les cercueils qui seraient placés dans un ou plusieurs trains et conduits sur ses voies ferrées, par ses soins, au cimetière de Méry.

Dans ce projet, il n'y a plus à se préoccuper de la construction d'un chemin de fer spécial allant du cimetière Montmartre à Méry ; il n'y a plus à construire des gares mortuaires, qui présentaient toutes les conditions de décorum qu'exigent les inhumations : un quai de départ et un rail spécial sont jugés suffisants pour rejoindre et suivre la ligne de Pontoise à Herblay ; dépense évaluée par l'ingénieur en chef à 500,000 francs. Ce serait parfait, et les habitants de Paris devraient se trouver bien heureux d'être administrés par un préfet qui est enfin soucieux de leur bourse, si ce quai de départ, cette halte mortuaire, ne faisaient pas une abstraction complète de nos coutumes qui veulent, qui exigent un respect entouré de pompes.

La crémation nous effraie, mais enfin on la conçoit ; mais envoyer, comme un ballot, à la dernière demeure nos morts, ne sera jamais goûté et toléré par la population parisienne.

A un autre point de vue, le projet ne peut être pris en considération par le conseil municipal, car peut-on astreindre la population du faubourg Saint-Denis et des environs à recevoir, du matin au soir, dans toutes les rues aboutissant à la gare du Nord, 50,000 convois funéraires par an..... On se figure la joie qu'apportera aux habitants de ces quartiers, aux voyageurs qui nous viennent de la gare du Nord et de l'Est, qui ne pourront faire un pas, de ne pouvoir ouvrir les fenêtres de leur appartement sans voir apparaître une longue file de voitures noires et lugubres précédant un catafalque, suivi lui-même, des parents et des amis du défunt.

Le projet du chemin de fer du Nord se complète par un deuxième embranchement spécial allant de la station d'Herblay à Méry, et coûtant 1 million environ.

La compagnie du Nord prendrait 3 francs par train et par kilomètre soit pour 25 kilomètres et pour un train 75 francs et on ferait payer aux parents et aux visiteurs du cimetière le prix des places aux conditions du tarif ordinaire des chemins de fer.

Tramways. — Le projet du chemin de fer de Méry, tracé par les soins des ingénieurs du Métropolitain, présentait toutes les conditions voulues pour un service de transport décent et économique.

Mais l'administration ayant jugé, depuis 1874, que la ville de

Paris ne pouvait concéder des chemins de fer d'intérêt local dans le département de la Seine, qu'ils fussent construits en dehors ou en dedans de ses fortifications, le conseil municipal a bien dû remettre à des temps meilleurs l'exécution du projet.

Les autres départements, il est vrai, ont conservé le droit de construire, concéder à titre d'intérêt local, des chemins de fer, proprement dits, le département de la Seine seul ne pourra, au même titre, que construire des tramways.

Projet Brunfaut. — Nous avons étudié, dans ces conditions nouvelles, un projet qui emprunterait les lignes de tramways des compagnies existantes du Nord et du Sud, qui desserviraient les chapelles mortuaires, et qui se relieraient au boulevard de Clichy, à la ligne existante de Gennevilliers pour se poursuivre par une nouvelle voie, côtoyant la route nationale de Pontoise, passant par *Epinay, Saint-Gratien, Franconville. Herblay, Pierrelaye, Méry.*

Une objection sérieuse peut être faite au projet : c'est celle que les convois mortuaires venant des chapelles, reposoirs, rejoindre les tramways de Clichy, Gennevilliers, Méry, en suivant les rails de ceux actuellement existants, c'est-à-dire les boulevards extérieurs et de Montparnasse, apporteront une grande gêne dans le service actuel des voyageurs.

En effet, dans quelques-unes des parties du trajet, ces rails sont chargés, notamment sur les boulevards extérieurs compris entre la Villette et l'Arc-de-l'Étoile, et il faut qu'un service mortuaire ne soit pas obligé d'attendre que la voie soit libre pour circuler.

Les objections sont donc vraies, mais elles disparaissent si on établit, partout où il y aura besoin, une troisième voie ferrée ; ce n'est pas le terrain qui manque, les avenues sont larges et n'offrent d'autre difficulté à être pourvues d'un troisième rail que la dépense.

Des Chapelles mortuaires. — Quelques personnes pensaient qu'une seule chapelle mortuaire répondrait aux besoins de Paris, c'est-à-dire suffirait aux 145 cercueils qui journellement s'acheminent vers la nécropole.

L'ancienne administration de la Seine était d'un avis contraire et croyait qu'il était indispensable d'ouvrir trois points de départ bien distincts.

Des Commissions furent nommées, et il résulta de leurs tra-

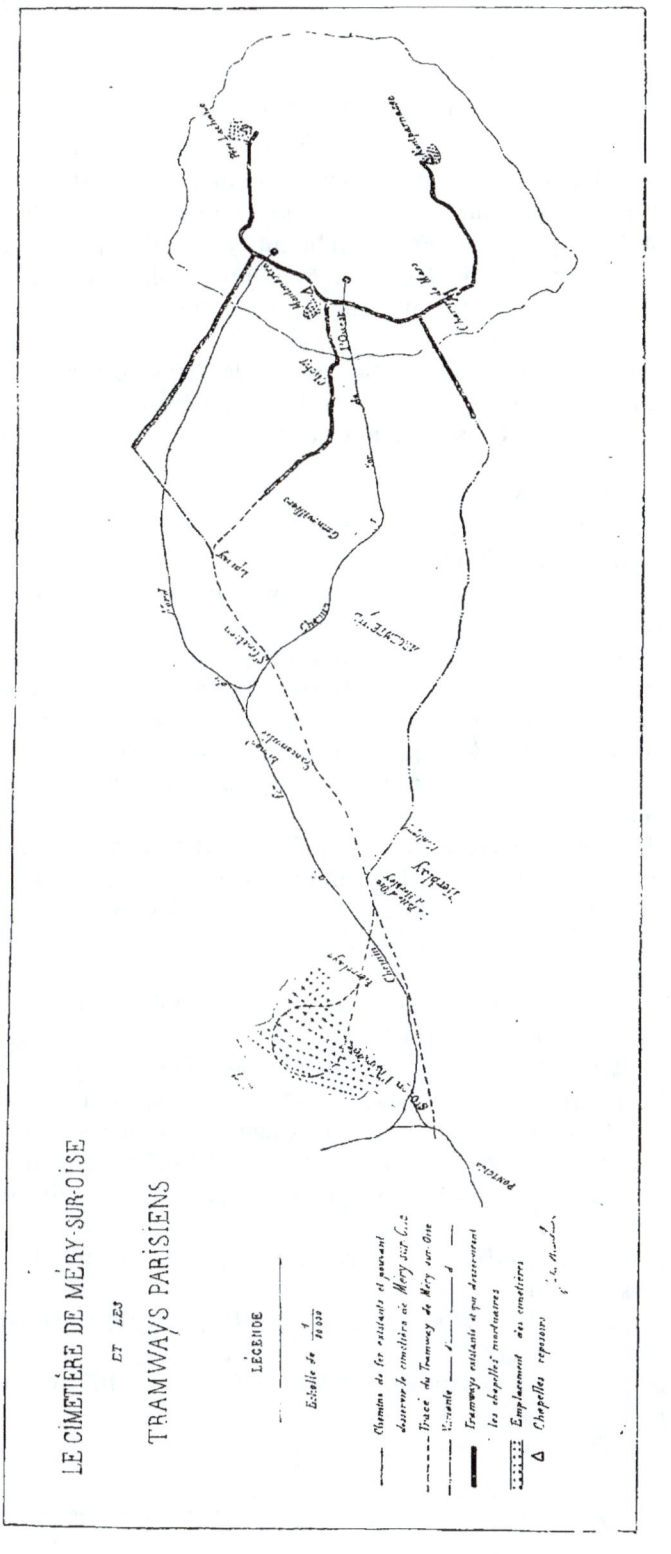

LE CIMETIÈRE DE MÉRY-SUR-OISE

ET LES

TRAMWAYS PARISIENS

LÉGENDE

Échelle de $\frac{1}{10000}$

——— Chemins de fer existants et pouvant desservir le cimetière de Méry sur Oise

–––– Tracé du Tramway de Méry sur Oise

······ Vicinale

▬▬▬ Tramways existants et qui desserviront les chapelles mortuaires

▓▓▓ Emplacement des cimetières

△ Chapelles reposoirs

vaux qu'il n'était pas possible d'obliger les 20 arrondissements à apporter leurs morts sur un point unique — le XVIII° arrondissement. — Cette obligation non seulement constituerait un très grand dérangement pour les habitants de la rive gauche de la Seine, mais ne saurait être que fort préjudiciable au quartier vers lequel convergerait chaque jour un aussi grand nombre d'enterrements.

Ce qu'il fallait, c'était le maintien de la distance moyenne qui actuellement sépare les paroisses des cimetières.

A cet effet, les trois chapelles ou gares mortuaires devaient être édifiées :

Au cimetière Montmartre ;

Au cimetière du Père-Lachaise ;

Au cimetière du Sud.

Le choix de l'emplacement des deux premières chapelles ne soulevait aucune objection, mais il n'en était pas de même de la dernière ; et tandis que M. Haussmann approuvait son érection dans le cimetière du Sud, l'Administration, frappée des difficultés que présenterait le branchement de ce point avec le chemin de fer de ceinture, l'adossait à la gare de Sceaux, et la Société d'études du Métropolitain en marquait la place au boulevard Saint-Marcel.

Cette même Société du Métropolitain estimait que trois gares n'étaient pas suffisantes et proposait la création d'une quatrième chapelle mortuaire sur un des bas-côtés du Champ-de-Mars, dans un terrain appartenant à la Ville et qui est occupé par la gare de l'Exposition.

Par suite du vote de la Section du Métropolitain devant relier l'Esplanade des Invalides à Saint-Ouen, cette quatrième gare se trouvait directement unie avec la voie desservant Méry.

Ces quatre emplacements étaient bien choisis, car ils partagent la ville d'une manière à peu près exacte, et ils ne sont pas, en moyenne, à plus de 2 ou 3 kilomètres des 66 églises de Paris.

En effet, la mise en œuvre de ce projet distribuerait comme suit les convois funèbres :

Le cimetière du Nord desservirait le 1er, 2°, 8°, 9°, 10° et 11° arrondissements.

Le cimetière de l'Est aurait les 3°, 4°, 11°, 12°, 19° et 20° arrondissements.

Le cimetière du Sud recevrait les 5°, 6°, 13° et 16° arrondissements.

Enfin, *le Champ-de-Mars* serait ouvert aux 7e, 15e, 16e et 17e arrondissements.

Paris compte 2 millions d'habitants qui fournissent à la mortalité, nous dit la statistique, le 2 et demi p. 100. La moyenne journalière des décès est donc de 138. En répartissant ce nombre entre les quatre chapelles-reposoirs, nous voyons qu'il partira tous les jours pour Méry :

De la gare Montmartre.......................... 5 trains.
Du Père-Lachaise............................... 5   —
Du Champs-de-Mars.............................. 3   —
Du cimetière du Sud............................ 3   —

Le branchement de ces quatre points n'offrait pas de difficultés sérieuses si, ainsi qu'on l'annonçait, l'État devait abandonner à la ville le chemin de fer *intra muros*, auquel se relieraient les chapelles du Sud et du Père-Lachaise. — Quant au reposoir du Champ-de-Mars, il aurait été desservi par la ligne de Saint-Ouen, et à défaut de celle-ci, par la ligne des Invalides à Courbevoie, récemment concédée à la compagnie des chemins de fer de l'Ouest.

Dans ces conditions, la durée du trajet s'établirait comme suit : Si on se servait d'un chemin de fer.

De Montmartre à Méry......................... 36 minutes.
Du Père-Lachaise à Méry...................... 45   —
Du cimetière du Sud à Méry................... 57   —
Du Champs-de-Mars   —   54   —

et demanderait moitié plus de temps avec un service de tramway.

L'ancienne administration évaluait le coût des trois gares mortuaires à 3,500,000 francs; nous croyons qu'en faisant subir au projet quelques légères modifications, cette somme suffirait très bien pour couvrir la construction des quatre reposoirs jugés nécessaires.

Chaque train contiendrait : à partir du cimetière du Nord :

2 Fourgons mortuaires,
1 Voiture pour les desservants du culte et les agents des Pompes funèbres.
21 Voitures à voyageurs.
Soit : 24 Voitures.

La composition du train en voitures de 1re ou de 2e serait réglée suivant les classes auxquelles appartiendraient les morts, de

manière à ce que chaque famille trouve le nombre de compartiments qui lui est dû.

Chaque convoi funéraire continuerait, en partant des trois autres gares-reposoirs, à être ce qu'ils sont actuellement, un char
mortuaire.

Ce char mortuaire sera composé, d'un *train*, pouvant recevoir
dans son intérieur seize voyageurs, assis sur deux banquettes, et
d'un fourgon dans lequel on peut placer un ou plusieurs cercueils.

Les calculs relevés par M. Wafflard nous apprennent, qu'en
moyenne, cinquante cinq personnes accompagnent le corps jusqu'à la fosse. — Cependant cette observation s'applique seulement aux cimetières *intra-muros ;* l'éloignement du cimetière d'I-
vry, et autres disséminés dans la banlieue immédiate, réduit
considérablement cette moyenne.

Cette *désertion* a pour unique cause la rareté des moyens de
transport; mais le jour où un train assurerait le rapide et facile
retour à Paris, la moyenne signalée par M. Wafflard ne tarderait
certainement pas à être de nouveau atteinte.

Dans cette éventualité, le char mortuaire pourrait être suivi
de voitures ordinaires ne portant pas avec elles de fourgons.

L'année 1873, qui a compté 43,178 décès, c'est-à-dire un chiffre qui ne s'écarte que peu sensiblement de la moyenne, nous
fournit la division suivante dans les diverses classes de convois
funèbres :

1re classe...	16
2e —	128
3e —	436
4e —	845
5e —	1,929
6e —	4,019
7e —	9,227
8e —	1.945
9e —	16
Soit un total de...	18,561
Or, le nombre des décès ayant été de.....................	43,178
Il s'en suit qu'il y a eu..............................	24,617 convois

mortuaires qui n'ont rien payé aux fabriques et consistoires ; qui
n'ont acquitté à la ville que la taxe de 6 francs ; qui, enfin, ont eu
droit à l'inhumation gratuite, mais qui, transférés à Méry-sur-
Oise, auront, malgré leur caractère plus ou moins gratuit, droit à
une voiture de deuxième classe.

Dans ces conditions voici quelle serait la moyenne par jour :

NUMÉROS des classes.	NOMBRE des décès relevés en 1873.	MOYENNE ramenée au jour.	NOMBRE de compartiments concédés à la famille de chaque mort.	NOMBRE de compartiments par jour	
				1re classe.	2e classe.
1	16	0.04	Train spécial	»	»
2	128	0.35	1re 6	2.10	»
3	436	1.20	» 4	4.80	»
4	845	2.31	» 4	9.22	»
5	1.929	5.30	2e 5	»	25.50
6	4.019	11.00	» 4	»	44.00
7	9.227	25.28	» 4	»	101.12
8	1.945	5.32	» 4	»	21.28
9	16	0.04	» 4	»	0.16
Non clas.	24.617	67.44	» 4	»	269.76
TOTAUX ...	43.178				

C'est-à-dire 16.12 compartiments de 1re classe.
           461.82   —   2e —

Une voiture de première classe étant divisée en trois compartiments et une voiture de deuxième classe en quatre compartiments, il faudra tous les jours environ 6 voitures de 1re et 115.45
de 2e classe.

16 convois réglementaires se composant de :

     6 voitures de 1re   6 × 16 = 96 voitures.
     15   —   de 2e   15 × 16 = 240   —

Il reste en disponibilité :

     90   voitures de 1re classe — soit 2,160 places.
     124.55   —   de 2e   »   — soit 4,982   —

Dans un remarquable rapport adressé au Conseil municipal par
M. Hérold, alors conseiller, nous voyons l'honorable sénateur
évaluer à 3,500,000 le nombre des visiteurs qui dans le cours
d'une année se rendent aux cimetières.

Admettons pour Méry ce même nombre de visiteurs, non pas
peut-être dès la première année, mais dans un avenir prochain

car la pieuse coutume de venir saluer la tombe de ceux qui nous
sont chers est trop ancrée dans nos mœurs, elle répond trop bien
à un besoin pour s'effrayer d'une distance qui n'existe pas,
grâce aux moyens de locomotion dont nous disposons ; dans ces
conditions nous trouvons que le train transportera 9,753 visiteurs
par jour. En admettant sur ce nombre le 30 p. 100 voyageant
en première et le 70 p. 100 en seconde, nous aurons tous les
jours.   .

> 2,925 voyageurs de première classe,
> Et 6,827   —   de deuxième classe,

chiffres qui correspondent à peu de chose près aux places vides
laissées par les voitures des convois mortuaires.

L'administration préfectorale, l'Archevêché et le Conseil municipal se préoccupent surtout du transport des indigents. Nous
croyons que la solution consiste dans la formation d'un 16ᵉ train
partant le matin et rentrant le soir à Montmartre, et uniquement
affecté aux personnes auxquelles les 20 mairies de Paris auront
distribué des billets gratuits d'aller et retour.

Cette combinaison qui permettrait le transport des indigents a
été présentée par nous au Conseil municipal.

Nous disions :

« C'est à juste titre que l'opinion publique s'émeut du projet de
« Méry au point de vue de la possibilité pour ceux qui n'ont pas
« d'argent de se rendre au cimetière.

« Vous parlez d'établir des 3ᵉˢ, vous établissez un prix de 60
« centimes aller et retour sans vous inquiéter si ce prix sera ac-
« cepté par la Compagnie de transport ; vous ne réfléchissez pas
« qu'il serait insensé de demander à la veuve ces 60 centimes
« autant de fois qu'elle aura d'enfants à mener avec elle pour prier
« sur la tombe de leur père.

« Si le pauvre a quelques sous de disponibles, laissez-lui acheter
« quelques fleurs, et vous aurez donné à ce pauvre le moyen de
« remplir un pieux devoir. »

Nous aurons donc à compter, en plus, le 17ᵉ train spécialement
affecté aux transports gratuits, ce qui diminue d'autant les chiffres
relevés par M. Hérold, de telle sorte que nous pouvons affirmer
que moyennant l'organisation du 17ᵉ train, le service de Méry ne
laissera rien à désirer.

Au reste, n'oublions pas que le parcours de Paris à Méry pourra s'effectuer par diverses lignes ; les gares mortuaires ne seront ouvertes que de dix heures du matin à trois heures de l'après-midi, mais les gares des voyageurs, mais celle du chemin spécial, les gares Saint-Lazare et du Nord resteront accessibles au public, et assureront la fréquence du service, surtout aux approches de certaines solennités, comme la Toussaint par exemple.

Il résulterait de cette organisation que les facilités seraient plus grandes et la perte de temps beaucoup moindre pour aller à Méry que pour se rendre aujourd'hui aux cimetières de Saint-Ouen ou d'Ivry.

Avant d'examiner le coût de l'exploitation et ses recettes probables, récapitulons ce que coûterait, d'une part, à la ville de Paris, de l'autre, aux fabriques par l'entrepreneur général, l'installation de ce service.

Installation. Son coût. — La ville a déjà payé la majeure partie des terrains formant l'emplacement de la future Nécropole ; le Conseil municipal a ouvert en outre un crédit de 12 millions destiné à achever le cimetière, à construire le chemin de fer et les gares-reposoirs.

Les dépenses présumées devront comprendre :

Dépenses prévues et spéciales au cimetière..........	4 millions.
4 chapelles funéraires évaluées chacune à 1 million....	4 —
Soit.........	8 millions.

qui est le chiffre de l'évaluation de MM. les ingénieurs municipaux.

Les charges de l'entreprise seront celles d'élever dans le cimetière de Méry les constructions nécessaires à ses divers services, c'est-à-dire les bâtiments affectés : aux conservateurs, au logement des desservants, des gardiens, des concierges, des fossoyeurs, des jardiniers.

Le cimetière serait partagé en autant de divisions que Paris renferme d'arrondissements, par des allées plantées d'arbres, de telle sorte que Méry devienne un jardin où les regrets et la douleur trouveront un adoucissement dans la contemplation de la nature.

Ces diverses constructions peuvent être évaluées à....	500,000 fr.
L'installation des transports du service intérieur, soit que ce transport s'effectue sur un tramway, soit par le corbillard ordinaire, coûtera................. ..	100,000

Construction des magasins d'exposition et le dépôt des mausolées, grilles, croix, emblèmes religieux........	100,000 fr.
Construction du tramway, aiguillage, château d'eau, etc., à raison de 80,000 fr. du kilomètre.....	1,776,000
Tramway de Gennevilliers à Méry.... 22 k. } 1/10 en plus pour les voies de garage. 2,2 } à 24^{kil},2	80,000
Installation du service du chemin de fer dans les quatre gares reposoirs de Paris...................	400,000
Voies supplémentaires dans Paris, 20 kilom. à 120,000 fr.	2,400,000
12 machines locomotives, à 15,000 fr l'une 180,000 } 48 fourgons mortuaires, à 5,000 fr. l'un.. 240,000 } 100 voitures de 1re classe, à 8,000 fr. l'une. 800,000 } 170 voitures de 2e classe, à 6,000 fr. l'une. 1,042,000 }	2,262,000
Plus le matériel spécial des pompes funèbres évalué, y compris les chevaux d'après ce qui actuellement existe, à.....................	4,000,000
Total des débours de l'entreprise.......	11,538,000 fr.
A ce chiffre il convient d'ajouter pour l'imprévu.......	462,000
Et nous avons en chiffre rond.	12,000,000 fr.

Exploitation. — Dans les conditions que nous venons d'énumérer, il n'est rien d'aussi simple que le service d'exploitation des Pompes funèbres. — Rien n'est changé dans l'ordre actuel — seul le cimetière est reculé au loin, mais l'accès en est rendu facile par la création de 17 trains roulant sur des rails spécialement affectés à ce service.

Parvenu à la chapelle-reposoir, le corps passe du corbillard qui l'a amené dans un fourgon et s'achemine vers la dernière demeure accompagné de ses parents, de ses amis. La funèbre cérémonie s'accomplit à Méry, comme précédemment au Père-Lachaise ou à Montmartre, et la famille et ses invités reviennent à Paris, à leur point de départ, ou à telle autre gare intermédiaire qui leur conviendra, car le train, direct à l'aller, n'a plus au retour les mêmes raisons de rapidité et laisse au voyageur la faculté de descendre en route.

Pour les chapelles funéraires, on donnera raison à ceux qui craignent les enterrements trop précipités de laisser, pendant un ou deux jours, les morts dans l'habitation.

Les établissements de ce genre existent à l'étranger où les traditions les plus anciennes ont été conservées.

Au moment de la livrée du corps les *exclamations* se produisaient, on appelait à haute voix le défunt.

« Par quels motifs croyez-vous que nous troublions le repos des « pompes funèbres par tant de gémissements, de pleurs et de hur- « lements ?» dit Quintilien, « c'est parce que l'on a souvent vu reve-

« nir à la vie ceux auxquels on était prêt à rendre les derniers
« honneurs. »

Il suffit d'un seul fait d'inhumation prématurée bien certain
pour que l'humanité impose le devoir d'employer tous les moyens
de constater la mort d'une manière indubitable. Après une longue
et minitieuse enquête, suivie d'un rapport de M. le docteur La-
moureux, le Conseil municipal a décidé la création de maisons
mortuaires dans les cimetières qui se trouvent dans l'intérieur de
Paris, pour recevoir en dépôt les corps pendant un certain temps
avant leur inhumation.

Les bénéfices à réaliser par les fabriques et consistoires de la
ville de Paris sont importants ; c'est 40 à 50 0/0 de la totalité des
sommes dépensées par le public.

Il est fort difficile de connaître exactement l'importance d'un
pareil budget ; la municipalité peut, il est vrai, relever ce que produit la taxe mortuaire ; mais, à côté des prévisions du tarif, que de
profits inconnus !

Les gens les plus compétents en cette matière estiment que
l'inhumation d'un corps coûte 20 francs, mais que les recettes de
toute nature qui sont la conséquence des enterrements des
1re, 2e, 3e, 4e, 5e et 6e classes, procurent une moyenne de bénéfices nets de 100 francs, soit, en prenant pour base les 50,000 décès
annuels de Paris, un produit de 5,000,000.

Dans un travail spécial, nous constatons :

Que les recettes peuvent être évaluées à.............	8,091,615
Que les dépenses atteindront................	4,361,993
Il resterait aux fabriques et consistoires un bénéfice de.	4,429,651

que procurerait, l'observation rigoureuse des prescriptions de nos
lois ne permettant pas les inhumations dans l'intérieur des villes,
le transfert des cimetières actuels à Méry-sur-Oise.

Cette translation est réclamée au nom de l'hygiène publique ; le
Conseil municipal l'a votée.

LES VOIRIES

> « Toute ville doit avoir une voirie,
> « c'est-à-dire un lieu de dépôt pour ses
> « immondices. Ce lieu doit être assez
> « éloigné et situé dans des conditions
> « telles qu'il ne puisse devenir un foyer
> « engendrant les épidémies. »

Une ville, au point de vue de civilisation où nous sommes arrivés, lorsqu'elle se constitue, tient compte de la salubrité. Elle commencera par créer les conduites qui lui amèneront l'eau, celles qui la débarrasseront des immondices que ses habitants et les soins de propreté de ses rues et de ses maisons créeront chaque jour. Elle macadamisera, pavera, plantera. Elle fera, en un mot, un lieu qui ne renfermera que des éléments qui respecteront les lois hygiéniques.

Il n'en était point ainsi il y a quelques siècles. Nous venons de passer en revue les déplorables conditions où Paris se meut et vit, et nous allons ajouter, dans ce chapitre et dans les suivants, ce qu'il recèle dans son sein de foyers d'infection qui viennent contribuer, dans une grande proportion, dans les épidémies que nous lui reprochons.

Toute ville doit avoir une voirie. Les annales de Paris font mention pour la première fois, dans un règlement de police du 28 juin 1404, qu'au-dessous de l'écorcherie aux chevaux, située près du castel du Louvre, se trouvait une voirie où les chirurgiens étaient tenus de verser le sang provenant de leurs opérations.

Les termes de l'ordonnance rendue par Charles VI, le 13 mars 1416, indiquent qu'il existait une autre voirie près et environ les Tuileries Saint-Honoré.

Par un arrêt du Parlement du 20 octobre 1563 il fut enjoint aux tueurs et aux écorcheurs de bêtes, de sortir de la ville et d'aller s'établir près de l'eau, en aval de la rivière.

En 1577, Henri III, par ses lettres patentes, renouvelle l'arrêt du Parlement.

Il y en avait d'autres au faubourg Saint-Marcel, au faubourg Saint-Germain, à Montfaucon.

Comme on le voit, dans le Paris ancien, il y avait dans chacun de ces quartiers, des lieux où les habitants apportaient leurs ordures, où les bouchers entre autres venaient jeter les os, les déchets de leurs abattoirs; où on enterrait, en un mot, tout ce qui pouvait amener des mauvaises odeurs.

Deux grands clos existaient, l'un où se trouve aujourd'hui les principales fabriques qui bordent le quai de Grenelle, l'autre dans la plaine s'étendant le long de la route de la Révolte à Clichy; il y en avait encore d'autres un peu partout, tel est celui de la butte des Moulins dont l'élévation aujourd'hui disparue n'était due qu'au dépôt des déjections du quartier.

Les clos d'immondices étaient généralement en contre-bas du sol, et le jour où l'autorité jugeait y qu'il avait lieu qu'il fût fermé, on allait ailleurs, et on recouvrait la surface de celui-ci par une couche épaisse de chaux, qui se recouvrant à son tour de végétations, servait à la culture.

La voirie de Montfaucon. — La voirie de Montfaucon, la plus importante de toutes, datait du douzième siècle; c'était en outre un champ de supplice et d'exposition.

Elle était située sur la butte qui, aujourd'hui forme le haut du faubourg Saint-Martin.

Le premier nom de Montfaucon était celui de Gibet, mot corrompu de Gebel, qui en arabe signifie montagne.

Gibet était un lieu de supplice, il y avait une masse de pierres accompagnée de 16 piliers, fermé par une porte. C'était un parallélogramme de 12 mètres de hauteur, long de 14 et large de 12. Les piliers étaient gros, carrés, reliés ensemble et cimentés ayant 33 pieds de hauteur, rangés en deux files. Pour y attacher les corps, il y avait des chaînes de fer d'espace en espace Au milieu était une cave pour recevoir les corps des suppliciés lorsqu'ils tombaient en pièces, ou que toutes les chaînes et les places étaient remplies.

A Montfaucon on pendait seulement; la mise à mort, soit par la hache, l'écartèlement ou par d'autres supplices étaient faits aux Halles ou à la place de Grève.

Dès le siècle du grand roi les plaintes des habitants des faubourgs Saint-Denis, Saint-Martin et du Temple ne cessèrent de retentir; ils étaient asphyxiés chaque fois que le vent était au nord ou au nord-ouest.

En 1761 on reporta un peu plus loin Montfaucon ; le cimetière et la voirie se trouvaient à 300 mètres de la barrière du Combat, au pied des buttes Chaumont.

En 1781, toutes les autres voiries furent supprimées, à l'exception bien entendu de celle de Montfaucon qui, à partir de 1790, devint le dépôt unique des déjections de la ville.

Jusqu'à cette époque, les matières fécales étaient jetées par les fenêtres dans la rue, elles s'écoulaient tant bien que mal aux égoûts, des cochons se chargeaient du rôle de balayeurs, en un mot, les choses se passaient de même qu'elles ont lieu dans les villes de l'Orient.

Les matières fécales étaient apportées à Montfaucon et placées dans les réservoirs où, petit à petit, les parties solides, seules utilisées à cette époque, se séparaient des liquides qui s'écoulaient par un égout dans la Seine, ou qui se perdaient dans des puisards.

Les matières, à l'état pâteux, étaient exposées et desséchées par l'action de l'air, puis vendues aux agriculteurs des environs. Cette opération n'exigeait pas moins de quatre à six ans.

Montfaucon, par l'extension prise par la capitale, fut bientôt enfermé dans les nouvelles habitations et devint un séjour impossible.

Il faut lire les chroniques du vieux Paris pour se rendre compte de ce qu'il était à certains moments de l'année. Les odeurs que les vents amenaient rendaient certains de ses quartiers impossibles à habiter.

La voirie de Bondy. — Par une ordonnance en date du 9 juin 1817, la ville de Paris fut autorisée à disposer de trente hectares dans la forêt de Bondy pour y installer une nouvelle voirie. Le choix de cet emplacement avait été dicté par la facilité des transports, qui pouvaient s'effectuer par le canal de l'Ourcq ; par son éloignement de la cité ; par la nature du lieu qui jouissait de la réputation la plus détestable au point de vue de sa moralité. Aller à la forêt de Bondy, n'était-ce pas tout dire...

L'établissement de Bondy devait s'ouvrir en 1816, mais l'opposition des habitants des alentours, la forêt de Bondy n'étant habitée que par des détrousseurs de grand chemin, fut telle que l'administration employa douze années, c'est-à-dire de 1816 à 1828, pour triompher de cette résistance, et installer le dépotoir tel qu'il est aujourd'hui.

A partir de cette époque, la voirie de Bondy fut *imposée ;* la préfecture de police se garda bien de demander l'avis de ses habitants, un simple arrêté supprima le charnier de Montfaucon et le transféra à Bondy.

Les intéressés protestèrent, ils réclamaient, en vertu de la loi, l'ouverture d'une enquête *de commodo et incommodo.* Leurs protestations religieusement recueillies par la préfecture, s'en furent dormir stériles dans les cartons des archives municipales.

Dès onze heures du soir, des convois viennent déverser dans des bateaux ou au dépotoir de la Villette, les déjections de nos habitations.

Le produit des vidanges qui n'était, en 1791, que de 51 mètres cubes par jour, ne dépassait pas encore en 1816, 250 mètres cubes ; il s'élevait à 300 mètres en 1828, et il atteint aujourd'hui, déduction faite des liquides déversés à l'égout, 2,000 mètres cubes qui sont transportés journellement soit à Bondy, soit dans des dépôts particuliers créés autour de la ville, ou enfin rejetés à la Seine.

Une des grandes difficultés pour amener les déjections urbaines à Bondy, était celle de leur transport.

Dans le charnier de Montfaucon, les vidanges n'étaient pas diluées ; mais les progrès, mais le bien-être amenèrent dans les fosses des quantités d'eau anciennement inconnues.

Dans les derniers temps de Montfaucon, on constatait déjà qu'il n'y avait plus un dixième de matières sèches dans les versements qu'on y faisait. Les bénéfices diminuaient, et que deviendraient-ils si on était obligé de les charrier à Bondy.

La commission de salubrité qui avait été nommée à cette époque, concluait dès 1835 que le seul remède efficace était d'accorder à tout propriétaire qui aurait chez lui une distribution d'eau le droit de jeter ses vidanges et ses détritus à l'égout.

Mais il faut convenir que si, en 1835, la conclusion que nous soutenons aujourd'hui était émise, elle ne pouvait, à cette époque, devenir un fait, il eût fallu à Paris des égouts dans toutes les rues, de l'eau dans toutes les maisons, ce qui n'existait pas.

Aujourd'hui encore, à 45 ans de distance, il n'y a guère qu'un tiers des rues qui soient dotées d'une canalisation souterraine, il n'y a sur 70,000 maisons que 14,000 qui reçoivent les eaux de la ville.

La conduite des déjections de la ville, en 1835, dans la vallée de

19

la Seine, était donc prématurée ; elle ne pouvait s'accomplir que le jour où nous pourrions donner de l'eau en abondance dans toutes les habitations, et créer dans toutes nos rues le Paris souterrain.

Un ingénieur, grand par le talent, M. Mary, proposa l'emploi d'une conduite allant du point de versement jusqu'à Bondy.

On ne songeait pas à armer tous les quartiers de la cité d'une conduite spéciale, analogue à celle qui existe actuellement à Amsterdam, la dépense eût été trop considérable. Aussi le point choisi fut la Villette, où se rendraient toutes les déjections de la cité ; les matières fécales, à la conduite ; les boues et les détritus urbains, aux bateaux.

De vastes hangars furent construits ; les voitures y entrent, on découvre une trappe, on attache un manchon en toile qui réunit la tonne à la trappe, on ouvre le robinet, le tout s'échappe. On lave la tonne et l'opération est terminée.

Les matières suivent des galeries situées dans le sous-sol, des barrages retiennent les corps étrangers et des pompes mues par une machine à vapeur les refoulent dans la conduite jusqu'à Bondy.

Une propreté incroyable, due à une grande quantité d'eau puisée dans l'Ourcq, fait de cet établissement un modèle en son genre, mais cette propreté fait le désespoir du fabricant de poudrette qui reçoit une marchandise de plus en plus diluée.

Le tuyau de Bondy, admirable création de transport, ne fut en pratique qu'un corollaire au transport de la vidange et des détritus par bateau, transport qui avait pour le fabricant de ces matières cet avantage de ne pas mélanger les matières fécales avec plus d'eau qu'elles n'en avaient lors de leur séjour en fosse.

Aussi ce moyen ingénieux de transport devait amener l'encombrement des bassins de réception de Bondy car la différence des prix, c'est-à-dire payer 0,21 pour conduire un mètre cube de vidange, ou 1,19 pour le voiturer par bateau, cette différence ne compensait pas la valeur moins grande de la vidange.

Aussi le même régime que celui qui avait été employé à Montfaucon resta le même à Bondy. Il y était établi un fermier de la ville qui payait une redevance pour chaque mètre cube qu'il retirait des bassins, se réservant le droit de satisfaire à tous les besoins de sa fabrication au moyen de vidanges et de détritus amenés par bateau. Trois fermiers se succédèrent, jusqu'en 1870 ; ce furent la compagnie Boursault, Houdart et Richer.

Jusqu'à la guerre on fabriquait peu de sels ammoniacaux, aussi le dépotoir de la Villette était ouvert à tous ; les quantités apportées étaient considérables ; on compte 250,000 mètres cubes de 1850 à 1860 par 300 jours de travail, soit 800 à 850 mètres par jour ; 1,860 mètres en 1865 ; pour arriver en 1870 à 2,000 mètres cubes.

Le service de la vidange se faisait par vingt entrepreneurs, qui n'avaient souci de fabrication, leur rôle consistant à enlever de chaque habitation la matière fécale, au prix le plus élevé possible, et de la transporter à la Villette ou à Bondy, où elle était recueillie ou non par le fermier, pour en faire de la poudrette.

Elle n'est plus aujourd'hui, depuis la fermeture de l'établissement de Nanterre, que de 800 mètres cubes environ.

On calcule que les établissements privés situés dans la banlieue de Paris, traitent par jour 1,200 mètres cubes au moins, dont la majeure partie, comme nous le verrons, est rejetée à la rivière.

Ces chiffres ont leur éloquence, ils justifient bien l'opposition que les habitants de la banlieue de Paris n'ont cessé de faire à l'apport, à proximité de leurs habitations, sur tous les points de la banlieue, des immondices que la ville ne veut pas tolérer chez elle. — Les odeurs pestilentielles qui s'échappent de ces divers cloaques, l'infection qui se répand dans l'air et que le vent emporte dans toutes les directions, l'aspect repoussant du lieu, le spectacle écœurant des manipulations que subissent les déjections réunies dans ces dépotoirs, la dépréciation des terrains environnants, tout concourt à justifier l'incessante opposition et les plaintes réitérées des propriétaires.

Bondy devait être, dans l'esprit de l'administration, jusqu'en 1870, le seul lieu non seulement où les vidanges seraient déposées, mais devait recéler toutes les autres immondices, tels que les clos d'équarrissage et les industries qui s'y rattachent.

La mesure ne fut jamais complète, aussi Paris aujourd'hui se trouve entouré des voiries qui altèrent, par les odeurs qu'elles dégagent, la salubrité publique.

Les maux qu'apportait Montfaucon n'existent plus, ses odeurs qui n'arrivaient à Paris que lorsque les vents soufflaient du nord, lui arrivent aujourd'hui de toutes parts ; ce qui fait dire, avec beaucoup de raison, que la grande cité se trouve entourée, à partir de ses fortifications, de réduits odorants qui devaient la défendre de toute approche.

Quarante-cinq de ces établissements nauséabonds existent. Bondy date de 1827, quatre établissements datent de 1850; neuf autres de 1850 à 1870, enfin les trente et un autres de 1870 à 1880.

Dans ces conditions Paris n'a rien à envier à d'autres cités qui recélaient dans leur sein ces mêmes foyers d'infection, et elle est en droit de s'attendre, si l'histoire de ces cités est vraie, à devenir comme elles, le siège des maladies épidémiques dont elles eurent tant à souffrir.

L'établissement de ces manufactures que les pouvoirs publics, avant 1870, avaient relégué à Bondy, furent autorisés à s'établir partout ; ils devaient être surveillés par l'administration, et, les lois existantes appliquées, on en eût fait des ateliers sans danger.

Ce fut la raison qui domina l'esprit de nos administrateurs actuels qui les laissèrent s'établir partout. Une demande d'autorisation, suivie d'un procès-verbal *de commodo*, donnait toute quiétude aux pouvoirs publics.

Les choses ont bien changé : des plaintes sans nombre se sont élevées ; ce n'est plus Bondy dont on se plaint, c'est un cri général qui vient de toutes parts, des quatre points cardinaux de Paris.

Depuis l'apparition de la première édition des *Odeurs de Paris*, M. Andrieux, alors le préfet de police, écrivait à M. le Ministre de l'agriculture et du commerce la lettre suivante, et donnait ainsi un commencement de satisfaction aux plaintes de la population.

Paris, ce 22 avril 1881.

Monsieur le Ministre,

« Au mois de septembre dernier, à la suite de plaintes nombreuses qui m'étaient parvenues au sujet des émanations répandues dans la ville de Paris, j'ai prié le conseil d'hygiène publique et de salubrité de la Seine d'étudier et de m'indiquer les causes de cette infection. Le conseil, dans un rapport qui a été inséré au *Journal officiel* du 7 octobre, a mentionné deux causes principales : les égouts et les établissements classés.

« Vous avez alors, Monsieur le Ministre, chargé vous-même une commission spéciale de l'examen de cette double question. Un rapport vous a été présenté par M. Aimé Girard sur l'exploitation des vidanges; un autre doit être, m'assure-t-on, déposé prochainement sur les égouts de Paris.

« En attendant qu'il vous soit possible de donner à l'un et à l'autre la suite nécessaire, les plaintes qui s'étaient produites l'année dernière commencent à surgir de nouveau cette année, et plusieurs journaux s'en sont déjà faits les interprètes.

« Dans le but de satisfaire au vœu de l'opinion publique et d'indiquer à l'industrie des vidanges qu'elle doit s'éloigner davantage des centres habités, l'établissement de ses usines, je croirais utile, Monsieur le Ministre, de prendre l'initiative de la procédure tendant à l'application à un certain nombre de dépôts de vidange et de fabriques de sulfate d'ammoniaque existant autour de Paris, des dispositions de l'article 12 du décret du 15 octobre 1808. Cet article porte « qu'en cas de graves inconvénients pour la salubrité publique ou l'intérêt général, les fabriques et ateliers de première classe qui les causent pourront être supprimés en vertu d'un décret rendu en conseil d'État, après avoir entendu la police locale, pris l'avis des préfets et reçu la défense des industriels.

« Les établissements ci-après me sembleraient, Monsieur le Ministre, à raison soit de leur importance, soit de leur proximité de Paris, pouvoir tomber sous le coup de la mesure prévue par le législateur de 1810.

« Ce sont ceux de la compagnie Lesage, à Billancourt, à Aubervillers et à Drancy ; — de la compagnie Parisienne, à Nanterre ; de la compagnie l'Urbaine, à Gentilly et à Arcueil.

« L'usine de la compagnie Lesage, à Billancourt, traite par jour une moyenne de 250 mètres cubes ; elle a fait l'objet d'un assez grand nombre de réclamations d'habitants de Billancourt et du XVᵉ arrondissement de Paris.

« Le dépôt de vidanges d'Aubervillers est beaucoup plus considérable ; la quantité de matières qui y est reçue en vingt-quatre heures, s'élève à 1,200 mètres cubes. Cet établissement se trouve assez rapproché de Paris et les odeurs qu'une condensation et une combustion incomplètes lui font répandre sont portées sur Paris par les vents nord-nord-est, qui sont ceux précisément dont on a constaté la permanence l'été dernier.

« L'établissement Lesage, à Drancy, ne comprend actuellement qu'un dépotoir à l'air libre. Par arrêté du 28 août 1878, mon prédécesseur y a autorisé l'annexion d'une fabrique de sulfate d'ammoniaque qui n'est pas encore construite. Mais la quantité de matière étendue sur le sol y est considérable, puisqu'elle recouvre près de 40,000 mètres carrés.

« L'usine de la compagnie Parisienne située aux Grandes-Grèves, à Nanterre, a été fermée provisoirement le 15 mai 1880, puis, il y a un mois, rouverte à titre d'essai. Le conseil de préfecture, saisi d'un recours contre l'arrêté d'autorisation, vient de nommer des experts dont le rapport pourra figurer parmi les pièces de l'enquête que je vous demande d'ordonner.

« La compagnie l'Urbaine possède à Gentilly un dépotoir à air libre; et à Arcueil une fabrique de sulfate d'ammoniaque. Ces établissements, immédiatement contigus, n'ont cessé de provoquer, depuis plusieurs années, des plaintes nombreuses et violentes. Ces plaintes émanent, non seulement d'Arcueil, de Gentilly et de Montrouge, mais aussi de la municipalité du quatorzième arrondissement, et de mon collègue le préfet de la Seine.

« Je vous serais obligé, Monsieur le Ministre, de me faire connaître si vous autorisez la mise à l'instruction du projet de fermeture définitive des établissements que je vous ai signalés.

« Je m'empresserais, au cas où cette proposition recevrait votre assentiment, d'en avertir mon collègue de la Seine pour le prier d'aviser aux mesures qu'il lui conviendrait de prendre en vue d'assurer la réception des matières au dépotoir municipal de Bondy.

« Enfin, Monsieur le Ministre, deux établissements, celui de M. Souffrice à Saint-Ouen, et Samson à Aubervillers (fabrication d'engrais au moyen de matières animales), me sont signalés comme particulièrement nauséabonds.

« J'avise ces messieurs d'avoir, d'ici à la date du 15 mai, à prendre les mesures qui leur ont été prescrites pour détruire ces odeurs, à peine de suspension d'autorisation.

« Veuillez agréer, Monsieur le Ministre, l'hommage de mon respect.

« Le député, préfet de police,
« ANDRIEUX. »

Nous allons passer en revue les industries principales qui séjournent dans les parties du département de la Seine et de la ville et qui, d'après nous, devraient être reléguées à la voirie.

Étables. Écuries. — C'est le même préfet de police, obligé de rappeler une sentence de son département, du 9 août 1698, pour faire taire les plaintes multipliées des habitants de Paris contre des gens qui nourrissent des chiens, des chevaux et d'autres animaux; défendant, comme il fut fait alors, de n'avoir, à l'avenir, chez eux, plus de deux de ces animaux. Nous ordonnons ce qui suit, dit-il :

ARTICLE PREMIER. — Il est interdit de conserver dans Paris, sans autorisation, des porcs, des vaches ou autres animaux, tels que boucs, chèvres, lapins.

ART. II. — Il est également interdit d'élever, sans autorisation, des pigeons, poules et autres oiseaux de basse-cour, qui peuvent être une cause d'insalubrité ou d'incommodité.

ART. III. — Toute demande en autorisation d'avoir, dans les dépendances d'une habitation, un ou plusieurs des animaux désignés dans les articles précédents, sera adressée au préfet de police.

ART. IV. — La permission ne sera délivrée qu'après visite des lieux et rapport constatant qu'il ne peut en résulter aucun inconvénient pour le voisinage.

ART. V. — Les locaux autorisés, dans lesquels seront placés les animaux, devront être maintenus en constant état de propreté.

Les autorisations seront toujours révocables, en cas de plainte reconnue fondée.

ART. VI. — Les autorisations ci-dessus ne pourront être données, en ce qui concerne les porcs et les vaches, que pour deux animaux.

Au delà de ce nombre, il y aura lieu d'appliquer la législation spéciale sur les établissements dangereux, incommodes ou insalubres.

ART. VII. — Il est interdit d'élever et d'entretenir à Paris, dans l'intérieur des habitations, un nombre de chiens ou de chats tel que la sûreté et la salubrité des habitations voisines se trouvent compromises.

ART. VIII. — Défense est faite de laisser vaguer des poules et autres oiseaux domestiques dans les rues, places, halles et marchés, enfin, sur aucun point de la voie publique.

ART. IX. — L'ordonnance de police du 3 novembre 1862 susvisée, est rapportée.

Cette ordonnance du magistrat de Paris restera-t-elle sans effet, comme celle de son prédécesseur, qu'on fut obligé de rappeler le 10 juin 1701 ?

Le voisinage de ces établissements est aujourd'hui devenu, comme en 1701, insupportable, et cause, comme à cette époque, des *incommodités inexprimables*.

Les étables, les écuries, sont des établissements dangereux par la grande quantité de gaz qu'ils dégagent ; l'eau est le remède souverain, l'acide phénique, employé de temps en temps, détruit les miasmes ; le blanchiment des murs à la chaux est une mesure excellente. Aussi quand la ville de Paris aura donné de l'eau en abondance, lorsque partout l'égout récoltera les déjections, ils deviendront quasi inoffensifs.

Équarrissage. — Les matières portées aux voiries sont d'espèces diverses, elles sont variées, le traitement dont elles sont l'objet est des plus différents.

Nous avons l'*équarrissage*, c'est-à-dire un lieu consacré à l'abatage des chevaux, des ânes, des chiens, etc.

Le plus ancien des équarrisseurs parisiens est *Chollet ;* nous voyons encore, de nos jours, les tombereaux de ses continuateurs parcourir nos rues. Chollet l'ancêtre fut l'objet d'une ordonnance, eu date du 31 mars 1780, qui l'autorisait à exploiter son industrie à Javelle, et à quitter Montfaucon et la barrière des Fourneaux. Cette ordonnance prescrivait d'entourer le clos d'arbres et de haies vives, d'y construire les bâtiments nécessaires, d'y creuser des fosses dans lesquelles seraient enfouis les débris de l'établissement, et de réserver un endroit pour ceux qui s'occuperaient du confectionnement des *boyaux*.

D'autres établissements s'établirent, mais ils n'eurent pas une grande durée. Pendant nos troubles politiques, on laissa faire ; l'administration avait d'autres soucis ; aussi vit-on ces incorrigibles industriels rétablir des voiries partout. Mais, à peine l'ordre rétabli, sur les plaintes réitérées des habitants, on les expulsa, en leur rappelant qu'à Montfaucon, seul, ils avaient le droit d'opérer.

Ces industries ont, on le voit, des charmes à nuls autres pareils : les équarrisseurs, les marchands de panses, d'intestins et de chairs musculaires, assument les foudres du préfet de police, pour s'établir clandestinement dans quelque coin de Paris. Malheureusement pour eux, ils sont vite découverts, révélés par l'odeur de leurs ateliers.

Il est impossible de rien voir de plus dégoûtant, de plus infect, de plus insalubre qu'un clos d'équarrissage ; les ossements, les intestins, restent épars sur le terrain.

Sous le gouvernement dernier, de grands perfectionnements sont venus métamorphoser cette industrie ; le cheval abattu, saigné, débarrassé de sa peau, de ses crins, de ses sabots et de ses fers, était introduit dans une chaudière autoclave, où il subissait une cuisson sous pression et à l'abri de l'air, ce qui rendait sa dépouille exempte d'odeurs.

A l'époque où il fut décidé qu'on créerait dans Paris des abattoirs, afin de débarrasser les quartiers de la ville du spectacle de l'abatage des animaux destinés à l'alimentation publique, la municipalité décréta la même mesure pour les clos d'équarrissage.

Un grand établissement fut établi à Aubervilliers; là, et seulement dans ce local, les tueurs de chevaux et d'autres bêtes y pouvaient exercer leurs métiers.

Aujourd'hui plus rien de pareil n'existe; sous le prétexte, fallacieux de la liberté, chacun a le droit d'empoisonner ses voisins.

Pourquoi, se demandera-t-on, les pouvoirs actuels ont-ils abanbonné ce système : n'y avait-il rien de plus simple que de concentrer sur un seul point une industrie qui offre les plus grands dangers à l'hygiène publique?

La fabrique d'Aubervilliers n'existant plus, l'abattoir des chevaux et des autres animaux devait être transféré à Bondy, voirie de la ville de Paris; c'est là, et seulement là, que les 20,000 bêtes qu'on immole chaque année devraient être conduites, en charrettes ou à bateaux, en évitant ainsi de blesser les lois de l'hygiène; et, comme nous le verrons, l'administration pourrait exercer un contrôle efficace sur les qualités de la viande qu'on vend aujourd'hui dans des étals particuliers, au mieux des intérêts de la population.

Vidanges. — La conversion des matières fécales en produits pour l'agriculture est une opération barbare qui a pour résultat de perdre une partie des produits utiles et d'empester les populations.

L'opération consiste à convertir ces produits en poudrette, à en recueillir l'ammoniaque sous la forme d'un sulfate.

Le cadre de cet ouvrage ne permet pas d'entrer dans les détails de ces fabrications; nous renvoyons nos lecteurs, qui seraient aises de les connaître, aux ouvrages spéciaux et notamment à notre écrit particulier, l'*Azote*.

Les établissements les plus considérables se trouvent à la voirie de Bondy; mais bien d'autres existent dans les communes suburbaines, autorisés par l'autorité depuis 1871, qui a agi avec une grande légèreté, qui fut peu soucieuse des traditions suivies par ses prédécesseurs qui avaient reconnu que ces industries étaient des plus pernicieuses, et que si malheureusement il fallait à Paris un lieu pour les recevoir, mieux valait les reléguer à Bondy, que d'empoisonner tous les alentours.

La fabrication de la poudrette nécessite des bassins, foyers d'insalubrité dont les émanations rayonnent à 10 kilomètres à la ronde; elle exige des années entières, pour arriver à produire un engrais sans valeur, car sur 1,80 d'azote qu'elle peut contenir, on en a perdu 1,56.....

Bridel fut l'inventeur de la préparation de la poudrette. Ce fut en 1784, qu'il installa cette fabrication à Montfaucon, pour laquelle il payait à la ville une redevance annuelle de 300 francs. Les moyens employés par Bridel, qui sont ceux encore d'aujourd'hui, soulevèrent de la part des habitants de Paris des plaintes très vives qui émurent plus tard l'Assemblée constituante, l'administration municipale, l'Académie de médecine.

Il est intéressant de connaître aujourd'hui l'opinion de ces grands corps.

L'Assemblée concluait au maintien du privilège.

L'Académie de médecine se prononçait en sens contraire. L'administration de Paris voulait des améliorations; et une commission, en 1797, constatait que Bridel faisant des bénéfices considérables, il y avait lieu pour la ville de ressaisir cette opération, et au lieu d'une seule voirie à Montfaucon, d'en établir deux, de telle sorte que les déjections de Paris, dans deux établissements, l'un qui était situé au sud, l'autre au nord, entourés de cultures, étaient traitées dans des récipients clos et couverts qui ne laissaient échapper dans l'atmosphère aucun gaz délétère.

L'abatage des animaux y serait réuni, les nerfs, les chairs, les issues, enrichiraient les matières, les fabriques de colles et de vernis y trouveraient leur aliment.

Les transports auraient lieu en vases clos, l'eau y serait conduite en abondance, le feu des usines serait utilisé comme ventilateur et brûlerait les gaz infects.

Ce programme, qui date, nous le voyons, de loin, ne fut jamais mis à exécution. Il est préconisé de nos temps, mais il attend encore sa réalisation.

En 1832, le mal était grand, le choléra sévissait avec vigueur, la population voyait partout et dans tout l'empoisonnement des denrées et de l'eau dont elle se servait, l'administration s'émut et le préfet de police voulut voir par lui-même, ne pouvant rien changer à l'état d'infection qu'on avait laissé se perpétuer : il trouva des gens qui repêchaient des voiries, des poissons, des chairs, apportés la veille des marchés comme marchandises gâtées, et qui étaient revendus et servis aux barrières.

Le cœur soulevé, il appela l'avis du conseil de salubrité pour lui demander une solution. Cette solution, la terrible maladie la donna, et le conseil se mit froidement à délibérer et à grossir les dossiers de ses devanciers.

La postérité rendra cette justice que si le préfet de police fit ce qu'il put, la commission, en 1835, alors que le choléra avait disparu, fit un fort remarquable rapport, qui alla rejoindre, dans les cartons de la division de l'hygiène publique, les non moins intéressants travaux parus anciennement.

Nous avons dit :

Bondy reçoit encore la majeure partie des 2,000 mètres cubes de vidanges que fournit par jour Paris. Les matières y parviennent par un tube souterrain partant d'un dépotoir situé à la Villette, commandé par une machine à vapeur. Les déjections sont reçues dans sept bassins ayant une superficie de 15 hectares et une contenance de 160,000 mètres. Les eaux sont traitées pour la fabrication de l'ammoniaque, et les résidus convertis en poudrette.

Les bassins de Bondy sont aujourd'hui pleins ; le stock des matières putrides en décomposition est évalué à plus de cent mille tonnes ; la Ville les offre à tout prix, sans trouver de preneurs. Qu'en ferait-on ? La richesse en azote est nulle, l'atmosphère a tout emporté depuis le temps qu'elles ont été déposées, temps qui date du règne de Louis-Philippe.

L'administration fait ce qu'elle peut ; elle laisse à chacun la liberté de puiser dans les réservoirs ; elle invite les agriculteurs à venir s'y approvisionner gratuitement, mais les agriculteurs, si entendus d'ordinaire pour tout ce qui touche aux intérêts du sol, font la sourde oreille ; ils savent à quoi s'en tenir sur la prétendue richesse de cet engrais si libéralement offert, et comme personne ne se présente, l'administration en est réduite à ouvrir les vannes et à renvoyer au fleuve cette masse puante qui n'est bien décidément bonne à rien.

Les membres du conseil municipal avaient estimé le prix des produits de Bondy à 80 centimes le mètre cube, lorsque se présentèrent, en 1872, MM. Newcomen et Calender, qui portèrent la valeur à 6 fr. 07.

Il était évident, pour les gens du métier, que ces imprudents ne s'étaient pas rendu un compte exact des ressources de l'opération, et qu'ils couraient à une ruine certaine : mais l'administration

continua à penser comme du temps de Bridel, qu'elle était posses-
seur d'une grande richesse, et encaissa une large aubaine de
2,792,800 francs.

Avons-nous besoin d'ajouter que la compagnie fermière, épuisée par la lourde redevance qu'elle s'était si imprudemment engagée à payer, se trouvait hors d'état de continuer.

Désinfection. — On ne peut plus songer, disions-nous, dans
l'un de nos ouvrages : *Assainissement de la ville de Paris* (Baudry,
éditeur, 1880), à remiser ces matières dans des bassins en plein air,
à les conserver, à les manipuler pendant deux ou trois années.

Nous conseillons de les brasser, au moyen de ringards, avec
5 p. 100 de la composition suivante :

> 7 kilos cendres pyriteuses.
> 2 —   sulfate d'alumine.
> 1 —   acide sulfurique.

Ces matières, saturées avec cette dissolution, boursouflent, triplent de volume et se séparent des eaux qui les renferment.

Les matières solides sont en haut.

Les matières solubles en bas.

Il s'est formé, ajoutions-nous, de nombreuses réactions qui ont
amené non seulement la séparation, mais une désinfection complète.

Cinq heures à peine suffisent pour toute l'opération ; la masse
solide, spongieuse, est mise sur un plan incliné et s'égoutte, puis
on la place sur des filtres compresseurs analogues à ceux dont se
servent les fabricants de sucre ; on l'amène ainsi à une consistance telle, qu'on peut la découper et en former des briquettes.
Cette opération fort simple, ne peut être faite partout ; les eaux
résiduaires emportent avec elles les éléments putrides qui se décomposent et jettent dans l'atmosphère des gaz méphitiques ; aussi
le conseil de salubrité ne devrait tolérer les fabrications qu'à
Bondy. Seulement, nous trouvons dans les déchets de nos fabrications industrielles, dans les résidus de nos abattoirs, dans les
voiries, dans nos habitations, des matières faciles à se procurer et
renfermant de grandes quantités d'azote, tous déchets et résidus
apportant, s'ils ne sont pas désinfectés, l'infection dans nos demeures.

Tels sont :

Les déchets de laine renfermant............ 15,99 °/₀ d'azote.

—	de poils, de cheveux	17,28 —
—	de plumes....................	17,60 —
—	de peaux....................	12,00 —
—	de gluten....................	16,00 —
—	de cuirs	9,30 —
—	de chair	13,30 —
—	de sang....................	12,18 —
—	de cornes....................	16,30 —
—	de poissons..................	15,22 —
—	d'os....................	3,20 —
—	de poissons verts.............	2,73 —

Marc de colle...................... 3,78 —
Bouillons d'équarrissage............ 1,43 —
Albumine avariée.................. 13,15 —
Chairs de chevaux.................. 10,70 —
 — de chiens .... 1,78 —
 — de rats.................... 2,10 —
 — de poissons morts............ 2,04 —
Bourres de sommier................ 1,85 —
Chiffons de soie.................. 8,52 —
Chrysalides de vers à soie............ 11,17 —
Résidus de cochenille .... 2,26 —
Colombine de pigeons.............. 0,95 —
 — de poules.............. 0,28 —
Sabots de cheval.................. 8,10 —
Résidus de gélatine .... 2,03 —
 — de magnanerie.............. 2,57 —
 — de soie.................. 9,30 —
Viandes séchées..... .... 5,40 —
Intestins d'abattoirs .... 3,35 —

Ajoutons à ces déchets les matières fécales dont le recueil, le traitement et l'utilisation ont donné lieu à tant de travaux et (1) furent l'objet d'une de nos études.

D'après Boussingault et d'après Barral on a sur 1000 parties de solides, à Paris.

Eau.................................... 733 kilogrammes.
Azote.................................... 30 —
Matières diverses........................ 237 —

Le rapport qui existe donc entre les quantités de solides et de liquides est sur 1000 parties en déjections humaines :

De 114 parties de solides.
886 — de liquides.

On aurait si les vidanges n'étaient pas diluées dans les eaux étrangères :

(1) *Assainissement de Paris*, par Jules Brunfaut. — Baudry, éditeur.

945.13 eau provenant des urines.
13,17 d'azote.

Mais on a pour les vidanges ordinaires de Paris, suivant M. Coquard.

Eau.................................... 958 kilogrammes.
Azote................................   3   —

Ces chiffres constatés vont nous servir de base pour décrire
différents modes de fabrication.

Compost. — Les fabricants d'engrais emploient depuis fort longtemps les déchets organiques provenant de nos industries pour
l'Agriculture et s'occupent fort peu de les désinfecter ; aussi leurs
ateliers doivent-ils être supprimés partout où ils se montrent. Tel
est notre avis, tel est celui du préfet de police et du rapporteur du
conseil de salubrité de la Seine.

Ils en forment des tas, dont chaque lit successivement reçoit
l'une ou l'autre des matières dont nous venons de donner la nomenclature.

Ils arrosent ces tas ainsi formés de temps en temps pour y amener la fermentation, et après quelques mois, ils ensachent et vendent un résidu noirâtre, quelquefois infect, connu sous le nom de
poudrette.

Cette fabrication rudimentaire a l'inconvénient de perdre la
majeure partie de l'azote que les matières organiques renfermaient
et de ne fournir à la culture qu'un produit qui, à l'analyse, ne
dénote que quelques pour cent d'ammoniaque, d'azote libre et de
sulfhydrate d'ammoniaque.

Cet engrais qui était composé, avant sa fermentation, de principes
riches, en renferme si peu que le cultivateur ne peut lui faire subir
que les frais de quelques kilomètres de transport. Aussi son emploi se localise-t-il aux terrains des environs de la fabrique ; la
grande culture qui aurait tout intérêt à s'en servir ne le peut, et
cependant il représente de bonnes conditions quant à l'humus
qu'il renferme, et il suffirait pour le rendre plus riche en azote d'y
ajouter des sels d'ammoniaque ou de nitrate de soude.

Cette fabrication en compost, qui ne souffre, par le peu de richesse des éléments qu'elle renferme, aucun transport, devrait se
propager dans nos fermes.

Le fermier aurait, parmi son outillage, un tonneau à purin et
lorsque charretier et chevaux seraient inoccupés, ce tonneau dirigé

vers la ville la plus proche, ramènerait les déjections dont nous
venons de donner la nomenclature. Ces matières renfermant de
l'azote, mises en tas avec du fumier et au besoin avec des fougères,
seraient, avec les déjections de la ferme, un produit de bonne qualité et reviendrait à un prix très modéré. On n'aurait pas à craindre
la perte de l'ammoniaque, car le compost serait fait sur le terrain
qu'il est appelé à substanter.

Le prix de revenu du fumier, pendant la période de 1860 à 1867,
suivant les données administratives, a été de 12 francs environ,
tandis que sa valeur théorique, d'après analyse faite à la station
agricole de Gembloux, était de 19 francs 60 environ; en d'autres
termes, les principes utiles contenus dans les fumiers, revenant
à 12 francs, auraient coûté sous forme d'engrais du commerce
19 fr. 60. Aussi peut-on dire, dans ces conditions, que les fumiers
de ferme sont le meilleur marché de tous.

Pour remédier au malaise dont souffre l'agriculture, nous dirons :
fumez intensivement et aussi *économiquement* avec les déchets et les
détritus des villes.

Les mélanges doivent être exécutés à la ferme, et si l'on objectait
que les cultivateurs ne possèdent pas les connaissances nécessaires pour pouvoir choisir les engrais auxiliaires qui doivent entrer
dans les composts, nous répondrions qu'ils sont plus compétents
que les marchands d'engrais, qui la plupart sont ignorants en
agriculture; quant à nous, nous nous débarrasserions ainsi des
odeurs que donnent à Paris et dans sa banlieue les fabrications
actuelles.

**Désagrégation au moyen de la vapeur d'eau et dessiccation par
l'air chaud.** Procédé Brunfaut.

Dans un de nos ouvrages, paru en 1876 (1), nous disions que
le traitement des matières organiques devait se résumer à faire
intervenir de la vapeur d'eau et de l'air chaud, deux agents, qui
ne détruisent pas les principes fertilisants contenus dans ces matières.

Le traitement des matières organiques exige une température
de 100 à 130°; et, desséchées dans ces conditions, elles sont préser-
vées, pendant longtemps de la putréfaction.

La vapeur ne produit sur ces corps qu'une désorganisation des
tissus ; cependant son action ne doit pas être trop prolongée ; car

(1) *Un nouvel engrais.* Librairie agricole de la *Maison Rustique. Paris.*

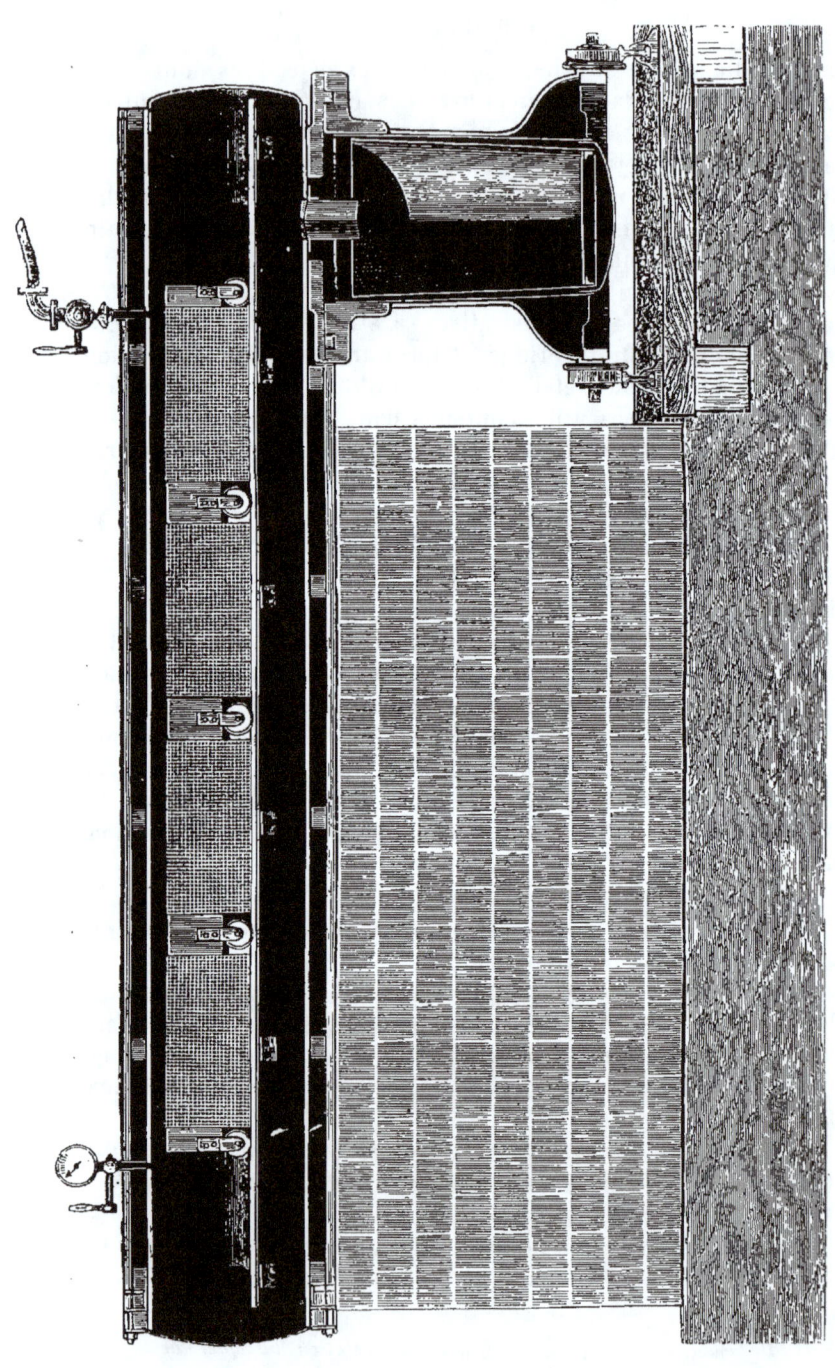

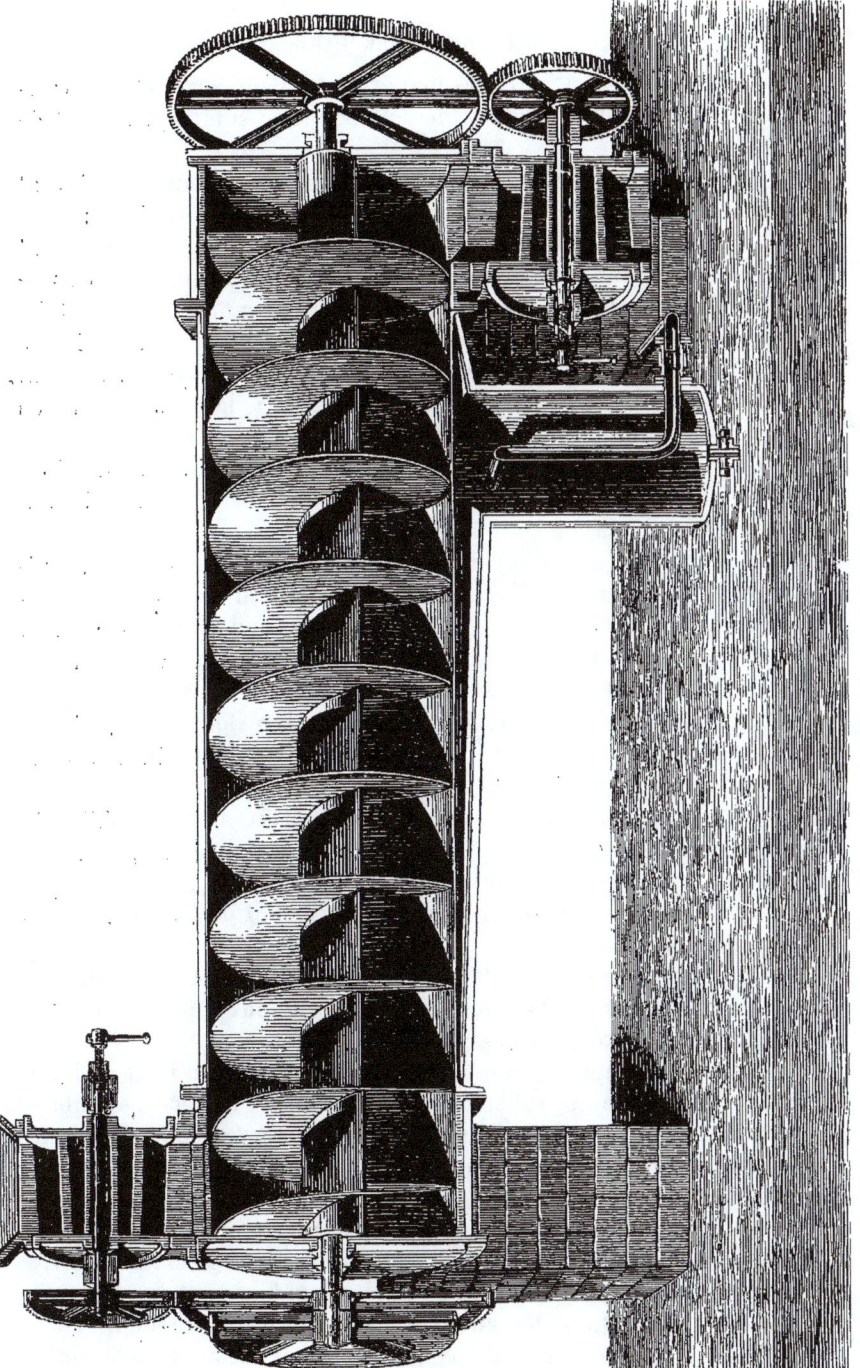

Fig. 39. — Autoclave à hélice, système Brunfaut.

il faut éviter de dissoudre les matières mucilagineuses en les convertissant en colle; la vapeur ne doit leur faire subir qu'un état de cuisson.

C'étaient les principes que nous prescrivions comme devant être ceux à appliquer pour leur traitement; nous ajoutions :

« Il faut placer les matières organiques sur un chariot courant « dans un cylindre clos; il faut amener de la vapeur à 100°; une « demi-heure après diriger la matière qui est cuite, par une toile « sans fin, dans un torréfacteur où se trouve une hélice « qui la meut, la fait avancer, et séchée qu'elle est par un courant « d'air chaud, cette matière étant torréfiée, il faut la réduire en « poudre en la faisant passer dans un broyeur. »

Les essais avaient été faits par nous en 1860, et si nous rappelons ces époques éloignées, c'est que nous sommes heureux d'avoir contribué à leur mise en action.

A Bogerock (Belgique) dans une usine appartenant à M. Muller et Cⁱᵉ d'Anvers, on les a mises en exploitation, avec des modifications importantes qui font honneur à leur expérience en la matière et au grand savoir, comme chimiste, de M. Hanon, le directeur. Nous allons exposer brièvement ces travaux.

Il existe dans cette fabrique des autoclaves dans lesquels on place des débris de cuirs qui viennent des grandes villes du continent et de l'Amérique.

On trie ces cuirs et chaque autoclave reçoit, l'un 500 kilos de cuirs de semelles, l'autre 500 kilos de vieilles empeignes, de débris de toutes sortes; car il faut, pour traiter les semelles, une température plus élevée que pour le cuir proprement dit, de là l'obligation du triage.

Pour les premiers la vapeur est amenée à 180°, soit à 10 atmosphères de pression. Pour les seconds, il ne faut dépasser que 100 et quelques degrés; 2 atmosphères suffisent.

Cette grande différence se comprend; on arriverait, il est vrai, au même but en employant seulement 2 atmosphères; mais, en fabrication, le temps, c'est de l'argent, et comme à 180° on ne détruit pas la matière azotée, la dépense de charbon en plus que l'élévation de température amène doit être négligée.

Cette première opération dure pour le traitement des semelles une heure; pour celui des cuirs vingt minutes. Ces matières retirées des autoclaves, qui sont rotatifs, ce qui permet de déplacer, pendant l'opération, les cuirs qu'ils renferment lorsqu'ils sont bouillis sont conduits à l'étuve et desséchés à l'air chaud, opération qui dure 42 heures, puis ils sont broyés, puis blutés, puis enfin séparés par ordre de grosseur.

Les cuirs réduits en fine poudre sont ensachés, la toile, le coton qui les accompagnaient sont mis de côté.

Les ferrures, les clous sont recueillis, après qu'ils ont passé sous l'action magnétique d'un appareil qui les retient à lui.

On obtient ainsi :

Un produit en poudre, renfermant en :

```
Azote,   7,5 °/₀ valant 2 fr.........................   15  »
Humus, 84,5 °/₀   —   0 fr. 04.....................   3 38
Eau,     6  °/₀ ..............................   mémoire.
Clous, fer, pluches, chiffons, 2 kilog. à 0 fr. 50.......   1  »
                  Ensemble pour 94,5 kilog.........   19 38
```

La perte, on le voit, atteint par 100 kilos de cuirs traités 5 kilos 5.

Les cent kilogrammes valent 20 fr. environ.

Cette fabrication est réalisée sur une grande échelle; on traite à Borgerock plus de 1000 tonnes par an et on calcule que :

```
Le cuir coûte...................................   6  »
Les frais de fabrication.........................   4  »
                  Total ...........   10  »
```

laissant une marge aux frais généraux et permettant la réalisation de bénéfices importants.

Les matières organiques se conduisent comme le bois qui, plongé dans l'eau, puis séché à l'air, s'altère, en absorbant l'oxygène et en produisant de l'acide carbonique ; sa cohésion est détruite, il se convertit en une poudre gris brunâtre.

Dans cet état le cuir a conservé les principes utiles à l'agriculture; l'azote qui s'y trouvait renfermé lorsqu'il était cuir tanné, est resté dans ce composé nouveau, appelé par Berzelius *ulmate*, et dont M. Dumas disait :

« Les peaux sont formées d'une matière animale que l'eau « bouillante convertit facilement en gélatine ; que le tannage rend « imputrescible », et qui, désorganisé comme nous venons de le voir, nous font dire à notre tour : Ce ne sont plus des cuirs, c'est un produit azoté redevenu aussi assimilable à la culture que l'est la peau d'où il dérive.

La matière obtenue a l'aspect d'une poudre grise noirâtre; elle ne se dissout pas dans l'eau, mais bien à la chaleur si on a eu soin de l'aciduler par un acide quelconque.

Comme on le voit, son assimilité est relative ; mélangée aux fumiers, semée dans une terre chargée d'humus, l'azote se désassocie des éléments avec lesquels il se trouve, mais pendant un certain temps, une saison au moins, pour permettre aux combinaisons que nous avons expliquées de se produire.

Si c'est un défaut, il n'en est pas moins vrai que c'est un produit renfermant, sous un petit volume, une grande quantité d'azote (7,5 p. 100) ne coûtant que 2 fr. 66 et présentant, sous ce rapport, des avantages considérables de prix sur l'emploi des azotates de soude ou de potasse.

Cette fabrication n'existe pas, dans ces conditions hygiéniques, à Paris et sa banlieue. Elle pourrait sans danger pour la santé publique s'y installer et remplacer avec avantage les composts.

Recueil de l'azote des déchets de laine, de poils, de cheveux, de plumes, de peaux, de chiffons de soie, de chrysalides, de résidus de cochenille. — Ces produits sont avec les déchets de cuirs des matières non fermentescibles ; ils doivent être traités par les procédés que nous venons de décrire.

Les proportions d'azote qu'ils renferment sont considérables, la quantité que l'on peut en recueillir est très importante ; c'est ainsi qu'à Paris seul on emploie dans les composts, 100 tonnes par jour de tous les produits.

Les essais faits à l'usine de Borgerock, ont démontré que l'action de la vapeur d'eau n'a pas besoin d'une énergie aussi grande que celle employée au traitement des cuirs, 2 atmosphères de pression et deux heures de contact suffisent.

Les prix de fabrication sont à peu près les mêmes, et, l'un dans l'autre, les déchets donnent un rendement en azote équivalent.

Ce que nous avons donc dit concernant les cuirs s'adressse à ces produits, et il serait inutile de recommencer une nouvelle description qui n'aurait aucun caractère de nouveauté pour nos lecteurs.

Procédé Firman. — Nous ne voyions pas de meilleurs procédés à appliquer lorsque parut, dans ces derniers temps, une invention américaine due à M. Firman, un des ingénieurs réputés en ce pays.

Ces procédés, qui ont grand succès en Angleterre, ont été mis en exploitation à Aubervilliers où nous avons pu les étudier.

La machine, dont le dessin ci-contre montre les dispositions si simples, est destinée à transformer les détritus organiques, la *vidange*,

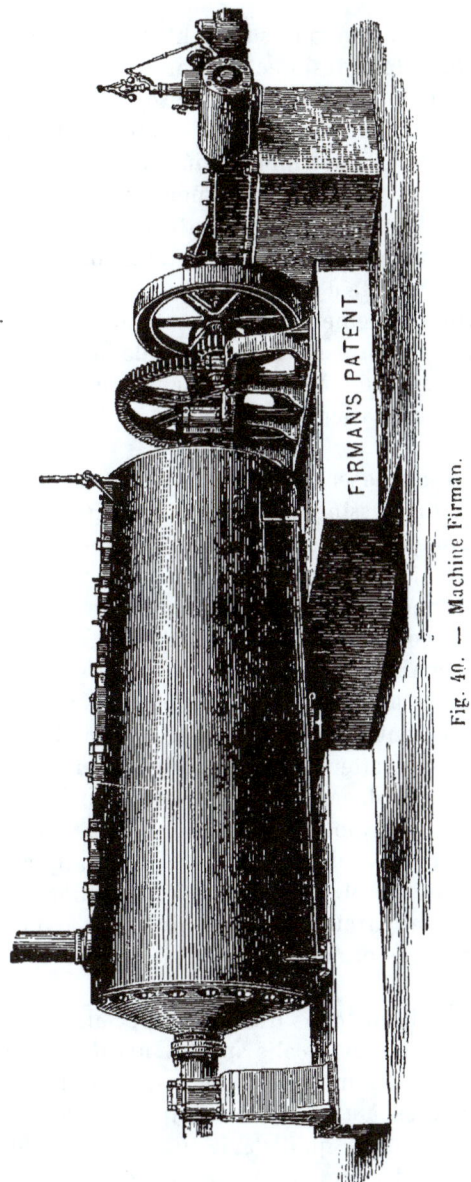

Fig. 40. — Machine Firman.

les *déchets d'abattoirs*, ceux *du sang*, les *rebuts de poissons*, les *balayures des halles et des marchés,* en *poudrette,* et à ressusciter, avec des nouveaux moyens, la fabrication dont nous venons d'entretenir nos lecteurs.

La première opération que subissent les matières apportées à l'usine, consiste en leur désinfection ; on les place dans des bassins en maçonnerie étanche, on verse une solution de sulfate de fer, de zinc et même de cuivre, déchets de fabrication que l'on trouve facilement et à des prix les moins coûteux.

Cette opération empêche la fermentation de se produire et par conséquent les dégagements putrides dont on se plaint, à si juste titre, dans les fabrications d'engrais par voie de compost, et dans celles au sulfate d'ammonniaque.

Il est acquis non seulement par les constatations que nous en avons faites mais par le commissaire de police de la commune d'Auber-villers, fort heureux de constater, pour la première fois, dans une usine travaillant les matières organiques, qu'il n'y avait pas d'odeur incommode.

Cette solution est basée sur les matières. Les ouvriers les précipitent au fond du bassin ; quelques heures après, on décante les eaux, qui, devenues inoffensives, sans odeur, sont rejetées à l'égout.

Si les matières à traiter ne sont pas en décomposition putride lorsqu'on les a amenées à l'usine, on comprendra facilement que les eaux résiduaires contiennent fort peu d'azote, et qu'elles n'offrent aucun intérêt ; mais si au contraire ces déchets étaient dans un état avancé, alors leurs eaux renfermant des sels d'azote, sur lesquels les désinfectants n'ont eu aucune action, il y a lieu de les conserver pour les traiter et en recueillir les sels.

Les matières sont placées dans des cuves en bois, où elles sont additionnées avec $1/_2$ pour 100 de leur poids d'acide sulfurique à 53°, soit pour 800 kilogrammes de débris que contient un appareil ordinaire de M. Firman, 12 kilogrammes d'acide étendu d'eau. Le même appareil peut contenir jusqu'à 3 et 4,000 kilogrammes de détritus organiques.

Nous avons expliqué, dans un travail spécial, l'*Azote,* le rôle que jouent les acides et les alcalis sur les matières organiques. M. Firman, imbu de ces mêmes principes, acidule dans l'appareil même les matières à traiter, lorsqu'il travaille la vidange, et quelques jours avant lorsqu'il s'agit du traitement du sang.

La machine de M. Firman consiste en deux cylindres concentriques, séparés l'un de l'autre par un espace vide rempli de vapeur. Au centre du cylindre intérieur, passe un arbre de rotation armé de bras qui remuent la matière. Ces bras, l'arbre creux, sont remplis de vapeur qui, par voie de contact, chauffent les surfaces.

La température est constante, un manomètre indique la pression, qui est de 3 1/2 atmosphères, ce qui porte la chaleur, dans la matière, à 130 degrés environ.

A cette température, les eaux seules se volatilisent; on ne doit craindre aucune décomposition de la matière, partant aucun dégagement d'azote, fixé, au reste, par l'acide sulfurique. La dépense de combustible n'est pas considérable, on calcule qu'une machine est actionnée pendant vingt-quatre heures avec 1,000 kilogrammes de houille : ce serait une dépense de 130 fr. pour traiter de 4 à 5,000 kilogr. de matières.

Si nous calculons théoriquement, si nous admettons que la force mécanique demande 12 chevaux et consomme 3 kil. de houille; si nous admettons encore qu'il faille 1 kil. de houille pour évaporer 6 kil. d'eau, nous n'atteindrons qu'un chiffre de 22 fr. 20.

A Rochdale (Angleterre), où 6 de ces machines existent, le combustible est grandement économisé. Les cendres et toutes les ordures végétales de la ville, après avoir été tamisées et séparées de la poussière, servent, mélangées avec un peu de houille, aux générateurs qui alimentent des machines à vapeur de la force de 16 chevaux. Les frais de main-d'œuvre sont peu considérables, un contre-maître, un chauffeur, deux ouvriers, composent le personnel de l'usine d'Aubervilliers, et ce personnel coûterait moins si ses frais étaient répartis sur un établissement plus important. La vapeur qui s'échappe de l'appareil de dessiccation se rend dans un condenseur, puis, lorsqu'elle est refroidie, à l'égout. Les gaz sont amenés dans le foyer du générateur, où ils se brûlent, avant de se perdre dans la cheminée avec les produits de la combustion.

Il faut observer que, par le travail effectué par les appareils Firman, de la vapeur qui se rend dans le condenseur, 1/3 au moins, les 7/8 sont condensés. Le reste, sous forme de gaz, passe dans le foyer, où nous l'avons vu bouillir, présentant toutes les apparences d'un bec de gaz.

Ces appareils continuent à faire leurs preuves, ils sont employés, sur une grande échelle, par les villes de Rochdale, Stafford, Warengton, Manchester et six autres ; nous ne pouvons mieux faire pour nos lecteurs que de copier textuellement les résultats des opérations exécutées tant en France qu'en Angleterre.

Ces machines sont employées depuis plus de trois ans à Rochdale avec un grand succès commercial toujours croissant, car jusquelà le traitement des déjections urbaines n'avaient donné que des pertes, alors qu'elles offrent aujourd'hui des bénéfices. Ces municipalités qui n'avaient que quelques appareils ont pris la résolution, en présence de ces résultats, d'en tripler le nombre.

Opération avec la machine FIRMAN, à Rochdale, Angleterre.

CAPACITÉ DE LA MACHINE, 4 TONNES ENVIRON.

TRAVAIL DE LA MACHINE. — ANALYSE DU PRODUIT.							TRAVAIL MOYEN.	
Quantité d'excréments mise dans la machine.	Le temps.	Produit approximatif.	Humidité restant.	Ammoniaque.	Pho-phate de chaux soluble.	Sels alcalins.	Valeur par tonne.	Observations
Ton. kilog. 2 250	4 h. 30	250 kil.	10 p. 100	7.29	4.50	4.50	172fr. 50	Cette machine sèche 60 tonnes de matière par semaine.

La moyenne de chaque opération est de trois heures et demie, ce qui permet facilement à une machine de renouveler, toutes les 24 heures, quatre fois son travail.

En Angleterre, on a abordé la vidange et les détritus des villes, par l'emploi de ces appareils, ces deux grosses questions qui jouent le rôle principal dans la recherche des meilleurs moyens à employer pour leur assainissement.

En France, on s'est tenu plus particulièrement aux débris organiques.

Les produits sont bons, c'est une poudre sèche et renfermant d'excellentes qualités agricoles, qui n'a pas besoin de passer dans un moulin, c'est-à-dire d'être pulvérisée. Enfin, dans les villes qui ont adopté les machines Firman la mortalité a beaucoup diminué et la fièvre typhoïde a presque disparu. C'est une constatation faite par les municipalités qui se servent de la nouvelle invention; c'est donc un des points, à notre avis, le plus méritant de M. Firman, qui, tout en produisant un produit rémunérateur dote les villes de moyens simples et faciles de se débarrasser de ses immondices qui sont le siège, nous ne le savons que trop, des épidémies qui n'y règnent que trop souvent.

Une analyse anglaise nous donne les principes qu'il renferme, ce sont :

	Silice insoluble	2,216
	Chaux	1,310
	Oxyde de fer et d'alumine	0,667
	Acide sulfurique	4,450
A	Acide phosphorique	3,102
	Potasse	3,021
	Chlorure de magnésie	1,910
	— de sodium	5,120
	Sulfate d'ammoniaque	22,191
		43,987
B	Matières organiques	56,013
		100,000

A est l'équivalent de 6,771 phosphate tribasique de chaux rendu soluble.
B contient 3,083 d'azote, équivalant à 14,534 de sulfate d'ammoniaque.

A l'inspection de cette analyse, incontestablement c'est un produit de premier ordre pour la culture ; le conseil d'administration de l'asile de *Roscrea* fit remettre à M. Richard Bomey, inspecteur d'agriculture, un sac de poudrette provenant de la vidange de Rochdale, afin d'en soumettre les propriétés fertilisantes à une épreuve complète.

Les engrais suivants furent admis au concours :
Engrais ordinaire, dit de ferme.
Phospho-guano.
Superphosphate d'os.
Guano du Pérou.
Engrais Firman.
Ce résultat ne comporte aucun commentaire.

Comme on le voit par les résultats donnés, depuis Bridel, la science avait parlé et les détritus de Bondy, comme les immondices de Paris, peuvent, si on le voulait, être traités et convertis en engrais pour l'agriculture, sans que les opérations amenassent des odeurs ou des inconvénients dangereux pour les populations.

Déchet de cuirs, cornes, peaux. Procédé Brunfaut.

Depuis nos essais, depuis les travaux si bien entendus exécutés à l'usine de Balgerock, d'autres expériences ont été faites par nous, soit dans notre laboratoire, soit dans celui de l'École des ponts et chaussées.

Nous devons rendre hommage à M. l'ingénieur Durand-Claye, directeur du laboratoire de l'école, qui a mis à notre disposition les appareils nécessaires pour reconnaître, dans quinze opérations différentes, la quantité d'azote que ces matières organiques renfermaient.

« Rien n'est neuf dans la nature », vieux dicton qui s'applique aux procédés imaginés en industrie, et qui ont pour but, dans le cas qui nous occupe, de mettre à la disposition de l'agriculture l'azote contenu dans les vieux cuirs et dans les déchets provenant de chevaux, industries qui font usage des peaux des animaux et qui répandent, par leur putréfaction, des odeurs bien incommodes pour les habitants des quartiers de Paris où ces travaux sont venus se localiser.

Au commencement du dix-neuvième siècle, Vogel, chimiste allemand, prétendait retirer du sucre de toute substance ligneuse. Il répondait ainsi aux volontés exprimées dans des décrets où Napoléon Iᵉʳ avait établi le blocus continental, à l'époque où nos pères ne pouvaient se procurer du sucre qu'aux plus grands sacrifices. Les maux amenés par le blocus continental furent en partie palliés par la science.

Aujourd'hui, si pareille mesure pouvait encore se réaliser, l'Europe fournirait des quantités considérables de sucre par la culture de la betterave, et nous affranchirait à jamais du besoin d'en recevoir de la canne qui ne se cultive que dans les colonies.

Les recherches ne s'arrêtèrent pas là; Vogel et d'autres, après avoir établi que le sucre est une des substances qu'on trouve le plus communément dans le règne végétal, qu'il existe dans les fleurs de la plupart des plantes, qu'on le rencontre dans les tiges, dans les feuilles, les racines, l'écorce, les fruits, s'appliquèrent à traiter particulièrement les substances ligneuses, et signalèrent le procédé suivant découvert par Braconnot.

« Étant donné que la sciure de bois, la paille, les chiffons, les « écorces d'arbres possèdent la propriété de se transformer d'abord « en gomme, puis en sucre, il suffirait, pour arriver à ce résultat, « de mêler ces corps avec de l'acide sulfurique concentré et de laisser « reposer le mélange qui produirait de la gomme sans qu'il y eût « dégagement du gaz. Puis d'étendre la masse avec de l'eau, « qu'on ferait bouillir; dans ces conditions on recueillerait du « sucre. »

Fabriquer du sucre avec les déchets de nos villes ne présenterait aucun avantage industriel, le prix en serait trop coûteux, aussi nous ne retiendrons, pour les besoins de la cause que nous traitons, celle d'utiliser ses produits nauséabonds, que la première partie du traitement qui, appliqué avec des modifications, fournit un produit propre à l'agriculture, remplaçant avantageusement les engrais sans nuire à l'hygiène publique.

Les acides et les alcalis ont la propriété de dissoudre les matières organiques, il ne s'agissait que de trouver des procédés simples et peu coûteux.

Dans une cuve en bois, recouverte de plomb, on place 100 kilogrammes d'acide sulfurique ordinaire du commerce, que l'on étend de 100 litres d'eau.

On y met 100 kilogrammes de cuirs que l'on brasse de temps à autre et qu'on laisse en repos pendant six heures. Lorsqu'ils sont bien imbibés par la liqueur acide, ce que l'on remarque facilement par le volume qu'ils ont acquis, on retire ces cuirs et on les laisse sécher, pendant une couple d'heures, sur une aire.

Ces matières ont considérablement augmenté de volume, leurs pores se sont réouverts, elles affectent les apparences d'une peau qui a perdu ses caractères d'homogénéité, et c'est dans cet état qu'on les porte dans des cuves en fonte dure, chauffées par un foyer. On les amène dans cette chaudière à une température de 125 degrés; on a soin de remuer de temps en temps la masse qui s'agglutine et présente les mêmes faits que si on brassait, par exemple, de la fécule.

Cette opération, si elle est bien conduite, s'arrête au moment où la matière cesse de s'agglutiner; car si cette phase du travail ne s'est pas bien accomplie, la masse est à l'état de gomme poisseuse, et, si elle est poussée trop loin, on convertit le tout en charbon.

C'est entre ces deux extrêmes que gît tout le secret de la fabrication qui, comme on le voit, est des plus simples.

La matière, dans cet état, est retirée de la cuve, et se broie avec la plus grande facilité. On sépare, par un tamisage, les morceaux de bois, de fer, etc., qui accompagnent toujours ces produits.

On peut, pour une fabrication en grand, et l'on sait que la matière est abondante; les tanneurs, les cordonniers, les mégissiers, les chiffonniers en ont en abondance, leur prix de vente n'atteint guère que cinq francs les 100 kilos, et la quantité s'en chiffre par des milliers de tonneaux; on peut, disons-nous, traiter la deuxième phase de l'opération automatiquement, et réaliser ainsi économie de temps et d'argent.

Nous avons décrit l'appareil dans un de nos livres — *Un nouvel engrais*. — On place, disions-nous, la matière imbibée dans la solution acide, au moyen d'une toile sans fin, dans un cylindre. Dans l'intérieur de ce cylindre se trouve une hélice montée sur deux paliers. A la partie supérieure existe une valve, qui reçoit son mouvement de rotation de l'hélice, par l'intermédiaire de roues d'engrenage.

A la partie inférieure un appareil identique. A la tête de l'appareil, sur un des côtés du cylindre, est fixée la poulie destinée à recevoir le mouvement d'une machine à vapeur.

Un thermomètre indique la température, qui doit être de 125 degrés, amenée par de l'air chaud.

Ce système, en permettant l'emploi de la force motrice, supprime en majeure partie la main-d'œuvre, et donne une quiétude parfaite pour la fabrication.

La poudre de cuir que nous obtenons par les procédés que nous venons de décrire, renferme les quantités d'azote qui suivent, suivant les données recueillies au laboratoire des Ponts et chaussées.

L'échantillon n° 1	....	5,06 p. 100
— 2	....	6,88 —
— 3	....	6,76 —
— 4	....	6,78 ..
— 5	....	6,98 —
— 6	....	6,97 —
— 8	....	7,58 —
— 9	....	7,19 —
— 10	....	7,25 —
— 11	....	7,48 —
— 12	....	7,17 —
— 13	....	6,14 —
— 14	....	6,00 —

La moyenne de ces divers essais est de 6,82. Les différences rapportées par l'analyse varient, comme on le voit, de 5,06 à 7,48, et sont le résultat d'une plus ou moins bonne fabrication. Il est constaté que, si on acidifie trop, ou trop peu, les résultats sont mauvais ; il en est de même de la chauffe, si elle a été trop ou trop peu prolongée.

Les cuirs traités étaient plus ou moins riches suivant leur provenance. Ainsi les matières que nous avions reçues de M. Godillot donnaient 7,58 p. 100 d'azote, lorsque celles fournies par les chiffonniers ne renferment que 5,06. Cette différence est le résultat des impuretés de toute nature renfermées dans des échantillons dont le cuir a servi à maints usages, et dans des résidus qui ne sont que des déchets de fabrication.

Dans ces conditions, on ne peut compter que sur un rendement moyen de 6.82 p. 100 d'azote, car on ne doit songer, pour obtenir une fabrication économique, à séparer les diverses sortes de produits.

Cette poudre reprise dans l'eau chaude est en partie soluble.

48 p. 100 passent à travers un filtre de papier.
52 — y restent.

Ces 48 pour 100 contiennent 7,2 pour 100 d'azote, ce qui prouve que dans les 52 pour 100 il en existe encore 2^k,37 ou 1^k,20 environ par 100.

Le produit dans ces conditions d'assimilité présente pour l'agriculture des avantages sur l'emploi des matières de cuirs torréfiés par la vapeur d'eau ; le cultivateur préfère, et il a raison, un engrais qui se dissout facilement, et qui donne, si ce n'est tout, au moins une majeure partie de son azote aux plantes, et ce, quelques jours après qu'il est enterré.

Il nous reste à établir le prix de revient :

```
100 kilogrammes de vieux cuirs coûtent rendus à l'usine.  5  »
10      —      d'acide sulfurique à 8 fr. coûtent......  » 80
La chauffe à 125°, soit par la voie d'une chaudière, soit
   par celle d'un torréfacteur, l'opération durant une
   heure, est évaluée à une dépense de...............  1  »
La main-d'œuvre, les frais d'usure des appareils, etc., à..  1  »
                        Ensemble ........  7 80
Et pour 1 kilogramme d'azote...................  fr.  1 10
```

Il y a lieu d'ajouter 5 p. 100 de pertes, 100 kilogrammes de cuir ne donnant que 95 kilos de poudre, de telle sorte que l'on doit calculer, en ajoutant les frais généraux, que le kilogramme d'azote revient au fabricant à 1 fr. 25.

Comme on le voit, ces procédés réalisent une économie de plus de 100 p. 100 sur les autres.

L'azote recueilli dans ces conditions n'a pas encore fait ses preuves sur les champs agricoles ; *assimilable*, il l'est plus que le cuir torréfié à la vapeur d'eau, il n'est pas comparable au déchet proprement dit qui renferme des quantités de tannin fort appréciables et qui empêchent sa décomposition. — Toute la question, que l'expérience seule résoudra, c'est de connaître son action sur la végétation ; quant à l'hygiène, les établissements qui les traiteront ne présenteront aucun danger, et pourront s'établir partout.

On pourrait traiter, pour le bien de l'hygiène publique, d'autres déchets de matières organiques de la même façon et obtenir des résultats aussi satisfaisants, pour l'industrie.

Nous aurons cependant à faire une réserve pour le travail des déchets de laine qui renferment en moyenne 15 p. 100 de coton, qu'il est avantageux de recueillir ; ces dernières matières valent, pour la papeterie, 25 fr. les 100 kilogrammes, lorsque le déchet de laine ne vaut pas plus de 10 francs ; aussi croyons-nous utile pour les intérêts de la viticulture française, que nous étudions leur transformation en un engrais propre à la vigne, qui serait un palliatif heureux aux ravages du phylloxera.

Ce but, nous allons tâcher de le réaliser.

Traitement *des chiffons de laine, au point de vue de leur emploi à la viticulture.* — Il résulte d'analyses faites par M. Ch. Miné, avec toute l'attention qu'un pareil sujet comporte, que les déchets de laine et de soie renferment les éléments suivants :

	Eau.	Matières organiques.	Matières minérales.	Azote.	Total.
Débris de laine............ .	3,715	17,210	79,075	2,030	100
—	2,950	66,840	30,210	9,330	
Tontisses...................	4,100	33,090	68,810	4,750	
Résidus de feutres.........	1,510	91,335	7,155	10,474	
Laines	21,900	63,825	14,275	9,440	
— résidus des fabriques.	7,050	17,200	75,750	1,070	
— — —	11,870	50,000	38,130	3,325	
— — —	5,500	11,615	82,885	0,770	
Graterons	1,075	79,135	19,790	4,740	
Résidus de soie............	3,100	10,765	26,135	3,750	
—	1,940	88,800	9,260	9,300	
—	2,660	80,990	16,350	10,110	
Bourres de soie............	4,250	84,960	12,790	4,200	
Moyenne.....	5,503	53,520	35,970	5,007	100

Les résidus, on le voit, présentent des différences considérables dans leur proportion d'azote, tel échantillon en donne 10 p. 100 alors que tel autre n'en renferme que des traces ; aussi le fabricant d'engrais ne doit pas compter, dans ces déchets, sur une teneur de plus de 5 p. 100.

En 1875, nous avons publié un petit livre, intitulé *La vigne et le Phylloxera,* notre conclusion était la suivante : que le phylloxera n'avait rien de commun avec ces myriades de pucerons, jaunes, noirs, blanchâtres, monde d'infusoires issu d'un milieu putride, qui détruisent n'importe quelle plante qu'ils approchent ; d'après nous, toute *la question était :* la rotation des cultures, l'aération du sol.

Mais avouons, à notre grande honte, que notre manière de voir ne fut pas celle admise par de plus savants.

Depuis la question fut reprise par nous, et fut, en 1876, le sujet de trois articles parus dans le journal la *Réforme économique*. C'était une étude basée sur des documents parus sur la matière ; c'était un relevé des essais tentés et qui établissaient que partout où on avait lavé à grandes eaux ces immondices d'animalcules, la vigne s'était sauvée des morsures de l'insecte, que partout où on avait donné des cultures alternantes, telles que les fraisiers, par exemple, il avait été constaté qu'elle se trouvait sinon débarrassée de son ennemi, au moins notablement soulagée.

Nous constations encore :

Que l'emploi de la chaux avait donné de bons résultats ;

Que la potasse avait partout amené la guérison, et que cette guérison était d'autant plus prompte, que ces sels étaient accompagnés d'azote.

Il fut encore constaté que si ces éléments réunis étaient mélangés, à leur tour, avec du sulfure de carbone et de l'eau, l'insecte ne pouvait résister et la vigne pansait ses blessures et s'armait, à nouveau, d'une végétation luxuriante.

De l'aveu de tous les viticulteurs du Midi, le chiffon de laine est l'engrais qui, depuis vingt ans, a été répandu avec le plus d'abondance aux pieds des ceps. C'est grâce à son emploi, disent-ils, que jusqu'à l'époque de l'apparition de l'oïdium, la vigne a donné de si grands produits.

Les détritus de laine donnent naissance à une myriade d'animalcules consécutifs, d'après les uns, de la matière elle-même, produits, disent les autres, par voie spontanée ; ainsi, si on prend la matière qui s'échappe d'un effilochage et si on la met en tas, elle ne tarde pas à s'échauffer, à entrer en fermentation.

Mais, un fait révélé par l'expérience, c'est celui que la végétation de la vigne, sous l'influence du chiffon de laine, donne la venue au monde de myriades d'animalcules.

Un autre fait est celui de la nécessité, pour la vigne, de trouver dans le sol où elle végète, des sources considérables de potasse ;

c'est en effet la plante qui renferme dans son fruit et dans ses rameaux la quantité la plus grande de cet alcali. Or, les fruits dont on fait le vin, les souches dont on se chauffe, ne restituent jamais au sol la potasse qu'ils renferment. Il est donc de toute nécessité, en même temps qu'on lui fournit de l'azote assimilable, d'y joindre de la potasse.

« Il avait semblé, disait M. Dumas, qu'on devait trouver une substance chimique propre à favoriser la végétation de la vigne et capable de fournir, peu à peu, le poison au phylloxera. »

Les sulfo-carbonates de potasse ou de soude sont dans ce cas. Ces corps qui avaient été signalés par Berzelius, furent mis à l'essai par M. Dumas, et produisirent les résultats les plus satisfaisants ; et si ce n'était son prix de revient et les difficultés que leur emploi présente, ce traitement aujourd'hui aurait éteint le fléau.

Les procédés de M. Dumas étant trop coûteux, M. G. Rexio a démontré, par des essais des plus intéressants, qu'une solution concentrée de potasse, employée en arrosage, et en quantité suffisante pour humecter fortement la terre dans le périmètre occupé par le pied de vigne phylloxéré, détruit les insectes et rend à ce pied de vigne sa santé compromise par le phylloxera.

Cet exposé, qui nous paraît utile, étant fait, nous allons discuter et établir le coût de la fabrication des déchets de laine et autres, dont nous avons donné la nomenclature. Les alcalis fixes caustiques dissolvent facilement les matières. Si on traite un des déchets que nous venons de mentionner avec de la soude ou de la potasse caustique étendue d'eau, si on agit à une température de 100 degrés, la liqueur renfermera l'azote, et des résidus sous la forme de gelée.

Cet état pâteux se réunit, se sèche et forme un corps semblable à du gluten. — Il est très soluble dans l'eau, tous ces faits sont constatés par la science, et confirmés par la pratique qui applique la formule :

$$Az. \ KO. \ Ca. \ HO.$$

Les réactions que ces corps produisent, alliés ensemble, sont des plus simples en opérant de la manière suivante :

Dans une cuve analogue à celle employée pour la fabrication du savon, on place de la chaux et de la potasse, on y fait arriver les eaux mères qui ont servi aux précédentes opérations, de telle sorte, qu'en y ajoutant de l'eau on produise une lessive caustique contenant :

> 35 kilogrammes de chaux.
> 59   —   de potasse.
> 600   —   d'eau.

à laquelle on ajoute :

> 100 kilogrammes de déchets.

On allume le foyer placé sous la chaudière pour amener la température à 100°, au moyen d'un agitateur, ou à bras, on brasse toute la matière, et lorsque l'on s'aperçoit qu'elle est dissoute, qu'il ne reste plus au-dessus des eaux, que le coton, on arrête le feu, on retire les débris, que l'on place sous la presse, on en recueille les eaux que l'on rejette dans la chaudière.

Ces débris renferment généralement 15 p. 100 de coton que l'on porte à une chaudière dite de rinçage, on les lave, on les remet à la presse, on les laisse sécher à l'air, pour les vendre comme chiffons propres à la fabrication du papier.

Les eaux de rinçage qui contiennent de la lessive sont portées dans la cuve de dissolution et mélangées, toutes ensemble, passent dans des filtres de grosses toiles à voile.

La partie mucilagineuse, la potasse qu'elles renferment, la chaux qui s'y est déposée, sont recueillies sur le filtre, l'eau qui s'en est écoulée est remisée pour servir à de nouvelles fabrications.

Ce magma desséché donne une poudre noirâtre, cristalline, renfermant de grandes quantités d'azote, de potasse et de chaux, le tout allié à des matières organiques.

Cent kilogrammes d'un pareil produit contiennent, d'après les expériences faites :

> 10 pour 100 d'azote
> 5   —   de chaux
> 9   —   de potasse
> 10   —   d'eau
> 66   —   de matières organiques

et forment ainsi un engrais, ayant et se rapprochant le plus, de celui préconisé par M. Dumas, complet si on veut y ajouter quelques kilogrammes de sulfure de carbone.

Le coût de fabrication peut être évalué comme suit :

> 200 kilos de déchets à fr. 10.......................... 20 »
> 10 — de chaux, perte comprise, à fr. 30 les 100 kil. » 30
> 18 — de potasse,   —   à fr. 70   —   12 60
> La chauffe, la main-d'œuvre, l'usure du matériel...... 5 »
>
> Ensemble pour 100 kilos..... 37 90
> de matières.

A diminuer :

30 kilos de chiffons de coton à fr. 20 les 100 kilos.. ..   6   »

Reste net 31 90

La valeur d'un pareil engrais est la suivante :

10 kilos d'azote à fr. 2.60....   26   »
 9   —   de potasse à fr. 1....   9   »
 5   —   de chaux à 0,15............. ....   » 75
66   —   de matières organiques à 0,0i............ .   2 64

Ensemble.....   38 39

La description *in extenso* que nous venons de faire des procédés à employer pour une fabrication utile, économique et saine des déchets de Paris, nous a paru indispensable.

Dans la première édition de notre livre, il semblait à l'administration supérieure qu'il n'y avait rien de mieux à faire que ce qui existait, tout au plus prévoyait-elle des palliatifs qui auraient en partie amélioré la situation ; elle ne se préoccupait pas qu'à l'étranger, même dans quelques usines situées en France, on traitait sans danger pour la santé publique les matières organiques, et qu'il suffisait pour empêcher les odeurs qui nous viennent des établissements qui se trouvent dans la banlieue de Paris, de les astreindre à employer ces procédés, si leurs propriétaires ne voulaient se les voir fermer comme établissements insalubres.

Aujourd'hui, que nous avons fait le jour sur ces fabrications, il n'est plus permis au Conseil de la salubrité de la Seine de ne pas faire appliquer ces nouveaux procédés ou d'autres qui présenteraient, au point de vue de l'hygiène, les mêmes avantages.

Nous poursuivrons cette étude en abordant la fabrication de l'ammoniaque qui présente des inconvénients plus grands encore que la conversion des matières organiques en poudrette ou en composts, et qui peut très facilement être modifiée et devenir inoffensive.

L'emploi de ces machines et des procédés nouveaux que nous venons de décrire doit amener la solution de cette partie de l'assainissement de Paris et de sa banlieue.

Le stock ancien des matières fécales à Bondy ne vaut pas grand'-chose ; en revanche celles qui arriveront tous les jours par le conduit de La Villette, doivent donner à l'aide de ces appareils, des produits rémunérateurs.

On calculait, en 1873, que l'égout de Saint-Denis jetait en Seine 30 à 40,000 mètres cubes d'eaux qui n'avaient pas été utilisées, et ces eaux étaient, conjointement avec celles du collecteur de Clichy, la cause de l'infection du fleuve.

Les mêmes faits se continuent. Les ouvriers qui travaillent dans cet égout sont tous atteints d'ophthalmie, les dangers sont grands pour la population, on ne pourra y remédier que le jour où tous les égouts seront terminés, où les vidanges s'écouleront dans le canal de Paris à la mer.

Les mêmes calculs n'ont pas été faits pour les usines qui se sont érigées depuis, à Choisy-le-Roi, à Aubervilliers, à Nanterre, à Montrouge, à Billancourt et en d'autres endroits ; mais si nous en jugeons par les résultats que nous avons contrôlés, par les plaintes des habitants. les matières méphitiques que ces voiries jettent dans l'atmosphère et dans les cours d'eau voisins, elles sont toutes autant qu'à Bondy, pernicieuses, et ont pour Paris cet immense inconvénient de plus, que lorsque ces établissements étaient dans la forêt de Bondy, au moins les vents n'apportaient leurs émanations que lorsqu'ils soufflaient du Nord-Est, au lieu qu'aujourd'hui ces dépotoirs étant partout, quand le vent de Bondy ne donne pas, c'est au tour des fabriques situées au Nord, comme ce sera demain celui pour les voiries existant au Sud.

Aujourd'hui sur les 2,000 à 2,200 mètres cubes de vidanges fournis chaque jour, Bondy en reçoit 1,200 : ce sont 1,000 mètres cubes allant un peu partout, dans les 45 nouveaux dépotoirs, et dont une partie, d'après M. Alphand, jetée la nuit en cachette sur la voie publique, le plus proche d'une bouche d'égoût.

Un pareil état de choses, conséquence des administrations qui se sont succédé depuis 1870, ne peut être toléré davantage, il faut en revenir à de plus saines pratiques ; si le jour où les vidanges iront à l'égout les dépotoirs n'ont plus de raison d'être, il existera toujours d'autres industries infectantes que l'hygiène publique a le droit de voir confinées à Bondy.

Fabriques de sulfate d'ammoniaque. — Les fabriques qui traitent dans la banlieue de Paris la vidange, sont infectes à leurs ouvriers et à leurs voisins ; la raison est celle que le traitement de ces matières se fait mal.

M. Lauth, chargé par le Conseil municipal de faire un rapport sur la voirie de Bondy, a constaté que les industriels rejetaient à la rivière 24 k., 3 de matières, c'est-à-dire le tiers environ de l'azote qu'elles renfermaient.

Par suite de la décomposition qu'éprouvent les matières organiques, soit qu'elle se produise sous l'influence de la fermentation putride, soit de la distillation sèche, l'azote se dégage, et c'est dans cet état que nous allons aborder sa fabrication.

Le composé d'azote qui se prête le mieux, pour son transport à l'agriculture, est l'ammoniaque transformée à l'état de sulfate ou de chlorhydrate.

L'ammoniaque AzH^3 est un gaz incolore, d'une odeur vive et pénétrante, se dissolvant 670 fois dans son volume d'eau, et s'échappant dans l'atmosphère à 60 degrés de chaleur.

Cette dissolution que l'on appelle ammoniaque liquide, a pour densité 0,85, à dix degrés.

Le chlore décompose l'ammoniaque, il se produit du chlorhydrate d'ammoniaque et de l'azote.

Lorsqu'on fait arriver du gaz ammoniac sur du fer ou du cuivre chauffé au rouge, il se décompose et forme des azotures.

Enfin l'ammoniaque liquide dissout plusieurs oxydes métalliques.

L'azote et l'hydrogène peuvent s'unir, à l'état naissant, pour former de l'ammoniaque.

L'ammoniaque prend encore naissance lorsqu'on expose le fer à l'humidité. On explique ainsi sa présence dans certaines terres argilo-ferreuses telles que les cendres de Picardie.

L'ammoniaque, ce dérivé de l'azote, se rencontre partout, le chlore le décompose, les métaux en forment des azotures, ainsi s'explique sa présence dans le sol et son absorption par les êtres qui y vivent.

Les substances organiques produisent de l'ammoniaque lorsqu'elles se décomposent spontanément, lorsqu'on les soumet à l'action de la chaleur, lorsqu'on les chauffe avec un alcali hydraté.

Sa densité est de 596 ; son équivalent, 212, 5 ; son poids au mètre cube de 0,7748.

Dès le VIIme siècle, la tradition ne faisant pas remonter plus haut l'emploi du sel *Armenicum*, — il était préparé en Egypte et dans d'autres contrées de l'Asie, et l'objet d'un grand commerce d'échange avec les autres peuples moins savants.

On le recueillait de la fiente des chameaux, et comme cette matière, essentiellement organique, était la seule qui servît au chauffage, c'était de la suie qu'il en provenait.

Les procédés de fabrication consistaient à placer cette suie dans des matras en verre, à la distiller et à condenser les produits gazeux, dans de l'eau saturée d'huile de vitriol.

Comme nous le verrons, sauf le choix des ustensiles, nous n'avons rien innové à ce qui se faisait il y a mille ans et plus.

Nous avons étendu le domaine de la production, la fiente du chameau a été remplacée par des détritus de tous les êtres organisés, depuis ceux de l'homme jusqu'à ceux des plus inférieurs de la création, et nous sommes parvenus à produire de grandes quantités, et à bon marché.

La putréfaction des déjections des animaux, la distillation des matières animales et surtout la décomposition que subit la houille dans les usines à gaz constituent, en réalité, la base principale de la fabrication des produits ammoniacaux,

L'absorption de l'ammoniaque se fait, soit au moyen de l'eau, soit au moyen d'acides minéraux, et principalement d'acide sulfurique, soit enfin au moyen de sulfates. Dans le premier cas on obtient des dissolutions ammoniacales qu'on traite ultérieurement pour la fabrication des sels ammoniacaux (mais ces dissolutions sont étendues).

Dans les autres cas, on obtient un produit d'un ordre plus élevé, formé par du sulfate ou du chlorhydrate d'ammoniaque dans un plus ou moins grand état de pureté.

Lorsque les matières organiques ne sont plus sous l'influence des forces vitales, les principes qui entrent dans leur composition réagissent les uns sur les autres, suivant les circonstances où se trouvent ces matières, et donnent lieu à de nouveaux produits.

Cette réaction est accompagnée de divers phénomènes ; les matières se tuméfient, se gonflent, bouillonnent si elles sont liquides, du calorique se développe et des gaz se dégagent.

Dans les végétaux la putréfaction est lente, aussi a-t-on hésité longtemps à donner ce nom à leur décomposition ; cependant c'est la même que pour les tissus animaux. On observe, en effet, les phénomènes analogues dans les végétaux azotés d'une texture molle et humide, lorsque la vie a cessé chez eux et qu'ils sont placés dans des circonstances favorables.

D'après Boissieu, il y a 4 parties dans la fermentation putride.

1° Tendance à la putréfaction........ « Odeur fétide. »
2° Putréfaction commençante........ « Odeur ammoniacale. »

3° Putréfaction avancée..... ....   « Des bulles se dégagent ; il y a bour-
                                            souflement ; odeur fétide. »
4° Putréfaction terminée............   « Odeur aromatique. »

Le résidu est une terre grasse, visqueuse et d'une odeur encore
fétide.

Il se dégage des produits nombreux ; parmi eux :

> Hydrogène carboné.
>   —   sulfuré.
>   —   phosphoré.
> De l'ammoniaque.
> De l'eau.
> Des carbonates d'ammoniaque.
> Des sulfhydrates   —

tous corps volatiles qui s'échappent en entraînant avec eux
une matière animale d'une odeur fétide.

D'autres produits sont fixes:

> De l'huile.
> De la matière grasse ou savon animal.
> De l'acide acétique.

Enfin le résidu cité plus haut qui distillé donne une huile empyreumatique, du carbonate d'ammoniaque et des phosphates
terreux. Il se forme aussi des nitrates.

Recueil de l'ammoniaque des eaux de gaz. — La houille contient
0,08 p. 100 d'azote; par sa combustion ou par sa distillation sèche,
cette quantité d'azote se transforme en ammoniaque:

Si on pouvait recueillir cette quantité d'azote du gaz produit
par la combustion de la houille, la quantité en serait considérable ;
en effet, on calcule qu'il se brûle 200 millions de tonnes de houil-
les qui à 0,08, d'azote (ou 1 p. 100 d'ammoniaque) donneraient
aux besoins industriels et agricoles 200 mille tonnes. Malheureusement, malgré bien des essais tentés nous n'avons pas, plus que
pour le recueil de celui renfermé dans l'air atmosphérique, trouvé
de moyens industriels pour nous approprier ce gaz si utile.

Il n'en est pas de même lorsque nous voulons le recueillir de la
distillation sèche des eaux de gaz.

La distillation le produit à l'état de sesquicarbonate d'ammoniaque et de sulfhydrates, etc., qui viennent se condenser dans les
eaux goudronneuses qui se déposent dans les barillets et les condenseurs.

On soumet les eaux à une distillation, on échauffe jusqu'à ce qu'elles entrent en ébullition ; on conduit la vapeur dans une autre chaudière déjà chargée d'eaux ammoniacales ; par l'ébullition elles fournissent une vapeur plus sèche que la première ; on continue d'amener ainsi jusque la troisième chaudière qui donne un produit dont la teneur en ammoniaque est plus élevée encore.

Au moyen de la chaux, qu'on introduit dans les chaudières, on chasse facilement les gaz ammoniacaux jusque dans des récipients en ciment, où ils sont condensés.

L'appareil le plus employé, pour le traitement des eaux de gaz, est celui de M. Mallet. Les prix de fabrication de la Compagnie parisienne du gaz, ont été établis par M. Payen comme suit :

50 hectolitres d'eau ammoniacale pesant 2° 1/4 à 2° 1/2 sont évalués valoir.............. fr.	50 »
250 kilos de chaux à 4 fr. les 100 kilogr.........	10 »
200 — de houille à 3 fr. 75 les 100 kilogr.....	7 50
La main-d'œuvre.............................	10 50
Les frais de transport des eaux et des produits...	14 »
Les intérêts d'argent, les frais, les imprévus, les réparations à.............................	9 »
Ensemble..... fr.	101 »

On obtint 350 kilogr. d'alcali volatil pesant 21° Cartier, dissolution ammoniacale acceptée par le commerce et qui contient par 100 kilos d'eau de gaz 1^{kgr},01.

14 kil. 53 d'ammoniaque par 100 kilos d'alcali.
11   96 d'azote   —

Le coût de l'alcali est donc par 100 kilos de 28,85 ; dans ces conditions, on le voit, le kilogramme d'azote coûte 2 fr. 40.

On ne distille que des eaux de gaz pesant 2 1/4 à 2 1/2 ; elles sont ordinairement régulières en leur production, cependant elles varient quelque peu, suivant les qualités de houille qui ont été employées à la fabrication du gaz d'éclairage. Cette fabrication s'exécute, à Paris, sur une grande échelle par la Compagnie concessionnaire, et ne présente d'autres inconvénients, pour le public, que les odeurs qui se dégagent.

Mais, comme les odeurs sont plutôt, par leur nature empyreumatique, bienfaisantes que délétères, nous ne voyons aucune raison sérieuse pour que le traitement des eaux de gaz ne se continue pas dans la banlieue de Paris.

Recueil de l'ammoniaque des matières animales. — Dès le siècle dernier, on a cherché à recueillir l'ammoniaque des matières animales par la distillation en vase clos.

Cette industrie ne donnant pas de résultats satisfaisants, ne tarda pas à disparaître, pour faire place à celle des prussiates et du noir animal qui dégage des odeurs fétides et dangereuses. Aussi nous ne voyons d'autres lieux qui puissent les recevoir que Bondy.

En effet, il ne pourrait en être autrement, il faut avant d'opérer la distillation que ces corps, qui sont associés et qui forment les matières organiques, aient été dissociés par la fermentation, qui seule met en liberté l'azote retenu dans ses différentes combinaisons.

Dans la fabrication nouvelle de ces mêmes matières organiques dont nous allons nous occuper, nous décrirons ce qu'il faut faire pour arriver à un résultat industriel.

Recueil de l'ammoniaque des vidanges. — Ces exploitations existent dans les grandes villes où des usines distillent les vidanges pour en recueillir des produits ammoniacaux.

On en traite de grandes quantités à Paris et à Londres; nous allons décrire les appareils qui y sont en œuvre.

Les uns, particulièrement en Angleterre, traitent la vidange telle qu'elle se produit et se comporte, c'est-à-dire en distillant solides et liquides. Les autres, à Paris, décantent tout d'abord, dessèchent les solides, en font de la poudrette et distillent les eaux ; les dépôts solides ou pâteux sont dirigés sur des plaques de fonte chauffées par les chaleurs perdues des eaux résiduaires provenant de la distillation. C'est ainsi que jusqu'à ce jour la Compagnie Lesage, dans ses usines de Billancourt, de Choisy-le-Roi et d'Aubervilliers, traite les matières épaisses. L'usine de Nanterre, appartenant à la Compagnie Parisienne, a été établie suivant ces mêmes principes. Mais il y a dans ce mode de travail des odeurs nauséabondes, des gaz mêlés à la vapeur d'eau, dont il est difficile de se débarrasser complètement, et qui gênent beaucoup le voisinage.

Ce qu'on fait encore, c'est de les laisser dessécher d'elles-mêmes par la seule action de l'air ; procédé qui demande quatre à cinq années et qui perd tout l'azote.

On mélange le *swage* avec de la chaux, puis on presse au moyen d'une pompe à air.

On se sert aussi de la pompe hydraulique, et on dissout la matière avec différents autres corps, afin de la rendre la plus épaisse possible.

Ces précipités sont encore desséchés dans des fours, mais ils perdent une grande partie de l'azote qu'ils contiennent et ont le grave inconvénient de brûler 1 kilogr. de houille pour 6 kilogrammes d'eau à évaporer.

L'urine renfermée dans ces eaux, est plus ou moins riche, elle contient de 2, 5 à 3 p. 100 d'urée avec 0,01 d'acide urique, mais étendue, comme elle l'est, d'eau, sa fabrication présente des difficultés, car elle ne renferme plus que 7 à 9 parties d'azote par 1000, lorsque vierge elle en contenait 15 à 19.

Il a fallu imaginer des appareils autres que ceux de M. Mallet, pour le traitement des eaux de vidange ; d'un autre côté, l'action de la chaux n'était pas suffisante pour dégager les vapeurs survenant de la décomposition des carbonates d'ammoniaque formés par la putréfaction.

Généralement les appareils employés consistent en une chaudière ordinaire chauffée directement au moyen d'un foyer, à une température de 100 et quelques degrés, formant des vapeurs d'eau entraînant les gaz, qui se rendent dans des cuves en tôle faisant office de récepteur.

En élevant la température, le carbonate d'ammoniaque se volatilise et se rend dans un serpentin de plomb qui dirige les vapeurs dans une solution acide, pour former des sels et des chlorhydrates d'ammoniaque. Le générateur a généralement une capacité de dix mille litres, chacune des cuves en tôle a le même volume, la cuve renfermant le serpentin a 25 mètres cubes.

En poussant la température des eaux vannes pour chasser complètement les vapeurs ammoniacales, on dépense une quantité de houille qui n'est pas toujours en rapport avec la somme des produits recueillis, et le travail devient difficile.

L'ébullition trop prolongée des vidanges amène la formation de mousses produites par les matières organiques et qui tendent à s'échapper et s'épandent dans les cuves de recueil ; aussi la plupart des fabricants préfèrent perdre une partie de l'ammoniaque et ne distiller les eaux qu'imparfaitement.

L'opération, bien conduite, dure douze heures environ.

Au moyen de cette ébullition, on désagrège en partie les combinaisons ammoniacales qui étaient formées lors de la mise en chaudière, mais l'azote contenu dans les matières organiques non décomposées par la fermentation, restent dans les résidus.

Cette fabrication donne 9 à 11 kilogr. de sulfate d'ammoniaque par 1,000 litres, mais les conditions ne sont pas toujours les

mêmes, la quantité à évaporer devenant trop grande on abandonne
cette industrie. Le traitement de 100 mètres cubes de vidanges
donne lieu à établir un compte comparatif d'exploitation des procédés ci-après.

COMPTE COMPARATIF D'EXPLOITATION

portant sur 100 mètres cubes par jour de matières de vidanges épaisses
et liquides de Paris, par les procédés ci-après :

NATURE DE LA DÉPENSE.	LESAGE et Cie.	PHILIPPE.	KNAB.	MONTROUGE
Valeur de la vidange (1)................	100 »	100 »	100 »	100 »
Main-d'œuvre.......................	55 »	55 »	130 »	55 »
Houille pour la distillation...........	120 »	105 »	348 15	117 »
Chaux............................	» »	15 »	» »	» »
Acide sulfurique....................	82 80	110 10	2 5 »	85 »
Intérêts, assainissement, entretien des bâti-				
ments, du matériel, etc.............	71 25	71 25	194 50	71 25
Frais généraux, administration..........	41 10	41 10	41 10	41 10
10 pour 100 imprévus, frais divers........	47 15	48 45	105 90	46 90
Total des dépenses ...	517 30	516 20	1175 95	517 25
RECETTES.				
Sulfate d'ammoniaque................	450 »	600 »	1131 30	450 »
Matières organiques, dites poudrettes......	88 10	130 10		88 10
Total des recettes......	538 10	730 10	1131 30	538 10

(1) Nous avons pris les chiffres énoncés par M. Coquard (*Questions des vidanges de Paris*).

Ces chiffres, les uns empruntés au travail de M. Coquard, les
autres, résultats de nos propres travaux, démontrent que ces procédés ne laissent que des bénéfices peu rémunérateurs.

Cela tient, comme nous le verrons, que sauf les appareils
employés par M. Knab, une grande partie, plus d'un tiers, de
l'azote est perdu. Aussi calcule-t-on que les eaux résiduaires provenant des colonnes de distillation contiennent de 1 à 1,50 pour
mille d'azote, lorsque les matières tout venant, sortant des fosses
fixes ou des fosses mobiles, contiennent de 0,03 à 0,10 pour mille,
soit une perte, dans le premier cas, de 0,015 et, dans le second,
de 0,085.

Cette perte constatée dans les eaux résiduaires l'est mieux encore dans les matières solides qui, analysées, renferment toute l'azote insoluble.

Cette dernière cause a amené la fermeture, par l'autorité, au nom de l'hygiène publique, méconnue à Nanterre, par une fabrication des plus primitives où on n'avait tenu aucun compte des lois chimiques. On y filtrait les matières fécales sur un lit de paille, sans se soucier des émanations putrides qu'elles répandaient, on les desséchait dans les conditions les plus fâcheuses aux lois d'hygiène, et tout ceci, aux grands dépens des actionnaires, et, répétons-le, de la santé publique.

La consommation de houille est de 3 kilogrammes par kilogramme de sulfate d'ammoniaque. Ce qui donne 4 kilogrammes pour la volatilisation de l'eau.

Ce ne fut qu'en 1850 qu'on s'occupa de transformer en sels ammoniacaux l'azote contenu dans les liquides ; cette fabrication faite sur une très petite échelle n'avait apporté que de petits inconvénients, mais dès 1862 elle prit une très grande extension, et on vit, en 1869, la compagnie Richer sur les 2,000 mètres cubes qu'elle recevait à Bondy, en traiter 700.

Aujourd'hui on compte que dans les établissements particuliers on traite 2,250 mètres cubes par jour de vidange, et à Bondy 40.

C'est, comme on le voit, le renversement de tout ce qui avait été bien compris avant 1870, pour y substituer un état de choses dont à bon droit la population se plaint.

MM. Richer et consorts, il est vrai, brûlent, en perdant le tiers des produits, peu de houille ; l'opération donne des bénéfices ; que leur importe les dangers que court l'hygiène publique !

Dans un autre rapport émanant du même chimiste, M. Lauth établit que MM. Knab, qui travaillaient à cette époque à Bondy, ne donnaient aucune odeur par leur fabrication, ne perdaient aucun produit ; mais ils brûlaient beaucoup de charbon, les bénéfices étaient nuls, ce qui les obligea de cesser.

Nous avons présenté aux usines de Montrouge, de Nanterre, de Bondy, un système de traitement de vidange qui ne laisse échapper aucune émanation et qui, par conséquent, rend le maximum de rendement. — Le projet avait été approuvé, mais son exécution entraînait des frais assez considérables ; ces industriels ont renoncé à son application, préférant empester leurs voisins, faire des bénéfices et attendre patiemment le jour où l'autorité les forcera, comme elle l'a fait pour les fabricants de soude, à changer leurs appareils.

Dans la première édition des *Odeurs de Paris*, nous n'avions pas cru devoir reproduire *in extenso* les moyens et les procédés à employer pour rendre indemne de tout reproche la fabrication des sels ammoniacaux avec la vidange.

Nous avions présenté notre travail aux ingénieurs qui dirigent les usines de Nanterre, de Bondy et de Montrouge, et nous avions cru devoir en faire autant pour les membres de la Commission d'hygiène.

Nos propositions n'ont pas été écoutées, les fabricants, nous venons de le dire, ont trouvé nos moyens trop coûteux, et la commission ne nous a pas répondu.

Ce sont des mécomptes qui, dans la vie de l'ingénieur, arrivent; aussi ne songerions-nous à en parler si nous ne trouvions la majeure partie des idées que nous avions émises, dans le rapport adressé au ministre par M. Girard, professeur à l'École des arts et métiers.

Moyens et procédés employés pour le recueil de l'azote des matières fermentescibles.

Nous venons de relater, pour ceux qui sont préoccupés comme nous, de résoudre la question de porter à nos champs les engrais qu'ils réclament, les divers procédés employés jusqu'à ce jour pour la fabrication ou le recueil de l'azote et de ses combinaisons.

Quelle que soit la théorie adoptée, soit celle de Liebig, soit celle admise par Pasteur ou par Dumas pour expliquer les lois de la fermentation qui produisent la dissociation des matières azotées, un fait c'est que pour en retirer l'azote, il faut que cette action s'accomplisse en traversant trois périodes successives.

La 1re, fermentation saccharine ou alcoolique
La 2e, acétique.
La 3e, putride ou ammoniacale.

Ces stades d'arrêt ;
Quand la température est maintenue entre 15° et 30° ;
Quand la matière organique contient 90 p. 100 d'eau ;
Quand l'air se renouvelle dans la masse afin d'emporter les produits qui se sont formés et dont la présence empêcherait la fermentation des autres matières ;
Quand enfin il existe toujours en présence un ferment.

La fermentation se fait régulièrement et donne les dégagements suivants :

Entre 16 et 72 heures............	de l'acide carbonique.
En quelques jours..............	de l'hydrogène.
Puis, immédiatement après......	des gaz fétides et la formation des carbonates d'ammoniaque;

puis, immédiatement après, encore des gaz fétides et la formation des combinaisons d'ammoniaque.

Dans ces conditions, l'azote contenu dans les matières organiques se désassocie en moins de huit jours des corps dans lesquels il se trouvait, et on le recueille complètement.

Ces principes ont été mis en œuvre, essayés et ont démontré que leur application donnait les résultats préconisés par la science, c'est-à-dire ceux d'une fabrication économique alliée aux règles de l'hygiène.

Nous avons constaté que par les procédés anciens la moitié au moins de l'azote était perdu, s'échappant dans les eaux et venant empoisonner les rivières, ou s'évaporant dans l'atmosphère et infectant les pays voisins,

Nous supposerons que les nouveaux procédés seront installés pour traiter 100 mètres cubes de produits par jour, et que ces matières se composeront de vidanges, de déchets d'abattoirs, d'hôpitaux, de fabriques industrielles, dont la proportion la moins rémunératrice sont celles de :

100,000 kilos vidanges titrant au minimum 0,3 d'azote pour 1000.
5,000 — déchets titrant 1,00 pour 100.

Lorsque ces produits arrivent à l'usine, charroyés dans les tonneaux que nous connaissons ou transportés par bateaux, ils sont aspirés par une pompe et dirigés dans des *bassins de fermentation*.

Cette première opération se faisant dans des conduites closes ne laisse échapper aucune odeur.

Bassins de fermentation. — Ces bassins complètent ceux actuellement existant et connus sous le nom de bassins de séparation. C'était dans ces récipients que l'on filtrait les vidanges à travers une couche de paille, que l'on y séparait les liquides des solides ; et c'était pendant cette opération, qui durait quelquefois plusieurs jours, que s'échappaient en grande partie les gaz méphitiques qui empoisonnaient les alentours de la fabrique.

On conçoit que, durant le temps nécessaire à la filtration, les matières se combinant, répandaient leurs odeurs infectes dans l'atmosphère, au détriment de l'hygiène publique, et au grand préjudice des intérêts du fabricant d'engrais.

Chaque arrivage du jour, c'est-à-dire les cent mètres cubes sont disposés dans des récipients. On a eu soin que le mélange de ces matières ait les 90 pour 100 d'eau voulus.

Si on calcule que la fermentation complète ne s'accomplit que dans l'espace de huit jours, si on veut travailler 100 mètres cubes par jour, l'atelier devra contenir 24 récipients qui, ayant $3^m,50 \times 3^m,50$ de superficie et 3 mètres de hauteur, soit un cube de $31^m,50$, seront suffisants aux arrivages de la semaine.

Ces récipients sont couverts par une hotte en tôle, munie d'un autoclave qui se ferme hermétiquement et qui sert d'entrée soit pour les réparations, soit pour les besoins du service.

Une soupape empêche toute communication avec le tuyau qui conduit les gaz produits pendant les deux premiers stades de la fermentation dans le tuyau collecteur.

Ce collecteur traverse le centre de l'atelier et se trouve placé dans les combles ; il conduit les gaz dans une colonne verticale, dite colonne de Gay-Lussac.

Cette colonne est remplie de gros fragments de coke, saturé par de l'acide sulfurique contenu dans un récipient d'où il s'écoule en petite quantité et continuellement. Son action décompose et entraîne l'azote qui aurait pu s'échapper des cuves de fermentation, dans un autre récipient qui se trouve placé dans le bas de la colonne.

Les autres gaz se dirigent par une conduite dans la grande cheminée de l'usine.

Le tirage de cette cheminée fait appel sous les hottes qui recouvrent les bassins ; au moyen d'une valve, cet appel est augmenté ou diminué, de telle sorte qu'aucune émanation ne se produit au dehors.

On le voit, cette première phase de la fabrication demande un atelier clos, des cuves ou des bassins rangés méthodiquement recevant automatiquement les matières par un conduit fermé ; des issues, pour l'écoulement, à la cheminée de l'usine, des gaz méphitiques ; une colonne de recueil pour l'azote et ses dérivés qui tendraient à s'échapper pendant la fermentation.

La fermentation accomplie, on recueille les eaux et les matières dissoutes et désagrégées et on les refoule dans les appareils de distillation dont nous allons faire la description.

Atelier de distillation. — Tous les appareils de distillation employés pour la transformation de l'azote en ammoniaque sont propres au traitement des liquides et solides provenant de nos bassins de fermentation.

Nous aurions pu nous dispenser de donner l'explication de ces appareils, mais nous croyons que cette étude permettra à quelques-uns des fabricants actuels de modifier ce qui existe chez eux ; et à ceux qui auraient à ériger une fabrique d'ammoniaque, d'en tirer profit.

Deux chaudières sont nécessaires pour traiter 100,000 litres de matières par jour ; il faut calculer, pour ne pas avoir de mécompte, comme pour les appareils anciens, 12 heures de temps pour la distillation.

Chacune des chaudières renfermant 25,000 litres, en faisant 2 opérations par jour, distilleront donc facilement les 100 mètres cubes.

Ces chaudières sont branchées avec une conduite, leur amenant du réservoir, les matières à distiller ; un robinet en permet à volonté l'introduction.

En même temps que se fait leur introduction dans la chaudière, ces matières devront être saturées de chaux éteinte et blutée, dans la proportion d'azote qu'elles contiennent. Pendant les 12 heures que dure la distillation, cette chaux doit être brassée de temps en temps au moyen de l'agitateur.

Dans ces conditions de chaleur, de travail et de réactions, les carbonates et les sulfhydrates d'ammoniaque seront complètement décomposés et s'échapperont par un conduit.

Ce conduit traverse le réservoir contenant les machines à distiller ; de telle sorte que la température des gaz, qui est au minimum de 60°, qui s'élève quelquefois à 100°, s'abaisse par le refroidissement que subit le tuyau en contact avec ces eaux.

Le tuyau présente un renflement dans sa traversée du réservoir, ce qui permet aux eaux condensées de retourner dans la chaudière.

Un thermomètre et un tube de sûreté sont à la disposition du contre-maître.

Lorsque la distillation est terminée, que tous les gaz se sont échappés par le tuyau qui les conduit aux appareils de condensation, on ferme les robinets d'introduction et de départ, on vidange la chaudière et on la remplit à nouveau par les eaux échauffées contenues dans le réservoir.

Les produits résiduaires sont filtrés dans une cuve en bois dont le fond est percé de trous recouverts d'une grosse toile qui sépare les solides des liquides.

Ce *bouillon* qui n'exhale aucune odeur méphitique contient par 1000 parties en solides : six pour cent.

Comme il ne faut rien perdre, que dans cette fabrication tout a une valeur, les eaux sont traitées avant leur repos à l'égout par le sulfate d'alumine, de fer ou de zinc.

Il suffit d'une dépense insignifiante : il ne s'agit, pour être certain que les eaux sont débarrassées de tout élément putrescible, de 2 kil. d'alumine pour 1000 kil. de bouillon.

Quant aux solides, ils fournissent une poudrette dans le genre de celle que M. Mosselmann avait dénommée *chaux animalisée*.

Les gaz azotés coulent dans une série de condenseurs renfermant de l'eau pure, qui les convertit en ammoniaque liquide.

Ces condenseurs jouent le rôle des flacons de Woolf, et les eaux, de plus en plus concentrées, jusqu'à une densité de 0,91 à 0,92, s'écoulent dans un réservoir contenant de l'acide sulfurique et se convertissent en sulfate d'ammoniaque qui, passant dans des cristallisoirs, forme après 8 à 10 jours des cristaux.

Les gaz qui n'ont pas été condensés dans les appareils de Woolf sont conduits sous les foyers des générateurs pour y être brûlés et transformés en produits sans odeur.

A la suite de cet exposé, voici quelles sont les appréciations émises par M. Girard, auxquelles nous ne pouvons que nous rallier.

« L'industrie moderne nous offre maints et maints exemples « de difficultés vaincues qui ne le cèdent en rien aux difficultés que « la question actuelle présente ; et des résultats obtenus en ces « circonstances nous avons le droit de conclure à la possibilité « d'en obtenir d'aussi satisfaisants du traitement des matières de « vidanges.

« Le principe suivant lequel les opérations doivent être conduites « pour obtenir ces résultats a été depuis longtemps indiqué et « même partiellement appliqué : c'est le principe du travail en va-« ses clos. Et si les résultats fournis par son application ont été « jusqu'ici incomplets, c'est à un défaut de précision et de sévérité « dans cette application, non pas à l'inefficacité du principe lui-« même, qu'il le faut attribuer.

« C'est sur ce principe du travail en vases clos que, dès 1872, le «·conseil d'hygiène et de salubrité du département de la Seine « faisait reposer quelques-unes des conditions qu'il imposait aux « premières usines de la compagnie Lesage, et c'est pour récom-

« penser l'application que cette compagnie en avait fait que
« l'Académie des sciences, en 1878, décernait à M. D'Hubert le
« prix fondé par Monthyon pour l'amélioration des arts insa-
« lubres. »

Dans les fabrications de produits chimiques, comme celle de
l'acide sulfurique, qui se traduisent par des réactions gazeuses qui
se font dans des récipients clos et couverts, le tirage a lieu au
moment que ces gaz passent à l'état liquide, et produit un vide.
Si le vide n'est pas assez grand, un moyen fort simple est celui
d'amener dans le conduit aboutissant à la cheminée un jet de vapeur d'eau.

Les fabriques, dites de produits chimiques, ont depuis vingt ans
absorbé la majeure partie des gaz qui s'échappaient autrefois à la
sortie des appareils.

Le moyen le plus simple paraissait être celui qui consistait à
envoyer les vapeurs acides dans l'atmosphère au moyen de hautes
et puissantes cheminées; mais qu'arrivait-il? c'est que ces vapeurs
se répartissaient sur une plus grande étendue: elles étaient plus
diluées, il est vrai, par l'humidité et par l'air, mais elles retom-
baient sur le sol et brûlaient toutes les cultures, s'attachant plus
particulièrement aux arbustes qu'aux céréales.

Dans les premiers temps de ces fabrications, on comptait qu'elles
rejetaient dans l'atmosphère 95 pour 100 de l'acide provenant de
la décomposition du sel marin; le jour où on se servit des grandes
cheminées, on ne constatait plus que 16 pour 100, et enfin une
usine bien conduite, employant avec intelligence les moyens connus, ne rejette plus aujourd'hui que 1 pour 100.

La majeure partie de ces gaz délétères n'est malheureusement
pas utilisée; on les absorbe pour se conformer aux lois, et respecter l'hygiène publique, quand on pourrait faire mieux.

Dans une fabrication où les gaz sont bien définis, il est toujours facile de les utiliser et former des combinaisons nouvelles;
aussi pour ne citer qu'un exemple, le gaz acide chlorhydrique est
celui qui cause le plus de dommage et qui n'a qu'une valeur si
minime qu'il ne mérite aucun transport.

Au lieu de le condenser et de le jeter, une industrie nouvelle
semble devoir en faire un produit des plus estimés et des plus
utiles.

Phosphates de chaux. — Nous voulons parler des *phosphates précipités*, matière indispensable à l'agriculture, et qui a fait l'objet
d'une de nos études particulières « *des Phosphates* » (Baudry, édi-

22

teur) ; il n'y aura jamais trop de vapeurs acides pour ces nouvelles fabrications, qui n'exigent que des appareils peu compliqués et une main-d'œuvre bon marché.

Au lieu d'employer les bonbonnes, les bassins, les hautes cheminées, on doit faire passer ces gaz dans des colonnes de Gay-Lussac, dans des tours qui seront remplis de phosphates de chaux en morceaux ; on introduira, comme dans les chambres de plomb, des jets de vapeur qui aideront aux réactions et à la circulation des gaz ; on recueillera les eaux qui contiendront des sulfates et des chlorhydrates de chaux et de l'acide phosphorique.

Ces eaux recueillies, ramenées à concentration, sont saturées par un lait de chaux, qui précipite l'acide phosphorique ; ces eaux sont chargées sur les nodules contenues dans les appareils, et servent à les épurer de leur acide phosphorique, ce qui a lieu, après quelques jours.

Cette fabrication ne présente aucune difficulté, elle fait un emploi judicieux des gaz nuisibles ; elle leur donne une grande valeur, et permet de réaliser enfin le problème depuis si longtemps cherché de rendre les fabriques de produits chimiques indemnes des inconvénients qu'elles présentaient au point de vue des odeurs.

Les usines insalubres.

Il existe, dit M. Alphand, aux portes de Paris, entre le chemin de fer du Nord et le canal, le long de la rue la Haie-Coq à Aubervilliers, une agglomération d'usines traitant les matières animales et répandant des odeurs nauséabondes.

Ces odeurs, apportées à Paris par un vent du nord très faible comme celui qui a régné pendant le mois d'août 1880, et y rencontrant une atmosphère orageuse, pénètrent par la vallée de Flandres entre les collines de Montmartre et des Batignolles, suivent l'espèce de couloir que forme la rue Lafayette, et arrivent jusqu'à l'Opéra et dans diverses parties des neuvième et dixième arrondissements, qui sont les points de Paris où se sont produites les plaintes les plus vives. On peut dire à l'appui de cette hypothèse, que, dès que le vent du nord a cessé, vers le 8 septembre, les mauvaises odeurs ont complètement disparu. Aucun des nombreux agents de la ville chargés des observations suivies à ce sujet n'a signalé le retour d'odeurs nauséabondes depuis cette date.

Il paraît cependant que certaines odeurs répugnantes se seraient fait sentir de nouveau, mais beaucoup plus faibles, depuis le 23 septembre. Or, les vents du nord ont repris à cette époque. Dans la journée, le vent a une certaine force et l'odeur est dissipée ; le soir, le temps devient brumeux, le vent s'apaise et l'odeur se fait sentir par bouffées.

Nous ne pouvons partager l'avis du directeur des travaux de Paris lorsqu'il ajoute : on ne saurait trop insister sur ce point important que ces émanations, si pénibles pour l'odorat, n'ont aucunement le caractère miasmatique et n'offrent pas de danger au point de vue médical. Les dégagements d'hydrogène sulfuré, quelquefois d'hydrogène phosphoré et d'hydrosulfate d'ammoniaque qui peuvent provenir des usines, sont toujours très désagréables à respirer, même à dose très faible. Mais si l'hydrogène sulfuré est très dangereux lorsqu'il est mélangé à l'air en proportion trop forte, les stations balnéaires sulfureuses montrent que, dans une certaine proportion et surtout à l'état libre, il est loin d'être *nocif*.

Les stations balnéaires, choisies par nos géologues et nos médecins sont saines, et jamais aucun d'eux n'a songé à patronner des lieux dégageant des gaz sulfureux et sulfhydrique. Ces odeurs, comme celles des égouts, bien que supportables, peuvent paraître plus ou moins répugnantes, mais rien n'autorise à penser qu'elles soient miasmatiques. Les véritables miasmes, ceux qui proviennent de toute une catégorie d'organismes vivants : *microbes* des cryptogames, *bactéries* et vibrions, dont plusieurs même sont mortels, n'ont pas d'odeur et frappent sans nous avertir.

La preuve évidente de l'innocuité des odeurs, au point de vue de la santé publique, ressort des chiffres suivants : les plaintes au sujet des odeurs de Paris remontent au mois d'août, elles ont augmenté d'intensité et de vivacité jusqu'au mois de septembre. Or, le tableau de la mortalité pendant la première semaine du mois d'août constate 1,114 décès ; le relevé de la semaine du 7 au 16 septembre n'en constate plus que 881, chiffre inférieur à la moyenne habituelle quand Paris est dans les meilleures conditions sanitaires.

Dans les Indes, l'Hindou n'a pas de latrines, les alentours des villes, les bords des cours d'eau sont souillés d'ordures indescrip-

tibles que les pluies entraînent dans l'eau destinée à la boisson
et aux usages domestiques ; qu'on ajoute à ce tableau que, si
chez les Hindous, les bords du Gange étaient remplacés par les
déjections d'Asnières et de Saint-Ouen, par les immondices de
nos fabriques, on comprendrait que si l'Inde est le berceau et la
patrie du choléra, nous faisons tout à Paris pour en partager le
triste privilège.

Nous avons, parmi nous, dans nos cimetières, un million de
cadavres enfouis qui se pourrissent, salissent les eaux, et donnent des odeurs cadavériques.

Ajoutons à ces sources d'épidémie les vapeurs qui s'élèvent
des égouts, dépourvus d'eau, les émanations qui proviennent
des eaux de la Seine, par les déjections humaines, et des fabriques, les germes sous forme de poussières, causes que nous
venons et que nous continuerons de développer, et nous trouverons que ce sont bien là les sources et les suites des maladies
régnantes.

Les partisans de la théorie *miasmatique* qui admettent l'influence seule des eaux destinées à la boisson, les partisans de la
théorie *contagioniste* qui pensent que l'infection procède exclusivement des évacuations ont tous deux raison, car si les causes
se présentent différemment, il n'en est pas moins vrai que les
effets sont identiquement les mêmes.

Blanchiment par l'acide sulfureux. — Le soufre, à l'état d'acide
sulfureux, joue un grand rôle dans les fabrications de Paris : on
nettoye les étoffes en laine, les plumes et les pailles, on les blan-
chit avant leur apprêt et leur confection.

Ces ateliers sont en général malsains et mal disposés, et les
émanations sulfureuses abondantes, soit qu'elles se dégagent de la
chambre à soufre, soit des objets qui ont été soufrés.

L'acide sulfureux attaque les bronches et amène l'étysie.

Dans ces conditions, l'administration supérieure ne saurait
trop surveiller ces ateliers qui, pour la plupart, laissent à désirer et que nous sommes obligés de classer parmi les plus insalubres.

Eau de javelle. — On compte à Paris et ses environs beaucoup
de petites fabriques faisant de l'eau de javelle ; ce sont la plupart
des gens qui fournissent les lavoirs publics et qui joignent à
cette industrie d'autres produits, tels que le savon, le carbonate de
soude, la potasse, etc.

La fabrication est simple, elle s'opère dans des trouées chauffées au bain-marie, et les réactions de l'acide chlorhydrique et du bioxyde de manganèse, le chlore, sont reçues dans des cuves en bois doublées de plomb et remplies de dissolution alcaline.

C'est une fabrication qui, bien faite, est quasi inoffensive, mais qui, confiée à des mains inexpérimentées, sous un hangar et sous un abri quelconque ouvert à toutes les intempéries du temps, est dangereuse.

Sulfure de carbone. — C'est une industrie nouvelle rendant les plus grands services, mais présentant des inconvénients graves pour la santé de l'ouvrier qui la travaille.

Dans une cornue portée au rouge, on place du charbon de bois et du soufre. La réaction de l'acide sulfureux sur le carbone produit le sulfure de carbone.

Des gaz s'échappent des appareils, ils sont toxiques et dangereux ; il s'en échappe des cornues comme des récipients de condensation.

On conserve le sulfure de carbone sous l'eau ; dans cet état il est rendu inoffensif ; aussi le fabricant n'a-t-il qu'à se préoccuper de bâtir des hottes aspirantes au-dessus des appareils de distillation pour amoindrir autant que possible les inconvénients.

Le sulfure de carbone sert à recueillir dans les déchets de tourteaux les huiles qu'ils renferment et que la presse hydraulique est impuissante à soutirer.

Il sert encore à dissoudre le caoutchouc et façonner ces objets si divers.

Il nettoie les chiffons qui ont servi au service des machines à vapeur, il recueille l'huile des cardes, les dégras des déchets de cuir.

Céruse. — C'est tout dire que de constater que la moyenne annuelle des ouvriers malades des suites de leur travail est de 240.

Le carbonate de plomb amené à une pulvérisation complète donne et donnera toujours, malgré toutes les précautions prises, des poussières qui amèneront les maladies saturnines.

Ce qu'il faudrait, c'est que le travail se fît sous eau ou sous huile et qu'au lieu de vendre le produit en poudre, il ne fût permis que de le débiter à l'état de couleur toute préparée. Le commerce jusqu'ici ne s'y prête pas, le peintre veut préparer lui-même sa couleur, et le malheureux qui fabrique la céruse entre à l'hôpital et y meurt.

Ce sont des industries abordées par les plus malheureux, par les ouvriers nomades, inconscients, ou ce qui est plus vrai, leur semblant que l'existence sur terre leur présente si peu de bonheur, qu'ils attendent dans une autre vie une part meilleure.

Le noir de fumée. — Tout corps qui se consume incomplètement laisse une poudre fine, noire, dans les tuyaux de sortie des gaz ; des quantités plus ou moins grandes, plus ou moins de bonne qualité, valant par conséquent plus ou moins d'argent.

Le ramoneur, le petit Savoyard, fournit à l'industrie les plus grandes quantités ; mais l'emploi qu'on en fait est limité aux peintures grossières.

Pour les qualités supérieures, au moyen d'un fourneau, on distille imparfaitement des huiles lourdes, de la naphtaline, des essences, etc.

Pour les qualités extrafines, au moyen de lampes on brûle des essences, et l'on recueille des noirs ayant une grande valeur, qui servent notamment aux belles encres d'imprimerie, à la confection des laques, aux encres de Chine, etc.

Ces industries ne laissent d'autres inconvénients pour ceux qui les approchent que de les noircir et les faire ressembler aux plus beaux moricauds.

Vernis. — C'est une industrie fort inoffensive, si elle est conduite par un fabricant qui a souci de ne pas voir brûler ses ateliers ; au reste, il est bien obligé de prendre des précautions, les compagnies d'assurances ne se souciant pas de le garantir des risques d'incendie.

Les vernis sont un mélange à chaud d'essences de gommes et de résines, qui s'opère dans des matras, dans des chaudières, qu'on doit chauffer au moyen de foyers placés à l'extérieur de l'atelier. Les matras, chaudières, etc., doivent être revêtus d'une hotte mobile, qui force les vapeurs à se rendre par un conduit fermé dans le foyer. Dans ces conditions, il n'y a aucun danger à souffrir près de soi cette industrie.

Les vernis donnent la vie à de nombreuses fabrications, les unes plus importantes que les autres ; nous pouvons citer :

Les *cuirs vernis,* qui prêtent aux dangers d'incendie, qui sont désagréables à l'odorat par les odeurs âcres qui se dégagent lors de la cuite des huiles ;

Les *taffetas gommés,* les *étoffes cirées,* qui fournissent les mêmes désagréments que les cuirs ;

Les *bâches,* les *toiles imperméables,* dans la préparation desquelles on peut faire entrer du caoutchouc, des brais, des essences, du noir de fumée, du goudron de bois, qu'on applique à froid, ni rien en particulier, ni d'inconvénients graves par les odeurs qu'elles dégagent.

Les chapeaux vernis. — Invention de date récente qui fait le plus bel ornement des cochers de fiacre, et de nos troupiers que l'on coiffe à la mode allemande.

Cette industrie ne donne lieu à aucune réclamation des voisins.

Métaux vernis. — Une des spécialités de l'article de Paris ; un bon vernis pour les montures de parapluies, de lorgnettes, de boutons, de buscs, de meubles de jardin, d'ustensiles de ménage, d'enseignes, etc., et n'offre rien qui nuise à l'ouvrier qui le fabrique, ni au voisin du lieu où on le travaille.

Rouissage. — Une des industries qui rendit la Bièvre infecte depuis le moyen âge, est le rouissage des matières organiques, pour en recueillir les fibres sensibles, rejetant l'azote à l'état putréfié à la rivière.

Le travail s'opère dans l'eau, soit d'une rivière, d'un ruisseau, d'une mare, et au bout de quelque temps, ce lieu est devenu un foyer pestilentiel.

Aujourd'hui on rouit fort peu, à Paris, le lin et le chanvre, mais on traite de la même manière d'autres textiles et même des matières inorganiques.

Les inconvénients sont graves, mais grâce aux travaux d'ingénieurs français et anglais, on peut traiter et arriver aux mêmes résultats en adoptant une fabrication toute autre.

On place les tiges dans une chaudière ayant un fond percé en bois ; on immerge avec de l'eau à 36°, on brise ainsi la cohérence ; puis intervient la fermentation acide, dont les gaz fétides sont amenés dans un conducteur analogue à celui que nous avons décrit à propos de la fabrication du sulfate d'ammoniaque.

C'est incontestablement un moyen plus coûteux que celui d'amener cette désagrégation par les eaux de la rivière, mais il n'amène pas de dangers pour la santé publique.

Les blanchisseries. — Partout où ils rencontrent un cours d'eau, les blanchisseurs viennent y établir leurs industries ; les uns sont sur la Bièvre, d'autres sur la Marne, d'autres enfin, et le plus grand nombre, sur la Seine.

Tout autour d'un bateau-blanchisserie, le lit de la rivière est composé d'une vase noire qui donne, lorsqu'on l'agite, un dégagement considérable de gaz infects. Ne pourrait-on pas, si on veut conserver telle quelle une industrie si nécessaire, forcer les propriétaires de ces bateaux à reprendre les eaux avant leur écoulement en rivière et les saturer avec un acide ? On sait qu'on recueille avec ce procédé si simple, non seulement les impuretés, mais la graisse qui a constitué le savon et dont on fait un très bon emploi, et que cette simple opération qui purifierait nos eaux donne des bénéfices rémunérateurs.

Dans le cas où un bateau, ou un établissement établi sur la rive, ne serait pas muni de ces engins de désinfection, nous ne voyons pas la nécessité de continuer à empoisonner nos cours d'eau ; ces établissements paieront à la ville l'eau dont ils ont besoin au mètre cube, et on ne tolèrera le renvoi à l'égout de celles résiduaires qu'autant qu'elles soient débarrassées des immondices qu'elles renferment.

Féculerie. — Les eaux résiduaires de ces établissements sont infectes, et d'autant plus qu'on les distille pour en retirer de l'alcool. Jusqu'ici l'autorité a laissé faire ; la Seine la Marne, la Bièvre entr'autres, ont par ces industries une recrudescence, pendant 4 à 5 mois de l'année, d'émanations fétides.

Les matières organiques en décomposition putride saturées par de la chaux, de l'alumine, des phosphates, pourraient passer dans des caisses à double fond garnies d'un filtre en grosse toile sur lequel elles déposeraient la partie solide et laisseraient écouler les liquides désinfectés à l'égoût.

Pourquoi ne l'exige-t-on pas ?

Les *égouts* qui renferment des produits si nuisibles alors n'allant plus se jeter dans la Seine, on comprendra que nos ingénieurs aillent prendre le complément des eaux qu'il nous faut en amont de Paris, c'est-à-dire au Port-à-l'Anglais ; on comprendrait que nous dépensions des millions pour installer nos pompes, nos réservoirs, mais aujourd'hui, alors qu'à quelques heures nous avons une cité importante : Choisy-le-Roi, qui a obtenu en 1877 l'autorisation d'y jeter les déjections urbaines et celles des fabriques, et ce, sur l'avis de M. Pasteur, réputé infaillible et sans appel ; les eaux déversées à Choisy, dit-il, peuvent dans un temps troubler d'une manière sensible la pureté de la Seine, mais bien d'autres villes situées en amont de Paris en font tout autant, Et il semble à M. Pasteur qu'il ne serait pas juste de créer plutôt à Choisy qu'ailleurs des difficultés nouvelles pour assurer aux habitants de Paris de l'eau bonne à boire. Nous nous demandons s'il sera vrai que les hygiénistes et ceux qui rêvent, pour

Paris, de bonnes conditions d'alimentation, n'auront plus qu'à se voiler la face, M. Pasteur ayant parlé.

Nul ne conteste à notre académicien un savoir profond, une autorité grande près de nos conseillers; mais tous, autant que nous sommes nous n'admettons que les eaux, à quelques kilomètres des réservoirs qui vont les recueillir, pour les porter à nos fontaines publiques et à nos maisons, puissent sans danger recevoir dans leur sein des matières fécales, des acides, des sels, des détritus de toutes espèces.

Nous répéterons ce que nous avons dit dans le chapitre « *la Seine* », il faut cueillir les eaux en amont de Corbeil, les conduire, par un canal particulier, aux environs de Port-à-l'Anglais, si on veut solutionner la question.

Amidon, fécule. — Les procédés anciens voulaient que la séparation du gluten se fît par voie de fermentation. Le gluten perdu, l'amidon ou la fécule étaient recueillis dans le fond des cuves.

Cette fabrication présentait deux grands désavantages pour l'hygiène publique.

Les gaz produits par fermentation étaient dangereux et infects.

Les eaux résiduaires jetées à la rivière dégageaient des acides délétères, dont on voyait les traces marcher avec le courant du fleuve pendant plusieurs kilomètres.

La commission d'hygiène fit dans ces années dernières les plus grands efforts pour que les industriels qui s'occupent de ces industries missent en travail les nouveaux procédés.

Ici on sépare la matière amylacée du gluten, en pulvérisant le blé, l'orge, le riz en poudre des plus fines, en râpant convenablement la pomme de terre, suivant qu'on veut produire de l'amidon ou de la fécule, lavant à grandes eaux, laissant reposer et on décante les deux produits obtenus.

Le gluten n'est plus perdu, il peut servir à engraisser des porcs, il peut encore faire de la colle, et ne donne plus lieu au dégagement des gaz qu'on avait à bon droit déclarés nuisibles à la santé publique.

L'amidon sert à l'apprêt du linge et des étoffes; plus il est blanc, diaphane, plus son prix est élevé, c'est pourquoi l'amidon du blé est bien supérieur à celui recueilli des autres céréales, qui laissent toujours des huiles essentielles qui lui donnent une teinte jaunâtre que l'on corrige, il est vrai, en ajoutant du bleu.

Les fécules sont transformées en sirop.

Clos d'équarrissage.

Les débris des animaux qu'on menait autrefois à l'équarrissage de Montfaucon, sont les crins, la peau, le sang, les muscles, les tendons, les fers, les issues, la graisse, les sabots et les os.

Ce sont toutes matières formant des industries diverses, qui n'auraient dû, pour la salubrité de Paris, n'être traitées qu'au clos d'équarrissage, au lieu de former dans la banlieue des ateliers qui répandent les odeurs les plus nauséabondes.

L'administration se contente de peu, pour permettre l'établissement des clos d'équarrissage : qu'il y ait des murs de clôture assez élevés pour que les voisins ne voient rien ; qu'il soit construit un égoût pour déverser les eaux et les matières organiques qu'elles contiennent, pour les porter à un de nos collecteurs ; que le sol soit nivelé ; qu'un hangar reçoive les chevaux ; qu'on leur donne, à ces malheureuses bêtes, cinq kilogrammes de foin pour attendre leur supplice, c'est tout ce qu'elle exige.

Dans ces établissements on agit comme on faisait dans le temps de Montfaucon, personne ne s'en plaint si ce ne sont les voisins et les habitants de Paris qui en reçoivent les odeurs.

Dans quelques-uns de ces clos, l'animal écorché est cuit à la vapeur dans des autoclaves pareils à ceux que nous avons décrits dans un de nos chapitres traitant de la fabrication de l'azote.

Le *crin*, soit de la queue du cheval, soit de la crinière, est vendu aux bourreliers ; c'est une opération qui n'offre aucun danger, si on a soin avant que le cheval ne soit abattu d'en dépouiller la queue et la crinière.

La *peau*, roulée sur elle-même, est livrée aux tanneurs ; vendue fraîche, elle ne présente aucun inconvénient, le tout est de ne pas la conserver en magasin, ce qui malheureusement est le cas le plus ordinaire ; elle devient un agent d'insalubrité lorsque traînée dans l'établissement, elle s'imbibe de 5 à 6 kilogrammes de sang et de boue.

La préfecture de police, lorsque M. Boudée demandait à cor et à cri que les fabriques situées sur les bords de la Seine ne pussent plus jeter leurs résidus dans la rivière ; nous faisions remarquer que ce vœu, qui est resté à l'état platonique, était une réminiscence de l'ordonnance de S. M. le roi Henri III qui avait défendu aux corroyeurs, mégissiers et autres de s'établir dorénavant sur le quai allant de la place de Grève à Saint-Germain-l'Auxerrois.

Comment concilier alors ces dispositions si sages, avec des autorisations provisoires, il est vrai, que donne continuellement la préfecture de police?

Des industriels sont autorisés à laver en Seine, en amont de Paris, des peaux de lapins, de chèvres, d'agneaux, apprêtées par la noix de galle, l'alun, le sulfate de fer, le bois de campêche, l'acide sulfurique, et l'autorité veut faire boire à la population de l'eau infectée par de semblables produits !

On travaille à Paris des quantités considérables de peaux, les unes sont fournies par nos abattoirs, les autres proviennent des contrées d'outre-mer.

Le travail auquel elles sont soumises n'a pas varié ; des temps les plus reculés, c'est toujours le même : le *désaignage*, le *craminage*, c'est-à-dire le travail à l'eau qui a pour but de les nettoyer, puis l'*épelage* ou *débourrage*, c'est-à-dire l'opération qui fait placer les peaux aux *pelains* où le contact de la chaux détache les poils, sont restés les mêmes.

Le *chevalet*, engin sur lequel on étend la peau pour lui enlever les parties étrangères au cuir, graisses, tendons, chairs; leur *fosse*, c'est-à-dire les placer dans des cuves contenant des dissolutions légèrement acides et tanniques qui achèvent leur gonflement, puis on les place dans les *fosses* en bois ou en maçonnerie dont le fond est recouvert de tan; les eaux qui en proviennent, ramenées au-dessus de la fosse, au moyen de pompes, et lorsque le tan a fait tous ses effets on sort les peaux qui sont séchées à l'air libre et qui deviennent des *cuirs en croûte*. Toutes ces opérations sont décrites dans tous les ouvrages les plus anciens.

Le cuir passe dans les mains du corroyeur, qui les trie et en fait des cuirs à semelles qui ne reçoivent d'autres préparations que celles d'être battus et nettoyés, des cuirs à empeignes ou fins.

Ces derniers sont trempés dans l'eau, on les foule, on les frotte; les parties défectueuses sont enlevées, on les passe au gras, on les teint; on les lisse.

Ces opérations donnent lieu à d'autres qu'il n'est pas rare de voir rassemblées dans le même établissement; il y a la *hongroierie*, c'est placer les peaux dans une dissolution d'alun, de les fouler et de les imbiber de suif ou d'huile; la *mégisserie*, c'est le traitement particulier des peaux de mouton et de chevreau, opération où il faut recueillir avec grand soin la laine et les poils, ce qui n'est besoin pour les cuirs.

Les peaux sont généralement destinées à la ganterie, on les fait macérer pour les rendre souples au travail, dans des bains dits *confits* qui reçoivent de l'orge ou du son.

La *chamoiserie* demande que la peau soit imprégnée d'huile de poisson ou de baleine, et lorsque cette huile est entrée dans les pores d'en retirer l'excès par une lessive alcaline qui forme le *dégras*.

Toutes ces opérations n'ont rien d'insalubre, et peuvent être rangées parmi les fabriques ordinaires, comme elles l'ont toujours été par nos pères ; ce n'est pas cependant conclure que les ateliers doivent continuer à être renfermés dans l'intérieur de la cité, et sont par leur nature plus à leur place dans ou près de nos voiries, qui ont à utiliser, pour en faire d'autres produits, les déchets qu'elles renferment.

Les opérations qui se rattachent au travail des peaux sont :

La tannerie. — Ce sont des établissements auxquels on peut reprocher le voisinage désagréable, mais qui n'offrent rien de contraire aux lois hygiéniques. Le produit employé est le tan, un agent très énergique contre la putréfaction ; les fosses dans lesquelles on place les peaux ne donnent que des gaz toxiques.

La corroierie. — Industrie qui opère sur des peaux tannées.

La mégisserie. — La mise en confit est l'opération qui prête à refuser à cette industrie le droit d'être inoffensif ; on ne peut tolérer davantage que l'on détrempe dans un cours d'eau les peaux, comme il est urgent de forcer les industriels à désinfecter leurs eaux avant de les rejeter à l'égout.

La maroquinerie. — Industrie insalubre ; il faut de toute nécessité que les chaudières soient munies de hottes pour recueillir les buées, que les eaux résiduaires soient débarrassées des matières azotées qu'elles contiennent.

Apprêtage et lustrage. — Il s'agit ici des peaux où on conserve le poil ou la fourrure, soit qu'elles proviennent du lapin ou d'animaux sauvages.

On enlève les parties inutiles, on les passe au *foulon*, machines mues par la vapeur, frottant et pressant les peaux les unes contre les autres, ouvrant ainsi les pores et facilitant l'imbibition de l'huile.

On les foule aussi aux pieds, le fabricant prétend que la machine est inconsciente, que l'ouvrier qui en a l'habitude sent le moment précis où il faut cesser, et lorsqu'il s'agit de fourrures de grands prix, rien de tel que le travail manuel.

Puis on assouplit, on allonge la peau, on la débarrasse des matières charnues, grasses, pour la placer dans des tonneaux, recevant du plâtre et de la sciure de bois d'acajou, se mouvant et tournant pendant 8 et 10 heures.

Les peaux propres et débarrassées des huiles, par l'action du plâtre et de la sciure, sont mises dans des *roues à battre*, où elles se débarrassent de leur poussière.

Le *lustrage* vient ensuite. C'est une opération d'apprêt et de teinture qui a pour but de faire passer une peau de lapin pour celle d'une fouine et d'un animal sauvage plus rare encore.

Un bon lustreur est un artiste qui peindra les extrémités des poils, l'intérieur, sans attaquer la peau, et qui leur donnera un aspect des plus satisfaisants.

C'est une industrie remarquable au point de vue du savoir faire, et Dieu sait, si l'ouvrier peaussier est maître en cet art; mais c'est une industrie déplorable au point de vue de la santé.

Les peaux laissent échapper des poussières et des poils microscopiques qui entrent dans les bronches et rendent les ouvriers étiques de bonne heure.

Ventiler, dira-t-on? c'est difficile et il suffit pour s'en convaincre d'avoir lu le court aperçu que nous venons de faire de la fabrication.

Les dangers sont grands, la faute doit en être imputée au pouvoir qui a permis cette situation de se créer, et s'il ne peut, en vertu des autorisations données, reléguer les industries malsaines à Bondy, il se trouve armé suffisamment, en vertu des lois qui nous régissent, de défendre la salubrité publique en forçant les fabriques à introduire chez elles, des moyens, des procédés, qui rendent leurs produits inoffensifs, et, à défaut d'y souscrire, de les fermer.

L'exemple n'en est pas loin; les fabriques de produits chimiques brûlaient, par leurs déjections dans l'atmosphère, les cultures environnantes, altérant la santé des habitants circonvoisins; l'autorité est intervenue, et aujourd'hui plus rien de pareil n'existe; il est vrai qu'elles ont fait de grands sacrifices pécuniaires, qu'elles ont transformé leurs outillages, mais elles sont parvenues à condenser, à recueillir chez elles, les gaz incommodes qu'elles dégageaient autrefois dans l'atmosphère.

Il faut qu'il en soit de même pour toutes les industries de Paris et du département de la Seine.

Le décret du 15 octobre 1810 range les établissements dangereux ou insalubres en trois catégories.

Ceux qui doivent être éloignés des habitations particulières.

Ceux dont l'éloignement n'est pas rigoureusement nécessaire.

Ceux dont les opérations n'incommodent pas les propriétaires du voisinage.

L'ordonnance du 14 janvier 1815 désigne avec précision, par catégories, la nature de ces établissements.

Si toute latitude doit être laissée aux industriels, pour établir leurs appareils, leurs ateliers doivent être fermés lorsqu'ils laissent dégager des gaz délétères.

Aujourd'hui c'est la cheminée qui se charge de tout; c'est une mauvaise solution, il faut des appareils de condensation où c'est possible, comme il faut, dans le cas contraire, des foyers spéciaux pour brûler et dénaturer les gaz.

Le *sang* des animaux abattus, coulant sur des aires bien dallées, abondamment pourvues d'eau, ne présentent pas d'inconvénient si on les transporte immédiatement dans les usines spéciales qui séparent la fibrine du serum ; la première utilisée dans les arts, la seconde servant comme engrais à la culture, et, dans l'industrie, à la fabrication des cyanures de potassium. Mais il n'en est pas ainsi : chez l'équarrisseur les parties les plus liquides s'infiltrent dans la terre, les autres sont poussées dans un coin de la voirie, foulées aux pieds, et forment une boue infecte qu'on relève de temps en temps.

Les *muscles* sont, en petite partie, vendus à l'étal du marchand de viande de cheval; une autre partie destinée à la nourriture des animaux, et le reste converti en engrais.

Dans ces deux premières conditions d'emploi, les muscles des clos d'équarrissage n'offrent aucun danger à la santé publique; mais, dans le dernier cas, il n'en est pas de même, les émanations qui s'exhalent sont des plus malsaines, nous y reviendrons en parlant des usines d'engrais.

Les *tendons* sont convertis en colle forte, et, malgré tous les soins apportés, ce sont des matières dont les odeurs ne permettent d'autre séjour que celui de la voirie, où ils continueront à être exposés sur des perches, où ils se dessèchent, abrités ou non des intempéries des saisons.

La préparation des *boyaux* est une opération immonde et malsaine. Les ouvriers sont dans une atmosphère nauséabonde. Le soufflage occasionne des ulcères aux lèvres.

Malheureux sont ceux obligés d'y travailler ; si l'administration avait souci de la santé de l'ouvrier, ces établissements, par un nettoyage mieux entendu, par l'emploi de meilleurs procédés de fabrication, pourraient amoindrir leurs effets délétères, sans cependant espérer qu'ils offrent jamais des conditions hygiéniques satisfaisantes qui puissent les faire sortir des clos d'équarrissage.

Les boyaux servent à deux fins, à l'alimentation en devenant la couverture des saucisses et saucissons, en bandeau pour l'industrie. Les trempages que subissent les boyaux, les grattages plus ou moins parfaits dont ils sont l'objet amènent la conséquence qu'ils sont un des objets les plus insalubres à travailler.

L'utilisation des *sabots* se trouve dans le même cas, la macération dont ils sont l'objet les rendent dangereux.

Huile de pieds de bœuf. — Les pieds de bœuf, de cheval et d'autres animaux servent à fabriquer une huile des plus estimées pour le graissage des machines, aussi les déchets de nos abattoirs, de nos tueries sont-ils fort appréciés.

Arrivés à l'usine, ils sont placés dans des chaudières et cuits à la vapeur, on recueille la graisse qui vient surnager à la surface, on la purifie dans d'autres chaudières, puis on la soumet à l'action d'une presse hydraulique.

L'huile se sépare, on filtre et on emballe le suif qui est porté aux établissements de stéarines, les déchets aux fabricants d'engrais.

Lorsque le fabricant a bien soin de tenir ses ateliers propres, lorsque ses chaudières sont munies de couvercles qui conduisent les gaz sous les grilles, sauf l'odeur *sui generis* qui suit la manipulation des matières organiques, la fabrication peut en être tolérée partout. Heureux sont ceux qui pendant les jours du siège de Paris ont pu se procurer des pieds pour en retirer les huiles et la graisse qu'ils contiennent et pour en préparer soit de la soupe, soit un produit gélatineux.

De tout temps on emploie l'os dans la cuisson, il n'est pas de bon pot-au-feu qui n'en contienne quelques-uns ; certains donnent une moelle fort recherchée, mais l'os sortant de l'abattoir, de l'étal, ne trouve pas un écoulement constant ; aussi va-t-il se réfugier dans les établissements industriels, au lieu de servir aux usages domestiques ; et il n'y a à Paris, aucune fabrique spéciale qui s'en soit occupée jusqu'ici.

Quelques fabricants *torréfient les os*, c'est-à-dire en font du noir animal.

La calcination dans les fourneaux ordinaires, qu'ils fussent munis de seaux en fonte, ou qu'ils fussent coulants, a été remplacée par des appareils de chauffe mieux entendus qui, avec injection de vapeur d'eau, permettent de recueillir les gaz azotés qui étaient rejetés jusqu'ici dans l'atmosphère.

MM. Coignet, les inventeurs de ces nouveaux procédés, fabriquent dans de bonnes conditions, et, chose des plus louables, se sont ingéniés à combattre les pertes que donnent les émanations délétères, sans y réussir complètement; il suffit de la moindre négligence pour qu'il se dégage au moment le moins attendu des torrents de gaz infectieux.

Les gaz qui amènent ces inconvénients sont des vapeurs chargées d'eau et entraînant avec elles de l'azote à l'état de combinaison. Il suffirait d'exiger des industriels qu'à la sortie des appareils de recueil, ils eussent des condenseurs dans lesquels on ferait agir de l'acide sulfurique ou chlorhydrique, de la même manière que ceux que nous avons expliqués pour la fabrication du sulfate d'ammoniaque recueilli des vidanges.

Ce sont les déchets d'os, peaux et autres matières, qui font la base de ces industries, les colles-fortes, les gélatines, et comme généralement les débris organiques ne sont pas toujours frais, les manipulations auxquelles on les assujettit font dégager des odeurs nauséabondes qui se répandent fort loin.

Les fabriques existent aux environs de Paris, la commission de salubrité ne s'est enquise que de faire rendre les ateliers aussi propres que possible : ils sont pavés pour un écoulement rapide des eaux ; les chaudières sont armées de hottes menant les buées à la cheminée, et tout dernièrement l'administration a prescrit que les eaux passeraient, avant de se rendre à l'égout, dans un réservoir où se trouverait une solution antiseptique de chlorure de chaux ou de pyrolignite de fer.

Les moyens sanitaires sont bons, mais ils ne suffisent pas pour empêcher les émanations qui s'étendent au loin. Aussi croyons-nous une fois de plus que ces industries devraient être reléguées, comme établissements insalubres, à la voirie.

Les arts chimiques se sont emparés de ces produits, l'agriculture les réclame à grands cris ; ils sont fort chers et leur utilisation ne présente pas, dans l'état actuel, des inconvénients pour la salubrité.

Le tourneur, l'éventailliste, le bimbelotier, le coutelier s'en servent.

Le fabricant de gélatine les traite, le fabricant d'engrais les broie, ceux de noir animal les brûlent.

Ces derniers seuls ont une industrie délétère pour leurs voisins ; mais, comme cette fabrication se fait en province, nous n'avons pas à en tenir compte parmi les odeurs de Paris.

Ce sont les déchets de ces os qui, abandonnés dans un coin de l'établissement, en attendant la vente, se décomposent lentement et fournissent des émanations dangereuses.

Par son article 22, l'ordonnance de police du 1ᵉʳ septembre 1853 porte :

« Les résidus passés à l'état putride, boyauteries, triperies, les « eaux provenant de la cuisson des os pour en retirer la graisse ; « celles qui proviennent des fabriques de peignes et d'objets de « corne macérée ; les eaux grasses destinées aux fondeurs de suif « et aux nourrisseurs de porcs ; les résidus provenant de colle forte « et d'huile de pieds de bœuf, le sang provenant des abattoirs, les « urines provenant des urinoirs publics et particuliers ; les vases « et eaux extraites des puisards et des puits infectés ; les eaux de « cuisson de têtes et de pieds de moutons, les eaux de charcuterie « et de triperie, les raclures de peaux infectes ; les résidus prove- « nant de la fonte des suifs... ne pourront être transportés que par « des tonneaux hermétiquement fermés et lutés. »

Avons-nous besoin de faire ressortir que les diverses industries qui donnent les déchets putrides que la préfecture de police signale, qu'elle voudrait voir porter au loin, dans des voitures bien closes et lutées, les jettent au ruisseau, et qu'elles sont une des sources qui donnent le plus d'exhalaisons.

C'est détruire, nous dira-t-on, ces industries. Comment vouloir qu'un charcutier, qu'un tripier, etc., ait une voiture à sa disposition pour amener à la voirie ces infects produits ; c'est demander l'impossible — et à *l'impossible nul n'est tenu.*

Si on prend en considération ces lamentations, il faut abandonner la question d'hygiène qui prime les intérêts particuliers ; mais ce que l'on peut faire c'est de contraindre ces industriels à établir des appareils chez eux qui détruisent les odeurs, et après cette désinfection accomplie jeter à l'égout.

Les produits chimiques antiseptiques sont nombreux, l'embarras du choix est grand ; rappelons que, sur une petite échelle, ils opèrent bien. Ainsi les procédés de M. Lechatelier, ceux de Knab et

23

de tant d'autres arrêtent toute fermentation putride et donnent des résidus ou des eaux qui sont impunément rejetés à l'égout.

Fonte de graisses. — Le recueil des graisses, des débris organiques de toute nature, chairs mortes, écrémage de la Seine, déchets des restaurants, se font ordinairement dans un des établissements des affamés.

Il y a cependant quelques exceptions : ces industriels n'ont pas tous joint à leur sale et dégoûtant métier celui d'élever des porcs ; ils traiteront les matières dans des chaudières découvertes ou au bain-marie avec de l'eau acidulée, la graisse recueillie est vendue aux marchands de suif et les détritus au négociant d'engrais. C'est une industrie qui ne devrait être tolérée qu'à Bondy.

La crainte d'être, un jour prochain, forcés d'évacuer la banlieue de Paris a fait trouver à ces industriels des procédés plus satisfaisants.

On place dans des autoclaves des paniers en fer dans lesquels on met les matières à traiter, on fait arriver un courant de vapeur qui entraîne les huiles et les graisses liquides, qu'on a soin d'emballer immédiatement dans des tonneaux.

Quand la vapeur n'entraîne plus rien, on vide l'autoclave. on retire les paniers avec ce qu'ils contiennent, on envoie à la fabrique d'engrais, et nous oublions d'ajouter : la vapeur est refroidie, et les eaux sont jetées à l'égout.

Les fabriques de bougies, chandelles. — Quand on mélange des suifs frais et des huiles végétales, qu'on traite par la vapeur, la production des buées n'a rien de bien désagréable.

Lorsqu'on les traite ensuite avec de l'acide sulfurique concentré, qu'on mélange par un agitateur pendant quelques minutes, qu'on verse le magma dans une cuve doublée de plomb et pleine d'eau dont on élève la température jusqu'à l'ébullition, on ne produit encore rien de bien désagréable à nos sens respiratoires.

Lorsqu'enfin on a soin de faire passer les eaux résiduaires sur de la chaux avant de les envoyer à l'égout, on peut fabriquer de la bougie et de la chandelle dans tous les lieux habités de Paris et de sa banlieue.

Le tout est donc de suivre cette fabrication qui a été l'objet des travaux de M. de Milly, et de ne pas tolérer d'autres modes de travail.

Les savonneries. — C'est une industrie qui, bien conduite, ne laisse pas place à la critique, qui mal organisée est une infection pour ses voisins. Que faut-il? conduire les buées à la cheminée, jeter les eaux résiduaires à l'égout ; conserver l'air des ateliers dans un grand état de propreté.

Chaux. — Les prescriptions de l'administration sont les suivantes :

Les fours coulants ou autres doivent être surmontés d'une hotte avec cheminée, pour chasser au loin les gaz, eau, acide carbonique, etc., qui s'en dégagent.

Les magasins où se fait le *tri* des incuits doit être fermé et aéré ;

Les machines qui broient, fermées dans des récipients en bois.

Goudrons. — Les industries qui dérivent du travail des goudrons sont nombreuses ; nous avons entretenu nos lecteurs de leur distillation dans les établissements gazeux, pour en recueillir les huiles essentielles, l'aniline et ses dérivés, les brais, les huiles lourdes servant à la fabrication des *toiles grasses*, c'est-à-dire des bâches qui recouvrent nos hangars, nos voitures de chemins de fer et dont la fabrication ne présente rien qui puisse nuire à la salubrité.

Il sert encore à enduire du *carton*, du papier, et fournit ainsi des toitures pour des établissements provisoires.

D'autres petites fabriques existent encore, les unes enduisent des dorures, les autres des vernis au bois, les autres des tuyaux, et n'ont pas grande importance.

Une industrie qui en a plus est la fabrication des briquettes ; un grand établissement fabrique, avec des déchets de charbon de bois, le charbon de Paris, sans pareil et fort estimé par les cuisinières ; un autre fait des mottes creuses, comme le sont les briques, et qui donnent un combustible économique.

Toutes ces industries ont leur raison d'être, les déchets de bouille, de coke, de charbon de bois, de sciures sont abondants dans Paris ; en les malaxant en proportions convenables, avec des brais, de l'huile lourde et du silicate de soude, en les comprimant fortement on en fait un charbon bon marché qui vient aider les classes laborieuses.

Elles contribuent dans une plus large proportion que l'on ne suppose à l'amélioration sociale, en permettant au travailleur de trouver, dans les longues soirées d'hiver, du feu qui le repose, qui lui permet de s'instruire en lisant et de ne plus aller chercher les tristes distractions du cabaret.

Les fabrications d'*asphalte*, de *bitume* peuvent être classées parmi ces industries.

On fond l'asphalte neuf ou qui a servi, pour bitumer les trottoirs et les rues dans des chaudières surmontées d'une hotte et d'un tuyau de dégagement allant à la cheminée.

Cette industrie a un inconvénient grave, c'est celui de jeter des particules de charbon par les cheminées et entraînées au loin sur les habitations.

Briqueteries, poteries, arts céramiques. — Il n'existe pas d'inconvénient, quant à la fabrication proprement dite, tant qu'elle n'est pas portée au four pour y subir la cuisson.

La cuisson laisse dégager des vapeurs chargées d'eau, d'un goût insipide et fade, désagréable pour les voisins, et qui les envahit d'autant plus que les matières employées contiennent des débris organiques.

Les engrais. — Les *engrais* sont composés en majeure partie des déchets des clos d'équarrissage, que nous venons de passer en revue.

Quand on les fabrique dans des autoclaves, ils ne donnent aucune odeur, mais cette opération s'effectue généralement à *découvert.*

La fabrication, dite à découvert, a pour objet d'associer les matières entre elles ; on place des déchets, composés de toutes choses différentes, plus ou moins propres aux besoins de l'agriculture, en tas et par couches alternatives, qu'on laisse fermenter.

Le tas, livré à lui-même, entre promptement en fermentation, et les dégagements gazeux qu'il produit, malgré toutes les précautions que l'on prend, se révèlent, infectent la fabrique et ses alentours.

Les abattoirs.

Avant 1789, Paris était desservi par la corporation des bouchers qui datait de 1100, et qui dépendait du monastère de Montmartre. Il y avait 20 étaux situés, pour la plupart, dans la rue Saint-Jacques, la boucherie appartenant à 20 titulaires servis par leurs aides et garçons.

Les règlements de nos jours veulent qu'à Paris et dans sa banlieue, tout boucher ne puisse abattre d'animaux destinés à l'alimentation publique que dans des abattoirs municipaux.

Dans beaucoup de localités, et même dans les communes de la Seine, les tueries d'animaux sont dans un état de malpropreté fort compromettant pour la santé publique.

D'un autre côté, ces établissements, qui fonctionnent en dehors de tout contrôle, présentent d'autres inconvénients non moins sérieux. C'est là que sont conduites, pour y être abattues, des bêtes malades que les inspecteurs ne laisseraient pas livrer à la consommation si elles étaient amenées dans un abattoir municipal.

Les dangers d'un tel état de choses imposent à l'administration le devoir d'y apporter un remède efficace.

La création d'abattoirs publics, dans lesquels s'exerce une surveillance intelligente et active, est le meilleur moyen à employer et la seule garantie utile qu'on puisse donner à la consommation.

Les odeurs qui s'exhalent de ces établissements sont *sui generis*, désagréables ; mais la grande propreté qui y règne ne fait courir aucun danger à la santé publique.

Si on ajoute que l'administration a le soin de faire enlever, chaque jour, les excréments, les intestins, le sang, etc., ces établissements ne laissent rien à désirer.

Et, cependant, on se demande pourquoi on y tolère la *fonte des graisses*, une des opérations dont les odeurs sont des plus insupportables? Cette industrie devrait être reléguée au loin.

C'est là, d'après M. Alphand, un inconvénient inhérent à tous les établissements de cette nature ; mais il a été notablement amoindri dans les nouveaux abattoirs de la Villette, par suite des précautions prises lors des travaux de construction. Il suffit, pour s'en convaincre, de se rappeler les odeurs insupportables qui empestaient le quartier Rochechouart, à l'époque où y étaient établis les anciens abattoirs.

Paris vient de ressentir ce que peuvent produire les industries incommodes ; il n'y a d'autres remèdes, à de pareils maux, que de les éloigner de nos habitations, bien loin des fortifications, à Bondy, puisque la forêt de ce nom a été choisie pour les y recevoir.

N'oublions pas que la fermentation est un instrument de mort et de ruine ; elle désorganise et tue l'être vivant. Les travaux de M. Pasteur ont jeté la lumière ; la fermentation produit les infiniment petits, des assassins qui pénètrent nos tissus, s'abreuvent de notre sang. Il n'est pas douteux aujourd'hui que les maladies épidémiques n'aient d'autre origine. L'infiniment petit, dit M. Pasteur, enlève chaque jour une particule de notre corps et nous met en pièces.

Le virus est constitué par un parasite microscopique, agent de maladie et de mort. Tantôt la maladie est suivie de la mort, tantôt elle disparaît après avoir provoqué des symptômes morbides.

Devant leur petitesse, ajoute M. Pasteur, ces parasites disparaissent pour l'œil armé du microscope, mais l'expérience prouve que l'influence morbide est en raison du plus ou moins d'oxygène contenu dans l'air; c'est l'oxygène qui affaiblit et éteint la virulence.

Le jour où on aura relégué au loin, à la forêt de Bondy, les causes de leur production, on aura trouvé la défense, et la vie moyenne, à Paris, sera relevée.

L'infection, dont le public se plaint, a été d'autant plus énergique, ces temps derniers, que l'atmosphère était chaude et orageuse; les odeurs et les agents qui les accompagnent n'ont pu s'élever au-dessus des toits de nos demeures, comme elles le font dans les temps ordinaires; elles n'empoisonnaient alors que ceux qui passaient à côté de leurs foyers de production.

Récalcitrants étaient les marchands d'engrais, cette gent qui vend des produits à l'agriculture, le plus souvent sans aucune vertu autre que celle de puiser à la bourse du pauvre et trop croyant paysan qui a cru en leurs prospectus trompeurs.

Ce sont les établissements les plus dangereux au point de vue de l'hygiène publique, et lorsque l'administration, trop indulgente, appelle leur attention sur les moyens qu'ils devraient utiliser pour leur fabrication, elle est souvent fort mal accueillie.

Un des grands industriels achète dans les abattoirs et les tueries le sang des animaux. Après en avoir séparé l'albumine, il cherche à vendre, à l'état sec, le serum qui contient 12 et voire même 15 pour 100 d'azote.

MM. Bourgeois divisent le sang, par des meules mises en mouvement par un manège, puis le mélangent avec de l'acide sulfurique et du sulfate de protoxyde de fer, jusqu'à une coagulation et une désinfection complète.

Cette désinfection, par ce procédé, n'est obtenue qu'au détriment des voisins, les odeurs qui se dégagent sont abondantes et se répandent partout; il faudrait donc, si l'on persiste à travailler le sang dans ces conditions, que la meule et les matières en travail soient couvertes par une botte qui conduise à des appareils de Woolf, à des colonnes de Gay-Lussac, ces odeurs malfaisantes.

Il est possible alors que les inconvénients n'existent plus, si même ils ne se trouvent anihilés complètement.

Reste la dessiccation de ces matières, dont la fermentation reprend tous ses droits, si on les étend sur une aire; si on les emmagasine immédiatement la température s'augmente, une végétation d'animalcules a lieu, et des odeurs dangereuses apparaissent.

C'est donc lorsque les opérations sont consommées, que gisent les plus grandes difficultés. Il faut trouver de nouvelles solutions pour garantir les produits du sang de toute putréfaction.

Le conserver pendant quelques jours, c'est encore possible, mais attendre des mois entiers, le jour où on pourra s'en servir dans la culture, est un problème difficile à résoudre, et nous ne voyons la solution qu'en transformant ces poudres en briquettes.

Il est un fait indiscutable, toute matière organique, mise en tas, ne tardera pas à fermenter ; il n'y a d'exception pour aucune d'elles, on aura beau saupoudrer le tas avec des antiseptiques, on aura beau remuer de temps en temps le composé, qu'on n'empêchera pas la fermentation.

Mais si on enrobe chacune des particules de ces matières avec un corps antiseptique et absorbant l'eau qu'elles contiennent, si on en fait une pâte, si on la comprime en tourteau ou en briquettes, si, en un mot, on donne à l'atmosphère ambiante le moins de contact avec elles, on gardera ce produit pendant longtemps.

La chaux est un remède tout trouvé, coûtant peu, et enrobant dans d'excellentes conditions, mais elle a le défaut d'ajouter à un produit fort riche une matière dont l'agriculture n'a pas toujours besoin.

Aussi, notre opinion serait-elle d'employer les *chaux phosphatées*. Ces amas considérables que nous possédons dans différentes parties de la France et dont nous faisons peu de chose, au grand détriment de notre agriculture, nous serviraient.

Les phosphates PhO^5, $3CaO$ sont exploités, ils valent de grands prix, ce ne sont pas eux que nous choisirons : ce que nous prendrions ce sont des chaux phosphatées, $5CaO.PhO^5$, qui ne valent que 20 francs la tonne et qui seront plus opérants.

Ces briquettes, contenant 7 à 8 p. 100 d'azote avec 5 à 6 p. 100 d'acide phosphorique, résoudront enfin la question de l'emploi du sang à l'agriculture, avec cet avantage immense de respecter la santé publique.

UTILISATION DES EAUX D'ÉGOUTS
ET DES VIDANGES PAR L'AGRICULTURE

> L'art doit imiter la nature, c'est alors qu'il
> enfante le plus de merveilles et met au jour
> les procédés les plus applicables.

Filtration. — L'administration songe, dit-on, à supprimer la voirie de Bondy ; ce serait le motif pour lequel elle n'aurait plus exigé que les établissements insalubres y fussent relégués.

Elle aurait encore pensé à reporter une partie de ces foyers d'infection dans les plaines de Gennevilliers ; mais devant l'opposition des habitants, devant des décisions judiciaires, à la suite de procès intentés à la Ville, le projet a été définitivement abandonné.

Il s'agissait d'y porter les eaux d'égout, amenant avec elles les vidanges ; on y aurait en même temps joint les industries malsaines.

La filtration à travers des terrains drainés était la solution rêvée. Gennevilliers serait devenu un filtre retenant les plus grosses particules sur son sol, et laissant écouler celles en dissolution dans les eaux d'égout qui les auraient amenées.

Au bout du terme de son parcours souterrain, cette eau renfermant les immondices de Paris et de sa banlieue, de ses fabriques et de ses voiries, devait retourner claire et limpide dans la Seine.

Les expériences, les essais faits tant en France qu'à l'étranger démontrent que les moyens qui avaient pour but la purification de ces immondices par des matières chimiques n'ont pas réussi.

M. de Freycinet, dans son rapport sur l'emploi des eaux d'égout, écrivait :

« Il n'est point dit que quelque autre substance, encore incon-
« nue, ne sera pas susceptible de résoudre le problème d'une
« manière satisfaisante ; à ce point de vue, le champ reste ouvert
« aux expériences. Toutefois, il faut bien le reconnaître, un tel
« ensemble de résultats négatifs constitue une forte présomption

« contre cette classe de procédés, et la prudence ne permet guère
« d'espérer le succès dans une voie où tant de tentatives ont
« échoué. »

Dans un ouvrage récent, *Assainissement de la ville de Paris* (Baudry, éditeur), nous avons passé en revue les divers procédés qui
ont été mis en œuvre pour épurer les eaux d'égout et les vidanges,
et nous avons constaté que tous ces procédés, lorsqu'ils étaient
appliqués sur de petites quantités, étaient plus ou moins efficaces,
mais qu'aucun d'eux n'était parvenu à résoudre le problème
lorsqu'il s'agissait, comme ici, de l'épuration de centaines de
mille mètres cubes.

Depuis l'apparition de ce livre, M. Deligny, au nom de M. Huet,
ingénieur civil, a présenté un désinfectant nouveau, dont nous
allons dire quelques mots.

M. Huet traite par l'acide chlorhydrique à 12° B., à froid, des
laves volcaniques, dont il fait un magma.

Ce magma, en présence de matières en putréfaction, d'eaux
d'égouts ou de toutes autres choses puantes, arrête les odeurs,
en produisant un précipité floconneux ; les eaux légèrement
teintées en jaune pourront être filtrées sur des terrains préparés.

Il n'est nullement besoin d'aller prendre dans nos anciens cra-
tères des débris volcaniques ; les mêmes faits se produisent avec
des cendres dites de Picardie, et de temps immémorial on s'en
sert pour fabriquer la poudrette, qui provient des matières fécales.

Ces matières, disions-nous, placées dans des bassins et brassées
au moyen de ringards, boursouflent, triplent de volume et se
séparent complètement.

L'analyse de ces pyrites donne :

Acide sulfurique..	16,38
Ammoniaque...	0,57
Chaux..	4,46
Sulfate de fer..	12,14
Matières organiques.....................................	38,29
Sable, argile..	28,06

Cette matière vaut 0f,70 les 100 kilog. ; il en faut 5 pour 100,
mais son emploi ne résout pas la question d'une épuration
complète.

Les procédés, quels qu'ils soient, d'épuration chimique des eaux
d'égout sont inapplicables, au point de vue économique ; on
se demande comment se débarrasser d'un produit sans valeur
agricole.

Des bassins de décantation, l'amoncellement des matières seraient des plus dangereux pour la santé publique.

Hofmann et Frankland ont cherché la désinfection ; ils opéraient sur 4,543 mètres cubes d'eau ; elle était immédiate avec :

300 litres de perchlorure de fer.
180 kilos de chlorure de chaux.

La chaux vive produisait les mêmes résultats, mais toujours l'action restait momentanée, les liquides, s'ils étaient examinés, se putréfiaient au bout de deux jours avec la chaux, au bout de quatre avec le chlorure, au bout de neuf avec le perchlorure.

Comme toutes les terres, comme tous les champs, les 1,200 hectares qui forment la presqu'île de Gennevilliers peuvent être utilement arrosés avec les eaux vannes de Paris. Les propriétaires de cette partie de la banlieue reconnaissent sans difficultés la valeur de cet engrais liquide, et sont loin d'en réprouver l'usage.

Leur opposition au déversement des égouts sur le territoire de la commune n'a donc rien de systématique, ainsi que paraissent le croire MM. les ingénieurs municipaux. Non. Ce qu'ils repoussent de toutes leurs forces, ce n'est pas l'arrosage, mais bien l'inondation.

Si la ville de Paris avait réglé le déversement des eaux dans de sages mesures, ne donnant à la culture locale que la quantité de liquide nécessaire aux besoins du moment ; si elle eût tenu compte de la saison, de la nature du sol, de la qualité des produits ensemencés, ces eaux eussent été reçues comme un bienfait, car elles auraient apporté la richesse à ce terrain plat, sablonneux, empierré, qui a besoin d'être fortement nourri ; mais ce n'est pas ainsi que la Ville a su faire. A cet hectare, auquel il ne convenait pas de donner plus de 12,000 mètres cubes, en ayant soin de distribuer l'arrosage d'une manière opportune, on a fait boire 50,000 mètres cubes d'eau, sans tenir compte ni des besoins, ni de l'heure, ni de la saison, ni de l'humidité atmosphérique.

Cet arrosage à haute dose et sans répit a eu le résultat prévu : menacés dans leurs biens et dans leur santé, les habitants se sont insurgés. A cette inondation malsaine, ils ont opposé le droit des gens si singulièrement méconnu, les lois humanitaires si étrangement oubliées, et la Ville en est aujourd'hui réduite à rejeter au fleuve les 260,000 mètres cubes d'eau que les collecteurs de Clichy et d'Asnières vomissent journellement.

Mais les ingénieurs ne doivent pas ignorer que la Seine ne peut pas recevoir sans danger une telle quantité de déjections ; s'ils l'ignoraient, la salubrité publique, compromise par l'infection, parlerait assez haut pour être entendue.

Pour sortir de l'impasse dans laquelle elle s'est aventurée, l'administration songe à demander au conseil municipal les crédits nécessaires à la conduite des eaux dans des lieux plus hospitaliers.

Les projets de la Ville comportent un canal qui amènerait les égouts sur les communes de Colombes, de Nanterre, les ferait traverser la Seine à Bezons, pour venir les déverser dans cette boucle du fleuve comprise entre Bezons, Sartrouville et la forêt de Saint-Germain.

L'irrigation trouverait :

A Asnières	168	hectares.
A Gennevilliers	1,200	—
A Argenteuil	189	—
A Colombes	350	—
A Bezons	320	—
A Houilles	270	—
A Sartrouville	158	—
A Achères	663	—
A Poissy	195	—
Soit en tout	3,513	hectares.

Si la Ville de Paris renonce à son système d'inondation, pour ne plus faire que l'irrigation proprement dite, si elle cesse de vouloir faire absorber à la terre plus d'eau qu'elle ne doit en recevoir, c'est-à-dire 12,000 mètres cubes par an et par hectare, elle trouvera dans ces 3,513 hectares l'emploi de 42,156,000 mètres cubes, c'est-à-dire à peu près le tiers du volume débité par ses égouts.

Pour arriver à une distribution plus étendue, MM. les ingénieurs municipaux élèveront davantage les eaux, ce qui est facilement réalisable, et ils arriveront ainsi à placer utilement 50 millions de mètres cubes.

Mais les 100 millions restant, et qui ne trouveront pas un débouché dans les nouveaux terrains à irriguer, qu'en faudrait-il faire ?... Les rejeter au fleuve ? Mais alors, loin d'être résolu, le problème reste absolument intact, car la pollution de la Seine fournira, tout autant qu'aujourd'hui, aux malheureux riverains l'occasion de protester au nom de la salubrité publique.

Certes, nous savons bien que MM. les ingénieurs de la Ville ne calculent pas comme nous, et que nos chiffres ne sont pas les leurs. — L'expérience démontre qu'un hectare ne doit pas recevoir plus de 12,000 mètres cubes par an ; eh bien ! l'expérience a tort, puisque leur appréciation élève cette quantité à 83,000 mètres cubes — dès lors, les 3,513 hectares suffisent.

Malheureusement pour eux, s'ils récusent les leçons qui nous viennent de l'Angleterre, de la Belgique, de l'Italie et d'ailleurs, il leur faut cependant bien tenir compte des faits dont ils ont été, tout à la fois, les auteurs et les témoins ; — la presqu'île de Gennevilliers n'est pas située aux antipodes, et les plaintes de ses habitants n'ont pas encore eu le temps de s'apaiser.

Le canal projeté ne doit pas s'arrêter à la forêt de Saint-Germain ; il doit être poussé plus loin, plus loin, plus loin encore, jusqu'à ce que la quantité d'hectares traversés absorbe le volume d'eau charriée par l'émissaire. Là est la seule solution rationnellement vraie.

A quoi bon s'opiniâtrer dans une œuvre incomplète ? Pourquoi lutter quand même contre la vérité ? Il y a mauvaise grâce à nier le soleil, et une erreur franchement confessée trouvera toujours des juges indulgents.

La filtration n'ayant pas résolu la question d'épurer les eaux, on songea à l'opérer sur des terrains.

C'est un filtre immense qui retient d'abord, sur sa surface, les plus grosses particules, d'autres plus petites vont dans l'intérieur, entraînent avec elles de l'air qui détruit les matières organiques pour voir apparaître au terme de son parcours de l'eau claire.

La quantité d'eau que peut recevoir un hectare de terre est limitée ; on ne peut songer à en déverser continuellement, car il arriverait que lorsque toute la masse serait imbibée, la couche nouvelle amenée déplacerait trop rapidement celles qui existent déjà, l'air entraîné avec elle n'aurait pas le temps d'agir et l'eau sortirait par les drains comme elle y est venue.

Le docteur Frankland fut l'âme de ces nouveaux essais, il y consacra une partie de son existence, aussi les travaux qu'il a dirigés sont-ils un critérium pour tous ceux qui s'occupent de cette question.

Il résulte de ses expériences que de l'eau contenant, *avant l'épuration*, 94.9 parties de matières en dissolution, ayant traversé un terrain perméable et drainé, ne contenait plus *à sa sortie* que 88.100.

3:972. Le carbone des matières organiques n'était plus
    que. 1.500
1.586. L'azote des matières organiques n'était plus que. . 0.303
6:032. L'ammoniaque des matières organiques n'était
    plus que. 0.816
6.032. Les nitrates des matières organiques s'étaient
    formés. 0.220
6.554. Le total de l'azote combiné n'était plus que de. . 1.194
8.660. Les chlorures combinés n'étaient plus que de. . 8.370

Si toutes les matières sont arrêtées, comme le ferait un filtre, il reste des quantités notables des corps en suspension qui retournent, comme dans la filtration chimique et mécanique, à la rivière.

Cette filtration naturelle présente des inconvénients graves :

Le retour à la rivière d'eaux contaminées ;

L'encrassement de la terre, produit par les matières en suspension et même en dissolution dans l'eau.

On obvie, il est vrai, à ce dernier défaut, en retournant la terre, opération coûteuse et qui donne lieu à des émanations méphitiques amenant les fièvres.

Les eaux d'égout entraînent avec elles dans la Seine une quantité considérable de boues, de sables et d'autres matières insolubles plus ou moins lourdes et qui représentera, pour 500,000 mètres cubes d'eau, un total journalier de 500,000 kilos. Si ces eaux sont appliquées à l'agriculture, il y aura avantage à les débarrasser de ces corps étrangers, qui obstruent et encrassent les plaines d'irrigations.

L'administration s'est préoccupée de cette détermination, et on a érigé sur la route d'Asnières un atelier de dragage à ciel ouvert.

Les matières en suspension que l'on recueille sont de natures diverses ; ce sont des corps flottants, bouchons, débris de légumes, poils, pailles ; des boues ou vases légères qui se trouvent en suspension dans l'eau ; des sables fins qui se déposent dans l'eau tranquille ; des sables et des cailloux qui exigent pour être mis en mouvement une eau animée.

Les eaux et les matières passent alternativement dans deux bassins d'une contenance chacun de 350 mètres cubes ; on enlève les sables au moyen de la drague qui les porte sur un wagon qui les verse dans un bateau.

Le dragage s'effectue chaque fois qu'on constate un dépôt de 0,25 dans le fond du bassin, soit un cube de 100 m. $\times$ 3^{m},50

$\times$ 0^m,25 $= 87^m$,50, et pour les deux bassins et par 24 heures : 175 m.
Pour accomplir le dragage complet des 500,000 kilogrammes, en
admettant une densité de 1^k,5 à ces boues, il faudrait quarante
bassins de décantation ayant 100 mètres de long sur 3^m,50 de largeur, ou une étendue de terrain de 14,000 mètres carrés ; et si on
ajoute que la petite usine d'essai a coûté à la ville de Paris
600,000 francs, on peut prévoir que la dépense atteindrait 20 millions de plus pour recueillir un produit de nulle valeur.

Les eaux débarrassées de ces matières lourdes, avant de s'é-
chapper des bassins, sont *tamisées*.

M. de Luynes a installé des filtres *rotatifs* qu'il avait inventés et
utilisés dans l'industrie du sucre.

Les dispositions de cet appareil sont simples, elles consistent en
un cylindre métallique creux formant un filtre, percé d'un grand
nombre de trous ; il est mobile autour d'un axe horizontal et baigne
dans l'eau ; tandis que l'autre communique par un tourillon creux
avec le canal d'échappement des eaux.

La filtration a lieu de *dehors en dedans*, de telle sorte que lorsque le cylindre est en mouvement dans les eaux d'égout, l'eau
s'écoule par le tourillon, et les matières insolubles, bouchons, débris de légumes, pailles poils, boues et vases légères, sortent à la
surface du cylindre dont elles se détachent par l'eau ambiante et
par la force centrifuge.

Chaque appareil de M. de Luynes est de 3 mètres de diamètre
et 5^m,30 de longueur, il débite 2 mètres par seconde, c'est-à-dire
172,000 mètres cubes par 24 heures. Pour tamiser les 500,000 mètres cubes d'eau prescrits, trois appareils suffiraient.

Si on admet que les 500.000 mètres cubes d'eau sale contiennent
0,05 kilogr. de matières organiques, cela constituerait un travail
utile de 25.000 kilogrammes de matières qui valent 0,04, soit
1000 francs de recette par jour.

La dépense d'installation de ces cylindres, le droit de brevet à
payer ne sont pas excessifs, chaque machine peut être installée
pour moins de 100,000 francs, aussi forment-elles, à notre avis,
le seul élément heureux de l'usine de décantation d'Asnières, qu'il
y aura lieu de conserver, continuant à draguer les parties lourdes
qui n'ont pas été éliminées, dans la section du canal d'irrigation de
Paris à la mer que nous avons appelée, de son ancien nom, le
fossé de l'Aumône, situé dans la presqu'île de Gennevilliers.

Mais nous préférerions, malgré les avantages que présentent ces
machines, l'application que les ingénieurs de la ville de Bruxelles

ont faite; il nous semble qu'ils ont mieux résolu la question.

En un point pris sur le collecteur en aval, ils ont ménagé dans le radier un enfoncement, qui contient une série de caisses en fer. Toutes les matières lourdes tombent dans ces caisses qui, soulevées, placées sur des wagons, sont transportées dans des bateaux les emmenant au loin.

En agissant de même à Paris, on évitera des dépenses considérables, qu'entraîneraient les machines de Luynes.

L'infection palustre, d'après Edwin Klebs et Tommasi Cuideli, a pour agents les *Bacillus*, spores réfractant la lumière, présentant une figure ovale allongée, se développant en longs filaments où se produisent de nouvelles spores.

Ces savants ont démontré que la *malaria* provient de flaques d'eau qui deviennent croupissantes. La stagnation de ces eaux maintient dans les terrains le degré d'humidité pour développer le ferment malarique.

La putréfaction favorise la diffusion du ferment dans l'atmosphère, sous forme de gaz.

On draine, ce qui vaut mieux, et on remarque, d'après les analyses du docteur Frankland, que l'action de l'air combure une partie des matières organiques, en les amenant à l'état de nitrates, seul état où elles s'assimilent à la végétation.

Parmi les faits observés jusqu'à ce jour, il y en a quelques-uns qui reporteraient l'origine du drainage à une très haute antiquité. Dans le territoire des Volsques dont les Romains firent la conquête aux premiers siècles de la République, et qui, après la conquête, ne regagna jamais son ancienne prospérité, M. Di Tucci a déjà relevé ce drainage sur une étendue de 144 kilomètres carrés, ne constituant en réalité qu'une partie de l'ensemble général. Dans le territoire qui entoure la grande ville étrusque de Véji, détruite par les Romains en 396 avant J.-C., et remplacée plus tard par une colonie de peu d'importance, on trouve aussi un grand nombre de drainages.

Ce système de drainage était donc, très probablement, connu et largement appliqué, avant que l'histoire de cette contrée devînt de l'histoire romaine.

En attendant que de nouveaux faits permettent de fixer nos idées à ce propos, il est permis d'affirmer dès à présent que cette invention est très ancienne. Sans cela, on ne comprendrait pas le silence que tous les écrivains romains ont gardé sur ces ouvrages, alors qu'ils ont si souvent décrit, dans leurs moindres détails, des travaux agricoles dont l'importance économique et technique est, comparativement, minime. On ne peut interpréter ce silence, qu'en admettant une de ces deux hypothèses : ou tous ces auteurs ignoraient l'existence de cette forme de drainage ; ou bien ils l'ont considérée comme une chose tellement connue, tellement vulgaire, tellement fixée dans ses détails techniques, qu'il ne valait pas la peine d'en parler. Dans l'une et dans l'autre hypothèse, le système remonterait à des temps très reculés.

Il est impossible de décider, avec le peu d'éléments que nous possédons, si, dès l'origine, on se proposa d'atteindre avec ces drainages un but hygiénique. Il est très vraisemblable que, dans les premiers temps, on ne songea à autre chose qu'à rendre plus facile la mise en culture des collines. Dans la plupart de ces collines, indépendamment des nombreux *acquitrini* de la surface dont il était nécessaire de les débarrasser, il y avait aussi de nombreux travaux à faire pour rendre possibles les plantations d'arbres ; car, souvent, on ne peut y planter des arbres qu'à la condition de creuser des fosses dans le sous-sol pour faire place aux racines, et de drainer activement ces fosses afin d'empêcher que les eaux souterraines n'y croupissent. Probablement, on aura pensé de bonne heure à s'affranchir de cette lourde charge en délivrant les collines de leurs eaux intérieures, au moyen du drainage. De cette manière, on comprendrait plus facilement comment ces drainages ont une si grande extension dans des territoires célèbres, comme celui des Volsques, par leur richesse agricole, avant la conquête romaine. Ce serait seulement plus tard, quand on connaissait déjà tous les effets de ces drainages profonds, qu'on aurait songé à les employer quelquefois dans un but purement hygiénique. On est bien sûr maintenant que, même si les anciens n'eurent pas l'idée que ces drainages pouvaient supprimer ou modérer la production de la Malaria, ils connurent l'heureuse influence qu'ils pouvaient avoir sur l'état hygrométrique des habitations, puisqu'il arrive quelquefois de voir que l'étendue en largeur des réseaux de drainage ne dépasse pas sensiblement celle des maisons sous lesquelles on les trouve.

Le Dr Frankland, connaissant les faits que nous venons de rappeler, avait reconnu que malgré le drainage :

L'irrigation par infiltration n'épure pas convenablement ;

Elle ne permet de verser sur le sol que des volumes d'eau limités ;

Elle exige par conséquent d'immenses surfaces si on ne veut pas qu'elle soit une cause très grave d'insalubrité.

L'administration de la Ville de Paris, qui avait suivi les essais, choisit pour les renouveler un champ d'expériences dans la presqu'île de Gennevilliers.

Elle ne pouvait mieux faire.

Presqu'île de sable, filtre naturel en aval de la cité et de ses faubourgs, à l'extrémité du département, à la cote de niveau la plus basse (30 mètres environ au-dessus du niveau de la mer), d'un plan d'eau aussi régulier que possible, la plaine de Gennevilliers avait encore deux avantages précieux : la proximité de Paris, le voisinage immédiat de la bouche du collecteur de Clichy et du déversoir de Saint-Ouen.

Un premier essai timide fut fait en 1865 par M. *Mille*, ingénieur des ponts et chaussées. En 1869, six hectares furent cultivés à l'eau d'égout dans la presqu'île de Gennevilliers, et en 1872 et 1873, un traité fut conclu avec la commune de Gennevilliers pour l'irrigation des terres sablonneuses de cette localité au moyen des eaux d'égout de Paris. Ces terres s'en trouvèrent bien, de stériles elles devinrent productives ; les choux, les navets, les carottes et autres légumes y acquéraient un volume phénoménal, tout allait pour le mieux, et les ingénieurs de la ville crurent avoir trouvé une solution définitive, qu'ils affirmèrent, proclamèrent bien haut, méprisant les observations de leurs contradicteurs.

Au 1er octobre 1874, 115 hectares de la plaine de Gennevilliers avaient été irrigués avec les eaux d'égout de Paris, et le 12 décembre 1874, la Commission technique nommée pour suivre ces études déclarait à M. le ministre des travaux publics que l'expérience était concluante.

Le sol ayant deux mètres d'épaisseur, l'administration admettait comme étant suffisant le déversement par mètre carré de 300 litres d'eau d'égout, c'était pour vingt jours d'écoulement $\frac{300 \text{ litres}}{20 \text{ jours}} = 15$ litres à écouler par jour et par mètre carré de surface.

Un hectare pouvait recevoir $10,000 \times 15 = 150,000$ litres d'eau ou 150 mètres cubes, et par année 24,750 mètres cubes. Or, à Paris, en calculant sur une arrivée d'eau de 600,000 mètres cubes par jour, et par an 219,000,000 de mètres cubes, il faut pour leur filtration 4,314 hectares de terre.

Ces calculs, conséquence des expériences faites, s'ils étaient

24

vrais en théorie, ne l'étaient pas en pratique, et les ingénieurs français devront reconnaître que la vérité était :

1° Que les légumes *surchargés* d'engrais fétide avaient un goût détestable qui en amoindrissait la valeur vénale ;

2° Que l'irrigation ne pouvait se faire en toute saison ;

3° Que les puits de la localité étaient infectés ainsi que les caves;

4° Qu'un nombre respectable de cas de fièvres intermittentes et de dysenterie s'étaient déclarés ;

5° Enfin qu'on ne pouvait déverser qu'une très minime partie des eaux d'égout à Gennevilliers, sous peine de graves inconvénients.

Dans les conditions d'épandage que l'administration préconisait, on rencontrait à Gennevilliers tous les caractères d'insalubrité des véritables marais. En effet, cette masse d'eau s'échauffe beaucoup au soleil et des phénomènes de décomposition se manifestent dans la matière organique végétale et animale qu'elle tient en suspension. Une matière d'aspect glutineux qui tient emprisonnées des bulles de gaz nage souvent à la surface de l'eau ; les émanations ont alors une odeur caractéristique et nauséabonde qui se fait sentir à distance.

Aussi l'hygiène ne pouvait-elle considérer ces marais nouveaux que comme nuisibles à la santé publique.

L'ingénieur a observé que dans les pays sablonneux des ruisseaux et des fossés sont devenus parfaitement étanches par le déversement des eaux.

Il est vrai qu'il peut s'être passé plusieurs années avant que le terrain n'ait acquis cette propriété, mais il est rendu étanche en peu de temps avec de l'eau troublée. Tel est le cas des eaux d'égout déversées sur la plaine de Gennevilliers.

Le sable ne laissait pénétrer l'eau qu'à travers les interstices qui se trouvent entre les grains qui le composent, car ceux-ci sont entièrement imperméables, et se trouvaient bouchés par l'argile et les autres corps tenus en suspension dans les eaux.

Aussi les premiers projets de l'administration abandonnèrent son premier champ d'expériences ; elle demande aujourd'hui à se réfugier dans la forêt de Saint-Germain. Pourquoi ? Est-ce pour cacher à nos yeux et à notre odorat cette nouvelle voirie ? Est-ce pour éviter des dépenses ?

Si on veut épurer les eaux par leur filtration sur un terrain perméable, il faut se résoudre à avoir près de soi un dépotoir et tous les inconvénients que nous venons de relater. Quant aux dépenses, elles seront les mêmes partout, aussi bien en allant au loin, à Saint-Germain, qu'à Gennevilliers ; elles se majoreront dans ce nouvel endroit des mêmes frais nécessaires aux conduites qui se trouvent déjà payées à Gennevilliers.

Gennevilliers possède............	1,500	hectares de terrain.
Nanterre, Colombes, Rueil........	1,250	— —
Carrières, Bezons, Argenteuil, Sartrouville, Houilles..........	1,400	— —
Parties basses de la forêt de Saint-Germain et fermes domaniales..	1,500	— —
Achères.......................	700	— —
Ensemble.......	6,350	hectares de terrain.

Dans ces conditions :

« On peut rendre les eaux d'égout limpides en apparence, mais « elles ne seraient pas moins souillées par les matières organiques « solubles et rendues par elles impropres aux usages domestiques. »
(Congrès d'hygiène, 1878.)

« Les eaux deviendront-elles potables à l'aval de Paris ? non, « certainement. D'abord, en temps de pluie, il est absolument « impossible d'empêcher le trop plein des égouts de tomber en « Seine. Pendant une partie de l'année, une fraction importante « de l'eau des collecteurs se mêlera donc à l'eau du fleuve. Même « en temps ordinaire, les matières organiques en dissolution « rentreront en partie dans la Seine par les nappes d'eau sou- « terraines.

« On peut donc affirmer, dès aujourd'hui, que jamais l'eau de « Seine ne sera rendue potable entre Paris et Rouen. »
(Belgrand, *la Seine*, pag. 436.)

Laissons encore parler M. Sugiers Marchand, et nous convain- crons les plus incrédules des résultats qu'amènera la triste opéra- tion que se proposent de réaliser les ingénieurs chargés du service de l'assainissement de Paris, en voulant porter dans la fosse de Saint-Germain les eaux d'égout de la Cité.

« Quand les eaux, dit-il, sont conservées longtemps, sans aucun « renouvellement, en présence de la lumière et de l'air, la matière « organique qu'elles renferment se transforme en matière dite « verte de *Priestley*. D'après Wagner cette matière est formée « par les cadavres d'infusoires, les *Englena viridis*, les *Englena* « *sanguinea*, etc.

« Dans ces conditions, toujours suivant M. Marchand, les eaux

« ne tardent pas à se recouvrir de cette matière en très grande
« quantité, quelquefois verte, quelquefois rouge ; la chaleur aidant,
« il se développe de nombreux animalcules microscopiques dont
« l'existence se succède rapidement pour augmenter la fermenta-
« tion putride. L'eau devenue jaune, elle est fade, elle réduit les
« sels d'or, empêche la réaction de l'iode sur l'amidon ; aussi
« y décèle-t-elle la présence, en proportions notables, d'albumine
« végétale.

« Ces eaux, si elles baignent des végétaux, ne laissent plus
« dégager, à l'odorat, des odeurs appréciables, mais elles laissent
« au fond des matières putrescibles qui donnent naissance au gaz
« des marais, principe le plus actif des miasmes paludéens, qui
« engendrent les fièvres intermittentes dans les lieux marécageux. »

La forêt de Saint-Germain deviendra-t-elle ce que sont les
marais Pontins, ceux de la Toscane, et, sans aller aussi loin, ce
que sont les marais du centre de la France et les étangs salés du
littoral méditerranéen, un pays infecté par le limon putride que
les eaux d'égout abandonnent en se retirant ?

La cause de l'insalubrité des marais est le sujet en France de
force propositions, et si on s'arrête, c'est à cause des dépenses à
effectuer pour aérer ces contrées qui absorbent encore 450,000 hectares qui, s'ils étaient appropriés aux lois de l'hygiène, nourriraient
un million de Français.

Comment alors concilier d'une part le désir de détruire ces lieux
d'infection, avec le projet de Saint-Germain qui tend à augmenter
le mal, là où il n'existe pas.

Nous venons dire :

Ces projets abandonnés, par force majeure, à Gennevilliers
viennent d'être représentés au Conseil municipal qui a voté leur
mise à exécution dans une partie de la forêt de Saint-Germain.

A notre avis, les habitants de Saint-Germain et des localités
environnantes de la forêt feront comme ceux de Gennevilliers et ne
toléreront pas l'exécution d'un pareil projet ; les grands pouvoirs
de l'État ne les autoriseront pas davantage, car, s'il est vrai qu'il
faille un hectare de terre pour 50,000 mètres cubes d'eau, qu'il
faille seulement 4,314 hectares, il n'en est pas moins vrai que les
eaux qui s'écouleront dans la Seine à Achères n'en seront pas
moins souillées, et infecteront le fleuve dans les mêmes conditions
que celles qui existent aujourd'hui. Ce qu'il faut, ce n'est certes
pas de créer une nouvelle voirie, Bondy est là. Ce qu'il faut, c'est

un canal de Paris à la mer, qui déverse sur son long parcours les eaux pour la culture des terrains de la vallée de Seine, et ce qu'il faut pour les établissements insalubres que nous venons de passer en revue, c'est qu'ils retournent tous à Bondy.

Reste l'épuration des eaux par la culture.

Emploi des eaux d'égout à la culture. — M. Schlœsing, expliquant les transformations que subit la matière organique dans le sol, dit : « Le feu purifie tout ; il n'y a pas de matière organique, si « impure et malsaine, que le feu ne transforme, avec le concours « de l'oxygène, en acide carbonique, eau et azote, composés mi- « néraux absolument inoffensifs. Eh bien! dans l'intérieur du sol « se passe un phénomène du même ordre, non plus violent et visi- « ble comme le feu, mais lent, sans aucun signe extérieur ; ce n'est « pas moins une combustion, qui réduit toute impureté organique « en acide carbonique, eau et azote ; il lui arrive même d'être plus « parfaite que la combustion vive, et d'oxyder, de brûler l'azote, « ce que le feu ne sait pas faire. »

Or oxyder toutes les matières organiques en les entraînant, en les décomposant au profit de la culture est une épuration des plus rationnelles et qui résout la question des eaux d'égout.

Les puisards. — Mais déverser ces eaux dans la forêt de Saint-Germain, c'est-à-dire en faire un immense puisard, est une des mesures les plus illogiques que l'on puisse rêver et qui entraîne-rait des conséquences funestes pour la santé publique ; en effet :

« Un puisard, dit M. Dupiney de Vorepierre, est une excavation « plus ou moins profonde dans laquelle viennent se réunir les « eaux inutiles d'une maison, d'une rue, etc. Ces eaux sont absor- « bées dans la terre et s'y perdent. Cette double fonction qui con- « siste à réunir les eaux infectes et à les faire absorber par les « terres environnantes démontre surabondamment l'insalubrité « qui peut résulter de l'usage des puisards. »

« La pratique des puisards, dit M. Lalanne, est fort ancienne et usitée dans beaucoup de contrées différentes. Si le terrain sur lequel on se trouve est, sur une épaisseur notable, léger, sablon-neux, par conséquent perméable ; ou s'il recouvre un fond de roc fendillé, présentant des interstices entre les tranches ou feuillets dont la masse se compose, on n'a pas grand travail à faire pour se débarrasser, à travers ce terrain, des eaux surabondantes, quelle que soit leur nature. Le puisard est à la superficie même, et tout au plus pratique-t-on, pour en faciliter le fonctionnement, un encuvement peu profond. Dans le cas d'un afflux extraordinaire, ou d'un liquide trop chargé de matières en suspension pour que l'absorption n'exige pas un temps notable, on creuse plus profondément, et pour maintenir les parois de la fouille cylindrique que l'on exécute ordinairement, sans enlever à ces parois, ni au fond, leur perméabilité, on remplit la fouille de blocs de pierres jetées en tas, et dans les interstices desquelles les liquides continuent à couler, tant que les vides ne sont pas obstrués par les matières insolubles. — Des curages exécutés périodiquement et de fond en comble sont nécessaires pour rétablir le bon fonctionnement du puits. »

« Les puits de Paris servaient autrefois aux usages domestiques et à l'alimentation, malgré la crudité de leur eau très séléniteuse. Il paraît que les puisards absorbants commencèrent à se répandre sous le règne de François Ier, et depuis lors l'altération de la nappe alimentaire augmenta bientôt progressivement, au point que l'eau des puits finit par ne plus être employée que pour le lavage des cours et l'arrosage des jardins. »

Les exemples de cette funeste influence sont excessivement nombreux. Il est aujourd'hui de notoriété publique que certaines villes, placées dans les conditions les plus hygiéniques, sont le siège de nombreuses affections qu'on ne peut attribuer qu'à l'infection du sous-sol produite par des puisards absorbants, par des fosses d'aisances à fond perméable, qui ne sont pas revêtues d'enduits étanches.

Il est temps de rapporter toutes les dispositions relatives à l'établissement des puisards, et M. Lalanne émet l'avis qu'il y a lieu de soumettre aux autorités compétentes une proposition ayant pour objet de prohiber d'une façon générale, sur l'étendue entière du territoire français, l'usage des puits et puisards absorbants; et de n'accorder les autorisations particulières qui seraient sollicitées, dans des circonstances exceptionnelles, qu'après une enquête dont la forme et la durée seront fixées par un règlement d'administration publique.

La condamnation des projets de l'administration préfectorale est complète, les autorités scientifiques qui se sont chargées de cette sentence sans appel ont décidé une fois pour toutes la question; aussi, lorsque le débat sera porté près du Corps législatif, il sera décidé que la solution cherchée, pour l'emploi du curage de Paris, n'est pas celle de le déverser dans la forêt de Saint-Germain, sous la forme de puisards, pas plus que sous celle d'arrosement en ados.

La culture. — L'emploi à la culture des détritus des villes n'est pas aussi moderne qu'on le croit.

Au quinzième siècle, Milan avait ses Marcites, il y a deux cents ans qu'Édimbourg déverse ses eaux à la culture; Lausanne les utilisait dès le quinzième siècle; Novare, Chambéry, à partir de 1738 et 1774, les versaient sur des champs.

Dans l'antiquité, d'après Eusèbe, mort vers 340, Jérusalem arrosait ses jardins et laissait écouler ses eaux hors de la ville pour servir aux besoins des champs.

De tout temps on avait reconnu l'efficacité des eaux sales des villes pour la culture, on ne se rendait pas compte, il est vrai, du pourquoi, mais l'expérience avait parlé, et nous trouvons, bien avant les temps que nous venons de rappeler, que les Chinois entre autres ne laissaient pas perdre les détritus de leurs habitations. Aujourd'hui, grâce à la science que nous avons acquise, on sait le comment et on n'ignore pas que si l'azote est une substance qu'il s'agit, au nom de l'hygiène publique, d'éliminer; s'il ne se combine avec l'oxygène que très difficilement, associé au sol avec les plantes. il donne à celles-ci une végétation des plus actives.

Ce fait reconnu par les anciens, par les expérimentateurs anglais, par nos ingénieurs, établit que :

Pour utiliser les 5,400,000 kilogrammes d'azote qui représentent une valeur de 10 millions de francs environ, les ingénieurs de la ville de Paris ont adopté dans la plaine de Gennevilliers leur emploi par planches en ados. Sur les ados, on semait ou on plantait les diverses cultures; dans les canaux circulait l'eau d'égout.

Les eaux n'étaient distribuées que par petites quantités ; au point de vue de la culture, l'année ne se divise-t-elle pas en deux époques distinctes : pendant la première, la plante éclôt, se développe, mûrit sous l'action du soleil; quand arrive la seconde, la plante meurt ou tout au moins se dépouille de ses feuilles et attend dans l'immobilité le retour de la belle saison.

On sait que les végétaux sont de puissants agents d'assainissement. L'expérience le démontre pour les terrains marécageux et les cimetières.

On l'explique par leur absorption et leur assimilation de certains principes et leur exhalaison par les feuilles. Ils sont considérés, à juste titre, comme étant les purificateurs de l'atmosphère.

Les ingénieurs de la ville de Paris ont eu le tort, en établissant des parallèles entre les divers champs d'irrigation de l'étranger, de ne pas tenir compte de la différence climatologique du Nord de la France avec les contrées du Midi.

C'est ainsi que l'on cite à plaisir la Lombardie où l'on irrigue les 80 centièmes de la contrée, et où l'on utilise toutes les eaux disponibles ; mais on ne constate pas qu'il n'y a en Lombardie que trente à quarante jours de pluie par an, lorsqu'à Paris il y en a deux cents ; on ne tient pas compte que le soleil luit la moitié de l'année, alors qu'il n'apparaît ici que tous les trois à cinq jours.

Dans ces conditions, l'irrigation dans les pays chauds ne pourra jamais se payer trop cher, il en manquera toujours alors que les eaux d'égout ne pourront être employées, dans la vallée de la Seine, que pendant un nombre d'heures déterminé.

La plante ne doit prendre à l'arrosage que ce qui est nécessaire à sa vie ; le problème ne peut donc trouver sa solution complète pour l'emploi à la culture de toutes les eaux d'égout, car, eût-on à sa disposition une suffisante quantité d'hectares, l'opération ne pourrait être entreprise qu'à certaines époques de l'année.

Le débit de l'égout n'est pas toujours le même ; il est sujet à des crues ou à des baisses qui varient suivant l'heure et suivant la saison.

L'écoulement, le flux, est plus considérable le jour que la nuit, le matin que le soir ; il augmentera soudain à la moindre averse et l'orage le transformera en torrent.

Or, ces conditions s'accordent mal avec une opération régulière et suivie réclamée par la culture.

Le jour se fait sur ces questions ; en Angleterre on arrose avec les eaux de sewage les prairies ; on arrose vers février, on laisse s'épandre pendant vingt-quatre heures l'eau qui avait six millimètres de hauteur ; dix jours plus tard, on recommence la même opération pendant douze heures seulement, pour la terminer, dix jours après, avec le même arrosage.

Quatre fois par an, on opère de même, et on obtient de 70 à 100 tonnes de foin par hectare.

Comme on le voit, la restitution, dans ces conditions, est complète, on a fourni pour de prochaines récoltes l'azote que les coupes précédentes avaient enlevé, mais on n'a utilisé les eaux d'égout, dans une année, sur un même terrain, que pendant quatre-vingt-seize heures !

On n'a fourni à ce terrain, par mètre carré, en quatre fois, que 72 millimètres d'eau !

Que de terrains il faut à la ville de Paris pour utiliser ses eaux sales et ses vidanges, et encore, pendant les saisons d'hiver, le temps de la coupe, les jours de pluie, qu'en ferait-elle.

Dans ces conditions d'arrosage intermittent, les prairies sont luxuriantes et fournissent, soit en vert, soit en foin, des produits qui ne laissent rien à désirer pour la nourriture du bétail.

Les navets, les pommes de terre, y viennent bien, et nul besoin de fumier ; en un mot, l'épandage des eaux d'égout sur les cultures donne, dans ces conditions, des résultats très satisfaisants, d'autant que le terrain a été préalablement drainé, que les eaux qui sortent des drains ne renferment plus de matières azotées, signe évident que les plantes se les sont assimilées, et que la quantité drainée est suffisante.

Les végétaux s'assimilent les liquides putréfiés et infects, non seulement par leurs feuilles, mais encore par leurs racines ; c'est ce qui explique que les navets, que les pommes de terre réussissent tout aussi bien que les prairies artificielles.

M. le Dr Jeannel en a fait l'expérience :

Pendant quinze jours il fit macérer des haricots dans de l'eau. Au bout de ce temps l'eau était trouble, putride, infecte et contenait des myriades de bactéries et de monades.

Le docteur fit deux parts de ces eaux : l'une fut laissée à elle-même ; l'autre reçut une plante. La température fut maintenue pour l'une comme pour l'autre à 16° au-dessus de zéro.

La plante était en très bon état de végétation et l'eau qui surnageait devenue claire, limpide et sans odeur, alors que dans le verre à côté elle continuait à rester trouble et infecte. Le microscope ne découvrit plus, dans le premier cas, ni bactéridies, ni monades, mais sous terre des infusoires plus petits, des granulations vertes, mobiles.

Il faut en conclure que les racines des plantes s'assimilent les éléments constitutifs des eaux d'égout, qu'elles fonctionnent comme source d'oxygène, et que ces eaux deviennent un agent puissant de fertilisation.

Canal de Paris à la mer. — Dans ces conditions peut-on concevoir qu'il faille continuer les études faites à Gennevilliers, dans la forêt de Saint-Germain ?

Évidemment non.

« Quand une cité, dit M. Alphand, compte 10 à 20,000 habitants,

« et produit un à deux millions de mètres cubes d'eau d'égout,
« il lui faut de 100 à 200 hectares pour une utilisation agricole
« bien entendue. Cette superficie peut être achetée ou louée en un
« ou plusieurs lots, dans les environs.

« Qu'on double, qu'on quadruple le nombre des habitants, il
« devient déjà très difficile de trouver 400 à 800 hectares, et
« quand la ville a un ou deux millions d'habitants, la difficulté
« prend de telles proportions qu'on renonce à la vaincre. En fait,
« il n'y a pas une grande ville, en Angleterre, qui utilise toutes
« ses eaux d'égout. »

Il résulte forcément de ce qui précède que, sur les 200 et quelques millions de mètres cubes déversés aujourd'hui par les égouts,
qui demain atteindront le double, une part relativement très faible
peut seule trouver son application à la culture.

L'administration convient « que si l'emploi agricole est le seul
« mode rationnel, un pareil progrès ne peut être que l'œuvre du
« temps ; elle devra donc accroître l'étendue de ses distributions ;
« après les 5 à 600 hectares à Gennevilliers, elle abordera les
« 6,000 hectares jusqu'à la forêt de Saint-Germain. Ce ne doit être
« qu'un nouveau pas ; plus tard, elle atteindra encore les 600 hec-
« tares qui s'étendent jusqu'à Meulan, puis plus loin. »

Nous arrivons jusqu'à la mer.

M. Marchant, ingénieur en chef, directeur de la Compagnie
générale des eaux, croit que la rive gauche de la Seine se prête
merveilleusement à l'utilisation des eaux d'égout pour l'agriculture ; il croit encore que l'on pourrait utiliser 200,000 mètres cubes
par jour sur les 40 kilomètres qui séparent Asnières de l'embouchure de l'Oise.

Ces 200,000 mètres cubes seraient réunis dans une conduite maîtresse, qui déboucherait dans l'Oise, de façon à mêler ses eaux aux
deux courants de la Seine et de l'Oise. Le long de son parcours
seraient installées les conduites de distribution qui seraient installées au fur et à mesure et suivant les demandes d'arrosage.

M. Marchant croit utiliser la majeure partie des eaux sur un
parcours de 40 kilomètres ; il n'y aurait plus de danger à perdre le
surplus dans la Seine.

Dans son rapport au conseil municipal, M. Alphand disait en
parlant du canal de Paris à la mer : « Cela coûtera plus de

« 100 millions, et le jour où le gouvernement décidera que les
« eaux d'égout de tout le pays doivent être conduites à la mer, ce
« ne serait pas la ville de Paris seule qui aurait à dépenser quel-
« ques centaines de millions, le pays tout entier devrait employer
« à un pareil devoir le fruit de ses épargnes. »

Nous répondrons à M. Alphand : il ne s'agit que des eaux sales
de Paris et des villes qui se trouvent dans la vallée de la Seine.
Paris paiera seulement la part proportionnelle qu'elle doit, les
autres villes paieront la leur, mais aussi, nous le verrons, cette
dépense évaluée à 90 millions se recouvrira très facilement.

L'opinion publique voit aujourd'hui comme nous, et nous avons
la faiblesse de croire que cette opinion sanctionnée par l'expérience, par les essais de Gennevilliers, par les irrigations à l'étranger, a le mérite d'avoir raison ; l'administration nous avait été
hostile, mais mieux renseignée elle convient « que si l'emploi
« agricole est le seul mode rationnel, un pareil progrès ne peut
« être que l'œuvre du temps ; elle devra donc accroître (la Ville)
« l'étendue de ses distributions ; après les 5 à 600 hectares à
« Gennevilliers, elle abordera les 6,000 hectares jusqu'à la forêt de
« Saint-Germain. *Ce ne doit être qu'un nouveau pas ; plus tard, elle*
« *atteindra encore les 6,000 hectares qui s'étendent jusqu'à Meulan,*
« *puis plus loin...*, c'est-à-dire, disons-nous, la vallée de la Seine
« JUSQU'A LA MER. »

Le canal que nous avons étudié côtoiera les rives de la Seine
afin de pouvoir distribuer les eaux sur tout le parcours de la
vallée ; il prendra les eaux sales de toutes les localités rencontrées, comme il les a prises à Paris, il répondra ainsi au vœu général qui demande : « *débarrasser les cours d'eau des immondices* des
« villes, des fabriques, qui longent la Seine de Paris à la mer,
« rendre aux habitants de toutes ces localités, en aval de Paris, de
« l'eau pure et salubre. »

Le canal projeté supprime les deux machines élévatoires établies
pour l'envoi des eaux dans la presqu'île de Gennevilliers, recueille
à Clichy les eaux des collecteurs d'Asnières et de Clichy, et traverse la Seine par un siphon. De là, empruntant le fossé de l'*Aumône* sur une partie de son parcours, il traverse la plaine de
Gennevilliers, et va pour la seconde fois traverser la Seine en
syphon ou peu en aval du pont de Bezons.

Le canal s'infléchit ensuite à gauche, de manière à longer le
chemin de fer de Rouen, puis se dirigeant vers Sartrouville, rencontre de nouveau la Seine qu'il franchit par un siphon établi

dans les mêmes conditions que les premiers. Il aborde la forêt de Saint-Germain un peu en aval de Maisons-sur-Seine, et la traverse ; puis s'inclinant vers Achères, le canal gagne de nouveau la Seine, la franchit une quatrième fois en siphon et côtoie le fleuve, de Triel à Juzier.

A partir de ce point, le canal s'écarte un peu du fleuve sur une longueur de six kilomètres et demi environ, mais il vient le rejoindre à Limay pour le suivre pendant quelque temps, et le traverser à la hauteur de Rolleboise. Il passe alors en souterrain sous les coteaux avoisinant Méricourt et franchit de nouveau la Seine vers Bonnières.

Au point de vue de la dépense, cette partie de l'émissaire est la plus importante.

Après avoir franchi la Seine vers Bonnières, le canal suit le fleuve jusqu'à Châteauneuf. traverse en syphon la rivière d'Epte, puis se dirigeant vers Courcelles, atteint et passe deux fois la Seine après avoir traversé en souterrain la petite presqu'île formée par les replis de la rivière aux environs des Andelys et de Muids. Le tracé rejoint ensuite le fleuve, et côtoie la rive droite jusqu'en aval de Rouen, ne l'abandonnant que sur une longueur de trois kilomètres environ aux abords de Tourville.

Le canal passe à couvert sous les quais de Rouen, recueille, comme il vient de le faire pour toutes les localités rencontrées sur son parcours, les eaux vannes de cette importante ville.

En sortant de Rouen, le canal suit de nouveau le fleuve, traverse en syphon la rivière la Clarette de Cailly, et vient déboucher dans la Seine à la hauteur de Cauteleu.

Il n'est pas nécessaire de conduire le canal au delà de Cauteleu. La mer est là.

Le mouvement de reflux y est assez puissant pour entraîner sûrement au large les eaux que la culture n'aurait pas employées, sans qu'il y ait lieu de craindre leur retour vers l'intérieur des terres.

Le flux qui a lieu deux fois par 24 heures, et qui atteint Rouen en 2 ou 3 heures, est suivi d'un reflux qui emploie de 5 à 6 heures pour descendre jusqu'à la haute mer.

Comme le prévoient nos projets, nous construisons au point *terminus* un bassin d'une capacité de 500,000 mètres cubes, c'est-à-dire pouvant remiser non seulement la quantité d'eau arrivant en 12 heures, mais prévoyant les crues occasionnées par les orages, ces eaux s'échapperont par des vannes ouvertes deux fois par jour au moment du reflux qui les entraînera avec lui vers la haute mer.

Nous venons de décrire le parcours du canal, depuis Paris jusqu'à la mer ; le tracé présente une longueur de 144,200 mètres, se divisant ainsi :

En côtoyant le fleuve......................	58,550 mètres.
En galerie voûtée.........................	30,000 —
En souterrain............................	5,000 —
En canal ordinaire	48,650 —
En syphon....................	2,000 —
Soit ensemble........	144,200 mètres.

Pour compléter notre exposé, nous l'accompagnerons des deux tableaux suivants, indiquant :

Le premier : les départements traversés ; la désignation des parties du canal ; la longueur des diverses sections ; les localités traversées.

Le second : la nature des travaux, leur coût présumé, etc.

Départements traversés ; désignation des parties du canal ; longueurs des diverses sections ; localités traversées.

DÉPARTEMENTS TRAVERSÉS.	DÉSIGNATION DES PARTIES DU CANAL.	LONGUEUR DU CANAL			LOCALITÉS		OBSERVATIONS.
		en galerie voûtée.	en terre.	avec digue en maçonnerie.	touchées ou traversées par le canal.	aux abords du canal.	
SEINE..........	Abords de Clichy..........	1.400 »	»	»	Clichy..........	»	NOTA. — Les ruisseaux importants seront franchis par de petits syphons. Ceux de peu d'importance seront modifiés de façon à déboucher dans le canal, au curage duquel ils serviront.
	Traversée de la Seine......	syphon	»	»	»	»	
	Traversée de la presqu'île de Genneviliers............	»	800 »	»	»	Asnières. Genneviliers. Colombes.	
	Traversée de la Seine......	syphon	»	»	»	»	
	Entre Bezons et Sartrouville.	»	5.400 »	»	Bezons........	»	
	Traversée de Sartrouville....	800 »	»	»	Houilles........	»	
	Traversée de la Seine......	syphon	»	»	Sartrouville....	»	
	Entre Maisons-sur-Seine et Achères..............	»	10.100 »	»	»	Maisons-s-Seine. Achères.*	
	Traversée de la Seine......	syphon	»	»	»	»	
SEINE-ET-OISE....	Entre la Seine et Triel......	»	3.900 »	»	»	Andrésy. Denonval. Carrières-s.-Poissy.	* Traversée de la forêt de Saint-Germain.
	Traversée de Triel........	1.300 »	»	»	Triel..........	»	
	Entre Triel et Vaux........	»	»	3.500 »	»	»	
	Traversée de Vaux..........	1.000 »	»	»	Vaux..........	»	
	Entre Vaux et Meulan......	»	»	2.700 »	»	Evecquemont.	

	Traversée de Meulan.......	900 »	»	»	Meulan.........	Hardricourt.
	Entre Meulan et Mézy.....	»	»	1.800 »	»	»
	Traversée de Mézy.........	400 »	»	»	Mézy..........	»
	Entre Mézy et Juziers.....	»	»	2.250 »	»	»
	Traversée de Juziers.......	600 »	»	»	Juziers..........	Gargenville. Issou. Porcheville.
	Entre Juziers et Limay.....	»	6.400 »	2.500 »	»	»
	Traversée de Limay........	1.500 »	»	»	Limay.........	Follainville.
	Entre Limay et Dennemont.	»	»	2.000 »	»	»
SEINE-ET-OISE (Suite)	Traversée de Dennemont et abords............	3.000 »	.	»	Dennemont.....	Guernes.
	Entre Dennemont et la Seine	syphon	3.700 »	»	»	»
	Traversée de la Seine......	»	»	»	»	»
	Entre la Seine et Bonnières.	2.500 »	600 »	»	»	Méricourt. Fréneuse. Bonnières.
	Traversée de la Seine.......	syphon	»	»	Hoton......	»
	Traversée de Bennécourt....	2.050 »	»	»	Bennécourt....	»
	De Bennécourt à la limite de Seine-et-Oise......	»	»	4.600 »	Port-Villez.....	Limetz.
EURE............	Traversée de la rivière d'Epte.	syphon			»	»
	De la limite de Seine-et-Oise à Giverny............	»	»	»	»	»
	Traversée de Giverny......	300 »	»	1.000 »	Giverny.........	»
	Entre Giverny et Vernonnet.	»	»	»	»	»
	Traversée de Vernonnet....	1.150 »	»	2.200 »	Vernonnet.....	»
	Entre Vernonnet et Pressagny	»	»	»	»	»
	Traversée de Pressagny.....	800 »	»	3.900 »	Pressagny......	»
	A reporter......	17.700 »	38.100 »	27.150 »		

DÉPARTEMENTS TRAVERSÉS.	DÉSIGNATION DES PARTIES DU CANAL.	LONGUEUR DU CANAL			LOCALITÉS		OBSERVATIONS.
		en galerie voûtée.	en terre.	avec digue en maçonnerie.	touchées ou traversées par le canal.	aux abords du canal.	
	Report.....	17.700 »	38.100 »	27.150 »			
	Entre Pressagny et Notre-Dame de l'Isle..	»	»	1.300 »		»	
	Traversée de Notre-Dame de l'Isle..	700 »	»	»	Notre-Dame de l'Isle......	Port-Mort. La Falaise. Château-Neuf. Courcelle-sur-Seine.	
	Entre Notre-Dame de l'Isle et la Seine près Mousseaux...	»	3.400 »	5.100 »	»	»	
EURE (Suite).....	Traversée de la Seine......	syphon	»	»	»	»	
	Entre la Seine vers Mousseaux et la Seine vers Muids...	1.500 »	2.450 »	»	»	»	
	Traversée de la Seine......	syphon	»	.»	»	»	
	Entre Muids et Herqueville..	»	4.700 »	»	»	Muids. Mesnil-Andé. Andé. Herqueville. Connelles.	
	Traversées d'Herqueville et Connelles...	2.100 »	»	»	»	Daubeuf. Vatteville.	
	Entre Conneiles et Amfreville	»	»	5.150 »	»	Senneville. Le Plessis.	
	Traversée d'Amfreville et abords...	2.500 »	»	»	Amfreville...... Sous les M.....	Flipon.	

Eure (*Suite*)	Entre Amfreville et le Manoir......	900 »	»	»	Pitres.
	Traversée du Manoir......	»	2.700 »	Le Manoir......	»
	Entre le Manoir et la limite du département de l'Eure	»	4.500 »	»	Alisay. Igoville.
Seine-Inférieure	De la limite du département de l'Eure à Tourville......	»	3.600 »	Tourville-la-Rivière.........	Sotteville-sur-le-Val. Les Bocquets. Freneuse. Port d'Oissel.
	Traversée de Tourville et abords.........	700 »	»	»	
	Entre Tourville et le Port-Saint-Ouen.....	»	2.850 »	Le Hamel......	Les Authieux.
	Traversée du Port-St-Ouen....	400 »	»	»	»
	Entre le Port-Saint-Ouen et Saint-Crespin	»	1.700 »	Saint-Crespin du Becquet.....	Gouy. S.-Aubin-Celloville.
	Traversée de Saint-Crespin du Becquet......	500 »	»	»	Incarville. Celloville. Belbeuf.
	Entre Saint-Crespin et Amfreville-la-Mi-Voie......	»	2.700 »	Amfreville-la-Mi-Voie.....	Neuvillette. Mesnil-Esnard.
	Entre Amfreville-la-Mi-Voie et Canteleu......	8.000 »	1.800 »	Rouen......	Blosseville. Deville. Bapeaume.
	Traversée de la R. Clerette de Cailly......	siphon	»	»	»
	Totaux......	35.000 »	48.650 »	58.550 »	

142.200
2.000

A ajouter les huit traversées de la Seine en syphon, avec réservoirs aux abords..........

Longueur totale du canal.............. 144.200 mètres.

Coût présumé du canal à la mer.

NATURE DES TRAVAUX.	QUANTITÉS.	PRIX MOYEN.	SOMMES.
Syphons sous la Seine...	8	1.465.000	11.720.000
Canal en terre...	43.700	le mètre 180	8.766.000
Canal avec digue...	58.500	270	15.795.000
Galerie voûtée construite à ciel ouvert, compris puits d'aérage...	30.000	665	19.950.000
Galerie voûtée construite en souterrain, compris puits d'aérage...	5.000	762	3.810.000
Construction d'un bassin avec vannages au débouché en Seine.......	»	»	500.000
TOTAL........................			60.541.000
A ajouter 1/10 pour imprévus, épuisement, etc.			6.054.100
TOTAL........................			66.595.000
Personnel et frais d'administration pendant la durée des travaux...			3.000.000
TOTAL GÉNÉRAL............			69.594.100
SOIT EN CHIFFRES RONDS......			70.000.000

Distribution des eaux. — La vallée de la Seine comprend, pour l'irrigation, autant de contrées qu'il y a de boucles ou coudes du fleuve, que le canal passe en syphon.

Dans chacune de ces contrées, tantôt ce sont les terrains situés sur la rive droite, tantôt ceux de la rive gauche et quelquefois tous deux qu'il s'agit d'irriguer.

L'eau qui coule dans le canal de Paris à la mer, dans bien des cas pourra se déverser sans avoir besoin d'être élevée par les machines, mais il faut, dans un projet comme celui-ci, concevoir les plus mauvaises conditions et il est à prévoir que les eaux seront élevées à 10 mètres de hauteur, de telle sorte qu'elles puissent sans difficulté atteindre les limites extrêmes des champs à irriguer en s'écoulant dans des sillons en ados.

Ces sillons en ados sont une copie des dispositions prises par le cultivateur de céréales en plaine. Ce sont des bandes rectangulaires de terrain de 40 à 60 mètres de longueur sur 7 à 8 mètres de largeur, formant entre elles deux plans inclinés. Au sommet de ces deux plans s'ouvre une rigole de distribution ayant une légère pente, diminuant de largeur de l'origine à son extrémité.

Ces rigoles de distribution ont $0^m,15$ à leur origine, $0^m,08$ à leur extrémité sur $0^m,10$ à $0^m,20$ de profondeur.

Les eaux que la plaine n'a pas absorbées s'écoulent et deviennent de nouveaux canaux d'arrosage ; cette opération se répète un assez grand nombre de fois pour irriguer des étendues de plusieurs kilomètres.

Tout a un nom, on appelle ce système *irrigation par rechute*, mais il a un défaut, c'est que les premiers canaux reçoivent les propriétés fécondantes contenues dans les eaux d'égout en plus grande quantité que les seconds terrains.

Quoi qu'il en soit, cette eau introduite à plein bord dans les rigoles de distribution est déversée, à gauche et à droite, sur le sol, au moyen de petites saignées pratiquées dans les berges, distantes les unes des autres suivant la pente, de manière à assurer un mouillage aussi uniforme que possible.

Quand l'eau a ruisselé sur la surface du sol pendant un certain temps, on ferme ces issues, et on laisse écouler les eaux sur d'autres parties, et on ne recommence que lorsque la plante est bien ressuyée.

Nous avons vu que les époques pour les irrigations sont diverses ; telle plante demandera beaucoup d'eau dans les grandes chaleurs, lorsque telle autre n'en exigera qu'en automne ou qu'au printemps.

C'est ainsi que les prairies peuvent être fortement imprégnées d'eau à l'automne, mais en ayant bien soin qu'elles soient ressuyées au moment des gelées si on ne veut pas que le gazon en devienne jaune au printemps.

Les prairies naturelles s'établissent, en général, sur des terrains de médiocre qualité.

Une prairie n'est complètement formée qu'au bout de quatre ans. Les trois premières années les récoltes sont bonnes. On fait trois coupes de foin et on pourrait même en faire quatre.

Les prairies artificielles, celles de luzerne sont soumises aux irrigations durant trois ans, après on cultive avec le plus grand succès des légumes sans être obligé de fumer.

Les légumes sont généralement arrosés tous les sept jours.

Il n'y a donc pas d'époques fixes pour l'irrigation, le cultivateur seul en apprécie l'opportunité, et comme le canal de Paris à la mer charriera continuellement de l'eau, il pourra toujours en trouver lorsqu'il en aura besoin.

Inconvénients des irrigations. — Les eaux d'irrigation ne produisent de bons effets qu'à la condition de ne séjourner qu'un instant à la surface du sol et d'être souvent renouvelées. L'eau stagnante pourrit les plantes, elle entretient le froid dans l'intérieur du sol, elle y engendre des matières visqueuses et roussâtres, qui sont de véritables poisons. Si elles ont été versées en trop grande abondance, elles affluent en nappes ou jets, et alors on est obligé de recourir, pour arrêter les mauvais effets d'un pareil état de choses, à drainer, opération coûteuse.

Un autre inconvénient à signaler, c'est celui que les eaux d'égout entraînent avec elles de petits grains de sable d'une ténuité extrême, qui ne tardent pas à se déposer et à former à la surface du sol des prairies un sédiment sablonneux, dont les effets sur la végétation sont d'autant moins favorables que la couche devient plus épaisse.

Enfin, par suite d'excès d'eaux d'égout, surtout lorsqu'elles sont chargées en sewage, les matières azotées mises à la disposition de la plante donnent les premières années de grandes quantités à la récolte, mais ce rendement disparaît, parce que la plante demande des proportions considérables d'acide phosphorique, de chaux, de potasse, d'humus qu'elle ne rencontre pas ou qui se trouvent en quantité trop minime dans ces matières.

Nécessité de fumer, l'irrigation seule étant plus nuisible qu'utile. — Les progrès les plus marquants apportés à l'agriculture, depuis ces dernières années, sont dus, en grande partie, à l'emploi des engrais chimiques.

Il est heureux qu'il en soit ainsi, le fumier de ferme, celui produit par la paille de nos récoltes et par les déjections de nos animaux n'étant plus en quantité suffisante pour satisfaire à l'alimentation des 36 millions d'habitants que renferme le territoire de la France.

Déjà, à des époques éloignées de nous, cette quantité de fumier de ferme ne suffisait pas, et cependant alors la France ayant le même territoire ne possédait que 20 millions d'habitants au plus.

En 1865, la commission d'enquête sur les engrais industriels se préoccupait de cette question ; dans vingt ans, trente ans au plus elle prévoyait que l'appoint des guanos qui nous venaient des pays lointains disparaîtrait, et elle espérait que la chimie serait appelée à régler la manipulation des immondices des villes, et rendre facile la concentration de leurs principes fertilisants.

L'usage de ces fabrications, tous les jours plus répandu, a fait que la culture s'est étendue aux sols les plus pauvres, et ce; après que l'emploi de ces produits chimiques avait constaté, sur les terrains les plus riches, que les récoltes avaient gagné 50 p. 100 de rendement en plus.

En présence de ces résultats, on calcula que si la quantité d'engrais artificiels actuellement employés en Angleterre est de 300,000 tonnes par an, si elle s'accroît d'année en année, en France nous restons stationnaires. Ces circonstances déplorables chez nous font *la viande et le pain chers ;* elles ont été relevées dans une de mes dernières brochures (1) ; nous ne voyons de remède, pour atténuer un pareil état de choses, que la création en France d'une société puissante qui utiliserait les phosphates, les déjections urbaines en les transformant en produits propres à l'agriculture, société qui vendrait les produits directement aux cultivateurs en leur garantissant la valeur en acide phosphorique et en azote, empêchant ainsi les falsifications, seules causes qui ont arrêté en France un emploi égal d'engrais à celui constaté en Angleterre.

Cette société est encore à se créer.

« C'est le fumier, disait Olivier de Serres, qui réjouit, réchauffe, engraisse, ramollit, adoucit, dompte et rend aises les terres lassées

(1) *Des phosphates et des produits chimiques propres à l'agriculture.* — P. Baudry, éditeur, rue des Saints-Pères, 15. — 1879.

par trop de travail, celles qui par leur nature sont froides, mai-
gres, dures, amères, rebelles et difficiles à cultiver. »

En remontant plus loin que le dix-septième siècle, vers l'an 200
avant Jésus-Christ, Caton l'Ancien disait à son tour :

« Attachez-vous à avoir un gros tas de fumier. »

Cent ans plus tard, Varron recommande d'avoir deux fosses à
fumier, « l'une pour recevoir celui de chaque jour, l'autre pour
tenir en réserve celui à porter aux champs. »

Columelle, agronome en l'an 100, décrit ces deux fosses : « Elles
seront inclinées, et pavées, afin qu'il ne s'échappe aucun
liquide. »

Bernard de Palissy, en 1563, recommandait :

« Quand tu iras par les villages, considère un peu les fumiers
des laboureurs, et tu verras qu'ils les mettent hors de leurs esta-
bles, tantost en haut et tantost en lieu bas, sans aucune considération, mais (pourvu) qu'il soit appilé, il leur suffit ; et puis, prends
garde au temps des pluyes, et tu verras que les eaux qui tombent sur lesdits emportent une teinture noire en passant par ledit
fumier, et trouvant le bas, pente ou inclinaison du lieu où les fumiers seront mis, les eaux qui passeront par lesdits fumiers em-
porteront ladite teinture qui est la principale et le total de la
substance du fumier. Par quoi le fumier ains lavé ne peut servir,
sinon de parade, mais étant porté au champ, il n'y fait aucun
profit. Voilà pas doncques une ignorance manifeste, qui est grandement à regretter...

« Si tu veux que ton fumier te serve à plein et à outrance, il faut
que tu creuses une fosse en quelque lieu convenable, près de tes
étables et icelle fosse creusée en manière d'un claune (citerne)
ou d'un abreuvoir, faut que tu paves de cailloux ou de pierres ou
de briques ledit claune ou fosse et icelui bien pavé avec du mortier
de chaux et de sable ; tu porteras tes fumiers pour garder en ladite
fosse, jusques au temps qu'il le faudra porter aux champs. Et afin
que ledit fumier ne soit gasté par les pluyes ni par le soleil, tu
feras quelque manière de loge pour couvrir ledit fumier : et quand
il viendra au temps des semailles, tu porteras ledit fumier dans
le champ avec toute sa substance, et tu trouveras que le pavé de
la fosse ou réceptacle aura gardé toute la liqueur du fumier, qui
autrement se fust perdue, la terre eust sucé partie de la substance
dudit fumier ; et te faut ici noter que si, au fons de la fosse ou réceptacle dudit fumier se trouve quelque matière claire qui sera
descendue des fumiers et que ladite matière ne se puisse porter

dans des paniers, il faut que tu prenes des basses (bassins en bois) qui puissent tenir l'eau, comme si tu voulais porter de la vendange, et lors tu porteras ladite matière claire, soit urine des bestes ou ce que tu voudras. Je t'asseure que c'est le meilleur du fumier, voire le plus salé : et si tu le fais ainsi, tu rapporteras à la terre la mesme chose qui lui avoit ostée par les accroissements des semences, et les semences que tu y mettras après reprendront la mesme chose que tu y auras portée. Voilà comment il faut qu'un chacun mette peine d'entendre son art, et pourquoy y est requis que les laboureurs ayent quelque philosophie, ou autrement ils ne font qu'avorter la terre et meurtrir les arbres. »

Comme on le voit, dès la plus haute antiquité, le cultivateur avait reconnu que si on ne restituait pas à la terre une partie des produits que la récolte lui avait prise, il n'y avait pas à espérer obtenir de nouvelles récoltes.

Cette restitution, dans les temps anciens, était facile ; la terre appartenait aux classes privilégiées, elle formait de grandes divisions partagées en herbages, en bois, en terres cultivées, sur lesquelles paissaient en nombre les animaux qui constituaient le fumier, ainsi telle ferme, telle exploitation agricole pouvait établir une rotation telle, qu'il n'y avait à se préoccuper à chercher au loin les engrais nécessaires.

Depuis ces temps anciens les choses ont bien changé, en France les grandes propriétés disparaissant, le nouveau cultivateur a acheté de son seigneur d'autrefois, il a cultivé des étendues moindres, quelques hectares.

Autrefois telle ferme, telle exploitation agricole vendait des récoltes dans le pays même ; le grain servait à l'alimentation des gens du lieu, la paille, la cosse, la racine se métamorphosaient en engrais au moyen des déjections des animaux employés au travail des champs.

Le grain était vendu sur le marché voisin, par quelques sacs. La baisse et la hausse se faisaient suivant que la culture donnait ou ne donnait pas, souvent aussi l'accaparement s'en mêlait, aussi les prix étaient-ils soumis à des oscillations considérables, mais les transports nouveaux aidant, les chemins de fer, la navigation, cet état de choses a changé.

Le nouvel ordre qui nous régit a tout changé, le propriétaire d'aujourd'hui ne peut avoir la même quantité de bétail, aussi a-t-il trouvé plus rémunérateur de porter au marché voisin non seulement son grain, mais encore la paille ; opération qui lui était d'autant plus facile qu'il avait à sa disposition, ce que n'avait pas eu son prédécesseur, des routes commodes et économiques.

La paille a trouvé, non seulement des moyens de transport avantageux, mais un écoulement industriel, on en fait des papiers, on la fabrique en objets les plus divers, de telle sorte que le cultivateur fait argent immédiat et de son blé et de ses déchets.

Partout on emploie le fumier de ferme, en plus ou en moindre quantité, mais partout on n'en donne à la terre que des quantités insuffisantes, quantités qui ne restituent pas tous les éléments que les récoltes lui ont pris ; aussi dans certaines contrées laisse-t-on une année sur trois de récoltes obtenues, les terrains en *jachère*, c'est-à-dire on laisse la terre en repos, la végétation est libre de se conduire et de produire ce que bon lui semble.

On laisse au ciel et au vent le soin d'apporter les graines qui, avec celles qu'on a perdues à la dernière récolte, donnent des prairies abondantes.

Si, après avoir été retournée par un labour, on sème en temps utile, si la saison a été clémente, si on a ajouté le fumier de ferme disponible, on peut compter en France sur une récolte moyenne en blé de 400 kilogrammes de grains à l'hectare.

La composition chimique du fumier de ferme est, suivant Payen et Boussingault, qui l'ont appelé, à juste titre, *engrais normal*, la suivante :

Humus... { Eau .... 750 } 977,9		
{ Cendres .... 69,1 }		
{ Gaz .... 58,8 }		
Azote		5,3
Potasse..		6,8
Soude		1,5
Magnésie..		1,7
Chaux		6,8
	Total...........	1000,0

Les effets produits par le fumier de ferme sont ceux de la restitution au sol des principes minéraux qui lui ont été enlevés, l'azote, la potasse, la soude, la magnésie, la chaux ; mais ce qui manque totalement, c'est l'acide phosphorique, et où la restitution est insuffisante, c'est dans la quotité d'azote qui, par la décomposition du fumier, par le peu de soin, généralement, qu'on donne, est perdu par l'évaporation.

Des expériences bien faites ont démontré qu'un sol auquel on continuait d'apporter du fumier de ferme à la dose de 40,000 kilogrammes à l'hectare donnait en moyenne 64,000 kilogrammes de betteraves.

Ce même sol, n'ayant plus reçu l'année suivante de fumier, mais alimenté de :

400 kilos de superphosphate,
500   —   de nitrate de potasse

en avait donné 72,000 kilogrammes.

Ce qui prouve que la quantité de fumier des années précédentes avait laissé une plus-value suffisante en humus, en soude, en magnésie et en chaux, pour produire ce résultat ; et ce qui démontre : que si le fumier de ferme est indispensable, la quantité de 40,000 kilogrammes est suffisante pour deux et même trois récoltes si on a eu le soin d'ajouter, au moyen de produits chimiques, les éléments disparus.

Le fumier de ferme joue un rôle primordial, non seulement mécanique, celui d'assembler les terrains et de permettre facilement l'accès de l'air et l'écoulement des eaux, mais, par sa fermentation, de produire l'acide humique, qui forme de hautes combinaisons avec l'azote et devient le principe de vie et de végétation.

On peut le placer en tout temps dans la terre ; au moment des labours on l'enfouit, dans d'autres on le met en couverture ; dans ces conditions les pertes occasionnées par son séjour dans la ferme sont toutes au profit du sol.

Ce court exposé sur les vertus du fumier de ferme nous amène à conclure que le moyen le plus simple pour donner aux cultures les éléments qui leur sont indispensables est son emploi, qu'il est incontestablement le meilleur si on y joint l'irrigation avec les eaux d'égout.

Dans ces conditions la culture de la terre devient un outil docile dans la main de l'homme, c'est *une fabrique de graines ou de fruits.*

Où s'arrête cette puissance de production ?

Ce que nous savons aujourd'hui, c'est qu'elle croît en raison de la loi de restitution, mais dans quelle proportion ?

Quelques-uns de nous pensent qu'il en est de la terre comme il en est de l'engraissement d'un bœuf : en restituant au sol ce que chaque récolte lui enlève, non seulement on atteindra facilement 26 hectolitres de blé à l'hectare, mais on arrivera, après quelques années, à produire, comme quelques-unes de nos fermes, 44 hectolitres, exploitations dans lesquelles on a toujours eu le plus grand soin de former dans le sol de l'*humus*.

D'où il résulte que pour établir une culture normale sur les terrains arrosés au moyen des eaux d'égout, il faut recourir à l'emploi d'engrais complémentaires, si on ne veut courir à bien des insuccès, au lieu de transformer les sables de la basse Seine en un véritable jardin de légumes et de fruits, de tabac et de houblon.

Ces résultats ont été obtenus dans les environs de Nuremberg et dans quelques petites villes anglaises où les administrations municipales n'ont pas agi au hasard, et se sont appliquées à déterminer l'étendue des terrains à arroser d'après la quantité et la richesse des matières dont elles pouvaient disposer.

Rendement. — Si ces conditions sont suivies, personne ne contestera plus que les irrigations à l'eau d'égout sont utiles à la végétation, qu'elles produisent des résultats d'autant plus rémunérateurs que les eaux seront chargées d'azote, de potasse, et d'acide phosphorique.

Les essais qui ont été faits non seulement à Gennevilliers, mais en Angleterre sur une grande échelle, en Italie, en Suisse, ne laissent aucun doute à cet égard.

Les plantes maraîchères gagnent en qualité et en quantité dans les Flandres, le cultivateur a toujours arrosé ses plantes avec du *purin*, c'est-à-dire avec des eaux de vidanges étendues d'eau et similaires aux eaux d'égout.

Une des cultures les mieux réussies est celle du chou-fleur ; on produit 25,000 pieds à l'hectare.

Les légumes, entre autres les artichauts, les melons, coings et potirons, produisent du mois de mai jusqu'au mois d'octobre.

On arrose tous les cinq jours environ.

Les haricots sont encore un des produits qui réussissent le mieux à l'irrigation ; on peut obtenir deux récoltes par an.

Les blés sont arrosés généralement trois fois, une au moment de la moisson afin que la terre soit assez fraîche pour être labourée et semée immédiatement après.

Dans le midi de la France, il n'est pas rare qu'un hectare de terre cultivé en légumes et arrosé convenablement produise 1,900 francs.

On calcule que la préparation de la terre, les frais de culture, plantation, menus soins, fumier, etc., coûtent . . . 2,550 fr. et que le produit :

En melon est de	4,000 francs.
En artichauts	4,350 —
En céleris	5,000 —

Les plantes pour la parfumerie donnent d'autant plus de parfums, qu'elles sont fréquemment arrosées.

Les arbres fruitiers s'en trouvent également bien, les groseilliers, les framboisiers, les fraisiers, doublent leur récolte.

Les prairies en général, le ray grass d'Italie tout particulièrement, donnent de grands résultats par l'arrosement, c'est un fait qui n'a pas besoin de commentaires ; les prairies qui longent les rivières donnent foin excellent et abondant, lorsque celles-ci débordent pendant l'hiver, et laissent en se retirant un limon, qui a des propriétés analogues à celui des eaux d'égout.

Les essais faits à Londres ont prouvé que l'arrosage de la betterave amenait une richesse saccharifère de 8 à 10 p. 100.

Enfin, dans les années de sécheresse, qui contesterait que l'arrosage de nos champs de blé, de seigle, d'avoine, serait avantageux ?

Mais nous ne pourrions trop le répéter, l'irrigation n'amène les plus-values de culture qu'autant qu'on soit parcimonieux d'eau ; nulle part, dans aucun pays, on n'a songé à déverser sur un hectare de terre 50,000 mètres cubes et plus dans une année, aussi les ingénieurs de la ville qui ont soutenu une pareille thèse ont fait reculer la question de l'emploi des eaux d'égout de la ville de Paris.

En veulent-ils une dernière preuve ? nous irons la prendre pour une culture qui demande des quantités d'eau considérables, pour le riz, qui ne vient que dans les pays où la température est bien plus élevée qu'en France.

Au mois de mars ou d'avril on laboure le sol, on divise le champ en bassins bien nivelés et environnés de digues, on introduit l'eau d'irrigation et l'on sème.

L'eau dans les bassins conserve $0^m,10$ de hauteur afin que les rayons du sol l'échauffent ; un hectare de rizière absorbe 190 mètres cubes d'eau par jour, il faut pour couvrir de $0^m,10$ tout l'espace, trois jours et demi environ, soit 1000 mètres cubes d'eau.

Une fois ces conditions obtenues, l'eau qui entre dans les bassins est absorbée par les plantes, évaporée dans l'atmosphère, infiltrée dans les terres.

Dans une rizière constamment inondée, on remarque :

Qu'un mètre carré de plantes absorbe en 12 heures 200 grammes d'eau, ou pour un hectare 20 mètres cubes.

L'été, l'air étant chaud, sec, l'évaporation constatée avec une température variant de 46° à 50° est de 120 mètres cubes par jour; l'infiltration, dans les terrains drainés, est évaluée à 50 mètres cubes par hectare et par jour.

Donc un hectare de terre en rizière consomme :

Eau absorbée et exhalée par les plantes................	20
Eau perdue par évaporation........................	120
Eau infiltrée dans le sol...........................	50
Total..............	190

Si on sème au mois de mars, la récolte se fera dans les premiers jours de septembre, c'est donc 6 mois d'irrigation, ou 180 jours $\times$ 190 mètres cubes $=$ 34,200 mètres cubes.

Mais ces conditions d'irrigation n'ont lieu qu'accidentellement et dans les pays chauds, en Portugal, par exemple, on ne verse pas, tous les jours, de l'eau dans les bassins.

Aussi lorsque la plante a atteint un centimètre de hauteur, on n'irrigue plus que tous les huit jours, et lorsqu'elle croît, qu'elle prospère, ces irrigations n'ont plus lieu que tous les quinze jours.

Dans l'enquête qui eut lieu à Londres en 1864, M. Lawes disait :

« J'aimerais mieux payer 20 centimes par tonne dans le cas de « prendre l'eau à ma convenance, que 5 centimes dans l'autre.

Dans l'enquête de 1865, M. Wagstoff disait aussi :

« Je consentirais à payer l'eau, mais à la condition de la prendre « lorsqu'elle serait utile. »

Il faut que la compagnie chargée du service des irrigations se borne à mettre l'eau d'égout à la disposition des cultivateurs. Les cultivateurs servis sur le parcours en prendront ce qu'ils voudront, la partie qui n'aura pas été consommée sera jetée à la mer.

La valeur relative des terrains arrosés et de ceux qui sont privés des bienfaits de l'irrigation est variable. Des terrains arrosés valent de 4,000 à 15,000 francs l'hectare, suivant leur position par rapport au centre de population et au mauvais état des chemins.

Les terrains arrosables valent, en général, moitié en sus de ceux qui, placés dans une position identique, ne peuvent jouir de ce bienfait.

Telle est la situation des terrains de la vallée de la Seine qui, irrigués, ont à leur disposition des voies faciles de communication, la Seine et le chemin de fer de l'Ouest, de pouvoir porter les produits sur le marché de Paris, et d'être à l'avenir le *marais* qui nous alimentera de fruits et de légumes de toutes espèces.

Caniveaux. — L'arrosage des terres cultivées est le meilleur procédé connu pour épurer les eaux d'égout, mais tout dépend de la manière dont le procédé est mis en œuvre et conduit.

Il faut que la quantité d'eau donnée à la terre ne dépasse pas une certaine limite, qu'on peut fixer, suivant la nature des sols, de 12 à 20,000 mètres cubes environ par hectare et par an.

Que les canaux et les rigoles d'écoulement soient entretenus en parfait état de propreté, c'est-à-dire ne retiennent jamais aucune matière susceptible de fermenter ;

Que le terrain soit couvert d'une végétation active, permanente, sans solution de continuité.

On lira avec intérêt, dans le compte rendu du 23 décembre 1870 des séances de la Société d'encouragement, la communication faite par M. Alfred Durand-Claye, ingénieur des Ponts et Chaussées, sur les résultats obtenus dans la plaine de Gennevilliers, par la ville de Paris, dans l'application des tuyaux Doulton et Cie.

Les travaux d'irrigation par les eaux d'égout étant appelés à prendre une grande importance en nombre et en extension, MM. Doulton et Cie ont cherché à produire, dans leur poterie, des systèmes d'appareils simples, économiques et les plus appropriés à cet usage. L'emploi en a été fait pour les eaux d'égout de Croydon, Bedford, Watford, Tunbridge-Wells. Ces appareils sont destinés à préserver les voisinages des émanations et à écarter ainsi l'opposition parfois apportée à l'emploi des eaux d'égout, par la crainte des dangers qu'on leur suppose.

On sait, par expérience, qu'aucune odeur ne provient des eaux d'égout fraîches quand on les applique au sol, et que quand une odeur se manifeste, elle provient presque invariablement de la décomposition des résidus qui s'attachent aux bords des fossés ou rigoles de distribution. Ce doit nécessairement arriver, lorsque ces fossés ou rigoles sont creusés dans le sol ; la rugosité des surfaces, leur puissance d'absorption, les végétaux qui y croissent, retiennent une forte proportion des impuretés et offrent une difficulté de nettoyage considérable. MM. Doulton et Cie espèrent qu'on remédiera à ces inconvénients par l'emploi de leurs *caniveaux ou rigoles en grès vernissé.* Pour les petits conduits, les caniveaux semi-circulaires sont les plus simples et les plus économiques, particulièrement depuis qu'une fabrication considérable a permis d'en réduire les prix. Ces caniveaux se livrent avec ou sans collets d'emboîtement. Ils pèsent la moitié du poids d'un tuyau de même diamètre (v. p. 12). Leurs prix à Paris sont de :

Diamèt. int. en centimètres	15	22.5	30	37.5	46	53	61	76
Prix du mètre linéaire, fr.	1 60	2 75	4 75	7 50	10 50	14	18	28
Prix du mètre linéaire, fr.	1 30	2 25	4 25	6 75	9 25	12 50	16 50	26

Les caniveaux à branchements de 90° et 45° sont comptés prix d'*un caniveau et demi*.

Les caniveaux sont économiquement transformés en rigoles plus profondes, en les surélevant avec les accotements ou cornières, moulés avec le même grès vernissé. Ces accotements conviennent à tous les diamètres de caniveaux, et sont ainsi d'un emploi plus facile. Ils sont d'une forme telle, qu'on peut au besoin rendre un côté de la rigole plus bas que l'autre; les eaux d'égout en se déversant du côté baissé font de l'autre un trottoir toujours propre et accessible. Ces rigoles ou fossés d'irrigation peuvent être fournies en sections intérieures de 0^m,15 à 0^m,61 et même 0^m,76 d'ouverture. Leur capacité peut encore être augmentée en surélevant les accotements ou cornières par les rechausses ou briques d'accotement. Les joints se font au ciment, et si on le juge nécessaire, on consolide les côtés en les adossant à une couche de béton. Le poids du mètre linéaire (les deux côtés) est approximativement de 50 kilogr., et de 95 kilogrammes avec rehausses. Ces poids ne comprennent pas celui des caniveaux formant le fond de la rigole.

Les prix du mètre linéaire sont de :

Diamètre ou ouverture en centimètres		15	22.5	30	37.5	46	53	61	76
Avec collets......	fr.	4 85	6	8	10 75	13 75	17 25	21 25	31 25
Sans collets......	fr.	4 55	5 50	7 50	10	12 50	15 75	19 75	29 25
Avec collets......	fr.	7 85	9	11	13 75	16 75	20 25	24 25	34 25
Sans collets......	fr.	7 55	8 50	10 50	13	15 50	18 75	22 75	32 26

Ces prix sont ceux des caniveaux augmentés de 3 fr. 25 par mètre pour les cornières, et 3 fr. pour rehausses.

Le service d'irrigation nécessitant un moyen d'arrêter, de diriger, de modérer ou de régulariser la distribution des eaux d'égout, MM. Doulton et Cie, après beaucoup de recherches et d'essais, se sont convaincus que le but était le mieux atteint par les robinets-vannes en grès. Ces robinets sont tous essayés avant de sortir de l'usine et ont, jusqu'à présent, donné toute satisfaction. En faisant la demande de ces robinets, il est recommandé de spécifier, si l'une des parties doit être *avec* ou *sans* collet d'emboîtement. Dans les petits diamètres on se dispense assez souvent des collets. Les prix sont de :

Pour conduits de 0ᵐ,10	de diamètre intérieur.....	fr.	15
— 0ᵐ,15	— —		20
— 0ᵐ,225	— —		25
— 0ᵐ,30	— —		50
— 0ᵐ,38	— —		115

Les clefs ne sont pas comprises dans ces prix.

Vannes Doulton. — Elles se recommandent par leur résistance à tous agents de décomposition, ce qui rend leur durée indéfinie, et par la modération de leurs prix.

Elles valent :

Pour conduits de 0ᵐ,075	....	fr.	10 50
— 0ᵐ,10	....		12
— 0ᵐ,15	....		15
— 0ᵐ,225	....		25
— 0ᵐ,30	....		42

Les pompes. — L'ancienne machine de Marly n'existe plus, le temps a accompli son office ; non seulement par le renouvellement depuis 200 ans des pièces qui la composaient, mais par les perfectionnements apportés à leur jeu.

C'était, à l'époque où elle fut construite, un ouvrage unique en son genre ; 14 roues menaient 74 pistons courant dans autant de corps de pompe situés sur la rivière, qui déversaient à leur tour les eaux pompées dans la Seine dans 79 autres pompes situées à mi-côte, pour arriver aux 82 qui étaient situées au puisard supérieur.

C'étaient bien 225 corps de pompe qui criaient et gémissaient jour et nuit, mais qui faisaient arriver par deux conduits en fonte les eaux à Marly pour les déverser dans les bassins du Roi à Versailles.

Ces pompes primitives n'existent plus, au grand regret des antiquaires ; elles ont été remplacées par d'autres se manœuvrant mieux et plus économiquement, comme l'avaient été il y a quelques vingt ans celles établies à Notre-Dame.

Les ingénieurs de la ville de Paris n'ont compris dans leurs nouvelles études qu'un seul système, celui d'élever toutes les eaux d'égout au fur et à mesure de leur arrivée à Asnières, après qu'elles eussent passé dans les bassins de décantation ou de purification, de là les refouler dans des conduits en fonte qui les amenaient sur les champs à irriguer.

Dans ces conditions, la dépense est excessive et la réussite incertaine.

Suivant un rapport de M. Alphand, le prix du mètre
cube d'eau de Seine montée par la machine d'Austerlitz
est de.   0,0382
ainsi décomposé :

> Entretien et conservation.......................... 0,0225
> Intérêts du capital de 1er établissement.............. 0,0157

Ces machines consomment 1^k,469 de charbon par heure et par
force de cheval comptée en eau montée.

En ne calculant que 500,000 mètres d'eau d'égout à élever,
par 24 heures, par les machines d'Asnières, ce serait une dépense
par jour :

Pour un mètre cube d'eau montée dans les conditions indiquées dans le rapport de M. Couche, au ré-
servoir à établir à Clichy, de.   00,382
Et pour 500,000 mètres cubes par jour   19,500
Et par an, 365 fr. $\times$ 19,500 = ...   6,971,500

Mais en admettant que l'eau élevée par les pompes
d'Austerlitz le soit à 30 mètres de hauteur, et qu'on
n'ait besoin à Asnières que de les élever à 10 mètres,
la dépense ne serait que de   2,325,000

Ces chiffres sont ceux probables, car il faut compter que l'effet
utile n'est jamais atteint et que les pompes d'Austerlitz ne donnent guère que les 0,64 d'effets réels.

Pour les ingénieurs qui étudieront la question, nous croyons que
nos données sont à l'abri de toutes critiques ; pour ceux qui n'auront pas cette expérience nous leur rappellerons que :

En basant nos calculs sur l'effet utile des pompes, nous trou-
verions :

Un cheval-vapeur élève à 10 mètres, et en 24 heures, 209 mètres
cubes d'eau.

Pour élever 500,000 mètres et pour :

$$\frac{500,000}{209} = 2392 \text{ chevaux,}$$

soit 2,392 chevaux qui à 2 kilos de houille

> 2 $\times$ 0,022 $\times$ 24 = 1,351,040 francs.
> Entretien, intérêts du capital.... 148,960   —
> Total de la dépense........... 1,500,000 francs.

M. l'ingénieur Durand-Claye, dont nous ne partagerons pas toujours les idées, est un ingénieur du plus grand mérite, qui connaît bien les questions de l'emploi des eaux d'égout, qui a vu, et beaucoup étudié, cherche à amoindrir cette dépense considérable.

Je voudrais conserver l'installation qu'il a montée à Asnières ; il voudrait refouler à 10 mètres et plus de hauteur toutes les eaux qui y arrivent, de telle sorte, dit-il, qu'on n'ait pas à se préoccuper de les monter là, dans la vallée de Seine, où les champs sont plus élevés que le lac du canal.

Pompe Shone. — Les pompes Shone actuellement en travail ont été construites, en tenant compte des lois mécaniques, par un de nos grands constructeurs, aussi leur fonctionnement ne laisse rien à désirer.

M. Alfred Durand-Claye vient de faire essayer à Paris une de ces pompes, qui est très employée en Angleterre pour enlever les eaux d'égout et pour les porter sur les terrains à fertiliser. Cette pompe, de l'avis de tous ceux qui l'ont vue fonctionner, pourra rendre des services dans tous les travaux d'irrigation. Elle se meut par l'intermédiaire d'air comprimé : un récipient creux, sphérique ou cylindrique est muni latéralement d'un tuyau d'arrivée de l'eau ; et à sa base d'un second tuyau qui se recourbe et monte verticalement ; c'est la conduite de refoulement.

L'eau d'égout ou l'eau à monter descend par le tuyau d'arrivée, et tombe dans le récipient placé en contrebas. Cette eau soulève un flotteur. Quand le récipient est presque plein et que le flotteur est parvenu à la partie supérieure, il agit sur un bras de levier qui ouvre un tiroir. De l'air comprimé pénètre par cette ouverture, refoule le liquide et le chasse dans le tuyau de montée. Dans ce tuyau se trouve une soupape à boulet, de façon à empêcher l'eau qui est entrée de redescendre. Quand l'air comprimé a vidé le récipient, le flotteur est redescendu et le tiroir se ferme. Toute communication avec le réservoir d'air est évitée.

L'eau descend de nouveau dans le récipient. La même manœuvre se répète et le liquide est encore chassé dans le tuyau de montée, et ainsi de suite. Cet appareil porte le nom en Angleterre « d'éjecteur Shone ; » on peut en disposer autant qu'on veut dans un espace donné et le faire fonctionner avec l'air provenant d'un grand réservoir unique. On établit ainsi de véritables batteries d'épuisement ou d'irrigation.

Quant à l'air comprimé, on l'emmagasine à l'aide d'une machine à vapeur, à gaz, soit par une turbine, une roue hydraulique,

26

un moulin à vent, etc. On réalise ainsi une grande économie de force motrice et l'on évite l'installation de pompes coûteuses. Le système fonctionne avec succès depuis 1879 dans la *sewage farm* de Hovod-y-Wern, près de Wrexham.

L'emploi de ces pompes amènera une grande économie en supprimant les machines élévatoires de Clichy, les eaux d'égout s'écouleront naturellement dans le canal projeté, qui, à ciel ouvert, sur une partie de son parcours, sur d'autres en tunnel, passe, avant d'arriver à Canteleu, huit fois en syphon sous la Seine, avec une pente un peu plus forte que celle du fleuve.

Sur tout ce parcours, qui a 144 kilomètres, on relèvera partout où besoin sera, à de petites ou à de grandes altitudes, les eaux à l'aide de ces machines, ou d'autres dont nous allons donner la description.

Les *machines à vent* sont de date fort ancienne, elles ont rendu et rendent encore des services signalés; mais leur application à moudre le blé, à exprimer l'huile des plantes, s'est transformée, la machine à vent a fait place aujourd'hui aux machines à eau.

Le moulin à vent est appelé à remplir aujourd'hui des services plus modestes, qui n'en seront pas moins éminemment utiles, pour le but que nous poursuivons, c'est-à-dire les irrigations.

Un ingénieur, M. Aubry, s'en est occupé tout particulièrement; il a exposé des modèles fort curieux aux expositions dernières.

La pression du vent varie naturellement avec la configuration du terrain; dans les vallées entourées de montagnes élevées, le vent perd de son intensité.

Aussi il est reconnu qu'avec un vent de 4 mètres par seconde portant le nom de *brise,* un moulin ordinaire ne marche pas.

A un vent de 6^m,50 à 7 mètres, portant le nom de *bon-frais,* il est admis que c'est la meilleure vitesse pour les moulins à toile complètement déployée.

Enfin, avec une vitesse égale ou plus grande que 8 mètres, le vent porte nom de *forte-brise.* Il faut, pour éviter tout accident, commencer à plier la voile et à serrer le frein qui accompagne le moulin.

Lorsque le moulin marche à vide, il *s'entraine* et l'aile prend une vitesse égale à quatre fois celle du vent, mais lorsqu'il est en charge, la vitesse n'est que de 2,50 à 2,70 de celle du vent.

Ceci dit, pour évaluer le travail produit par un moulin à vent, prenons l'exemple suivant :

En admettant un vent de $6^m,50$ par seconde avec des ailes de 24 mètres, le nombre de tours est, par minute :

$$n = \frac{2,50 \times 6,50 \times 60}{14 \times 24} = 13 \text{ tours.}$$

Le travail est exprimé par la rotation.

$t = KsV^3$.
K. Coëfficient qui vaut de 0,03 à 0,05.
S. Surface totale des ailes, soit 80 m^2.
V. Vitesse du vent, soit $6^m,50$.

Nous aurons pour le travail en chevaux-vapeur :

$$t = \frac{0,03 \times 80 \times \overline{6,50}^3}{75} = 8 \text{ chevaux 8.}$$

Dans nos régions on ne peut obtenir ce travail que pendant 100 à 120 jours de l'année.

Supposons, tenant compte de ces données, que nous avons à élever les eaux du canal de Paris à la mer à 10 mètres de hauteur.

Un cheval-vapeur élèvera à 10 mètres de hauteur $7^k,500$ d'eau ; 8 chevaux élèveront 60 litres par seconde et par minute $3^m,960$, ou par 24 heures, 95 mètres, et pour 100 jours de travail 9,500 mètres.

Les moulins à vent qui servent aux épuisements, qui sont propres à élever les eaux pour les irrigations, ont différentes formes ; les principaux d'entre eux représentent :

Un moulin à roues à palettes verticales ;

Un moulin à roues à palettes inclinées ;

Un moulin à vis d'Archimède, c'est-à-dire ouverte.

Le premier genre élève l'eau à la hauteur la moins considérable, 1 mètre à $1^m,50$, mais il a l'avantage que la forme est proportionnée à la charge, et qu'on peut placer, avec le même mécanisme, plusieurs roues les unes à côté des autres, et plus le vent est fort, accoupler plus ou moins de roues à la fois.

Le second système a pour lui que, quand le vent est faible, le moulin peut se mouvoir et élever l'eau à une hauteur plus considérable que le premier modèle, soit à 2 mètres.

Le troisième moulin élève l'eau à plus grande hauteur, environ à $2^m,50$ quoiqu'il lui faille plus de temps pour ses évolutions.

M. Aubry compte au moins sur un travail de 150 jours par an, lorsque nous ne calculons que sur 100. Les ailes de ses moulins

sont en fer, lorsque les nôtres sont armées de voiles, aussi l'entretien de la voilure des moteurs à vent ordinaire est complètement
nul dans son système.

Ces moteurs se mettent au vent comme le ferait une girouette,
au lieu que dans les anciens systèmes ils attendent, ils sont munis
d'une aile à frein, dite modérateur qui fait face au vent, oscillante,
pourvue d'un cercle qui fait pression sur une poulie montée sur
l'arbre principal où sont fixées les ailes. Ce frein produit ses effets
lorsque la vitesse arrive au maximum.

Les ailes sont mobiles, elles sont montées sur les bras au moyen
de charnières; elles sont excentriques (2/3 sur 1/3); elles sont
maintenues au vent au moyen de ressorts dont la tension permet à
l'aile de faire bascule quand le vent arrive à une vitesse de 20 mètres environ par seconde et de ne plus présenter qu'une envergure
moins considérable, en rapport avec la force du vent, de telle sorte
qu'il n'y a jamais rupture par les tempêtes et que le travail est
continu par n'importe quel temps.

La dépense moyenne d'établissement, d'entretien, de frais
d'amortissement de l'un de ces appareils, ainsi que le travail qu'il
peut donner sont les suivants :

Un moteur Aubry de la force de neuf chevaux, par un vent de
20 mètres par seconde, donne un débit de 20 litres par coup de
piston.

Ce moteur, monté sur une tour en maçonnerie de 3 mètres
d'élévation, 2 mètres de diamètre intérieur sur 3 à l'extérieur avec
fondation d'un mètre sur 0,60, le sommet couvert en terrasse, la
pompe placée à l'intérieur de la tour, coûte la somme de 7,000 fr.

Tous les vents étant utilisés, depuis ceux de 3 mètres par seconde, on peut compter par an sur 150 jours de travail, le moteur
fonctionnant jour et nuit, soit 300 jours d'une machine à vapeur
travaillant 12 heures par jour; en suivant comme moyenne le travail donné par un vent de 8 mètres par seconde, on aurait un débit
moyen de 9 litres 60 par seconde élevé à 10 mètres de hauteur,
soit par heure 35,760, par jour 429 millions, par an 138,700 millions.

La dépense par an se compose comme suit :

Intérêts du capital.............................	250 francs.
Entretien et graissage.........................	50 —
Amortissement	350 —
Soit..........	650 francs.

soit pour un mètre cube d'eau élevé à 10 mètres 0,0054.

Si on compare le prix de revient à celui de 0,0382 que nous avons donné comme représentant l'élévation des eaux à Clichy, on demeure convaincu que l'emploi du moulin à vent aux irrigations est essentiellement pratique et économique.

Les eaux amenées et circulant dans des conduites Doulton et dans les rigoles en ados seront utilisées par le cultivateur suivant ses besoins, il n'aura pas à s'inquiéter beaucoup de son moulin, si les réservoirs sont pleins, l'eau s'écoulera tranquillement, par une canalisation spéciale, à des étages inférieurs.

Pompe Greindl. — Les moulins à vent ne comporteront jamais que des élévations d'eau peu considérables ; nous ne pouvions mieux faire, pour le cas où la quantité d'eau à monter atteint des proportions plus grandes, de demander pour une question aussi spéciale, l'avis de M. l'ingénieur Poillon en le priant de nous aider de son expérience. « Nous allons exposer, nous répond-il, dans « ce chapitre, si intéressant pour notre agriculture, un exemple « de ce que pourraient faire, avec une installation relativement « peu coûteuse, les propriétaires riverains du canal projeté de Paris « à la mer, propriétaires ou cultivateurs syndiqués, pour l'irriga- « tion de cinq cents hectares. »

Étant donné que la quantité d'eau d'égouts ou de sewage avantageusement absorbée par un hectare de terre en culture, soit par an au minimum de 12,000 mètres et au maximum de 20,000, en suivant, continue M. Poillon, le maximum pour l'installation projetée, soit pour 500 hectares, 10 millions de mètres cubes, en admettant que ces 10 millions de mètres cubes doivent être aspirés à 3 mètres de profondeur et refoulés à 10 mètres de hauteur manométrique, qu'enfin les appareils élévatoires ne fonctionnent que pendant 200 jours, à raison de 10 heures, pendant l'année.

Nous arrivons à établir par heure, à 13 mètres de hauteur :

$$\frac{10,000,000}{200 \times 10} = 5000 \ m^3.$$

Ce qui se réduit par minute à :

$$\frac{5000}{60} = 84 \ m^3.$$

Pour obtenir ce résultat, nous installerons une machine à vapeur, à arbre coudé, actionnant à sa droite et à sa gauche une pompe Greindl qui donnera :

$$\frac{84.000 \text{ litres}}{2} = 42,000 \text{ litres de débit.}$$

Le rendement de la pompe Greindl est connu : ainsi pour élever à 13 mètres, l'effet utile étant de 90 pour 100, et ce, constaté par des expériences fréquentes, le travail moteur, calculé en chevaux-vapeur, dont nous avons besoin pour faire mouvoir l'arbre qui actionne les deux pompes sera :

$$\frac{60 \times 75 \times 0,90}{84,000 \times 13} = 268 \text{ chevaux.}$$

Si nous comparons ce résultat avec celui donné par les pompes centrifuges qui ne rendent en effet utile que les 45 p. 100, il faudrait, pour le travail que nous nous proposons de faire, une machine de 536 chevaux de force.

La pompe Greindl réalise seule les conditions pour élever des eaux d'égout qui ne peuvent être utilisées à l'agriculture qu'autant qu'elles coûtent peu de chose, et si on remarque que, dans bien des cas, l'eau ne devra pas être élevée à plus de 6^m,50 au lieu de 13 mètres, ces frais seront réduits de moitié. Il en serait de même si, au lieu d'avoir 500 hectares, nous n'avions à en irriguer que 250; de même encore si, au lieu de marcher 200 jours l'an, à raison de 10 heures, on doublait les facteurs.

Pour le cas que nous avons choisi, suivant M. Poillon, notre ensemble se composera d'une machine à arbre coudé de 268 chevaux, actionnant à sa droite et à sa gauche une pompe Greindl de la puissance de 48,000 litres par minute, sans aucune transmission de mouvement, sans besoin d'intermédiaires mécaniques, présentant un ensemble simple, économique, demandant peu de place, consommant peu de houille et ne coûtant que quarante mille francs.

Le système de la machine, celui des chaudières, ne doit pas nous arrêter, il y en a un très grand nombre de recommandables, le choix de l'un ou de l'autre dépendra de considérations locales, d'idées particulières, qui n'auront aucune influence sur l'outil, c'est-à-dire le fonctionnement de la pompe.

En moyenne, on doit calculer de 800 à 1,000 francs par cheval le coût de la machine et des chaudières.

La pompe tourne dans un seul sens, les deux palettes du rouleau de division font office de piston et, dans leur mouvement de rotation continue, entrent alternativement en jeu, dans une échancrure de forme épicycloïdale ménagée sur toute la longueur du rouleau de gauche. Deux engrenages reliant les axes des deux rouleaux donnent à celui de gauche une vitesse de rotation double de la vitesse du rouleau de droite, ce qui assure le dégagement successif des deux palettes par l'échancrure unique.

Les points les plus caractéristiques et les plus saillants à signaler dans la conception et l'établissement de cette pompe sont : 1° le soin avec lequel ont été étudiées les sections offertes au passage de l'eau, tant du côté de l'aspiration que du côté du refoulement ; 2° la constance absolue des effets du piston (ou palette).

En ce qui concerne le premier point, les sections sont telles, qu'une molécule d'eau traversant l'appareil y conserve une vitesse sensiblement constante et uniforme, ce qui exclut toutes pertes de travail dues à l'inertie.

A cet effet, dans les moments où les sections d'afflux ou d'échappement offertes à l'eau entre les organes en mouvement décroissent et tendent à nécessiter, par suite, une accélération des filets liquides, ceux-ci trouvent, par des poches latérales ménagées aux couvercles, des issues supplémentaires.

En ce qui concerne le second point, dans les moments où il n'y a point aspiration ou refoulement par l'une des palettes du rouleau principal, cet effet est produit par le bec du rouleau échancré ; et comme la projection de celui-ci sur un plan radial est rigoureusement égale à celle de la palette, l'*intensité* de l'action (si nous pouvons nous exprimer ainsi) reste absolument constante. *Ce n'est que dans les moments où* le rouleau échancré supplée ainsi le rouleau à palette qu'il travaille réellement ; et l'on comprend donc la nécessité indiquée plus haut, des engrenages alternés.

Il résulte de cette continuité d'effets de la pompe une augmentation très notable d'effet utile. — Il résulte également, de cette suppression des intermittences et effets d'inertie, la possibilité de marcher à des vitesses très réduites, ou très considérables à volonté et de varier pour un même appareil dans de très grandes limites la vitesse de rotation, le débit réalisé et le travail dépensé sans que l'effet utile subisse de trop grandes variations. — C'est un très grand avantage.

Les expériences des ingénieurs de la Marine et de la ville de Paris ont établi que cette pompe pouvait atteindre de 0,70 à 0,90 d'effet utile suivant les conditions spéciales d'installation plus ou moins favorables, et qu'elle se prêtait aux élévations les plus considérables au besoin (50, 60, 100 mètres d'altitude). Il y a loin de ces résultats à ceux que donnent les pompes centrifuges (également continues dans leurs effets pourtant).

Il y a bien loin aussi, si on compare l'effet utile des pompes Greindl avec celui des pompes construites à Paris ; les progrès réalisés ces dernières années amèneront que le coût, pour élever les eaux d'égouts, permettra de réaliser les irrigations que la ville de Paris se propose d'exécuter dans la vallée de la Seine.

Peu de gens savent que les ingénieurs de la ville de Paris se sont constitué une fonction et des aptitudes de plus. Les pompes sont construites par leurs soins, des ateliers bien outillés travaillent au compte de la ville.

Ce qu'on y fait démontre que l'ingénieur est bon hydraulicien, mais on conçoit que ce talent coûte cher et a l'inconvénient de ne pouvoir suivre les progrès qui s'accomplissent chaque jour par de nouveaux systèmes généralement brevetés.

Quand donc viendra le jour où l'administration comprendra qu'il est de l'intérêt de ses contribuables qu'elle charge l'industrie privée de pareilles besognes ?

Plantation. — Pour répondre aux observations qui ont été faites, qu'un canal à ciel découvert peut porter à plaisir l'infection sur 144 kilomètres, nous estimons que non seulement cette infection ne se produit qu'autant que les eaux sont stagnantes ; ce qui est loin d'être le cas du canal. Mais nous ajoutons que pour l'affermissement des berges sur tout son parcours, le canal sera planté, sur ses deux rives, de l'*Eucalyptus viminalis ;* cet arbre des marais, réunissant à ses qualités assainissantes et fébrifuges un produit de rendement de plus.

Les essais de cet arbre ont été expérimentés en grand sur le lac Majeur, il a été constaté que l'assainissement des contrées à fièvre est complet, et les savants qui ont reconnu le fait ne cherchent plus qu'à savoir si ce sont les feuilles ou les racines des plantes qui jouent le plus grand rôle.

L'Algérie a fait à l'Eucalyptus le plus chaleureux accueil. La renommée de sa rapide croissance, de son développement surprenant et de son essence de bois pour les constructions, justifie bien cette faveur. Jusqu'à présent, la grande majorité des auteurs attribuaient ces propriétés assainissantes, principalement aux feuilles.

Voici comment s'exprime à ce sujet M. le docteur Em. Bertherand dans l'excellente brochure, qu'il a publiée à la suite d'une enquête provoquée par la Société de climatologie d'Alger.

« Celles-ci en effet répandent une odeur balsamique produite par la volatilisation d'une huile essentielle à odeur camphrée, de la même composition que l'essence de térébenthine et contenue dans un nombre considérable de petites vésicules transparentes très visibles à un faible grossissement. Cette émanation aromatique se perçoit même à une assez grande distance des massifs d'Eucalyptus, surtout quand la brise soulève et agite le feuillage. L'odeur balsamique térébenthinée qui s'échappe de ces mystérieux laboratoires rappelle la sauge chez l'Eucalyptus *globulus*, la mélisse chez l'Eucalyptus *citriodora*, la menthe chez l'Eucalyptus *amygdalia*, le vétyver chez l'Eucalyptus *percifolia*, etc. »

Bien qu'on ne puisse expliquer ce mode d'action, ces émanations, ajoute M. Bertherand, « doivent ou peuvent agir, à l'instar des huiles empyreumatiques, comme parasiticides ; détruire ou affaiblir par un simple contact les organismes zymotifères. Pour ce qui concerne les racines, voici ses judicieuses réflexions :

Les racines pivotantes ou traçantes de l'Eucalyptus s'implantent profondément dans le sol, auquel, à l'instar des drains, elles enlèvent une grande quantité d'eau.

L'exécution du canal à la mer résoudra complètement l'assainissement de la Seine, il distribuera, dans la vallée du fleuve ou sur ses coteaux, les engrais charriés par ses eaux.

Bondy, ne recevant plus de vidanges, deviendra relativement un lieu sain ; les établissements essentiellement insalubres y seront seuls renfermés ; les dépotoirs aux quatre coins de Paris n'existeront plus ; la surveillance établie facilement, les pratiques actuelles disparues, la science, au besoin, intervenant, feront disparaître, grâce à la constitution d'une Compagnie des Eaux et Égouts, les odeurs signalées par la population et les dangers qu'elles entraînent pour sa salubrité.

La Compagnie des Eaux et des Égouts. — Cette Compagnie est à constituer.

Quel est son but ?

Elle achèvera le Paris souterrain d'ici trois ans, cinq au plus, de telle sorte que toutes les rues soient drainées par un égout, munies de bouches de propreté, de cheminées de descente, dépense évaluée à . . . . fr.   45.000.000

Il reste 56,000 maisons à brancher aux égouts ; c'est une dépense à la charge des propriétaires ; la société concessionnaire exécutera les travaux au prix de la série de la Ville et elle en recouvrera l'importance en dix annuités, de telle sorte que les 56,000 branchements prévus puissent être exécutés en cinq ans au plus tard.

Si ce travail n'était fait promptement, non seulement il ne serait pas possible d'installer les colonnes montantes, mais on ne pourrait supprimer la fosse fixe ou mobile et rejeter à l'égout la vidange, cette dépense est évaluée par nous à 28.000.000

Parmi les contributions acquittées avec plus ou moins de bonne volonté par le parisien, il n'en est aucune qui semblerait plus légère, puisqu'elle aurait pour objet la solution d'une question de salubrité qui s'impose désagréablement à l'esprit de chacun, aussitôt que le retour de l'été fait apparaître le fantôme d'une épidémie.

Le *canal à la mer* qui, suivant les ingénieurs de l'administration, s'arrêtera à la forêt de Saint-Germain, et suivant l'opinion des ingénieurs de la compagnie, doit avoir son terminus à Canteleu, passera par les mêmes endroits jusqu'à Achères.

Le canal projeté supprime les deux machines élévatoires établies pour l'envoi des eaux dans la presqu'île de Gennevilliers, recueille à Clichy celles des collecteurs en leur faisant traverser la Seine par un siphon, de telle sorte que la conduite des eaux pour la culture ne coûtera rien, si ce ne sont les frais pour les intérêts et l'amortissement du capital et ceux d'entretien du canal.

Dans un cas, ce sera une dépense de 25 millions, dans l'autre de 90,000,000. En tout état de chose, nous supposons la seconde hypothèse. 90.000.000

L'administration prévoit un troisième chef de dépense; c'est celle des conduites amenant l'eau aux propriétaires des champs. La dépense prévue est considérable : c'est 32.000.000

Les ingénieurs de la Compagnie en formation estiment que la conduite des eaux aux champs doit se faire, comme partout, en remontant les eaux du canal par des norias, par des moulins à vent, et toujours à leurs frais. Dans ce cas, les 32 millions prévus seront dépensés par les propriétaires, sauf, pour la Compagnie concessionnaire, à les exécuter pour leur compte et à se rembourser des dépenses en dix annuités.

La vidange à l'égout étant un fait accompli, les 70,000 maisons de Paris recevant l'eau jusqu'à leurs derniers étages, les déjections portées à la culture, la Société concessionnaire percevrait, pendant cinquante ans, les recettes dites de tuyaux de chute et les abonnements aux eaux d'égouts.

L'enlèvement seul constitue une dépense annuelle de 8 millions, soit plus de 20,000 francs par jour; or, en regard de ce chiffre de 8 millions acquittés chaque année par le parisien, il n'aurait plus à payer que 7,200,000 francs, et dans cinquante ans, comme les habitants de Londres, de Berlin, de Bruxelles, etc., plus rien à donner de ce chef.

L'administration prévoit une recette probable, pour 240,000 chutes, à raison de 30 francs, de 7.200.000

M. Alphand croit à l'irrigation de 12,778 hectares, qui, à 50 fr., rapporterait 638,900 francs. Nous croyons à une recette plus élevée, à celle de 800.000

M. Hervé-Mangon, professeur à l'école des ponts-et-chaussées, par les analyses qu'il a faites des eaux des égouts communiquant avec les maisons riveraines, a trouvé 58,2 grammes d'azote par mètre cube.

Dans 32 villes d'Angleterre, on a constaté une quantité de 70,9, soit 28,7 grammes de plus.

En admettant ce dernier chiffre pour les 500,000 mètres cubes d'eau déversés journellement dans le canal de Paris à la mer, nous trouverons :

$500,000 \times 70.9 = 35.450$ kilogrammes qui au prix de 2 francs représentent une valeur de 70.900 francs.

Le prix en capital de 3,600 mètres cubes d'eau par jour et par an est, en Lombardie, de 12 à 18,000 francs environ. C'est un prix, on le voit, si on le rapportait à la vente des eaux à Paris, qui donnerait des recettes très considérables, mais nous faisons remarquer que l'eau vaut, dans cette partie de l'Italie, dix et même quinze fois ce qu'elle peut valoir en France, mais on peut sans exagération établir son prix de 40 à 60 francs.

Ces recettes sont celles prévues pour les premières années d'exploitation ; elles s'augmenteront dans une grande proportion, le jour où tous les travaux seront terminés ; au lieu de compter sur 240,000 chutes aux égouts, calculées pour 65,000 maisons, il y aura à joindre celles des constructions nouvelles, que nous évaluerons à 5,000 et qui donnent 20,000 chutes de plus ; soit une recette de 600.000

Il y aura à compter, en plus, 2,000 fabriques qui jettent actuellement leurs eaux dans les cours d'eau, dans des puisards, aux ruisseaux des routes et des chaussées, et qui auraient à payer, d'après nous, 100 francs au moins ; soit une recette de.   200.000

Enfin, les canalisations secondaires pour amener les eaux aux champs, avec la dépense prévue de 32 millions, doivent, sur un parcours de 140 kilomètres, défalquant 40 kilomètres pour les traversées de routes, de villages, de villes, donner 200 kilomètres, pour la longueur de ses deux rives; et, si on admet une irrigation, en élevant les eaux, à 5 kilomètres des terrains qui les bordent, on arrive à la possibilité d'arroser 100,000 hectares qui, à 50 francs, donneraient 5.000.000

Dépenses présumées d'exploitation. — Nous établirons les frais d'exploitation en supposant une durée de concession de 50 ans.

L'annuité de l'intérêt et de l'amortissement du capital nécessaire à la construction et au fonds de roulement de 135 millions remboursables en 50 ans, peut être évaluée à 6 p. 100; soit.   8.100.000

Entretien. — En admettant les chiffres du ministère des travaux publics, qui évalue l'entretien d'un canal à 240 francs par kilomètre pour les grosses réparations, et à 290 francs pour l'entretien proprement dit, nous trouvons, pour 144,200 mètres de canal, une dépense annuelle de 76.260

Curage. — Les immondices entraînées par les eaux se déposeront dans le canal de l'Aumône et dans la section allant de Bezons à Sartrouville. D'après les indications données par l'administration, chaque mètre cube entraîne 1 kil. 5 de corps étrangers, les 150 millions de mètres cubes fourniraient par an un résidu de 225 millions de kilogrammes, dont l'enlèvement, à raison de 1.25 par 1,000 kilogrammes, formerait une dépense de. 281.250

A cette dépense il y a lieu d'ajouter une somme égale pour le transport sur la berge et le déchargement; soit. . . 281.250

Il faut que le canal et les rigoles, les fossés d'écoulement, ne retiennent pas sur leur fond ou le long de leurs parois des matières en décomposition. Il faut donc qu'elles soient entretenues rigoureusement, sans cela il n'y a pas, dit M. de Freycinet, une bonne irrigation possible, au point de vue de la santé publique. Il ne faut pas que les matières, une fois séparées des eaux, passent à un état de putréfaction active pendant l'été.

Aussi est-ce une erreur d'opérer la séparation, sauf celle des corps volumineux, des eaux d'égout; il faut les appliquer directement sur les terres, c'est le seul moyen, ajoute Liebig, d'utiliser les matières fertilisantes qu'elles contiennent.

Partout en Angleterre, on a voulu agir, comme on l'a fait à Asnières, on a créé aux portes de la ville un foyer permanent d'infection.

Surveillance. — Cette dépense ne tient pas compte de la surveillance qui incombe aux ingénieurs et aux agents de la Ville de Paris. Elle ne comprend que celle à la charge de la Compagnie, qui est évaluée à. 80.000

Administration. — Les frais d'administration sont évalués
à 200.000
   A la charge de la Compagnie 9.018.760

Recettes.

La rétribution pour l'*écoulement direct des matières à l'égout* est
portée au budget de la ville pour 398.000 francs; lorsque les
égouts seront tous construits, l'administration calcule une recette
de. 7.009.720
La location des *champs d'essais à Gennevilliers* rapporte 1,800 fr.
à l'administration, qui espère des produits considérables aussitôt
les travaux accomplis. Nous ne les évaluerons qu'à . 800.000
La *vente des détritus* déposés par les eaux est évaluée par nous
à 675.000
   Ensemble 8.564.720
Cette insuffisance de recettes serait couverte par une garantie
d'intérêt qui cesserait le jour où les cultivateurs des environs de
Paris et ceux des localités traversées par le canal apprécieraient
le bon emploi des eaux d'égout.

CONCLUSION

Ce sont, comme on le voit, de grands travaux à accomplir; ils
peuvent être terminés en cinq ans au plus, ils ne seront l'objet
d'aucun emprunt de la ville de Paris, si on laisse à l'initiative
privée le soin de trouver les capitaux nécessaires pour leur exécution, sous les ordres et le contrôle de l'administration.

Les compagnies concessionnaires auront à dépenser plusieurs
centaines de millions, qui peuvent être amortis en cinquante ans,
époque où la ville en enrichira son domaine.

Mais il est impossible de calculer les immenses bienfaits qu'apporteront ces travaux de génie sanitaire:

Nos maisons seront assainies par la suppression de la fosse fixe
ou mobile, par une large provision d'eau qui permettra un nettoyage journalier de toutes les surfaces contaminées par les résidus, qui, à leur tour, s'éloignant immédiatement dans un volume d'eau suffisant, ne pourront engendrer de mauvaises odeurs et
surtout servir de terrain ou de liquide de culture aux dangereux

germes des maladies épidémiques. Germes et odeurs qui seront d'ailleurs toujours repoussés efficacement de nos demeures par l'application méthodique des fermetures hydrauliques à toute la canalisation intérieure du départ des résidus.

Au moyen de la dérivation de la Loire, nos égouts chasseront au loin les résidus de toute espèce.

La Seine sera désinfectée.

L'Agriculture enrichira ses champs par une irrigation modérée et rationnelle.

On rejettera à Bondy les usines insalubres qui nous jettent ces insupportables odeurs.

Enfin, on supprimera les cimetières actuels, placés dans l'enceinte de la ville en violation des lois, et qui sont, depuis trop longtemps, un continuel danger pour la santé des habitants de Paris.

FIN.

TABLE DES MATIÈRES

FIN DE LA TABLE DES MATIÈRES.

2436-81. — CORBEIL. Typ. et Stér. CRÉTÉ.